有爱的青春陪伴者

余生请别乱指教

YU SHENG QING BIE LUAN ZHI JIAO

苏素

SUSU

著

四川文艺出版社

图书在版编目（CIP）数据

余生请别乱指教 / 苏素著 . -- 成都：四川文艺出版社，2022.5

ISBN 978-7-5411-6292-3

Ⅰ . ①余… Ⅱ . ①苏… Ⅲ . ①言情小说－中国－当代 Ⅳ . ① I247.5

中国版本图书馆 CIP 数据核字 (2022) 第 038446 号

YUSHENG QING BIE LUAN ZHIJIAO

余生请别乱指教

苏素 著

出 品 人　张庆宁
责任编辑　王梓画
特约编辑　廖　妍
装帧设计　颜小曼
责任校对　段　敏

出版发行　四川文艺出版社（成都市锦江区三色路 238 号）
网　　址　www.scwys.com
电　　话　0731-89743446（发行部）　028-86361781（编辑部）

排　　版　长沙大鱼文化传媒有限公司
印　　刷　长沙鸿发印务实业有限公司
成品尺寸　145mm × 210mm　　开　本　32 开
印　　张　11.5　　字　数　424 千字
版　　次　2022 年 5 月第一版　　印　次　2022 年 5 月第一次印刷
书　　号　ISBN 978-7-5411-6292-3
定　　价　45.80 元

目录

楔 子

西晋百姓无粟米充饥，惠帝司马衷曾经问过一个很奇葩的问题：“何不食肉糜？”

大概所有人都以为这是个笑话。

然而，柳熙来却从不这么认为。因为切身经历过，所以他觉得司马衷跟他一样，是个耿直而善良的人，他们都曾经认真而纯粹地为别人着想，发出“振聋发聩”的提问！

他们的问题都是切实而接地气的！都是切身关心老百姓的！有什么不对？

对了，关于这段往事，还要追溯到柳熙来的幼年时期。

柳熙来还记得八岁那年的一天，晴空万里，父亲骗他说要出去郊游，目的地是某处偏僻的荒郊野外，出行的时候，那蓝天白云看得人心中很是爽利。

他们开了好久的车，最终到达了一片荒野，漫天都是棕黄色的纸钱和烟灰。

柳熙来并不懂这些是什么，只是觉得新奇又好玩。

熙熙攘攘的人群里，他全神贯注地看着一个小姑娘，那个小姑娘大概比他小两三岁的样子，缩在大人身后，脸色惨白，嘴唇青紫，指甲也是青紫的。

她也不像别人一样哭得伤心，只是抿着嘴，握着拳头，满脸倔强地站在那里。

柳熙来因激动而颤抖着走过去问她：“你是一只鬼吗？”

小姑娘一瞪眼，扬手给了他一巴掌，问道：“你疼吗？鬼打你会这么疼吗？”

柳熙来捂着脸，愣愣地点头：“那你怎么跟我长得不一样？”

“因为我得了青紫病！”

“这世上居然有这么炫酷的病！”柳熙来很羡慕，他觉得小姑娘白脸紫唇太酷了，“你怎么得的啊，用多少钱能办到？”

“我这种病是用多少金钱也买不来的！呸！”小姑娘骄傲地仰起头，而后又愤恨地甩出一巴掌，把柳熙来另一边的小胖脸给抡均匀了。

而后，她就跟一个女斗士一样，捏着拳头骄傲满满、昂首挺胸地跑开了。

柳熙来很不甘心，追上去问她：“你说个价吧，我想跟你一样得个青紫病！”

小姑娘瞪着一双眼不理他。

小姑娘的爸爸流着眼泪露出个苦笑：“青紫病哪是好事，那是因为她只吃过夜的咸菜，所以……唉……得了青紫病是会送命的哎，你不懂，你不懂。”

柳熙来惊叹地扭头问自己的爸爸：“吃过夜的咸菜做什么？她可以吃肉呀！除了咸菜还有好多好吃的……对了，她还可以吃我经常吃的那种营养肉松嘛，也不贵呀，千把来块钱而已。”

周围的人都沉默了。

小姑娘闻言又跑回来，一脚踹在柳熙来的腿上：“有钱的人都是大坏蛋！”

柳熙来看着她白脸紫唇的样子，觉得这尘世间的天仙大概也不过如此。

他捂着腿跟在爸爸后面，一步一回头地看向那小姑娘。

啊，那苍白的小脸，那圆溜溜的眼睛，那青紫的嘴唇，还有她揍自己时正义凛然的样子……

她真是个活泼有朝气的仙女！

从那天开始，柳熙来的审美就发生了畸变。

第一章
千年的孽缘，千年的铁树开花

他看见自家将近二十几年没有动过心，
铁树一般的总裁，正美滋滋地亲着照片。

.1.

W 市的清晨笼罩着一层雾霾，已经连续好几天都是这样的天气了，行人都戴着口罩，匆匆忙忙地从街道上走过。

柳氏大楼的楼前，站着一群扛着牌子抗议的青年。

“反对柳氏在 W 市建立化工厂！柳氏滚出 W 市！”穿着紫色衣服、戴着白口罩的小姑娘举着牌子，领着一群人在高喊。

“对，抵制柳氏，反对污染空气，反对雾霾天气！”

所有人的情绪都异常高涨。

柳熙来站在三十六层高的办公室里，皱着眉头往下看去。雾霾之下，楼下的情形其实看得并不清晰，但是他紧紧皱着的眉头，像是看到了一切一样。

“唐赛，为什么你能允许他们在楼下闹够二十四小时？我现在严重怀疑你的办事能力！”柳熙来说着还勾勾小指头。

唐赛有些诚惶诚恐，他家总裁从来不听任何解释，向来只看结果。他斟酌着告诉自家总裁：“柳总，一小时后，你就不会看到他们了。”

他继续安慰道：“柳总，你别生气，坏情绪会影响你下午的相亲！”

然而柳熙来的眉头打结成了疙瘩，更加生气了。

他咬牙切齿道：“话多！”

唐赛心中一惊。

刚从门口进来的孔毅伸手在唐赛肩膀上拍了拍，搂着他转了个弯儿，同柳熙来道歉：“柳总，我们这就去搞定下面那批人！”

孔毅和唐赛都是柳熙来的特助，跟了柳熙来有四五年了。当初柳熙来刚接手柳氏的时候，他们两个还是稚嫩的大学生，所有人都对柳熙来选择了两个没有工作经验的大学生十分惊讶。然而，柳熙来就是不喜欢用老员工，尤其是那些跟过他父亲又有经验的老员工。

好在两个助理业务能力都非常强，不出两年就已经磨炼得处事果断冷静。

转出办公室，孔毅一边走，一边笑。

唐赛很生气地把孔毅的手给拍掉，并且十分气愤地推了推鼻梁上的金丝边眼镜。他长着小国字脸，肤色白净，五官清秀，一看就是踏踏实实好青年的模样。

唐赛一向是老实人，做事四平八稳，人生观四平八稳，就连吃东西都是用计量器计算的。他的人生有条不紊，容不得一点点错失。当然，在为柳总仔细思量，规劝柳总尽快择偶这件事上面，他也觉得自己责任重大。

正因为对一切有条不紊地掌控，所以孔毅的加入，让唐赛觉得世界末日要来了。

唐赛一向不喜欢孔毅，因为他觉得孔毅长得不像个好人，说话做事不择手段，有时候天马行空的后果都是他给孔毅背的锅。

这么多年来，为了柳总的人生大事，环肥燕瘦孔毅都考虑过，甚至连南美洲、非洲、东南亚跨国恋都试了，精准实践办法总比困难多的精神。当然他们最后都发现，柳总就是茅坑里的石头——又臭又硬。因为那次非洲姐妹花的事，柳熙来一怒之下把孔毅外派到了公司在非洲的项目上工作了一个月，让他在四十度的地表温度下好好思考一下自己是不是闲得发慌。

“你怎么还想着提醒柳总相亲？你没看到柳总拉长的脸吗？”孔毅偏过头来看唐赛。

唐赛一看到孔毅那双眼角挑起的狐狸眼就生气，哼了一声，重重跺着脚赶往前门。

他招呼了保安队，选了最孔武有力的几个保安后，便领着人走到大门口。

见到有人出来，门口戴着白口罩的小姑娘立刻甩掉牌子，一拍手，喊道：“阿婆阿公，一级戒备！”

瞬间，呼啦啦来了一帮喘着气的老人家，一副站在风中就要倒的样子。

“要命，又来了！”唐赛头都疼了。

这些老人家每个人用大牌子写着自己的病史，都是一碰就要倒下的角色。唐赛昨天来驱逐过了，手还没碰着，就倒下了几个。

今天人更多，闹哄哄的，比之前还要热闹。

唐赛今天不敢碰这些老人了，昨天强行搬老人的那些保安也不敢上前。

孔毅乐得笑出了声，他走过去，扶住其中一个阿伯。

阿伯的腿打着哆嗦，指着他说：“你别碰我，我是要进棺材的人了，我……”

孔毅在阿伯耳边不知道轻轻说了什么，阿伯立刻腰不弯了，腿也不哆嗦了，瞪着眼睛问："真的吗？"

孔毅点点头。

阿伯立刻丢了牌子一溜烟地跑了，步伐轻盈快乐，脚下生风，脸泛红光，一点儿都不像个多病的老年人。

其他的老人面面相觑。

孔毅笑着从口袋里掏出一沓纸，一张一张地发给前面的老人们，后面抗议的人都止不住好奇地围了上来。

戴着白口罩的少女一把夺过其中一张，展开一看，居然是印着柳熙来照片的宣传彩页，柳熙来的照片印得尤为清晰，面容英俊的柳熙来一脸深沉，眸色黑亮，十分让人心跳加速。

彩页上郑重其事地宣告：

"在场所有人无须甄选就可以直接带着家里适龄的女孩子来相亲，如果相亲不上，不但有优渥的奖金，还有一份雾霾赔偿金。"

彩页的下面写着相亲的会所地址。

所有人都惊喜万分，开始盘算家里是否有适龄女孩。

大妈们忍不住举手问孔毅："老少女要不要，貌好又知冷暖。"

孔毅看着那群穿得红红绿绿的大妈，忍不住笑出来。他笑起来时，就跟和煦春风一样，让所有人都觉得毫无敌意。

"都可以来试试啊，会所还有免费的蛋糕和酒水。都回去准备准备吧，领奖金或者做柳氏总裁的夫人，二选一呀！"

所有人都欢呼着作鸟兽散了！

"你们别被敌人的糖衣炮弹给瓦解了啊！"戴着白口罩的少女无奈地四处劝服。

奈何敌方太强大了，最终公司门口只剩下孤零零的一个少女。她考虑了一下，决定下午也去一趟会所，这样，她就更有机会同柳熙来这个浑蛋面对面对峙了。

打定主意，她也像风一样，骑上自己的破旧电动车，一溜烟地开走了。

唐赛已经心塞到说不出话了，他抖着手，指向孔毅。

孔毅笑着拍开唐赛的手指。

"哎，下午柳总的相亲会可能真的会很好玩了！"孔毅的眼睛闪闪发光，像是期待着什么一样。

唐赛一跺脚，要疯了一样："你别带着我玩！"

“嘘，我们给柳总来一个惊喜！”

“我呸，你别扯上我！不管柳总是惊喜了、惊吓了，还是暴躁了，那都是要我背锅！”唐赛要心梗了。

“好嘛，那你装作不知道好了！”孔毅说得轻飘飘的。

唐赛呆呆地站在门口，觉得自己整个人都不好了。不知道？装作不知情？那要他一个老实人怎么扮演？

柳熙来的相亲会定在下午一点。

孔毅印在彩页上的时间是下午两点。

作为首席助理，他能巧妙地设定好时间，如果看上眼，两点时柳总估计已经带着相亲对象去看电影了。如果看不上眼，对方势必要僵持，两点的解围也是很好的。

会所装修得金碧辉煌，柳熙来就是这么一个耿直的人，他喜欢不惜一切装成自己喜欢的样子。

十二点五十分的时候，柳熙来已经来到了会所。虽然是被迫来相亲，但为了尊重对方，他还是换下了西装，换了一身休闲装——白色的打底长袖，烟灰色的休闲背心，贴身的黑色休闲裤使得他的腿更显修长，整体基调走的是低调奢华风，颜色低调，款式普通，让他整个人的凌厉之感下降不少，平易近人了许多。

这次的相亲对象叫姜玲玲，是柳熙来叔父柳境安排的。秉承过世的老柳总的遗嘱，务必让柳熙来找到心仪的女子，柳境会每隔半个月介绍一个相貌和家世都比较好的女孩子。

“柳总，据说这次的妹子长得国色天香、倾国倾城，在校期间情书平均每天几十封以上，路遇堵截表白的更不在话下。”孔毅拿着姜玲玲的资料啧啧不已。

柳熙来头都没有抬，冷冰冰地问：“也就是说，他们学校的男生，每天什么事都不做，就光顾着给她写情书了？她读的什么学校，学的都是博爱天下吗？今后出来都是用爱发光造福社会的吗？好了，我知道了，以后这个学校的男生不予录用！”

孔毅笑出声，在柳熙来身后一桌的椅子上静静坐下。

他们已经经历过无数次相亲，不管对方是成熟端庄，或是娇俏可人，柳熙来都如同苦心修行的老僧一般。

铁树还有开花时，柳总裁从来没有被春风度过。

这次相亲对象十分矜持，居然没有提前来。

非但没有提前来，她还迟到了。

距离约定时间过了十分钟，姜玲玲才姗姗来迟，一副慵懒的样子，走路像是在飘。透过玻璃门看去，只见她一身鲜红的纱裙，皮肤赛雪，身材比例简直是完美，玲珑有致。

柳熙来的眉头微不可见地皱了皱。他一贯不喜欢迟到的人，尤其这样自持颜值高，故意卖弄的女生。

那水晶的铃铛随着门被推开，叮叮当当响个不停。

姜玲玲缓慢走过来，慢慢取下那副能遮住半张脸的墨镜，露出个优越感十足的笑。

她的容貌让在场所有人都眼前一亮，就连自诩阅花无数的孔毅都不禁一改漫不经心的姿势，不自觉地放下二郎腿，换了个端庄的坐姿。

只有柳熙来依然一副四平八稳的样子，端坐在那里，看了一眼来人，就兴致乏乏地转开了眼。

“你好，我是姜玲玲。”姜玲玲的声音也很好听。

“你好！”柳熙来脸上没有丝毫情绪。

显然姜玲玲也不是个主动的人，两人你看我，我看你，场面顿时变得十分尴尬。

柳熙来想起叔叔在他来相亲前再三叮嘱：“如果你没有话题跟女方聊起来，你就找两人能够互动的事情。”

于是，柳熙来优雅地从怀里掏出扑克牌，放在桌上，问孔毅：“要不要来？”

孔毅忍着笑，移了过来。他觉得如果他不来解救柳总，很可能柳总绷不住下一刻就站起来走了。比起之前那种冷着脸就离开的情形，眼前柳总这样已经是最佳状态了。

柳熙来有条不紊地发着牌，连目光流连在美女脸上的兴趣都没有。

对面的姜玲玲惊讶得无法控制自己的微表情。

大概是柳氏太过于耀眼，实力又是全国数一数二的，她思考再三，决定平生第一次努力一次——

她柔弱无骨地坐到了柳熙来的身边。

柳熙来很诧异地看了她一眼，警惕地把手里的牌拿好，在心里暗暗鄙视着：牌品太差了，居然偷看我的牌？

“柳先生，我不会打牌……”姜玲玲很幽怨地看向柳熙来。她知道自己的容貌出色，带着点凄楚的美，每当自己楚楚可怜地对着人的时候，对方都会禁不住呵护，即便是钢铁直男都会忍不住泛起维护爱惜之心。

然而，柳熙来顿时眉头皱了起来，很耿直地说：“那怎么办呢？我们还要熬过一个小时才能各自回家！我答应了叔叔，要坐够一个小时。”

姜玲玲抚着心口，身子微微颤抖着靠向柳熙来：“我……”

柳熙来立刻把她给推正了：“你腰椎有问题，还是四肢疲软？我把这里让给你一个人躺。”

说完，他坐到了旁边的椅子上，并且拿起一本杂志随手翻着。

“你对我，真的没有什么感觉？”姜玲玲鼓足勇气，脸红地问了一句，她从来不曾主动过，这还真是头一次，“柳总，其实你可以……可以……好好跟我聊聊嘛，你会发现我不是只有颜值，我还能……还能说说其他的，我想说说话。”

柳熙来很认真地看了看她，从她精致的五官再看到她紧紧抓着裙子的手，他丝毫不觉得对方有什么颜值。

然而，出于礼貌，他想了又想，把口袋里的 AI 智能小机器人掏出来了。

“我想姜小姐可以跟我们公司新研发的 AI 好好聊聊，它什么都会说，满足你想说话的欲望。对了，你想拥有一只也不难，熟人可以八五折销售。”

姜玲玲预测过一万种柳熙来的回复，怎么也没有想到他堵得自己一句话都说不出来。

她看了看柳熙来手里的书，尴尬地问道：“柳总，你看的是什么书？”

“你喜欢看？给你看吧，挺适合你！”柳熙来随手把书递给了她。

姜玲玲一看封面，差点气晕过去。

上面写着一行大字——“是的！人丑就该多读书！”

姜玲玲蒙了好一会儿，确定了柳总裁是在说自己，她觉得这次相亲简直把她作为美女多年来的自尊打得稀碎！

她去卫生间重新上了一遍妆，对着镜子三百六十度旋转了一圈，照了又照，觉得自己美得不可方物。

她自我安慰着，让自己重拾信心：柳总其实在说冷笑话吧。

她优雅地从大厅里又穿行回去。

见所有人的目光再次集中在她身上，那目光里都是惊艳，姜玲玲顿时又信心满满的了。

她坐下来时看见柳熙来垂头认真地看书，于是重重地咳嗽了一声。

柳熙来抬起头看了她一眼，又看了看手腕上的表，礼貌地安慰她：“还有二十分钟，姜小姐，努力，我们一定可以圆满地熬过去！”

时间匆匆，一个小时很快过去，柳熙来开心地笑了起来，他觉得自己已经战胜了自己，不再是往常那个看到相亲对象就拔腿告辞的愣头青了，他已经是个气质沉

稳的大人了！他已经相亲长达一小时了！

突破——完成！

柳熙来甚至开始整理衣服，打算悠然离去。

姜玲玲咬着手，有点怨恨自己一开始装得太过。她美目流转，大概知道孔毅是柳总身边的红人，便用一副哀怨求助的样子看着孔毅。

孔毅会意了：妹子在求救！她在向我求救！

他看了看手腕上的表，两点整！于是，他拍了拍手掌。这时，会所的大门再次被打开，从外面呼啦啦拥进来一大群花枝招展的中老年少女。

“柳总真的在哎！柳总柳总，看这里！”三四十个年龄层次跨度很大的女人扑过来，一下子把沙发都坐满了。

“柳总柳总，你好啊！哎呀，柳总看我了！”

“柳总柳总，你好帅哦！”

“柳总柳总，你是不是喜欢我这样的女孩子！我质朴无华，不施粉黛！跟你平时看到的女人很不一样咧！”

“啊！柳总柳总，你看看我好吧！山珍海味易求，青菜萝卜少见，你看看清淡的我！”

“柳总柳总，你回应一下我们呀！”

……

瞬间，柳熙来觉得有一万只蝉在围绕着他鸣叫。

“这是怎么回事？孔毅，孔助理！你给我解释解释！”柳熙来惊了，整个人被一群老少女热烈地拥着，他觉得自己此生都不会爱女人了。

姜玲玲被这突如其来的闹剧震惊了，作为美女的尊严不容许被这样践踏，于是她挺直腰杆，拉开了会所的门，头也不回地走了。

会所里乱糟糟的，好在五分钟后就有孔毅之前安排的工作人员来接待各位。

如事先说好的一样，柳总裁不喜欢的，都领了钱，恋恋不舍地离去了。

柳熙来从来都没有这么疲倦过，他面无表情地坐在沙发里，看着一个又一个眼睛亮晶晶的少女或者老少女依依不舍地领了钱离去。

人数逐渐减少，柳熙来终于松了一口气，想着今天的“历练”就要结束了。

突然，从旁边冲出来一个戴着口罩的少女，眼睛亮得惊人，眉毛浓黑且刚毅。只见她像复仇女神一样一步冲到柳熙来面前，刺啦一下扯开了自己的外套，吓得柳熙来条件反射地跳上了沙发。

柳熙来曾在年少时被过激的女孩表白而受到过惊吓，虽然此事后来解决了，但他内心从此抗拒无比。从那以后，但凡看到举止异常的女性，他都直接后退三尺。此次会所的空间局限了他的活动轨迹，他只能跳上沙发，居高临下地看着戴口罩的少女。

少女声嘶力竭地爆吼："抗议修建化工厂，柳氏化工厂滚出 W 市！"

柳熙来一下子冷静下来，定睛一看，少女的大外套下是一件自制的白 T 恤，上面用马克笔写着"打倒为富不仁的柳氏企业"。

他看着少女露在口罩外亮晶晶的眼睛和那双刚毅的眉毛，此时因为气愤和激动眉毛抽搐抖动着，强烈彰显着主人不平静的心情，他突然心中一动。

这仇富的眼神……感觉似曾相识。

"一人血书，要求柳氏停止环境污染，停止对全市人民的伤害！消除雾霾天！还我蓝天白云！还我 W 市的清新！"少女仍在声嘶力竭地喊着。

柳熙来鬼使神差地问了一句："血书在哪里？"

少女的动作突然顿住了，她呆滞地看向柳熙来。过了半晌，她的眼神逐渐坚毅起来，眉毛也不抖动了。她像是决定了什么一样，毅然从包里拿出裁纸刀，并高举起来。

"保护柳总！行动！行动！！"

闻言，所有保安和保镖都惊呆了，一起扑了过来，抢刀的抢刀，掐她肩膀的掐肩膀。

还有四五个保安像花瓣围绕着花蕊一样，簇拥着柳熙来，把他朝门外推去。

柳熙来频频回头，慌乱中，看到少女的口罩掉了，露出全貌。她的嘴小小的，像颗不成熟的草莓，挺翘的鼻子小小的，眼睛大大的，看起来像惊恐的驯鹿，一双眉毛刚毅又粗犷，有一种令人看一眼就忍不住想笑的魅力。

糟了！

柳熙来的心怦怦怦地跳：天仙也不过如此。

柳熙来指着少女，结结巴巴地说："别伤害她，别伤害她……好好待她，好好待她……哎，你们怎么回事，我不需要被保护！"

总之，没有人听他的话，他就这样被推出了门。

训练有素的保安和回过神已经就位的孔毅，将柳熙来连拖带拽地塞进了车里。

汽车疾驰的时候，柳熙来好几次都羞涩而期待地回头张望。

啊，她怎么不追过来？怎么办，她会不会被打？

他想了想，打了电话给会所。

会所的接待人员接到总裁的电话，诚惶诚恐："总裁您好，总裁您请吩咐。"

柳熙来咳嗽了一声，问道：“那个女孩，高举凶器的那个女孩，她怎么样了？”

会所的接待小姐热情洋溢并且万分开心地告诉柳熙来：“柳总，您放心，我们已经成功制伏了她，并且将她扭送到公安局啦！”

“谁让你们扭送到公安局的？她那么柔弱，那么人畜无害的一个女孩，为什么要扭送她去公安局？”柳熙来顿时整个人都不好了。

握着响着忙音的话筒的接待小姐一脸茫然。

车中，柳熙来生气地掐了一把孔毅的大腿，然后在孔毅的大叫声中迅速冷静下来。他沉下脸吩咐司机：“去 E 区公安局，抄近路，快点！”

司机不敢怠慢，车开得跟十级台风一样，一路呼啸带风疾驰而去。

到了公安局，柳熙来从车里下来，走路带风一般。

一路上见到他的警察都跟他打招呼，倒不是因为他跟这些警察有什么交情，主要是因为一年多前发生过一件事。

当时 W 市郊区发生一起山体塌方事件，这里的警察调到郊区救灾。

临近春节，气温低，又暴雨连绵，所有人都冷得瑟瑟发抖。

柳熙来得知此事，马上打电话让唐赛为困在高速公路上的群众和警员调配了棉衣和热饮。

于柳熙来来说，这是双赢的做法，道路畅通了，大家温饱也解决了，但是对于 W 市的警员们来说，柳熙来的适时援助简直是优秀市民的杰出表现。

E 区分局的副局长看见柳熙来，大步流星地走过来打招呼：“柳总啊，你这么急是为了什么事？”

柳熙来眼睛向里面扫去：“不久之前扭送过来一个十分漂亮的小姑娘……她现在还在吗？”

副局长苦思冥想，怎么也没有把“漂亮的小姑娘”同那个“惊恐的驯鹿”联系在一起。

大约五分钟鸡同鸭讲的无效沟通后，副局长终于确定柳总的审美是特立独行的！

“你说的是那个长得很有特点的小姑娘吗？我们审核了一下，发现她只是想要现场给你写一份爱的血书，情绪是热烈了点，但除此以外并没有什么恶意，所以我们就留了记录，让她回去了。”

“她没有受到什么伤害吧？”柳熙来一脸紧张地问。

“没有，没有，我们怎么可能伤害一个无辜群众呢，我们跟群众是鱼水之情嘛！”副局长很认真地解释给柳熙来听。

他将柳熙来引进办公室，把刚刚小姑娘的记录找出来给他看。

“你看，她之前有做过救灾志愿者，这里有存档的，是个蛮不错的小姑娘。”副局长将小姑娘的资料递过去。

招募单上，小姑娘穿着粉色的冲锋衣，扎着个丸子发髻，两只手似乎很无措地耷拉在胸前，一双眼睛愣愣地看向镜头。

“哈哈哈……像只土拨鼠！”孔毅一边哈哈大笑，一边俏皮地学照片上的小姑娘的动作。但他一看到柳熙来的表情，立刻住嘴了。

柳熙来眼神犀利地瞪了瞪孔毅，又将视线转回到了照片上，伸手就把照片给撕下来了。

副局长都来不及阻止。

“我能把照片带回去吗？”柳熙来一边把照片塞进胸口的口袋里，一边用很严肃的口吻问副局长。

副局长在心里腹诽：能不能带回去？你不都已经撕下来藏起来了吗？

但是他脸上露出个灿烂的笑容：“能能能，都是旧资料了，放在这里只是备档用的。”

柳熙来顿时心花怒放，捂着胸口，心情愉悦，欢快又轻松地朝着分局大门走去。

车子开了多久，柳总就坐在车上捂着心口笑了多久。

到了公司，柳熙来坐在高高的老板桌后面，掏出那张照片，用手指敲着桌子，久久沉思着。

唐赛刚从医院回来，看到总裁如痴如狂的表情，还带着点不明的痴傻感。他总觉得孔毅又做了什么了不得的大事，使得柳总裁又发了癫。

他白着脸，偷偷看向孔毅，只见后者抱着臂膀，也是一副百思不得其解的表情。

“唐赛，你过来！”柳熙来敲敲桌子。

唐赛擦了一把额上的汗水，靠过去。

“五分钟，我要这个女孩的所有资料！”柳熙来点点自己看着的那张照片，“衣食住行，包括她的爱好，每日行程。”

唐赛瞄了一眼照片，顿时惊了：这粗犷的眉毛，这瞪得大大的眼睛，我认识啊，不就是那个戴着口罩站在大门口示威的妹子吗？

他心里有点同情这妹子，大概柳总被这妹子激怒了，打算人肉攻击她了。

他摇着头叹息一声，伸手想要拿那张照片。

柳熙来“啪”的一下，用力打在他的手指上：“谁允许你碰这张照片了？！”

孔毅笑出声，一把捞过唐赛，然后好心地提醒："去 E 区分局问好了妹子姓名再去调查，刚刚我们才从那里回来！"

唐赛捂着手背，一溜烟地跑出去了。他就是这么实诚，明明可以差遣员工们去办的事情，他总是不放心，总想着自己去执行。

柳熙来抬起头，看见笑得恣意的孔毅，眯了眯眼睛，想起下午会所的那场闹剧，刚想说话，手边的电话突然响起来了。

娇滴滴的秘书在电话里告知柳熙来："柳总，是柳经理的电话。"

柳熙来顿时一副避之不及的表情，伸手点了点孔毅。

孔毅凑过来，从他手里接过了电话。

"哎，柳经理，是我，孔毅，对对对，柳总在谈事情……对对对，有什么紧急的事情也可以跟我说的，我一定一字不落地转达！"他一边说，一边看柳熙来。

柳熙来的全部注意力又回到那张照片之上。

他笑得一脸温柔，还不时用手指摸着照片。

电话里，柳境气急败坏地说："你就帮我问他，是不是想气死我，他爸爸死得早，我再不管他，他老了孤零零一个人怎么办！"

听出柳境说话间已经带了些悲愤的哭腔，孔毅头疼万分："不不不，柳总只是觉得下午的姜小姐不是他的菜而已，他并不抗拒找女友这件事。"

柳境生气地问："姜小姐那么漂亮，他还不动心？"

孔毅一回头，正巧看到总裁一边摸着照片，一边对着照片感慨："真好看。"

孔毅回想了下照片里长得十分好笑的妹子，自己总不能说自家总裁的审美十分特别啊。

柳境也不是想让孔毅回答，他更多的是想发泄内心的无奈和愤怒："他还要多漂亮的？姜玲玲是校花中的校花，他居然看不上？他就是心理生理上有缺陷。你帮我转告他，得乖乖去医院看一看！否则我觉得不可能有女孩能打动他了。"

孔毅接着电话，忍不住回头看向自家总裁。

这一看，他的话筒差点掉落。

孔毅看见自家那个将近二十几年没有动过心，铁树一般的总裁，正美滋滋地亲着照片。

他觉得自己口齿都不伶俐了："柳……柳经理，我想你是误会了，我觉得总裁如果看对眼了姑娘，一定也是热烈而活泼的。"

他已经没眼看柳熙来了。

"唔，但愿吧！要不然我怎么对得起死去的兄长！"柳境气呼呼地挂断了电话，心情十分压抑，有一种家兄的嘱托所托非人的自责感。

柳境叹了口气，一抬眼看见日历，站起来翻了翻，看见那个用红色马克笔标注的日期，心里的郁结之气陡消，又开心起来。

柳境叫来家里的司机，说道："老金，你明天早一点去机场，阿照明天就要回国了。"

老金得了命令，恭恭敬敬地应了一声，看了看那红红的标注，也替自己的东家开心："柳先生，明天家里就会热闹起来了。"他记得五年前的柳熙照，性格活泼开朗，看到谁都笑得灿烂无比。

但是，谁也不知道柳熙照开朗的个性下藏着深深的自卑。长期被堂哥柳熙来的光彩压制着，气质拼不过，更不要说当初柳熙来学什么都是业内扛把子的彪悍天赋。

久而久之，柳熙照就活成了荫翳下的花草。等到柳境发现儿子有了自残行为，并被他那妒恨的神情所震惊时，才知道不得不为儿子换一个生活环境了。

五年来，好消息不断从 M 国传来，柳熙照越来越成熟，也越来越敞开心扉，他学会了享受生活，也学会了放下往昔的不快。

听说已经彻底消除了心理障碍的柳熙照要回来，所有人都为柳境开心，因为柳境真的是一个宽厚待人又善良的老人。

"是啊，家里又要热闹起来了！"柳境背着手，看向屋子墙壁正中挂着的浮雕艺术照。那是柳熙照二十岁时拍的写真照，照片上的他笑得一脸灿烂，五官酷似柳熙来，只是他的眼角比柳熙来下垂一些，呈现出一种下垂三角眼的姿态，虽然不明显，但是这样一来就少了一些柳熙来身上独有的冷冽而震慑人的气质。

窗外，蓝天白云，春光美好，然而不久之后，淡黑色的云朵缓缓笼来，将白云驱逐得一干二净。

"呀，要变天了呢！"老金看了看窗边的云朵，一边嘀咕，一边从柳境的书房里退了出去。

.2.

前一刻还是阳光明媚，下一刻突然下起倾盆大雨。

行走在路上的田甜以一种力拔山兮气盖世的威武扛着自己的自行车在狂奔。她今天真的是倒霉透顶了，之前想要写血书，被人当作袭击柳总的疯狂粉丝扭送到公安局，出来以后，发现自己的包包不知道遗落到什么地方了。

她住的地方离市中心很远，自行车的钥匙也在包中，早知道就听闺密的劝，骑共享单车出来了。但是她担心万一去了偏僻的地方，丢在那里，就失去了共享单车的作用，反而是件不美丽的事情。

可能因为生活的磨砺让田甜过早懂事，使得她总是考虑很多。

走过闹市区，又走过长长的古街，田甜已经是一身汗水，扛在肩头的自行车越发沉重。车上的铃铛早已经掉了半边，她一路跑，铃铛一路发出“当当当”的声音。

好不容易找到个古镇的旧房，她丢下车，大口喘气。雨越下越大，她看看天色，打算在屋檐下避一会儿雨。

腰间的手机突然响了，田甜接起电话，擦了擦脸上的雨水，酝酿了一下，换了一副快乐的口吻：“哎，爸！我在朋友这里躲雨呢，好得很呢，下午应聘的茶吧让我下周就去报到了，我们的房租有保证了。嗯嗯嗯，药……药明天就可以买上了，你别急，一切都往好的方向发展呢。”

田泽短促而疲惫地咳了好几声，等喘息平息了，才又叮嘱田甜：“甜甜啊，你不要急呀，每天都在外面跑来跑去的，爸爸看了心疼。”

上周，他们还住在化工厂附近，虽然柳氏的化工厂刚开始运行不久，但是废气经常会顺着风儿刮到他们那里。

田泽早些年为了维系这个家，还为了还妻子生前欠下的医药费，他白天打一份工，晚上兼了两份工，时间久了，身体太疲惫，总是会时不时咳嗽。

后来越咳越严重，他去医院检查，查出了肺结核的毛病，吃了治结核的药，又把肠胃给吃坏了，肠胃调理好了，肝脏又出了问题，总之这两年来一直都患着病，能出去劳动的时间几乎为零。

田甜从懂事开始，就在外面打工分担压力。田泽生病以后，她直接一人把所有的事都担了，原本图着住在郊区省钱，结果化工厂一开，废气一个劲刮过来，把田泽熏得没日没夜地咳嗽，家里的窗户都不敢开。

田泽的精神一日不如一日，咳嗽消耗了他太多的精力。迫于无奈，田甜只能用比原来多出一倍的价格，租了另一处地方。

然而这样消耗金钱，是田甜一家吃不消的，她不得不辞掉了原来薪水微薄的兼职，停掉了自己夜大的课程，重新在城里寻找着兼职。

这几天柳氏又有了新动静，据说要新开一家化工厂，就坐落在田甜的新租房处。全城之下，只有这两处房租最为便宜，被称为 W 市的贫民窟。如果再在她现在租房的地方开一家化工厂，田甜一家势必没有去处。

据说新化工厂的建立只是因为柳熙来自己的个人兴趣，他想要发展新能源新品种，但完全没有多大的市场需求。

田甜对有钱人的憎恶真是与日俱增。

田泽又不放心地嘱咐了好几声，这才挂掉电话。屋子里黑黑的，他就枯坐在窗边，也不敢开灯，电费煤气费还有其他费用，都压得他透不过气来。他扭头看向昏暗中的屋子，妻子的照片挂在那里，黑白照片都能看出她生前的清秀。

她死的时候还很年轻……

不能再回想了，想了又要心酸难过，田泽把视线转了回来。

雨还是没有停，但是比刚才小了很多。

一个小时后，浑身湿透的田甜终于到家了。

田泽迎了上去，看到田甜手里还提着顺路在菜场买的菜。

他们一向吃得很清淡，而且田甜还有每天给父亲煲汤润肺的习惯。

“你又买这么多菜呀！”田泽有点内疚，别看菜不少，可是最后都是做给他吃的。他心里有数，这个孩子总是苛刻自己，把好的让给他。

“没事，爸，一会儿饭菜就好了，你先休息！”田甜朝着爸爸开心地笑了，提着菜去烹饪。她这一笑，又让田泽很心酸。

他没用，生活一直没有起色，连累女儿也跟着过清贫的日子。

然而就连长相，他都觉得亏欠自己女儿的，亡妻长得清秀貌美，是当初有名的厂花，跟了他以后，生了田甜。谁知道田甜一点都没有遗传亡妻的美貌，虽然不能说丑，但是怎么看怎么都是一副令人忍俊不禁的长相。

田甜往那里一站，不笑不皱眉的时候，就像个惊恐的小动物，一双大眼睛眨巴眨巴的，如果抽抽鼻子就更像小动物了。

小时候上学，田甜没少被嘲笑过。有时她回来看着妈妈的照片，就会问田泽：“爸，为什么我跟妈妈长得不像？”

每当这个时候，田泽就会默默掏出田甜奶奶的遗照，看着那和田甜一模一样的招风耳和浓眉大眼，哦，对了，她奶奶还比她好点，最起码眼睛没有那么大，田甜一双大眼睛配着这些，就显得更加“可爱”了。

田甜第一次表白，对方拒绝道：“我不想有一个看着就想发笑的女友，你长得太幽默了！”

这话把田甜打击得一塌糊涂，之后将近半个月她都在扯自己的刘海，恨不得刘海长得可以把自己的眼睛都给遮上。

后来他们越过越艰难，田甜就看淡了对容貌的追求，到现在完全不顾自己的长相了。

近两年，田甜消了婴儿肥，下巴渐渐尖了，终于好看了点。

只是这么多年了，她一点点异性缘都没有，不要说男友了，连身边的男性朋友

都很少见。

田泽看着田甜忙进忙出，突然问道："甜啊，你上次说小佳佳已经有了男朋友了呀？"

小佳佳是田甜的闺密，两家都穷得叮当响，小佳佳还有对龅牙，丑得像遭了天灾人祸的。

就是这样的姑娘，也找到了好男孩，这让田泽心里很不是滋味。

田甜"嗯"了一声，并不在意。

"那你呢？有没有喜欢的人啊？"田泽试探性地问道。

田甜爽朗地大笑，拍了拍手上的炭灰："怎么可能有！没谁喜欢我这副幽默长相的。"

田泽被她这么一噎，也说不出话来了。

他其实很想告诉女儿，近两年她已经变得漂亮多了，但是一看到女儿那疲惫的样子和不修边幅的外表，他就把话又咽回去了。

"哦，对了，爸爸，你想不想听好消息？"田甜一边熟练地做着菜，一边挑着好消息说给爸爸听。

田泽看了看女儿笑得开心的样子，心中一暖，问道："那你说说看，有什么样的好消息呢？"

田甜顿住手，想了想："爸，你知道吗，你这次的检测报告下来了，医生说是肺结核纤维化了，已经渐渐往好的方面发展了，让你放宽心，不要什么都郁结在心里，这样才能好得更快！"

这果然是好消息，田泽的脸上终于有了真心的笑容。他倒不是怕生病，他怕自己从此一直是废人，拖累了年纪轻轻的女儿。

他走过去帮女儿择菜清洗。

田甜一边做菜，一边状似轻松地说："啊，对了，爸爸，那个建化工厂的柳氏，这几天好多人都在他们企业门口抗议呢。我想过不了多久，他们就会迫于舆论停止建化工厂呢！"

柳氏集团？

田泽的手顿住了，皱着眉头问："哪个柳氏？"

田甜愣了下，突然笑起来："爸，你平时在家不看新闻的吗？就是咱们市最大的那个企业啊，柳氏集团！他们总裁叫柳熙来，可垃圾的一个人了，什么事都谈钱。我上次看了一回他那个采访，差点被恶心到吐出来，满身的铜臭味，一嘴的庸俗话！"

田泽有点心不在焉，似乎想到了什么，扭头看了看亡妻的照片，沉下声来警告自己的女儿：“田甜，咱们家不要跟这些人扯上关系，这些人龌龊得很，他们表面和善，对你像是家人一样，其实背地里早已经把怎么整你都想好了！”

田甜看了一眼过于紧张的爸爸，心想：爸爸果然接触社会太少了，这几年都困在家里，见到个权贵都能吓成这样。

她安抚爸爸：“放心吧，爸爸，咱们跟他们是两个世界的人，我就是今天看到那么多人反对他们建化工厂，心里开心。”

田泽又强调了一遍：“你不能跟他们有任何瓜葛呀，好的坏的，都不能有。那个抗议什么的，你也离远点，我可只有你一个女儿！”

田甜已经很熟悉这套话了，因为田泽已经重复了十几年。

她从善如流地接下去：“对对对，保护好自己等于孝顺了父母，我懂我懂。”

田泽暗暗叹了口气。

晚间吃饭的时候，田泽一副怏怏不乐的样子，就连病情有好转了这么令人高兴的好消息都不能打消他心中对往昔的愤懑。

父女二人默默吃完饭，田甜照旧去练习自己的臂力，粗直的臂力器被她摁得弯弯的。练完后，她又默默自觉地拉了一组拉力绳，看起来丝毫不费力气。

田泽在黑暗中看到女儿迎着月光彪悍无比地拉着拉力绳，他忍了又忍，终于还是忍不住开了口：“阿甜啊，你做点女孩子该做的事情，别总是练这些，爸爸好怕你练得虎背熊腰的。”

女儿本来长得就很幽默了，要是身材再是金刚芭比，这辈子她还嫁得出去吗？

田泽的心都碎了，觉得女儿的每个爱好和习惯都越来越不可思议，并且彪悍无比。

田甜很开心地加了根绳子，发现自己依然拉得十分轻松，松了一口气。

“女孩子的我会，男孩子的我也会，你赚大了，田泽，你就像同时生了一儿一女！有福气吧！”她用调侃的语气逗自己的爸爸。

果然，田泽笑了出来。

田甜提了一瓶开水去后院准备洗漱。

她也不是一开始就喜欢这种力量锻炼的，最初的时候，父亲生病，她为了就近照顾父亲，找了份工地上的工作，不是她不去找服务员那种不需要力量的工种，实在是父亲就医的地方离繁华都市十万八千里，周围最大的饭庄也是夫妻店，根本不需要服务员，她找了好几处，只有工地那里缺临时工。

田甜白天在工地帮忙，晚上就去医院照顾父亲。

田甜因为力气小，所以挣得比别人少，要不是工地上有个好心的唐老哥看她可怜，经常把自己的任务量记在她的头上，估计她交了住院费，连饭都吃不上。

后来，田甜觉得自己要学更多的东西，比如英语、法律、外贸，还有锻炼力量，这样的话，她才能在仓促之下，随时应对各种兼职。

父亲有了好转，她就像块海绵一样疯狂自学。

这样的力量训练，也就延续下来了，从最开始最小的一根拉得手臂颤抖，到现在四五根都能应付自如。

田甜走到后院准备洗漱。后院是露天的，当地的居民搭了个土棚子，他们平时洗漱清洁都会在土棚子里面完成，土棚子顶上盖着石棉瓦，漏着光。

虽然简陋了点，但是这里地处郊外，周围住户稀稀拉拉的，所以田甜并不担心。

她打开了大棚的小灯泡，橘色的灯光洒满了一屋子。

将开水倒进桶里，她一抬头，目光凝视在棚顶的某一处。那块原本应该有个巴掌大的小洞的，此时却是满满的，不漏一点光。

她怕惊吓到爸爸，轻轻地从棚子的角落拾起了平时练习臂力的铁疙瘩，稳稳地走了出去。

果然，棚子上正半趴着个人。

田甜做了个起跑动作，一扬手，就把铁疙瘩丢了出去，正中那人的腰。

那人“哎哟”一声，滚在了院子的栅栏边，不敢停留，连滚带爬地飞奔出去了。

田甜凶悍地捡起铁疙瘩，一路在后面狂追。

前面的人一只手扶着腰，另一只手一路挥着，一辆奔驰驶来，扶着腰的家伙像狗一样爬上了汽车。他一上车，那车就提速，开得飞快。

田甜手一扬，又抡出了铁疙瘩，把奔驰车的后备厢砸凹了一块。

“居然开着奔驰来偷窥！有钱人都不是好东西！”她愤愤不平地吐了口口水，恨不得追上去把汽车再抡几遍。

田泽听到声音，咳嗽着追过来，问田甜：“发生什么事了，我听到好大的响声，似乎还有人的呻吟声。”

田甜冷静地说：“不可能，没有的事，你看错了，只是一只撒欢的疯狗。”

尽管不相信，但是田泽可以肯定，以女儿倔强的个性是不可能告诉他真相的。

于是，他任由女儿把他扶进了那个黑黝黝的屋子里。

天刚亮的时候，雨停了，空气中弥漫着干净清冽的气息，一切都变得清新而可爱。

然而颓废的唐赛早就已经在办公室了，他比平时早来了一小时，心情十分低落，正在归纳总裁吩咐调查的那个女生的资料。

他越归纳越心惊，这个女生真彪悍啊，小学就学着贩卖学习用品，靠帮同学做作业、抄试卷赚钱。

初中时开始倒卖零食。

中专的时候，全年提供代购业务，W 市的小商品被她淘遍了。

大专一边休学，一边赚钱养家，中间有过几次令人匪夷所思的群殴事件，她都摆平了，也不知道用的是暴力还是智力。

唐赛一边摇头，一边画着田甜那摇摇欲坠的出租屋。他不明白怎么会有人住那样的屋子，怎么有人有勇气在那种随意搭的大棚里洗漱的。

他一边困惑着，一边用手揉着自己的腰。

他想了又想，在资料上手写补充："力量型攻击人格，能徒手掷铁饼，狂奔三千里。"

等到柳熙来进办公室时，唐赛已经补充了自己很多的感想，并且很想规劝柳熙来不要亲自对付这个女生。

唐赛出身于小康家庭，虽然没有经历过贫穷，但没想到田甜彪悍起来让他心惊，他昨晚做了一夜的噩梦。

柳熙来满面春风地来到办公室，看到腰扭成麻花状、一脸痛苦样的唐赛，顿时愣住了。

"唐助理，你到底经历了什么？男人的腰可是很重要的哦！"孔毅说着走过去，用手指点了点唐赛的腰。

唐赛杀猪一样地尖叫，但是又很快克制住了自己失态的表现，将手里的资料递了过去。

柳熙来漫不经心地接过来，看见第一页扛着自行车在雨中狂奔的田甜，顿时眼睛都直了。

"力量！爆发！美！"他毫不吝啬自己的溢美之词。

第二页的田甜眼神锐利，扛着自行车，在大雨瓢泼的屋檐下瞪着一只同样凶狠的野狗。她虽然依然像一只惊恐的驯鹿，但是眼神里多了杀气。

"凌厉！威武！靓！"柳熙来感慨。

唐赛收集的资料很齐全，柳熙来看得津津有味。

"柳总，她粗鲁不堪，有着强烈的暴力倾向，并且家境贫寒，一看就是没有素养和档次的……"唐赛忍不住补充给柳熙来听。

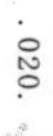

孔毅在旁边挤眉弄眼的，让他闭嘴。

唐赛完全无视孔毅，一根筋地往下说："我认为你要是想报复她，不要自己亲自动手。柳总，我知道你追求那种亲自复仇的快感，但是这个妹子太可怕了，她随手一抡……"他把腰上的衣服掀开了，腰背那里一片青紫，甚至还有血块，"我就像老狗一样匍匐在地上了！"

柳熙来正好看到最后一张，看到唐赛事无巨细地把所有的细节都用条漫的形式给画下来了，忍俊不禁地说："唐助理，看不出你绘画功底很深厚啊！"

唐赛一副委屈的表情："是啊，柳总，我完全描绘不出我被天外'陨铁'砸中的心情，我觉得我用文字描述不出我的屈辱，只能以画代替我的文笔，全方位无差别三百六十度展现那泼妇的凶悍！殴打文化人，在古代是要被判刑的！"他气得莫名心酸。

孔毅已经控制不住自己的表情了，他将脸埋在手里，肩膀一抖一抖的。

柳熙来居然能控制住自己的表情，眉头扬了扬，夸奖唐赛："唐助理画得很传神，这几天你就负责跟踪田甜吧。对了，就继续用这种方式汇报好了！"

唐赛一副要死掉的表情，觉得生无可恋："不，不是，柳总，我们新的化工厂在筹建，我有……有很多事啊！你不如让孔助理……"

"孔助理有孔助理的事情！化工厂可以停了，改办其他工厂，对城市有污染的确不好，是我考虑欠周详。"柳熙来才不是慈善家，但是他一想到田甜妹子那天义无反顾地写血书抗议，他就觉得如果继续下去，他估计连田甜妹子的衣角都抓不到。

他一回头看见肩膀笑得一抽一抽的孔毅，冷着脸眯了眯眼睛。

孔毅立刻就如同被泼了一身的冰水一样，冷静下来了。柳总每次眯眼，都代表了一种情况，那就是他要开始杀鸡儆猴了。

道理孔毅都懂，但是他一看唐赛那面如土色的样子，就把要小聪明的话吞进去了。算了不管面临什么，让他去熬也总比一脸老实样的唐助理好吧，唐助理要是经历几次总裁的恶作剧，估计真的要进医院了。

唐赛看到孔毅的眼神，吓得转过头去，不敢跟他对视，通常自己一旦接触在场这两位任何一位的眼神，立刻就会被提名。吃的亏多了，唐赛学会了一招，就是关键时刻放空眼神，仿佛一个盲人一样神游四方，这个时候，总裁的重点就会落在孔助理身上。

"孔助理啊，你上次安排的多人相亲，我还没有报答你呢！"柳熙来抱臂冷哼。

孔毅的表情立刻变得很尴尬："柳总，我不是为了给你解围嘛，没想到她们那么吵！”

听到柳熙来又冷笑一声，孔毅吓得闭了嘴。

唐赛颤抖着接过柳总递过来的资料夹，默默走了出去。

柳熙来叫住了他：“回去看看腰，如果下次被她砸伤了，记得报销医药费，我给你三倍赔偿！”

唐赛快要哭出来了，他走出办公室后，默默打电话给保险业务员，给自己加了一份商业险。

办公室里的柳熙来打了打响指，把孔毅的注意力给引了回来。

“你，给我出国玩一圈。”柳熙来丢了份资料在孔毅面前。

孔毅踌躇着捡起，果然一翻就知道不是什么好事。这是柳熙来私下盘下的国外公司，并不在柳氏集团之下，一般他会盘一些自己觉得有趣的公司，做一些自己觉得有趣的投资，但是这些公司通常都不会在很发达的地方。

例如这次要去的地方，在全世界人民都知道的贫穷三角洲。

“明天就去，不要让我失望，我要看到好玩的东西迅速地成长起来！”柳熙来坐在转椅里面滴溜溜地打着转儿，一回头看到孔毅也换上了一副要死的表情，心情顿时愉悦。

孔毅有些哀怨地求着：“柳总，要不我跟唐赛换一换吧，他工作严谨认真，并不适合帮你追田小姐，你看我聪明伶俐又足智多谋，留着我，作为你的智囊团，俘获田甜小姐，不在话下！”

柳熙来冷冷看了一眼孔毅，语气也冷冰冰的：“我怕你拉着田甜的手冲动浪漫！”

孔毅顿时语塞。他很想告诉柳熙来，他不喜欢土拨鼠一样的女孩，他的审美比总裁要正常很多。

但是质疑总裁的审美，显然罪名更重一点。

孔毅思考良久，最后还是抱着文件夹乖乖答应了：“柳总，我无话可说，我明天就出发！”

柳熙来眯起眼睛，已经把孔毅当成了心里有鬼的情敌。他慢慢合上了田甜的资料，用一种驱赶情敌的眼神目送孔毅走出办公室。

孔毅如芒在背，吓得冷汗淋漓，出了办公室还在流冷汗。

办公室里的柳熙来从玻璃窗里看到孔毅擦拭额间汗的动作，不由得再次得意地冷笑。他又打开了田甜妹子的资料，欣喜而痴迷地看向了妹子的照片。

守身如玉二十八年，春花终于盛开了！

午后炎热起来。

毕竟已经春末，街上行人穿的衣服也开始丰富多彩起来——有的人裹着毛衣，鼻尖上都是汗；有的人穿着风衣，走路迎风很是得意；有的人穿着长袖单衣，衣服色彩斑斓。

然而有的人提前进入夏天，一身短袖短裤夏威夷度假的装扮就从接机处悠悠然走了出来。

“金叔叔，今天是你来接我的啊！”柳熙照朝着来接他的老金微微颔首，他的目光落在了老金后面，似乎在寻找着什么。

老金有些心疼他，小心翼翼地开口：“柳先生他今天陪着柳总去下面的公司检查，又新开了几个分部。”

柳熙照笑出来，很爽朗的样子：“没事的，老爸一向忙，习惯了习惯了。”他伸手递过去一个小袋子，里面是国外的一些小特产，“金叔叔，我记得你家里有个还在读高中的小朋友吧，这是M国的一些特产，都是小朋友爱吃的，但是不能多吃啊，甜得很，你扣着点给。”

老金受宠若惊，他的心被柳熙照给焐热了，暖洋洋的，小柳先生果然和东家一样，是个暖心而温柔的人呀。他接过柳熙照递来的袋子，开心得不知道怎么感谢：“怎么……怎么能让您破费呢？我只是个司机呀！”

柳熙照扶住老金的肩膀，拥着他往停车处走：“金叔叔，你说什么呢，我一直都是把你当作长辈的。这些年，你一直陪在父亲身边，也感谢你的照料了。”

柳熙照这么客气，让老金手足无措，他只能加快步伐，引柳熙照进停车道，替柳熙照拉开车门。

老金是个老实人，得了点恩惠，从来不会表达，只会用自己的行动默默表示。

柳熙照把手撑在门上，笑得眉眼弯弯：“谢谢金叔叔。”

老金看到他手臂上一道道的旧伤痕，又怕勾起他过往的伤痛，只看了一眼便硬生生地转过脸去。

柳熙照知道老金的想法，扑哧笑了出来。

“没事的，金叔叔，都是过去不懂事的时候做的事了。”他头一低就上了汽车。

老金坐上了汽车，看到后视镜里面的柳熙照毫不在意一脸笑意地看向窗外，不知道怎么的，心里就一阵发酸。

他在柳家做司机已经有些年头了，也算是看着柳熙照从叛逆少年长成现在的温煦青年的。

老东家对谁都好，唯独对不起这个儿子，当初柳熙照最脆弱的时候，事事都被拿来与柳熙来比照，柳熙来赢得轻轻松松，柳熙照却在家苦苦努力。

柳熙照常常努力辛苦数日，却不如柳熙来简简单单花钱请了专业的人拎重点一两天。柳熙来曾经得意扬扬地说，钱就该撒在用得上的地方，有钱没有什么得不到的资源。

柳境曾经称赞柳熙来是天生的商人！

适逢柳熙来的父亲重病去世，董事会集体不认同柳熙来掌管柳氏，柳境舍不得兄长的孩子被众人奚落排挤，整日衣不解带地同柳熙来在公司奋斗。

柳熙照日日盼望着父亲回家，家里的后母尖酸刻薄，那时柳熙照在极度愤恨之下，为了排解心中的嫉恨之心，用刀片在手腕上划了一道又一道的伤痕。

然而即便如此，柳境也从来不过问儿子的感受，他总是得意扬扬地在柳熙照面前夸奖柳熙来。

柳境废寝忘食地工作，不仅冷了柳熙照的心，也冷了后母的心。后母不动声色地转了存款，卷了珠宝，偷偷地溜出了 W 市。

生日那天，柳熙照满心希望地请来了生母，期望能够通过这个契机，让一直等待着的母亲跟父亲复合。

他们母子俩在烛光下，从中午等到了晚上，而后等到了夜里，直到餐厅打烊，父亲都没来。

柳熙照还记得生母绝望地说："阿照啊，我跟你父亲的缘分怕是已经尽了。"

柳熙照站在微弱的灯光下，看母亲萧瑟离去的背影。那一瞬间，他知道，他对父亲的爱意已经消耗殆尽，只剩下满满的恨。

那之后，他再也没有看到过生母，她留下了一封电子邮件，只身一人飞到了遥远的国外，从此割断了与前夫和儿子的联系。

柳熙照把那封信看了一遍又一遍。

出国那天，他终于流着眼泪删除了那封看了成百上千遍的邮件。

从此，他的心中再无柔软的地方，因为他已经把最柔软的地方给删除了。

第二章
热心市民柳熙来一脚误伤过路的小田甜

确认过眼神，是个神经病！
田甜在满腔怒火中昏了过去。

.1.

车子驶过大道，柳熙照抬头看见市中心最繁华最高大的楼上的巨画，画上的柳熙来一袭黑色西服，头发梳理得一丝不苟，手抄在西服裤子里，眼神冷冷的，散发着冷眼睥睨天下的气质。

柳熙照笑道："这么多年了，这家伙还是一如既往地让人觉得不舒服呀！"

老金有些尴尬地对柳熙照说："我该开另外一条路，这样你就不会看到这幅画了。是我不好，忘了这码事。"

这幅巨画已经悬挂一年了，他们早已经习惯了它的存在，今天老金站在柳熙照的位置想了想，心里着实难过，他觉得自己太欠考虑了。

柳熙照安抚道："金叔叔，你想什么呢，柳熙来是我堂哥，我迟早要面对的，我们不是仇人，我们是兄弟呀！"

老金得了安慰，却并不开心，狂摁喇叭从市中心挤了出来。

车子一旦驶出市中心就畅通无阻了。

柳境家在老城区，车子驶到一个狭窄的巷口时，巷子里的汽车正一辆接一辆地出来。

一辆黑色的小轿车里的人十分不耐烦，把车开到了巷子口，从窗口伸出一只手，捏着一大沓钞票，就这么随手扬了出去。

他不止扬了一把，还朝着另外一个方向扬了四五把，看着司机们纷纷停车去拾取钞票，淡定而冷静。

"开进去，别管他们，他们一会儿肯定堵成狗。"柳熙来淡定道，"好了，唐赛，再撒两把就够了，我们马上就插队开过去了。"

唐赛照做，看着柳总坐在车上一脸的不耐烦。

“所以我说，能用钱解决的事情根本不是问题。”柳熙来的车已经稳稳驶进了巷子里，出了巷口，豁然开朗，转过弯就是柳境家的大别墅。

柳境为了欢迎柳熙照回来，特地找了人把别墅外面装扮了鲜花和气球，看起来喜气洋洋的。

“叔叔！熙照还没到家吗？”柳熙来摇晃着手里的香槟酒，“我特地让人空运过来的，口感不错，很对得起它的价格，待会儿熙照回来，我要跟他好好喝几瓶！”

柳境很开心地说：“对对对，你们兄弟好久没有见面了，见面好好聊聊。”

足足两个多小时后，柳熙照的车才到达别墅门口。

老金一路咒骂撒钱的人，因为那几把钱把周围小摊贩的摊主都给吸引来了，还有开车的司机、路过的行人，最后不得不动用了三队交警才疏散了众人。

老金呸了一口：“最看不得这样赤裸裸秀金钱的人！”

柳熙照坐在后座，眼睛都不抬，接了他的话：“是柳熙来，不要骂人，一定是他开了车正去我家迎接我。”

老金有点踌躇：“小柳先生，柳总应该不会……”他看柳境对柳熙来那么好，也是咒骂不出口的。

柳熙照在后座的阴影里轻轻地笑了：“除了他，谁会把金钱至上诠释得这么淋漓尽致？”

老金不知道要说什么，只是连叹了三口气。

车子驶入柳境家的大别墅时，柳熙照看到了别墅栅栏上挂着的彩色气球和花朵，花朵拼成了他的英文名字“Steven”。

他饶有兴致地挑了挑眉头：“老柳最近怎么了，这么懂情调啦？”

他下了车，神情恍然地看着别墅，感觉熟悉又陌生。他还没站稳脚，柳熙来就带着唐赛从里面走了出来，两人扯动彩筒，砰一声炸了柳熙照一脸。

“惊喜！！！欢迎归来！”唐赛替柳总热情地大喊着。

柳熙来在后面冷静自持地鼓着掌，并且示意众人把“惊喜”抬了出来——金碧辉煌的蛋糕上满是金箔，闪闪发光，上面写着“阿照生日快乐”！

柳熙照的脸抽了抽。

他的生日还有半年才到。

“阿照，你回来了啊。我跟熙来说了你生日，他太热情了，立刻让人定做了这个蛋糕，是不是很惊喜？”

柳境扯着气球一路快乐地跑出来，热情洋溢地伸出手，强行跟面色不佳的儿子来了个击掌。

柳熙照忍住骂人的冲动，努力扯出个笑容：“很好看，很金碧辉煌。”在国外那么多年，他见过形形色色的人，都能够应付自如，他觉得自己学成了，能够面不改色地漂亮回击了，但是一回来，见着柳熙来，他发现自己依然克制不了想要跟柳熙来搏击的冲动。

他嘴角抽动着走了进去。

别墅里面打扫得非常干净，还拉着红色的条幅：“欢迎熙照归来。”

柳境再次表扬起柳熙来：“这是熙来让人绣的，双面绣，可贵了！”

柳熙来很客气地阻止自己的叔叔：“没有多贵没有多贵，也就平时一顿饭的钱，钱都是越花越来的！”

柳境立刻赞同地点头：“熙来，你境界这么高了！我以前只是以为你爱钱，谁知道你已经看得这么淡了。”

柳熙来叹气道：“因为赚得太多了，已经麻木了。”

柳熙照面无表情地看他们俩互动。

五分钟后，柳境想起今天的重点是儿子回归，开心地拉着儿子的手，将他拽进去。

屋里到处都是红玫瑰花瓣和贴着“生日快乐”字样的气球。

柳熙照终于忍不住了，额上的青筋跳了跳，他觉得自己多年的涵养快要破功了，他劝自己要冷静：“爸，我想请问今天到底是谁的生日？”

柳熙来愣住了。

柳境也愣住了。

半晌，柳境不确定地问柳熙来：“阿来啊，能把你的身份证给我看看吗？”

柳熙来蒙蒙地递过去自己的身份证。

见上面写着 ×××× 年 ×× 月 ×× 日，柳境恍然大悟：“阿来，我记错了，今天是你的生日呀！”

啊！真的是这样吗？

柳熙来一脸蒙，自从爸爸过世以后，他就再也没有过过生日。

柳熙照站在那里生无可恋地说：“爸，你们先庆祝着，我换套衣服再下来。”他已经尽了最大的努力让自己看起来尽量开心和放松，他生怕自己多待一刻，又要恢复到出国前的暴躁状态。

“熙照，快点下来，我们喝最贵的酒！用最贵的冰块！”柳熙来手插在裤子口袋里，遥遥一举杯，优越感十足。

柳熙照在心里恨恨地想：真是看够了他这种用钱仗势欺人的样子，如果自己有钱，一定要压到他睁不开眼睛！

柳熙照缓慢地向二楼走去，耳边都是柳境欢乐的笑声和大声同柳熙来开玩笑的声音。

就几步路的台阶，把他和父亲割裂成了两个世界。

柳熙照慢慢走过台阶，看向重新贴了墙纸的墙壁，那上面所有的画都已经更新，以前挂在二楼墙体正中那幅巨大而生动的写真照也被换成了山水画，那之前挂的是他生母的写真，拍摄于生完他的第二年。曾经的柳境对他的生母颇为迷恋，家里到处都是她的写真巨幅画。两人离异后，二楼正中的那幅写真，柳境也未曾取下。如今巨幅气派的山水画，让柳熙照心情很是低落。

他觉得他们母子所有的一切都被柳境给抹杀了。

这个家没有他们一丝一毫的痕迹了。

他推开自己往昔的小屋。

小屋还保留着他走时的陈设，所有物品都刻意保持着原来的样子。看得出这里时常被打扫，但是他气愤而压抑时撕破的奖状还放在床头的茶几上，被精心地用透明胶带粘好了。

他临走时摔坏的写真照，也换了一模一样的新相框。

柳熙照慢慢在床边坐下，回头看床头镜里的自己，有一瞬他是茫然的。

猛地一看，镜子里的他很像柳熙来，这点让他很是不舒服，甚至有点厌恶。

柳家的男人长得好，五官都是明艳立体的，眼睛是天生的桃花眼，然而并不含情温绵，反而像是天生带着攻击性，他们眉眼间时常隐藏着猎豹的凶狠。

然而因为柳熙照是常常笑着的，极大地掩盖了猎豹一般的攻击感。他之所以爱笑，大概是因为柳熙来喜欢面无表情地绷着脸，所以他就从小笑到大，有任何同柳熙来相似的地方，他都想要去改变。

他并不喜欢自己同堂兄长得十分相像。

小的时候，柳熙照也亲近过柳熙来，也曾经觉得跟优秀的堂兄长得很像是一件令人骄傲的事情。然而，现实很残酷，让他不得不认清自己的地位，同堂兄长得相像，他没有资格也不必沾沾自喜。

他亲近的女生，总是情不自禁地拿他同柳熙来做对比，大概是得不到柳熙来的青睐，才会对着他，渴求一些温暖。然而，她们一边渴求着温暖，一边又忍不住指责他——为什么你同柳熙来性格南辕北辙，气质如此天壤之别，做事为什么没有柳熙来那样优秀果断？

柳熙照的朋友，总是渴求通过他认识柳熙来，即便他和颜悦色相向，柳熙来冷

漠鄙视以对，那些朋友都更愿意同柳熙来亲近一些。

柳熙来曾经得了便宜还卖乖地对他说：“熙照，我不阻拦他们通过你来亲近我，是因为我们是兄弟，我想让你看看人性是多么市侩和真实。”

柳熙照不知如何回复。

他其实一点都不喜欢这种残忍地认清事实的方式。

从那些年所有人的态度展现，柳熙照逐渐很想变成一个跟柳熙来没有一点点相似的陌生人。他任性地换了学校，任性地装作不认识柳熙来，但新学校的老师曾经指着柳熙来的照片问他：“十大杰出少年柳熙来，是你的家人？”

因为他们的外貌如此相似，老师这么推断也是无可厚非的。

然而柳熙照站在教室中，一字一句地纠正老师：“不，我不认识他，可能只是名字相近而已。”

柳熙照不想再和柳熙来沾染上任何关系。

柳熙照平静了一会儿，伸手搓了搓自己的脸，从回忆中醒来。

回来以后就是无穷无尽的不快乐，所有的一切都跟他无关，热闹也不是他的。

他换了一套舒适点的衣服，大概是热带的风格，粉蓝色的衣服，绲边是艳丽的荧光粉，左心口绣着粉色的火烈鸟。这种风格的衣服他原来也不是很喜欢，但是自从他发现柳熙来最憎恶这样色彩鲜艳风格张扬的衣服后，他就爱上了，甚至有时还会尝试欧洲中世级的皇家华丽风格。

柳熙照想起柳熙来总是一丝不苟地把刘海梳理上去，不留一丝在额际，于是用手指理了理落下来的碎刘海，细细密密地把额头都挡住了。

他从楼梯上下来的时候，看见柳熙来正在很认真地帮柳境出主意。

“这些画档次都太低了，不能展现我柳氏的风采。熙照都从国外回来了，往后外国友人探访不会少，这些庸俗的壁画都换掉，全部换成二楼那样的山水画，别担心贵不贵，我认识一些山水画大师，一幅画对外卖几千万，我只要打个照面，直接批发价拿一批！”

这么庸俗的话从柳熙来的嘴里说出来，却有一种淡定而挥斥方遒的感觉。

唐赛拿着小本本疯狂地记录着。

柳境忍不住点头：“好，你说得对！”

柳熙照终于明白二楼那幅洋溢着“我很贵，但是我不漂亮”的山水画是从哪里来的了。

他走过去，对柳熙来笑了笑。

柳熙来看向他，却像是陷入了沉思一样。

火烈鸟，天蓝色，柳熙来依稀记得田甜的背包上有个小挂坠就是这配色这刺绣。

他眯了眯眼睛，缓缓抬起手，指着柳熙照，吩咐唐赛：“去，照着这个衣服给我买几件，我也要穿这样的。”

柳熙照终于破功了，就连最后的特立独行都要被剥夺吗？他愤恨而尖酸地接口：“你不必去买了，我这件是定制版，全球只有一件，如果你喜欢，可以……”

他还没有说完，就听见柳熙来语气轻快地说：“好的，唐赛，给熙照十倍的价格把衣服买下来。”

简直不可理喻，气愤之下，柳熙照保留了最后一丝理智，决定视而不见听而不闻自己去吃吃吃。

然而，从那以后，唐赛就开始一脸老实样地看着柳熙照，他走到哪里就跟到哪里。

“你为什么跟着我？”柳熙照忍无可忍。

唐赛微笑着说：“柳总想买你身上的衣服，但是我想他是不会逼你脱下的，我等着你穿腻了的时候，成功买回衣服。”

柳熙照狂躁地一把脱下身上的 T 恤，狠狠甩给了唐赛。

唐赛立刻欢乐地举着衣服冲过去给柳熙来看：“柳总，收购成功！”

柳熙来很淡漠地拍了拍唐赛的肩膀：“干得好，记得消毒整熨后挂到我的办公室。”

柳熙照的归国宴，就在大家都很开心唯独当事人不开心的状态下结束了。

柳熙来一贯感情不外露，很少废话，但此时却也喝得脸上红红的，满腔亲人的责任感，感情酝酿得非常充沛。

“熙照，你随时可以来柳氏集团上班，我让唐赛帮你安排，你需要一份正经职业，你也不小了，别总是玩乐！哥哥有带着你走向正途的责任！”临走的时候，柳熙来很满意地拍了拍柳熙照的肩膀。

“你想想看，自己到底想做什么，熙照，想清楚了你可以跟我说！”柳熙来很认真地对柳熙照说。

柳熙照玩世不恭地笑了笑，回答自己的哥哥：“我想做不用努力就能够天上掉金币砸着我的工作。”

柳熙来思考了一下，很认真地回答：“你是要做许愿池里面的风水龟吗？我只看到它每天被天上掉下来的钢镚儿砸中。”

柳境和唐赛哈哈大笑，表示领悟到了自家总裁的笑点。

柳熙来等两人笑够了，伸出手做了个音乐指挥做的那个停止的动作，两人的笑声戛然而止。

“哦，对了，有个重要的事情要同你商量，虽然只是个初步的意向。是这样的，叔叔，海外有个新项目，我让孔毅去考察了，如果可行，你估计要辛苦点，要亲自带队，那会是柳氏未来最有前途的项目！”

“哎！这没问题！廉颇未老，尚能再战三百回合！”柳境开心得脸儿通红。对他来说，开疆拓土，就是对他能力的证实。

柳熙照笑了笑，既没有赞同也没有否认。他靠在自己家门口，看自己激动到面色发红的父亲，有一种很讽刺的感觉。

明明父亲可以自立门户，做一份自己的事业，他却巴巴地跟在柳熙来后面，让柳熙来赚个满钵。明明父亲可以在柳熙来脆弱的时候，把兄弟的产业接手过来，他却选择像圣父一样手把手地辅佐。

还真是没出息！

柳熙照刚刚回来一天，柳熙来就铆足了劲想要把他们父子再次分开，但是他看看自己的父亲，分明开心到不行的样子。

柳熙来走了以后，柳境开心又期待地搓搓手，说道：“熙照啊，你明天就去柳氏报到吧，跟你堂哥学点东西，你也该长大了呀！”

柳熙照“嗯”了一声，冷冷地看了看老爸，转身上了二楼。

进入春末以后，雷阵雨一阵一阵的，W 市的街道都是湿润的。

田甜刚找了一份茶吧服务员的工作，这个茶吧是 W 市最正规也最有品位的茶吧，薪水待遇都高于同类茶吧，这是她最后一次去复试。她之前安慰爸爸，说自己已经应聘上，其实只是获得了最后的面试资格。

这批新人如果被录用，要进行严格培训。原先的那批有因为业务能力被辞退的，有年纪大了不复少女气质不能胜任的，所以茶吧老板特别重视，决定亲自来面试。

面试场所就设在茶吧里面。

柳熙来一早得了消息，换了那件活泼可爱的 T 恤早早坐在离面试点最近的一张桌边，一边美滋滋地喝茶，一边等待田甜。

早晨的茶吧人非常少，衣服艳丽活泼的柳熙来戴着一副大墨镜坐在那里，就连茶吧老板进来都忍不住多看了他几眼。

过了十点，面试终于开始，昏昏欲睡的柳熙来终于有了一种好戏就要开场的兴奋感。

他看着一个又一个小妹子过来面试，那茶吧老板总是一副观赏美景的样子，感觉到很不解。

“他在享受什么？”他压低声音问唐赛。

唐赛斟酌了一下，回道：“大概是环肥燕瘦，他看了很赏心悦目。”

“嘁，这种水平？”柳熙来身子向后靠了靠。

一直等不到田甜，柳熙来的心情很不美丽：“他能提高一下他的审美吗？”

唐赛一直为难地提醒自家总裁：“柳总，声音小点，不然他会听见的。”

柳熙来很“正直”地取下了鼻梁上的墨镜：“他听见怎么啦？我说得不对吗？提高审美，对服务业多重要知道吗？”

茶吧老板略略偏过头，有点不快地看了柳熙来一眼。

然而当他触及柳熙来傲慢的眼神时，不禁瞬间转回了头，他被吓了一跳，因为他已经认出，那位指责他审美太差的男士，貌似就是柳氏集团的少东家柳熙来。

茶吧老板不禁对自己的审美也产生了怀疑：一般来说，这些富二代见多识广，审美可能是高于我的吧？

他忐忑不安地面试，面上再也不敢露出最初那种看到美女就很享受的表情了。

田甜所坐的公交车堵了一会儿，下车的时候，已经接近十一点，面试快要散场。

而此时茶吧老板已经打算站起身来结束面试。

柳熙来很焦躁不安：“唐赛，为什么田甜没有赶上？这怎么行？最靓丽的风景都没有出现，这算什么面试？你去挡一挡那家伙！”

老实人唐赛的脸上露出了困惑的表情：挡一挡？怎么挡？

他犹豫着走过去，展开双臂，目光炯炯地看向茶吧老板。

茶吧老板一脸惊惶，看看柳熙来，又扭头看看唐赛。

他觉得嗓子异常干燥，挣扎着咳嗽了一声，问唐赛：“请……请问，有什么问题吗？”

唐赛面无表情地看着他，像个无情的杀手：“你再多待一会儿，我们总裁还没有看够！”

茶吧老板的内心刹那间闪过无数的弹幕，翻滚着，跳跃着：是终于有花入了柳总的眼，还是我的审美渐渐跟上了柳总那高贵的节奏？

就在他扩展无限脑洞时，他看见唐赛和柳熙来脸上都露出了如释重负的表情。

他顺着两人的目光看去，从门外冲进来一个打扮得很喜气的少女。少女穿着艳粉色的T恤、粉蓝的中短裤，扎着粉蓝叶子带着粉红花朵的发带。

茶吧老板眼睛被辣得一闭，印象里总觉得在哪里见过这种张扬活泼的配色。

“可以了，您请继续！”唐赛优雅且礼貌地放下了双臂，又重新走回柳熙来的桌子旁边。

茶吧老板丈二和尚摸不着头脑，一脸蒙地又回到椅子上。

他看见那个喜气洋洋的少女满脸汗水地走过来，用尽全身力量朝他鞠了个躬。

“对不起，来晚了，请问还能继续面试吗？请相信我，我一定会是最勤奋的服务生！”田甜擦了把脸，额间细碎的自然卷小碎发湿漉漉的，看得出之前奔走得有多努力。

茶吧老板一抬头看见她瞪得大大的眼睛和无辜微张的小嘴，忍住想笑的冲动，故作严肃地说：“你要知道，我们是一家很优雅的茶吧！有文化底蕴的那种！”

少女努力地点头。

重新挪了位置坐在角落里的柳熙来很不满意地问唐赛：“他说这话什么意思，是暗示我的阿甜不够优雅吗？”

唐赛回味了半天，才明白过来柳总说的阿甜是谁。

“所以……你可以走了。”茶吧老板换了个姿势，因为少女的眼神太过期盼，他竟然不忍心跟她对视。

田甜涨红了脸，犹豫着问：“老板，请问，你是……是什么意思呀？”

茶吧老板看了看腕上的手表，有点不耐烦地说：“我们需要的是气质优雅，面容姣好的女性，而你……长得太随便太随和了，亲和度太高了，不适合我们茶吧。”

田甜立刻就知道他要说什么了。

她愣愣地又鞠了一躬，轻轻说了一声“谢谢”，垂头丧气地从茶吧门口退了出去。她太在意这次的面试了，因为房租又要到期了，而且父亲的药费还差了很多。她原本以为自己只要更加勤奋点，就一定能够打动对方，期许能够碰上好运获得这次的工作机会。

她忧愁着接下来的开支，头耷拉着，肩膀也垂了下去。

门被拉开时，丁零零的声音都不如开始时好听清脆。

“岂有此理！难道你是个瞎子吗？”柳熙来等田甜出了门后，拍案而起，出奇地愤怒。

唐赛都拦不住他，他暴躁到一路大步流星地走到茶吧老板面前，指着玻璃门外颓废的背影说：“她这么漂亮，举止优雅，说话处事这么大方，你都能诬蔑她不优雅不美丽？！你就是个瞎子！”

茶吧老板被吼得一愣一愣的。

举止优雅？面容姣好？

他犹豫着又看向门外。他承认自己的措辞可能伤害到了这位前来面试的少女，但是以正常的审美，这个女生普通中带着点令人忍俊不禁的长相，怎么也算不上美女吧？！

尤其她那双圆溜溜的乌黑眸子朝你一看，你就会觉得自己戳中了某个惊恐的小动物。

他可不想在一大群如花似玉、气质如兰的服务生中，夹杂着这么一个时刻小嘴微张、带着惊恐眼神怯生生看向顾客的服务生。

假想一下，客人坐在这里优雅又平和地品着名茶，一抬头突然看见这么可喜的服务生，一口好茶喷出来，岂不是破坏了所有的意境？

“你是不是审美有问题？”柳熙来一脸鄙视地看着茶吧老板。

茶吧老板这是第 N 次听到这位财团老总质疑自己的审美了，他优雅地从口袋里掏出名片要递给柳熙来。

“你好，我是 × 琴第三代传人，顾先生的小徒弟亲手传授，国粹精髓美院博士生毕业，也是国画杨老先生的关门弟子，更是被认证的茶道文化大师……柳总，我这样的文化熏陶，审美怎么会差？”茶吧老板受不了这个委屈，他决定把自己所有的名号都报给这位柳总听。

他甚至还带上了点鄙视，有钱了不起吗？有钱就一定有文化吗？他要在精神和气质上碾压对方。

柳熙来这个时候反而镇定下来了，又恢复了以往傲视一切的态度。他哼了一声，唐赛立刻会意了。

唐赛很有礼貌地问：“多少钱？”

“哎？”茶吧老板脸都抽搐了，觉得自己的尊严受到了强烈的打击。

“我家总裁的意思是，艺术和品位不能砸在你的手里，为了致敬优雅，开个价吧！”唐赛用计算器点出个数字。

柳熙来根本不想看茶吧老板，哼了一声，走出了茶吧。他打算追上田甜，制造点甜美又治愈的相遇。

茶吧老板一看到那个数字，把多年的风雅都丢在了脑后：“卖卖卖，什么时候过户？我现在就能卖！”

唐赛很看不起地斜睨了他一眼，跟着柳总久了，老实人的脸上多多少少有了点倨傲。他一边在内心吐槽着茶吧老板，一边从衣服口袋里掏出支票本，随随便便填了数字给茶吧老板。

“对了，你接下来必须亲自打电话给那位田小姐！”唐赛对茶吧老板说。

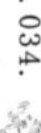

茶吧老板立刻会意了："懂！中！我这就让她回来做老板！"

唐赛瞪大眼睛："胡说八道，谁让她做老板了，你让她回来继续做服务员，别提老板收购了你茶吧的事情，要让她在茶吧里开开心心、身心愉悦、毫无负担地做个服务员！"

茶吧老板在内心骂了千万句，有钱人不但眼睛不好，头脑也不好使，买了他这么优雅档次高的茶吧，居然只是为了让那么个小妹子做个服务员。然而金钱的诱惑太吸引人了，他忍了忍，谄媚地笑了出来："对对对，柳总真是……与众不同，与众不同！"

唐赛瞄了茶吧老板一眼就知道他心里在想什么，冷冷地哼了一声："有实力就是可以与众不同。"他挑挑眉，不想再多说一句，打算就此打住。

茶吧老板也不知道要接什么话，他一向自诩富贵不能使得他折腰，然而他此刻被自己的人性折服了，并不是富贵不能使得他折腰，而是那数字没有达到他折腰的程度，一旦戳中了他，他腰弯得比谁都快。他一边暗爽着，一边鄙夷着自己，内心也是复杂得一塌糊涂。

唐赛走的时候，茶吧老板突然松了一口气，伸手去擦汗，突然看见唐赛脚步停在了门口。

唐赛缓缓转过头来，说道："哦，对了，忘记告诉你，我们柳总也学过 × 琴，不过他是顾先生亲手传授的，说起来辈分还高过你。他也学过国画，师承杨先生的授业恩师曹老，是曹老的关门弟子。至于国粹精髓美院，是谁投资组建的，你去问问你们校董吧。"

茶吧老板一脸通红。

"物质基础决定上层建筑，金钱和高水准的艺术审美从来就不矛盾！提高提高自己没错的。"唐赛说完拉开玻璃门，头也不回地走了，神清气爽。

柳总总是说用钱能够解决的事情，不必多费口舌，可是唐赛总觉得今天必须要帮柳总出口气。

.2.

其实田甜并没有跑出去多远，她正垂着头走在大厦后的小巷子里，心情压抑又沮丧，因为她这周应聘的四家公司都不约而同给出了拒绝的答复。

这对她来说不亚于晴天霹雳！

其中两家是因为学历回绝了她，她觉得这是自己不够优秀造成的，如果她通过努力克服这些问题，以后是能获得这些工作资格的。

然而另外两家服务业的工作是基于她不严肃的长相。这是老天给的，她没有办法改变，所以她有点沮丧和绝望。

她茫然无助地走在巷子里，巷子破旧不堪，房子都是用廉价材料随意搭建的，这里的居民的生活似乎也只剩下了凑合。偶尔她扭头看一下，巷子的居民都会很不给情面地当着她的面甩上破窗户。

W 市真是个冷漠的大都市呀，虽然是全国有名的省会城市，拥有明珠之城之称，然而奢华的包装下，城市始终像块焐不热的冰块一般，冷冰冰的。

田甜继续走在巷子里，骑着自行车的少年呼啸而过，地上坑洼里的积水溅了她一身。少年得意地朝她吹了一个响亮的口哨，她还没有来得及张口质问，那少年已经蹬着车像风一样到了巷子另外一头。

真是人倒霉起来，喝凉水都会塞牙缝。

她用袖子将脸上的脏水擦干净，努力翘了翘嘴角，在心里安慰自己：田甜呀，再糟糕的事都不会过三，你看今天赶不上车，过不了复试，被人溅了一脸污水，已经过了三样，背到不能再背了，凡事都有底儿，就算是股票都会反弹呢，背成这样一定触底了呗，待会儿就反弹了！

她一路安慰着自己走出了小巷子。

巷子外又是繁华的世界。

疾驰的汽车，忙碌的人流，红绿灯在错综复杂的街口各自闪耀。

她有些神思恍惚，然而脚踏出去第一步她就意识到自己在闯红灯了。她一贯自诩自己的反应是闪电级别的，所以她笃定地收回了脚，并且心里有数并不会有太大的问题。

一辆疾驰而来的黑色轿车从街道拐过弯，似乎也没有打算减速，就这么朝着田甜撞过来。

其实避开很容易，只需要后退一步，并且田甜也小心稳妥地后退了一步，在安全线边缘。

“小心啊！小心你后面的车！田小姐！”从街道那头狂奔过来一个穿得异常活泼可爱的男性，以精准的姿势，凌空跃起，一脚踹在田甜的屁股上，将她狠狠踹出了安全线。

田甜被踢飞的时候，心里是崩溃的，虽然她看见了横亘在眼前的错综复杂的指示牌，但是想要完美避开是不可能的，那一脚着实用力。

她就在无数人的目光里撞上了指示牌，然后弹到了电灯柱，最后砸在了路过的一辆电瓶车上。

昏迷的前一刻，田甜努力地睁大了眼睛，想看看那个着装活泼的仇家是谁。

对方被黑色的汽车撞飞，但坚定的眼神一直落在田甜身上，看到田甜努力地朝自己看来，欣慰而甜蜜地露出一个“你安全我就 OK”的坚定眼神。

确认过眼神，是个神经病！田甜在满腔怒火中昏了过去。

五分钟后救护车呼啸而来。

柳熙来躺在救护车里虚弱地抓着救护人员的手，说道：“记得，小包间，只能有我跟田小姐。我不缺钱，要小包间！”

他坚定又虚弱地重复了四五遍，终于在医护人员无可奈何的点头动作下，昏迷过去。

W 市第一人民医院内，挤得到处都是人。

唐赛回头通知了柳境，柳境就把肇事司机和各类相关人物都带上了。

相关的人物都是老柳总在世的时候结下的善缘，很多都是受惠于他的帮助，事业或者生活有了起色的。他们在电话里听说总裁是救人被撞，为了表达对总裁的热爱，还各自掏了腰包，在短短一小时内制作了各色锦旗，自发地将小病房装饰得有滋有味。

虽然都是被撞昏迷的，但是柳熙来的身体素质就是棒，他一小时前已经醒来，除了胳膊骨折，脚踝骨裂，有轻微的脑震荡，外带脸肿胀成猪头，其他并没有什么问题。

他躺在病床上，看着一拨拨拥进来的人，用怒目瞪视着各位。

他的田甜妹子还没有醒来，他们怎么能够就这么堂而皇之地把他们的二人世界给侵占了？

他咳嗽了一声，声音有些嘶哑，可能嗓子和嘴唇肿着，总觉得说话不利索。

“你们怎么肥四（回事）？你们为神魔（为什么）要进我的小包间？”

叔叔辈的人都用慈爱的目光看他，对了，他们还带来漫山遍野的鲜花。

“熙来跟老先生一样仁慈呀，你看看他，为了救小姑娘，被撞得……”有个老大爷是柳老先生在世时的助理，辞职了以后，经营着柳老先生帮他投资的车库，使得自己得了癌症的妻子能够吃上价格高昂的药，他是打心眼儿里想要报恩的。

“对啊，你看小姑娘一点都看不出受伤，倒是我们的熙来，鼻青脸肿的啊。”说话的是个老伯，同样是老职工，受了柳老先生的恩惠，听柳境说柳熙来被撞了，打了的就来了。

柳氏最近有许多新项目，并不能将柳熙来受伤的事情暴露出去，他们一齐过来避免了柳氏集团内部的混乱，也是一起来出谋划策的。

柳熙来觉得好像有一千只苍蝇围着他嗡嗡嗡，他扭头看了看另外一张病床上冷冷清清的田甜，正睡得香甜，有些担心。

“她……医生怎么说？”他看着田甜病床边什么都没有，有些心疼。

柳境回答道：“没事的没事的，她比你幸运多了，她不过就是撞断一根肋骨，一条腿轻微骨折嘛……”

“那她为什么还没有苏醒？”

“啊，医生说，小姑娘贫血又缺睡眠，注射了麻醉剂，一直熟睡着呢，说是就让她好好恢复体力吧！”

啧，柳熙来的脸上露出了痛苦的表情。

“都怪我，没有好好保护她！幸亏没有损伤她那张貌若天仙的脸！！！”他扭过头来看表情惊愕并且频频揉着眼睛看向田甜的大家，很是莫名其妙，“你们来是干吗的，纯粹慰问吗？为什么这么多人一起来？”

柳境咳嗽一声，刚要讲话，就被柳熙来打断了。

“对了，你们把这些花都堆在阿甜那边，她一醒过来，就处在姹紫嫣红里，小姑娘嘛，都是爱花的，一定会很喜欢。”

一群人听了，都表示赞同，有个老者更是颤抖着手，将红色的锦旗盖在了田甜身上。

鲜花中躺着覆盖着红色锦旗的田甜，怎么看都觉得有点怪异。

“等等，你干吗？张伯伯，她又不是牺牲了，你能把锦旗拿下来吗？”柳熙来觉得自己一辈子的耐心都要用尽了。

“好好好，我们说正事，说完了，你们就都撤退吧。恳求各位叔叔伯伯了，我们的病房太小，容不下这么多人！”柳熙来看看田甜，好怕她现在醒来，看到屋子里这么多老头儿，受到惊吓。

“哦，对了，熙来，我们有四到五个项目都在进行中，并且有的项目很具有影响力的，虽然都谈妥了，但是后续工作……你这受伤的样子去谈安全保障品方面的合同，似乎有点……”柳境翻了翻行程记录手册，露出为难的表情。

是啊，柳氏最近在安全保障这块延伸，也签约了好几个关乎安全系统或者安全保障品的合同，此时自己徒步街头被车撞中，还撞成了猪头，虽然对安全保障品宣传没有直接影响，但是一旦联想，终归有点怪怪的感觉。

柳熙来皱着眉头，同柳境对视。

他突然像是想到了什么一样，开心地用没有骨折的手打了个响指：“对！叔叔，你有注意到吗，我跟熙照长得很像！”

柳境点点头：“是啊，你跟熙照一直都很像，小时候人家都以为你们是双胞胎呀！”

柳境似乎还没有会意，不过过了一分钟，他就回味过来，也打了个响指：“哦，我明白了！你的意思是，让熙照扮作你？”

但是下一秒他就立刻否决了：“这怎么行？这肯定不行，熙照他没有正式工作过，他没有你那种……那种感觉你懂吗，熙来？”

柳熙来躺在那里扑哧一下笑出来。

他一笑就扯动了伤口，倒抽了一口气，伸手摁了摁嘴角：“叔叔，什么样的感觉不是靠钱砸出来的？你给熙照定制几套跟我身上穿的差不多品牌价格的衣服，再把他带去造型师那里梳个大背头，哪里不像我柳熙来？钱是气质的底气！”

柳境还在踌躇。

柳熙来挑挑眉：“你还能找到其他方法吗？或者说，你能在一周内找到跟我那么像的人吗？

“哎呀，你也希望熙照能好好锻炼吧！”

就是这句话戳中了柳境，他痛下决心一般向柳熙来保证：“好！我会好好看着他，不让他胡来的。”

柳熙来爽朗地笑了：“叔叔，熙照胡来也没有关系，我柳氏供奉得起！”

一帮长辈都慈祥地哈哈大笑。

唐赛在柳总恶狠狠的眼神下，把所有人都送出了病房。啊！！！病房终于又恢复了安静，成就了柳熙来二人世界的梦想。

柳熙来转头看了看在鲜花中熟睡的田甜，心中一阵荡漾：太好了，阿甜就在我身边。

他微笑着看着田甜，她安安静静的样子真像个睡美人。

听到隔壁的病床咯吱咯吱响了响，田甜缓缓地睁开了眼睛。

突然！！尖叫声惊天动地地响彻了整个楼道。

“救命……我……呼吸不能！”田甜压抑着，从花中滚落在地上，一双眼睛瞪得跟受惊的土拨鼠一样，喘得不行，“救我……”

她爬动着，向柳熙来伸出一只手。

以肉眼可见的速度，她脸颊肿了起来，并且呼吸明显不畅。

柳熙来吓坏了，也从床上滚了下来，跟着撕心裂肺地大叫：“快来人啊，救救孩子。”

他伸出手，爬动着……

医生护士惊恐地冲进来的时候，两人的手艰难地握在一起，同样肿成猪头的田甜和柳熙来一起看向医生。

“救救她！”柳熙来浑身都在颤抖，觉得柳氏破产都没有此刻值得他惊恐。

田甜挂着输液瓶，有气无力地躺在病床上，现在她同柳熙来一样肿着脸，她一转头就看到柳熙来一直保持着一个姿势深情地看着她，顿时一阵恶寒。

她从小就对花粉轻微过敏，这几天过于忙碌和焦灼，身体免疫力下降，对花粉的过敏提高了许多。柳熙来那一床的鲜花里面有她最为忌讳的香水百合，以前她闻到香水百合鼻子喉咙会发痒，喷嚏不断，严重时会轻微肿胀出红疹，像今天这样歇斯底里爆发的还是第一次。

之前会诊的医生很同情地看着她，说道：“你熬夜，饮食不规律，加上感冒还没有完全康复，身体发出警报了。你呀，年纪轻轻，不要耗损自己的身体。”

柳熙来听得异常心痛，比田甜还认真地听着医生的建议，他心里暗暗记下了那些可以补身体的食物和药丸，决定待会儿悄悄让唐赛买来。

真是个可怜的小可爱，一定要好好帮她补身体，让她像鲜花一样绽放，想到田甜姑娘的隐忍和坚毅，柳熙来看向田甜的眼神更加温柔。

谁知道田甜一看到他，就立刻露出愤懑的表情。

“你再看，我就把你的眼睛通通挖掉！”田甜的低气压在积累到一定的程度时，终于爆发出来，这些富人的把戏多着呢，一不小心就会上当被骗。

柳熙来含情脉脉无限包容地看着田甜，田甜满眼戒备用尽全身力量投射出仇恨的目光。

两人盯了一会儿，都觉得累了，各自扭过头闭着眼睛休息。

“要通知一下你家里吗？咱们或许要在这里待上几天！”柳熙来问田甜，他早就想找人去看看未来的岳父大人了，但是矜持的他，决定好好问问田甜。

果然，田甜一下子就像是记起来什么一样，恐慌地坐了起来，然而她这个动作把她受伤的手臂和腿都给牵扯到了，她痛到泪花在眼里打转。

“你别紧张啊，我已经让茶吧老板通知你父亲了！”柳熙来其实就是想找个话题，没想到田甜反应这么激烈。

“茶吧老板？通知我父亲？你什么意思？！”田甜的直觉告诉她，柳熙来应该是把自己的老底摸了个遍。

她就只是抗议了下柳氏的化工厂，他至于这么睚眦必报吗？！

柳熙来眼珠一转，就知道田甜误会了他。他用尽量无害的声音告诉田甜："别误会，田小姐，我的助理精通茶道，就去茶吧向老板讨教一二，正巧知道你也去那里应聘。你知道的，我每天日理万机怎么会通达天下事，实在是太巧了！"

田甜一点都不相信他的话，瞪着他。

她很想知道这个油腔滑调的有钱人还会说出什么厚颜无耻的话。

"啊，对了，茶吧老板打电话的时候，正巧房东来催缴房租，他就……很有善心地帮忙缴纳了一年多的房租，反正你也可以在他那里打工，每个月从工资里面扣除的嘛！用不了多久就还清了，别担心。"柳熙来没好意思告诉她，其实自己已经让唐赛缴纳了五年的房租，因为太便宜了，他忍不住，狂甩了一笔钱。

但是细想之下，唐赛手绘的那些报告里面，屋子破旧不堪，"准岳父"似乎又身体不好，他交了五年房租是不是很过分，把人家都局限在那垃圾堆一样的房子里了。

他想了又想，觉得田甜应该不会接受自己替他们搬迁别的出租屋的决定，所以他秉承着山不来就我，我便去就山的原则，决定帮助房东好好整修下田甜这户的出租屋。

哦，他决定给田甜一个惊喜，所以此时他说得不动声色，但是心里已经为自己的行为鼓了一万次掌。

田甜被他的话惊到了："不……不可能啊，茶吧老板已经拒绝了我！"

柳熙来用更加诚恳的声音告诉她："啊，你难道不知道吗，拒绝了你以后，他超级后悔的，他已经醒悟了，感受到了你勤奋职工的潜质，所以决定破格录用你了！"

田甜从来都不是傻子，她立刻知道柳熙来应该是做了些什么。

她很生气，并且心中燃起了一种被称为自尊之魂的怒火："柳先生，我想你是不是觉得你有钱又有权，就拥有了一切的言语权？我从来也不是傻子，听了你的话不会觉得天上掉馅饼了！"

柳熙来被她噎得说不出话，他尴尬地伸手摸了摸自己的鼻子："其实我是想好好弥补我柳氏的过失，我不知道化工厂给叔叔造成不好的影响。"

他的态度始终这么温和，姿态放得这样低，让田甜有点掐不下去。

她张了张嘴，又重新合上了。

"叔叔知道你在新公司培训，知道你安全就很放心了，其他的事情留到出院再说吧，你就安心养病吧！"柳熙来悄悄看田甜的表情，从表情来看，实在看不出小姑娘在想些什么。

他有些忐忑，觉得自己是不是太冒进，让田甜觉得自己很唐突。

他不禁在心里骂了一句唐赛，为什么这个助理做事这么踏实，踏实到每一步都做到极致，让他现在看起来像个居心叵测的变态！

田甜闷了好久后才说道：“柳先生，谢谢你所做的一切，我会慢慢打工偿还一切费用的，但是我不会感激你推我出去的事实，因为我当时并没有处于危险中！”

柳熙来有些受宠若惊：“对的！田小姐，你是可以骂我的，都是我的错，是我看不清形势，看不清状态就把你推出去了。但是，我这真是关心则乱呀！”

他说完继续含情脉脉地看向田甜。

田甜简直无法直视他的痴汉脸，默默瞪着一双惊恐的眼睛同他对视半晌后，终于败下阵来，她转过头，决定闭上眼睛好好睡上一觉。

她真的是一刻都不想跟这个家伙同住一间病房养病。

然而她没钱没势呀，之前她跟医生提议过换到普通的病房，那种六到十人间的，医生并没有拒绝她。

医生只是重复了柳熙来事先交代的话：“啊，可以呀，田小姐，请先把医药费付清吧。”

医药费那么贵……

同意赔偿她损失的柳熙来还坚持住高档小包间。

她只能泪眼汪汪地为五斗米折腰了。

算了，睡吧，眼不见为净！

她艰难地翻了个身，用后背对着柳熙来。

然而过不了多久，她觉得后背都要被柳熙来灼热的视线给烧焦了！

这个人一定很少有人反抗他，从小养尊处优惯了，所以一旦有人提出相反意见，他就会记恨成这样。

田甜在心里再一次腹诽：真是可怕的心胸狭窄的有钱人！

她实在是太虚弱了，虽然先前觉得自己在这种灼热的视线下不会睡着，然而一旦合上了眼睛，她还是很快睡着了。

柳境回到家里，怎么样也无法开口跟柳熙照提起这出。

他一直觉得儿子是个不容易驾驭的小家伙，自从儿子成年以后，自己所有为儿子着想的事情都似乎不顺他的意。如果说这是叛逆期，这叛逆期也太久了吧，为了缓解两人的矛盾，他也做过很多尝试。

柳境去咨询过心理医生，医生让他小心翼翼不动声色地关怀柳熙照，然而他却

不知道为何总能把熙照激得狂暴。柳境知道最大的症结所在是熙照的生母远走他乡，让熙照心中永远存有芥蒂，但是事情却不是熙照想得那么简单。

出于以往的情分，柳境对前妻有过承诺，苦苦将这份委屈含泪吞下，却发现这些年越发摸不透熙照了。他表面上看起来似乎更加开朗了，但是柳境能感觉到，自己也更加走不进熙照的心了。

柳熙照就坐在阳台上，默默看向远处的山丘，今天他换下了色彩鲜艳的T恤，穿上了清爽的白色衬衣，这是他很少穿的样式，他手里握着一杯小苏打水，眼睛眯了眯。

听见身后有声音，他微微侧过头。

“今天回来得很早啊！通常这个时候你应该还在工作。”柳熙照喝了一口小苏打水。

柳境叹了一口气，说道：“是啊，发生了点事情，处理完了就回来了。熙照啊，你又坐了大半天吗？是不是在思考未来，那你有没有想好自己想做什么？”

柳熙照有些意外，他放下手里的玻璃杯，调整了下坐姿，笑着对父亲说：“我呀，我想做柳氏总裁，你能扶我上去吗？”

柳境斥责道：“你说点正经的，做人要脚踏实地，该是你的，才是你的。”

柳熙照一点都不生气，反而笑得十分玩世不恭：“对啊，是你让我说自己想做的，我觉得那该是我的，你却又来责备我。我问你，柳氏是不是你跟你兄弟两个一起接手过来的？有柳熙来爸爸那份，也应该有你一半的家产。”

这个话题，很久前父子俩谈过，只是那时柳熙照年纪尚小，所以柳境只是敷衍了一番。

时隔多年这个话题又被提起，柳境这次很严肃地纠正了柳熙照的看法：“柳氏以前是小集团模式，家庭作坊，你爷爷将其交给你大伯的时候，你大伯在做自己的事业，他的事业很有前景，盈利也高，所以并不想接受传统家庭作坊式的柳氏集团。

“那个时候大哥推辞，我不知天高地厚，头脑发热接手了柳氏，然而我并不是决策的好手，短短两年，从微薄盈利到亏损再到四处被债主逼债……是大哥丢下了自己的事业，以自己的资金注入柳氏集团，才挽救了柳氏。现在的柳氏这样成功，不是承祖荫呀，而是柳熙来他爸爸一手重建的，是新柳氏集团，你懂吗？那根本不是我们的东西！说起来，爸爸这么努力地帮助熙来，是感恩大哥曾经放下自己的事业来帮助柳氏。”

柳境说得很动容，然而柳熙照一点都没有感受到任何值得感动的地方。他垂下头，甚至趁着喝水的时候，嘴角嘲讽地扬了扬。

“对了，熙照，爸爸有个事情想跟你商量，你如果不答应，完全可以拒绝。但是你不要生气，真的只是个提议。”柳境有些艰难地开口。

柳熙照挑了挑眉头，“嗯”了一声，示意父亲说下去。

柳境措辞了一小会儿，才开口：“是这样的，熙来出了车祸，现在不方便接待客户，你们长得如此像，熙来的意思是，让你扮作他，帮他处理下这一周的项目跟进。你可以拒绝的，熙照。”

他很怕自己儿子听到“相似”“扮作”这些字眼会发脾气。

然而柳熙照的态度让他惊讶，他看见自己儿子的眉目全部舒展开了。

“那有什么问题呢？哥哥生病，弟弟出手相助是再好不过的，你说是不是？”柳熙照的笑容看起来无害极了。

蓝天白云之下，那张同柳熙来相似度极高的脸瞬间收敛了笑容，做了个严肃而傲娇的表情，然后问柳境：“像不像？柳熙来应该就是这副嚣张跋扈的样子吧？”

像！太像了！

柳境有一瞬间的恍惚，突然觉得自己真的一点都不了解这个孩子，他一直以为熙照是玩世不恭的，但是柳熙照刚刚做出严肃的表情，却又让他觉得熙照其实是严肃而有着攻击性的。

“那……那熙来说，给你买点他那种风格的衣服，你会不会生气？”柳境有点小心翼翼，这些事情触及熙照的逆鳞也太多了吧，他心里绝望地想：是不是下一刻熙照要爆吼了。

然而，柳熙照却只是挑挑眉，耸了耸肩：“好呀，你什么时候带我去逛一逛，我也想看看柳熙来的生活是怎么样的。”

他转头看到柳境带着担忧的脸，一下子没有忍住，扑哧一下笑出声来：“你以为我要去破坏你们坚不可摧的柳氏集团了？”

柳境慌忙辩解：“并不是，熙照，并不是担忧你会破坏，相反爸爸很欣喜，你能够这么近距离地了解柳氏集团，也很开心你能有这么个锻炼的机会。”

“那就没有问题呀，你这是什么表情呀，口口声声想让我历练历练，却又摆出这副表情，是看不上我的能力吗，还是怕我在股东面前露出破绽？”柳熙照咄咄逼人。

公司的董事们其实没有见过柳熙照，以往公司年会，柳熙照总是找各种借口，一个人出去浪。他对柳氏集团有着复杂的感情，既渴望又痛恨，小时候倒是去过一次，看到眼眶泛红的父亲站在柳熙来的身后，他觉得世界上的好事都给柳熙来夺去

了。从那次以后，他就不再出席柳氏的任何活动。

所以众人只是听说，柳总的堂弟同柳总长得很像，却从来没有见过他真人。

“并不是，熙照，谢谢你理解爸爸，也谢谢你能伸出援手帮助熙来。”柳境感动不已，觉得自己的儿子似乎真的长大懂事很多。

柳熙照看见自己父亲泫然欲泣的样子，心中哂笑一声，一仰脖子，将苏打水喝尽了。

.3.

深夜时分，田甜被尿憋醒了。

虽然是 VIP 病房，但这是一所传承百年的老医院，翻新了好几次，房屋构造还是保留有近代史建筑的古旧，所以房间里并没有厕所，去厕所要绕过好长一段走廊。

田甜手脚并用地从床上下来，然后支撑着椅子一步步往门外挪。

向来睡眠浅的柳熙来立刻睁开了眼睛，其实唐赛想要留下来陪他的，柳境也提出给他找个专业护工防止不便的事情发生，然而柳熙来都拒绝了。

他不需要其他不相干的人，除了能够随叫随到的护士和医生，其他人他一概都不需要！

为了二人世界，柳熙来什么都愿意做！

果然，田甜妹子有动静了！

柳熙来内心一阵惊喜，觉得机会来了，他从床上直挺挺地坐起来。

刚刚走到柳熙来床边的田甜被吓到灵魂出窍，眼珠子都差点掉出来了。

“田小姐！我时刻准备着！”柳熙来压抑住疼痛，麻利地瘸着腿跳下床，用完好的手扶住田甜。

田甜觉得自己的尿意都被吓回去了，直挺挺地站着看向柳熙来，呆愣地摇了摇头。

她觉得自己真的无法理解他报复自己的套路。

有钱人的套路真是太深了，她完全预料不到接下来会经历什么！

柳熙来拄着拐棍，一副英雄气概，示意田甜靠着他走。

田甜用作挪步的椅子不算高，她肋骨断了一根，稍稍用力，就疼得厉害，这就是她为什么一步一步挪得那么慢的原因。

她憋着尿意有些难受，却每次只能走出那么一小步，心里很焦急。此时柳熙来伸出援助之手，虽然大家摔得半斤八两，但是此时此刻，田甜已经顾不得其他了，她总不能在这个家伙面前出丑！

一旦做了决定，她就果断又小心地将没有受伤的那侧身体靠过去了。

好在她的腿虽然轻微骨折，但是跟柳熙来不一样，她的伤腿同受伤的肋骨不在同一侧，这么一靠，分担了自己大部分的痛苦。

柳熙来却不一样，他手臂和腿骨都伤在同一侧，为了能够用拐杖，他只能把受伤的一边让田甜靠上去。

田甜整个人的重量压上来的时候，他疼得一哆嗦，但是意志让他把那声痛苦的呻吟给咽了下去。

他冷汗都疼出来了，却假装若无其事地咬着牙安慰田甜："哎，没事的，这样你好点吗？我们挪步一致点，记得三人两足吗？对，没错，就跟那个游戏一样简单，我们只要有足够的默契，就完全没问题。跟着我，一……二……一……"他开始数着节拍。

田甜没有对他的话多做反应，只是机械地跟着他的节拍，一点点挪动。这样的方式，因为胸骨有了依靠没有受到震动，她的痛楚减少很多。

夜间的走廊留有惨白的灯光，将两人的影子拉得极为细长。走廊里还有住不到病房的患者，看着两人新奇的样子，乐出声。

柳熙来眼睛一瞪，惨白的灯光下，他一双眸子黝黑又凛冽，吓得那个笑出声的人默默将被子拉上去，挡住了自己的脸。

柳熙来咬着牙，嘴里一股铁腥味。他额角都是湿漉漉的，心里默念着：大概再转一个弯就该到了吧，忍耐呀，奋进啊！柳熙来，你可以的！

他在心中暗暗为自己打气！

他大概这辈子的耐心和毅力都用在扶着田甜姑娘上厕所上了。

两人艰难地转过弯，看见了厕所，柳熙来暗暗松了一口气。

柳熙来把田甜送到厕所门口，还要前进，田甜眼睛一瞪，柳熙来顿时止住了脚步。

"你自己进去，会不会不方便？"他放柔了声音问道。

田甜本来还想保持着高冷，听着柳熙来微微有些颤抖的声音，忍不住看了他一眼，这一眼让她的声音怎么也高冷不起来。

柳熙来一脸苍白，额头全是汗，如果她没有看错的话，因为用力，他的下嘴唇被他咬出一圈儿血痕。

她禁不住也用温和的声音回答他："嗯，没事，我去去就来。"

柳熙来听得心中好一阵激荡，他的田甜妹子终于用温和的态度对他了。古人诚不欺我，苦肉计果然好用。

他站在那里，正满心欢喜地等待着，突然，从厕所里传来田甜姑娘中气十足的呐喊声。

“啊，妈呀！！！打死你！”

这一声充满元气的爆吼吓得柳熙来甩开拐杖，奋不顾身地冲了进去。

彼时田甜正忍受着胸腔难以抑制的疼痛在痛殴一名长相猥琐，右手蜷曲着的中年男人。她拳拳到肉，因为胸腔扯得剧痛，禁不住英雄泪满襟。

柳熙来冲进去的时候，看见的就是田甜妹子梨花带雨地痛殴着中年男人。

居然敢欺负他的小仙女？！

柳熙来忘记了疼痛，仿佛从来没有受过伤一样，冲上去和那男子打成一团，三人拼命地互相推搡。

不久，楼道里的护士和病人们都被三人的爆吼声惊醒。

一个小时后，三人都被轮椅推了出来。

“我上厕所时，他在偷窥！”田甜妹子已经换了一身衣服，刚刚的衣服已经湿透了，她因为用力疼得一身冷汗。她是三个人里面受伤最轻的，因为柳熙来的加入，她的伤口并没有进一步绷裂。

受伤最重的是柳熙来，他因为滑倒将另外一只脚也给伤了，脚踝扭伤，红肿了一大片。

被殴打的中年男人骨折更严重了，整个胳膊无力地垂落着，他疼得泪流不止。

到底是怎么样的事情让三人扑打至此，院长的头都大了，他半夜被召唤来，困意十足。

柳熙来还让唐赛叫了警察。

大家坐在一堂，总算了解了事情的始末。

中年男人在警察的审视下解释道：“不，不是，你听我解释，我看你进来以后，知道自己走错了厕所，于是躲在了你的隔壁，可是我又怕贸然出去会吓着你，我就等着你出去，谁知道你那么久……我又不能确定你走没走，就去看一看……”

“有什么好看的，你就不能耐心等待吗？”柳熙来一副不想听他解释的样子。

警察同志头疼道：“都是误会，柳先生，你镇定点。”这么点鸡毛蒜皮的事情，他们半夜被叫来也很为难。

倒是田甜听了解释有些不好意思，她咳嗽了一声，轻轻说道：“我肋骨疼得厉害，所以动作慢了一点。”

柳熙来眼睛一瞪，维护田甜：“慢什么？不慢，你就算在里面睡觉，也不是他偷窥的理由，他就是老色狼！”

“老色狼”三个字一出，中年男人顿时痛哭流涕：“我是个老实人，第一次被人叫老色狼……”

柳熙来好不烦躁，拼命转着轮椅要继续揍中年男人。警察同志同唐赛使了个眼色，把“老实人”和柳熙来分开了。

柳熙来在回去的路上继续愤懑道：“我看他就是垂涎田小姐的美色，早有图谋，伺机偷窥！田小姐那么美而脆弱，周边真是危机四伏！唐赛，你留下来二十四小时保护她。”

唐赛的腰还没有好利落，闻言浑身哆嗦了一下，“美而脆弱”这种词用在田甜身上真的不是嘲讽吗？

田甜满腔羞愤，听着柳熙来碎碎念，差点去撞墙。她现在终于知道，这样捧杀式的报复才是最狠的。

她有点失去理智，想尽快离柳熙来远点。

回到病房后，柳熙来看着自己不能动弹的双腿，有点悲从中来，这样的自己还有什么资格保护一个受伤的田甜？他开始自我厌弃。

“柳先生，可不可以算作我跟你借钱，这里的医药费我自己负担，余下的每个月结算一笔，我想搬出去！”田甜再也不想看到柳熙来。

柳熙来吓得又从床上直挺挺地坐了起来，他开始对自己长期健身，腹部力量保持强健心存感激：“田小姐，我到底是哪里做得不好让你要搬出去？你说我改！”

田甜惊恐道：“不不不，柳先生，是我做得不对，我给你道个歉拜个早年，你就饶了我吧！”

两人在床上互相道歉。

田甜烦躁不已：“柳先生，你这么富有，就不要跟我开这种玩笑了好吗？我们穷苦大众经不起你消遣！”

她不再说话，烦躁得下了床，走到走廊上，在椅子上坐了下来。

柳熙来很绝望地看向唐赛：“阿赛啊，是不是我做得不好，让田甜姑娘有负担了？她是不是觉得我不像是个好人啊？你去跟她说，化工厂我都停了呀！”

唐赛这才知道柳总停了化工厂计划的真正原因，他还一直天真地认为柳总变得体贴又善良了。

“哎，好，我去跟田小姐说。”唐赛走出去。

他看见田甜痛苦而憔悴地倚靠着塑料椅子，气都喘不上来的样子，突然觉得被柳熙来爱着的田小姐异常可怜。

“柳……柳总让我告诉你，他没有恶意，化工厂因为你的提议也停止运行了，他真的没有其他的恶意！”唐赛小心翼翼地告诉田甜。

田甜的表情有一瞬间迷茫，但是很快她就恢复过来，恶狠狠地说：“他停止化工厂不是为了我一个人，他这是在给他自己积福，至于他有没有恶意，我心里最清楚。”

唐赛还要说话。

田甜紧锁眉头，咬牙切齿地一字一句道：“有钱就是他的原罪！”

“我们本来不是一类人，最好不要有交集，希望柳总听得懂我的话，让我不要压抑地康复！”她真的很讨厌这些有钱人，日行一善，就跟拯救了地球一样。

虚伪，狡诈，并且沽名钓誉！

唐赛被她说得语塞。

他只能微微一点头，垂首进入了那个 VIP 的小包间。

他有些忐忑地看向坐在床上的柳熙来，柳熙来一脸的严肃，似乎在沉思着什么。

唐赛舔了舔自己的嘴唇，想要转述田甜的话。

柳熙来伸出手来，抢先说道：“我都听到了，你不要转述了。”

“唐赛，阿甜认识很深刻呀，钱真的是万恶之首！”柳熙来很认真地伸手摩挲着下巴，“她说得很有道理！”

“对了，阿甜不喜欢住双人间，你就……找个好一点的单人间，让她安心康复吧。”他痛苦地闭上了眼睛。

“那，柳总你……”

柳熙来做了个停止说话的手势，阻止了唐赛的话。

能怎么办，他总不能耽误自己心爱的人康复吧？

今日是华国的安全日。

同时，也是柳氏企业名下新成立的安保公司推出柳氏安全系统的第一天，经过无数日月的研制，柳氏发明了号称钻石般强硬的钢化玻璃和无坚不摧能够破开世上一切刚硬之物的、用来解救被困者的钢铁电钻。

柳熙来在病床上看报纸，突然就扑哧笑出声。

唐赛问道：“柳总，你怎么了啊？”

柳熙来问唐赛：“阿赛啊，这是哪个神经病搞的项目？”

唐赛想了想，回答道：“好像是孔毅之前负责的项目，他跟进了两年了，今年终于研发成功。说起来，柳总，你是不是要把孔毅召回来参加这个发布会呀？这军功章里有他的一份啊。”

柳熙来哼了一声，撇了撇嘴角：“叫他回来干吗，继续捣乱吗？看看他都弄的些什么破玩意儿？他是我敌对企业的007吧，生产这两样东西，跟古代的矛和盾有什么区别？”

唐赛细细琢磨了一下，脸色变得十分尴尬：“柳……柳总，我去让他们分开宣传……这……这真的有问题！我这就去！”

柳熙来闲闲地躺下，吃吃地笑出声：“如果现场有人提问，用我的电钻钻我的防盗钢化玻璃怎么办？那应该极为好玩！真是笑死人了，嘭——”他扯动伤处，龇牙咧嘴地用手摁住脸上的伤口。

唐赛急得都要哭了。

柳熙来看了他一眼，对他泫然欲泣的表情表示不解：“你急什么，今天又不是我在现场，出丑的不会是我！”

唐赛要昏厥了：“可是柳总，柳熙照用的是你的名号啊！你不能背这个锅啊！哎呀，急死我了！”

柳熙来笑了笑，十分不屑：“没事，小时候他们喊我司马衷，长大了他们喊我傻子败家子，还有什么称号没有往我头上压，随意吧！顶多多个‘白痴文盲富二代’的称呼吧。”

唐赛急得没法，像是热锅上的蚂蚁来回走。

柳熙来不耐烦地挥挥手：“你这么烦躁，就去现场指导吧，看你走来走去，我眼睛花得很，我需要静养，走吧走吧！”

唐赛不知道说什么好，顿了顿，向柳熙来道了声别，拉开门，朝着会场的方向开车驶去。

柳氏企业的发布会现场，设在全市最大的展览厅里。

柳氏大手笔地做了现场布置，灯光下，号称钻石般坚硬的钢化玻璃闪闪发光，璀璨得如同钻石一般，虽然不是很厚，但是十分结实。

而另外一侧的展示台上放着超级电钻，电钻的钻头在灯光下折射出白亮的光环，两样东西都佐以钻石饰品作为衬托。

当然钻石饰品也是柳氏旗下的企业赞助的。

此时仪式尚未开始，记者和商家被隔离在展厅的玻璃门外，隔着玻璃门都能感受到里面璀璨生姿的光彩。

“柳总今天还没有来，距发布会开始还有半个小时……这不应该啊，柳总号

称最为准时的总裁，平时这个时候应该在展厅里了。”有个记者采访了好几次柳熙来，对柳熙来迟迟未现身有些疑惑。

柳熙来这个人做事虽然浮夸，但是态度却比许多商家要来得真诚，他签约或者办事都会提前半小时进场，以示对对方的尊重。

而柳熙照不一样，他喜欢掐着点做事，或者让别人等待自己，这让他有一种被人重视的荣耀感。

其实柳熙照一早就去做了发型，顺带提了几件柳熙来的西服，他的身形和柳熙来一致，并无特别之处。

柳境跟在他的后面，生怕有什么闪失，还苦苦叮嘱柳熙照，不要有什么出格的举动，不要丢了熙来的脸。

柳熙照并没有理柳境，只是面无表情地接过柳境递来的西服。

柳境的心忐忑不安。

然而在柳熙照穿上柳熙来的衣服后，柳境一抬头便震惊了。虽然知道两个人长得像，但是他从未想到两人能够像成这样。

“叔叔，我这样可以吗？”柳熙照并不叫柳境父亲，而是用了柳熙来的口吻。

柳熙照逆光而站，梳妆台的灯光从他后背打来，并不能看清他的表情。只是柳境感觉到有什么不一样了，他的儿子让他觉得陌生到心惊。

“可……可以，很像，很不错！”柳境过去替柳熙照拍拍衣服。

柳熙照站起来，抛起一块口香糖用嘴接住，咀嚼了起来。

柳境有些迟疑地提醒道：“熙来他……从来不吃这些！”

柳熙照咀嚼的动作顿住，然后从桌边抽出一块纸巾，将口香糖吐在纸里，冷冷地道：“走吧！”

他把手插在口袋里，柳境帮他拉开了门，他从后台隆重登场了，此时距离发布会开始还有五分钟。

镁光灯聚集在他的脸上，柳熙照神情未变，但是手心里全是汗水。为了像柳熙来，他偷偷用眉笔把眼角提了提，然而他照镜子的时候，还是觉得有点同柳熙来不一样，所以他戴了一副反光的茶色墨镜。

柳境提醒他多次，他也不曾取下墨镜。

就好像墨镜是他最后的保护伞一般，他觉得取下墨镜，他的心理防线会崩溃。

其实他只需要保持沉默、酷和不屑一顾，就把柳熙来扮活了。

主持人是事先请好的，是个伶牙俐齿的当红网红，在众多脸削得差不多的网红里，她算是清新自然又颇有头脑的，经常会抛出几个包袱让人忍俊不禁。

开场无疑是有意思的，主持人一连抛了几个网络段子，不低俗却又趣味满满，还和台下的记者们互动，气氛一下子就热烈起来，柳熙照只需要微微颔首或者板着脸就可以了。签售方也是事先谈好的，各国的都有，端坐在那里，只要音乐响起，就可以上台握手签合同。

一切都有条不紊地进行，如同彩排一样，十分圆满。

唐赛从会场后门进来时，看见满屋子镁光灯，发布会已经进行了四分之一，他看见柳熙照将他们总裁扮演得十分相像，觉得十分欣慰。

柳熙照连小细节都注意到了，比如总裁喜欢用左手举杯或是托腮，右手掐合同的边缘，还有，总裁那种桀骜不羁的范儿，他居然也领悟到了十分之一，抬起下巴骄傲地面对记者时，还真分辨不出。

他擦擦汗，听了几个网红主持抛出的小段子，心一下子就稳了。

还不错嘛。

然而这时候，唐赛听到了来自 W 市日报的记者小妹妹提出的问题。

小妹妹满眼无知无惧，收取的红包她交给自己的头儿了，所以说话格外放心大胆，全场都是她脆生生的声音："请问，用你们的电钻钻你们的钢化玻璃，会怎样呢？"

柳熙照听到这个问题，点着自己腮的手指顿了顿。

就连柳境的笑容都有一刻钟的呆滞。

其实这个问题在场的记者早就想问了，但是柳氏的招呼打得实在好，红包殷实，让他们看在大红包的分上，放弃了不利的提问。

柳氏是大集团，常有新品发布会，这次得罪了柳氏集团，下一次估计就不会再有机会现场采访拿到大红包了。

此时小妹妹石破天惊的提问让所有的记者都崇拜一般将视线集中在她身上。

问得好啊！小妹妹！你问出了水准呀！

网红主持人也呆滞了，她主持了那么多场发布会，各行各业的都有，然而这么气氛尴尬的还是第一次。

柳境一头的冷汗，脸上的笑容都已经维持不住，他正想站起来，柳熙照轻轻拉了他一下。他反应过来，看向了坐直了身体的柳熙照。

"问得很好！这个问题，颇有很久以前自相矛盾的相悖论！"柳熙照拿起麦克风，嘴角勾起一抹嘲讽的笑容，"其实这也是我柳氏集团埋下的小幽默，我刚刚还在想，到底是什么样的精英能够耿直地提出这个问题，这么一看，居然还是个漂亮的小姑娘！"

他一副轻松的样子，顿时化解了现场的尴尬气氛。

主持人立刻接上了他的话："看来我们的柳总十分地幽默，抛出古梗让我们乐上一乐！"她想继续往下说，然而她发现柳熙照握着话筒并没有让她过场的意思，她迟疑地看向柳熙照。

柳熙照点了点头："对，其实对于这个相悖论，我做过很久的研究。

"就拿自相矛盾来说吧，我们假设盾为防御，矛为攻击，攻击力一百和防御力一百不会同时出现，如果在防御力中百分之八十就是最高，攻击力却是百分百，矛刺破盾那就是正常结果。但是反过来，如果防御力中百分百是最高，攻击力百分之八十为最高，那么盾是可以防御的。没有相同力道的防御和攻击，这个道理大家都该懂的吧？"

全场一片蒙，大家围绕着柳熙照的言论想了想，居然觉得颇有道理。

"同理可证，我柳氏集团的钢化玻璃防御系统内配套的一定是最为安全的，不存在需要用电钻击碎的可能性。而我柳氏集团需要击碎的防御系统，一定是有着缺陷或安全隐患的，否则它何以派上用场？在场的都是聪明人，想一想，这相悖论嘛，也不再是相悖论！"他故意将嗓音压低了几分，听起来同柳熙来相似很多。

提问的小姑娘一脸蒙地想了又想，觉得有道理，可又觉得有一种说不上来的违和感。

前排的服务人员给她递了一套柳氏集团新研发的补品，示意她坐下。她接了补品木木地坐了下来，心里只有一个念头：这柳总的反应力还是很快的。

主持人很快刻意地结束了这个话题，被绕进去的记者们也不愿意浪费脑细胞细想，气氛很快又活跃起来。

主持人因为刚刚没有能解开尴尬之局十分惶恐，用尽全力抛出一个又一个包袱，将发布会搞得欢声笑语的，一直到发布会结束，大家都其乐融融的。

而柳熙照说了那些以后，只需要保持面无表情。

签售的时候，对方很是敬佩地试用了样品，每个人都很满意。L国的代表用十分热忱的腔调表示感激："多谢柳氏为安保做出巨大贡献，让犯罪更无可能！"

柳熙照斟酌了下，说了一句十分到位的柳熙来式回答："能用钱解决的问题，都不是问题！柳氏会砸更多的投资，研制出更好的安保用品！"

柳境的表情很复杂，同样复杂的还有心情。

一方面，柳境觉得柳熙照学得太像了，总觉得哪里怪怪的；另外一方面，他又心存自豪，熙照终于在他看不到的地方，慢慢成长起来了。

柳熙照遇事镇定，即便遇到了刚刚那种千古难解的悖论，他也会侃侃而谈，绕过重点，化解掉尴尬，他不温不火，在场应对礼貌而到位，这是柳境不曾见过的柳熙照。

发布会结束的时候，柳境走到后台，看到摘掉墨镜的柳熙照坐在休息室里，双手捂着脸，腿微微颤抖着。

柳境突然有一点心疼，走过去拍了拍儿子的肩膀，说道：“没事的，多锻炼几次，见过几次这种大场面，你就不会再慌张。”

柳熙照从手掌里抬头看向自己的父亲，突然就笑了，然后点点头，拆开口香糖的包装，丢了一颗在自己嘴里。

柳境又拍了拍柳熙照的肩膀，一脸兴奋地朝他点点头：“你休息休息，不要太紧张了，接下来还有几场谈判，你要适应呀。”

说完，柳境推开门走了出去。

柳熙照不屑地轻哼了一声，半坐在桌子上，看向站在门外兴奋地向柳熙来汇报情况的柳境，有点酸酸的感觉。

柳境一点都不了解他，以为他是紧张得颤抖吗？

并不是，他只是兴奋得想要颤抖。位于众人之上，被镁光灯包围，被大家羡慕着，仰视着，这种感觉太好了。

他不想假扮柳熙来，他想堂堂正正地做柳熙照，做一个比柳熙来还高高在上的人，不需要假扮，不需要刻意模仿别人。总有一天，他会做到的，在那高高在上的台子上，镁光灯和众人的焦点，都会是他。

他跳下桌子，又将墨镜戴上了。对着镜子照了好一会儿，从各个角度都确保和柳熙来的相似度有百分之八十以上，他放心地穿上了外套，走出了休息室。

还需要出席庆功宴呢，一点大意都不能有呀！松懈不得！

庆功宴设在柳氏集团的六星级酒店里。

这里沿袭了柳熙来一贯的高档奢靡风，力求所有的东西都看起来金光闪闪，他的要求就是：一看就是有钱人，并且舍得花钱。

“你待会儿随便应付就可以了，我知道你很累，再坚持坚持。熙来平时工作量是挺大的。”柳境看到儿子有些倦怠的眼神，觉得心疼，知道他一向自由惯了，哪里知道柳熙来平时的工作量有多大，动辄连轴赶往会场，应付各种大客户，谈判各种零碎而重要的合同，熬夜是常有的事情。

只是柳熙来生来就是一副我是纨绔，我没用，我有钱，我爱花钱的样子，令所有人都觉得他接管柳氏集团，整日只知道吃吃喝喝，生活奢靡。

“我很好，你放心吧！”柳熙照客客气气地回答自己的父亲。

父亲把他看得这样低吗？

柳熙来能做的，他也能做啊，为什么要特意说这些？真是可笑。

想到这里，柳熙照更加精神抖擞，他端着酒杯，同各色客户交际。

“柳总今天应该很开心吧，说的话都比平时多很多！来，喝一口！”说话的是柳熙来的老客户了，他同柳熙来认识数十载，次次发布会都来捧场的。

柳熙照心中一惊，但是并没有表现在脸上，只是举杯意思了一下，而后下半场，柳熙照的话果然不再那么多了。

他的微微一笑和适当的高傲都演绎得很好。

越到最后柳熙照越觉得他就是柳熙来，柳熙来就是他。他渐入佳境，站在众人之间，感觉很好。

快到结束的时候，金色镶嵌着七彩珠宝的铃铛又响了起来，柳熙照回头一看，露出了今晚第一个真诚的笑容。

闻至财带着他的女儿闻羡匆忙赶到。

闻家和柳氏是世交，当初柳熙来父亲过世时，企业陷入危机，是闻家伸出援助之手，赞助了一大笔钱，让柳氏度过了最困难的时候。

闻羡是柳熙来和柳熙照的青梅竹马，十岁之前三人亲密无间，柳熙来虽然对任何女孩子都提不起兴趣，对闻羡却是一直爱护有加。

柳熙来曾经对柳熙照说：“我对闻羡就像对自己的亲妹妹一般，总是情不自禁想要爱护她，保护她。”

十岁以后，闻羡去了女子学校，学校采取全封闭管理，于是三人的见面机会锐减，但是彼此一直有联系。

柳熙照想一想，距离闻羡出国学习已经三年没有见了吧，他写过很多信，并不是电子邮件不方便，他总觉得传统信件里有着现代电子邮件所没有的沉淀。

明明他寄得最频繁，也写得最真诚，每次都要写上十几页，真挚感人，柳熙来则写短短几行，敷衍无比。然而闻羡总是将信件回复给柳熙来，他的信永远是堂哥信里附带的一份。

此刻他目不转睛地看向闻羡。

闻羡瘦了，皮肤白了，也更漂亮了。

闻羡长相端庄，当初柳熙来的父亲柳致在世时，夸赞过闻羡，说闻羡属端庄大奶奶的长相。

柳致倒是很想结这个姻亲，然而柳熙来虽然年幼，却十分坚持己见地拒绝了。

柳致是个开明的父亲，从那以后不再提起这茬。

闻羡的气质是与生俱来的，她微微笑着站在那里，容貌端庄，皮肤白皙，穿着一条米色的晚礼服，满场女性的光辉都被她的优雅和美丽压制下去，她整个人像是会发光一样。

闻羡也看见了柳熙照，她露出个迷茫的表情，眼神落在柳熙照身上好一会儿，然后露出个笑容。

她缓缓走过来，礼服上的流苏随着她的走动而流光溢彩。

“嗨，阿照！”她微笑着歪头看向柳熙照。

柳熙照的心狂躁地跳动起来，她认出他了！他这样极力模仿柳熙来，她却一眼就看出来了，是不是自己在她心中也是特殊的？

闻羡凑过来小声问道：“你们兄弟在玩什么游戏吗？”

柳熙照不想多提柳熙来，随便应付了两声。

“他们怎么都看不出来，你跟熙来一点都不像！”闻羡笑出声，眼睛亮亮的，歪着头，不知道有多可爱。

柳熙照的心都化了：“因为他们没有你聪明可爱又漂亮。”

闻至财倒是没有认出来，他看女儿同柳熙来这么亲密，很是开心。

走的时候，他对柳熙照说：“有空来伯伯家吃饭，闻羡回来就想要邀请你们过来的。对了，到时候你把熙照也叫上啊。”

柳熙照礼貌地回答，被闻伯伯提到，他也很开心。

回去的路上，他还在后座回味今天一天自己卓越优秀的表现。

“熙照，你是不是太累了？”柳境回头看后座上带着微笑的柳熙照，觉得儿子的心情是比较靓丽的，他好久没有看到儿子露出发自肺腑的笑容了，开心地问儿子，“是不是工作的感觉特别好？你也想想自己想做什么，等熙来好了，我们一起工作。”

柳熙来斜睨自己的父亲，突然笑起来：“我想做总裁啊，像柳熙来这样的位置，你能为我争取到吗？”

柳境张了张嘴，又无力地闭上了。

“跟你开玩笑的，等熙来康复，我想做一份踏实的工作，最好是市场部，我喜欢跟人打交道，喜欢多多交流沟通。”

柳境又喜气洋洋的了，他在副驾上点头如捣蒜：“好好好，就去市场部锻炼锻炼！”

.4.

柳熙来是下午看见录像的。

在那之前，他一直苦恼着。

他康复能力一向很强，第三天已经消肿了，除了个别角度动一动会痛以外，其他一切都好。

他除了每日三餐时去慰问田甜姑娘外，几乎没有做其他的事情，一来他懂得做事不宜操之过急的道理，二来他也实在没有更多的笑话能够逗乐田甜姑娘。

他经常问唐赛有没有什么幽默的段子，让他也学一学去逗逗田甜姑娘。

唐赛是老实人，说的笑话也冷到不行。

柳熙来在病床上万般无聊，田甜妹子又在熟睡，不好去打扰她，于是他点开了唐赛录制的视频。

视频里，柳熙照挥斥方遒的样子格外精神，柳熙来一边看一边笑：这小子是偷偷学着自己的动作吗？怎么模仿得这么像？

柳熙照回答记者问题的那一段，柳熙来反复看了好几遍，手指在下巴上点啊点，然后他拨了个电话给柳境。

柳境已经回到了公司，正在废寝忘食地处理事情。

柳熙来很欣慰地对柳境说：“叔叔，我看了现场视频，熙照的表现真是让我赞叹！”

柳熙来很少称赞一个人，得到他夸奖的人凤毛麟角，上一个被他称赞的人还是创造柳氏新产品的一个鬼才。

此时柳境听到柳熙来毫不吝啬地称赞柳熙照，很激动，结结巴巴地回答：“对，对啊，这小子……哈哈哈，突然就开窍了。”

柳熙来摸着下巴跟叔叔提议：“叔叔，我有个大胆的想法。”

柳境一下子就噎住了，他十分害怕柳熙来说出那个大胆的想法，上次那个大胆的想法差点让柳氏集团破产。

“熙来啊，你要冷静，有什么想法好好说，不要每天想太多，你还在养伤！”

柳熙来大笑道：“你别吓着啊，我的想法是，以后柳氏可以分出一半给熙照。你想想看，柳氏企业本来也不是我一个人的，它本来就是你和我父亲共同拥有的，以前我没有提议过，是觉得熙照还不足以扛起这份重责，而叔叔你也不具备决策类的工作，扛不起半壁柳氏。”

柳境一点都不生气，因为他知道自己的确不是做领导人的料，他优柔寡断，在选择面前犹豫不决，经常会因为犹豫错失机会，也因为判断不到位，让柳氏曾经一度陷入危机。

他这么卖力地为柳氏工作，除了对堂哥的内疚外，更重要的是柳熙来是个果敢并且敢于拼搏的年轻总裁。

柳熙来虽然表面看起来狂妄又任性，但是这几年来，偷偷给柳境增加了公司的股份。他虽然从来没有在明面上提过，但是这个公司，他给予柳境的权力等同于另外一个决策者。

因为认识到自己的能力缺乏，也知道柳熙来从来没有亏欠过自己，所以柳境愿意默默地为他做好辅助工作。

听出此时柳熙来的意思大有将柳氏的一半交予柳熙照的意思，柳境握着话筒，一时感动到不知道要说什么。

“叔叔，熙照已经长大了，除了缺少阅历和工作经验，以他的沉稳和机智，是可以好好接下一半工作的，但是目前你别告诉他，我想把他放在公司里锻炼锻炼。他在各个部门多锻炼锻炼,就会了解每个部门的运作,对他以后升职也是有好处的。”

柳境除了说“好”，别无他话，但是眼眶里已经有了薄泪。他觉得不管是堂兄还是熙来，他们都对自己太好了，真是令他感动。

柳境挣扎了半天，措辞激烈地对柳熙来说：“熙来，叔叔要把毕生献给你和柳氏。”

柳熙来捏着电话目瞪口呆，他知道柳境这人十分情绪化，但是这么忠肝义胆地表白，他还是被惊到了。

其实柳熙来只是觉得柳氏集团的重任太大了，大到影响他追求田甜姑娘。然而此时此刻，他只能干笑。

电话两端的人都在意犹未尽中撂了电话。

W 市下了好大一场雨，然而田泽家里再也没有一处漏雨。看到四处摆放的桶和盆都是干干的，田泽心里松了一口气，又莫名提起了心。

屋子被修得十分精美，远远看去，在一大片灰蒙蒙的东倒西歪的小平房里鹤立鸡群，像一栋小别墅，没错，它够不上大别墅，因为占地面积不够大，所以它是一栋小别墅。

田泽有些惶恐，要是每天从充满着文艺气息的小房子中醒来，坐在散发着淡淡香气有着精美床单的大床上，会有好半天不能回过神自己是在何处。

屋子的设计师应该是小清新派的，除了屋子外面用了最清新的马卡龙薄荷绿外，屋顶还别出心裁插满了花束。

屋子的窗框被涂成了淡粉色，窗台上还种着浪漫的薰衣草，窗帘是淡米色的薄纱，下面一溜的流苏，地板是实木的，接近原色，屋子里面到处放着仿真的向日葵，一派少女气息。柳熙来再三叮嘱，所有的花束必须是最接近自然模样的仿真花。

被刷成粉蓝色的墙壁上挂满了唐赛这段时间拍摄的田甜姑娘真挚带着阳光的写真照。田甜姑娘那小麦色的皮肤，那笑成土拨鼠一般惊喜的眼睛，无一不传神！！照片用各色相框挂了一墙，很是壮观。

就连田甜之前的破自行车都被强行喷成了粉红色，车篓子里面放着一大束清新的假百合，成为屋中一景。

田泽坐在床上，环顾四周，觉得如果一定要说格格不入的，那大概就是自己了。

他已经习惯了灰蒙蒙的生活，这样的装潢风格让他很不安。

他想了又想，拨通了田甜的手机。

田甜听起来情绪还不错：“哎？爸，我还在培训呢！”

田泽差点哭出声：“甜甜啊，你老实告诉爸爸，你是不是去卖身了？”

握着电话的田甜差点被自己的口水噎死：“啊？爸，你说什么呢？我辛辛苦苦地打工，靠着实力挣钱呢。富贵不能淫，这是我老田家的家训！”

田泽带着哭腔说：“那你老板是不是对你别有企图？”

田甜不敢把得罪了柳熙来，柳熙来对自己实施报复的事情告诉田泽，她知道自己父亲那颗脆弱的心再也经受不了更多的打击了，于是她愉快地告诉田泽：“哪有，就我这个长相，谁会看得上？”

田泽沉默了半晌后，说道：“那你有空回来看看吧，我看你们老板不是很正常！”他欲言又止，握着手机环顾四周，忍不住长叹一声。

田甜的伤已经调养了五天，除了咳嗽大笑打喷嚏时会牵动疼痛点，起床会痛一些外，其他时候，跟普通人也没有两样，走路慢点，甚至看不出她受过伤。

她听到爸爸在电话里有些发抖的声音，顿时觉得大事不妙。

柳熙来最近两天都在她这里摔坏高档表，动作浮夸，眼神带着讨好的期盼，她看着都觉得心惊。

田甜回想了一下，大概是前儿天，柳熙来第一次不慎将手表砸坏，她为了避免柳熙来尴尬，宽慰地笑了笑以后，他就误解了什么。

真是个神经病！

她决定下午偷偷出院，回家看看到底发生了什么，以她现在对柳熙来的印象，爸爸这么诚惶诚恐，应该是他又使了什么坏手段！

有钱人一旦坏起来，不亚于撒旦！

中午的时候，柳熙来又拄着拐杖摇曳生姿地来了。他换了好几个姿势，选择了最酷最有型的一个姿势靠在墙壁上，微抬下巴淡淡地问田甜："田小姐，今天给你换了营养液，可以提高你的免疫力，你身体太弱了。"

田甜立刻惊恐地瞪大了眼睛，她听懂了柳熙来话里的潜在意思：你这样弱，打击起来太没有意思了，得养肥了再宰割。

她惊恐地看向柳熙来，一双大眼瞪得更大了。

柳熙来看她瞪大眼睛，一副很感动的样子，很开心地微微扯了扯嘴角：田甜妹子真是太甜了，一点点的关怀就震惊成这样。

他不由得更加心疼过往的她。

她一定是缺少关怀很久了，这样可爱的人，今后一定要更加爱护她！

"这几天我会让医生多配点输液，给你轮流挂起来！"柳熙来看着田甜越瞪越大的眼睛，心里甜丝丝的，忍不住笑了起来。

这表情太可爱了吧，好想捏她的脸呀。

柳熙来心中蠢蠢欲动，然而他只是高冷地甩了甩头发，将自己的杂念甩了下去。

田甜此刻已经心态崩了，她看见柳熙来就这么一眨不眨地盯着自己，还阴恻恻地笑了起来，表情和动作无一不彰显出他想要猎捕弱小对手的得意。

她一想到"轮流挂起来"这几个字，就不寒而栗，这人心思太歹毒了吧！就算容嬷嬷动手用针扎紫薇，人家也是亲力亲为，这个魔鬼居然不动声色，轻描淡写地就让医护天使对自己下毒手。

这里已经不安全了！

田甜颤抖着对自己说：田甜，你一定要冷静下来，不能让他看出任何破绽，要安全撤离呀！

她一边这么想着，一边露出个无害的笑容，将声音放得更加柔和："多谢柳先生了，让您费心了！您真是个好人！"

这张好人卡发得柳熙来飘飘欲仙，这么多天来，今天是田甜姑娘对他说话最多的一天了。

她每天只会说，早晨好、中午好、晚安和谢谢您！

今天她居然一口气说了这么多！

这样的殊荣让柳熙来受宠若惊，他出去的时候，拐杖都忘记拿了，如魔似幻的魔鬼步伐让远远守望他的唐赛很是恐慌。

"柳总，你还好吗？"唐赛冲过去扶住自己家总裁。

然而处于甜蜜回味中的柳熙来只是回他一个无尽温柔的笑容。

唐赛吓得浑身一哆嗦，垂头恭恭敬敬地将他扶回了病房。

整个上午柳熙来都是在甜蜜的笑容里度过的。

吃完午饭，市场部送来大量的新鲜水果，柳熙来在其中挑挑拣拣，找了一些形态好看又饱满多汁的，用精美的小竹篓装好。

唐赛问道："柳总，要不要我给田甜姑娘送去？"

柳熙来瞪了他一眼，自己提着小竹篓，又拄着拐杖蹒跚地走过去了。

田甜姑娘的病房门是虚掩着的，柳熙来推进去，床上空无一人。

柳熙来有点意外，转身问道："唐助理，田甜姑娘去哪里了？"

可怜的唐赛缩在门口，努力降低存在感，听到柳总召唤，立马跳了出来："柳……柳总，我不知道！"

柳熙来将手里的竹篓子丢在了床头柜上，拄着拐杖走来走去。

唐赛见状安慰柳熙来："柳总，田甜姑娘说不定去洗手间了。"

柳熙来抬头看看挂衣服的架子，伸手轻轻拉开床头柜的抽屉。他沉默了一会儿后，抬起头来，对唐赛说："收拾收拾，我们也出院吧。"

唐赛实在摸不透老板的意思，问道："柳总，你不是还没有完全康复吗？"

柳熙来如同从冰窖里出来一般冷冷地回答："康复什么，我内心的创伤永远无法愈合！走，回去！"

他气得拐杖都丢了，苍凉而无望地扶着墙眺望远方。

这不对劲啊，明明上午田甜姑娘还甜甜地冲他微笑，态度比以往还要好，说了那么多的话，明明就已经更进一步了，为什么她突然偷偷换了衣服，带了病历和身份证溜了呢？

他想了又想，百思不得其解，心塞万分地在唐赛的搀扶下，从医院撤退了。

其实柜子上还有柳熙来送来的昂贵补品和新鲜水果，可是田甜不敢拿，也不愿意动一下，她把它们整理好了，分门别类地放在了那里，期许柳熙来拿回去，不要浪费它们。

她总觉得拿了那些，自己就更矮一截了。她现在心心念念想的是，快点好起来，把住院的费用挣到以后，一并还给柳熙来。

至于以后，她真的不想跟柳熙来有任何交集。她从小被教育要远离有钱人，自尊独立有担当。

这么多年了，她看到有钱人都会习惯性地戒备，柳熙来这些天的举动，让她吃不下睡不着，憔悴不已。

她回去的时候，在那片灰蒙蒙的小房子里寻找自己的出租屋，可她怎么都不能把自己原先住的灰蒙蒙的出租屋同那个小清新别墅联系在一起。

田泽正十分憔悴地在屋前托腮晒着太阳，这个屋子他住得十分有压力，昨天午夜时分无风无动静，田甜她娘的遗照“啪嗒”一声，就那么硬生生地从小桌上摔下来，四分五裂。

让田甜她娘住在这么个让人周身不愉悦的小屋子，他顿时觉得很愧疚。可是能怎么办啊，田甜已经透支了工钱把租金都交了啊。

他想了想，丝毫想不到解决的办法，只能苦恼地坐在家门口。

田甜远远地看到父亲坐在台阶上苦恼，她又不能剧烈运动，只能一步一步地慢慢走过去。

“爸，这里是怎么回事？！”田甜终于确定这是自己的出租屋了，然而这格格不入的小清新风格和各种违和的花团锦簇的情景，让她有点反应不过来。

“那天接了你的电话，下午就有一批人来了，不由分说地就把屋子改造成这样了，我已经好几天不能安稳地睡觉了！”田泽哭丧着脸。

田甜看他的确是一脸憔悴还带着黑眼圈。

她也好几天没有睡好觉，在同“资本家”斗智斗勇中，度过了最难熬的那几天。

她抬头看了看四周，有些心酸地说：“爸，你要多休息啊，不管环境怎么变化都要……宠辱不惊！”

田泽一副很丧的表情：“我也很想宠辱不惊，但是我的身体做不到！”

父女两个挨着坐了一会儿。

田甜终于想到了一个好办法。

她打电话叫来了房东。

房东是个胖胖的中年妇女，赶过来的时候一脸汗水，有几分不耐烦，但是一看到田甜就堆满了笑容。毕竟田甜装修了她的出租屋，并且付了未来好几年的租金。她其实十分不明白，既然有钱精装修，用的还是最好的材料，为什么还要住在这个像贫民窟一样的地方。

“哎，田小姐，你还有什么问题，尽管提出来。”房东笑得极为谄媚。她本来以为这位田小姐是以色换取这一切，结果她这次看到了本尊，立刻对田甜“肃然起敬”，觉得先前的猜想简直侮辱了小姑娘。小姑娘怎么看也不像是以色换取利益的人，小姑娘肯定是凭着自身的努力在改善自己的生活环境。

因为颜值不达标呀！

“是这样的，我们尽管装修了房子，但是……”田甜还在措辞。

房东立刻换了一副嘴脸，尖锐地打断她的话：“我们是不可能贴给你装修费用的，也不可能退那五年的房租！”

房东感觉眼前这个小姑娘后悔了，想协商从中止损。

田甜惊愕了一瞬，又笑出声：“哎哎哎，黄太太，不是的，你听我说，我们虽然装修了这个屋子，但是住惯了简陋的出租屋，这屋子太精致，我们住着很不舒服，我想跟你商量下，换一处你空着的简租房。这间精装修的，你就随意再次租出去吧。”

黄太太突然转怒为喜，然后就近挑了一处简陋的房子，让田甜一家搬了进去。

田泽的忧伤顿时就消失了，他开心地摸着快要散架的还散发着霉味的床，觉得连空气都变得香甜了。

“哎哟，今天能睡个好觉了！”他扫了一眼家徒四壁的破房子，开心得不得了。

“甜甜啊，你妈妈今天都特别开心！”他把镜框挂在墙上唯一一根钉子上。

铁钉生锈了，并不牢固，田甜来不及提醒，就眼睁睁地看着妈妈的遗照从墙上砸了下来。

地面是没有装修的软泥土地，板砖都铺得稀稀拉拉，相框砸在泥地上，弹了弹居然毫无损坏。

“哎呀，她喜欢这里，你看她高兴得都跳起来了！”田泽用袖子擦了擦被泥土弄脏了的相框，把它又挂上去了。

田甜看了看喜滋滋的爸爸和照片上沉静笑着的母亲，有一瞬迷茫。

为什么他们要这么怯懦，被柳熙来那样的富人掐着耍弄呢？

她很想反击回去！

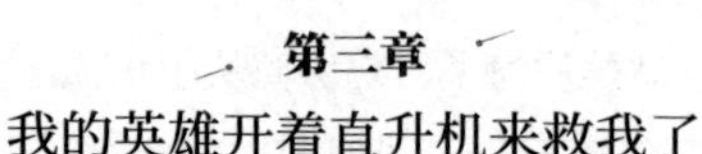

第三章
我的英雄开着直升机来救我了

“没事的，活着就可以了。”她虚弱地安慰着柳熙来。
活着就好！她是这样卑微而坚强地热爱生活呀！

.1.

柳熙照这两天很舒适，心情愉悦得很，他已经习惯坐在高大的老板椅上来回转动着处理一些需要跟进的项目了。

比起以往低人一头的打工生涯，他觉得做别人的主，给别人发工资什么的，真的是很舒服了。

这次，他跟进了六个项目，但都不是他决策的，他很想试试自己决策一个项目，并且全程做完的感觉。

柳熙来早晨打电话来问他适应得怎么样，并且客气地对他道谢，称他辛苦了。

柳熙照忍不住笑道：“大哥，我想尝试着做一单小项目，像你那样决策。我还没有尝试过从头到尾地跟进一个项目。”

柳熙来沉思了一下，说道：“你可以做小项目决策，投资不宜超过三千万，并且一定要同叔叔好好商量，我不反对你锻炼，我希望你这几天代替我工作，找到未来的方向和目标。”

柳熙照阴沉着脸，却捏着电话干笑了几声，显得很开心一样。

爱丽公司的合同送过来的时候，柳熙照跃跃欲试。

大概是看到了儿子脸上兴奋的表情，柳境再三叮嘱：“熙照，这些项目都是要总裁过目了才能签的，你只是代替他帮忙跟进而已，要拍板的事情，你千万别乱做主。”

柳熙照并没有告诉柳境他同柳熙来通过电话的事情。

他只是“嗯”了一声，冷冷看向自己的父亲。今天柳境要出一趟差，不长不短，半个月。这半个月，如果柳熙来不回来，那他就可以自信而富有魄力地做好一切事

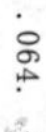

情，让所有人看看，不仅只有柳熙来能做总裁，他柳熙照也能做到最好。

唐赛一直在帮着柳熙照，柳熙照对唐赛给予了最大的尊重，自从他看了唐赛的文凭后，就对这个昔日的学霸十分敬佩。

他会给予唐赛很大的决策权，比如他会问唐赛，这件事你认为怎么样，这是唐赛以前在柳熙来那里从来没有得到过的殊荣。

柳熙来从来不会征询身边人的意见，他拥有很强烈的决策独占性，一旦他决定的事情，别人很少有能够更改的机会。

所以唐赛在柳熙来身边，只需要服从，他说得最多的话是“好的”“对的”“我去做”。

然而这些天，柳熙照对业务的生涩，让唐赛有了一展拳脚的机会。他跟柳熙照提了不少跟进的意见，柳熙照都很认真地去执行了，并且做得很圆满，这让他觉得自己还是很有能力的。

柳境刚从办公室走出去，柳熙照就打了公司内部电话，把唐赛给叫了进来。

“嗯，阿赛，有很重要的事情，你进来，我们讨论一下。”柳熙照坐在大大的老板椅上，面不改色地将爱丽公司的文策案涂涂改改。

唐赛进来时，柳熙照抬起下巴，挑了挑眉头，让他把门关上。

这又跟柳熙来不一样，柳熙来是不习惯关门的，所以，唐赛很怕被柳熙来责骂，因为柳熙来骂声洪亮，通常训完了他和孔毅，出去的时候，公司的人都知道他们又被训了。

“阿赛，有件事情我想问问你，爱丽的文案做得不错，商品又漂亮整洁，为什么不同意他们的合作提议？”柳熙照坐着椅子转了一大圈，歪头看向唐赛。

唐赛愣了愣，柳熙照打扮得同柳熙来很像，但是柳熙照做着这个动作，让他有一瞬的恍神。

他咳嗽了一下，回答柳熙照：“这是柳总的意见，他觉得这家的产品质检不过关，有人之前提醒过柳总，他家一贯有以次充好的习惯。”

柳熙照皱皱眉，摇头道：“前几天他们的质检现场公开公正地面向大众，也邀请我去了，我对比了市面上的同类商品，我觉得他家的质量还略胜一筹，如果用他家的商品，我们能节省这个数。”

柳熙照将自己计算出的数据给唐赛看。

唐赛接过来，发现柳熙照已经将质检号、同期出错率和成本都核查计算了一遍。

“按理说这不是大事，我爸说大哥想让我多锻炼锻炼，决策一些小项目，我就尽力去比对，想让大哥看到一份满意的成绩单。”柳熙照兴奋地搓搓手。

其实爱丽公司昨天给柳熙照展示了商品的质量，作为安保类产品的配装物件，是需要通过严格的质量关卡的，爱丽公司被拒绝了几次以后，大概深谙了其中的道理，连夜从国外最好的公司打样了最好材质的商品。

展示的时候，见柳熙照满意地点了点头，对方的代表趁机主动提出让百分之十五的折扣，从庞大的进货数量来看，这是个不错的折扣。

看到了商品的质量，又心动于对方的折扣让步，柳熙照决定签下这个合作合同。

“可是这件事，是不是要跟柳总提一提？”唐赛有些踌躇，他习惯了柳熙来凌厉而果断的决策方式，对于柳熙照这样商量却又不敢肯定的语气，有点不确定。

柳熙照顿时皱起了眉头，语气都生硬了许多：“不用跟他说了吧，早些时候，我跟他谈过小项目的事情，他也跟我说过，小项目是可以由我做主的，并且提到柳境同意的话，基本可以拍板。刚刚我已经征求了柳境的意见，他是同意的……”

唐赛“啊”了一声：“那就，没有问题了哎！”

柳熙照眉眼弯弯地笑了起来：“那真是谢谢你了，给予了我很多意见。”

唐赛被谢得一脸茫然。

他出来后，思来想去还是给柳熙来打了个电话：“柳总，你是说过部分项目让你弟弟决策？”

柳熙来在电话里很随意地“嗯”了一声：“怎么了，他有动静了？”

唐赛犹豫了一下，回答道：“是的，关于商品配件，他进了一批价廉物美的。”

柳熙来笑了一声：“那不是挺好吗？你好好帮帮他，叔叔望子成龙很多年了，让他锻炼锻炼，以后也是上阵兄弟兵嘛，不错不错。”

柳总有意让自己的弟弟多锻炼锻炼，唐赛也不多说了，下午就协助柳熙照办理了手续，把这一个配件合作合同给签订了。

傍晚的时候，唐赛的手机突然收到一条提示，银行账户入账十万元，他惊恐万分，坐在自家的沙发上百思不得其解，这是什么费用。

过了半个小时，他收到柳熙照的短信：“十万元是此次合同签订后的奖金，不用担心，你应得的。”

唐赛虽然以往也接受过柳熙来的奖金，但是这次的奖金让他觉得十分忐忑不安。他新开了一个户头，把这十万都存进去了。

他想汇报下奖金的事情，可惜柳熙来的手机怎么也打不通。吃了晚饭，他又跑了一会儿步，突然就想开了，如果今后这钱不妥就交还公司嘛，有空再跟柳总提一提。

他自我安慰着，很快就把这事抛诸脑后。

柳熙来此刻在哪里？

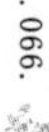

他并没有回自己家，而是去了之前给田甜精装修的那个屋子。他其实是想来偷偷看一看田甜姑娘的，看完后就回去稍作休整再战。

然而当他来的时候，从田甜姑娘的屋子里走出来个雄壮丑陋的中年男人，并且言语中充满了不敬。

被驱逐的窘境让柳熙来很是气愤，他找到了房东，询问了田甜搬出去的原因，他有点不相信田甜会舍弃自己这么精装修的房屋，又搬到那些破旧且潮湿黑暗的租房里去。

房东撇着嘴说：“哎呀，先生，我是那种刻薄的人嘛，你帮我修屋子，又帮她交了房租，你就是我的祖宗，我怎么会得罪自己的祖宗呢？”

柳熙来皱眉：“那为什么？”

房东抱着手臂，将他从头到尾打量了一番，说道：“这位先生，你要是追小姑娘，就不能吓着她，你这样大张旗鼓地，过惯了苦日子的谁敢贸然接受你的好处，谁知道你安的什么心？”

柳熙来张了张嘴，又合上了。他觉得言语很苍白，根本表达不了他对田甜姑娘那种惊鸿一瞥的心情。

“田甜现在住在哪里？”他揉着眉头问道。

房东有点警觉，斜眼看他：“你别乱打主意，小姑娘可乖了，拖着个重病的老头儿不容易，你要是玩儿就算了吧。”

柳熙来长长地叹了一口气，有点无奈了：“我就想好好地帮她把现在的出租屋给整理整理，你这里的出租屋是个什么样子，你自己心里没有数吗？”

房东顿时换了脸色：“哎，这敢情好，你看看，从这里出去，最烂的那个屋子就是她现在租的。我劝过她，但她觉得住那种屋子心里舒坦。”

柳熙来“嗯”了一声，准备转身离开。

房东又眼巴巴地叫住了他：“先生，这次你想搞个什么样的装潢？”她美滋滋地想，总算在这一片贫民窟一样的出租房里出了两间精品房了，以后这两间房的价格得提高点。

柳熙来叹气：“我要原封不动地装修。”

哎？房东一脸蒙。

下午的时候，有一家名不见经传的小公司给田甜打电话，告知她文员一职已经通过。田甜惊得一塌糊涂，这份工作的审核早已经在一个月前尘埃落定，她虽然心仪这份时间充裕薪金尚可的工作，但是也知道自己的外观不符合招聘启事上要求的外貌甜美一项。

此时这家小公司又来通知她，不免让她产生了一种身处梦境的感觉。她忍不住捏着镜子照了照，镜子里的少女依然一副对世事无知的茫然惊恐状，压根儿没有甜美一词。她收回了眼，认认真真地回答对方的话。

那家茶吧，虽然工资高，但是她知道牵涉了柳熙来，就再也不想去了。回来两天了，她一直在家苦苦地手写简历，想要重新再去投简历。

此时的录用电话让她激动到不知道说什么好。

“我会努力的，我会做到最好！我不会辜负这份工作的！”她捏着电话再三保证。

负责传达录取通知的罗辞捏着电话轻轻笑了一声，对田甜说：“好嘞，一起努力吧。”

放下电话，罗辞有点恍神，听语气，对面的小姑娘十分珍惜这份工作啊。

其实招聘工作早已经尘埃落定，今天早晨老板突然进来，捏着一份简历，丢在他的面前：“小罗，多通知一个人，安排在你这里，记得上工以后不要分配太累太重的活儿，让她每天整理整理文档就可以了。”

这家公司是典型的家庭作坊，从来不会雇佣闲散人员的，这里每个人都是一人身兼数职，并且老板录用的这一批文员都有报关员资格，面容甜美又能够兼做报关员。

他看向了手里的简历，简历上的小姑娘面容一般，一双大眼睛瞪得极大，显得稚气又滑稽，学历是一路自学上来的，中专毕业以后是自学大专，英语说得磕磕巴巴的，连该有的证书都没有，工作经历更是杂乱，从服务员到酒店清洁生，到饭店帮厨都有。他实在看不出老板对这样一个女孩儿破格录取的意义。

可能是有后台吧？

但是很快他又否认了这个念头，因为对方住在本市最为穷困的地方，那里民工群居，屋瓦都不齐全，女孩儿还是个单亲家庭，父亲无业，闲居在家。

他百思不得其解，将田甜的资料放在了案头，好奇心驱使他想要看看这是一个怎样的女孩。

田甜开心地回到原来居住地的菜场买了一些蔬菜，脸上都是喜意。

菜场的人看见她，都自发送一些蔫巴的菜给她。

她嘴巴甜，又喜欢搭一把手，有时候谁家吃饭去了，田甜会不顾饥饿帮着看摊位直到对方回来。

她住在那里有一段时间了，大家都是知根知底的。

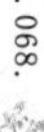

看见田甜来买菜，大家都主动问她："阿甜啊，你爸爸身体怎么样了？"

田甜笑嘻嘻地回答大家："快好了，快好了，医生说再调养调养就跟正常人没两样了！"

听到这些，大家都由衷地为她开心。

以往跟她最亲的黄嫂将一把新鲜的菜塞进田甜的包里："拿回去好好补补身体，你看看你，这么多年就跟个猴儿一样，没见胖过。"黄嫂挺心疼田甜的，田甜最困难的时候，她也见过，眼看着小姑娘一个人扛了所有的事情和负担，她是从心底怜惜这个孩子。

"哎，谢谢黄嫂！"田甜道谢。

这里的人家庭条件都不好，却在她最难的时候，伸出过援手。她知道那些丢给她的菜很多都是可以卖的，大家又怕伤了她的小小自尊心，总是故意捏散了当作烂菜给她。

柳氏的化工厂建成后，这里的菜地和人都受到不小的影响，居民搬离了不少，留下的咳嗽不停，她见到父亲和大家每况愈下的生存环境，总是有心无力。

"哎，田甜你搬早了啊，听说柳氏化工厂停工了，要改为正常的厂房呢。"

田甜终于露出个发自肺腑的笑容："黄嫂，真是太好了，大家就不用闻着那些味儿咳嗽了。"

她买了菜，开开心心地坐着公交车回去，进了门后看见老父亲惊喜异常地坐在那里。

"甜啊，我接到通知，我被××医院抽中，作为免费医治的幸运病人，可以彻底治疗了！"田泽的脸上笑开了花。

这就意味着他们能够省下好大一笔医药费。

"我们没有报过名吧？"田甜有些迟疑。

田泽的脸都在发亮："是啊，是房东帮我们报的名，她也就是随手一写，却中了呀！"

"房东真是个大好人！"田甜赞叹。

她顿时觉得天上下馅饼雨了，却又隐隐觉得哪里不对，可又说不上来，欣喜中夹杂着不安。

柳熙来站在一片出租屋前，把手抄在口袋里，一副俯瞰大地的样子，而唐赛正站在他的旁边指挥着从公司临时调来的工人。

"老板，你确定要用最高级的材料做旧成原来那种颜色，不搞点小清新什么的？”唐赛很是困惑，上一次精装修明明老板是满意的啊，还夸奖屋子修得十分有少女气息，灵气逼人。

“不需要，跟原来越贴近越好，把这附近出租屋的地面都铺上一层瓷砖。对了，田小姐那个屋子的瓷砖要用一样的颜色外形，但是材质用最好的，务必做到精修出来同原来的外观没有区别，但是安全度达到百分百，我要求所有的工程在晚间六点半田甜下班回来之前完工。”

“好的，老板。”唐赛依然不懂老板的心，他选择了不思考就执行。

“不要忘记，说辞是政府整顿市容，所以免费整体翻新，不只是田甜一家装修，没有任何特殊化。”柳熙来交代站在一边旁观的房东。

“好好好，您放心好了，我会说是集体翻新出租屋，地面大整顿。”房东乐滋滋地看着柳熙来做这一切。

柳熙来没再理她，而是目光茫然地看向田甜的出租屋。他其实回去好好思考过了，觉得要循序渐进地对田甜姑娘好，他深刻地检讨了自己近段时间的举动，觉得的确有些唐突。

然而对于突如其来的资助，他无论如何也想不明白为什么田甜的反应是抗拒并且深恶痛绝的，这同他认识的很多女生太不一样了。

他在深夜无数次拷问自己：如果自己一贫如洗，突然有人没有目的且殷勤地送钱过来，自己会恐慌吗？会逃得远远的吗？

他思索了无数次，终于得出结论，他觉得自己不会觉得恐慌，他觉得自己甚至还会抓住这个馈赠的机会，把柳氏发展起来！

第一桶金不论目的何在，作为商人都会好好利用起来。

为什么会逃避？

他还是没能想明白，他归咎为自己的行动太张扬，太热烈，让作为女性的田甜不自在了。

“唐赛，你做好了以后，不要张扬，不要让她屋子里任何东西移了地方！最好田甜都发现不了变化！”柳熙来苦恼地皱着眉头。

他开始思索怎么样才能更加接近田甜小姐。

手机接收信息的声音将他从思绪中带回现实。

他翻开了手机，看到微信里伐木累公司的老板金长宏发来了一组图片，是田甜今天第一天上班的情形，田甜正在努力地看着各种资料，手边的文件夹堆积了好高。

柳熙来不禁笑了笑，他第一次看见田甜努力工作的样子，觉得十分可爱。大概是太过专注，汗水将她额角的头发打湿了，贴在额头上。她的头发本来带着点自然

卷，此时打着卷儿贴在额头上的样子，真是又萌又乖。

他想了想发了一条信息：“不必特殊照顾，也不用想着我这里，就当我没有跟你提过要求。”

金长宏回道：“收到。我懂！我就当不认识你，柳总裁！”

伐木累五金外贸公司是一家家庭作坊式的小公司。

总经理早期在五金外贸公司做了十几年的进销经理，学够了流程，掌控了大多数供货方和外贸方的资源，自己回来开了一家小小的外贸公司。

里面的员工不多，连带老板和老板娘一共八人，四人主外销，四人主内地跟单。

最近五金公司的单子锐减，自从供货方的价格提起来以后，他可赚的就被压缩到最少，短期资金周转都异常困难。

上一个月，公司拖欠了三个月工资后，有四个职工受不了工资发不出的情形，接连辞了职，这让公司运转一下子吃紧起来，工作积压如山。

不得已，伐木累的老板金长宏不得不花费了一笔入场费，在招聘会场里设了个小小的台子招聘，来往的人很多，但来他这里应聘的并不多。

一来金长宏开的工资低，二来他要求高，职业还是毫无挑战的文员。虽然是毫无挑战的职务，但是要做的事情却杂乱烦冗，小到拖地，大到业务出差、进货，什么都要做，更重要的是金长宏还加上了外貌要求，得甜美可爱。

只是金长宏没有想到，自己会有狗屎运，遇到命中的贵人，柳氏企业下的五金工厂突然同他联系，愿意平价供货给他。

相较原来的供货厂家，柳氏的五金厂档次又不一样了，他们的质量和外观，显然不是那些杂牌军可以比拟的。

尽管柳氏有附加条件，需要破格录取一个他看不上的小姑娘，但是如今人员匮乏的伐木累，就算是多一个闲坐着的也好啊。

金长宏是这样想的。

然而田甜来上班的第一天，他就不这么想了，他觉得很困惑，因为她真的很拼。

七点半上班，田甜六点半就来了，除了将办公室打扫了一遍外，还将茶水都泡上了。金长宏上班的时候，小姑娘已经在认认真真地背单词，查资料了。

因为田甜是柳总亲自指派他录用的，他起先只是想让她好好地坐在那里，柳总的帮助，让他的资金彻底周转过来，并且顺利拿下几个大单子，他甚至觉得这个小姑娘可能是个小福星，并不打算让她做过多的事情。

他将田甜叫进办公室，语重心长地想要把对柳总的感激含蓄地说出来：“田甜啊，你放心地在我们伐木累工作，这里就是一个大家庭，我跟阿月都是很爱护职工的，你们那么小，就好比我跟阿月的孩子一样……”

金长宏以为会在田甜眼里看到不屑，然而他却看见了田甜满含感激的眼神。

“金总，我会努力做好每件事情的，虽然我文凭不高，但是我会学习，虽然我没有工作经验，但是我会很快适应工作。请您相信我，我一定会做到最好，请尽量给我分配任务！”

金长宏一下子愣住了。

他不知道田甜说的是真是假，但是她的眼神是十足的虔诚。

他吩咐罗辞：“你尝试着教田甜工作流程，看看她能不能把国内工厂跟单这块接过来。”

罗辞应下了。

下午的时候，罗辞示意田甜跟他到会议室里，他很意外的是田甜配合的态度跟那些娇宠的孩子不一样，她虔诚地拿着纸跟笔，还将手机的录音功能打开了。

“罗经理你说吧，我会全部记下来。”田甜放下本子，手里的笔抓得紧紧的，眼睛瞪得大大地看向罗辞。

罗辞也是刚毕业没两年，因为父亲和金老板是旧识，有意让罗辞过来历练历练，所以金老板对罗辞也是客客气气，言语上比对别的职工亲近。

“我们这里主要是做国内采购，样品要一遍遍地看，进仓要一遍遍地催，有时候交货的时间到了，你催不上货，还得出差去蹲着，看着他们做。”罗辞之前接触的都是乡镇企业的小作坊供货商，每到进仓日，他就会心力交瘁地一遍遍地催。

柳氏是大企业，其实倒不会有这些顾虑，但是他想着之前的经历，不禁严肃起来：“老板是说过让你做得舒服点，不要给你太难的事情做……”

田甜听到这话惊恐得不得了，生怕老板下一刻就把她给开除了，什么职工能请回来光坐着不做事啊？这种说辞不就是不满意，找个借口辞退吗？她吓得直摆手：“不不不，我不要坐着，我没有学历没有经验，再坐着，那不是什么都学不到？老板一定是开玩笑的。”

罗辞看她满脸诚惶诚恐，吓得冷汗都出来了，不知怎么的，之前心里对她的种种揣测就都消失了。他用温和的语气对田甜说：“其实要想学到东西，还得在这种公司，因为各个流程你都得参与，什么人你都看得到，咱们一点点地学，等你工作经验丰富了，你再把夜大读完，找工作就不是问题了！”

罗辞看过田甜的简历，知道她的夜大已经读了蛮久了，原因是家里出了点事，缴不上钱，停了一年。

罗辞也是普通家庭出身，好在父母健康，衣食无忧，家里有个小小的小零件加工的外贸供货作坊，父亲送他来历练，是想让他知道流程，回去把小零件加工的作坊给接手了。

他在这里脚踏实地地工作，只是想快点成熟起来，这是他毕业后的第一份工作，也是看尽世态炎凉的地方。

“这里虽然小，但是社会上有的，一样不少，你以后就知道了！”他看着田甜眨着一双清澈的大眼睛认真地在听，不禁心里一软，“你以后就跟着我工作吧，我带着你。”

“虽然我什么都不会，但是我会努力的，多谢罗经理，以后不懂的，还请多多关照。”田甜听他的口气是在指导自己，便恭恭敬敬地鞠了个躬。

罗辞慌张地回了一个微微弯腰的动作，都是刚出学校没有几年的人，受这么大的礼他还真的不习惯。

走出小会议室的时候，罗辞回头一看，田甜正在收拾两人的水杯，她轻轻地将水倒掉后，再把杯子压扁了放在了垃圾箱里，走出来的时候，还不忘记把椅子放正了。

真是个细心的女孩子，罗辞面上不自觉地带了一份笑意。

“你把供货商的资料都看一看吧，不出意外，晚上六点就可以回家了。”罗辞把资料传给了田甜。

田甜点了点头，开始认真地看各种资料。

然而，她并没有如愿六点下班。

不巧的是，田甜来的第一天，就碰上了加班日，因为临时换了供货商，之前的小妹子发错了图纸，送来的打样出了问题，外国客户明日就要到来，金老板忙得焦头烂额的，问罗辞能不能连夜再去取一份样。

“小罗，你带着田甜一起去，两个人路上说说话，也不会开夜车睡着了！”金长宏也没有问任何人的意见。

田甜呆呆地点了点头，想起自己的父亲被接去住院观察治疗，家里无所谓回不回，居然心里有一种为事业奋斗二十四小时的充实满足感。

“罗经理，我需要带什么？”她结结巴巴地问。

“不需要，你跟着我去就可以了！”

供货商的厂房在隔壁J城，来回大概要七个小时，相当于一夜的时间。

罗辞心里却十分焦躁。

他没有想到周末要通宵加班，还是出短途差，今天和明天都是非常重要的日子，今天是他和女友相恋三周年的纪念日，从大学毕业走上社会，他们经历了不少，每年的这个时候，是罗辞必须要到场的。

而明天是他女友的生日。

罗辞的女友仪式感特别强，所以这两个日子他无论如何都不能缺席。

罗辞和田甜走出公司的时候，罗辞不好意思地问田甜：“田甜，你能帮我一个忙吗？”

田甜“啊”了一声，很疑惑地看向罗辞。

罗辞做抱歉状：“我们能不能迟一些走，供货商接待人那里我打了招呼，今天是我跟我女友相恋三周年纪念日，我能不能跟她吃完饭再走？”

原来是这样啊，反正整夜都要消耗在路上，田甜点点头。

所以罗辞将田甜像个弃儿一样丢在了离餐厅很远的小超市里，他再次抱歉地说：“田甜，对不起啊，我女友她……疑心得很……”

哦！田甜做了然状，让他自己快去。

罗辞心系女友，没有把更多的关注放在田甜身上，甚至忘记这里的小店关门都很早。

这个网红私房餐厅在 W 市鸟不生蛋的地方，田甜待着的小超市不到八点就关门了，连门口的小彩灯都不留给田甜。

四周一片漆黑，田甜就坐在小超市的台阶上，惴惴不安地看向四周。

八点的风跟白天的风是对性格迥然的孪生兄弟，白天的风吹拂在面上像是带着暖意的温存，而晚上八点的风却是恶意满满的寒凉。

田甜被吹得有点冷，她在台阶上紧紧抱着胳膊，黑暗里四周寂静得让人毛骨悚然，她突然有点害怕，这里的新楼盘都是空置的，大多数人买了这周边刚开发的一期楼房是作为投资的，所以入夜后，连星星之火一般的灯光都没有。

路边残留的路灯参差不齐，坏的多，离得好远的一盏路灯还在苟延残喘，“刺啦刺啦”冒着电火，灯光明灭不定地跳跃着。

突然，她的汗毛一下子就倒立起来，她觉得黑暗之中似乎有一双眼睛在死死地盯着自己。

她感觉到脊背上都沁满了冷汗。

她哆哆嗦嗦地站起身，僵直着身体环顾了一下四周，死一般沉静的角落，突然传来踩碎枯枝的声音。

“是谁！是谁在那里？”田甜惊恐得跳起来，抱着自己的包后退了好几步。

然而她并没有看到任何人走出来，回应她的是重重的呼吸声。这下田甜再胆大也不敢留在超市门口了，尽管超市门口一百米外留有一盏忽明忽暗的路灯，残光远远照来，但是此刻怎么看怎么可怕。

她抱着包往前快步走，心里祈祷这只是自己胡思乱想产生的幻觉。

躲在角落的那一团黑影慢慢移了出来，看见田甜疾步前行，也跟了上来，喘气声更重了。

田甜扭头看了一眼，吓得汗毛都倒立了，黑暗中一团人形黑影，如影随形地紧随着她奔走。他的动作幅度很大，一条腿拖在地上划出沙沙的声音，并且随着他大步跟进，两人的距离越来越近。

距离此地几百米就是荒芜的城郊农田，后来盖了烂尾楼，因为投资方频频资金链断裂，导致楼盘未建成就停工，现在更加荒凉了。

田甜开始狂奔，后面的人也拖着腿移动得更快了。突然，她感觉到后面的人停了下来，便鼓足勇气扭头看去，却发现后面的人从路边拾起了把废弃的粗壮铁锹，破旧的金属铁锹砸在水泥小路上，发出很大的声音。

田甜惊慌地到处看，发现这里都是差不多的小道，差不多的烂尾楼，她不知道怎么抉择路线，她只好一路茫然地狂奔。

这里的地形很杂乱，不久田甜就跑进了那片烂尾楼群中。

她慌不择路，抱着包，转了个弯儿，躲在黑暗中。后面拖着铁锹的黑影也很快跟了上来，铁锹一路被拖了过来，发出令人极为不舒服的声音。

显然黑暗让黑影顿住了脚，他在分辨田甜逃跑的方向。

田甜蹲下来，在脚边的乱石堆里摸到一块大而坚硬的板砖，拎在了手里。

寂静的楼群，钢筋林立在黑暗里狰狞万分，显得格外幽深恐怖。黑影喘息着一步一步地寻找，他对这块显然很熟悉，绕着那些或长或短的钢筋，显得不费吹灰之力，即便没有光，他也走得很快。

田甜则一步一步地退着。

突然，欢乐的手机铃声划破了这紧张恐怖的气氛，田甜的汗一下子从额角滴落下来，她来不及看手机上跳动的“老爸”两个字，一路捏着板砖狂奔。

因为手机铃声已经暴露了她的所在，那个拖着铁锹的黑影以一种不可思议的速度，飞快地抄着小路跟了上来。

田甜的手机之前因为出车祸摔了，外表被摔得十分丑陋。柳熙来以一种不容拒绝的态度替她换了一部铃声巨大、功能超强的新手机。

上面存着柳熙来的号码，田泽的号码。

加上田甜今天刚存进去罗辞的号码，这部手机上只有三个号码。

田甜一边奔跑着，一边摁掉了父亲的来电。

然而田泽像是有什么事情要叮嘱一般，居然又打通了田甜的手机。

田甜恐慌地接通了电话，不等田泽开口，就匆匆拒绝了这通电话：“爸爸，我在开会，待会儿打给你。”

她不能把自己现在的处境暴露给爸爸，这非但不能帮到自己，说不定让爸爸担心之余，还会对他逐渐恢复的身体产生不好影响。

她因为分了心，又忘记看着纵横交错的小道，一脚踩上暴露在楼体旁的小钢筋上，钻心的痛从脚底瞬间传遍全身。

她哆嗦着，看着一大片黑红的液体从脚底渗出滋润了周遭的土地。她已经痛到浑身无力，之前受伤的肋骨又隐隐痛了起来，她觉得或许自己会见不到明天的太阳了。

那黑影眼看就要追上来了。

“田甜，你怎么能放弃？！你怎么能刚获得新生活就这么放弃了？”她满头是汗，又捏着拳头重新振作起来。

从不放弃是她的信条，她在每个困难的关口，都坚持着自己的信念。

她咬牙从钢筋上把脚用力拔出来，尽管她一如既往地坚强勇敢，此时也不禁痛到浑身哆嗦。

她疼得满头是汗地看了看四周，到处都是一样的黑暗杂乱，觉得自己已经无路可逃了。

黑影看她停住并且似乎受了伤，很是开心，拖着铁锹，放慢了步伐，一步一步地走来。

月光下，黑影的脸逐渐清晰，这是一张十分恐怖的脸，两只眼睛如同金鱼一般凸出，似乎没有鼻子，只露出两个洞，嘴唇厚而歪斜，露出里面发黄的尖利的牙齿。

“回去，跟我……做……做……做游戏！”对方咧嘴一笑，在月光的照射下，他尖利的牙似乎都带上了利光，歪斜的五官皱在一起，像是魔鬼一样。

田甜一边忍着痛向后移动着，一边打电话给罗辞，然而电话拨过去，永远都是令人寒冷而无助的那句话：“您所拨打的电话已关机……”

声音透过手机，让对面的黑影也听到了，他开心地笑出声：“没人来。”

田甜心慌意乱，手指往下摁到了除去自己父亲和罗辞外的第三个电话。

电话还没有响完一声就被接起来，听得出对方的开心：“田小姐，你想起来找我啦！”

“救我！！！”

说话间，黑影手里的铁锹已经照着田甜的脸拍了过来。

田甜用手里的板砖拦住了第一击，铁锹砸在板砖上，将它砸成两段，也震痛了田甜的肋骨。她被余力带倒在地上，发出绝望的嘶喊，期许柳熙来真的能找到自己，解救自己。

“救我！！！”

手机在下一刻被铁锹砸了个稀烂！

.2.

这个夜晚显得悠长而恐怖。

田甜被壮汉拽着头发拖行，地上留有长长一道血迹，在幽暗不明的路灯下，呈现出暗褐色。她已经没有力气反抗，对方的力气大得出乎意料，也毫无正常人的思维。他刚刚用铁锹砸中了她的额头，划出了一道长而深的伤口，鲜血眯住了她的眼睛。

她在被袭击的一瞬间失去了所有掌控身体的力量，软软地倒了下来。平时的体能训练都失去效用，她连抬手的力量都已经失去。

她在想，可能今天回不去了，可能再也看不到爸爸的身体有好转了。

之前头皮火辣辣地疼，可是此刻她已经感觉不到了，黏稠的血液一滴一滴地滴落，盖满了她整张脸。她已经不觉得可怕了，比起可怕，她心里更多的是遗憾，好可惜啊，刚刚应聘上的公司，刚刚认识的新同事，要是做满一个月，就可以多买一点补品给爸爸补身体了。

她好不甘心啊，明明一切都朝着好的方向发展着，为什么又遇到了这样的事情？

她的泪水缓缓从眼角滑落，混着血渍，滑过脸庞。

算了，放弃吧。

虽然这里偏僻，可是偶尔还是能听到车辆来往的声音，可是她那样声嘶力竭地喊救命，也没有一个人过来帮助她。

她绝望地慢慢闭上眼。

突然，哐当一声，周遭被突如其来的灯光照亮，嗡鸣声，呼呼声，甚至还有拖拉机突突突的声音。

所有的光源汇集在一处，照明光线亮到闭着眼也感觉刺眼。

田甜惊愕地睁开眼。

被吓着的还有拖着田甜的壮汉。

三四架遥控飞机打开灯，向地面照来，像是舞台的聚光灯一样，将两人打得亮得发白。

壮汉有些惊恐地用手背挡住眼睛，灯光太强了，强到他已经看不到任何事物。

田甜就这么被他扯着头发，甚至连偏头去看都懒得动作。

“你居然这样对她！”有一团黑影疯了一样穿过黑压压的人群扑过来，拼命扑倒了壮汉，像是不要命一样一拳一拳地打在壮汉脸上。

黑影的身后跟着一大帮人，穿着花花绿绿的荧光服，都提着应急灯。

“都不要过来，你们快送田甜去医院！”是柳熙来的声音，带着颤抖和抽泣，他疯了一样殴打着壮汉。

田甜被扯着的头发终于松开了，她从混杂着泪水和血水的头发缝隙里看过去，柳熙来的拳头已经全部破皮了，夹杂着血，他发疯一样边哭边打着对方。

“好了好了，柳总，你照看田小姐吧，余下的事情我们局里会处置。”柳熙来的动作太过疯狂，跟在后面的警察局局长不得不将他扯开。

然而柳熙来依然镇定不了，他颤抖着看着浑身鲜血淋漓的壮汉被扣上手铐，拖上车。

此时田甜已经被放上担架。

柳熙来憋着泪看田甜，伸出手来想去触摸她沾满血迹的脸，可是手指一直颤抖着，怎么也不敢碰上去。

他转过头对医护人员哽咽着嘶吼：“求求你们，救她啊！”

他不敢触碰田甜，因为他不知道田甜覆满血的脸，是不是满是伤口。

“你的脸！”他哭着跟着担架跑，那么漂亮的一个女孩子，就这么毁容了吗？

“没关系，你整个人都美，脸不算什么！”他哽咽着安慰田甜，特别后悔让田甜去金长宏的公司，他宁愿接受田甜一百遍鄙视的小眼神，也不愿意看到这样脆弱而恐怖的田甜。

田甜虚弱地睁开一道缝，看见柳熙来哭得不能自已的脸，鼻涕眼泪混成一团，哪有平时英俊又自傲的样子。她的心微微一暖，居然是他救了自己。

“没事的，活着就可以了。”她虚弱地安慰着柳熙来。

活着就好！她是这样卑微而坚强地热爱生活呀！

有一瞬间，柳熙来的眼泪又要流下来。

田甜被抬上救护车，柳熙来被拦住了，是余警官，对方十分不好意思地对他说：“你得陪我们去录份口供啊，柳总。”

车上的田甜已经被清理了脸庞，除了额头上一道大大的划伤，其他并无什么伤口。医生对着柳熙来点点头：“没事的，柳总，现在看没有什么大问题，都是外伤。”

田甜因为脱力已经昏迷过去。

柳熙来松了一口气，做了个你们先走的手势，跟着警车，一路回了 W 市市区。

审问壮汉的警察发回了照片，在一个黑暗的地窖里竟然有二十几具尸体，都是跟田甜差不多大的姑娘，她们穿着各种情趣服饰，被壮汉一个一个地排放在墙根，尸体的眼睛都被挖去了，散发着浓烈的臭味。

壮汉咧着嘴哭：“你弄坏了我的洋娃娃！”

弄坏的“洋娃娃”其实还有好多具，壮汉住的是有地下车库的老房子，整栋楼歪歪斜斜，居民早已经搬空，除了楼上还有一户拾破烂的盲眼老太太外，就只有他了。

地下车库里像是存储大白菜一样一头一尾码得夯实的尸体，都腐烂得不能看，露出了白骨。

车库里积着及膝盖深的水，尸体的腐臭混合着各种意味不明的气体，让在场的所有人都忍不住作呕。

然而更为奇怪的是，这个壮汉还有一辆完好的脚踏车放在去往地下车库的楼梯平台处，车子的座位提得很高。

柳熙来已经彻底冷静下来，他捏着照片问警察：“他这样子，还能骑车？”他虽然冲动，但是把对方的特征看得一清二楚，明明壮汉的一只脚踝像是受了重伤，用力不均匀，走起来要拖着脚，怎么用这么高座位的脚踏车？

“可能是他没有受伤的时候用的吧。”小警察不以为意。

柳熙来按下心头的怒气，一扫警讯平台，在微博下面，小警察已经把田甜满脸是血的照片贴了上去。

他一下子暴怒地站了起来：“你们这样是不是不合适，你们就这样把受害人的信息给暴露了？”

小警察满不在乎地说：“血糊得满脸，谁认得出？”

柳熙来指着田甜身上别着的金长宏单位的胸章问道：“这个呢？如果犯罪嫌疑人不只他一个呢？”

他震怒之下，激动到把小警察的键盘给抢过来了，哗哗哗几下就删除了刚刚的微博。

小警察很不服气，想要站起来说什么，被局长一个眼色给制止了。

摔完键盘，柳熙来已经完全恢复了理智，他伸手点了点桌子，唐赛立刻会意，跟过来做后期交涉。

柳熙来已经不想跟这个对什么细节都无所谓，一心只想着博眼球的小警察沟通了。他的心里忐忑，总觉得这背后有什么更让他不安。

他打断唐赛同小警察的交流。

“阿赛，你去找个私家侦探调查一下，还有没有其他人跟那个神经病相识或住在一起，我要确保田甜的安全！”柳熙来就像是完全忘记自己身处警局一般。

小警察朝他投出十分不满的眼神。

柳熙来录完口供懒得再停留一分钟，急匆匆地朝医院奔去。

刚刚柳熙来的助理说田甜除了受到了惊吓，额头和脚上的创口较大外，其他还算正常。

柳熙来一边上车，一边吩咐：“给田甜缝合伤口的时候，记得用最好的药。她要是怕疼，就给她多点麻醉，啊？不能多点吗？那就让她别疼，她要是疼了，你给我下岗！”

助理一脸蒙，对着手机差点哭出来。

他一扭头，看见田甜因为缝合疼得咬着唇，突然就想哭了：“医生，你能轻点吗？你别让她那么疼，她要是疼了，我就……我就活不了了！”

田甜硬撑着，直到换药结束，再也没有流过一滴泪，助理却哭得稀里哗啦的。

医生被震惊了，拍拍他的肩膀：“小伙子，我懂你的心情，我老婆生孩子的时候疼得要命，我就哭成你这德行！”

助理抽泣着：“不是，哎，不是……”他一转头，看到一头汗水赶来的柳熙来，差点把自己噎死，“我真不是啊……”

柳熙来冷着一张脸狠狠瞪着助理，突然伸手一指门外：“呱！”他气得都不能好好发音了，一个滚字硬生生说成了呱。

助理却奇迹般听懂了，吓得屁滚尿流地跑了出去。

柳熙来回过头来，一看田甜额头缝合的针脚和脚上那深深的伤口，忍不住泪流满面。

主治医生惊愕莫名，看看田甜又看看柳熙来，又看看助理离开的方向！他措辞了好半天，又伸出手拍了拍柳熙来，把刚刚安慰助理的话又说了一遍。

现在年轻人的感情真复杂。

他还没有感慨完，就看见门外又冲进来一个悔恨又震惊的年轻人。那年轻人只看了一眼田甜，就内疚到眼含泪花。

这下主治医生不知道怎么安慰了，他举着手感慨了一声，对着一大批实习医生做了个快撤的动作，静悄悄地从这个病房撤退了。

主治医生总觉得太复杂了，他没法用同样的话安慰第三个人。

柳熙来冷眼静悄悄地看着一脸内疚的罗辞，他已经在来的路上，让唐赛把什么

都调查清楚了。

他永远忘不了自己接到电话时，上一刻惊喜，下一刻惊恐的心情。那一声声嘶力竭的救命，让他嘴里都泛出苦味了，他觉得应该是自己的胆吓破了，所以才这么苦。

“你就是跟田甜一起出差的罗辞？”柳熙来眯着眼睛看向一脸内疚的罗辞。

罗辞惶恐地看向柳熙来，他总觉得对方很眼熟，看到对方此时一副要生吞了他的样子，他揣摩应该是田甜的亲戚，从年龄上来看，他觉得应该是田甜的哥哥。

于是，罗辞认真地喊了一声：“田甜她哥，对不起！”

柳熙来心里的怒火瞬间就被点燃了，他一下子站起来，椅子砰的一声砸倒在地上：“什么哥！我不乐意做她哥！”

罗辞被惊到了，舔了下干裂的嘴唇，斟酌着问道：“先生，怎……怎么……称呼？”

柳熙来很生气：“你为什么让田甜一个人待在那么个地方？你不知道她只是一个小姑娘吗？你连件外套都不留给她就跑去风流快活了！”

罗辞特别内疚，他从来也不是一个坏人，他将田甜一个人丢在黑暗的小超市前已经很后悔了。

吃饭的时候，他曾经心生不忍，想要打电话给田甜，让她过来一起吃饭，但是女友怀疑的眼神让他打消了念头。罗辞的女友是个什么样的人呢，举个例子，有一次甲方在他们两人吃晚饭的时候发来一份邮件，庆祝项目圆满完结，罗辞的脸上不小心露出个轻松的笑容，坐在他对面的女友立刻将罗辞拥吻对方的画面都已经联想完毕了。

风暴来得异常猛烈，从QQ到微信，从语音App到公司的邮件她都翻了个遍，一直闹到甲方的公司，金长宏还亲自出面调解，又拉上了好几个同事做证，罗辞的女友才安静下来。

自从那次以后，罗辞的所有通信系统都必须跟她关联。

这次是两人的特殊纪念日，存了私心的罗辞昧着良心，就把田甜给丢在黑暗里了。

其实饭局还没有结束，他就看见警车鸣着警笛朝着田甜待着的小超市飞驰而去，天空中飞着打着大灯的飞机，这一切都令他异常心慌。

这里住着一些从郊区搬迁来的农户，有好奇去张望的，回来后绘声绘色地说：“啧啧，这样一个小姑娘差点又失踪了，这是今年第六次了……”

罗辞立刻想到了田甜，他丢下女友，一路狂奔，就算在心中祈祷万千遍，依然在路上看到了提着田甜的背包的警员。

他心理防线终于崩溃了。

“是我不好，我不该这样做。”他羞惭又难过地站在那里，一时间竟然不知道要怎么做。

柳熙来更加生气了：“那你来干吗？站在床头，看一看田甜有没有遇害，死得彻底吗？”

他拔高了声音，将因为麻醉药而昏睡过去的田甜给吵醒了。

田甜艰难地睁开肿着的眼睛，看见床头的柳熙来一副要打死罗辞的样子，一下子就清醒了。

“没……没关系的。柳总，不关罗辞的事情，他……他是很关照我的新公司的同事！”田甜竭力发出声音，然而还是牵扯到额头的伤口，让她疼到闭上眼。

柳熙来大惊失色，立刻就忘记了追究罗辞责任这码事，扑了过去，像一只惶恐不安的巨型犬一般：“我……我去叫医生！”

田甜阻止了柳熙来，对他做了个勾手指的动作。

柳熙来会意，表情严肃地贴过去听她说话。

“柳总，谢谢你，可我还是想在那里好好工作，好好跟他做同事呢！”田甜的声音很小，微弱的气息喷在柳熙来的脸上，柳熙来的眼睛差点又红了。

她还在卑微地想保留这份工作呀！

他镇定了下，安抚田甜：“我给你找更好的！”

田甜虚弱地微微摇了摇头：“柳总，我的能力匹配不上更好的，我想保住我现在的工作，好好学习。”

她说了这么多，一下子就脱力了，额间有冷汗冒出。

柳熙来带着心疼的表情，替她轻轻擦了擦汗，转过头来，一脸生气地看着罗辞，眼神锐利到可以射穿他，但是语气却莫名放柔和了：“你回去吧，替田甜请个假，说明情况，让她安心养病吧。”

罗辞得了任务，点头如捣蒜。他又看了看田甜，发现田甜虚弱地看向他，露出个友善的笑容，心里更内疚，这么善良的女孩子，他忍住羞惭，朝着田甜鞠了个躬，默默退了出去。

柳熙来的手握起来又松开，松开又握住，好久以后才吐了一口气，回头看向田甜，发现田甜正看着自己。

他立刻懂了田甜应该是有话对自己说，他又弯下腰，小心翼翼去聆听。

“谢谢你！”田甜认真而真诚地向他道谢。

他的心居然因为这句普通的道谢而跳了跳。

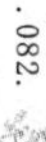

金长宏彻夜未睡，自从知道田甜遭遇了意外，被柳熙来亲自送往医院后，他就觉得世界末日来了。

他把财产分了好几份，写好了分家转移财产的方法，半夜开始一笔一笔地往外转钱。这让他的老婆又惊又疑，跟着辗转反侧大半宿，终于忍不住了。

“你跟我说，你在外面到底养了几个！”她抽泣着，肥硕的身体因为激动而颤抖着，她强忍着用暴力解决一切的念头，尽量放缓语调，“你告诉我，你遇到了啥麻烦，要一个一个安置，有什么事你跟我说。”

金长宏哭丧着脸，看着老婆，露出个无奈的表情：“你知道柳氏集团吗？”

他老婆眼睛一瞪，怒吼道：“他们家的哪个小娘们儿，这么不幸跟你撩上啦？”

金长宏呸了一口：“哎，不是，是他们的柳熙来柳总啊！”

“哎哟，你连男的……”他老婆出奇地惊怒，她疑惑又惊愤地站起来围着又矮又胖的金长宏走了好几圈。

“柳熙来啊，我知道啊，市中心还有他的全身照呢，又多金又帅气，他怎么就看上你了呢！”这样的情敌，让她产生不了嫉妒，她的嫉妒都用在金长宏身上了，凭什么他又矮又胖就傍上了柳熙来呢！

她瞪着眼睛思索，到底哪里出了问题，明明他们夫妻都是同进同退，应酬也是同进同出，他哪有机会接近这么高高在上的人？

金长宏啐了一口：“你想哪里去了！哎哟，我要破产了啊！你还在想那些有的没的。”

什么？金长宏的老婆这才回过神：“什么意思啊？长宏？”

金长宏颓败地坐在了床前的矮脚凳上：“你知道吧，我也不知道柳熙来怎么想的，把他的小女友给送到咱们公司来工作了。当初说得好好的，工资是他开，进货厂家全部让给我折扣，圆满得不得了！但是呢，坏就坏在今天我让他小女友去加班出差了！”

金长宏哭丧着一张脸。

金长宏的老婆瞪大了眼睛，甩手一个嘴巴给他：“你让柳总的小女友连夜出差，你怎么想的？”

“她说她要多锻炼锻炼，她自告奋勇去的啊！我还让罗辞带着呢，那小伙子多扎实的一个孩子。

“结果他把人家一个小姑娘丢在郊区，自己跟女友去吃烛光晚餐了。那地方原来属于城乡接合部，后面被划为城郊，谁都不乐意在那里买房，楼房开发没多长时间，就失踪了六个女孩，你记得吗？”

金长宏的老婆像是在回忆什么，突然眼睛一亮：“啊，我记得啊，说是拆迁进城的好几户都丢了孩子，二十好几的女孩子，一直打着寻人启事。

“你给我说这些干吗，你说柳总小女友的事情啊，罗辞把人家丢在那里，后来接着去加班了吗？准是被柳总知道让他小女友熬夜空等又加班，发怒了呗！”金长宏的老婆一拍金长宏的肩膀，“没事，明早我跟你带着礼盒，咱们去道个歉，给人家认个错呗。”

金长宏叹了一口气，用一种生无可恋的表情看向自己的老婆：“如果这么简单就好了，你知道那几个大姑娘怎么失踪的吗？”

“你拎不清啊！你怎么净给我岔话题，咱们不是说着柳总的事情吗？”金长宏的老婆又是一掌拍在金长宏的后背上，将他拍得咳嗽了好几声。

金长宏咽了咽口水才止住咳嗽：“我没有岔开话题啊，那些失踪的女孩都被一个老变态给‘咔嚓’了，尸体像大白菜一样码得跟小山那么高，这小姑娘今天就遇到那个老变态了！”

金长宏的老婆吓得咬手指：“那完了，那姑娘还活着吗？”

金长宏哭丧着脸：“活着，但是被折腾得也够呛，现在送去急救了。我琢磨着以柳总睚眦必报的个性，谁得罪他，就吞了谁的地盘，咱们这公司也不够他吞啊！”

金长宏的老婆也陷入了深深的绝望中。

两人你看看我，我看看你，都从对方的脸上看到了憔悴。

怎么办，转移金钱这种低级把戏，人家一个电话就能围截吧。

“咱们，天亮就丢了公司逃吧？”

见老婆哭出声来，黑暗里，金长宏伸出手，缓缓地放在了她的头上，安慰道：“没事，茉莉，还有我呢！要是有事，你就带着我刚刚转出去的钱一个人跑吧。”

他们相识于微时，一点一滴地把这个公司给办起来，虽然规模不大，却倾注了所有。以往遇到了事情，金长宏总是一个人把事情挡下。要是遇到棘手的事情，她急得哭出来，金长宏总是习惯将自己厚大的手掌轻缓地放在她的头上，只是一个动作，她的心就能刹那间安静下来。

可是这次，她怎么也平息安静不了，因为她知道，自己的丈夫并不能扛下这一切。

她哭着对丈夫说：“长宏啊，我不走，要是被针对了，要是你落魄了，你身边还有个人陪你讨饭啊！”

金长宏的眼泪终于被胡茉莉给激出来了。

他打了个哈欠，然后用手指擦擦泪水，轻声斥责了一声自己的老婆：“你是傻大妈吗？万一讨饭，你这么大的体形，我还得顾着你。”

两人都扑哧笑出声。

两人头靠着头，坐在阳台的秋千团椅上。

他们已经很久没有这样静静抱在一起等待日光出现了。

凌晨的 W 市，只有晨练的人发出细微的声音，夹杂着送牛奶的人将玻璃瓶碰得叮当响的声音。

清晨第一缕阳光朝两人照射下来时，两人紧绷了一夜的心，稍稍平缓了一些，然而此时，金长宏的手机铃声尖锐地划破了静谧的空气。

手机上一跳一闪地显示着对方的名字：柳熙来。

金长宏紧张地吞咽着口水，看向自己的老婆，而后者也是一脸惶恐的样子。金长宏闭了闭眼睛，狠下心一下子接通电话。

“喂，金总啊，我是柳熙来。”听电话那头的柳熙来似乎并无暴怒的情绪，金长宏胆战心惊地回复：“柳总，对不起，我……我没有把田小姐照顾好！”

“不！金总你做得很好，你给予田甜足够的机会锻炼自己，我觉得这点你很有勇气，也很真诚，说真话，我还真怕你因为我而惯养着田甜。”

金长宏目瞪口呆地看向自己的老婆。

他完全揣摩不透柳熙来的思想啊。

“金总，我考虑过了，以后你照样提供各种锻炼机会给田甜，我呢，就派两个保镖跟着去，你就当这两个保镖是甲方代表，什么都别说，什么都别提示，只要她跟单出差，我就让保镖们守着田甜。”

“哎哎哎……”除了“哎”，金长宏完全不知道要回答什么。

“对了，罗辞你也别惩罚了，我们家田甜似乎很喜欢这个新同事。她只想做个普通的，跟同事热切相处的新职工，你们就当这事没发生过吧。”柳熙来说得咬牙切齿，他其实很想找这个罗辞干一架，但是一旦脑海里浮现起田甜虚弱地求着自己不要乱出头的恐慌模样，他就狠不下心。

他又有什么权利把田甜渴求的事情都给打破呢？

“你们就当田甜是普通的职工，不要给予她特殊的待遇，让她学习，让她去磨炼，安全方面，有我就行了。记得，她只是个普通的新职员。”柳熙来再三交代。

而后，柳熙来郑重地向金长宏道谢：“金总，真的要谢谢你了，请你务必教好这个社会新人。”

金长宏震惊了，他只能握着手机一遍遍地“哎哎哎”“好好好”。

挂了电话以后，他还像是在梦游。

胡茉莉急切地问他到底发生了什么，他像是没有回味过来一样，喃喃道：“柳熙来是喜欢她，还是对她无所谓，他并没有帮田甜出头呀！”

胡茉莉想了一下，很笃定地说：“一定是很喜欢很喜欢她。”

哎？金长宏重复了刚刚的状态。

胡茉莉继续说：“如果不是喜欢她，为什么这样慎重地要求让她自由而平凡地汲取知识？他完全可以宠坏她，但让她保留独立的人格和自由，不是最大的尊重吗？”

金长宏若有所思。

田甜做了一夜的噩梦，冷汗浸湿了头发，脸色苍白，嘴唇无色，这让守在她床前的柳熙来十分担心，他不停伸手替田甜擦拭冷汗，怕她因此而感冒，又怕她脱水，把空调都关了，替她测冷暖。

不知道是不是因为伤口感染的缘故，夜里田甜还是发起了高烧。

迷迷糊糊的，田甜总觉得妈妈在用手一遍遍摸着自己的头，那动作轻柔，带着心疼无比的感觉。小的时候，他们家特别穷，发烧也上不了医院，她妈妈总是打上一盆温水，一遍遍擦拭着她的身体，替她降温。

父亲跟着建筑队到处走，家里只有妈妈带着田甜，妈妈白天上班，晚上看着她，以至于她印象中的妈妈总是黑着眼圈，十分憔悴的样子。

田甜按住替自己擦拭脸庞的手，虚弱地叫道：“妈妈，妈妈……你歇一歇吧，我不要紧。”

对方的手顿在了那里。

田甜握着那只手觉得安心，缓了一段时间，又沉沉睡过去了。

被她握住手的柳熙来，心情很复杂。他越了解田甜，越是心疼。就像是此时，她虚弱地叫着自己妈妈，他几乎哽咽。

出来时，唐赛问柳熙来：“柳总，你是哪里不舒服吗？从刚刚到现在，你一直皱着眉头，捂着胸口。”

柳熙来用一种从未有过，肉麻无比的眼神看向唐赛：“阿赛，你知道做妈妈的感觉吗？”

闻言，唐赛浑身一哆嗦。

柳熙来认真无比地说：“阿赛，田甜叫我妈妈的时候，我感觉到了责任的巨大，我以后要做个亦师亦友亦妈妈的好追求者了。田甜内心对母爱的渴求，是我们无法想象的。”

唐赛嘴唇嗫嚅了半天，斟酌了又斟酌：“柳总，那你会很辛苦啊，母性这种东西，很难揣摩吧？毕竟你我都是雄性……”

柳熙来微笑着说：“没事，我年轻那会儿也养过幼猫，猫咪都把我当作妈妈一样黏着。”

唐赛突然就想起刚入职时，每每进入柳家汇报公司项目进度，就能看到跟猫崽子互殴怒吼的柳熙来，顿时浑身一哆嗦。

“对了，记得给我准备食材，我要给田甜炖点汤水，病人吸收慢，汤水是最好的选择。”柳熙来点了点手里的手机。

柳熙来一直在翻找各种 App，挑选最能让身体吸收的汤水。

他仔细地选择了几十个菜谱，将它们一一发给自己的几个营养师。

最后来来回回选择了十几次，柳熙来终于拍板了好几种跟康复有关的汤水。

唐赛立刻去买食材。柳熙来叫住他：“要买最好的食材，记住要最好的！我们不缺钱！”

唐赛早已经听惯了这论调。

三十分钟后，唐赛召集了最好的食材供货商，提出老板要亲自下厨。

最后，唐赛拉回一面包车的食材。

“为什么会有这么多？”柳熙来皱着眉头表示不满。

“柳总，你听我解释，这些都是同类不同地区的食材，各有各的优势，都是最优质的，我们实在取舍不下，供货商们都跟我来了，这也说明柳总你平时在他们心中的重要性啊！”唐赛擦着汗。

柳熙来斜睨了他一眼，无视了他的马屁，在一堆食材里挑挑拣拣，挑了一塑料盆食材。

柳熙来刚刚吩咐在医院旁边一百米内临时斥巨资买下了一户厨房非常整洁又设备齐全的房子，因为有一个小时的护士医生早间巡视时间，此时他便提着食材去了新买的房子里做菜。

等到早巡的医生帮田甜换好药，又替她换好因为发烧出汗而脏了的病号服，柳熙来已经熬好粥，一脸期盼地站在病房外了。

“田小姐，我……我熬了点粥。”柳熙来在外面很羞涩地问，“你要喝一点吗？”

田甜有些意外，应了一声。

而后，她就看到十指都裹着胶布的柳熙来像是抱着宝贝一般，抱着个粉蓝色的保温罐进来了。

“田小姐，你让我来，你就坐着好了，你还受着伤！”柳熙来小心翼翼地打开罐子，罐子里的香味顿时溢了出来，柳熙来一点点小心地盛着粥，吹了又吹，才送到田甜嘴边。

“谢……谢谢啊，我……”田甜伸手，被柳熙来给无视了。

其实柳熙来的心里也是忐忑的。

他从来没有做过饭，更不要说耐心熬粥了，刚刚手忙脚乱地切东西，把手指切得都是小伤口，如果不是唐赛婆婆妈妈地要求他全部包扎起来，他觉得露在外面也很霸气。

为了保证粥的口感，他在制作前，逼着所有的营养师将时间和分量精确到位，用高汤慢慢地熬出这么一小罐子的营养粥。

田甜怀着探险的精神，闭着眼睛咽下一口，粥入口即化，带着莫名的鲜爽感，把她整个味蕾都调动起来了。她自从肋骨受伤后，都没有好好吃过一顿美味的饭菜，一直胃口不佳，这一口粥竟然让她有了食欲。

她下意识张开嘴等待下一勺子，一转头却看见满脸惊喜的柳熙来，他似乎激动到不知所措。

“怎……怎么了，柳总？”她惊讶地问。

柳熙来开心地又舀了一勺子粥，吹了吹才递到她的嘴边，田甜乖顺地一口吞下了。

阳光从病房的窗户柔柔地投射进来，照在两人的位置，静谧安好。

唐赛从门口朝里面看了一眼，顿时觉得电影那些浪漫的场景都白拍了，任何温柔的花瓣雨，靓丽的彩虹下的热吻，跟此时比，都显得矫情而做作。

他静静地看了一会儿柳熙来小心翼翼吹着粥喂田甜小妹子，总裁纯情得让他都想恋爱了。

如果总裁不是推掉了好几个重要的项目会议，让柳熙照假扮自己去参加更加重要的会议，他会觉得总裁此时的浪漫是非常值得存在的。

然而，唐赛在心里叹息了一声。

柳熙照今天参加的会议，可是决定下半年柳氏集团盈利与否的关键啊，总裁怎么就这么轻轻松松地让他去了呢？

今早的时候，柳熙照特地将唐赛叫进办公室，询问了好多问题。

唐赛格外心惊，柳熙照什么都不懂，怎么去谈判？

然而柳熙照却自信地笑着说：“唐赛，你帮我把所有的价格上涨百分之五。”

唐赛觉得很不妥：“这不妥吧，这是集团会议定好的价格，是长期的合作方。”

柳熙照推来支票，上面的数字晃了唐赛的眼睛，然而唐赛还是果断地拒绝了。

“我并不是为了钱而一直跟随着柳总！”唐赛很认真地拒绝，他的青春，他的热情，因为柳熙来的赏识而燃着。

“不不不，我知道，你是想实现自我价值，但是，你看看熙来，他最近有奋斗的心吗？”柳熙照问唐赛。

唐赛愣住，最近柳总的举动的确太荒唐了，他甚至丢下了柳氏集团去追随一个样貌能力都很平庸的普通小姑娘。

“我有无数个计划，有无数个野心，我需要你，因为我看得出你是个人才！”柳熙照推给唐赛一沓计划书。

唐赛翻了翻，眼睛亮了起来，这些计划何其惊险、何其胆大，他的心居然蠢蠢欲动。

“来跟着我吧，我保证你理想和现实都是丰满的。”柳熙照点了点支票，然后将它折叠成小小一块，塞进了唐赛的西服口袋里。

“我是为了理想，而不是金钱。”唐赛的视线从房间里收回来，指尖触及口袋里的那一小块，觉得手指被灼痛。

“唐赛！你进来！”柳熙来在里面大叫。

唐赛平复了下情绪，推门进去，看见吃得半张脸都是米糊糊的田甜和柳总都朝着自己看来。

柳总一脸傻兮兮的笑，说：“你快去打盆热水，不要太烫也不要太凉，温热的就好，我给田甜擦擦嘴。”

唐赛看了一眼柳熙来，迅速退出去打水了。

等到他打好水回去，柳熙来一把接过脸盆，用毛巾拧了拧水，轻柔地为田甜擦了起来。

田甜很不安，她躲了好几次，扯得伤口疼，都没能够躲开。

“柳总，你这样让我很困扰呀，我只是个普通的女生。”她纠结着，还是把心里的话说了出来。

柳熙来一边点头，一边继续轻柔地给她擦拭脸庞。

他甚至还勾了勾手指，让唐赛捧着他之前准备好的好几种名牌化妆品的套装盒给田甜看：“你平时用哪款，我给你涂点？”

田甜平时从来不用牌子货，还是用的儿童面霜，这么一看林林总总的套装，有一种被奚落的感觉。

她吞了吞口水，拒绝柳熙来："对不起，柳总，这些牌子我都用不上。"

柳熙来看看她略微发红的脸，问道："那你用什么呀，田小姐，我让唐助理给你买来。"

田甜看向唐赛，唐赛面无表情地也看向她，她在一瞬间接收到了唐赛不带善意的眼光，吓得哆嗦了一下，连忙摆手："不不，不需要了，我休息了。"

柳熙来回头看唐赛，唐赛恢复了微笑。柳熙来皱了皱眉头，转身帮田甜盖上被子，和唐赛一起出了门。

唐赛有些忐忑地看向柳熙来："柳总，是不是我太严肃让田甜小姐不自在了？"他得赶在前面道歉，这样柳熙来才不会责怪他吧。

柳熙来摇摇头："是我不对，明明知道她家境不好，还整这些名牌货，让她看着难受。"

唐赛有些摸不清柳熙来想说什么。

柳熙来叹了口气，说道："你去问问她这个年纪，普通收入的小姑娘，平时都在用什么，挑最普通的给她买点吧，我不想让她觉得我一身铜臭味。"

唐赛终于觉得自家总裁是真的上了心了。

因为往常这个时候，他只会说，用钱砸啊，而不是怕被人误解自己有铜臭味。

"那么柳总，你接下来要做什么？是不是去会场看一看？毕竟这次会议关系着我们柳氏集团下半年的盈利状态。"唐赛小心翼翼地问自家总裁，他总是不放心柳熙照代替总裁去干那些举足轻重的事情。

柳熙来看了唐赛一眼，满不在乎地说："怕什么啊，会场有熙照帮我看着呢，我觉得熙照很棒，叔叔他要得意了哎！我要回去研究下怎么做营养午餐，早餐是粥，我看她吃下去没有不消化的样子，我等下就要炖汤了，我突然对烹饪有了很大的兴趣啊！"

唐赛有些痛心地看着自家总裁。

可惜柳熙来心思都在做菜上面了："啊，对了，唐赛，你有空也研究研究这些嘛，我看你也不小了，遇到心仪的女孩子，也要拿得出手这些啊。你看我，除了赚钱什么都不会，简直是垃圾！"

唐赛惊得都接不上话。

总裁这几天都琢磨了些什么，开始厌恶他所拥有的金钱了吗？

"好了，你别愣着了，晚上还要和我轮流守着田甜小姐呢，先回去休息一会儿吧。"柳熙来挥手离去，一路带风，五根手指上的胶布闪瞎了唐赛的眼睛。

柳总要是这样下去，就是活脱脱的温莎伯爵啊，爱美人不爱江山，接下来是不

是就要砍杀他们这些老臣子了？

电话突然响了，将震惊的唐赛给拉回现实。唐赛看了看手机上显示的名字，摁下了接听键。

“孔毅，是我。”唐赛有气无力地说。

“哟，怎么了，我的唐，你怎么这么累？柳总是不是又几个项目一起开，累着你了？”孔毅那边声音异常嘈杂，有音乐声，有欢笑声，还有小姐姐的娇笑声。

“你在哪里啊，怎么这么吵？”唐赛有些奇怪。

“你猜呀？”孔毅还是那副死不正经的样子。

唐赛有些倦怠，想挂电话。

“别……别挂，我跟你说个好消息，咱们总裁不是让我来这里开发新项目吗？第一批研究已经通过审核，也找到了国外的大市场，我们这个季度的营销额是期许的百分之五百，我们整个公司在这里包了个舞厅庆祝呢！”孔毅开心而自豪。

唐赛突然羡慕起孔毅。

“嗯，真好，你最起码还有一个为之奋斗的目标。”他口气丧得不得了。

孔毅听出来了，有些奇怪：“我的唐，你怎么这么丧，国内发生了什么？”

唐赛积蓄了许久的愤懑终于找到了出口：“我在国内做着大内总管的事情，每天给总裁的妹子买化妆品，去给她买炖汤的食材，去给她调动柳氏集团的车辆和飞机……可就是没有奋斗的项目！”

孔毅算是听出来了，唐赛的不满已经达到了顶端。

“嗨，老伙计，咱们要学会认清自己的位置，你我的位置都是柳总给的，那么高的薪水，百分之十是咱们能力所得，百分之九十是咱们服从所得，你懂吗？”

唐赛不乐意了：“良禽择木而栖，世间也不是只有柳总一个伯乐！”

孔毅乐了，笑出声：“那你找其他木头蹲着去呀，你得调节你的心理，谁能追一辈子的妞？也就这么几天胡闹吧，你别任性了，等我回国了请你喝酒。”

电话那端有外国妞的撒娇声，孔毅荡漾地应了一声，把电话给掐断了。

唐赛对着响起忙音的手机气得久久不能自已，他愤恨地骂了一句：“一群败类！”

他决定不休息去会场看看柳熙照的表现。

早晨的时候，唐赛应了柳熙照的提议，将报价重新换了一份，所有都上调了一点。

柳熙照有些唏嘘：“唐赛，大哥的观念过时了，你看看现在竞争激烈，谁还这么厚道，自己压自己的价，你不提，那些人就当你好欺负，一路压着。柳氏现在是很稳，但是始终不动不是好事，它不动，就跟泊在海中央的船只一样，终究有耗尽能源的一天。

“柳氏现在都是躺着分红的人，他们的思想固化了，他们没有奋进的心，但是我看你不同！唐赛，我们一起，帮哥哥将业绩更进一步！”

说完，柳熙照拍了拍唐赛的肩膀。

那一刹那，久违的热血感洋溢在唐赛的心中。

会场在公司的小会议室，唐赛一路走过去，有接待小姐笑容满面地冲着他笑：“唐先生你来啦，总裁说不论你什么时候来，都随时可以进去一起讨论。”

她递来进入小会议室的临时刷卡牌，唐赛接过去，心里有点被尊重的得意感。

他知道柳熙照是暂时替代柳熙来的假总裁，可是他总能从柳熙照身上感受到总裁初期的热情和激情。

绕过一个弯儿，他站在了小会议室外，柳熙照显然已经将会议进行到了白热化。

他安静地在玻璃门外站了一会儿，直到柳熙照抬头看到他，笑着中止会议，让他进来。

“我们正在谈可持续发展的合作，唐特助，你坐到我右手边来，我们一起看看怎么把这个项目做到极致！”

唐赛在众人的视线下坐到了柳熙照旁边。

他是有实战经验的，比起柳熙照的大胆，他拥有更多的有理有据的实际数据，他们一人大胆，一人切实，居然在接下来的会议中契合得很好。

夕阳西下，对方终于签下了大单，并且心甘情愿地认可了提价。

唐赛说得口干舌燥，所有人散去的时候，他抬头看见柳熙照闪闪发光的瞳仁儿。

唐赛心想：柳熙照是个值得帮衬的老大。

“看什么呢！走，庆祝一下，叫上大哥，让他也开心开心。”柳熙照拍着唐赛的肩膀。

唐赛踌躇着，说道：“不了，柳总让我回到医院，跟他换班看着田小姐，他总觉得田小姐不安全。”

柳熙照愣了一下，突然仰天大笑：“哈哈哈，他在逗我笑吗？玩什么不爱江山爱美人的戏码呀！我这个哥哥。”

唐赛心中的失望之感又扩大了一些。

为什么柳总现在这么堕落了呢？玩钞票多好，干吗要泡妞？！

.3.

唐赛晚间去医院的时候，还是没有忍住，把柳熙照谈下的这笔生意得意扬扬地汇报给了柳熙来。

此时田甜刚挂了水，在熟睡。

柳熙来做了个停止的动作，将唐赛引出病房外，皱着眉头问道：“你说……他在会议上直接提了价？”

唐赛很兴奋地回答：“是的，柳总，虽然他提了价，但是对方很开心地接受了这个价位。”

柳熙来微微叹了一口气：“嗯，一锤子买卖。”

唐赛有些困惑：“啊？柳总，我不明白。”

柳熙来笑了笑，拍拍唐赛的肩膀：“没什么，都是小事，你们也辛苦了，看到熙照，帮我也道个谢，这段时间真是辛苦他了。”

唐赛像是想到了什么一样，打了个响指提醒柳熙来：“对了，柳熙照先生让我转告你，这个月末是闻羡小姐的生日，她在以前你们经常一起玩耍的小花园举办个私人派对，希望你能去。”

柳熙来像是想到了什么一样，突然微微一笑：“我知道了。”

每年他都会给闻羡送上别致的礼物，他喜欢闻羡就像是喜欢自己的小妹妹一般，闻羡懂事又安静，符合他对妹妹的幻想，从小到大，他唯一能够接纳的非亲人的女性好友就只有闻羡了。

距离月底也只有三天的时间了。

而三天后正是田甜出院的时间。

这天天气真是不错，缠绵了几天的小雨天气，难得露出了太阳。田甜的心情也是不错的，她脚上有伤，柳熙来为她配了小小的推椅。

“田甜，我带你去我朋友的私人小宴会吧，都是女孩子，你们应该有共同语言的。”柳熙来劝说田甜。

然而田甜只想回到出租屋好好休息。

她摇了摇头，对柳熙来说：“柳总，还是不了，我这个样子去，岂不是扫兴吗？我真不知道怎么感谢你，这段时间我对你充满恶意，然而你却这么照顾我，要不是你，我说不定都看不到今天的太阳。我一直想谢谢你，却觉得说出那个谢字太单薄了。”

柳熙来摇头道：“田甜，我只是希望我的行为不让你觉得唐突，我是真的想让你做我的女朋友。”

他看见田甜表情一瞬间僵硬，又加了句：“女性朋友……”

田甜吐了一口气，笑着摆手：“柳总，如果你不嫌弃，我早就是你的朋友了。”

柳熙来开心得一塌糊涂，突然转头就掏出支票本，甩给唐赛：“去买一大堆奖励咱们医院护士和医生的东西，大家都开心开心。”

唐赛突然热泪盈眶，这才像他心目中甩你一脸钱的总裁呀。

他开开心心地拎着支票本，去给大家发福利了。

柳熙来开着车，一路上闻羡打来好几通电话：“熙来，你什么时候来？熙照都快到了啊！”

田甜有些不安地说：“柳总，你去赴宴吧，我一个人也可以。”

“不，你比任何人都重要，我得确保你安全到达家里！”他这话说得发自肺腑。

然而田甜却更加僵直：他这样让我怎么还这份人情？

两人一路无话，各自想各自的事情，柳熙来笑嘻嘻的，田甜一直愁眉苦脸，直到车开到田甜的出租屋前。

柳熙来安顿下田甜，看见探头探脑的房东太太，还有隔壁的邻居，他示意唐赛将她们都聚集起来一起交流。

“哎，对的，太太，一个小时一千块，帮忙在出租屋看好田甜小姐，大家都可以轮流来，人多点也没有关系，一次五人也可以，只要把田甜照顾好就可以了。”

田甜不愿意柳熙来和唐赛留下来照顾，柳熙来只能安排周边的邻居来照顾田甜。

几乎周边闲在家里的妇女们都来了，挤在出租屋，数一数有三十多个，挤不下的都站在屋外。

“老板，我行，我可以，我一个人可以当五个用。”

还没有怎样，她们就开始内讧。

柳熙来头疼得要命，挥挥手，说道：“给她们都发点钱，但是要安静点，别吵着田小姐。”

田甜一脸无奈地叹气，柳熙来的脾气她算是见识过，这时候拒绝他会继续整出幺蛾子。她打算等他走了以后，自己摇着轮椅去不远的闺密家里。

她这房子还是闺密介绍的，只是闺密平时不在家里，这几天工厂休假，才会在家休息。

柳熙来安顿了班次，又发了一半的工资，那些吵闹的邻居才安安静静地围着房子搬着板凳坐下。

在她们看来，这比出门打工要爽快多了，没事坐着陪着屋里的小姑娘就能拿不

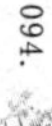

少钱。

柳熙来走了以后，田甜就摇着轮椅出来了，还收拾好了行李。

一群大妈都惊得站了起来："田小姐，这不行啊，你走了，剩下的钱老板就不会支付了！"

田甜叹气："会支付的，你们守着就会支付。"

所有人都不赞同地摇头。

田甜呆滞了半刻，摇着轮椅又回到屋里。大妈们热情无比，簇拥着田甜嘘寒问暖。田甜这一个小时受的左邻右舍关怀比她出生二十几年都要多。

她忍不住叹了一口气，被大妈们围作一圈。

她之前手机摔坏了，出院以后柳熙来以预支了金长宏公司里的薪金为由帮她配了部中配的手机，她拿出来拨了父亲的电话。

父亲喜气洋洋的声音立刻从电话里传来了："阿甜啊，爸爸现在康复得可好了，医生说等到我出院就跟个正常人一样了。"

田甜想要解释："爸爸，我这几天……"

田泽很善解人意地安抚她："我知道，公司委派你去别的城市学习，你们老板和你那个叫罗辞的同事都来过啦，送了不少补品，还有每天傍晚雷打不动的补汤，真的谢谢你们公司老总了。"

田甜很诧异，心中一片温暖，挂了电话就拨打金长宏的电话。

"金总，真是感激，我住院了，你们还这样关照我的爸爸……"

金长宏诚惶诚恐道："田甜啊，我们虽然去看望了田先生，可是补汤的事情可不敢邀功啊，是柳总亲自派人做了送去的，听说是想让老先生恢复得快点。他不让我说，但是我总觉得居功太对不起他了。"

田甜握着电话，一时间不知道怎么感激柳熙来。

柳熙来真的对自己很好很好，可是，她就是觉得自己跟他是两个世界的人。

秋风起，卷起一地的金色银杏叶，让郊外的这座私人花园更加美得典雅。

美丽的小公主就在这一地金色中翘首以盼。

闻羡今天很早就打扮好了。她穿着香槟色的纱质及膝蓬蓬裙，头戴一顶镶满碎钻的小皇冠，略施粉黛，显得俏皮又美丽。

她有很久没有见过柳熙来了，一颗少女心扑通直跳。

她在满是金色落叶的大道中跳来跳去，披肩上的绒毛随着她的动作抖来抖去，十分可爱，然而从小带她到大的保姆依然忍不住提醒她："小姐，你要不加件衣服吧，蹦来蹦去是不是因为裙子太冷了？要是听老爷的穿拖地的多好。”

闻羡很不好意思地站定了，摇了摇头，她不是因为冷而蹦来蹦去，而是因为等待得内心焦灼。

本来今天气温是真的低，为了保暖，她还穿了毛皮的披肩，雪白的毛茸茸的披肩将她一张小瓜子脸衬得更加精致，然而她不觉得冷，只觉得局促不安。她时不时偷偷用铁栅栏上镶嵌着的小碎玻璃照照自己，生怕柳熙来到的时候，自己有什么不妥的地方。

然而最先来的是柳熙照。他是走进来的，因为知道汽车开进来会破坏这一地金黄。

“阿羡，你今天真美！像一个童话里的小公主。”柳熙照今天穿得跟柳熙来的品位很像，已经秋末，他穿着靛蓝色的丝绒西服，服帖的剪裁将他挺拔的身材都凸显出来了，丝绒的质感和他衬衫中的挂饰，无一不复古，像个中世纪的王子一样。

他的眸子在阳光下灼灼闪光，看向闻羡的眼神热烈无比。

闻羡很自觉地就回避了他这样热烈的眼神。

柳熙照和柳熙来虽然外貌很像，一样的身材，一样的发型，但闻羡对他终究少了几分男女之间的爱意，看他像是在看自己的弟弟一样。

她站在那里，端庄大方地笑着，拍拍他的手，说道：“居然是你先来了，照照，你今年给我准备了什么礼物？让我猜猜，去年寄来的是项链，前年寄来的是头饰，戒指是不可能的，这次是……手镯？”她笑着一歪头。

柳熙照心中一热，闻羡这样子真是太可爱了，他真是恨不得将心挖出来捧给她。

他从口袋里掏出个包装得很精致的盒子，交到闻羡的手上：“你还真猜对了！果然是我聪明又美丽的阿羡！阿羡，生日快乐，这是我特地找设计师 Agatha 设计的独一无二的手镯，里面镶嵌着你和我的姓，你打开看看吧。”

他十分殷切地看向闻羡，像是急于得到夸奖的孩子。

闻羡笑着踮脚，伸手揉了揉他的头发，然后打开了包装。

一只镶满碎钻的手镯在碧玉雕就的首饰盒里闪闪发光，上面以各种宝石雕琢了南瓜、蝴蝶、樱花、花生等各种童趣的小饰物，还镶嵌了抽象的“羡”和“照”字。

整只手镯十分精致，细碎的碎钻恰到好处，显得清新又富贵，让人一看就喜欢。

闻羡很惊喜地看向柳熙照：“这只手镯我很喜欢，它真的很漂亮。”她说着就将手镯戴上了。

阳光下，手镯璀璨生彩，照进闻羡的眼里，亮闪闪的。柳熙照情不自禁地露出个真心的笑容。

然而这一刻的静谧美好很快就被柳熙来的到来给打破了。

他开着车一路摁喇叭，园丁打开了公园的铁门，给他指向停车处。

他停好车就一路大步流星地走来，看见闻羡露出个大大的笑容："羡羡今天真好看，像个小公主一样，来哥看了真欢喜。"

他从来不在闻羡面前隐藏真实的自己，所说的话，做的事，都格外率直。

"来哥，你都破坏了路上的银杏叶，你看我都是走进来的。"柳熙照半是开玩笑半是指责地说。

柳熙来立刻露出十分自责的表情："哎呀，羡啊，对不起，我来得急，一下子就忘了这事了。没事，待会儿我让助理来换上完好的。"

闻羡摇摇手："说的什么话，来哥，银杏叶落在地上，本来就是要被踩坏的，不用在意这种小事。"说话间，她还娇嗔地瞪了柳熙照一眼，柳熙照顿时心塞不已。

柳熙来掏出个包装得十分精致的盒子，递给闻羡："羡羡，来，看看哥给你准备的礼物。"

柳熙照只瞄了一眼，顿时觉得有一种眼熟的感觉。

闻羡惊喜地接过来，打开了包装，同样碧玉材质的首饰盒里放着一只跟刚刚一样的手镯。

柳熙来很开心地问道："惊喜不惊喜，意外不意外？"

柳熙照的拳头捏成一团，他气得眼睛都要发黑了："Agatha 许诺我世间只有一只这样的手镯，她这个没有职业操守的家伙！"

柳熙来很惊讶地说："对啊，她是真的很有操守，我求了好久她都不同意，但是！！！我最终还是说服她啦！我觉得你那只上面不够团结呀，我劝服她让她把你、我和闻羡的名字都刻上了。你看看，闻羡一手一只，戴着又对称又美好，显得我们友情地久天长！"

柳熙照扶着栅栏，差点吐出一口老血来。

"你怎么说服 Agatha 的？！"

明明设计师是个很有操守的人啊，因为小众，所以格外珍惜羽毛。

柳熙来很开心地说："Agatha 是个很有爱心的人，我告诉她，我这是为了给弟弟和妹妹一个巨大的惊喜，所以打算做一只刻有三个人名字的手镯，她便很开心地答应了。虽然她愿意原价为我做出来，但是我给了她五倍的价格，以表达我对她的感激。感情面前，金钱都是垃圾！"

"来哥，你说得对，金钱是该为爱心让道的！"闻羡温柔地笑了。

爱心个屁啊，柳熙照恨不得回头就拧下 Agatha 的头。

什么职业操守啊，说好的独一无二呢？

柳熙照眼睁睁地看着闻羡开心地将那只有着羡、来、照三个字的手镯戴在手上，将之前自己送的手镯给替换下来了。

“来哥的这只手镯好，我们三个都在上面，我最喜欢这种所有人都在一起的感觉了。”闻羡笑了起来，笑容美丽而温柔。

柳熙来也开心地笑了：“羡羡你开心就好，我就说三个人的名字都在比两个人的好！我还让 Agatha 多加了碎钻，你看是不是更闪烁？”

闻羡听到这话，举起手来朝着阳光看去，果然阳光下，碎钻更加闪烁。

柳熙照气得把墨镜给戴上了。

呵呵，暴发户，那样一点小清新的感觉都没有了好吗？

正这样想的时候，他听见闻羡欢快的笑声：“好好看，真的很闪，像很多小星星落下来。来哥，我喜欢这只。”

柳熙照顿时觉得自己弱爆了。

很小的时候，柳熙照就知道闻羡面对柳熙来的时候是不一样的。

小的时候，他为闻羡做尽一切，闻羡永远用一种慈爱的眼光看他，夸赞他是个好宝宝。一直延续到他很大了，在他的抗议下，闻羡才把宝宝给去掉。

后来，他发现，柳熙来只要做一点点事情，哪怕微不足道，闻羡眼里的光华都是亮着的，是那种看着自己的神一样的华彩。

其实柳熙来能做的他都能做啊，为什么闻羡她就是看不到？

闻羡扯着柳熙来的衣袖一路笑着，她的生日私宴是没有请其他人的，连父母都没有叫来，她提前一天跟父母过了生日，把正日子留给了柳熙来，怕两人尴尬，又拉上了柳熙照。

小小的屋子在公园正中的湖心上。

她跳上船后，柳熙来也要跨上船只，柳熙照抢在柳熙来的前面跨了上去，扭头对着柳熙来微笑：“两个人应该最为惬意，大哥你要不要坐另外一艘船？”

柳熙来看看另外一艘船，破破烂烂的，明显是工人平时维护湖面的船只。

他笑了笑，把手抄在口袋里，指着小木桥对着闻羡说：“羡羡，我走独木桥过去，一样的。”

闻羡的小皮鞋在船上跺了跺，直接跳上岸了，然后对着柳熙照说：“阿照，你自己划过去吧，我跟来哥一起走桥，我突然想起落叶都落在独木桥上，景色应该很美丽。”

柳熙照一脸便秘的样子看向柳熙来，觉得可能柳熙来生来就是克自己的吧。

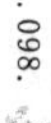

“我们是一个整体啊，我们一起走桥吧，我也好想看看落叶。”柳熙照认命地跳下船，热切地对闻羡说。

柳熙来说道：“那你们走桥吧，我一点都不想看落叶，我一个人划船过去啦！”

他跳上船，一个人划得特别开心，将岸上的闻羡和柳熙照丢得远远的。

闻羡扭头看了一眼柳熙照，气得又跺了一下脚，气鼓鼓地走在了前面。

半小时后，他们两个才绕到湖中心的小屋子。

柳熙来早已经端着热茶很开心地朝两人挥手了。

“落叶好看吗？”他问柳熙照。

柳熙照将一口心头血强行咽下，今天他任性地不想理睬柳熙来。

“好看，不过来哥哥不在，景色就差了好多。”闻羡嘟着嘴。

柳熙来笑出来，摸摸闻羡的头，说道：“那我们等下一块儿走，我以为你们不想坐船的。”

三人一起朝着屋子里面走去。

“前年我让爸爸换了里面的暴发户一样的摆设，把那些茶具都弄走了，又不是老太爷，摆着那些干吗？”闻羡招呼两人坐下，从柜子里面取出细细雕刻过的餐具。

“这是我跟着匠人师父学着雕的竹器，我觉得挺有意思的，把器皿都雕了一遍。”器皿上的所有花朵人物都惟妙惟肖。

柳熙照忍不住赞叹：“阿羡，你的手真巧，你又漂亮又聪明，手又巧，以后谁找你做女友真的很幸福了。”他含情脉脉地看向闻羡。

闻羡听了这话，脸红了红，含情脉脉地看向柳熙来。

柳熙来很感慨地举着器皿赞叹：“这个好看，小鹿的眼神特别好，惊恐的样子特别像田甜！”

闻羡也听说过田甜的事情，她偷偷让人带来田甜的照片，只是一眼，她就放心了，那样的女孩子，长得普通且带着喜感，没有学历，没有背景，又没有有趣的灵魂，怎么样也不会让柳熙来心中起任何涟漪吧。

近期柳熙来是胡闹了点，就连闻老先生听了都摇头吐槽：“柳熙来的叛逆期是从青年时期开始吗？”

“你怎么没有把你的那位叫田甜的朋友一起叫来？”话虽如此，闻羡的语气里还是带了点酸意。

柳熙来没有察觉到，有些遗憾地回答闻羡：“我邀请了啊，但她不愿意来，估计因为身上带着伤吧，下次一定要介绍给你，她特别可爱，我觉得你们应该谈得来。”

闻羡得了这个答复，有些失落，但还是礼貌地笑了笑。

家里的用人已经开始上菜，这里的每道菜都是她精挑细选的，有的菜还是她事先做好了热着的，寓意都十分深远。她介绍着菜，柳熙照便接口称赞，柳熙来没有兴趣称赞，他觉得对主人最大的赞赏就是吃光这里的菜。

闻羡看柳熙来吃得开心，眉开眼笑，经常会给柳熙来夹上两筷子。

柳熙照吃味，咳嗽了一声：“阿羡就是偏心啊，好吃的就往大哥那里送，我这里的就是小小一片笋干。”

他说得这么耿直，让闻羡很是不好意思，她的确只给柳熙照夹了一片鸡丁烩笋干，其他时候，她关注的是柳熙来。

柳熙来不以为然，看柳熙照这似真似假的指责，觉得十分好笑，把自己碗里的一堆菜直接扣在柳熙照的碗里。

“闻羡给我的，也是你的，都是朋友，叽叽歪歪计较那些俗气的东西做什么？”

闻羡笑得不行。

柳熙照脸色铁青地看着碗里的一堆，在心里怒吼：不一样的，闻羡给你的，你愿意都给我吗？！不一样的啊。

一会儿的时间，闻羡又给柳熙来的碗里布满了菜。

柳熙照的拳头捏起来又松开，松开又捏起来。

他想直接开口问问闻羡，到底自己在她心中是个什么样的存在，明明他长得跟柳熙来那么像，又比柳熙来优秀那么多。

明明自己是个正剧男主的范儿，为什么会输给大哥？

他刚要开口，突然柳熙来的手机尖锐地响了起来。

柳熙来满不在乎地接起来，突然就站了起来，碗筷被他的动作带倒了一桌子。

“什么，田甜为什么不见了？你们怎么看着她的？！带着她去闺密家的路上不见了？怎么会去闺密家……”

柳熙来挂了电话就要往外走，袖子突然被扯住了。

他一扭头，看见一脸委屈的闻羡正在看着自己。

“来哥，今天是我的生日……”她泫然欲泣。

柳熙来有些内疚，他转过身，揉揉闻羡的头发，说道：“你乖啊，羡羡，让熙照陪陪你，他在跟我在一样的。田小姐最近很不安全，我怕耽误了，她会……她会……”他情急之下居然不知道怎么接话。

“羡羡，待会儿我让助理给你送最大的蛋糕塔。”他扯下闻羡的手，扭头就走。

闻羡的眼泪一下子就出来了，蛋糕塔再大再贵有什么用，你是知道的啊，金钱也要为感情让道的啊！

饭桌上的气温一下子就跌至零度以下。

闻羡的眼神里失去了最初的光彩，垂头丧气地坐在那里。

柳熙照这样会说会撩的人，也不知道怎么哄闻羡开心。他握住了闻羡的手，闻羡的手颤抖了一下，抬头看他，眼里全是失望。

柳熙照才发现闻羡的手是这样冷，他脱下外套给她披着。

“阿羡，没有关系的，不是还有我嘛，我陪你开心地过完生日呀。”他安慰闻羡。

闻羡从极大的失望中恢复过来，极为礼貌地疏远，脸色苍白地朝着柳熙照笑了笑：“对，照照陪着我也是一样的，来哥有很重要的事情，我们不要妨碍他。”

她一向乖巧温柔，从来不苛责别人，就算是柳熙来这样无理的行为，也不会让她对柳熙来心存半点愤恨。

她笑着笑着，突然又流下了眼泪。

“熙照，那个田甜小姐，是不是真的很特殊呀？我从来没有看过熙来为谁这样紧张过。”她喃喃着，声音很低，在心里问自己是不是低估了田甜小姐的人格魅力，不然为何柳熙来这样紧张田甜。

柳熙照总算听清楚了，他很想落井下石地告诉闻羡，对的，不错，柳熙来为了田甜，连柳氏都丢下了。

然而他一触及闻羡的泪眼，心中一痛，便不想再次给闻羡巨大的打击了。他斟酌了一下用词，用尽可能缓和的语气告知闻羡：“之前田小姐可能因为大哥受过伤，大哥应该是心里内疚得很，所以，你知道大哥的个性，什么都要负责到底。”

果然，闻羡的眼睛逐渐亮了起来，她朝着柳熙照点点头：“对的，来哥是什么都喜欢往自己肩膀上扛的人，他这样尽心尽力地回馈，我居然还扯着他，我真是不应该。”

柳熙照摸摸她的头，叹了口气，心想：闻羡还是太善良了，柳熙来，这样完美的闻羡，我是不可能再错过了。

田甜此时在草垛之下，彻底松了口气，整整一个下午，她在一群大妈的喧哗声中窒息到翻白眼。这些大妈虽然在陪她，却家长里短地聊天，声音洪亮，手里的毛衣织针没有停过。

还有更多的人进来问询她，是不是老板这里还在招聘照顾她的大妈。四面八方，只要闲在家里的人，都把柳总这决定当成了人傻钱多速来的代言词。

一大群大妈中间还夹杂着一个唐赛，他时时刻刻关注着田甜的一言一行。

田甜被吵得头疼，连休息都休息不了，心里还担心着柳熙来在她身上花费更多。她知道自己阻止不了，觉得自己只有逃走，离得柳熙来远远的，才能心安。

她借着看风景的由头，好不容易忍着痛从斜坡上滚下来，躲在草垛里大气都不敢出。她就是个普通到街上一抓一大把的少女呀，她受不了这样谄媚的关注！

“肉丝，你来了没？”她在手机上发了一条短信。

“别急，我就在草垛后面，等人都走远了，我带你坐上我家的小三轮，咱们走后面的那条路。”对方回了一条短信。

见寻找她的人往远处去了，唐赛摸着口袋，突然想起定位仪在柳总那里，他急匆匆地给柳熙来打了个电话：“一眨眼的工夫，田甜就不见了！她说要出来透透气啊，柳总，你是不是开开定位仪看看。”

柳熙来一边狂奔，一边打开定位仪，公园在郊外，并且附近有一处雷达兵训练基地，屏蔽了大多数的信号，信号断断续续的，通话都很不稳定，定位仪不能连接。

“你在那里继续找，我马上赶到。”柳熙来坐上汽车，将喇叭摁得极响，铁门被用人缓缓打开。

汽车卷起一地的银杏叶。

道路旁边，胖胖的女孩把田甜给提出来了：“呀，你怎么到处是伤，鼻青脸肿的！你干什么去了？”

田甜被她抓得头疼脚疼，一边哎哟哎哟，一边示意她快离开这里。

肉丝的真名其实叫单柔丝，当初单柔丝妈妈怀着她时看了唯美的《泰坦尼克号》，对影片里的Rose一直念念不忘，她出生后，便给她起了个谐音的名字。

然而单柔丝虽然家境贫困，吸收却非常好，喝一口凉白开都能长二两肉，整个人看起来圆嘟嘟的，认识她的人都叫她肉丝。

单柔丝跟田甜是小学同学，同为特困资助生而惺惺相惜，可惜田甜从小就是个倔脾气，不愿意拿这个救济金，总是自己去另辟蹊径赚钱。她是佩服田甜的，可又不苟同田甜。

“你说你，有人给你好处，为什么还要逃？”单柔丝蹬着她爹用来捡破烂的小三轮，一头的汗水。

就是了，这就是单柔丝一直不能理解的地方，为什么明明只要接过资助者手里的资助金，每学期拍个照挂在墙上就能不那么辛苦，田甜却总是宁愿自己辛苦地去打工或者不眠不休地做一些学校校工都不愿意做的脏活，也不愿意接受那些资助。

就好比田甜现在说的这些，单柔丝也不能懂，对方是个大集团总裁，花费的这些对他来说根本不值得一提，可是田甜居然还逃了。

“那样我心里会不舒服。”田甜揉了揉膝盖，递给单柔丝三张一百块的纸币，“我还有三天恢复上班，去你那里，不能不交伙食费的。”

单柔丝有些犹豫地接过了钱：“那好吧，我让我妈给你炖点汤。”她以为这些钱是那总裁留给田甜的，“你都收了他的钱了，干吗还矫情地躲？”

田甜张口想争辩，又觉得没有意义，笑了笑，拍拍她的后背，说道：“做人要清清爽爽，挺直腰杆，不要手软嘴软腰杆软。”

单柔丝没能听明白，只是将脚踏车踏得飞快。

田甜微微闭着眼睛，伸手摸着手机想给爸爸发条短信，手指一触及口袋，整个人都不好了，刚刚买的手机，不知何时又丢了。

“我的手机又丢了！”田甜回想起自己刚刚躲着的时候还将手机捏在手里，“肉丝你帮我打过去吧。”

电话起初还在响，几声以后被掐断了，还关机了。

“哎呀，认命吧，手机应该被人捡了关机了！”单柔丝撇撇嘴，看见好友一副丧气的样子，拍了拍她的肩膀，“没事儿，你要用电话，可以用我的呀。”

田甜“嗯”了一声，长长地叹了一口气。

半个小时后，正逢下班高峰，W市的径山公路地段堵成一片，柳熙来索性放弃了开车，带着一队人喘着气一路拔腿朝着定位仪发出信号的方向奔去。

他在田甜遇袭后，给田甜的手机上装了这个定位仪，定位仪的作用并不是为了监视田甜的一举一动，而是为了保护田甜的安全。

他一旦想起田甜所遭遇的这些，便不能释怀自己没在第一时间寻找到她，从变态的手中夺回健康的田甜。

他在这两天斥资组织了一队私家侦探，专门处理田甜事件的后续事宜。虽然警方抓了变态的中年男人，将案件定了结案，然而他却一直心中不安，总觉得有什么大家都没有想到的疑点隐藏在暗处。

“今天我出来一直觉得心神不宁，我就知道会出事。”柳熙来一边快跑，一边甩开外套，朝后面丢了过去。

唐赛跑得气喘吁吁，柳熙来的衣服一下盖住了他的脸，他踉跄了好几步，扯下脸上的衣服，还不忘安慰自家总裁：“老板，我觉得应该是田小姐自己离开的，你不必这样紧张，咱们不是设了保镖，还有那么多大婶在看着她嘛，别人压根儿没机会掳走她，除非是熟悉地形特征的田小姐。”

柳熙来举起定位仪，发现已经接近定位仪所在的方向了，于是慢慢放缓了脚步，小声说：“那么多人，她腿脚不便，能跑多快？”

他走过去，拨开黄色的枯草，从里面捡起了田甜的手机。

手机上沾了点露水，指尖抚过，冰凉一片，一如柳熙来的心情。

他突然暴怒，将手里的定位仪狠狠摔在地上："那么多人，有保镖有周围来帮忙的大婶们，你们说好审核所有人的身份，不会有任何问题，现在呢？她一个腿脚不方便的，怎么就能灵巧地在你们眼前消失了呢？"

唐赛吓得不敢说话。

柳熙来叉着腰，叹了口气，指了指路口的摄像头："去，找人给我都调出监控，我要十分钟之内得到所有信息。"

唐赛正要离开，柳熙来打打响指："去，把柳氏所有的保安都调动起来，钱不是问题，给他们五倍的加班费，八仙过海各显神通，谁如果有本事第一时间发现田甜的踪迹，我给他年终奖的一百倍。"

唐赛瞪大了眼睛，但是聪明地什么都没有说。柳氏集团的年终奖从来都是宽裕的，就算是保安的年终奖也是月薪的两倍之多，一百倍，这该是多诱人的条件。

果然消息传播下去，柳氏集团的所有保安都倾巢而出，不仅仅是总部的保安，还包括柳氏旗下众多的连锁企业，包括金融公司、珠宝公司、出租公司、房产公司等，所有分公司下的保安都出动了。

唐赛迎面走过去，看见保安们像过春节一样，带着明媚的笑容小跑着，到处用手机询问是否有见过田甜的人。

"这是柳氏保安最好的时代！也是最有机会的时代！"保安队长迎风流泪，拨打了好几通电话联系自己其他公司的兄弟，一起寻找田甜。

人来人往，都是在问田小姐的去处。

唐赛慢慢走着，停住了脚步，他突然觉得很荒唐，内心几乎是崩溃的，他叹着气扭头看向柳氏集团总部的大楼，目光在楼前的台阶上凝滞了。

柳熙照手插在裤兜里，眯着眼睛站在柳氏集团总部的台阶上看向唐赛，似乎等了他有一会儿了。

唐赛小跑过去。

"这搞的是哪出？为什么所有的保安都被调出了？唐赛，我哥他又出什么幺蛾子了？"其实，柳熙照今天十分不开心，闻羡自从柳熙来走了以后，就变得十分敷衍，虽然依旧和他有说有笑，该招待的一点都不少，但是她眼里的小星星一下子就都黯淡下去了。

他用尽办法逗乐她，用自己出丑的笑梗来取悦她，甚至不惜扮作蠢蠢的样子，就为了让她从失落中展颜一笑。

可是，闻羡怎么说的？

“熙照，谢谢你，我知道你是想让我开心，我也的确被你逗得很开心，这个生日虽然有着很大的遗憾，但是好歹有你弥补了一些……”

彼时柳熙照正在开心着，觉得对心仪的女神有着正面的影响了。

闻羡继续说：“可是，没有熙来在，这个生日宴就显得多余而矫情。说起来可笑，我甚至准备了好几套稍微性感心机的小礼服，每一套都尽善尽美了，都是适合我的款式，我穿起来可好看了，我就希望在熙来哥哥的眼里，我不再是一个小妹妹，我想用性感的衣服告诉他，我长大了。”

柳熙照尴尬又难受，这一刀又一刀地，扎得他连小丑都无力扮演了。

“可是他连给我一盏茶的时间都没有，从小到大，他就只当我是个妹妹，可我不是他的妹妹呀！为什么呀？我有什么不好？”最终，闻羡还是落下了眼泪。

她和她那好几套小礼服都来不及闪烁，就湮灭了。

“你……你……特别好。”柳熙照不知道自己为什么就结巴了。他平时不是如此的，他的情商足够撩到比闻羡更优秀的女孩子，可是在闻羡面前，情商不值一提。

闻羡有些出神地看向柳熙照，似乎想透过他幻想柳熙来站在自己眼前。

柳熙照觉得心都百孔千疮了，闻羡的视线像是利剑，将他的心戳成了筛子，所幸柳熙来送来的蛋糕解救了他。

柳熙来匆忙送来的蛋糕并没有被闻羡点起蜡烛，然后被快乐地吃掉。

蛋糕做得很精美，花朵绽放，春意盎然，那金箔撒在花朵上，亮闪闪的。推它来的厨师很激动地告诉闻羡：“小姐，这个蛋糕应该是目前最昂贵的金箔工艺蛋糕了，我今年年初作为参观者，曾经有幸在蛋糕大赛上看到这荣获特等奖的昂贵蛋糕。它昂贵在它的雕花手法和独特口味上，请尽快品尝。”

闻羡有些茫然地看着这个美轮美奂的蛋糕，愣愣地看了半晌后挥挥手，让用人把蛋糕又打包好。

她有些颓然地同柳熙照道别：“熙照，我记得你最爱吃甜食，给你打包回去吧，应该很好吃。我有点累了，先回去休息了，有空再跟你聚。”

而后，她意兴阑珊地走出了那间优雅的湖中室。

湖中室里的灯暗暗的，屋里只剩下柳熙照一个人，他静静坐了下来，看着桌上的蛋糕，许久之后，突然扑哧一声笑起来。

闻羡说柳熙来把她当作小女孩，然而她自己又何尝没有固执地当他是小男生呢？

他在孩童时期喜欢吃甜点，可是长大以后，他已经戒糖了呢！

他真的很讨厌柳熙来，所有好的都被这个家伙毫不经意间拥有，然而永远不知道珍惜，毫不在意。

“所以说，唐赛，你说他为什么不能正经地经营柳氏集团呀？这么胡闹，对得起为他在背后默默加班签单的你我吗？”柳熙照在台阶上长长地叹了一口气。

唐赛的心情也很沮丧，他跟着也叹了一口气。

“唐赛，错的就是错的，我们两个为了柳氏，不能容忍他的胡闹！”柳熙照的脸变得十分严肃，他板起脸的样子其实是有点像柳熙来的。

“可是他毕竟是你我的老总呀。他能够任性，但是你我不能够。”唐赛同样很严肃地对柳熙照说。

柳熙照不在意地耸了耸肩。

“老唐，历朝历代，无能的皇帝都会有愚忠的大臣，但是即便是愚忠的大臣肝脑涂地，也未必能够守护无能皇帝的江山，我想你会慢慢想通这个道理的。”他拍了拍唐赛的肩膀，顺手塞过去一份计划书。

这份计划书是柳熙照最近的所有灵感所现，他把柳熙来砍掉的项目又拾起来，加了点自己的小聪明。

唐赛伸手接过那份计划书，调整眼镜看了看，有些惊诧地抬头：“这些早已经淘汰了呀，虽然盈利百分之三百，但是柳总说……”

“他说的那些，是一个商人应该说的吗？”柳熙照的声音突然变得尖厉。

唐赛沉默了，当初他也觉得这个项目好，好就好在能够在顷刻之间，将柳氏的资金囤积推到更高一个层次，他们就有更多的资源和资金，走得会更稳。

做一个项目，牺牲总会有的，比如人，比如资金，做大事的，怎么能不牺牲呢？

唐赛是暗暗这么想的，可是柳熙来坚决不赞同，唐赛其实是被柳熙来眼底的坚定给打动的。

柳熙来当时说：“我们从别人那里拿走的，终归有一天，会以另外一种形式还回去，他们是人，我们也是人，人不应该这么自私，拿走别人的一切。”

唐赛是惊讶的，他很少从柳熙来嘴里听到什么大道理，柳熙来这种人，看起来极为不靠谱，但是做事说话都十分接地气，像这样大彻大悟的道理，他是很少说的。

所以当时在场的所有人便被他说动了。

如今再看到这份计划书，唐赛心里起了涟漪，他看得出柳熙照是花了时间思考计划书中的那些缺陷的，也真心想将这个项目推行得更好。

“我觉得可行，我们问问柳总？”唐赛结结巴巴地说。

柳熙照突然笑了："你们柳总也说可行，可是他没空执行，我们先试试，我问过原先的股东，他们中百分之六十的人也是赞同这个项目的。这项目投资少，收效快，既然熙来不在意，我们就帮他操作起来吧，用不了财团多少资金，等到有了效果，熙来哥会感激我们的。"

他举起项目书，底下签名的地方有着柳熙来的签名，他模仿了十几年了，将柳熙来的签名模仿得惟妙惟肖。

既然柳熙来不珍惜柳氏，那么找个由头，就让柳熙来好好地追求自己的生活去吧。

"你劝服了柳总签字呀！"唐赛的眼睛立刻就亮了，他看向柳熙照，突然觉得如果在位的是这位，应该多好啊，他们有好多理念是重合的呀。

"虽然他签了字，但只是给我极少的资金和人力，所以我需要你的帮助。"柳熙照拍了拍唐赛的肩膀。

唐赛顿时觉得自己的责任重大起来。

他跟在柳熙来后面只是个生活助理，而跟在柳熙照后面，他觉得自己毕生的才华都要开始闪烁了。

"小柳总，你我会是柳总以后最坚定的左臂右膀！"唐赛推了推眼镜。

柳熙照却笑了："谁会在乎做一个老臣，你是不是傻？"

第四章
这次他像武打巨星一样从天而降

田甜舔了舔嘴唇：“那我说了，柳总，我想问，你为什么对我这么好？”
柳熙来愣了愣：“我以为你知道的啊，田小姐。”

.1.

单柔丝家在郊外。

比之前田甜住的地方还要偏僻，荒草丛生，贴着一排破旧平房的，是废弃的集装箱，现在也被改造成临时住宅，因为租金低廉，混住着一批外来搏命生存的民工。

单柔丝蹬着小三轮，满身都是汗水，脸上的汗不停地流淌着，把脸上的劣质粉底冲得斑驳不堪。

小三轮骑过那排废弃的集装箱改造的住宅时，有人朝着车后座的田甜吹口哨。

密集的口哨声让田甜很不适应，她把披在身上的衣服给扯紧了些。

“别怕，都是起哄的，没一个敢上来真的撩你的，我每天骑着车七进七出，没一个敢朝着我吹口哨。”单柔丝说着，擦了一把汗。

连绵不绝的口哨声陆续响起。

“呀！今天这么多人对着我吹口哨？我姐的粉底真的有效果！”单柔丝一边骑着，一边朝着一个面色被晒得黝黑的小伙子抛媚眼。

单柔丝一边回味着小伙子震惊的表情，一边惊喜地回头看那小伙子：“这么说他可能是个近视眼，我这一冒进，他就看到姐的真实颜值了？”

她其实五官不难看，但是胖成墩儿，又常年晒得皮肤黑黑的，所以看起来有些凶狠。

田甜点着头，肯定地看向单柔丝。

继续上路的时候，单柔丝的态度就柔和很多了：“甜啊，你不知道，我家刚搬来的时候，他们朝着我姐吹，朝着我妈吹，连我奶奶过世前都被吹过，就我没有！”

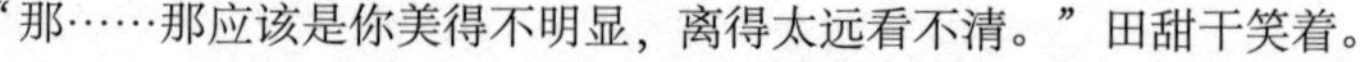

“那……那应该是你美得不明显，离得太远看不清。”田甜干笑着。

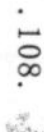

"对嘛，我就是美得太没有威胁性。"单柔丝一回头，看到田甜那个欲哭无泪的样子，顿时惊了，"你扯着伤口了？哎呀，看我居然还拉着你说废话，我蹬快点，你回去先躺下吧。"

她顿时用尽全身力量，狂蹬小三轮，小三轮的车轮在崎岖不平的小路上飞快地转动着，看起来随时都有飞出去的危机。

好在转过集装箱棚子，就是平房区，单柔丝的妈妈早已经在屋外等候了。她看到了两人，脸上笑开了花："哎，田甜啊，你们终于回来啦，我等了半个小时了。"

田甜的事情闹得那么大，她是知道田甜受伤的事情的，心里怜悯着这个孩子。

田甜跟单柔丝是从小的朋友，家底什么的她最清楚，知道田甜从小就活得磕磕巴巴，长大后父亲还得了病，这孩子就像是在苦水里泡大的，但是偏偏每天都活力满满，笑得甜丝丝的，让人觉得再苦的生活都会有希望。

单妈妈最喜欢田甜的笑容了，仿佛经历再多的苦痛，都将会很快过去一般。

田甜看见单妈妈，忍不住从心底开心起来，露出一个大大的笑容。

她下车的时候，单妈妈扶着她，突然开口："田甜啊，你这一受伤，怎么感觉比以前还胖了点呢？皮肤也比以前好多了。"

单妈妈还是半年前见的田甜，那时候，田甜活得最为痛苦，吃不饱，穿不暖，一人打好几份工，又瘦又黑，还因为心急父亲的医药费，嘴角起着火泡，一双眼睛因为缺乏安全感，像只惊恐的小鹿一样滴溜溜到处瞄着。

此刻的田甜虽然满脸满身的伤，但是比之前精神多了，皮肤也白了不少，一双眼睛虽然依然大大的，但是柔和了下来，有了属于自己的华彩了，有一种怯然却又坚定地朝向光明的活力美感。

这孩子带着满脸的伤，朝单妈妈傻乎乎、甜丝丝地一笑，居然还让单妈妈有一种吾家有女初长成的自豪感。唉，这孩子吃百家饭长大，如今也落得亭亭玉立，漂漂亮亮的了。

"田甜啊，你长大了！"单妈妈伸手揉了揉田甜的头，突然顿住了手，因为她看见田甜痛得浑身一哆嗦，再一细看，田甜头顶有一块铜钱大小的伤痕。

她突然想起那个新闻，心中一阵酸痛，于是她像个护崽的母鸡一般，将田甜抱住了。

"小丫头，你吃了多大的苦啊，你放心，你在单阿姨这里，没有人敢欺负你，谁都不能！"她说话都哽咽了，她是把田甜当作自己孩子那样疼的。

田甜看向单妈妈，突然就有了泪意，她摇摇头，用更大的笑容回馈了单妈妈。

"对，有我们在，谁都不能欺负你！"单柔丝也扑过来。

单柔丝、单妈妈和田甜三人抱成一团。

田甜的心突然就安稳了下来，被人爱护的感觉真好啊。

不知怎么的，田甜脑海里突然浮现起柳熙来的那张脸。

为什么会想到他？！

她惊了惊，用力摇摇头，拼命将柳熙来的影像从脑海里甩了出去。

她却不知道，此时的柳熙来，正狂躁而愤怒地训斥着市管局督导不力，因为在田甜失踪的地方，居然连一个摄像头都没有安装。

“柳总，你先别生气，照理那里是会安装的，前两年，那里属于无人管的荒田，最近刚开始建设，你是知道的，那个地段距离高速也有距离，是没有大型车辆进出的，所以就把安装计划推后了点……上报的安装资金还在审核中。”

柳熙来摇头道:“钱都不是问题！我不同意推迟，我要把城乡这里都装齐全了，一个城市怎么能有盲点？我明天就让唐赛拨款捐赠！对了，以后这一片所有的摄像头都要起名为田甜号！”

“但是已经在计划里，就等着审核通过！”工作人员解释。

“那算了，我自己找人安装一批，你们审核过了，重复装第二批吧。田甜家门口要安全！”柳熙来坚定地做了决定。

接待人员叹了一口气，不管他说什么，似乎柳总都处于焦躁状态。

从管理厅出来，柳熙来扶着额头，站在路口，一副痛苦不堪的样子。

直到百货部的保安队长打来电话汇报情况，才打断了他的沉默。

“对，柳总，我表弟说他看到了，咋能一眼看出？你不知道啊？柳总，前几天那个田小姐遇到变态的事情，《八球带你看新闻》上都放了……照片？没有遮脸啊，对！没遮，我能肯定！”电话里传来保安队长的声音。

柳熙来捏着手机的指节都泛白了。

他再三说不要暴露田甜的长相，控制了网络传播的照片，谈妥了警讯的照片，也同电台打好招呼，电视新闻上不会有……结果怎么在娱乐新闻上播报了？这档节目在W市很火，属于民事纠纷、奇闻逸事、恩怨情仇类的娱乐性质新闻节目。

百密一疏！

现在柳熙来的心情更加狂躁了。

他按捺住立刻打电话训斥唐赛的心情，开始有条不紊地收集有效信息。田甜离开他的视线范围，不是因为遇到危险了，而是自己逃脱出去。

“你说田甜小姐为什么要逃？”

柳熙来身边站着的是今早刚从国外飞回来，汇报捷讯的孔毅。国外市场发展得

很好，孔毅迫不及待地想与柳总分享这一喜悦的战果，然而一回来，他就看见了唐赛松了一口气的表情和柳总一筹莫展的表情。

“柳总，你是不是表现得太奢侈又迷人，把人家小姑娘吓着了？”孔毅耸肩做了个摆手的动作。

“怎么说？”柳熙来转过身，满脸的严肃。

“就比如你的这件衣服，一看就是上万的，又比如你这辆汽车，再比如……”孔毅一只手插在口袋里，用另一只手一点一点地指着说。

柳熙来伸手做了个停止的动作。

“我知道你说的是什么意思了，有钱的确是原罪。”柳熙来又开始了长达十分钟的沉默，“我这次要以不一样的状态出现在田甜面前。”

孔毅跟在他后面耸耸肩。

不一样的状态，怎么可能，除非你不再是柳熙来。

单柔丝的家后面是一个小小的土丘，说起来，随着 W 市的发展，这三不管地带也纳入了城市开发计划。市政局的工作人员过来看过好几次，想把这里开发出来，然而土丘之上是古迹，有着书法大家的衣冠冢，还有碑林古迹若干，之前只是有风传想要推掉土丘，就有文物保护协会的民众们拉起横幅抗议，闹得连省里都知晓这事了。

之后的每一次勘察，都会引来轩然大波，久而久之，这个土丘就被搁置了，连带着这周边的发展都缓慢下来。

土丘上面杂草丛生，间或有几棵枣树。

此时，在这荒废的土丘上面，站立着一个中年男人，穿着黑色的 T 恤，一身腱子肉似乎要将 T 恤绷裂开来，下身穿着洗得发白的破旧牛仔裤，一双皮鞋被踩平后跟。他举起手里的望远镜，久久凝视着单柔丝的家，焦点集中在屋里笑得欢畅的田甜身上。

屋中的田甜丝毫不知道自己已经被监视，她正在听着单柔丝最近几起惨不忍睹的追男事件，笑得不行。单妈妈看着两人笑得开心，不时伸手递去零食。田甜自然地接过来，塞在嘴里，回单妈妈一个甜丝丝的笑。

田甜的笑其实很具有感染力，她眉眼弯弯地朝你一笑，你便觉得原来美好是这么纯粹。

小屋子里三人的欢笑声不断。

山丘之上的中年男人放下望远镜，嘴角露出一抹含义不明的冷笑。

一只野狗从远处跑来，慢慢靠近他的脚边，他的脚边放置着他带来的包裹，包裹中煮熟的食物散发着香味，小野狗谨慎地试探着前进，中年男人动也不动，任由它靠近。

然而就在小野狗靠近包裹的一刹那，中年男人突然弯腰，一把掐住了小野狗的脖子。

野狗悲惨的嘶鸣声响彻整个土丘。

下班归来的单柔卷听见声音朝着土丘看去，这一眼便把她吓得魂不附体。

她看见山丘之上，站着个孔武有力的男人，男人此时正提着小野狗，硬生生地掐断了狗脖子。

鲜血喷了出来，单柔卷吓得浑身一哆嗦。而后，那中年男人像是感受到了她的视线一般，朝着她这里看来。

她吓得不行，拔足狂奔，一溜烟地跑回了出租屋，钻进屋子以后，“砰”的一下，将门给甩上了，抵着门粗粗地喘气。

屋里欢笑的三人都被她的动作给惊到了，齐齐转头向她看来。

“姐，你怎么喘成这样？”单柔丝惊到了，姐姐不爱运动是出了名的，上学的时候，体育一百分，姐姐能得五分就不错了，是谁有这么大的魅力，让单柔卷跑成这样？

“有……有个变态就在咱们家的后山丘上，我看见他朝着我笑。”单柔卷的心脏还在扑通扑通地跳，她明显感受到了对方的敌意，虽然咧嘴在笑，但是那个眼神是充满杀意的。

“他……他看我的那个眼神就像要杀了我。”单柔卷的声音都带着哭腔。

单妈妈惊觉，打开屋后的窗户，朝着山丘看去，远远地，只有郁郁葱葱的野草，山丘之上却是空无一人。

她有些无奈地劝单柔卷：“咱们这地方，人是挺杂的，所以妈妈让你们不要找在五点半以后下班的工作，就是怕回晚了危险，等咱们……咱们攒点钱，就搬走吧，这里实在不是女孩子该待的地方。”她的脸上充满了无奈，她一个人带着两姐妹，哪里不知道这里有多危险。

单柔卷依然惊魂未定，一直到晚饭后，她都哆嗦着，因为害怕，所以她洗了热水澡，早早上了床。

田甜自从听到“变态”这个词以后，就陷入了沉默中。等到单柔卷上了床，发出均匀的呼吸声后，她悄悄地问单柔丝：“肉丝，你们家有没有可以防身用的铁棍，或者其他的东西？

“哦，对了，手机也放在大家能够得着的地方吧！

“可能是我多虑，但是我总觉得心神不宁。”

单柔丝没有说一句话，用行动回答了田甜。她给田甜找出了铁棍、面粉，还将手机放在了触手可及的地方。

在事发二十小时后，柳熙来终于确定了田甜的位置所在。

集装箱改造的租房区中，住着柳氏集团下某个保安的一家，自从他拿到田甜的资料后，就莫名觉得眼熟，他倒是没有打算去找田甜，更没有想过这种好事会落在自己的头上。别人出去寻找田甜的时候，他就提前下班倒了个兼职的班，做完回家，已经是夜间一点，他将资料随手放置在了桌上。

他那个不学无术的弟弟估计跟着周遭一帮小兄弟吃完廉价烧烤，吹着口哨从外面进来，眼睛瞄到资料上小小的证件照，高亢的口哨声突然急转成嘘嘘声。

“哥，这是什么人？你们要找她吗？”弟弟把手插在口袋里，状似无意地问。其实他早就看到“奖金鼓励”四个大字了。

保安大哥正在洗脸，水珠一个劲地往下落，他也不在意，甩了甩，就当擦拭过了。他不以为意地说：“是我们集团总裁要找的一个妹子，估计在玩什么灰姑娘找水晶鞋的把戏，呵呵，富人撩妹的噱头！”

“哥，这个小妹子我看见过啊，今天看见单家那个胖妞骑着三轮车把她给载回来了，长得还挺有特色，那眼珠子又亮又黑，怯生生的，真好看！”

保安大哥一下子就抓住了重点：“你见到过她？”他狂喜，对于一个时刻想要从这里解脱出去的大龄男来说，相亲最痛的就是租房都不能合女方的心意，如果……他在脑海里盘算了一下，原来不敢奢想，现在想起总裁允诺的那笔钱，恰好可以在市内租套像样的房子。

“你怎么不早说，全集团的人都在找她，咱们上报去！”保安大哥激动到不行，拽着资料就要赶去集团。

弟弟一把拦住他，不依不饶地问：“哥，你告诉我，你拿到这钱怎么分？”

保安大哥拍拍弟弟的头，突然就笑了：“当然会分一部分给你。”

“有多少？”

“大概十分之一吧，多了也没有，咱们还要换租房，你想一直住这种房子吗？你在工地受伤以后，医院都去得断断续续的，也要去接受康复治疗吧。”保安大哥拍拍自己弟弟的肩膀。

弟弟不屑地撇撇嘴：“你还没有一个外人慷慨，下午的时候，也有个中年男人问情况，人家一出手就是一千，我把他领到单家门口，他还又给了两百。”

什么？还有人也发现了？

保安大哥这下跟弟弟啰唆的心情都没有了，指了指自己的弟弟：“你就蠢吧，放消息给别人，万一因为这个拿不到全奖，你就哭吧。”

弟弟吓得住了嘴，仔细想想的确是这么回事，又懊恼地拍了拍自己的头。

保安大哥甩门而去，这次居然还奢侈地打了辆车，很怕别人抢在自己的前头。

此时已经是夜间两点多，他心里揣摩着：高贵的总裁大人怎么样也要睡下了吧，我先去总部汇报给值班的人，也好过被别人抢过机会。

短短三十分钟的车程，让他的心情跌宕起伏。然而到了总部，他还是吓了一跳，因为总部大楼的灯居然全开着，进进出出的都是高管。

他上前只是提了一句，就立刻变成了焦点。

“柳总，柳总，有消息了。”

而后，他便看见平时沉稳的高级特助唐赛一路激动地跑了进去。

保安大哥开心地松了一口气，总算赶在下午那人之前汇报了。

几乎是一阵风刮过的时间，柳熙来就从楼上奔了下来，鼻尖上还有汗水。他卷着袖子，平时梳得一丝不苟的头发今天乱糟糟的，焦急地问：“你说，你见过田小姐？”

保安大哥咽了咽口水，回道：“是……是我弟弟看到的，田小姐今天被单家的小姑娘接去了！”

柳熙来松了一口气，擦掉汗水，欣慰地笑了：“那便好，我一直担心她遇到了坏人，被朋友接去不至于遇到危险。”

柳熙来开始详细地询问住址。

“好的，你的奖励我让唐赛去安排，你带我们一起去田小姐的住所。”柳熙来伸手示意孔毅安排车。

保安大哥一想到那巨额奖励，局促又激动，不小心把心里的话都给说出来了：“哎，谢谢柳总，幸亏我来得早，你说下午那人问了地点，咋不来汇报，我有点想不通。”

柳熙来走在前面，听见保安大哥的自言自语，突然顿住脚：“你说，下午有人也来打听田甜的去处？”

保安大哥点点头，有些羞赧地说：“是啊是啊，我一路打的过来，就怕自己落后了。”

柳熙来问道：“是什么样的人？”

保安大哥很朴实地回答道：“咱们保安大队的呗，还能有谁啊？”

柳熙来的心咯噔一下，马上停下来吩咐唐赛：“你去准备一些能够攻击的器械，都带上。”他的直觉告诉他，没人会在得到信息的第一时间不来汇报的，毕竟他许诺的奖金对于普通人来说，是非常诱人的了。

他立刻变得很焦躁：“先上车吧！别拖拉了，田甜那里一点都不安全。”

保安大哥有些不好意思，结结巴巴地解释：“不……不会，柳总，我们那里的人文化程度虽然都不高，但是挺团结的，大家都因困难才会到那片去的，很少挑衅自己人。”

柳熙来没有同保安大哥解释，忧心忡忡地坐上了车。他现在期盼着田甜能够主动给他打电话，哪怕只是一句“喂”。

夜深人静，郊区的夜晚格外宁静，偶尔传来几声狗吠。

单家人都已经熟睡，打呼声此起彼伏，月光透过脏旧的玻璃投射进来，有一种冷冽的苍白感。田甜独自睡在上下床的下铺，单家姐妹为了让她睡得舒服，挤在了上铺。

床单十分干净整洁，是单妈妈新拿出来的干净床单，怕她伤处疼，还铺了两层垫被，可是尽管这样宽敞又绵软，田甜依然翻来覆去地睡不着。

她的心像是悬着一般，始终落不下去。

她想的是，如果是她独自一人遇到坏人，她也不会这么担心了，可是她现在在单柔丝的家里，要是真的被坏人盯上了，她怎么对得起这家人。

她忧心忡忡地想着：天亮的时候就离开吧，

窗外高亢且断断续续的野狗号叫声突然变成了带着防备的低呼声，甚至还有些颤抖。

田甜浑身的鸡皮疙瘩一下子都起来了。

不知道为什么，她的大脑停止了思考，心里反反复复就只有一句话：他来了。

他是谁？在哪里？要做什么？

她不知道，她只是坐起来，抓住了那根铁棍，颤抖着握在了手里。

风声似乎比白天更猛烈一些。

而那只低低露怯呼声大作的野狗也在闷声嗷嗷叫了两声后，彻底没了声音，一切都安静得可怕。

田甜咽下一口口水，终于在心里做了决定，她把铁棍握在手里，又拿了桌上单柔丝的手机。

她不希望把单家卷进来，如果有危险，她希望只发生在自己身上。

只是关门反锁的一刹那，她的脑海里又浮起了柳熙来的样子。她心里默默想着：如果柳总在身边，是不是就不会让自己身陷这么危险的境地？

可是，既然不是一个世界的人，要彻底拒绝他，那就怎么样都不能再去利用他吧。

虽然这么想，但她还是不由自主地在手机上按下了柳熙来的号码，按下号码的一刹那，她有些蒙，明明没有刻意地去记呀？

她定了定神，抬头看向黑暗深处。

一个壮硕的身影，叉着腰站在巷子口。

田甜的呼吸变得急促起来，如果她要是死了，就得离单家更远吧，她一边这么想着，一边想要拨 110。

然而对方并没有给她摁手机的时间，直接朝着她扑过来。

因为巨大的冲击，田甜被撞飞出去，受过伤的肋骨隐隐作痛，手机也被撞飞出去，在黑夜里闪着微弱的光，也不知是不是天意，手机飞出去的一刹那，电话拨出去了。

田甜压根儿没有注意到这些，她的脑海里只有将来人引开的念头。

她迅猛地跳起来，就往外面跑，用尽全身的力量，她的脑海里只有一个念头：跑出这片地才能喊救命，千万不能让单家任何一个人受伤。

她跑向集装箱聚居地，然而后面并没有追击她的声音，她越跑越怀疑，扭头看去，远远地，那个壮硕的男人点了支烟，叼在唇边，像是看到什么令他愉悦的事情一般，张狂地咧开嘴，笑了起来。

黑暗里，他一口白牙阴森森的，清晰无比。

他为什么不追过来？

田甜没有停下，然而只是微微一思考，她的心脏就似乎要停止跳动了——对方想要动的不是我！

田甜硬生生地停住脚步时，那中年男人对她竖了个中指，然后朝单家的大门走去。

田甜的心都要跳了出来。

回去，她肯定打不过对方，不回去，那道防御薄弱的大门，可能顷刻间就要被破开。

“你不要去碰她们！”田甜终于爆吼出来，她抓着铁棍的手不再颤抖，甚至连胸口的疼痛她也感觉不到了，“你不许！碰我！任何一个朋友！”

她像个被激怒的小狮子一样，拖着铁棍，又折了回去。

中年男人看她折回，笑容更加狰狞，双手在空中做了个抓握的动作。

田甜的瞳仁都放大了，她呼吸急促，却热血沸腾，这个死变态是想要团灭她和单柔丝一家呀！

绝对不能允许这样的事情发生！

坐在车里的柳熙来坐立不安，手机被他点开又摁黑数次。

孔毅不了解情况，有些好笑："柳总，你这是一日不见这个田小姐，如隔三百六十五个秋呀，就二十四小时未见呀，至于吗？"

这真是老树开花，不开则已，一开炙热无比呀！

柳熙来一脸焦急地看着他，叹了一口气。

倒是唐赛揣摩了柳熙来的意思，结结巴巴地解释给孔毅听："不是，之前田小姐遇到了不好的事情，柳总是怕她又遇到了……"

孔毅乐了："哪有这么大概率又让她遇上呀，她以为她是柯南啊，走哪里，死哪里？"

他笑着看柳熙来，本来是想缓解下气氛的，结果他却发现，自家总裁的额头上开始渗出豆大的汗珠。

"速度能不能再快点！"柳熙来没有回答孔毅的话，而是对司机提出要求。

唐赛的脸一白，抱着塑料袋又虚弱无比地吐了，这速度已经超越了他能承受的程度，他一路上都已经吐了两次了。

"真没这么夸张的……杀手夜里也要睡觉吧？"孔毅还想宽慰柳熙来。

柳熙来的手机却在这一瞬间响了起来，挺浪漫的铃声却在这寂静的夜里显得尖锐而戳动人的心脏。

柳熙来几乎在一瞬间就摁了接听。

"喂，喂，是田甜吗？"他紧张地问。

然而回复他的是寂静。

他扭头朝孔毅怒吼："你不要说废话，给我定位这个电话！"

他有一种很不好的预感，这种预感曾经降临过好多次，一如那个风雨交加父亲过世的早晨……

他头皮发麻，甚至不能好好说话："快点！快点呀！"

如果他足够强大，如果他足够有力量，他便不会让那些事情发生，也不会失去自己所爱的一切。

童年的阴影和此时的感觉重合了。

孔毅再也不敢乱调节气氛，三分钟之内，他回复道：“对，不错，是在单家附近。”

柳熙来绝望地闭上眼：“来不及了！”

恍惚间，他看见一双黑白分明的眸子看向自己，似是田甜的，又不似田甜的，眸子里的光彩逐渐失去，他的心在那一瞬受到了极大的冲击，他从来没有想过，一个生命会这么容易消逝……

柳熙来猛地睁开眼，心想：不对，现在还不是颓废的时候。

他一边打开地图，一边问保安大哥是否有可以抄的近路。

“不可能有近路的啦，我在那里那么……久……”保安大哥被问询着，习惯性地回答，却突然住了嘴。

因为他看见柳熙来示意司机挪了位置，自己坐了上去。

“有近路，但是很不好走，大家坐好了！”

这是一条没有修好的路，凹凸不平的，众人被颠得不能说话，感觉肺腑都要被颠出来了。

“田甜，不管怎么样，我都不会让你出事。你那么坚强，我相信你也不会这么容易就放弃！”柳熙来一边开车，一边在心里祈祷。

路越发狭窄，车子几乎是卡着进入了窄巷。

“我从来不知道咱们柳总车玩得这么溜！也太帅了！”孔毅两眼放光，小声感慨着。

唐赛吐完，抬起头来：“我更想吐了。”

孔毅露出个同情的眼神看向唐赛，伸手抚了抚唐赛的背，用一种怜悯的语气说：“哦，小可怜儿，你就该养在深闺里！”

唐赛终于没有忍住，哗一下全部吐了出来，这次不是晕车晕的，而是被孔毅给恶心的。

.2.

最可怕的事情还是发生了。

单柔丝大概是被屋外走动的脚步声给吵醒了，一脸睡意地把门给打开了。

几乎是同时，田甜就爆吼了出来：“肉丝，你快把门关上啊！”

凄惨而尖锐的声音划破了寂静的夜，然而田甜终究是慢了一步，壮硕的中年男人一把揪住单柔丝的头发，将她从屋门口给揪了出来。

单柔丝的体格从来不是娇娇弱弱的，然而在壮硕的中年男人手里，就如同一个毫无重量的破布娃娃一样，被他照着脸狠狠捶了两拳以后，颓然无力地倒下了。

田甜的心像是要被撕裂一般，她喘着粗气，拖着铁棍朝着中年男人狂奔过去。

尽管鲜血从鼻腔中流淌出来，尽管眼睛已经被揍得肿胀起来，可是单柔丝依然哭叫着阻止田甜过来："你这个蠢货，给我滚呀，你跑回来干什么，要一起死吗？你快给我滚啊！"

单柔丝像是突然来了力量，又凶猛地挣扎起来。然而一切都是徒劳的，硕大的拳头打在她的眼睛上，她有一瞬是看不清东西的。

田甜大哭着丢掉了手里的铁棍，扑打着冲了过去。

单家人听到了响动，都跑了出来。单妈妈看见满脸是血的单柔丝，瞬间吓得哭泣起来，然而下一刻，这个在逆境中生存的中年妇女，立刻意识到软弱地哭泣是不可能拯救自己的亲人的，她抓起门口废弃的铁凳子砸过去。壮硕的中年男人只是一拳就打飞了凳子，同时一脚踹在单妈妈的下巴上，将她踹飞了出去。

单柔卷的拳头就更加无力了。

"一个都不能打！"壮硕的中年男人露出狰狞的笑容，一如白天在山丘上徒手扭断狗脖子的凶残模样。

田甜扑了上去，一把抱住中年男人的胳膊，用力掰过去。

中年男人很是惊讶，咦了一声，看着自己的胳膊被田甜一点点掰开。

"你要报复的是我，不相干的人，让她们走！"田甜的胸口如同火焚一般疼痛，肋骨处的伤并未愈合。

然而这点疼痛在看到好朋友一家被袭击后，变得微不足道。

她发狂一般，整个人像只无尾熊一样缠上去。

因为吃痛，中年男人索性放开了单柔丝的头发，他发狂一样，狞笑着跟田甜对打，还问道："你是那个女生？让我弟被抓的那个？"

他一边问，一边用力握住田甜的手指。

两人力量悬殊，清脆的断骨声在夜里格外清晰，随之而来的是田甜痛极了带着哭声的尖叫声。

哪怕是这样痛苦，田甜还是想给单家人争取逃跑的机会。

被绝望笼罩着，她再也扛不住疼痛，声嘶力竭地哭喊："肉丝，你带着你妈妈姐姐快跑呀！跑啊！！"

田甜哭泣着，被壮硕的中年男人掰过手臂。然而下一刻，她泪流满面地发现中年男人不能再行动了。

原来是单家母女扑过来，抱腿的抱腿，抱手臂的抱手臂，居然没有一个人逃走。

单柔丝咬着牙，血水流淌在她的脸上，挡住了视线，但依旧咬牙切齿地怒吼：“怎么可以逃走，怎么可以丢下你一个人！”

单妈妈的下巴已经脱臼，说不出话，只能发出痛极吸气的声音，可是她也依然没有放手逃走，几乎是用尽力量吊在了中年男人的身上。

单家的大姐抱着中年男人另外一条大腿，吓得浑身哆嗦哭泣不已，却也不愿意逃走：“怎么能丢下家人逃走？！”

泪水一下子糊住了田甜的眼睛，她挣扎着，拼命扭动着，想要挣脱男人的桎梏。

中年男人笑得更大声：“我就偏不让你先死，我要折腾你的朋友，直到她们痛苦地死去！”

他用力将田甜从空中砸下来，撕心裂肺的痛从心口蔓延开来，田甜有一瞬都不能呼吸，她喘息着、颤抖着翻转过身。

黑暗在她眼前蔓延，极度的疼痛让她的眼睛都聚焦不了。

壮硕的中年男人一把抓住单柔丝抱住自己大腿的胳膊，只是轻轻一扭，单柔丝就发出撕心裂肺的叫声。

田甜站不起来，只能用力往前爬着。

中年男人甩开了单妈妈，轻而易举地踢飞了单姐姐，然后转身看向抱着胳膊痛得颤抖的单柔丝，他弯下腰，一把抓住单柔丝的头发。

“你不要碰她！”田甜急得要命，横生了一股力量，从地上踉踉跄跄地爬了起来，她扑过去，又用力拍打中年男人，她的力量也算是大的，用力掰开中年男人抓住单柔丝头发的手。

“拿开你的脏手！”田甜的眸子里像是有火在燃烧，她用尽全身力量捏住壮汉的手腕，两人用尽力量比拼。

单柔丝已经耗尽力量，颓然地趴在那里，她在心底悲鸣着：胖有什么用，禁不住两拳，真是个虚弱的胖子！！

她想要帮助田甜，然而就算她用尽力量，脱臼的胳膊也不能使出半分力气，而单妈妈早已经躺在地上张大嘴巴不能动弹，单姐姐更不能指望，被一吓一砸，直接昏了过去。

田甜的力量逐渐消逝，中年男人轻而易举地掰过她的胳膊。脱了臼的胳膊无力地垂下，田甜被他一脚踹倒在地。

“我要让你看着你在意的人在你眼前被弄残弄死！”中年男人恶意地笑着。

他没有继续对付田甜，而是再一次走向单柔丝。

单柔丝瑟瑟发抖，她第一次觉得自己是那样虚弱，那样柔弱……

然而，他走了一步便再也动不了。

他低头看去，田甜瞪着一双小鹿般的大眼，用尽全力，单手死死抱住了他的大腿："我死也不会让你伤害她们！"

中年男人狰狞地笑着，捡起刚刚田甜握着的铁棍，挥手就朝着田甜的背上打去，每一棍都似乎痛击在田甜的灵魂上。

咸腥味涌上喉头，田甜咬着唇，鲜血从唇缝溢出，她也未曾松开一会儿。

"逃……逃……逃！"田甜已经没有力气，只能对着自己的好友用最简单的字警示。

单柔丝的泪再也没有停下来。

她几乎是号哭着爬过去，灰尘粘在了她半边脸上，泪水混着尘埃，让她十分狼狈。她并没有逃跑，甚至渴望更靠近田甜一步："田甜，你松手啊，你会死啊！"

见单柔丝挪动得很快，单妈妈很绝望，却一点力气都没有，刚刚那阵扑打，引发了她的心脏病，她甚至觉得呼吸都开始不畅。

她流着眼泪，看着单柔丝一点点撑着身体爬过去，又看见自己的女儿趴在了田甜的身上，这一刻，她又骄傲又伤心。

"你打我吧，不是说，给她看到最残忍的样子吗？你留她一口气让她看着吧。"单柔丝坚强地抬起头，她现在一点都不害怕了，也不颤抖了，甚至连眼泪都收住了。

如果能为田甜拖一分钟，她觉得都是值得的。

田甜哭着无力地推单柔丝："你给我逃！逃！逃！"

她没有过多的力量，明明随时都能晕过去，可是她强撑着，怎么也不允许自己倒下。

单柔丝撑着自己身躯，整个人遮掩住了田甜，还微笑地看向田甜，眼神温柔而坚定。

"哪怕有一丝希望，都不要放弃！"

铁棍抡下来的时候，田甜发出惊恐而无助的悲鸣，她从来没有这么憎恶自己的身体，从来没有这么后悔过，为什么要让单柔丝把自己接回来。

为什么？明明可以让自己的朋友远离这些，为什么要将善良的单家人都拉下水？

铁棍打在单柔丝的背上，单柔丝一口血呛了出来。

她无力支撑自己，手臂一松，整个压在了田甜身上，她吃力地伸出手，用宽厚的手掌捂住了田甜的眼睛。

“嗯，下辈子，还做闺密！”单柔丝气若游丝，等着下一记铁棍落下。

田甜呜咽着，松开手，一边拼命翻身，想将单柔丝挡在自己的身下，一边哭泣着：“单柔丝，你怎么吃这么胖，我怎么也盖不住你呀！”

单柔丝一腔热血为朋友，正在豪情万丈等待“牺牲”，被田甜的碎碎念给惊醒，气得又呛出一口血。

“都到什么时候了，我正呕着血这么娇弱，你居然提醒我体重！”她气得咬牙切齿。

“放心，一个都不会放过！”中年男人很是享受她们的惊恐和无助，高高地抡起铁棍，就要照着两人的头盖骨敲过去。

单妈妈的心脏都要跳出来了，她无力地想：可能这就是命吧。她伸手将依然昏迷着的大女儿的手给握住了，闭上眼，在心中默念着经文。

突然，从崎岖不平的小路上颠簸来一辆车，还未靠近就将车灯打得足足的，直射中年男人的眼睛。

中年男人用提着铁棍的手掩住眼睛，低声骂了一句脏话。

车子还未停稳，车门就从里面被推开了，柳熙来像是武打巨星一般，从车上跳了下来。

他冷着脸一路狂奔。

车上所有的人都倒抽一口冷气，齐声喊道：“柳总！你小心崴脚。”

路实在不平，就像是被炮弹轰过一样。

然而柳熙来像是个动作敏捷的猎豹一般，一边跑，一边脱掉了西服，扯掉了领带。

他像是没有看到地上躺着的两个血人，一路狂奔，冲过去就抱着壮硕的中年男人撞击了出去。

一记闷响，两人一同砸向了不远处的集装箱铁壁上。中年男人动作敏捷地滑开，鲤鱼打挺般迅速站了起来。

而柳熙来又更加迅猛地冲了上去。

唐赛推着眼镜从车上下来，胆战心惊道：“柳……柳总，打得过对方吗？”

回答他的，是孔毅一阵风的速度，那衣角刮在他的脸上，让他瞬间有一种武林高手施展轻功掠过自己的感觉。

在他犹豫中，孔毅早已经冲过去，和柳熙来一同对着中年男人拳打脚踢了。

孔毅练过跆拳道，柳熙来防身术和泰拳都练习过，两人夹击对方，却依然觉得吃力。

柳熙来很生气，腾出手来，一撒手就是一沓钞票：“都给我来揍他，谁把他揍趴下，我给谁钱！年终奖一百倍！不，五百倍！打他！”

唐赛松了一口气，用手帕擦了擦额角，熟悉的味道，是柳总恢复理智的行为！

果然，重赏之下，勇夫辈出！

随后而来的车里多的是孔武有力的青年们，虽然拳法章法差了点，但是以多胜少是机智的战略。

一帮又一帮的小伙子扑了过去。

很多年后，柳氏的保安们都依然记得那个热血迸发的夜晚，他们为了“除暴安良”，使出了毕生的力量，全力殴打着这么一个又变态又壮硕的中年男人。

不出一刻钟，刚刚还精神奕奕的中年男人，被殴打得像个血人。

唐赛擦着汗跟过去，劝柳熙来：“柳总，殴打一会儿解气就算了，适度是见义勇为，过量就是恶意伤人了！”

柳熙来很愤慨地瞪了唐赛一眼，像是个音乐会的指挥一样，凌空做了个停止的手势。

“把他！送去警察局！”

他恶狠狠地瞪着中年男人。

然而下一刻，他一看到地上躺着震惊得瞪大双眼的田甜和单柔丝，立刻声音就放柔了。

“田小姐！！你不要动！你疼不疼？”柳熙来颤抖着双手奔过去，一边示意跟来的救护人员过来抬田甜，一边用满含泪光的表情安抚田甜，“没事，没事，一切都好了，以后不会有这样的事，都是我的错，我不该疏忽……”

“对不起，对不起！”他真的很内疚，一边道歉，一边内疚到偷偷擦拭自己流出的眼泪。

田甜又感动又无措，她只能抽出断掉的手指，挣扎着告诉柳熙来：“柳总，换个手握好吗，这几根被你握着的都断了。”

柳熙来被她一提醒，手足无措地转了一个圈，几乎忍受不了怒气，就要冲出去。

“柳总，你要干吗？”田甜对柳熙来的迷惑举动很不解。

柳熙来双眼含着薄泪，用力一挥拳：“我要掰断他十根指头！”

幸好唐赛拼命阻止了柳熙来，示意保安们将嫌疑人带上车。

“柳总，田甜小姐看了会不安！”唐赛这么解释。

“啊啊啊，对，先看病！以后有的是机会掰断他二十根指头。”柳熙来愤怒道。

“哪来二十根？”孔毅擦着手走过来问。

柳熙来暴怒了：“算上脚指头不就是二十根？”

孔毅无言以对。

除了田甜，其实单家人的伤势并不严重。倒是田甜，硬是拼着最后的力量死命扛着那些铁棍的袭击，一旦松懈下来，整个人就疼得昏死过去。

柳熙来一路上轻轻擦拭她的额角，只是田甜虽然昏了过去，但是疼痛感一刻也未减少，不断冒出冷汗来。

单柔丝抽抽搭搭的，不肯离开。

到了医院，单妈妈和单姐姐被助理们簇拥着去做全身检查，然而单柔丝说什么也不愿意离开一步，瘸着腿跟在一众人后面进了特护病房。

或许因为她对于田甜的维护，柳熙来难得露出温和的一面，他用极为温柔的声音对单柔丝说：“这位胖姐姐，谢谢你一直这么担心田甜。但是，你哭得小声点可以吗，刚刚给田甜注射了镇静剂和止疼剂，让她睡一会儿。”

单柔丝哭着点点头。她知道田甜得到柳熙来的照顾是不会差的，但是又不禁担心田甜醒来看不到自己会害怕。

“你要不要去休息休息，你身上也全是伤？”柳熙来压低声音劝单柔丝。

单柔丝摇摇头：“田甜醒来看不到我，会不会害怕？”

柳熙来微微一思索，斩钉截铁道：“你留这里，我去给你铺张床。放心，医疗设备少不了，你好好在她旁边休息。”

他打打响指，孔毅立刻体贴地把小到茶杯，大到柔软的床褥都给备齐整了。这就是孔毅和唐赛的不一样，唐赛是数算盘珠子的，老板不吩咐，绝对不会多做一件事。但是孔毅不一样，他永远想老板所想，这样的人，到哪里都不会令上位者生气，绝对的如鱼得水之势。

果然，柳熙来看到孔毅做的这一切，眉头舒展了一些：“你回来倒是帮了我不少，唐赛就是木木的，我经常吩咐不周全，他便缺三短四。”

孔毅转身看看门外正在皱着眉头打电话的唐赛，笑了笑：“柳总，唐赛是老实人，不用跟我比的，他对你的忠心，不少一分。”

柳熙来点点头，认真地说：“我都知道的。”

其实本来今天白天有个重大的合同要签署，这个合同之前是柳熙照在跟进，柳熙来怕熙照刚刚涉猎这些不熟悉，打算一步一跟进，看着他从报单到签署，一步一个脚印地踏实办成，然而突发了这个事情，柳熙来便无法跟进了。

柳熙来掏出手机，给柳熙照打了个电话，此时天刚蒙蒙亮，凌晨五点多，他猜

想柳熙照应该还在睡觉，然而电话只响了两声，柳熙照就接了起来，并且声音毫无睡意。

柳熙来拍了拍孔毅的肩膀，示意他看好两个伤员，自己则蹑手蹑脚地走到门口。

“哥，今天这么早？”柳熙照的声音很有朝气。

柳熙来“嗯”了一声：“今天起来这么早？”

柳熙照轻轻笑了笑：“不是今天要竞标嘛，签那么大一个合同，我得早点起来，把所有资料再过一遍，做到万无一失。”

柳熙来很开心，嘴角扬了起来：“嗯，熙照，你越来越像个大人了，做得很棒。我一直对你父亲说，你从来不比任何人差，希望他早点将你带入柳氏，他却总是担心你不够成熟。你看，现在你不是做得很好嘛。”

柳熙来突然又来了一句：“我们没有其他兄弟姐妹，以后如果我不在柳氏了，你就要更加成熟稳健，让我走得安心。”

柳熙照一下子静默了，他的心情十分复杂，他从未料到能从柳熙来口里听到退意满满的话。他咳嗽了一声，小心翼翼地接着说：“你怎么说起这个，柳氏蒸蒸日上，怎么也不是你退出的时候。是不是最近我做的事情太有自己的主见，让你不开心了？”

柳熙来这次真的笑出声了：“我希望你有更多的主见，我们柳家的孩子，都该自信满满，光芒耀眼，我们有钱，我们有貌，谁都比不上我们！我是精英，你从来也不是复制品！

“你也不需要自卑，不需要像任何人，你就是你，柳熙照呀！”

柳熙照一下愣在了那里，这些年，他以为自己掩饰得很好，自己的自卑，自己的不服，自己的刻意接近，然而柳熙来这些话一下子戳中了他的内心，他无措又慌张，笑了一声，想要找话题解释。

谁知道柳熙来根本不想再跟他培养兄弟情，匆匆忙忙地说：“好了好了，都是男人，不煽情，今天的事情就交给你了。小子，好好做，我跟你爸爸对你有信心！哎，有急事，挂了挂了！”他说完话，不等柳熙照回答，就摁下了挂断键。

他一路小跑冲进病房，一把从孔毅手里夺过蘸水的棉签：“我来我来，她嘴角伤口细细碎碎的，要润唇，也要避开这些！”原来他是扫到了孔毅站起身要给田甜润唇，便慌慌张张地冲了进来。

他一路上都在观察田甜的伤处，生怕别人碰到她。医护人员来时，他都会一遍遍地指给医护人员看那些隐藏在头发下、鼻翼里、嘴角边的细碎伤口。

孔毅有些意外，站起来，看柳熙来小心翼翼地替田甜润唇，又轻柔地帮她把碎发别在耳朵后面。

他只是听说柳总对田甜小姐细心爱护，他本来以为柳总只是三分热度，然而现在看来，柳总的爱意，是长久而坚定的，因为他从柳总的眼神里看到了一种坚定，这种坚定是每次柳总看到赚回钞票时的那种坚定神色。

“柳总，你很爱田甜小姐吗？怎么个爱法？”柳熙来做好一切，出来倒水时，孔毅突然问道。

柳熙来顿了顿，然后思考了一下，回答孔毅：“比爱钞票还爱，没有钞票会死，但是为了她，可以不要钞票！”

“懂？”他回头看向目瞪口呆的孔毅。

“你不会懂！”柳熙来挑了挑眉头，看向病房内的田甜，露出个淡淡的笑容。

孔毅呆若木鸡，茫然地朝柳熙来点了点头。那样的爱，岂不是比爱生命还深？柳总是怎么做到的，能够一见钟情，并且爱意满满深而绵久地爱一只惊恐的土拨鼠这么久？！

.3.

柳熙照手插着口袋，从沙发里站起身来，走到窗边，久久凝视窗外。

今日雨转晴，接近凌晨的时候下了一场大雨，虽然此时收了雨势，但是天还阴沉着。

他久久凝视着这阴郁的天空，脑海里都是柳熙来刚刚在电话里面说的话，他的心很乱，不知道怎么阐述这种感觉。

柳熙照有些啼笑皆非，被柳熙来这么淡淡一夸，他居然有一种鼻子酸涩，眼睛酸胀的感觉。

“呵，想要感动到哭？矫情！都在想什么呢？对方可是可恶的柳熙来！”柳熙照突然像是顿悟了一样，醒转过来，从裤子口袋里，把手掏了出来，深深地由下至上，又由上至下，狠狠摩擦了好几遍自己的脸。

而后，柳熙照深深呼出一口气，转眼看向了茶几上放置的零零落落的资料，做了个握拳的姿势。

柳熙照压下心中莫名其妙的情绪，把资料一个一个捡起来，认真地又看了一遍，在自己刚刚没有注意的地方，又标出许多需要注意的地方。

九点一刻，柳熙照如约走向竞标的酒店，远远地看见唐赛提着公文包站在酒店大门边，他朝着唐赛招了招手。

唐赛一路小碎步快乐地朝柳熙照奔来，今天早晨他以为同以往一样，又要在医院像个护工一样帮老板守护田小姐，哪知道老板让他回来好好帮助柳熙照来竞标。

“唐赛，你去帮帮柳熙照吧，最近的几单大合同都是他签下的，完成度很高，但是合同里都有不同的漏洞，事后我虽然都私下去签补了补充协议，但是对于一个领导人来说，这些都是致命的，你去教会他滴水不漏！”柳熙来是这么同唐赛说的。

唐赛还记得当时柳总一脸欣慰的样子。

“熙照他很聪明，也很勤奋，可惜少了让他锻炼的机会，如果他慢慢适应下来，能够胜任柳氏集团的领导者，对柳氏对我，都是一个极好的未来。”

彼时唐赛一副并不是很聪明的样子，耿直地问道：“柳总，我以为你不喜欢他，把他当作竞争对手的！”

孔毅的眼睛都眨抽筋了，唐赛也当作看不到。

柳熙来笑了笑：“你得懂如何激励一个人！他的叛逆期比别人来得晚，就不能好好跟他说话，我不喜欢他，因为他看起来像个无法前进的困兽，我们柳家人不该这样。而且，谁都不可能是我柳熙来的竞争对手，他们都……差远了。”

当然最后一句，唐赛选择自动无视了，他家总裁是几十年如一日的自恋，这点他是知道的。

唐赛走的时候，柳熙来勾勾手指头，又把他叫回去了：“今日权限可以提高点，如果超过预期，也尽力让他成功。”

唐赛点头道：“因为这单对柳氏很重要，我懂！”

柳熙来伸出指头，摇了摇：“不不不，只是因为自信无价，我柳氏那么有钱，如果那么庸俗的东西能够买来自信，就是值得的，去吧！”

所以这次唐赛跟进的时候，就跟在柳熙照的后面反复强调：“柳总说，咱们可以砸钱把这标拿下，柳氏不缺钱！”

果然简单粗暴呢！柳熙照冷哼了一声，扭头看跟在后面一脸认真的唐赛，对他说道：“别学熙来那种天底下砸钱就完美的个性，你得用实力拿下，而不是钱！”

柳熙照所不知道的是，其实就在一小时前，柳熙来已经好好关照了几个负责人，这次竞标可以说是铁板上钉钉的事情。

他也不知道，所谓的实力还需要多年的喂养和雷霆一砸。

所以，当他得意扬扬拿下这一标，打电话给柳熙来的时候，柳熙来只是很波澜不惊地“嗯”了一声：“棒棒棒，熙照，你不错的！”

说完，他就挂了电话。

柳熙来正在给昏迷的田甜翻身，根本没有更多的精力回复柳熙照。

柳熙照听见手机里的忙音，如同被一盆冷水泼面：我在做什么？怎么如同一个得了一百分的小学生在跟家长炫耀呢？

太丢人了！

过了两分钟，柳熙来给田甜翻了身，又补发了一条短信。

柳熙照点开一看，顿时气得差点砸了手机。

上面写着：“让唐赛给你取点钱，想买啥就买买买！”

真庸俗！这个人怎么总是用金钱来羞辱他！

他气得不行，唐赛过来疑惑地看着他时，他气得一跺脚，骂了一句：“讨厌！！！”而后扭头就走！

唐赛惊呆了，完全摸不着头脑。同样前来竞标的闻羡从后面走过来，阻止了唐赛要追上去的举动，还朝唐赛笑了笑。

“你去帮帮熙来吧，我听说他的朋友遭遇了危险，正在医院。”阳光从台阶上照射下来，闻羡整个人笼罩在阳光里，她今日穿了一件纯白的雪纺褶皱连衣裙，长发披散下来，她沐浴在阳光里，纯净得像个天使。

她的笑容不知道怎么的有点失落。

唐赛谢了她一声，转头就往医院走去。

他一边走，一边回头看。

闻羡很快就追上了柳熙照，柳熙照居然一改刚刚暴怒的样子，开心地笑了起来。

真是个年轻的男孩，唐赛在心里鄙视道：我家总裁就从来不会这么幼稚，为了女孩子一句话而笑得这么傻。

为总裁加了迷弟滤镜的唐赛，大概忘记了柳熙来看见田甜时笑的傻样！

如果没有闻羡，大概柳熙照要生气一天，但是有了闻羡的那声“嗨”，他觉得天气都明媚起来了。

一个字，足以让他笑得春暖花开。

闻羡于他就如同天边的太阳，是能够照射进他心房的人。

“看你似乎不开心，不是竞标成功了吗，怎么还这么暴躁？”闻羡将手放在柳熙照的肩膀上。

手心传来的温度，让柳熙照肩膀处的肌肤都起了鸡皮疙瘩。

他结结巴巴地说：“因为，我很不满意柳熙来的态度！”

闻羡“噗”一下笑出来：“他做事太任性，你做事太认真，怎么就不中和一下？别生气了，走吧，我请你吃午饭，庆祝你拿下这么大的项目。”

她当柳熙照是个小弟弟，搂着他的胳膊，指着不远处一家新开的饭店。

柳熙照被她轻轻一挽胳膊，心都醉了，哪里还看得清路。

两人入了座，点了些吃的。

闻羡饮了一口水，抬头看柳熙照：“你长大了，越来越稳重了。”这像是长辈的口吻，让柳熙照很不开心。

柳熙照用刀戳了戳端上来的沙拉，把一块哈密瓜切得稀烂。

“你从来不愿意多看我一眼，我本来很早之前就很稳重了。”他十分不服气。

“行行行，小照最稳重。”闻羡忍不住隔着半个桌子揉了揉柳熙照的头发。他今天打了发蜡，头发梳理得一丝不苟的，闻羡揉了满手发蜡，嫌弃地哼了一声。

柳熙照愣了愣，对着闻羡举了个手指：“等我，两分钟。”

他拔腿就走，在饭店的卫生间，用凉水将满头的发蜡洗去，冰凉的水让他哆嗦了一下。

而后，他脱下外面的西装，用西服随意擦了擦头发，扯乱了里面的衬衣，半耷拉着领带走了出来。

柳熙照走到闻羡面前，伸头过去：“可以了！”

闻羡大笑着，伸手打了一下他湿漉漉的头：“神经病啊！这么冷的天你干吗要用凉水冲头发？”

“不喜欢你触碰我的时候有任何障碍！”柳熙照突然抬头认真地看闻羡。

闻羡被他看得十分不自在，咳嗽了一声，恰巧红丝绒蛋糕送来了，她立刻转移了话题：“熙照，看，给你点的甜点上来了！”

柳熙照目光复杂地看着那个红丝绒蛋糕，许久以后，他笑了笑：“其实我不喜欢吃甜食，一点都不，喜欢吃红丝绒蛋糕的是柳熙来。你看他喜欢吃，每次都会替他点上这个，又怕漏下我，也就随手替我点上一份了。久而久之，你便以为我也喜欢吃，是不是？”

闻羡的笑容僵在脸上。

她默默将自己的三明治同柳熙照的红丝绒蛋糕调换过来，向柳熙照道歉：“对不起，小照，是我疏忽了，我原来以为小朋友都喜欢甜点的。”

柳熙照一把握住她的手，有些激动地说：“闻羡，我要的不是道歉，我要的是你的重视。我不是小朋友，不再是小朋友！”

闻羡看向柳熙照同心底那个人极为相似的脸庞，有一瞬的愣怔。

她反应过来，立刻缩回了手：“好啦，好啦，不要生气啦！我早就知道啦！知道我们的熙照不是小朋友了。对了，你哥哥的朋友受伤了？”她生硬地转移了话题。

柳熙照笑了笑，像是要戳中她脆弱的内心一般，告诉她：“对，那是我大哥人生的五月末，春风一阵，他春心动了。”

闻羡捏着三明治的手顿了顿，然而下一刻，她还是装作若无其事地将三明治送进口里，她咬下一块，似乎里面的酱料和原料都发苦。

她在心里想：这是什么三明治，是加了苦瓜吗？

她头脑挺混乱的，其实早就有人告诉过她，柳熙来似乎有了心动的女生，还是个平平无奇的小女生，她以为是柳熙来难得的善心在作怪。

此时从柳熙照的嘴里说出这么残忍的话，她的心疼得就像是被钝钝的刀反复切割着。

“怎么，你不开心啊？”柳熙照看向闻羡，他有点报复的心理，一直以来，他不就是这样被闻羡在反复切割着心吗？

然而他一抬眼，看见闻羡眼里的茫然之色和极度失魂落魄的模样，他又后悔了。

其实戳伤她，跟戳伤自己有什么两样？

他叹了一口气，违心地递过去餐巾纸：“或许，是大哥在日行一善呢？他没有理由看上那么普通的穷人！他一直自诩的不就是能够无穷无尽花掉金钱的能力吗？”

闻羡镇定了一下，露出个十分勉强的笑容：“但是，能够令他这么重视的女孩子不多呀。”

她放下三明治，对柳熙照说：“阿照，你带我去看看……看看他在乎的那个女孩子吧，我想看看她是什么样的，到底……优秀在哪里？”

柳熙照在心里愤怒地吐槽：她哪有你优秀，柳熙来那是瞎了眼呀！

然而他看见闻羡一双带着痛苦和期待的眼睛，还是没有忍心拒绝她。

“好的，等你吃完饭，我就带你去。”柳熙照想扇自己两个嘴巴，但是他还是决定带着闻羡面对现实。

有的时候，人是不能够逃避的，早点让她看到柳熙来那个痴情的模样不也挺好的吗？

不知道为何，明明有利于他的形势，他却在心里暗暗压抑到呼吸不过来。

闻羡哪有心情吃饭，她又饮了几口饮料，有些勉强地笑了笑：“我好了，等阿照你吃完，我们就过去吧。你说今天我打扮得好看吗？穿这衣服去探视病人合适吗？我要不要待会儿顺道买一套郑重的？耳环还合适吗？”

“没人会关注这些，柳熙来的注意力在田甜小姐身上！”柳熙照实在忍不住了，怒吼出来，让闻羡停止了神经质般没有自信的质问。

她就没有必要跟那个乡巴佬对比好吗？

为什么要自降身价，这样局促不安？！

她就是一个天使好吗？

柳熙照一把抓住闻羡的手，将她扯了起来。

“闻羡，就算柳熙来喜欢其他女生，也绝对不会是因为你比别人差！”

闻言，闻羡的眼中开始泛起薄薄的泪光。

“那只是因为他瞎！”柳熙照气得不知道在说什么，胸脯剧烈地起伏着。

去医院的路上，闻羡一直头靠着车窗上，抠着手指头，不知道在想什么。

她在不安！柳熙照从后视镜看到她抠着指甲的手，忍不住长长地叹了一口气。

田甜很困又很累，身上的伤口那么疼，她一直睡到了下午时分。夕阳的余晖透过窗户照射在她的病床上，将她虚弱而苍白的脸照得有些暖色，嘴唇也有了一丝红润。

柳熙来并没有坐在她的床边，他想起之前自己可能热情过度吓到了田甜，这次他很有礼貌地保持了距离，没有事情的时候，他大多是抱着臂站在窗口的。

单柔丝因为腿和手臂都有伤，半躺着坐在那里。

在过去的一段时间里，柳熙来并没有疏忽对她的照顾，甚至为了怕她破损的伤口留有疤痕，还吩咐孔毅不要上黑鱼汤。

单柔丝有些不解地问：“谢谢柳总，我知道你对田甜很关照，但是为什么对我……也……”

柳熙来有点疲惫，他好久没睡了，听到单柔丝这么问，笑了笑，这个笑容化解了他不说话时，周身的冰冷感。

“你是田甜的朋友，也是她用生命保护的人，你在她心里一定跟家人一样重要，我尊重她，更尊重她的家人和朋友。”他说得轻描淡写的。

单柔丝有一瞬的愣神，她也听过田甜形容柳熙来，田甜大概也是复杂困惑的，对柳熙来更多的印象停留在田甜抗议柳氏化工厂创建，停留在柳熙来逗田甜玩乐上面，可是此时，单柔丝却从柳熙来淡淡的语气里听到了真诚。

他是真的喜欢田甜？

“田甜，她没有什么安全感，她不喜欢有钱的人！”单柔丝鼓足勇气说了一连串结结巴巴的话，而后埋下头，把送来的排骨汤喝得咕咚咕咚响。

柳熙来却向她轻轻道了声谢。

下午五点的阳光中，田甜挣扎着逐渐睁开眼，一旦从睡梦中醒来，她就感觉到了浑身的疼痛。也不知道是不是她身体素质好，医生检查以后，发现她身上的伤虽然看起来可怕，但是肺腑没有受到任何损伤，养好那些看起来很可怕的皮外伤就可以了。

单柔丝迷迷糊糊，就看见柳熙来像一阵风一样从窗口蹿了过去。

他惊喜地大叫："田甜，你终于醒了啊。"

田甜痛苦地低哼了一声，咬着牙，要坐起来。

柳熙来熟门熟路地拿过一个枕头给她垫在了腰后。这个枕头是他特意让孔毅去赶着买回来的，能随着人的体形改变凹陷程度，据说比一般的枕头都柔软。

田甜果然觉得腰部舒服一点了。

她有些不好意思地看向柳熙来。

两人对视，竟然都不知道要说什么。

而后，两人异口同声道："对不起！"

田甜愣住了。

"柳总，你不必向我道歉，你为我做得太多了，是我不好，任性地离开你的安保范围，还连累了肉丝。"她眼睛看向单柔丝，发现后者在泪流满面地摇头。

"肉丝，怎么了，你很疼吗？"她有点慌。

单柔丝摇摇头："不是，我今天才知道，你对我有多好。"单柔丝一想起田甜拼命抱住凶徒的大腿，让她走的样子，就心酸。

"不要哭啦，你哭起来太丑了，笑一笑。"田甜露出个笑容，虽然脸上伤痕累累，可是笑容温暖可爱。

柳熙来很不开心，他和田甜的话题，就这么被隔壁床的小胖妹给轻易夺走了。

他打了个响指，孔毅从隔壁飞奔而至。

这点柳熙来是满意的，最起码孔毅的灵泛是唐赛所没有的。

"柳总，什么事？"孔毅一进来，就看见单柔丝和田甜忍痛互相安抚的情景，又看到像是个多余的人一般存在的柳总，顿时知道了问题所在。

"啊！单小姐，单妈妈醒来看不到你，又不听解释，一直闹着要见你！她以为你伤得很重，要进 VIP 室观察！"其实单妈妈的忧虑，孔毅早就安抚好了，但是此时为了柳总的需要，回锅肉他都给柳总给炒回来。

果然，单柔丝一听到妈妈不安，就停止了和田甜的交流。

"嗯，单……柔丝，对吧，你看，田甜她醒了，又被你成功地安抚了，不再有不安，你是不是要去看看单阿姨的情况？"柳熙来果然领悟到了孔毅一番话的精髓，一下子戳中了单柔丝。

单柔丝不好意思地对田甜笑了笑，被孔毅架着坐上了轮椅，推到了楼下的高档

病房。

田甜看着单柔丝出了 VIP 病房，轻轻叹了一口气。

等她回过神来，发现柳熙来正在用勺子轻轻地把煮熟的苹果弄成泥。

“这是？”她有些不好意思，这种吃法，是婴儿吃法吧？

“你的牙有些受伤，吃东西估计会酸疼，我炖了苹果泥，给你吃点，据说苹果泥的营养也是很好的，离吃饭还有点时间，先吃点水果。”他弄好苹果泥，拖了张板凳，熟练地用消毒纸巾擦了擦手，拿起勺子送到田甜嘴边。

田甜不好意思地咽下一口。

见她想要伸手接，柳熙来有些固执地把碗举得高过田甜头顶。

“你必须静养，这次不要任性了。”他其实不想说得这么不客气，但是他又想到，一味的宽容和随和，田甜未必能够感觉到他的个人魅力，所以他这次强硬了些。

果然，听到“任性”两个字，田甜的眼中露出一种愧疚而自责的神色。

柳熙来的心软了，但是他强迫自己把妥协温柔的话给吞回去了。他再次将勺子送到田甜的嘴边，说道：“吃掉它们，晚间的营养餐也绝对不会好吃，你得坚强一段时间了。”

田甜这次没有坚持，乖乖地一勺子一勺子地吞下了柳熙来递过来的苹果泥。

田甜吃完一个苹果后，柳熙来忍不住露出个笑容，还伸手揉了揉田甜的头。田甜细黄的头发揉在他掌心，柔软细碎，十分舒服。

“真勇敢，牙疼不疼？”他问田甜，手像是在撸猫一样依然放在她头上揉啊揉。

田甜的脸一下子就红了，她真的从柳熙来的眼神里看到了宠爱两个字，其实之前她一直劝告自己，柳熙来只是恶作剧或者日行一善地对待自己。

日子久了，她态度摆正了，对方就会失去玩乐的兴趣，离自己远远的了。毕竟自己不是貌美如花的大小姐，也不是性格温柔的小天使。

她咳嗽一声，刚想回答，顺便让柳熙来的手放下来。

突然哐当一声，门口有重物砸地的声音，这一下把柳熙来和田甜的注意力都吸引过去了。

门口站着一个十分漂亮优雅的女孩子，穿着雪纺的裙子，头发柔顺，五官精致，像个惊呆的小仙女一样，哦，因为此时对方的嘴张得像个“O”字形。

“你……你……好！我是来探望你的！”小仙女闻羡恢复了优雅，勉强笑了笑，从地上捡起了那个精致的果篮。

这个果篮应该很贵吧，因为它居然不是竹子编的，底座是铜制的果碟形状，有一种复古的欧美风。

“路……路上买的，没多贵，一两千，来得突然……”闻羡看见柳熙来也看着果篮，有点不淡定地解释。

柳熙来突然就笑了起来：“没事，钱都是小事儿。你们怎么都来了，来看田甜吗？”

他从没介绍过田甜，这熟悉得跟一家人的语气，让两边的人顿时都感觉微妙了起来，气氛一度很尴尬！

三人面面相觑，都露出了尴尬的笑容。

为了打破尴尬，田甜挣扎地立起身，努力忍住脸上的疼痛，朝闻羡笑了笑：“谢谢，你们……你们里面坐吧。”

就算是来了客人，柳熙来的手依然没有放下，他甚至还又揉了两把，才放下来。

闻羡向外看了看，发现柳熙照并不愿意进来，只是靠着走廊的窗口，眼睛朝远处看去，一副不愿意回头的样子。

闻羡知道他不喜欢看到自己进去面对柳熙来的样子，所以她定了定神，走了进去。她的视线越过柳熙来，终于看到了传说中的惊恐的“小鹿”。

田甜真的算不上很漂亮的女孩，此刻坐在病床上，头发被剃得有一块没一块，遍体伤痕累累的田甜更算不上美女。

唯一出彩的可能就是那双大大的眼睛了，眼白带着点淡淡的青底，眸子灼灼的带着华彩，然而除此以外，她的整张脸都布满了伤，肿成一片，看起来滑稽可笑又可怜。

闻羡怕自己的打量让田甜尴尬，自然地掉转了眼神，将果篮递给柳熙来。

柳熙来很自然地接了过去，拍了拍床边，示意闻羡坐下。

闻羡想了想，还是在田甜对面的病床上坐下了。

“她是我爸老友家的小姑娘，我一直当她是小妹妹的。她叫闻羡，我们都叫她闻闻或者小羡，你可以叫她小羡姐姐！”柳熙来朝着田甜笑了笑，耐心地解释给田甜听。

田甜点点头，乖顺地打招呼：“你好，闻小姐。”

闻羡的心里五味杂陈，她少女时期，曾经跟着柳熙来出入饭厅，那时柳熙来从来不曾交代她的身份，似乎从来不怕别人误会她跟他的关系。

她就算有时在柳熙来相亲对象面前撒娇或是提要求，柳熙来也只是默默顺从，好几次相亲对象都甩椅而去。

闻羡不是无理取闹的人，因为她知道柳熙来厌恶这样的相亲场面，总是恰到好

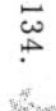

处假装任性来帮他解决这些。

有一次，柳熙来相亲的对象特别漂亮，刚一坐下，闻羡就看见柳熙来一反常态换了个坐姿，她以为柳熙来是来了感觉。

闻羡有些不快地问他：“这次我要撤退吗？”

柳熙来很奇怪地看她一眼，说道：“干吗撤退？叔叔安排的饭厅都很不错的，吃完了再走吧。”

闻羡当时很在意地直指他的不自在，柳熙来忍不住同她耳语：“这是借我们柳氏大笔周转金的金鹏财务公司家的大小姐，我不知道叔叔安排她来做什么，我得提高警惕，防止被下套追不回那钱。”

原来他的戒备、他的警惕、他的在意，都是为了钱。

闻羡当时觉得好笑又惆怅，她出神地看向柳熙来，觉得柳熙来可能这辈子都不会开窍了，他的世界是不是不会有爱情两个字了。但是她却愿意等，她坚信总有这么一天，他会突然开窍，发现她对他的感情。

然而，此时此刻，他的小心翼翼，他的微妙小心思，他的避嫌，却全是为了田甜。

闻羡的舌根处都泛起一阵苦涩。

然而闻羡从来都是善良的，虽然心里酸楚，但是她看见田甜的伤，还是泛起了同情心。

“伤得这么重，一定很疼吧。”闻羡很同情地问。

田甜点点头，笑了笑：“有打麻药的，不过麻醉过了的时候，特别疼，也没有办法，都是生活赋予的，要学会苦中作乐。”

闻羡叹了口气，站起身来，伸手替田甜把一绺沾着医药胶带的头发给理了理，而后她从手腕上褪下一个精巧的小玉牌，拉过田甜的手，给田甜戴上去了：“这是我小时候求的平安符，庙里的大师帮我刻了玉牌开了光，我就一直戴着的，之后我便一直过得很顺遂，想一想，也应该是玉牌的功劳，现在，我把它送给你，让它带你走出霉运。”

“这怎么行？闻小姐，这不行！”田甜大吃一惊，马上拒绝。她看向柳熙来，求救的意味十足。

闻羡温柔地笑着，看向柳熙来：“你知道的，我小时候经常磕磕碰碰，还遇到过绑架，戴了玉牌以后，几乎顺遂至今。”

柳熙来有些动容，他知道闻羡对自己一直很好，像个小妹妹一样依赖着自己，但是没有想到闻羡对自己的好，这样深刻和慷慨。这块玉牌他当然知道，闻羡自小就八字轻，没少遇到霉事儿，长辈们为了让她避灾，去有名的九运山向人称活菩萨的江大师求了这玉牌。

玉牌雕刻得小小的，只有指甲盖大小，上面刻着平安二字。说起来也奇怪，闻羡戴了玉牌以后，再也没有遇到过那些磕磕碰碰的事情。

这些事，柳熙来都是知道的，因为懂玉牌的价值，所以他懂闻羡的心意。

“闻羡，这不可以，这几乎是你的护身符了。”柳熙来拒绝，并且伸手，想要把玉牌从田甜手腕上取下来。

“熙来！如果你在乎我的感受，不想令我尴尬，就不要取下来了！”闻羡阻止了他。

柳熙来看向闻羡。

闻羡漂亮的眼睛里已经有了些泪意，但是她倔强地把眼泪又憋回去了。

“大哥，我也想把最好的都给予你……和你的朋友。”她说完这句话，朝着田甜笑了笑，道了别，垂头走了出去。

闻羡来得突然，走得又突兀，田甜举着手，手腕间的玉牌随着动作晃动着，她同柳熙来面面相觑。

许久之后，柳熙来轻轻叹了口气，压下田甜举着的手，对她放柔声音说：“好好戴着吧，不要辜负闻羡的心意。”

田甜有些尴尬：“但是这个玉牌似乎对她来说很重要啊。”

柳熙来点点头：“所以，你更要好好戴着，你最近的确比较倒霉，戴着驱驱霉气吧。”

田甜张了张嘴，又闭上了，因为她突然觉得柳熙来说得很对，最近自己的霉运似乎无限扩大，无论走到哪里都会遇到事情。

柳熙来看她的样子以为她在内疚，大手一挥，安抚道：“多大的事啊，不就是玉牌嘛，明天我就砸钱让那个什么江大师给你跟闻羡刻上十几个玉牌，咱们挂一身，从头到脚，别说驱除霉运，咱们连求财都一并刻了，搞个福禄寿三齐。别担心了，咱们不缺钱，咱们有的是钱，能够办妥一切！”

田甜彻底无言了，这种散发着铜臭味的语气，也只有柳熙来才能说得这么理所当然，理直气壮了！

.4.

见闻羡垂头丧气地出来，柳熙照走过去，一把将她的肩膀搂住，笑着晃了晃她：“我们的小天使，为什么失去了笑容？是因为送温暖送得很不开心吗？”

闻羡被他一打岔，忍不住脸上带了点笑意。

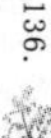

“说真的，我挺不喜欢你这种不振作的样子。闻羡，你知道吧，我最喜欢看你笑着的样子，每次我心情不好，你对我笑一笑，我就觉得还有努力的欲望，还有振作的希望。”柳熙照认真地说道。

闻羡故作惊讶地瞪大眼睛：“呀，小照对我有这么高的评价呀！”

柳熙照笑着点点头：“对对对，你就是我人生的方向标。”

闻羡终于被他逗得露出笑容，她长长地叹了一口气：“其实田小姐也真的挺可怜的，你没有看到她，她浑身上下没有一处不是伤痕遍布的，也不知道怎么就那么倒霉，接连遇到这种事情。”

说话间，闻羡扬起手，将滑落的刘海给别在耳后。

柳熙照一把抓住她的手，皱眉问道：“你手腕上的护身玉牌呢？”

闻羡耸耸肩，一摊手。

柳熙照生气了：“所以你看她倒霉，就把自己护身的玉牌都送出去了是吧？你是真的白痴吧，那东西对你多重要，你心里不会没数吧？”

闻羡笑了笑：“我都顺遂这么多年了，那些不好的早就在幼年被驱除了。”

说话间，她笑着扭头去看柳熙照，却没有发现一辆汽车悄声无息地自转弯处加速滑过来。

柳熙照慌忙扑过去一把将闻羡推开，那汽车带着风，朝着闻羡刚刚站着的地方冲了过去，竟然刹不住车，砰的一下撞在了路灯柱上。坐在副驾驶座的妇女从车窗里被撞飞出来，跌落在闻羡旁边，血流满面，昏死过去。

闻羡吓得不行，她之前被柳熙照推得跌倒在地上后，汽车从她面前失控地直冲而去，她就已经吓得浑身瘫软了。此刻，看到血流满面的妇女，她哆嗦着用手撑地，想要远离这些，却发现小臂怎么也动弹不了了。

“闻羡，你要不要紧？！”柳熙照的胳膊被汽车剐到，破了好大一块皮，血淋淋的，但是此刻他一点都不在乎自己手臂上的伤口，直接扑过来看闻羡。

闻羡惊魂未定，将头埋进了柳熙照的怀里。

柳熙照抱着颤抖不已的闻羡，一下子心中的怒火就更甚了：“你送走了玉牌，是不是自己就会倒霉？你看看！是不是？”

闻羡哆嗦不已，许久以后才在柳熙照的怀里闷闷地回答：“不是！”

柳熙照长长地叹了一口气，一咬牙将闻羡给抱了起来：“你就嘴巴厉害，就知道对着我凶，你看看你在柳熙来面前，就成了割肉喂虎的活菩萨！”

闻羡破涕而笑：“什么活菩萨，这名号太捧杀了。”

柳熙照打了电话给唐赛。不多时，唐赛开着车赶过来。他看见柳熙照手臂在流血，闻羡一副惊吓过度的样子，不禁吓了一跳：“这是怎么了？”

柳熙照翻了个白眼：“你家柳总要讨好小田甜，接受了闻羡的护身符，搞得闻羡这么狼狈。”

闻羡很生气，“啪”的一下打在柳熙照的身上：“你这个臭弟弟，胡说八道。唐助理，别听他的，我们是遇到了车祸。”

柳熙照冷哼了一声，很不开心地将闻羡小心翼翼地放在了后座上，替她系好了安全带，然后示意唐赛送她回去。

“可是，小柳总，你不用我送吗？”唐赛探出个头，问柳熙照。

柳熙照眯了眯眼睛，卷起袖子，看了看自己的伤口，不在意地笑了笑：“我呀，还有点事要做。”

唐赛觉得气氛很不对，识趣地缩回头，乖乖发动了汽车送闻羡回去。

柳熙照并没有回去，而是去了田甜所在的私立医院。他站在医院门口，打了个电话给柳熙来。

电话里，柳熙照的口气很是不客气。

“你出来一下。

“让你的助理看着她，你给我出来。”

五分钟后，柳熙照看见从楼梯上下来的柳熙来，冲上去就是一拳。

柳熙来灵敏地躲了过去，冷静地看着柳熙照因为用力过猛，整个人砸不中目标扑倒在地的样子。

“你什么毛病，见面就挥拳？”柳熙来很不耐烦，因为田甜的晚饭时间要到了，他并不觉得孔毅能够喂好田甜。

柳熙照气得指着柳熙来的鼻子吼道：“你知道闻羡没了玉牌，差点发生车祸吗？”

柳熙来大吃一惊：“怎么回事？”

柳熙照气得不行，一巴掌拍在柳熙来的身上。

这下柳熙来没有躲避，问道：“闻羡要不要紧？她现在在哪里？”

柳熙来十分紧张，闻羡是他最疼爱的小妹妹，从小到大，闻羡跟在他的身后，像个小跟屁虫一样，说起来，兄妹情深胜过这个真弟弟柳熙照。

“她没事，就是胳膊扭伤了，我让唐赛送她回去了。”柳熙照看见柳熙来认真急切的表情，心里微微好受点。

旋即，他又指着柳熙来，命令道：“你给我上去，把闻羡的玉牌给我摘下来，把它还给闻羡！”

“这不可能啊，田甜已经戴上了，而且是闻羡亲手摘给田甜的，我上去摘回来，闻羡会难受的。”柳熙来摇头道。

柳熙照爆出一句脏话，下一刻又朝着柳熙来扑过去，两人扭打成了一团。

柳熙来练过拳脚，柳熙照也练过，不过柳熙照的拳脚功夫远远不及他兄长的，不多时，柳熙照就被压着胳膊躺在地上了。

“我劝你别冲动！我们柳家都是精英，怎么能有你这么冲动的崽？”柳熙来很生气，他忘记了自己看到田甜被打，嚷着要掰断人家二十根指头的事情。

柳熙来把手机递给柳熙照，示意他看短信。

短信上写着：“江大师已经同意再刻玉牌二十枚，确定了闻小姐和田小姐的生辰八字，绝对万无一失。”

“闻羡给了田甜玉牌以后，我就找人去请啦，重新请啦！从手牌到脖子上的，从腰到脚上的，我都请啦，足够挂一身！”

柳熙照不服：“你胡说，江大师闭关，很少再雕刻玉牌！”

柳熙来呵呵笑了一声：“我说要给他翻新佛庙和住宅，他就出关了，还主动要求雕刻玉牌……并且刻了全套！”

柳熙照气得不行，呸了一口，从柳熙来的手里挣脱出来，头也不回地走了。

孔毅从上面下来，匆匆跑过来，看见柳熙来歪掉的领带，问道：“柳总，要不要……跟熙照好好聊聊，你……”他其实想问柳熙来，要不要解释清楚，其实不管是柳熙照还是闻羡，柳总都一直放在心上。

“聊什么，我懒得管这些，跟挣钱没有关系的事情，我懒得管！”柳熙来也很生气，他掉头就往医院里走。

走了一半，他停住脚步：“弄点跌打损伤的药，让唐赛待会儿带给柳熙照，他胳膊在流血。”

孔毅应答了一声，忍不住想笑。

其实嘛，柳总从来也不是冷心的人，虽然嘴上说着不管不顾，可是多少次了，他跟唐赛家里一旦有什么事，第一笔款永远是柳熙来送来的。

柳熙来细心关心着周遭每个人，却又装成一副臭脸的样子。

等到孔毅再次回到楼上，柳熙来已经抖擞精神，在一勺子一勺子地喂田甜米饭。见田甜有些不好意思，柳熙来就转移她的注意力，谈起田甜爸爸的事情。

因为用对了药，调理得又不错，田甜爸爸的身体竟然一天好过一天，本来这几日要出院的，但田甜又出了事，柳熙来就只好又找了借口，把田甜爸爸硬留了半个月。

“我觉得他要是看到你这个样子会崩溃，所以自作主张，开了半个月理疗调养的补品，顺带把他的身体也调一调吧。”柳熙来送了一勺子饭进田甜的嘴里。

田甜感动得不行，含着饭半天说不出话。

“柳总，我真的……真的很感激你！”她哽咽着。

“你真是个好人！”她由衷地道谢。

柳熙来的脸都绿了，他认真地纠正田甜：“把最后一句话收回去，我从来都不是好人！”

喂完了饭，柳熙来坐在VIP病房里的沙发上看公文，田甜半躺着看向窗外。整个病房静悄悄的，孔毅站在门口微微笑了笑，悄声无息地退了出去。

柳总真的是个好人，如果田甜不是从小受妈妈出事的影响，也许她会有更多的视角看待财富。

田妈妈出殡的那天，田甜跟父亲给母亲梳理头发，发现母亲的后脑勺有着重击的伤痕。

那时，警察说：“她过度劳累，旧疾发作，倒在地上的时候，后脑勺着地……”

田甜不懂，她看见母亲的手指攥得紧紧的，她伸手去摸母亲的手，不知道怎么的，她总觉得母亲这样攥着手，很不舒服。

她用小手一遍遍地去摸母亲的拳头，然而奇迹般地，母亲的手慢慢打开了，母亲掌心里攥着的是一片小小的黄翡碎片，雕刻的似乎是一片叶子的尖端。

“爸爸，你看，这是什么？”她举着碎片问爸爸，打断了正在争论的声音。

所有人的视线都看向她手里。

田泽颤抖着手，从田甜手里取过那一片小小的黄翡，问警察：“这能算证据吗？”

算证据？

这事当然不了了之，黄翡也作为证物被警局收走了。

“富人就是吃人不吐骨头的怪兽！”

母亲遗体火化那天，来了工厂的领导人，呼啦啦一群，所有人都富有同情心地问候他们父女，然而在他们走后，父亲抱着田甜，突然流着泪咬牙切齿。

“田甜啊，你看清楚了吗，这些都可能是杀害你母亲的凶手呀！”田泽无力调查这件事，他的身体不允许，他也没有时间去纠结。

他只能在背后狠狠地用言语发泄着。

富人都如洪水猛兽，田甜幼小的心里，被种下了仇富的种子。

可是，富人真的如同洪水猛兽吗？田甜的内心纠结着，这跟父亲一直让自己规避富人的理由相悖啊，富人也未必都是无情无义的呀。

田甜回过神，看向屋子里面正皱眉看着合同的柳熙来，最起码在自己最危险最无助的几次里，柳总都救助了她呀。

这份恩情是要报答的吧？！

晚间时分，有人将江大师赶工雕刻，开了光的玉牌送来闻家。

闻至财被搞得莫名其妙的，一问女儿闻羡，才知道她今天去探望柳熙来的朋友，褪了自己的护身玉牌，柳熙来为了报答她，请了一套玉牌过来。

闻至财有些啼笑皆非：“小羡，你说说你，要是喜欢柳熙来，你就去争取吧，你居然不战而败，还主动把自己护身的玉牌赠送了。你爸爸是商界骁勇善战的商人，怎么你就一点不像爸爸？！”

闻羡闻言垂下了头。

她有些疲惫，其实今天心里最不好受的就是她，她回来以后，反复质问自己，对柳熙来的感情到底是多年的依赖，还是真的喜欢。

她摸着酸苦的心，一遍遍地回忆揣摩，她现在能够肯定，自己是喜欢柳熙来的。

此刻，父亲的质问，让闻羡的眼泪终于夺眶而出。

“哭哭哭，就知道哭，你要有点攻击性啊，你是我闻家的小女儿，又漂亮又自信，国外留学回来，又有知识，我让老周去调查过，现在这个抓住柳熙来心的都是什么妖魔鬼怪啊，要钱没钱，样貌不如你，身高不如你，身材不如你，言谈举止更不如你，你怎么会败在这么个普通的小女孩手里？”闻至财把田甜的照片甩在闻羡的面前。

其实闻至财也没有觉得柳熙来必定是自己的准女婿，只是在目前可选的几个青年才俊里，柳熙来是最容易掌控的。

无父无母，自己创业，还让柳氏脱胎换骨，搞得红红火火的。

闻至财都能看到柳氏越来越富了。

虽然不想承认，但是闻至财越发觉得柳熙来更加沉稳成熟了。柳熙来刚扛起柳氏时它是个空壳子，其实柳氏在柳熙来父亲手里已经负债累累了，柳熙来说起来继承了柳氏，实际上继承的都是债务。

大家心知肚明，柳熙来那时还是个小少年，谁都不想帮他一下，只有自己家的傻女儿，天天回来央求自己，他又与柳熙来的父亲交好，不得不拨了一小笔资金给对方，算作感情投资吧。

然而闻至财当时是绝对看不上柳熙来的，为了避免女儿同柳家的两个小子纠缠，他当机立断把闻羡送去国外留学。

谁知道这几年柳氏集团被柳熙来搞得风生水起，闻至财才看重柳熙来，匆匆把闻羡从国外召回来，让闻羡去体贴关心柳熙来，原以为稳操胜券。

现在这么一看，柳熙来从来也没有当闻羡是爱慕自己的女孩子，只是把她当作自己的小妹妹。

这么一想，闻至财更生气了：“我不管你怎么想的，既然自己喜欢，就给我追回来！我们闻家没有不战而败的子女！”

闻羡垂着泪，坐在床边，用几不可闻的声音反驳闻至财：“可是，爱情它不是战争。”

.5.

单柔丝一家康复起来都挺快。

对于贫穷的家庭来说，因为生病而耽误工作，是件很十恶不赦的事情。所以三人一有好转，就来感谢柳熙来，并且同田甜道别。

“多谢柳总给我们重新租了房子，也感谢柳总为我们支付了昂贵的医药费……还有，感谢柳总救了我们一家人，无以为报，以后柳总能够用上我们家的时候，我们一定全力以赴地完成！”单妈妈很不好意思地领着两个女儿同柳熙来鞠躬。

柳熙来被吓一跳：“不用不用，那些开销都抵不上一顿饭的钱。”

这话说得很戳心，在场的各位，包括孔毅都忍不住尴尬地笑了笑。然而对柳熙来来说，真的就是一顿饭钱而已。

田甜康复得比较慢，毕竟是经历过两次惊魂之夜的人，柳熙来不但每日跟进她的康复状态，还给她请了心理辅导师。

然而心理辅导师出来的时候，却长长地叹了一口气。

“怎么样，是不是她受到的打击太大，有难度？没事，价格方面，我会付给你三倍！”柳熙来毫不在意花钱如流水。

心理辅导师摇摇头：“小姑娘戒备心太重了，看似客气，也挺随和，可是你想要更深一层令她放松，是不可能的，得长期为她心理辅导。危机迫在眉睫，不给她好好疏通，她就绷坏啦！”

柳熙来皱了皱眉头。

“让他别来了，我怕田小姐因为他的辅导而患上焦虑症。他说话的样子，让我时时刻刻有高考在即的危机感，让我很不舒服。我将亲自给田小姐做心理辅导，我这么坚毅的人，不配给别人做心理辅导吗？”柳熙来把手插在口袋里，觉得坚韧的自己一定能够让田甜日后更加坚韧不拔。

他是这样的自信，让孔毅一句话都说不出来。

孔毅用最朴实无华和最真诚的话语又吹了几句彩虹屁后，急急告辞了。

因为今天柳境要从国外回来，他得赶着去接机。柳境这次在国外又开了几家分公司，据说盈利甚好。柳熙来拨了钱给大家办接风宴，他自己抽不开身，但是不代表他对公司元老有任何倦怠。

孔毅提早了一小时出门，还特地接上柳熙照。

柳熙照一脸无所谓的样子："你还专门去接他？我们家的老金早就准备去了，不用你特地去。"

孔毅笑了笑："柳总一早就吩咐了，还给柳经理安排了庆功宴，他安排了好久了，不去接柳经理，怎么显示他的诚意？"

柳熙照冷哼了一声："他要是有诚意，就应该亲自去接。"

孔毅识趣地闭上了嘴。其实今天是因为田泽旧疾发作，需要手术，柳熙来为了不让田甜担心，亲自去了田泽所在的医院，确定了手术的可靠性后，他决定等到田泽手术成功后再离开。

可是这些话，孔毅不能跟柳熙照解释。

"其实，柳总今天有比较重要的事情。"孔毅小心地措辞。

"呵呵，他哪件事不重要？"柳熙照今天不用扮演柳熙来，穿着自己的休闲运动装，头发也没有用发蜡固定上去，十分自由地松散着。他懒得听孔毅解释，将耳塞塞上了，激烈的音乐掩盖了一切声音，他满意地靠在后排座椅上，闭上眼睛。

今日飞机准点，他们赶到的时候，正是乘客陆续出来的时候。柳境在国外晒黑了许多，出来的时候，柳熙照居然没有一眼认出来，倒是孔毅一下子认出来。

见孔毅迎上来，柳境很是意外："你来接我，是不是熙来也来了？"

柳熙照跟过去，没好气地接话："呵，他哪有空接你？"

柳境回过神一看，居然是儿子来接自己了，这下是真的开心了。他跟儿子有矛盾后，那么多年，自己出差，儿子都不曾接过一次。

"熙照，你……你来接我的吗？"他简直不敢相信。

柳熙照翻了个白眼，一把拽过柳境手里的行李推车："谁要来，孔毅把我从被窝里挖起来的。"

简直是口是心非啊，这点不愧是总裁的弟弟。孔毅默默地露出个微笑，在心里疯狂吐槽。

明明他过去接柳熙照的时候，柳熙照已经收拾妥当，等着坐老金的车去接柳境了，现在表现得这么倔强，让人忍俊不禁。

"好好好，来接爸爸就好！爸爸还给你带了礼物！"柳境在机场就想蹲下来翻箱子。

不过被柳熙照给阻止了："有什么回家再拿吧。"

父子两个坐着孔毅的车，一路朝柳熙来预订的饭店赶去，那里坐着相关项目的工作人员。

三人一踏进包厢，柳熙照就又退了出来，谁来告诉他，为什么里面会有这么多人？

柳熙照低声骂了句脏话，幸好在后备厢里习惯性放置了一套柳熙来风格的西装。

他汗津津地换完衣服，随手抓了抓头发，赶往了包厢。

一路过去，员工们都在谄媚地笑："柳总今天不梳大背头，年轻好多呀！"

柳熙照在心里痛骂柳熙来一百遍。他最讨厌的就是一丝不苟的大背头了，每天顶着那发型，完全压垮他青年人的心。

柳境美滋滋地看着儿子进来，看着他比自己出国前更加成熟的样子，不禁有些欣慰。

柳境决定鼓励儿子，压低了声音，凑过去夸奖柳熙照："你越来越像你大哥了！"

柳熙照差点爆粗口，并且冷冷地白了柳境一眼，自此再也不理柳境了。

柳境一脸蒙地举着筷子，他反复在质问自己：这不是夸奖之词吗，为啥我的崽就暴怒了呢？

回家的路上，老金安静地打着方向盘，柳境则尝试着跟儿子说话。

"小照啊，这段时间的工作，你感觉吃力吗？"他放柔声音，非常谄媚地看儿子。

柳熙照不想理他，把耳塞重新塞上了。

柳境有些难过，伸手拍了拍柳熙照的手背。

车子拐过巷子口，应该是被石头颠了颠，车子往一边倾斜，整个像要翻过去一般，柳熙照条件反射地张开手臂，将柳境护在了身后。

车子终于在黑暗里到达了目的地。

上楼以后，柳境叫住了柳熙照，拍拍身边的沙发。

柳熙照迟疑了一下，还是坐在了父亲旁边。

"今天陪我看看电影吧！"柳境提出要求。

这让柳熙照很是惊奇，从小到大，柳境都全心全意扑在柳氏集团上面，不要说带他看电影了，跟他一起吃饭的时间都很少。

看电影期间，柳境陆续给柳熙照递来了饮料、零食，柳熙照看得入神，照单全收。其实柳熙照的内心还是很小朋友的，他看电影和连续剧的时候十分入神。

大结局的时候，柳境突然把电影给关了，沉浸在剧情里的柳熙照立刻表达了他的愤慨。

“我就说吧，你这个糟老头坏得很，你自己根本没有看，你熬不下去了吧！你不看走开不就得了吗，非得把电影关掉？！你就不能不这么自私吗？看个电影都这么自私！”对的，自私，这是柳熙照对柳境最大的指责。

他的妈妈和他，都曾经被柳境的自私逼得透不过气来。

柳境没有说话，手里还拿着遥控器，他冷静地看着柳熙照，似乎是透过柳熙照在想什么事情。

“熙照，这电影，结局一点都不需要看。看完整了，它就是童话；看一半，它就是人生。”柳境突然开口。

柳熙照正准备继续说的话一下子被柳境给堵了回去。

他怒极反笑：“啊？你看个爆米花电影，还看出人生了啊？这电影，看到前面的就能想到后面的结局，有啥深意？”

“那你为什么还要看完？”柳境问道。

柳熙照语塞，不耐烦地说：“我有强迫症，看烂片都要一路看到底。”

柳境笑着摇摇头。

这部电影原来的蓝本其实就是王子与贫民，不过将剧的背景放在了现代。剧里的老总因为公司项目一项接一项压下来，身心俱疲，想要呼吸一口外面悠闲的空气。而此时，老总遇到了与自己长相十分接近的贫穷青年，两人互相交换了身份，总裁获得了自由和爱情，青年学会了自律和奋进，无疑主题更加升华了，比原来的王子与贫民拉升了不少高度。

但终究还是新瓶装旧酒，所以票房很低迷。

柳境突然问柳熙照：“如果，青年或者贫民，他们都坐实了这个位置，不再下来会怎样？”

柳熙照嘻嘻笑着说：“你今天在飞机上喝的不是饮料，是酒吧，问这么垃圾的问题，总有破绽好吗，只要王子和总裁在，都能找到证明自己的方式呀。”

柳境又严肃地问道：“如果王子和总裁都不在了呢？”

柳境的眼神在幽暗的壁灯下，显得狡诈而阴冷，让柳熙照收起了笑容，不寒而栗。

“你到底要说什么？别搞得这么高深，我不懂你这套，有……快放！”考虑到对方是自己的父亲，柳熙照那个“屁”字怎么也没有说出口。

柳境走过来，拍拍他的肩膀，从文件夹里面掏出一大沓合同。

柳熙照有些困惑，伸手接过来，他一份一份地看，越看越心惊：“什么鬼，照金集团，你自己弄的集团吗？”

“你不是对柳氏忠心耿耿吗？”柳熙照觉得有什么东西在心底幻灭了。

柳境可是十年如一日地为柳氏集团打拼的人呀，他不可能中饱私囊吧？！柳熙照对自己的眼睛产生了怀疑。

“不用惊讶，就是你想的那样！我筹划很多年了。”柳境一点都不慌张，从柳熙照手里抽走所有的合同。

“新能源，新项目，也需要新柳氏！”他突然笑了。

“这么说，你还是压抑多年的大反派啊！”柳熙照忍不住笑了，“你别站在阴暗的灯下发疯，过来过来，要说话站在明亮点的地方呀！”

“你认真点，熙照！我们的历史开始谱写了！”柳境很激动地看向柳熙照。

然而站在大灯下的柳熙照用一副看神经病的表情看向自己的父亲。

“哦，你让我看电影，是揣摩电影里面的王子与贫民啊，你都不想想这公司还有元老，他要是在，就能分辨出我跟柳熙来！”

柳境默默递上一份报纸。

柳熙照接过来一看，吓得甩掉了报纸。

报纸上的A版，大字加粗写着柳氏集团三朝元老，周璧冬外出不幸遭遇车祸，重伤不治身亡。

“你干的？”柳熙照用惊疑不定的眼神看向柳境。

柳境站在暗处，小小的壁灯将他照射得阴森森的。

柳熙照觉得自己快要窒息了，怎么突然之间自己老父亲的人设就崩裂了，突然就黑化了呢？

“不是，他自己遇上的车祸。”柳境咬牙切齿地说出来。

柳熙照抚摸着胸口，吐出一口气来：“我劝你说话站在灯下，好吗？国产反派都是你这样的吗，用光影表现自己？”柳熙照的情绪已经濒临爆发的边缘。

然而，柳境却打住了，他轻描淡写地摆摆手：“现在还不到天时地利人和的时候，没什么好说的了。散了吧，休息。”

而后，柳熙照就在一脸问号中看着自己父亲开心地踏着扶梯走进了卧室。

“神经病吧！什么话都说一半！”柳熙照碎碎念着丢掉了手里的抱枕。

周一的时候，公司举行例行会议，柳熙来回来主持。这次柳熙照没有来公司，而是通过视频观看会议。

会议主要说的是海外拓展事宜，孔毅和柳境准备了相关资料，面上都是止不住的喜色。

柳境汇报了这几个月来，海外资源的开发和利用，又递交了几个分公司蒸蒸日上的业绩。老股东们交头接耳一番，都露出了满意的笑容。

其实一开始柳熙来主张向海外发展，老股东们还是持反对意见的。

柳氏集团是个刚刚稳住脚的企业，之前欠下巨额的债务，债主讨债手法层出不穷，让整个财团的领导者都窒息不已。柳熙来接手以后，虽然让柳氏逐渐恢复了些，但是根基毕竟还不是很稳妥。

当初他提出拨出四分之一的财产投注海外新能源项目，在座的大多数人都是不满意的，甚至有人做出了卖掉股权保平安的事情。

柳熙来并没有说什么，他这个人最大的优点就是接地气的执行力，他买了部分股权在手里，坚持派出了自己信任的柳境去开发海外项目。

此时，柳境带来的好消息，无疑让所有人打消了顾虑。

“我觉得我们可以再扩展三个 R 能源公司。就目前看来，利好，人少，我们可以抓住时机垄断这个细分市场。我们柳氏集团，是可以再上一层楼的。”柳境斗志满满地一挥手，似乎胜券在握，十分自得。

坐在视频面前的柳熙照冷嗤了一声，表示不屑：“戏精！演技怎么会这么好！”

如果昨天柳境没有在他跟前说那番话，他会觉得父亲简直是为了柳氏，为了柳熙来鞠躬尽瘁死而后已。然而，他一旦想起昨天老父亲黑化的样子，就觉得奥斯卡欠柳境一个小金人。

“我申请在 R 国再多开几家分公司，咱们把它风风火火地搞起来！”柳境兴奋道。

然而柳熙来十分平静，甚至连笑容都没有一个。

他接过计划书，随手翻了翻，眉头动了动，落座的时候，手指敲了敲计划书，说道：“你们有没有发现一个问题？”

所有人都看向柳熙来，他们其实一直都没有弄懂这个新总裁，他做事似乎很恣意，但是事后仔细一想，当初他恣意的做法才是最佳的方案，所以他此刻提出质疑，不亚于一盆冷水浇在了灼热的火苗上。

“柳总，你请问！”柳境谦逊地把手里演示的激光笔给放下了。

“你们有没有想过，这几日，R 国一直在暴乱，能源就在内乱区，我不反对富贵险中求，但是你们注意到一个细节了吗？柳境你看，你带回来的资料里，最起码有一半的承诺是模糊的，不敲实这些，很可能在下一次的履行中，我们柳氏会蒙受巨大的损失。”柳熙来随意地拿起一支红笔，在计划书上几处看起来非常圆满的地方打了问号。

在座的都是人精，很快就发现了不对的地方。

“所以我建议，垄断不垄断不要太在意，没有哪个财团所经营的东西是永远垄断的，关键是，你热情所向的东西，是不是泡沫！”柳熙来撇了撇嘴角，眼睛似乎无意扫过柳境。

“先把开发的几家分公司的账目表做清楚了就可以了，其他的无所谓。散会吧，柳境你跟我进来一下。”柳熙来敲敲桌子，一副很累的样子。

其实他是真的很疲倦了，田甜父亲的手术中途出了点小问题，他不愿有任何纰漏，紧急指派私人直升机，临时从国外召集了好几个专家来会诊，这才使得田泽化险为夷。另外一方面，他还要抽出时间去探望田甜，安抚她慌乱的心。

因为田泽这件事，使得柳熙来一天一夜在高度紧张中度过，比他谈上十个大项目还累。

在那之前，他因为田甜的事情，已经好几天没有合眼了。

柳境进了办公室，恭敬地带上了门。

柳熙来笑着看了柳境一眼，说道：“你黑了，但是精神很好，还是R国的水土养人。”

柳境嘿嘿笑了笑，从怀里掏出了一个包装精美的小盒子。柳熙来惊讶地接过来，打开发现是一个小小的玉挂坠。

这是柳熙来父亲柳致的挂坠，柳境也有一个，当初用一块玉石雕琢出来的，挂坠上是两片叶子，取义一夜暴富。

玉雕本身不贵，材质也不是很贵的材质，是两块黄绿翡雕就的，妙就妙在，柳境身上的那块是绿头黄叶尖，而柳熙来父亲的那块是黄绿糅合的，绿中泛着黄，黄中透着绿。当初柳致出了事以后，这块玉坠就失去了踪迹，遍寻不得。

此刻玉坠就在柳境手里握着，让柳熙来恍如隔世。

“你猜猜看，我在哪里找到它的？”柳境满脸透着慈祥的笑意，他看向柳熙来，一副欣慰而愉快的样子。

柳熙来伸出手指摩挲着玉坠，声音有点沙哑：“在哪里？”

玉有类似，但是这么漂亮的“一叶暴富”真的很少见，所以柳熙来第一时间就可以断定这就是父亲当初挂着的那块。

“我在乡下收到的，通乡，你还记得吗？”柳境问柳熙来。

通乡？

柳熙来的眼神有一瞬迷蒙，是啦，他当然记得，那漫天的纸钱和哭着握着小拳头的小女孩，还有悲悲戚戚的人们仇视的眼光，贪婪的探视。

通乡在他幼时的记忆里，一直神秘而令人不愉快。

不知道为什么不愉快，但是小朋友特有的感觉让柳熙来觉得，那里的人对他和父亲都不是很友好。

“我当然记得，通乡是父亲死前去的最后一个地方，说起来，似乎当初抚恤金发放不到位，最后通乡那一批死去的职工家属联名去举报，被你拦了下来，后续是怎么样的？”柳熙来将玉佩重新放进盒子里，慢慢盖上。

柳境笑了笑，很不以为然的样子：“那么多年了，怎么突然想起这事情，这事情后续是我跟进的，应该没有什么不到位，几个临时工而已。”

其实通乡最后一笔抚恤金没有发到任何一个人的手里，然而求告无门，怕家人折损的心理，令几个老弱病残的临时工把这口气咽下了肚。十几年过去了，谁还记得当初那些声嘶力竭的哭喊声？

柳熙来晃了晃手里的盒子：“谢谢，我以为这辈子再也见不到它了。”

柳境适时伸手拍了拍柳熙来的肩膀，两人再谈国外开发事宜的时候，柳熙来的语气却温和下来。

柳境喝了三杯水才走。

孔毅走进去的时候，柳熙来正疲惫地摁着太阳穴，看见孔毅进来，指了指沙发，示意他坐下。

“你觉得海外市场发展得怎么样？”柳熙来亲自给孔毅倒了一杯水。

孔毅有点奇怪，问柳熙来：“柳总，是不是计划书有什么问题？目前来看，柳经理把海外市场打理得不错，不过，你不找我来，我也要私下汇报一些事情。”

柳熙来点了点头，示意他继续说下去。

“国外公司的买进卖出我查了一下，一律通过几个当地小品牌的小公司三方交易的，并且时常更换这些小公司的名号。我问过柳副总，他的解释是当地这样操作，可以减免税收，但是……”孔毅停了下来，递交了一份自己的手账，“你看，我算了一下原先的税收和中转后的税收，虽然割裂了很多次，周转很多次，但是最终收入相差不大，税收该收的也没有减免，这就是我觉得很奇怪的地方。”

柳熙来接过手账认真地看，许久之后，他的嘴角微微扬了起来。

“不用在意，相信柳副总，在国外，他有任何意见，都尊重他的意见。”

“可是……”孔毅还想说些什么。

柳熙来做了个停止的手势：“将在外，君命有所不受，国外的国情和市场瞬息万变，不必时时刻刻都以国内市场为模板，柳经理是经验丰富的老行家，你多听多想，不必事事汇报。”

孔毅不赞同的眼神取悦了柳熙来。

柳熙来伸手替他把领口整理好，说道：“用人不疑，疑人不用，是商家准则。”

孔毅叹了一口气，打算从办公室里告辞。

柳熙来又叫住了他：“孔毅，如果……如果有一天，我不再是柳氏集团的总裁，只是组建了一个很小的企业，赤手空拳打江山，你会愿意放弃现在的岗位，来跟我从头做起吗？”

孔毅听到这话，站住了脚。他看了柳熙来好久，突然笑了：“柳总，很奇怪，你对人凶巴巴的，又整天俗气兮兮钱不离口，但是，要是让我离开你，去跟别人奋斗事业，我又提不起劲，似乎在你这里才有无穷的斗志，你真是个奇葩！”

柳熙来也笑出声来：“孔助理，你胆子挺肥，你自己思维逻辑奇葩，怎么就变成了我是个奇葩？”

孔毅笑着摇了摇头：“如果，你一无所有，东山再起，别忘了叫我。”

柳熙来挑了挑眉头。

孔毅回头一拍柳熙来的肩膀，一副哥俩好的样子，他突然觉得总裁今天让他有了自家兄弟一起奋斗的感觉。

然而下一句话，彻底将孔毅这美好的感觉给打破了。

“你把我价值两千美金的定制西服的垫肩给拍塌下去了，我现在在考虑，是不是要扣你的工资？”柳熙来看了看自己肩膀塌陷的一块。

“柳总，有钱人不该斤斤计较。”孔毅哈哈一笑，侧身从办公室的门口溜了出去。

柳熙来看向他的背影，自言自语道：“错了，有钱人更喜欢斤斤计较。”柳熙来的目光重新落在了那份手账上，伸出食指在手账的数据上一一滑过，随后他打了个电话给国外某处。

“是，对，不用指出来，账目就这样做，没有关系，就让他转移，一切 OK，没有关系。”柳熙来平静地回答对方。

“可是，柳先生，我不明白，这些以次充好的材料会让你蒙受巨大损失！柳氏集团是我们的家，怎么可以这么草率？因为是你的亲戚……”对方很生气。

“不要急，我们有钱，放宽心。所以，你从我私人账户里转一笔账过去，把材质费用贴补上，还是用最好的材质，但是别提了，就当这事没有发生过，对，谢谢你，跟进费心了。”

“好，因为是你，柳先生，所以这次我当作没有发生！”对方的语气失望得很。

“谢谢！”柳熙来沉默许久，道了一声谢。

电话里传来嘟嘟的忙音，柳熙来慢慢放下电话，伸手揉了揉自己的太阳穴，神情更加疲惫了。

然而下一刻，他又抬起头来，手抄在口袋里，走向窗前。

此时已经黄昏，夕阳染红了连绵不绝的云彩，红紫色的云彩簇拥在一起，变幻无穷。柳熙来眯着眼睛，远远眺望这些云朵，慢慢一扫疲惫之态，又一副骄傲无敌的样子了。

“钱而已，能用钱解决的，都应该庆幸！”他对着玻璃上折射的倒影自言自语。

而后，他一把抓过沙发上的外套，穿了起来，昂首挺胸地走了出去。

唐赛正急匆匆地跑着，被柳熙来一个响指给打得停住了脚。

“你在干吗呢？”他问唐赛。

唐赛结结巴巴地说：“我……我在总结这次开会的内容给柳熙照小柳总。”

“呵呵。”柳熙来冷笑，“唐助理，你知道现在最紧急又需要立刻动手的事情是什么吗？”

唐赛惊得一个立正，问柳熙来：“是……是好好监管跟进最近的大项目。”

柳熙来翻了个白眼，冷冷地斜睨他：“不是，你的任务是，寻找营养菜谱和康复秘籍，外带笑话集锦，田甜的事情才是柳氏第一事，懂吗？”

唐赛立刻如同戳瘪了的气球，萎靡下来，干巴巴地回答了个：“是！”

孔毅从远处过来，听到两人的对话，好笑不已，他一把搂过唐赛的脖子，将他拎走了，一边走，一边还对柳熙来打招呼：“柳总，我会好好调教唐特助，让他开窍的。”

柳熙来面无表情地抬手擦了擦手表，陷入沉思中。七点一刻，田甜第三次复检，夜宵的话，带点清补的莲藕排骨汤吧。

他现在心目中的大事，不过如此。

晚上七点一刻的时候，柳熙来已经赶到了医院。

因为车开得有点快，他喘息着，站在病房门口，听见里面的田甜跟替她检查身体的医生在对话。

“请问，我现在可以出院吗？”田甜的声音充满了祈求的意味儿。

“我估计他那么有钱，也不会接受你的偿还，都是套路！”医生小声地自言自语，但是恰好能够让田甜听到。

他是全院技术最好的医生，此刻脸上不免带上了一些八卦的感觉。院也住了，汤水也喝了，据说连一同住院的朋友也沾了光，吃住治疗全包，现在提出院还钱，有点格格不入的假，可能是以退为进，欲擒故纵，同柳熙来更进一步？

这种女孩，还真的不少！想到这里，医生眼里的探究意味更浓了。

田甜听了医生的话，又看到他的眼神，脸都涨红了，而后讪讪地笑了笑。

从小田泽就教育她，不该是自己的，就不要占便宜，欠着的，早日及时还掉。她不是那种想要上位的人呀，柳熙来对她的态度，她也迷惑着呢！

“我……”田甜想要解释，但是看见医生的眼神，又觉得没必要说那么深，于是有些尴尬地闭上了嘴。

柳熙来朝着门前跨了一步，对医生点了点头。今天他没有换西服就赶过来了，头发还梳理得一丝不苟的，在灯光下不苟言笑的样子，有点冰冷，虽然一如既往的英俊好看，但是这样的柳熙来绝对让人亲近不起来。

他冷冷地看向医生，虽然也微微带了一丝笑意，但是冰冷的气息并没有减少，反而增加了他的疏离感。

大概也察觉到自己之前说的话被柳熙来听见，医生有些尴尬，匆匆朝着柳熙来点了点头，将检查报表丢给助理，准备离去。

“田小姐恢复得怎么样？”柳熙来拦下了医生。

“田小姐的身体异常健壮，估计跟平时经常运动有关，所以虽然治疗时间不长，但是恢复得令人出乎意料的好。”医生推了推眼镜，还斟酌着用了几个令人心情愉悦的词语。

柳熙来点了点头，问道：“如果想要出院，还要待多久？”

“你不必想着别的，直接回答她的伤能够出院吗？想清楚了再回答。”柳熙来的意思很明显，田甜遭受了两次袭击，不如在医院里彻底疗养好了再出院。

“那个！如果能够出院，能帮我尽快办理出院手续吗？”田甜看见柳熙来的眼神不同于以往的犀利，心知接下来的话估计动听不了，怯生生地插话打断了两人的对视。

医生松了一口气，用手帕纸偷偷擦了擦额角的汗水，转身对着田甜露出一个大大的笑脸：“可以的，我让助理帮你开一点回去内服外用的药。柳总，目前来说，田小姐的身体应该没有什么大碍……”

他说了一半，看见柳熙来冷冷的眼神，浑身一个哆嗦。

“能够治疗彻底也可以啦！”识时务者为俊杰，医生终于洞悉了柳熙来的意思。

柳熙来“嗯”了一声，转过身看田甜：“我觉得你肋骨这里还有隐患，不如一次治疗彻底了再出院。”

田甜坐在床上，嘴张了合，合了张，十分纠结的样子。

柳熙来看她欲言又止的样子，怒从心中起，他不禁迁怒上了医生，转过身，关上病房门，把医生关在了外面。

“现在就我们两个人了，你想说什么就说什么，田小姐，你有什么难处，我来解决。”柳熙来转过身，认真地看向田甜。

田甜舔了舔嘴唇：“那我说了，柳总，我想问，你为什么对我这么好？”

柳熙来愣了愣：“我以为你知道的啊，田小姐。”

田甜紧张得满脸通红。

“知……知道什么？”她很慌，因为柳熙来的表情变得十分委屈。

“啊，我对你一见钟情呀！田小姐，我第一眼见你就像是看到个天仙！”柳熙来认真地回答。

啊，要死了，柳总怎么能不咸不淡又理所当然地说这样违心的话？仙女这种词语用在她这样不算好看的女孩子身上，简直是嘲讽！！！

田甜的脸彻底红了，她不知道要怎么面对他，激动得结结巴巴地说：“放……放屁！你说谎！”

柳熙来突然就笑了，他好看的眼睛像一汪春水，波光粼粼地看向田甜。

他喜欢不再拘谨，鲜活起来的田甜。

.6.

田甜住院的第四天，金长宏带着公司所有员工来看望田甜了。

金长宏走到门口的时候，柳熙来正在同孔毅打电话，一抬眼看见金长宏谄媚的笑容，冷冷地皱了皱眉头。

金长宏立刻用他超强的理解能力解读了柳总的意思。

他装作不认识柳熙来一样，带着一众人直接推开了田甜的病房门。

田甜正在看一本报关相关的资料，因为金长宏之前提到过公司少一个报关员，她心心念念地想要努力学习，考个报关证，把这块扛起来。

此时看着四五个人从外面挤进来了，她惊讶得瞪大了眼。

“啊！金总，不、不好意思……”她惶恐地要从床上下来。

金长宏惊得一个箭步托住了她的胳膊：“哎呀，小田啊，你就好好休息吧，你的工作最近罗辞帮你做着呢，别担心，别担心。”

田甜一听，脸都红了：“罗哥，抱歉，增加了你的工作量。”

其实田甜来之前，罗辞也是做这么多事的，所以带着她那份也无所谓多少。但是罗辞本身也是不善言辞的人，听到田甜由衷地道谢，更加不自在了。

田甜因为他而遭遇这一系列噩梦一样的事情，警局因为破获了连环杀人案，把这事拍成了上下集的情景再现剧集，虽然模糊了田甜的姓名和特征，但是他在家看到的时候，心里真的内疚得不行。

田甜也只是个刚出来工作的小女生，因为他遭遇了两次搏命厮杀，遍体鳞伤的，家里还有个得了病奄奄一息的老父亲，他每每一想到这些，巨大的内疚感就铺天盖地地席卷而来。

“田甜，我真的……不好意思。”罗辞走上前一步，将自己买的果篮放在田甜的床头。

田甜摇摇头，眼里充满了感激之情：“罗哥，谢谢你帮助我。我回去一定好好跟你学习，把工作好好接过来。”

罗辞看她一脸真诚的样子，想起之前对她身份猜测的鄙视之心，顿时觉得自己的人格拙劣透了：“没关系，你先养好身体，好了以后，我一定把你带出来，我懂的都会教给你。”

田甜开心得直点头。

金长宏是个阅历丰富的老板，余光瞄见门口的柳熙来脸上的冰冷之气开始融化，猜想大概柳总是喜欢看到田甜被这样融化在其乐融融的公司氛围里面的，于是他更加热情地对田甜说：“田甜啊，你尽管养病，公司里面你养的铜钱草，你芳姐都帮你照顾着呢，你看都长这么高了！”说着，他把手机给递过去了。

田甜感激得不知道要说什么，只是抬起头来看站在床边的芳姐。

芳姐是余下的职工里面的一个元老，为人老实巴交的，被老板这么赶鸭子上架，结结巴巴地摆手：“你……你不来，我也是要浇花的，不是为了你，不是为了你。”

田甜开心地点点头，十分感动：“老板，公司就是我的家，我会爱伐木累的大家！”

柳熙来斜靠在门口，已经不屑地翻了好几个白眼了。

这种低端收买人心的事情，很过时了好吗，难怪伐木累不能成为大企业，从领导人也可以管中窥豹了。

金长宏演绎了一小时，其他职工，还包括两个新招的大学生，陪着朴实无华地配合了一小时。出来的时候，金长宏看见靠在窗边无聊玩手机的柳熙来，想了想，他还是挥了挥手让职工先走，自己走了过去。

“柳总，你好！”他打招呼。

柳熙来点了点头：“金总，你好。”

金长宏差点激动到一口气上不来，听到没，柳氏集团这么大的一个财团的总裁

也在恭恭敬敬地叫他金总！多大的脸面！可以在酒桌吹上半年！

他又伸出手跟柳熙来握手。

柳熙来歪过头看他。金长宏被看得心里毛毛的，正打算偷偷缩回手，突然柳熙来轻轻笑了一声，握住了他的手。

“金总的公司真是其乐融融，看得我都想去了。”柳熙来突然说道。

金长宏没有想到柳熙来会说这个，愣了愣，谦虚道：“柳总见笑了，小作坊公司，气氛应该是最好的。”

柳熙来笑出声来，他抽出手点点头：“那就好，我就放心了，把田甜放在你们公司，她或许真的能学到东西。我真的不喜欢那种钩心斗角的小公司，怕带坏她，以往的小公司，消磨员工的身体，苛占员工工作外的时间，五险一金拖着不交……但是我看金总你的公司，倒是没有这些问题，田甜在那里也就不会学坏了。”

金长宏听得一头汗水，柳总提到的那些小作坊公司的劣迹，似乎……他都占全了呀。

他想了想，知道柳熙来在敲打自己，这次收敛了谄媚的笑容，以真诚到自己都感动了的态度向柳熙来保证：“柳总，你放心，田小姐在，那些都不会有！我保证，公司在她眼里就是学习和历练的场所！”

柳熙来挑挑眉，笑了一声，拍了拍金长宏的肩膀：“不错不错，我们公司最近的五金类采购，就麻烦金总来提供了。”简单粗暴，直接明了地就把单子丢给了金长宏。

柳熙来又补充了一句：“我希望田甜看到的都是正能量！”

金长宏就差跳起来发誓了：“我们全公司都会积极向上！”

柳熙来面无表情地称赞金长宏：“把单子交给你们，我放心。”

得了柳熙来称赞的金长宏，回去时走出了六亲不认的魔鬼步伐，他觉得自己是在飘的！

田甜住院第六天的时候，单家一家来看田甜。

单妈妈看见田甜青紫的脸上还泛着黄色的瘀青，有些难过，上来伸手抱住了田甜。

田甜一声不吭地把脸埋在单妈妈怀里。

柳熙来看着也挺难受，他识趣地从病房里退出去了。

“你这个傻崽，你都跑掉了，为什么又跑回来了？”单妈妈责备田甜，眼泪一不小心就滴落在了田甜的头上。

田甜没有说话，伸手抱住了单妈妈的腰。

单妈妈摸了摸田甜被折腾得秃一块青一块的头皮，心里很难过：“你好了就来我们家住吧，一个人在外面太苦了，等你爸爸出院再回去吧！”

单妈妈这几天来过几次，看见田甜熟睡着，柳熙来就坐在她的床头，轻手轻脚地给她涂一些滋补的药水在脸上和头上。柳熙来满眼快要漫出来的关切是演不出来的，他也不需要演呀，田甜能够给予他什么经济利益？

单妈妈斟酌了一下，婉转地提醒田甜：“阿甜啊，有的时候，缘分来了，你就要好好地把握住啊，要学会勇敢！”

田甜从单妈妈的怀里抬起头，一脸迷惑。

“我看，柳总是个不错的男人。”单妈妈单刀直入，毫不废话。

田甜的脸一下子红了。

田甜叹了一口气：“夜里两点多才睡的人，跟十点一到就上床规律睡觉的人，有什么爱情可言！”

单家大姐表示不能理解。

单妈妈看着自己的大女儿，有些哭笑不得地摇了摇头。

“两个不同世界的人，在一起能有什么好下场？你见过猫跟鱼恋爱吗？”田甜轻轻地回答道。

“爱情来了为什么不可以啊？你接受呀！”单大姐思想单纯，长期被爱情小说影响，她不觉得这比喻有问题。

田甜忍不住笑起来，哪有什么接不接受的道理，只有合不合适的道理。

单妈妈伸手揉了揉田甜的头发：“你就是太乖了，想得太多了。虽然你平时看起来不太聪明的样子，但是心里比谁都明镜一样的清呢。你自己把握，属于自己的，不放弃，不属于自己的，别可惜，你姐姐们都站在你身边支持你呢，你单妈妈也是你坚强的后盾！”

单妈妈说完，单柔丝还握了个拳头，肥肥的大手握成拳头，指节间的豌豆窝清晰可见，十分可爱。

单姐姐虽然不明所以，但还是跟着单柔丝，也握了个拳头。

田甜眨巴眨巴眼睛，差点流泪，被单妈妈和单家姐妹一把搂进怀里，四个人围成一团，单柔丝用额头轻轻蹭了蹭田甜的。

“你会否极泰来的，姐妹！”单柔丝悄悄跟田甜说，并且把自己的手放在了田甜的手里，“偷偷告诉你，我们家抽中了安置房，很快就有自己的房屋了，我们也是这几天才知道的，这么幸运，应该把运气分给你一大半。”

单姐姐傻傻地把手也拱过去了，一把挤掉单柔丝的，嘿嘿傻笑：“对，把我

的也给你！”

单妈妈看看自己的女儿，看看带着薄泪笑出来的田甜，怎么看都觉得心酸，张开壮臂抱住了三个脸上都带着青斑的女孩儿。

单家人走的时候，同站在楼梯口的柳熙来道谢。

柳熙来难得露出真诚的笑容：“你们常来看田甜，她朋友并不多。”

单妈妈伸手拍了拍他的肩膀。

孔毅远远看去，吓得把头都扭过去了，上一个拍柳总肩膀的人，现在正在工地上搬着滚烫的砖头，他着实替单妈妈捏了一把汗。

“柳总，你是个好孩子！”单妈妈的措辞依然这么耿直。

柳熙来轻轻咳嗽了一声，眼神飘向孔毅。

孔毅立刻心领神会，噔噔噔跑得飞快，一会儿就不见了人影。

柳熙来把视线收回来，朝着单妈妈露出个友好的笑容。谁看过柳熙来这样和善的一面？平时的柳熙来都是用鼻孔对着人，恨不得告诉所有人，你们不配跟这么有钱的我聊天。

单妈妈跟两个女儿挥挥手，示意她们去楼下等自己，单家大姐还想说话，被单柔丝一把扯下去了。

待两个女儿下了楼，单妈妈才开口。

“田甜是个很乖的孩子，经历的事情太多，习惯给自己的心设一道道的防线，如果没有足够的真心，只是好奇她这样的土味小姑娘，柳总还是不要继续追求她了。”

柳熙来很真诚地回答道：“我知道你的顾忌，但是我对田甜是真心实意的。单阿姨，你可懂？”

单妈妈脸上写满了“我不懂”的表情。

“你们遇到美女的概率不是更高？”其实单妈妈想说的是，田甜既没有学历，又没有才华，长得只是勉勉强强的清秀，哪有一见钟情的资本。

然而，柳熙来非常肯定地回答了她：“单阿姨，我就只觉得田甜是最好看的女孩子。”

单妈妈一脸问号，但是随即她就想开了，可能这就是缘分，让柳总的眼睛里戴了滤镜，看田甜是这样天仙的女子！

她也不想再多说，爱情这种东西玄妙而纠缠，她是个聪明人，懂得随遇而安，懂得适时把握。她想了想，同柳熙来道谢：“还是要多谢柳总，帮我们支付了昂贵的住院费。”

柳熙来摇摇手。

“最重要的是，多谢你帮我们解决了住房的问题。”

柳熙来愣了愣，而后笑着摇摇头：“你们都是田甜的家人呀，怎么能住在那么不安全的地方。”他以为不动声色地以摇号的方式拨出去一笔款给 D 区的底层人民建设一部分安置房，做得神不知鬼不觉，谁知道还是被单妈妈洞悉了。

“你是个好孩子，心底有柔软的世界。”这是单妈妈走前最后一次称赞。

柳熙来听了两遍“好孩子”，嘴角抽了抽。

等单妈妈走后，他扭头看向走廊的尽头，朝着孔毅勾手指：“我是不是最近因为照顾田甜，变得异常慈祥？”

孔毅吓得立刻吹了“彩虹屁”：“柳总，并不是，你已经具备有钱帅气以外的气质了，好人的气质会让你的事业如虎添翼，更上一层楼。”

柳熙来斜睨他一眼，冷哼了一声：“你这么会说话，以后公司海外派遣动员大会你就多说几句。”

有人欢喜，有人感动，有人惆怅，也有人陷入强烈的沮丧中。

罗辞就是那个深陷强烈沮丧绝望情绪之中的小伙子。

中午的时候，罗辞帮着金总采购了鲜花和果篮，是为了去探望田甜购买的。因为存了内疚，所以罗辞在挑选鲜花的时候特别用心，他之前听金长宏在公司说过，田甜因为麻醉药效过去，疼得有时睡不着觉，便多购置了点薰衣草。

其实薰衣草对于罗辞而言有另外一层意思，这也是他的幸运花，第一次向女友表白时，女友握着那把薰衣草，笑得脸儿通红的。他记住了那个美好的下午，也记住了自己的幸运草。

然而这次薰衣草没有带给他足够的幸运。

罗辞从医院回来以后，女友给他发来了信息，约他见面。罗辞的女友是美术系的，毕业以后一直在学长的工作室里打工。

这段时间以来，女友采风开始频繁了起来。

田甜出事那天，其实罗辞也跟女友吵了一架，这就是为什么他摁掉电话并且关机的原因，他们之间其实是出了些问题的，他感觉到女友对自己的鄙夷。

他们约在了一间幽静的茶吧。

不等罗辞再开口，女友就急匆匆地说：“我们，分手吧！”

街对角那里，停着学长的车，学长正靠着车狠狠地抽烟。

学长开车兜了一圈，又回来了，停在罗辞旁边，摇开车窗看他：“小伙子，你叫罗辞吧，要是我是你，早就羞愧地回家反省了，一个女人为了爱情，连件像样

的奢侈品都没有，你一年能挣多少？”

“十万？二十万？小彤说看你这样内疚，我就贴个二十万，感谢你照顾小彤这么多年。”学长拿出手机，“先转个五万安抚安抚你？”

柳熙来从柳氏赶往医院，正好看见了这一幕，大概猜出了个中原因。

“柳总，你也看八卦？”孔毅有些奇怪，柳熙来从来不会关心别人的事情。

“不看，但是他要是因此颓废了，就没有人可以带田甜实习了，不能这样！”柳熙来解开安全带，卷了袖子。

“柳总，你要去干吗，做超人，解救小伙子？”孔毅也把西服脱了。

柳熙来一把将孔毅摁回去了：“打个肾虚的还需要你？”

他大步流星地走过去，一巴掌拍在罗辞的肩膀上：“跟他废话什么，揍他！”

罗辞迷茫地回头，看见柳熙来一副“你上啊，我给你撑腰”的样子，更加迷茫。他压低声音对柳熙来说：“他……他的车有点贵！”

柳熙来有点怒了，一巴掌拍在罗辞的后背：“血性无价啊，你的志气，你的血气呢！不怕，你砸，你揍，我有钱！”

柳熙来直接拉开车门，然后直接一脚踹变形了。

“看见没，垃圾车，我们公司保安队长都不用！上！给他点教训。我给他送最好的医院！”柳熙来伸手摸了摸自己的鬓角，觉得自己恣意的动作，让发型都乱了。

罗辞再也无所顾忌，他冲过去，和车里面的学长扭打成一团。

柳熙来打了个响指，孔毅从车里过来。

“孔毅，去看看都有哪些不长眼睛的买这种下作的没格局的人的画，列入柳氏黑名单。对了，就算不合作了，也要记得给对方阐述原因。”

柳熙来做完这些事情，搂着罗辞的肩膀，带他走向自己的车，一边走，一边安慰道：“孔毅，调频 W 电台，这个时候，主持人应该在播音乐，应该是《爱拼才会赢》。年轻人，多听听，就知道人生的规律了。”

孔毅将信将疑，调到 W 电台，果然一首闽南语的《爱拼才会赢》正如歌如泣。

孔毅对柳总的审美产生了翻天覆地的质疑：柳总，你怎么这么熟练啊！是不是经常一个人偷偷听啊！

解决了罗辞的事情，柳熙来的心情非常好。

他觉得自己仿佛净化了灵魂。

“还是田甜指引得好，跟她一起，我做什么都有圣洁的感觉！她真像个小仙女，来到人间净化这污浊的世界！”

孔毅没法看柳总的蠢样子了。

汽车拐进医院，主治医生居然还没有下班，他在门口等着柳总。

“是有不好的消息吗？！”柳熙来心中一惊。

主治医生笑容满面地摇摇头，掏出两份手写申请。

柳熙来一看，原来是田甜写给主治医生的出院申请。这傻孩子，以为这是组织部招会员吗，出个院还写申请。

他看了一眼，乐了。

田甜在上面恳请医院给她列一份详细的费用清单，包括单家母女的全部费用明细，还有希望用国产药，不要用昂贵的进口药物。

“你说，她还支持国货！果然是个好女孩！”柳熙来称赞田甜。

主治医生脸部扭曲了一会儿，才强行忍住要解释的冲动。

“她康复得怎么样？说说实际情况吧！”柳熙来问主治医师。

主治医生笑了笑：“如果想要康复成正常人，并且健健康康出院，再调养两个月都是可以的。如果是有事急着出院，定期来康复就可以了。她手腕骨折的地方，要拉伸，防止长得蜷曲……你懂吗，就是那种变形！”主治医生用尽可能通俗的词汇告诉柳熙来。

柳熙来点点头：“懂了，给她办理出院吧，我会督促她来复健！”

他很想让田甜住到毫无问题再出院，可是他能够理解田甜心里巨大的压力，他不想用自己的财大气粗，压迫到田甜不能呼吸。

那样对穷困的田甜不公平。

果然，田甜听说自己明天就可以办理出院，眼睛都亮了。她仰着头，开心地问柳熙来：“柳总，我真的可以出院了吗？”

这一夜田甜睡得十分不踏实。

柳熙来清晨来看她的时候，她眼睛下面都有乌青。

“傻孩子，你没有睡好，像个熊猫一样。”柳熙来已经能够轻松地跟田甜开玩笑了。

他给田甜戴了顶小小的毛线帽子，因为田甜的头皮好些地方被扯破了，没有头发。

帽子是早就准备好了的，柳熙来有次去开会，经过展示柜的时候，看到这顶帽子轻便又可爱，就想起了田甜。田甜的眼睛圆溜溜的，戴上有鹿角的毛茸茸的小帽子，一定可爱得很。

柳熙来给田甜戴上后，欣赏了一会儿，十分满意道：“完美！”

田甜偷偷一看反光的手机外壳，自己戴着这帽子更像惊恐的小鹿了。

她悄悄用手捏了捏鹿角，软绵绵的，还挺舒服。

应该是很好的帽子吧，她单纯觉得柳总给她的一定是最好的。他的真诚，她开始能够看得到了。

出院手续很快就办妥了，柳熙来拖来小轮椅，把田甜抱上去。田甜抗议过，但是柳熙来表现得十分自然，她再扭捏就显得十分做作了。

田甜家的房子是不能住了，金长宏提供了一间小平房给田甜，三十几平方米，隔成了两间，还算整洁，有个小卫生间。

其实这原来是小仓库，他想来想去，如果要长期安抚住田甜这座大佛，就必须有供起来的地方。

金长宏跟老板娘连夜打扫，又趁着这几天把屋子布置了一番，看起来还挺温馨的，家里到处有着伐木累的标志。

他揣摩过田甜的性格，发现她其实是个极容易有归属感的人，这样潜移默化，不愁田甜不会在伐木累久待。

有田甜一天，伐木累的订单就不会少。

所以，出院的这天，金长宏亲自包了一辆面包车，同行的老板娘还拉响了响炮。

不过先出现的居然是柳熙来，响炮里冲出来的烟花彩带喷了柳熙来满头。他眼神犀利地扫了一眼金长宏，金长宏差点吓尿了。

好在柳熙来的心思在田甜身上，看见转角安全，又返回转角台阶处，一点点地把田甜的轮椅从上面抬了下来。

伐木累的员工想要帮忙，都被柳熙来给拒绝了。

田甜尴尬不已，看见伐木累全体人员都在微笑地摇手，她尴尬地举起手来，也晃了晃。她双手都有伤，虽然康复大半，但抬手还是很吃力。

柳熙来恨恨一转脸，挥手的众人笑容就僵在了脸上，大家讪讪地把手放下去了。

不过柳熙来对金长宏的安排还是满意的。

他跟着伐木累的车一路开到小房子。

这房子还是很安全的，周围都是林立的商品房，唯独这间三十几平方米的小房子傲然独立着。

“怎么办到的？”柳熙来轻声问金长宏。

金长宏自豪地一仰脖子：“钉子户！”

啊！对了，这是金家长期奋战下保留的小平房。

柳熙来笑了笑，斜睨了一眼金长宏：“我让人来谈判了几次，就这边两三户拆不了，尤其这三十几平方米的小房子，你居然是房主？”

金长宏差点流下了宽面一样的眼泪，这房子作为库房长期不用，出面抗争的是老板娘的老姨妈，怎么都不松口，不妥协。

他怎么就把自己给透露出去了呢？

孔毅同情地看了看已经石化了的金长宏。

田甜的心是温暖的，因为伐木累给她的员工宿舍居然还预留了田泽的房间。

“租金也不贵，也就……五百一个月吧，包……包水电、网络！啥都包！”金长宏咬咬牙，说了个自己觉得已经很合理的价格了，一转脸，看见柳熙来一脸不赞同的表情。

柳熙来站在田甜看不到的地方，伸手圈了个“0”，然后做了一个丢掉的动作！

金长宏一愣：这是要去掉一个零？

柳熙来嘴角勾起一抹坏笑。

“啊，跟你开玩笑的，员工宿舍是福利，怎么会收这么贵呢！就五十吧！”金长宏抽着冷气对田甜说。

田甜有些意外：“太……太少了吧！”

金长宏看了一眼站在田甜身后的柳熙来，坚定地一挥胳膊：“不少！应该不收钱，但是怕你内疚，还是意思意思，就五十块吧！”

柳熙来挑了挑眉头，觉得很满意。

田甜算是安顿下来了，大家都离开时，柳熙来开心地搓搓手，也准备回去。

田甜破天荒地叫住了他：“柳总……”

柳熙来很颓败地说：“叫我熙来！或者阿来都可以！”他已经纠正过田甜很多次了。

田甜结结巴巴道：“熙熙……来……来……”

“我……我想请你吃顿饭，单妈妈也有这个意思，她让我跟你约个时间。”下午的时候，田甜接到单妈妈的短信，商量了一下感谢柳熙来的方式。单家是有名的吃货之家，连清明节都能用吃吃吃来庆祝的那种。

提到报答，单妈妈第一个想到的就是请柳熙来大吃一顿。

田甜想来想去，觉得妥当，也同意了。

柳熙来迟迟不答应，田甜的脸一下子就涨红了：“没……没关系，如果你没有时间的话……”

柳熙来开心地打断了她的话：“怎么会没有时间，我有很多时间！除了钞票，

我最多的就是时间！”

孔毅在门口翻了翻柳总的行程表，差点白眼翻上天，压了那么多工作的人，有什么资格说自己有时间？

田甜脸上立刻露出了可以称之为兴奋的表情，她的眼里似乎有小星星在跳跃：“那说好了，周六的时候，我们一起去单妈妈的新家，她们一家也很想邀请你。”

柳熙来皱眉：“为什么还要带上她们？”好好的二人世界，怎么就变成了五人世界？

“我以后会单独邀请你！”田甜也觉得这样不够诚意，鼓足了勇气，做了单人邀请。她是事后知道父亲的手术全是柳熙来一手包办的，手术遇到问题时，还邀请了外国专家。

这份恩情，是怎么样都还不清了。

柳熙来听了开心得不得了。

“你喜欢在什么地方吃饭呀？”田甜小心翼翼地问。

柳熙来含笑看了一眼田甜，摆摆手：“有你的地方都可以。周六晚上，你定好时间地点，我会准时赴约。”他谈判的时候，从来不会做模棱两可的约定，一定是把主动权握在自己手里的。

回去的路上，柳熙来心情好得不得了，一路哼歌。

孔毅偷偷打开手机，跟唐赛在微信上吐槽：“我终于知道柳总为什么长期走孤傲路线了。”

唐赛：“为什么，那不是柳总的人设吗？还有别的原因？”

孔毅：“是啊是啊，他唱歌太难听了，傻笑的时候，也很幻灭。”

唐赛：“别形容了，画面感已经有了。”

孔毅：“但我还是要装作听得很开心的样子。”

唐赛：“辛苦你了，孔特助。”

孔毅心想：在这之前的几个月里，一直辛苦的是你呀，并且以后还会是你呀！

他又想到自己下周就要继续飞赴海外，远离因为爱情而变得神经兮兮的柳总，他默默在心里为唐赛点上了蜡烛。

此时已经夜间十二点，柳熙来没有让孔毅开车，而是自己开车把孔毅送回去。

“柳总，你回去也好好休息吧。”孔毅看见柳熙来的黑眼圈，忍不住开口劝了柳熙来。他是知道的，这段时间，柳熙来熬夜处理了不少柳熙照留下的烂摊子。

柳熙照为人自信又自卑，如果直接指出，势必会伤了他的自尊心。深谙这个道理的柳熙来，选择了手动纠错，还会在错误的地方用明显的标志指出。好几次，柳熙照看到了纠错都会默默对着那些标志发呆好久，下一次的时候，这样的错误通常就不会发生了。

“没事，我回去把这段时间的合同过一遍，熙照进步很快。”柳熙来说着拍拍孔毅的肩膀。

第五章
柳总发出的粉色救援信号

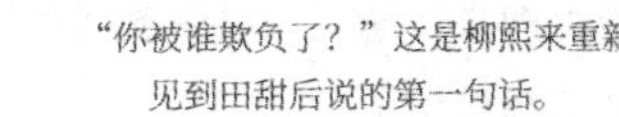

“你被谁欺负了？”这是柳熙来重新见到田甜后说的第一句话。

.1.

柳熙来一个人驱车去了公司，总裁办公室的灯还亮着。

保安看到柳熙来，惊诧道：“柳总，你不是刚刚上了楼吗？”

明日柳熙照就要去谈一个大项目，此时正在楼上阅读相关资料。

柳熙来眉头一挑，笑了笑。

他从私人电梯上去，看到柳熙照梳理着他习惯梳的发型，穿着跟他一样喜好的西服，笑了笑，走过去，将手放在了柳熙照的肩膀上。

柳熙照惊了惊，一抬头看到是柳熙来，尴尬地咳嗽了一声：“你怎么来了？”

柳熙来看了看他看的资料，很随意地翻了翻：“你有困难吗？”

涉及的专业比较偏，柳熙照其实是有点吃力的。但是他又转念一想，柳熙来没有理由把所有的相关资料告诉他的，难道柳熙来就没有一点防备之心？那样将柳氏企业东山再起的人精，怎么会没有私心？

自从柳境凸显了他黑化的气质后，柳熙照就夜不能寐，总觉得自己之前那种暗自在心里要报复柳熙来的计划跟父亲一比，简直弱爆了。

柳熙照现在反而有一种奇特的感觉，感觉是被老父亲拉下水，被动做了反派。

柳熙照一抬头看向逆光里面的柳熙来，逆光中看不清柳熙来的表情。

“的确有很多不懂！”柳熙照轻轻咳嗽一声，试探性地问柳熙来。原本，他以为柳熙来一定会敷衍地笑笑，事后让唐赛丢资料给他，这已经是他想到的最和睦的场景了。

然而下一刻，他呆住了，因为柳熙来真的坐下了，并且深入浅出地给他讲解起来。

柳熙照彻底迷惑了。

柳熙来讲得很仔细，怕柳熙照不懂，甚至还用了些案例，都是比较容易理解的。

柳熙照有点受宠若惊地问：“你为什么这么认真地教我？”

柳熙来充满疑问地挑了挑眉：“我做事一向很认真的。”

凌晨两点多，柳熙照把资料都吃透了，他站起身来，默不作声地给柳熙来泡了一杯咖啡。他现在有点看不透柳熙来，这人以前一脸骄傲，谁都不理，说话直戳人心，这次追了田甜，居然知道体贴行事了。

柳熙照问柳熙来：“你就不能好好专心看着柳氏吗，最近为了追个小姑娘，把柳氏都丢开，像话吗？万一别有用心的人这个时候设个陷阱给柳氏……”他也不知道自己为啥这么热情，就想滔滔不绝地训斥因爱变得盲目的柳熙来，然而他抬头一看到柳熙来似笑非笑的表情，就不想说下去了。

“没事，别有用心的人糟蹋不了咱们柳氏，我们钱多。”柳熙来喝了一口咖啡，破天荒地称赞柳熙照，“不错，咖啡煮得好。”

柳熙照被柳熙来一夸奖，莫名其妙就振奋了：“这是我自己弄的，你要喜欢，我明天在家里弄一罐子给你。”

但是话一出口，他又在心里骂自己傻，他为什么要对柳熙来这么热情？

柳熙来很自然地接口：“好呀，你回去给我弄两罐，我给田甜也送一罐去，你手艺还真不赖！”

柳熙照不想接话了，他怕自己再次说傻话，开心起来就像个没有思想的傻瓜，他是要做反派的，人设不能崩！

柳熙来也不在意，拍拍柳熙照的胳膊，示意他一同回去。

“我这几天就不来了，事情就交给你处理了，海外发展这块，叔叔的计划书你也看看，合理的话，你就批过，不合理，再研究研究。”柳熙来像是毫不在意一样，把之前柳境丢给自己的计划书丢给了柳熙照。

柳熙照心中一百个问号，他甚至怀疑柳熙来已经洞悉了父亲所做的一切，此刻正在试探自己。

他觉得喉咙都发干了，一起乘坐私人电梯到地下停车场的时候，他问柳熙来：“你不怕我出现重大失误？”

柳熙来很奇怪地看他，问道：“你会吗？我觉得你能力很强嘛！”

柳熙照觉得无话反驳，并且深深从心底赞同柳熙来：“好的，事情交给我吧！”

第二天天不亮，柳熙照就起来了。他看了柳境的计划书，奇迹般地，双手不受控制，把柳境的套全给挑出来了。

在柳熙来之前未用红笔标注的地方，他用紫色笔又标了许多。

上班的时候，柳境来敲门，他看见柳熙照，很开心地问："熙来不在？你负责海外项目？"

柳熙照"嗯"了一声："对，他把你的计划书都交给我了。"

说着，他不动声色地把计划书递给了柳境。

柳境一看，原来会议上勾勒出来的红色就算了，后期这些紫色的笔标注的，竟然让捞一点油水和转移资金的可能都没有。

他彻底愤怒了，一拍老板桌："柳熙来真是太精明了，居然勾画得滴水不漏，我真是小看他了，我所设的陷阱，他居然一个都上不了钩！看来我们父子面对的是个强敌！

"熙照，形势严峻啊，我发现柳熙来应该是心里有想法了！"

"嗯。"柳熙照一点都不想解释，他在心里安慰自己，这次就当作之前柳熙来熬夜教会自己许多东西的报酬吧。

他看见爸爸这样惶恐和生气，心里还觉得有点暗爽，虽然他也不知道自己暗爽的原因。

"儿子，你为什么脸上带着笑容？"柳境突然问柳熙照。

"啊，可能是洞悉了柳熙来的可恶，觉得未来很有挑战性！"柳熙照摸了摸自己的脸，心里很莫名其妙：这种想笑并且自豪的感觉，是因为什么？

柳境没有在计划书上得到半点好处，甚至为了完成海外计划，需要更加勤奋地跟进。他心情很不好，走的时候，很心不甘情不愿地在计划书上盖了章。

"这次计划书出得太草率，下次多斟酌，就能万无一失。"柳境安慰自己，也说给柳熙照听。

柳熙照自己都没有察觉，自己居然鄙夷地挑了挑眉头。

这表情竟然无限接近柳熙来的表情。

柳境见状愣了愣，想说什么，但还是忍住了，只是欣慰地拍了拍柳熙照的肩膀："王子就是王子，不会被掩埋的，给爸爸一点时间。"

柳熙照一头问号地看着柳境从办公室出去了。

柳熙照现在觉得老父亲更加难以沟通了，父亲的内心一定很复杂，哪怕他只是站在这里放空眼神，对方都能解读出一篇宏伟文章。

柳熙照又低头看了看桌上的项目书，叹了一口气。

从医院回来，田甜原本以为柳熙来会一如既往地来纠缠，然而，一周过去，她的工作渐入佳境了，但是柳熙来一直没有来过。

金长宏自以为获悉了真相，一边同情着田甜，一边把田甜第一个月的工资给扣得透支了。

“田甜，你要知道，我们看望你，是误工的嘛，花篮和果篮也是花费甚多的。你的任务都是罗辞做的，人情是人情，公事是公事。”金长宏觍着脸给田甜看第一个月的工资单。

田甜乖巧地点点头：“是的，我懂。”

罗辞一边做着手里的表格，一边摇头：懂什么？无非是看田甜失去柳熙来这个靠山，现在开始做回本的事情了。

幸亏金长宏手上还有柳熙来撤下来的几笔订单，要不然还不知道苛刻田甜到什么地步。

“其实啊，那个房屋租金，也不是我收的，是我一个远房阿姨的房子……”金长宏继续试探地说。

田甜“啊”了一声，有些胆怯地问金长宏：“老板，是不是太为难？如果太贵，我搬出去吧！”

罗辞再也忍不住了，走过来，“啪”的一下把手里的资料砸在两人之间，冷冷地说：“金老板，你凡事留点余地吧。”

罗辞还不屑地“嗤”了一声。

金长宏都把田甜的月薪扣透支了，还谈什么一家人？一家人没有这么坑的。

田甜身上没有多少钱，这次遇到突发事情，攒着钱想要还给柳熙来，也不敢放纵地吃东西，每天就煮点白米饭，捏成三个饭团，早中晚各一个，有时撒点盐，有时撒点糖。

临近傍晚，公司里的人都回去了，田甜熄灭了公司所有的灯，只留了一盏小台灯，在那里学习并且工作着。

说实话，金长宏还是很感动的，田甜这孩子知道回报，也知道节省他的开支。他其实都看在眼里的，虽然势利和抠门是天性，但是吧，他也是良心未泯的。

所以金长宏走的时候，还留了一包榨菜给田甜。

罗辞下班以后，转了转，在附近的店里点了一份火山鸡蛋配肥牛的套餐。

他提着食盒爬上伐木累的二楼，黑暗里，果然还有一束淡淡的白光。而田甜就坐在那里，一边捏着饭团吃得很开心，一边填写着单据。

罗辞叹了一口气，提着食盒走过去。

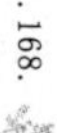

田甜正在入神地看着单据，她学东西很快，最近把要学的反复演练。她很感恩这份来之不易的工作，因为学历不高，所以她很怕自己拖了公司后腿，反复演练，复检，生怕有一处错的。

她正看得入神的时候，从黑暗里伸出个指头点了点她的桌子。

田甜吓了一大跳，睁着一双大眼睛看向上面。

罗辞微笑着将手里的外卖食盒递过来。

“啊，多少钱，罗哥？”田甜当然知道罗辞是特地上来送的晚饭，她也不想拒绝，让别人的好心付之东流，所以站起来打算接下这份餐点。

罗辞叹了一口气，田甜这个女孩子实在太乖了，乖顺到把有可能亏欠别人的任何可能都杜绝了。

“你吃吧，我点了以后发现自己吃中药忌口，不能吃牛肉和鸡蛋，你帮我吃，算是对食物的尊重。”罗辞笑眯眯地说。

田甜“啊”了一声，知道是罗辞的借口，但是看他笑眯眯地看向自己，殷切希望自己接过来的样子，还是感谢地接了过来。

她吃东西很快，一盒子饭很快下去了大半。而罗辞怕她不自在，主动拿了她做的一些资料，坐在隔了一个桌子那么远的地方做比对，她不熟悉或者错误的地方，他就画出来。

田甜吃了半盒，把另外半盒整整齐齐地绑好。

“吃不下了？”罗辞问她。

田甜害羞地摇摇头：“明天可以继续吃。”

罗辞想说什么，但是看到田甜开心的样子，还是把话吞下去了。

他给田甜指了几处地方，田甜很聪明，立刻会意就改了过来。

夜深的时候，田甜主动提出让罗辞回去。

她把罗辞送到楼下，她住的地方在公司旁边，近得很，又因为在市中心，人来人往，安全问题倒是不用担心。

罗辞是骑自行车上下班的，在如今这种电动车满街跑，共享单车到处有的年代，依然骑着链条自行车的罗辞，显得格外怀旧。

然而他上车蹬了两下，突然发现链条掉下来了。

他蹲在那里用树枝修理链条，却怎么也对不准。

田甜本来已经折回去了，看见远处罗辞一直蹲着，还用下巴夹着手机手电筒在修理车子，觉得奇怪，她便又走回去了。

“让我来吧！”田甜蹲下去，接过罗辞手中的树枝，随手拨了拨，就把链条扳正了。

“厉害啊，田甜！”罗辞由衷地赞叹。

田甜不太好意思，拿出手机，替罗辞照亮：“你走吧，这段是路灯盲区，最近施工，地面又不平，我给你照着吧。”

罗辞点点头，骑了一段时间，回头看，田甜像是黑暗里的小仙女一样，高高举着手机给他继续照明。

看见他回头，田甜晃了晃手，咧嘴笑了。

这单纯而美好的笑容真是太有感染力了，罗辞一下心就暖暖的，也朝着田甜挥了挥手，示意她回去。

见罗辞已经骑到了路灯下，田甜点点头，果断地收了手机，一路狂奔回去。

她腿其实还挺疼的，而且两次袭击事件给她留下了不可磨灭的心理阴影，她现在对黑暗充满了恐怖。

唯有奔向有灯的地方，她才会有一点点安全感。

罗辞脚点着地，看田甜跑远了，腿似乎还有点瘸，有点心疼她，因为明白她是因为害怕才会跑得这么快。

之前她还为了怕自己骑车摔着，举着手机给自己照明。

真是个好孩子，罗辞心里一暖，想起田甜因为自己的疏忽而伤成现在这个样子，又内疚又感动。他一路骑回去的时候，居然破天荒地没有想起自己的前女友小彤。

他居然琢磨了一路田甜的小细节。

他突然发现，原来不知不觉里，田甜默默为伐木累的大家做了那么多事情了，像是春风化细雨，润物细无声一般，所有人都自然而舒适地接受了她的用心。

.2.

柳熙来已经无暇顾及田甜这里了。

因为，柳氏发生了一件十分棘手的事情。

之前从柳熙照手里过的第一笔单子，材质被替换成了次一等的，当初柳熙照是怀着求赚快钱的心理，签下这单。

他总觉得用的材质虽然不如之前定的，但是也不至于出问题，用他的话来说，就是中规中矩，不会优秀，也不会出大纰漏。

然而恰恰是这中规中矩的材质，用在了安保用具上，出现了大的问题。

文灿展示集团是柳氏合作了多年的老客户，从柳熙来接手，就一直同柳氏合作，

每一次展示文物布展，都是柳熙来亲自批复合同。

然而这次柳熙照换了布展材料，却未告知柳熙来。

安保的材料并未达到承重的标准，在会展开始后，整个天花板塌陷，会场的大半人员都受了不同程度的伤。

柳熙来十分震惊，他拿着合同从头到尾翻阅，发现合同上的材质依然是要求的材质，但是提供的却是次一等的材料。

“不用去追究供货方的责任了，是我，我当初以为可以承重，就同意换取更次一等的材料，我拿了回扣。”柳熙照的脸上看不出表情，但是说话的时候，嘴唇哆嗦，还是泄露了他的不安。

柳熙来并没有骂柳熙照，只是冷冷看了他一眼。

“我、我去道歉，解释清楚。”柳熙照主动要求去 G 市，解决烂摊子。

柳熙来摁了摁自己的太阳穴，伸手做了个停止的手势：“熙照，当初你更换这些材料，有计算过承重吗？”

还要计算这些吗？柳熙照茫然地摇了摇头。

柳熙来拍拍他的肩膀，从柜子里陆陆续续拿了一些柳氏涉及的专业资料，平平整整地放在了柳熙照的面前。

“你要把自己变成多面手，才能成为最稳妥的决策者。”柳熙来拍拍柳熙照的肩膀。

柳熙照很是不解，抬头问柳熙来：“你不怪我拿回扣？”在他看来，这才是比较严重的事情吧。

柳熙来撇撇嘴：“君子爱财，取之有道。你以后缺钱可以从我这里支取，但是涉及公司名誉的，希望你学会斟酌。”

他看柳熙照不解，叹气继续说道：“熙照啊，你可知道，柳氏不是我一个人的，我也占据不了柳氏集团全部，你也是主人，也该学会怎么做一个领导者。不管以后你自己创业或者继续在柳氏工作，做事之前，要学会身正，学会做人……”

柳熙照脸上一红。

“我不是责备你，我只是告诉你，你可以支配钱，却不能让钱支配了你的灵魂。我们可以爱财，但是不可以自损根基地求财。

“没事，别担心，柳氏有钱，能解决这问题。你进来的第一天，我就跟叔叔说过，让你放手做，我们不缺钱，可以解决你犯下的任何错。但是成长中，所有的错误我都希望不要重复上一次的！”柳熙来拍拍柳熙照的肩膀，将桌上的合同和其他资料一起塞进公文包里，转身朝门口走去。

他走到一半，又顿住脚，扭头看向柳熙照："对了，你负责重新采购这批安保原料。"

柳熙照有些意外："我？重新再次采购？你信任我？"

"对，合同我不看了，我相信你可以做到最好。我去解决后续的事情，但是合同里面还有两处展会近期也要开，文灿那里会派验收人员配合你。"

柳熙照站起来，有些不知所措："但是，我……"

"你不能胜任？你能力不足？还是你害怕承担接下来的责任了？"柳熙来严肃地看向柳熙照。

柳熙照觉得口干舌燥，他隐隐觉得柳熙来似乎在教导自己行事，但是又觉得不可思议。他摇摇头，坚定地回复柳熙来："放心吧，这次不会弄糟，我会让一切回到正轨。"

柳熙来"嗯"了一声，转身走出了门。

飞机上，唐赛坐在柳熙来的旁边，小心翼翼地偷窥自家总裁，却看见柳熙来正在津津有味地看一本小说。

唐赛悄悄瞄了一眼，见小说是《王子与贫儿》，不禁心里犯嘀咕：总裁从来也不是阅读这些名著的人呀。

他见过柳熙来看各种书，都是十分古怪的，比如《怎样才让人觉得你是踏实地在装酷》，又比如《让大众觉得你有钱又低调的方法》……别怀疑，这样的书柳熙来有数十本。唐赛曾经一度怀疑，是什么人洞悉了柳熙来的个性，才出了这一套只有柳熙来才会买的书。

柳熙来似乎在沉思着什么，很久以后，手指才捏起一角，把它翻过去。

等到下飞机的时候，他似乎还没有看完四分之一。

来接机的是文灿的总裁文华，他见着柳熙来，伸手紧紧握了握柳熙来的手。

文华同柳熙来认识十几年了，见面并没有开口责备。

"熙来，这次是供货方出了问题吗？"他以为是柳熙来被坑了。

柳熙来摇摇头："我要向你道歉，的确问题出在我这里。我这次来，一定会把所有的事情解决好，这次所有的花费，包括接下来的两场会展，都由柳氏免费提供安保建构。"

文华哈哈一笑，搂住柳熙来的肩膀："我们认识这么多年了，也知道你不是因小利而吃大亏的人，你是有大格局的人，你不想说，我也不多问了。走走走，喝酒去。"

柳熙来将手里的行李丢给了唐赛，嘱咐道："你先回去，我跟文总去叙叙旧。"

唐赛得了命令，拖着行李坐进文华派来的小车里面，一路晃晃悠悠地去了酒店。

他久等柳熙来不来，不禁坐在阳台上，打起了瞌睡。

夜间两点的时候，手机铃声大作，唐赛迷迷糊糊地接起来。

手机里传来柳熙照急切的声音："快，别让柳熙来他们走 × 大道，让他绕行！"

唐赛"啊"了一声。

柳熙照爆了一句粗口，又朝唐赛吼道："我让你通知柳熙来，绕道走！！他的手机我打不通，你能联系上他吗？"

其实文华跟柳熙来年龄差不多，两人从上学的时候就因为家里有业务来往认识了，柳父去世后，文家并未中断和柳氏的合作，算是患难之交。

后来柳熙来接管了柳氏，文华接管了文灿，两人依然每年都见一次面，合作无数次，也算是处得不错的好朋友。

但是，柳熙来本人是很不喜欢跟文华一起喝酒的。

不是说文华的酒品不好，而是文华的酒品太好，每次喝醉的时候，柳熙来就会成为放浪形骸的李太白，而文华就会成为比平时更加正经一百倍的纪律队长。

就像是此时，文华喝得渐入佳境了，看柳熙来一个有两个。

文华很不开心地站起来，走到前台，把自己的钱包和钥匙都递给了酒保。

酒保目瞪口呆："哥们儿，你干吗？"

柳熙来端坐在沙发上，一点都没有醉意，他早就知道文华的酒量怎么样了，一共就三瓶啤酒，两瓶是他喝的，跟喝白开水一样，一瓶是文华喝的，但是就目前来看，文华已经处于醉酒状态了。

看酒保的表情，柳熙来都知道文华在干吗。

每次文华喝醉了，就会像托孤一样，把自己的所有东西给店里的经理或者自己觉得可以托付的人。

果然，文华开口了："你们值班经理在吗？我有事要跟他聊一聊。"

看他彬彬有礼的样子，还穿着正式的西装，酒保嘀咕了一声，回答文华："你有什么事吗？"

文华面不改色，严肃认真地告诉他："关于生命的大事！"

酒保是刚来的，但是经理不是刚来的。窦经理一看到文华，"哎哟"一声，拍了一下酒保的头："那是文灿的文总，一定是喝高了。"

窦经理转头对文华笑："你好，文总，我是窦自在，这里的值班经理。"

文华一把将手里的钱包和钥匙都塞给他了："我喝多了，不能开车，怕带着出事！”

这是文华做习惯了的事，怕自己醉驾，每次在尚且还有意识的时候，就把所有的东西全部托付出去。

做完这一切，文华乐呵呵地回到座位，把剩下的半瓶全喝了，这下真正陷入醉酒状态。

“我跟你说，活得太没意思，我就想把文灿卖了去做背包客！

“啊，我要做个文艺青年，写一百本书！

“对，去极地画画！画小星星！

“还有去做摇滚少年！”

文华喝醉了的另外一个特征是话多。

柳熙来扑哧一下笑出声来：“吃了几颗开心果啊，兴奋成这样？”

他伸手召唤服务生：“把他的车钥匙给我。”

文华眼睛一下子就亮了，跳起来，很正直地指着柳熙来：“不可以，我们一起背诵交通规则！”

“那我让服务生帮我们叫个车？”柳熙来询问文华。

服务生有点为难：“老板，这里叫不来车，在半山腰呀，一般的士司机不愿意半夜过来。”

柳熙来挥挥手，示意服务生离开。

“你手机呢？文华，让你司机来接！”柳熙来的耐心要用光了。以往喝酒都在都市里，随时都有车，这次来的地方在半山腰，夜深了，竟然没有人在外面道路上走动，太偏僻了吧。

文华做了个保密的动作，很认真严肃地摇头：“夜深了，不可以让司机赶夜路！”

柳熙来简直要骂脏话：“给他钱，为什么不可以？”

文华不理他。

柳熙来伸手摸自己的口袋，突然发现自己的手机不知道什么时候不见了。

他看到酒吧外面有辆三轮车，招招手，问服务生：“三轮车多少钱？买了！”

服务生像是看傻子一样地看了看柳熙来，跑去询问了窦经理。

窦经理哭笑不得，过来回复柳熙来：“你好，你要是想用，可以拿去用，明天记得送回来就可以。文总不是生客，经常来的。”

“你们这里的客人晚上都不回去？一辆汽车都没有？”柳熙来问道。

窦经理露出个笑容，很有礼貌地回答：“基本都不回去，上山喝酒很少夜里下去的。我们夜深以后还有驻场唱歌的，很好听。”

柳熙来困得要死，一点都不想听驻场歌手唱歌。他挥挥手，把领带扯开了，又把西服脱了，丢在三轮车上，这三轮车是酒吧平时拉货的，脏兮兮的，柳熙来把西服垫在车上，把文华拖上来。

文华认真而诚挚地握住柳熙来的手：“谢谢你，活雷锋！”

柳熙来一巴掌把文华推开了，又解开了他脖子上的纽扣，然后很快把车骑出去了。

窦经理礼貌而不失文雅地站在门口朝着两位老总挥别。

山路很陡，柳熙来一路颠簸着，感觉自己身上每一块肉都在跳动。

他一路骑，文华一路在后面认真地打着拍子：“一二一！加油干！”

柳熙来简直想要揍文华，车子转过山间小道，向下滑行时，突然从路边挤进来一帮开着汽车，戴着黑口罩的人。

看见是一辆破旧的三轮车，开车的人停了下来，一脸的茫然。

“是……是柳熙来？”带头的用满是不确定的声音询问手下。

柳熙来的三轮车从他们旁边开过去，突然停住了，于是带头的人听到了柳总熟悉的问话。

“兄弟，你的车卖吗？”

“说吧，多少钱，不论多少我都买了，你赚了！别用这种眼神看我，我有钱，让一辆给我吧！”柳熙来十分平淡地问，就像是在询问大白菜多少钱一样。

所有人都确定了，对！这就是柳熙来，只有他才能鼻孔朝天地问出这么招人烦躁的问话！！！

一个小时后，报了警的唐赛带着警察气喘吁吁地赶到半山腰。

“快点，同志们，我怕……来不及了！”唐赛一想到柳总很可能已经遇害了，心情很是难过，他甚至在责备自己没有跟着柳熙来。

众人赶到半山腰，看见柳熙来之前骑着的三轮车静悄悄地躺在那里，文华则枕着柳熙来的衣服，睡得很香。

唐赛已经顾不上客气了，拼命抽打文华的脸，还带着哭腔摇晃文华：“柳总呢？柳总在哪里？”

文华被他晃动得头晕晕的，艰难地睁开眼睛就要作呕。

“柳熙来？他不是刚刚还在吗？”文华酒醒了大半，扒了扒自己的头发，“我在哪里？怎么回事？我们不是在山上喝酒……”

唐赛急得不行，一把抓住文华的领子，带着哭腔说：“柳总他可能已经被谋杀了！”

这一下，文华的酒完全醒了。

文华哆嗦着，茫然地看向四周，回应他的是满山的鸟雀叫声，和风刮过来时萧瑟的枯叶滚动的声音。

“你们快多叫点人，一起帮忙找！”文华打了电话回去。

“柳总，他最近有没有得罪什么人？”警方慎重地问唐赛。

唐赛抽泣着，抽抽搭搭的：“啊，他天天得罪人，几乎认识他的都不喜欢他。”

从 W 市赶来的孔毅，虽然心情也很沉重，但还是被唐赛这话给逗得扑哧一下笑出来。

孔毅也调了一些人手，他认识一个朋友，专门负责私家寻找失踪人口的，他不像唐赛那样失望，总觉得柳总这么机智，应该不会有生命危险。这种迷之自信，让他坚持着到处托人一起寻找。

因为是柳氏的总裁，牵涉甚多，G 市的警察分了好几批在寻找柳熙来，甚至连猎犬都出动了。

柳熙来就像是原地消失了一样，猎犬除了原地转圈，压根儿没有任何信息。

柳氏内部都开了好几次会议。

柳境本该去境外，这次也留了下来。

而之前帮柳熙来顶班的柳熙照则被柳境锁在了家里。

其实柳境根本不需要关柳熙照，因为柳熙照根本没有想过要从家里出去，他陷入了一种十分奇怪的情绪，这种情绪可以称之为内疚或者叫自责。铺天盖地的自责感让他没有力气做其他事，因为他也不知道会不会把自己猥琐的老父亲搭进去。

柳熙照是在柳熙来去 G 市的早上，发现柳境的计划的。

这种赤裸裸、毫不掩饰的恶行，柳境丝毫也没有打算掩盖，就在家里打电话通知了动手的人。

“其实，你可以不用这样！这样太下作了。”柳熙照冷冷地看向柳境，“我想过打击柳熙来，让他穷到一无所有，跪着求我们，但是我没有想过用你的手法。”

柳境说道：“不可能的，你能力没有他强，行动力没有他果断，还没有他眼毒，投资一步到位，他穷到一无所有应该不可能，他是我见过的，最有商业头脑的孩子！

“所以，孩子，简单粗暴才是最有力的方法！”

“君子爱财，取之有道！”柳熙照不知道怎么就想起这句话了。

“哈？君子？哈哈哈，熙照，你去休息休息吧，这几天也很累了。等风波过去，你就再次出现，以柳熙来的身份出现，这次就真的是柳熙来了。”柳境很是得意。

他拍了拍柳熙照的肩膀，柳熙照嫌恶地闪避了这个动作。

柳境走的时候，特地落了锁，他也知道关不住柳熙照，特地跟柳熙照分析了利害关系。

柳熙照从头到尾都冷冷地看他。

“你懂了吗？这段时间最好不要出门！”柳境命令道。

他反手锁门的时候，听见柳熙照在低声说话。

“你真是个可怕的人。”

柳境手一抖，却什么都没有说，头也不回地离开了。

柳熙照十分无聊，看着电视新闻上一遍遍地播出柳熙来失踪的事情。柳熙来的照片被放得很大，他的眼睛很漂亮，眸子黑亮，眼白带着点淡淡的青色，看人的样子有些冷漠和傲气，照片上一脸的淡漠，显得与人相隔千里之外。

他头发一丝不苟地梳理着，穿着西服，手抄在口袋里，还有每张照片都独有的四十五度角鼻孔朝天的傲气！

柳熙照看看电视里的照片，又看看自己，突然觉得很好笑：我在干什么？柳境在干什么？不管怎么样，柳熙来并没有打压我们父子呀？！我跟父亲，就像是两只养不熟的白眼狼……

他不想再想下去，索性站起来，从抽屉里掏出一把剃发的机器，自己对着镜子熟练地剃了个光头。

在国外的时候，他经常剃光头，无拘无束的，现在只想做回那个时候的自己。

少年的愤世嫉俗，现在想想其实也挺美好的，最起码不这么污秽。

他剃了光头，又脱掉了西服，换了一身满是花朵的衬衫和一件珠光色的银白外套，穿好后在镜子跟前走来走去，突然就觉得舒坦了。

果然做自己最舒服。

他打了个电话给闻羡。

不管怎么样，他得去寻找看看，大不了，找到了柳熙来，他就偷偷去换了柳熙来回来，不是都说他长得像柳熙来吗？

.3.

伐木累的订单像是雨后春笋一样，突然就冒出来了，整个公司的人都忙得不可开交，不要说看新闻了，刷手机的时间都比旁人少。

田甜还是接到单柔丝的电话，才知道柳熙来被绑架了的事情。

此时她正在填写进货单据，电话响的时候，她已经连续工作十二个小时了，中饭也只是啃了个面包。她随手接过电话，单柔丝富有穿透力的声音刺破了她耳膜：“小田甜，你的柳总被绑架啦！”

田甜愣了愣，捏着电话的手就僵在了那里。

“他被绑架了？什么时候的事情？”田甜突然有一瞬间感觉自己不在地球一般，耳鸣后就是世界的寂静，连电话那头单柔丝说了什么她都不知道了。

等到她回过神，单柔丝已经哇啦哇啦叫了好久了。

“姐妹，你太镇定了，你一点都不像是关心柳熙来的样子！”单柔丝很不开心，哐当一下挂了电话。

田甜捏着电话的手指节发白，她自己都不知道，自己浑身都在颤抖。

罗辞拿着资料走过去，看见田甜脸色煞白，还在发抖，以为她是什么旧疾发作了，冲过去扶住她，问道：“田甜，你怎么了，是哪里不舒服吗？”

田甜被他摇了摇，恢复了点温度一般，咽了咽口水：“罗哥，我可能又要请假了！”

“你是发生了什么事吗？需要我帮忙吗？我还有将近一个月的年假可以休息！”

田甜慌忙摇手：“不不不，不了，是我的私事，朋友遇到了一些困难，我必须得去看一看！”

罗辞有些遗憾。他陪着田甜去请假，因为他觉得如果田甜一个人去，肯定应付不了金长宏，金长宏估计会有成百上千个借口，让她从伐木累里面出不去。

果然，金长宏暴起了：“田甜，你看见了吧，这里的订单多得跟雪花一样，我们所有人不吃不喝去应付也是时间紧迫的，你这个时候离开是不是要给我一刀？”

田甜纠结得要命，她勇敢地一鞠躬，从口袋里掏出一封信递给金长宏。

其实她刚刚就想过，如果是私人的事情，是不应该连累公司的进度的，只有放下这里的工作，才能有时间去寻找柳熙来。

金长宏接过那封信，看了一眼信封上的“辞职信”三个字，顿时就怒了：“你怎么回事啊，你以为你这份工作来得很容易吗？你为什么不好好珍惜？”

罗辞拼命在中间拦着田甜，同金长宏商量：“金总，你看这样行不行，你让田甜去看看，要不然她不心安，她所有的工作我帮她做完，她的假期就算在我的年假上，我有将近一个月的年假，你忘了？”

田甜的眼泪一下子就下来了，她很内疚地看着罗辞，又看看金长宏，虽然哭着但毫不迟疑地朝着金长宏鞠躬：“金总，我不指望你能给我留下职位，我也知道自己的行为会拖累公司，但是很多事情，你稍稍错过一会儿，就会遗憾一辈子。我懂这个道理，也知道自己过去未必能够帮上忙，但是我如果不去，我不去寻找看看，我会内疚一辈子！

“我不能放任我的朋友在那种危险的境地！”

她坚定地看向金长宏。

金长宏挥起手，又无力地落下去，很不耐烦地扭过头：“你去吧，回来未必让你待在办公室了，要让你做最苦的进销人员，吃吃苦！”

其实这也是一种退步，伐木累哪有什么进销人员，只是金长宏的赌气说法。

田甜很感激地朝着罗辞和金长宏鞠了个躬。

她收拾了点行李，就上网订了去 G 市的车票。其实她也不知道怎么去寻找柳熙来，收拾行李的时候，她手指停在柳熙来之前给她的一个类似情侣相关的小挂件上。

那是她第二次遇到袭击后，柳熙来送给她的。

小挂件的形状是半个蝴蝶翅膀，柳熙来的那半边是金色的，她这半边是银色的，三分之一个巴掌大。

“这是柳氏集团新开发的定位仪，叫一个世界，是我构思的。”当时柳熙来是这么说的。

啊？为什么叫一个世界呢？

柳熙来像是看懂了田甜的疑问，握着她的手。彼时她手里拿着银白色的那半边，他小心翼翼地将自己那半边金色的蝴蝶翅膀和半边银白色的蝴蝶翅膀卡在了一起，拼出了一个完整的蝴蝶轮廓。

“你看你的半个世界和我的半个世界，就是整个世界。”

田甜记得自己当时脸还红了，柳总说情话的本事真强，关键是他说起情话来，就像是喝白开水一样，淡淡的。

“其实这就是情侣定位系统，只要点开按钮，再用手机扫描出地图，就能够感知到对方的位置，看！”柳熙来用手机示范给她看，手机屏幕上浮现起光晕的 3D 图纸，而对方的所在明明白白地精确到了楼道处。

很精准的一个定位仪。

其实柳熙来并没有说，这个仪器就是为了田甜设计的，因为田甜两次遇袭，让他恨不得时刻陪着田甜，他对设计人员的要求是，精确到街道门牌。

此刻，田甜手指触及了这个半边蝴蝶的定位仪，突然眼睛一亮。

一个城市的范围射程，她应该可以找到柳熙来吧？！

这几天G市靠近坪山的地方，所有民宿和住宅都住满了人，后面来的私家侦探索性搭起了帐篷。已经第四天了，柳熙来依然毫无消息，甚至连索要金钱的信息都不曾传出来一丝，所有人都觉得不太乐观了。

包括孔毅，他从最开始的笃定到现在的焦灼，嘴角生了个很大很大的水泡。他在心里暗暗焦急，还要安慰每天默默咬着牙发着低烧到处寻找柳熙来的唐赛。

唐赛的心思孔毅也是知道的，跟着总裁出来，却因为自己偷了一会儿懒，就落得这样的下场。

“不是你的错，如果你在，也只是多个受害人！”孔毅看见唐赛脸颊都瘦下去了，眼窝黑黑的，一副憔悴的样子，于是出言安慰，“你不用自责。”

唐赛没有说话，只是无力地摇摇头。

山腰处又来了一拨人，举着喇叭在说着什么。

唐赛茫然地看了一会儿，扭头看孔毅，问道：“你说，柳总会不会已经回去了？”

孔毅想了想，不愿意看到他失望的样子，咳嗽了一声，轻轻地回道：“嗯，他可能已经回去了。”

G市一间仓库的地下室里，灯光黯淡，即便是白天，走进去，也呈现出夜晚的灰沉沉之感。

柳熙来就躺在其中的一张床上，擦着鼻血。

熊哥是绑架柳熙来的头儿，他有点惊讶：“柳总，你咋还流鼻血了？”

柳熙来有点不开心，摔了中午吃的饭菜：“天天吃这些，你不会上火？柳境让你们做劫匪，就没有考虑过职工待遇吗？”饭盒随着他的动作被甩在了地上，露出了被辣椒炒得火红的烤肉，其实这还是熊哥让手下跑了挺远买来的上点档次的菜了。

要不是柳熙来说服了他们，他们给柳熙来预备的就是一个蛇皮袋。

“柳总，你对当初的事情了解多少？”熊哥转了话题。

柳熙来没有说话，他一只手被锁在铁床的床栏上，另外一只手在无聊地转着自己的打火机。

“你说当初的事情惹了大麻烦，你到今天也没有说怎么个麻烦，怎么让我们

规避？”熊哥有点焦躁，他们虽然当初也干了一些伤天害理的事情，但是他们也不是职业杀手啊，更不想手染鲜血，他们一伙当初只是柳氏集团的小保安，跟在柳境后面做了一些事情而已。

那事之后，大家都得了好大一笔钱，各自分散开来，各自有各自的造化。这些人里面，极少有人愿意重操旧业，再做这么见不得人的事情。

就拿熊哥来说，他娶了个比自己年轻的媳妇儿，今年刚刚有了双胞胎，如果不是柳境威胁他，他压根儿不会再想到做伤天害理的事情。他还挺骄傲，一直把媳妇儿和双胞胎藏得严严实实，柳境竟然没有调查到自己亲人的信息。

柳熙来微微一笑，看到熊哥满脸懊恼的样子，觉得很有意思：“你们要知道什么事情？不要说当初的事情，你们现在的家庭地址、小朋友在什么地方上学，我也知道呀！”

熊哥的心被吓得提了起来。

“你想想看，有钱真的能做很多事情，你们所刻意隐藏的，花点钱都不是问题。想不想听听我对你们家眷的描述？”

熊哥完全不想听，但是他内心是知道柳熙来说的话不是吓唬他们的。

柳熙来还善意地提醒他，兔唇越早治疗越好，不要因为孩子小而舍不得动手术。

熊哥惊了，他家一对双胞胎都有兔唇的病症，他正在犹豫要不要在幼年动手术呢，这事他父母都不知道，因为怕老人家担心，他都瞒着呢。

生产的地方也很私密，算得上很小众的私人月子疗养中心了。

然而柳熙来什么都知道，就像是关注了他们很久了一样，他们中的每个人，都被柳熙来探查得清清楚楚的。

熊哥其实在心里想过，柳熙来要是做流氓一定比柳境来得快、狠、准。

最可气的是，柳熙来还很嘴欠地问他们：“你们都这么大把年纪了，四十往上了，还做什么古惑仔？是跑得动，还是打得动？做古惑仔也没关系，留那么多家累做什么？每个人都有妻有子，有的还带着老母亲，夕阳红团队古惑仔？”

对了，他们是老一代的职工，是老柳总招进来的，年纪的确大了些，但是也没有柳熙来说得这么苍凉。

他们哪里是来绑架柳熙来的，他们完全是给柳熙来套信息的。

“你们怕什么？过几天，柳境就会让柳熙照顶替我作为被寻回的总裁，出现在柳氏，我也不要回去，你们拿了我的衣服，去偷偷给柳境看不是很好？他要柳氏总裁这位置，我给他好了。”柳熙来似乎一点都不在意柳总这个角色。

“柳总豁达！但是也不现实，没人能够这么潇洒地丢下柳氏总裁的位置吧！”熊哥干笑道。

“我豁达不豁达那是我的事情了，你们也杀不了我，我根本没有反抗就跟你们回来了，因为我想给你们一个机会自救！！！但是我要提醒你们，柳境没有我这样的怜悯之心，柳境能放过你们？你们想想看，他现在的手下有年轻的小伙子，为什么会派出你们这群老弱病残？”

熊哥有点生气，他严肃地指责柳熙来：“柳总，注意你的措辞！”

“对不起，是老嫌疑人。”柳熙来敲敲手上的铁锁，“他想要一网打尽，你自己想想就明白了。”

其实到目前为止，熊哥已经被柳熙来劝得信心全无了，昨天晚上甚至崩溃得想跟柳熙来商量，大家一起组团出海，不要回来了。当初再干一票的激情，已经被柳熙来条条戳心的分析，给打击得支离破碎。

“你们不想想，这个时候暴露地点和范围给柳境，是给他一个团灭我们的机会吗？给我纸跟笔，我要给你们好好讲一讲我们所处的位置和即将面临的问题。”柳熙来很严肃地看着熊哥。

熊哥突然眼神就变得很茫然，心想：我们都在做什么？

从昨天早晨起，他就开始听从柳熙来的意见，转移了禁锢柳熙来的场所，并且中断了跟柳境的对话。

下午的时候，他们已经丧失了绑架柳熙来，大干一票的最后一点信心。

现在，他解开了柳熙来的锁，任由柳熙来在地下室的墙壁上，画上各种利弊分析，并且每一条分析他都觉得很有道理。

熊哥甚至有一种丢下一切，跟柳熙来回去殴打柳境的冲动。

“柳总，你自己回去吧，我们带着家眷也撤退吧，我感觉咱们都进了套！”熊哥想起柳熙来的手下还在自己家周围关注着自己媳妇儿和一对双胞胎的衣食住行，心情就十分压抑。

“但是我不想走，我柳熙来从来也不喜欢被人安排，我要等柳境来。”柳熙来丢掉马克笔，整理了下衣服，重新又睡回去了。

他一点都不想离开，因为他想看看柳境能够做到哪一步。

熊哥都要哭了，他现在真的不想铤而走险了，尤其听了柳熙来的分析以后，他发现柳境真的想一石二鸟。

因为熊哥刚刚在仓库的电视机里看到，柳境面对记者时，提到了警方将不惜一切代价，击杀凶徒。

财经频道在滚动播出柳熙来失踪的新闻，同时公布的还有群众提供的线索，经过重重比对，已经确定了几个绑架者的身份。

柳熙照打电话给柳境，问道："那些人的资料是你提供的吧？你连自己的人都不想放过，想一起灭口了吗？你现在真可怕！"

柳境似乎有些意外，他在电话里反问柳熙照："熙照，你这么说爸爸很寒心呀！你怎么知道绑架柳熙来的就是我的人？我的确想要扳倒柳熙来，但是那些人不是我的手下呀。"柳境现在已经开始睁着眼睛说瞎话了。

柳熙照的失望之感更强了，他没有继续质问柳境，而是默默把手机放下了。

他昨天从家里翻墙出去，却发现柳境把他所想的都揣摩了。柳境藏起了他的身份证和护照，他连买票的机会都没有。

柳熙照去求助闻羡，却发现闻羡的手机那边永远是录音留言，看来她应该是被家里关起来了。

幸好柳熙照有个相交甚好的朋友，愿意开车送他去 G 市。他们约好地方后，柳熙照戴着帽子和墨镜，远远看见朋友开着那辆骚包的车子驶来。

柳熙照伸手刚喊了一句"嗨"，突然，一阵剧痛从他后背袭来，铺天盖地的眩晕感将他淹没了，他的身体软软地瘫倒下来。

很快，穿着黑衣的保镖熟练地将柳熙照拖入树林里面，消失不见。

柳熙照的朋友停下车，抱臂在约好的地点等了又等，电话打了无数个，然而却再也无法联系上柳熙照了。

等到柳熙照再次恢复神志，他已经在远离城市的公海上，他艰难地起身，头痛欲裂，一双柔软的手阻止了他起身的动作。

"照照，他们给你注射了些麻醉剂，你起来应该会有恶心头晕的感觉吧？先吃点水果。"手的主人给他递来了剥好的柚子。

然而柳熙照却难以抑制地颤抖起来，他一遍遍地确认，眼前的女人，不就是这些年来他久寻的母亲吗？

"妈，你怎么在这里？"柳熙照又惊又喜。

谢锦有些感慨地笑了笑，没有说话，只是用手摸了摸柳熙照的头发。她其实很早就想来看柳熙照了，但是因为当初的约定，她怎么都无法靠近孩子。

"我们这是去哪里？"柳熙照问谢锦。他终于回味过来了，记起自己在昏迷之前，是在等待朋友的车的。

谢锦叹了一口气："我们是去度假呀，你难道不想跟妈妈在一起？"

白色的游艇在海面上漂浮，不管是驾驶船的船长，还是里面帮着准备零食水果的工人，似乎事先都得了吩咐，都不敢同柳熙照对视。

好在柳熙照的心里暂时都是失而复得的母亲，其他的都没在意。

田甜订了去 G 市的车票，不知道为什么，居然是满座。她一路站了几个小时到了 G 市，她带的行李不多，只有一点饼干和几件换洗衣服。

对了，她之前还带了些防身用的东西，但是她带的刀具被车站检查行李的工作人员给没收了。现在她觉得自己连一点防身的都没有了，有些迷茫，权衡利弊之下，她决定不再绕开唐赛他们。

她到了 G 市以后，就去了坪山。

坪山都是人，唐赛正在同当地的警察交洽。田甜鼓足了勇气，走过去，在一边默默等着。

等到警察走开，她走过去，朝着唐赛勉强笑了笑："唐先生，我是……那个……"

唐赛回过神，很惊讶地叫起来："田小姐？你怎么来了？"

孔毅听见声音也走了过来。

他们都很惊讶，因为无论怎么样，田甜之前跟柳总交往的方式都是被动的，只要柳熙来不去寻找田甜，田甜绝对不会主动联系柳熙来的。

"你……来这里是？"孔毅试探着问。

田甜很认真地回答："我是来寻找柳熙来的，尽管力量微薄，但是我想尽一份力。"

其实这么多天过去了，所有人都觉得柳熙来已经遇害了，寻找的人员依然聚集，只是为了寻找到柳熙来的尸体，给广大媒体和柳氏集团一个交代。

唐赛的眼睛立刻就红了："柳总要是知道你主动千里迢迢地跑来找他，不知道多开心！"

田甜眼圈也红了："我应该早点来，我刚刚才知道这个事情，之前太忙了，我连手机都很少看。现在找到线索了吗？"

孔毅插嘴："已经比对出几个嫌犯的身份，警方决定一举歼灭。"他把手机递过去，给田甜看网络上警方刚发的警讯。

视频上，G 市的警察局局长铿锵有力地在视频里一挥手："扫黑打黑是我们的职责，绑匪这么凶残，为保护人质，我们可以当场击毙！"

田甜有些吃惊，看完了以后十分担忧："这样的视频，网络应该到处都是了，如果柳总还活着，绑匪看见了，已经过了这么多天，压力那么大，会不会立

刻撕票？”

孔毅和唐赛都沉默了，这个问题他们也考虑过。

然而柳境也好，警局也好，都坚信只有一竿子到底击毙这些凶徒，才能寻找到柳熙来的尸身。

“他们认为，柳总已经不幸……”孔毅叹息着。

田甜摇摇头：“不可能，他那么厉害的人……不可能……”

她张了张嘴，刚想告诉两个人自己手上还有柳氏集团开发的追踪器，突然前方一阵骚动。

“啊，是柳境柳经理来了！”唐赛看了一会儿远处，朝着田甜点点头，“你也见一见柳经理吧，最近追踪事宜都是他负责，所有的信息都在他那里汇总。”

“也……也好！快去问问吧。”田甜挣扎着答应了，并且破天荒地冲在了前面，战胜了自己怕生的天性，想要知道更多关于柳熙来的事情。

柳境看起来很憔悴，以往只是零星的白发，此刻竟然半白，黑眼圈很深，让人感觉到他彻夜未眠的焦灼，嘴唇干裂起泡。

他见着警局局长便紧紧握住对方的手。

“不错，我们今天早晨在山上的一处洞穴里发现了这个！”局长递交给柳境一块小小的手帕。

手帕雪白，边口绣着个 L，这是柳熙来插在口袋里的绢丝手帕，他有随身携带手帕的习惯，避免用更多的手帕纸，作为环保推行人，很少有人知道挥金如土的柳熙来，会有这样的习惯。

柳境的眼圈一下子就红了，他嗫嚅着嘴唇，手摩挲着手帕，好半天后才艰难地说：“是，是熙来的手帕，上面有他的名字字母缩写。”

随即，他猛地抬起头，脸色煞白地问警局局长：“山洞里，有没有看见熙来的，他的……”

田甜刚跑过来，正好听到柳境的问话，突然从心底生出一股撕心裂肺般的疼痛感，这种感觉陌生而有力，让她整个人都要瘫软下去。

好在警局局长立刻否认了这个问题：“不不不，柳经理，你千万别胡思乱想，洞里干燥，能见度高，除了手帕，其他什么都没有，柳总应该没有待很长时间。”

柳境松了一口气一样，而田甜的脚却已经虚软了，她额头上都是汗。

警局局长也发现了站在一边的田甜：“这位小姐是？”这两天来坪山的人多，他都一一做了登记，但是田甜却是个生面孔。

柳境也转过头去，看了一眼田甜就叫出了她的名字：“是田甜小姐吧！”

田甜有些愕然！

柳境朝她点头：“熙来把你的事情告诉了所有长辈和朋友，大家都对你好奇且印象深刻，只是熙来拦着说时候没有到……”

田甜有些意外，心里说不出是什么感觉，又感动又觉得虚幻，她朝着柳境鞠了个躬：“柳叔叔好！”

柳境“哎”了一声，也稍稍弯了身，拍拍田甜，有些感慨地红了眼眶：“好好好，不介意我叫你小田吧！”

“不介意，柳叔叔，其实柳总他……”

田甜看见柳境一副憔悴的样子，张了张嘴，想要告诉柳境自己身上的追踪器。

其实今早刚刚进入G市，她就打开了追踪器，用手机导出地图，她发现，虽然信号时有时无，但是指向的地方却是在G市的边缘，并不在坪山附近。她来坪山一是来寻求唐赛的帮助，二是来了解下大概的情况，寻求更多的人去追踪器所在的地方解救柳熙来。

她刚想说出来，一抬头，眼睛触及柳境，整个人像是被雷劈中了。

刚刚因为柳境弯腰，挂在他脖子上的黄翡玉佩从脖颈处滑落出来，那缺了一小块叶尖的黄绿翡，此刻叶尖处已经用黄金给补齐了。

这块黄绿翡，是留存在田甜脑海里的阴影，是不可磨灭的记忆。

她眼睛一触及这块黄绿翡，心里就有一个声音告诉她，柳境很可能是害死妈妈的坏人。

她抬头去看柳境，浑身都在哆嗦。

柳境很奇怪，他咳嗽了一声，放柔了声音：“小田，你要告诉我什么？熙来他莫非有什么跟你联系的特殊办法？”

田甜强迫自己镇定下来，勉强笑了笑：“柳叔叔，熙来不会有事，我昨天还梦见他回来了呢，他那么厉害，一定会安全回来。”

还真是个小孩子！柳境扫了一眼田甜，他原以为田甜会说出什么话来安慰自己，或者提供点有用的东西，结果却用梦境来安慰自己。

柳境看田甜一副不谙世事的样子，想起她一直在社会底层长大，没有心机和谋略，不禁更鄙视她了，连再敷衍的心情都没有，他朝她笑了笑，就找借口离开了。

田甜看他离开，拳头握得紧紧的，孔毅和唐赛从不远处走来。

唐赛擦着汗感慨：“又是一天没有听到噩耗，感觉已经很好了。”

孔毅却很细心，注意到了田甜的情绪。他等唐赛去取矿泉水的时候，状似随意地问田甜：“田小姐，你似乎很不喜欢柳经理。”

田甜并没有打算隐瞒孔毅，直接说道："我觉得他像是要害柳熙来！"

孔毅大吃一惊，他其实跟田甜还没有唐赛跟田甜接触得多，完全没有想到田甜这样直言不讳。他拉着田甜又走远了几步，压低声音问田甜："田小姐，你怎么会这么认为？是柳经理说了什么不好的事情让你不舒服了吗？"

田甜问孔毅："那你觉得呢？柳熙来是个好人吗？"

她眯眼问话的表情居然有一瞬很像柳熙来，这让孔毅有一瞬间的愣神。他回过神来，尴尬地笑了笑："你怎么突然这么问我？"

"你也觉得他处理的方式是在救柳熙来吗？他不主张排查封锁式的搜查，美其名曰会扩大事态的发展，却又在媒体平台大肆威胁绑匪，你觉不觉得这其实是在赶尽杀绝？"

孔毅这才发现，原来田甜小姐并不像平时那样胆小又愚笨，她是有自己的思想的，她只是不愿意表达出来。可是此时她这样袒露地表达出来，是为了什么呢？

他困惑了："但是田小姐，你怎么会认为我会认同你的想法？"

田甜看了看孔毅，又看了看远处举着矿泉水狂奔而来的唐赛，叹了一口气："柳总身边的人，都不太聪明的样子，除了你还算忠诚。"

她说得很认真，像是在陈述事实，但是孔毅有一种被打了嘴巴的感觉，这种感觉他只在柳熙来那里感受到过。

啊，总裁选择的追求对象果然也是这样的犀利。

他咳嗽了一声，看见唐赛接近了，低声对田甜说："这里不太方便，待会儿我们找个地方细细聊。"

他就忽略"不太聪明的样子"，把重点落在"忠诚"二字上面吧，人总要学会有重点地去看利于自己的一面嘛。

午后的阳光暖洋洋的，但是田甜却有点发寒，她这段时间又受了重创，恢复得虽然快，但是一旦奔波疲惫，就让她的身体失衡，低烧不断。

来G市来得匆忙，加上前一夜辗转反侧，此时的田甜身体又经受不了，发了低烧。她从包里拿出药，一口吞下。

寂静的咖啡厅里，田甜在吃着药，给孔毅展示追踪定位仪。

孔毅的眼睛都亮了。

他用手机扫了扫，将大概的位置给放大出来。

"这是柳总在的地方吗？"他惊喜万分，"我们马上就召集人一起去。"

这里有一批孔毅自己召集的朋友，他打了电话，将所有人都召集过来。

下午一点，所有人瞒着唐赛出发了。

田甜忐忑不安，她在车上问了好几次孔毅：“我们这么过去，会不会反而让柳总陷入危险？我们要不要部署部署？”突然什么也不准备就这么出发了，她现在很后悔选择了孔毅，最起码唐赛会好好地谋划吧？

地点在郊外的一处集装箱仓库堆积地。

众人悄悄接近集装箱的时候，田甜的心都提到嗓子眼，她有点怕这样鲁莽行动会伤着柳熙来。

孔毅显然也是怕这点，于是将汽车停在门口。信号所在的地方，是废弃了很久的一间无主仓库。孔毅带来的退役特种兵朋友很快就悄无声息地破坏了大门上的锁。众人进入后，发现仓库的内部灰尘遍地，根本不像是有人来过的样子。

田甜的手机照射出来的影像还在继续直指此处，那红点所在的地方，就是这个地方，可是怎么看，都不像是有人在这里。

“会不会有误？”孔毅小心翼翼地问田甜。

田甜摇摇头，她相信柳熙来不会用她的生命开玩笑。

“会不会仪器不灵了？”开门的人问她。

田甜摇头：“不可能，柳总不会拿我的生命开玩笑的，我相信他。”

她两次遇袭后，柳熙来才创造出这样一个信号强于市面上所有的追踪器，并且将位置精确到点的仪器，其实田甜知道柳熙来的用心的，他是怕下次自己不能第一时间精准地去救她，所以无论如何仪器都不会出现问题。

“他一定就在这里！”田甜手里的信号灯比之前更亮了一些，预示着柳熙来应该就在这里。

嘈杂的脚步声打破了寂静，从门外又冲进来一拨人。

田甜惊愕地看向孔毅，而孔毅也震惊地看向田甜，他知道田甜在怀疑自己了。

“田小姐，是不是有熙来的消息了？！”急匆匆进来的是柳境，他脸上一副焦躁而喜悦的表情，“我带了警局的人过来了，我想应该就在这里吧。早晨的时候，我看田小姐欲言又止，就猜到田小姐有能够联系上熙来的仪器！”

“后来唐助理帮我证实了这点！”柳境开心地说着。

田甜恶狠狠地瞪了一眼孔毅。

孔毅心虚地低头，小声说：“对，田小姐，我只告诉了唐赛，让他随时保持联系，如果需要更多人介入，随时让警方补上！”

“所以，唐赛告诉了所有的人！”田甜冷冷地说。

然而眼下也不是争论这些的时候，她索性举起仪器给大家看：“你们看，这里，就在这里，柳总手上应该有跟我一样的仪器，彼此是有感应的，如果越是接近，那

信号的光晕越是接近整个蝴蝶。”

孔毅突然做了个动作，伸手指了指被木箱盖住的地面。

警察和退役的特种兵都心领神会走过来，他们分成两批开始轻轻搬开那些木箱。果然在木箱下面有着铁圆口的把手，轻轻一拉把手就露出一扇小小的木门。

“是地下室！”警局的人冲在前面，端着枪。

警察的耳麦里传来提醒声：“小心歹徒持有杀伤性武器，必要时可直接开抢击毙。”

田甜的心突突跳起来，紧紧跟了上去。柳境却故意将她挡在了身后：“田小姐，请不要拖累整个营救活动！”

柳境越是义正词严，田甜越是笃定，柳境想要将柳熙来永久埋葬在下面。

田甜敏捷地冲在了前面，跟着第一批警察下了地下室，柳境想要阻拦已经来不及了。

地下室非常昏暗，只在深处点着一盏橘红色的小灯，那深处有着晃动的人影，似乎还有“呜呜”的呼救声。

田甜远远一看，黑暗里对方的白衬衫尤其令她觉得眼熟。她估计那呜呜呼救的十有八九是柳熙来。

冲在前方的警察手拿扩音器，对准前方喊道：“请放下武器，马上投降。”

警方一连喊了四五遍，对方却没有丝毫动静，正在警方准备继续向前时，突然一阵剧烈的炸响传来，警察敏捷地举枪对准远处。田甜想也不想就扑过去，但她还没来得及赶到，一梭子弹就扫在了呜呜呼救的人身上。

田甜的血液都凝固了，她尖叫着，也不顾自己会不会被误伤，一马当先地冲了过去。

好在孔毅的人也跟着下来了，并没有发生第二次扫射，因为大家发现，柳总可能是作为被丢弃的棋子，一个人被捆在了地下室里，那些歹徒早已经不知所终。

柳熙来似乎被打中了身体的某处，黯淡的灯光里，血液缓缓流淌出来。

田甜再也绷不住，她听见自己的声音是从来没有过的尖锐：“你们快叫医生啊！”

柳境站在众人后面，面上看不出情绪，幽暗的灯光下，他的眼睛阴森而恐怖。他看了一眼那流淌出来的血，嘴角露出个淡淡的笑，只是一瞬，就克制住了自己的微表情。

可他的表情还是被孔毅觉察到了。尽管悲伤，可孔毅多年来控场的能力还是在此时发挥了作用，孔毅不似唐赛那样悲伤慌乱，进来就号啕大哭。孔毅开始指挥在场的人将柳熙来翻转过来，查看伤势，替柳熙来止血。

那昏迷的人被翻过来时，在场的人里，有几个人愣住了。

微弱的灯光下，虽然昏迷的人同柳熙来长得很像，也刻意戴了柳熙来的同款发型的假发，穿着柳熙来的衬衫，但是这并不是柳熙来，而是跟他长得很像的柳熙照。柳境的表情在刹那间崩盘了。

唐赛依然还在号啕大哭中，他站在那里，手也不敢碰地上的人，捂着脸惊恐地从号啕大哭变成了无力的抽泣。

田甜把手给撤了回来，不再哭泣，身体也神奇地停止了颤抖。虽然眼前的人同柳熙来很像，穿着也像，脸上还有灰尘，此时的灯光还灰暗着，可是她的直觉告诉她，这人不是柳熙来。

她有点迷惑，但是聪明地选择了沉默。而后她就看见先前表情得意而冷漠的柳境，居然像疯了一样扑过来将孔毅的手拨开，惊慌地去看柳熙照腰腿间的那个血窟窿。

“啊，为什么会这样啊？！为什么呀？你们快救救他呀！”柳境声嘶力竭，眼泪鼻涕一起流淌。

柳境的悲痛是真实的，他甚至颤抖着声音朝着众人大吼：“你们别站着，你们去通知救护车呀！柳总被误伤了呀！”

对，他用的是柳熙来的名义。

救护车很快就来了，柳熙照昏迷不醒，随之而来的还有大批记者。见镁光灯在柳熙照的脸上拍来拍去，一向镇住场子不轻易失态的柳境，今天居然破天荒地朝着记者们怒吼：“你们能不能不要挡住伤者的救护？！”

他双手都是柳熙照的鲜血，整个人又狂躁又恐慌，跟着上了救护车，浑身瑟瑟发抖的样子让很多记者第一时间捕捉到了。

很快，柳氏总裁被解救，生死未卜的新闻就在网络上传开了。

唐赛一路哭着跟过去了。

田甜和孔毅还留在那个地下室里。

田甜手足无措地捂着脸，她很想哭，但是她知道此时要镇定。

“不，他……他不是柳总……”田甜抬头看向孔毅，压低声音同孔毅说。

孔毅做了个嘘的动作，阻止了她下一句话。

田甜心领神会，她在这暗无天日的暗室里摸索了一番，发现另外半个小蝴蝶一样的追踪器掉落在高低床的床底。

她捡起来，将两块追踪器拼成了一块，那红色的信号缓缓变成了粉色，带着爱

心一般，投射在墙壁上，形成一个粉色的蝴蝶状图案。

上面还有一行字：“来点甜的。”

包括了柳熙来和田甜名字里的最后一个字，田甜呆呆地看着这行字，突然又想哭了。

“这个挺新奇的，是柳总自己搞的吗？”孔毅被吸引过来。

田甜有些奇怪，问孔毅：“不是柳氏集团开发的追踪器吗？”

孔毅笑出声：“怎么会，这种东西，开发出来也没有几个人买，成本也不低，所以不会量产的，应该是柳总自己开发出来给你的。”

田甜有些意外，她还以为是柳熙来从众多量产产品里面随手拿了两个。

她不禁把两个半边蝴蝶捏得更紧。

“走吧，回去吧，余下来的事情，看来得我们自己解决了。”孔毅叹了一口气。现在他也赞成田甜的看法，柳境的问题的确很大。

在海外的时候，他总是觉得柳境的认真拼命有点用力过猛，彼时，他还在怀疑自己疑神疑鬼，现在看来，柳境应该早就有了异心。

不过孔毅现在对田甜小姐有了很大的改观，他以为一般人都无法区别柳熙照和柳熙来，因为两人除了眼角的细微差别，实在太像了。

可是田甜小姐居然一眼就知道对方不是柳总，太厉害了。

医院里，唐赛抽抽搭搭的，柳境觉得很不耐烦，让他出去镇定镇定。唐赛不疑有他，出了门后，紧张地等待着医生的抢救结果。

柳境又气又怕，自己来之前明明为了留住柳熙照，连前妻都搬出来了，前妻有那么多东西捏在自己的手上，他从来没有想过，前妻会纵容儿子做这么危险的事情。

柳境打了电话给前妻，电话却久久无人接听。

孤岛的别墅那里，用人接起电话，很是惶恐地说：“是的，夫人睡了一天了，可能喝的牛奶里面有安眠成分，我们也没有注意，少爷乘坐快艇离开了。”

柳境气得差点把手机摔了。

千算万算，还砸在自己儿子身上，现在那群“定时炸弹”却消失得无影无踪了。他气得不行，但是又不能表现出来。

柳境在抢救室门口来来回回地走动，脑海里浮现的是当初谢锦生产的情形。谢锦要求自然分娩，然而胎位不正，他从外地匆匆忙忙赶回来时，谢锦已经疼了一天一夜，准备剖宫产了。

然而在剖宫产的前一刻，谢锦将小小的柳熙照给生出来了。

那天的柳境就像今天一样，像个傻子在门外苦苦等候。

其实谢锦不必那么辛苦的，只是因为柳境那时频繁在外面奔走，谢锦赌气，一个人去医院，路上被电瓶车撞倒，动了胎气。

柳境来回走着，突然长长地叹了一口气：千算万算，为什么把熙照给伤了？要不是田甜扑过去阻止，子弹都打在熙照的身上，后果真是不堪设想。

手术室的灯突然灭了，柳境一下子冷汗都流了下来。

他紧张地迎过去，看向走出来的主治医生。

主治医生拍拍他的手，用疲惫而温和的笑容抚慰了柳境：“没事的，柳总年轻身体强壮，子弹没有打在要害的地方，不出一个月，就又生龙活虎了。”

柳境松了一口气，眼泪突然就淌出来了，他自己也收不住势，只能频繁地用手背假装不在意地擦掉。

主治医生见多了这样的家属，安抚了一会儿，便让护士们推着动完手术的柳熙照去了住院部。

柳境的惶恐之感顿消，取而代之的是铺天盖地的愤怒！

对，是愤怒！

.4.

柳熙照在夜间睁开了眼睛。白色的床头灯光，让他的眼睛有一瞬觉得难受。他眨了眨眼睛，又重新睁开，才适应了这个亮光。

他有些迷惑，记忆还跟不上来，此刻明显是在医院，他怎么会来医院了？他不是代替柳熙来在那个窄小又阴暗的地下室吗？

咝，腰腿好疼啊，再一回味，真是动一动浑身酸痛。

啊，他回忆起来了，这一天来，他简直像是活成了几天。

他遇到了许久找不到的母亲，开心又意外，但是为了解救柳熙来，他放弃了同母亲相聚的机会。

他来到最初绑架禁锢柳熙来的地方，那里已经空无一人，但还是有有用的线索。

他照着柳熙来留下来的线索，根据以前爱玩的破解游戏的谜面猜出了柳熙来的暗示，这游戏只有他跟柳熙来玩过。这家伙真可怕，居然连他会跟来也猜到了吗？

然后他就跟着线索找到了地下室。其实柳熙来一般都从地下室的另外一个门进出，那个门是开在仓库外面的，柳熙照进去的时候，所有人都露出了惊恐的表情，

甚至差点就让他交待在那里。

是柳熙来阻止了一切。

“是我亲爱的弟弟！别动手！”

看来柳熙来这几天过得很不错，面色红润，皮肤细腻，状态放松，甚至因为闷在地下，吃得又多，还胖了一点。

他一副无忧无虑的样子，在一群老混混中，像个头儿一样挥斥方遒，甚至那些老混混给他端盒饭的时候还用了双手，很是尊重他的样子。

“哟，你来啦！我等你很久了！你怎么才找到我？”柳熙来一副招待客人的样子，“去泡杯茶给熙照。”

带头的熊哥很是听话，毕恭毕敬地给柳熙照泡了茶。

“呵，你当你在度假？你知道这些都是什么人？他们是要你命的人！他们作奸犯科什么都会！你跟着他们一起玩？”柳熙照连茶杯都没有接过来。

熊哥立刻摆手：“不不不，我们从不杀人！我们现在是良民，不作奸犯科了！我们洗心革面！”

柳熙照惊奇地看向柳熙来：“你又跟他们上洗脑课程了？”柳熙照真觉得柳熙来有一种淡定而强大的洗脑魅力，任何人总能在他扭曲的毒鸡汤中，逐渐信任他。

柳熙来摆摆手：“不是，我只不过许诺，你爸爸给他们多少，我就比你爸多给一倍钱，从他们这里买命，然后让他们做快乐的中年人！”

什么？原来这里的和平都是用金钱买来的吗？

果然还真是柳熙来。

“那我就回去了！”既然这样，柳熙照巴巴放弃和母亲独处的机会，跑来救他是为什么啊！

“熙照，你不能走，你很重要！属于你的戏一点都不能少！”

呵？还安排了他的戏份？

不知道为什么，他还有点小小的期待呢！

柳熙照热血沸腾，想听听属于自己的那一份戏份是什么。

“你想，柳氏股票因为我被绑架持续下跌，我又得给这些中年老兄弟点时间逃走，我留在这里……你爸带着人冲进来，一阵扫射，我就死定了！”柳熙来很笃定柳熙照会留下来。

柳熙照听了以后，有点震惊地看向自己的堂哥：“你是想让我代替你，在这里被绑架？”

柳熙来点点头：“对啊，他们应该很快会找到这里吧，你爸透露了不少这里的兄弟们的资料给G市警方，他们之前去购买东西，很快就会被人找到的，我们的时间不多了，我还有很多事要去做。”

柳熙照直接否决：“不行，我不愿意。”

柳熙来摇摇手：“这是你的宿命，你想想，你忍心看到柳氏的股价下跌得那么厉害吗？你忍心看到你年迈的父亲一错再错吗？你忍心看我被撕票吗？你不顶上，那大家就鱼死网破吧！”

熊哥立刻紧张兮兮地凑过来。

柳熙来一把推开他：“需要你的时候再过来，现在一边去吧。”他总是习惯先把事情在心里演练一遍。

到时候，有人会发给警局一份柳熙照的被绑视频，柳境看到了儿子的样子，肯定不会冲进来扫射，但是他绝对不会向外界透露这不是柳总，相反，他会顺理成章地让柳熙照继续假扮柳熙来。

因为柳境也扛不住柳氏股票的下跌。

柳熙照想了想：计划真的不错，似乎这样是最好的解决方式。

“可是你不能让他们指证柳境！”柳熙照还是挣扎着把自己的要求提出来了。

柳熙来叹了一口气：“我会容忍他几次，直到我忍无可忍！”

柳熙照也叹了一口气，既然柳熙来这么说，他便同意了柳熙来的说法，也照做了。可是谁能告诉他，为什么还是有人冲进来对着他来了一发子弹？！

柳境从迷蒙的似睡非睡的状态里惊醒，一看柳熙照，发现他正瞪着一双亮晶晶的眼睛看自己。

柳境立刻清醒了。

“你还好吗？有什么不舒服的地方吗？”柳境有些担心地问柳熙照。

柳熙照摇摇头，叹了一口气，问道：“你为什么要这么做？”

“对，你为什么这么做？！”柳境也问柳熙照。

“我明明都让你妈妈去接你相聚了，你不是想你妈妈吗？你不是这么多年一直在找她吗？为什么不乖乖地去度个假，开开心心地母子团圆？”柳境有些痛心疾首，他都已经得到确切地址了，要是没有柳熙照的胡来，他就可以一网打尽了。

柳熙照一下子很疲惫，他见自己执迷不悟的老父亲似乎一点点害怕和后悔的意思都没有，索性又闭上了眼睛。

“话不投机半句多，别说了吧，都休息休息。”

柳境被气得说不出话。

儿子到底觉得什么是跟他投机的呀，明明儿子以前很讨厌柳熙来的，为什么现在自己反击柳熙来，儿子反而又帮柳熙来了呢？

他完全摸不清儿子的心理。

心好累，这一刻，柳境发出了老父亲的感慨。

闹剧终于落幕，所有人都从G市撤回去了，坪山又恢复了宁静。

为了表达谢意，柳氏集团还给G市的警局送去了锦旗，敲敲打打的，很是热闹。

所有人都回去了，但孔毅和田甜留了下来。

唐赛回撤的时候，很是不解，悄悄提醒孔毅："田小姐是柳总喜欢的妹子！"他还记忆犹新，孔毅上一次称赞了柳熙来相亲的对象，被发配千里之外。

孔毅朝着天翻了个白眼，伸手拍拍唐赛的肩膀："哥们儿，你先回去工作，我跟田小姐办点事就回来。"他知道唐赛是个老实人，但没有想到唐赛老实到不疑有他，明明唐助理也算是柳总的贴身助理了。

唐赛很是不解，走的时候又殷切地吩咐："孔助理，原则的事情上面不能犯错啊。"

孔毅简直哭笑不得。

离柳熙来被绑架到现在已经过去两周了。

说起来也怪，柳熙来就像是凭空消失了一样，孔毅在G市用了再多的手段，也没有找到柳熙来的下落。

孔毅又寻了一周，他聘请的人都陆陆续续回去了，然而柳总依然没有出现。

田甜焦灼而无助，因为孔毅似乎也要撤退了。

孔毅安慰田甜："放心，我不会放弃寻找的，我出了一些钱，足够寻找到年底。"后来，他去了邻近的城市，继续寻找柳熙来的下落。

柳氏的股价终于稳定住了，前些天，柳氏集团突然宣布所有的项目暂停进行，内部整顿。所有的信息似乎都被掐断了，连时常不小心被拍到的"柳总"都低调了很多，似乎昼伏夜出在家里养伤。

快接近一个月的时候，田甜突然在G市街头看见有个身影一闪而过。

女性特有的第六感告诉她，对方就是柳熙来。

田甜一路狂奔，转弯的时候，一辆三轮车突然从巷口的转弯处疾驰而来，田甜跑得极快，被三轮车撞个正着，飞出去好远。

她双手撑在地上，艰难地爬起来，嘴里一片血腥，应该是牙齿磕破了嘴唇，鲜血从嘴角涌出，看起来狼狈极了。

骑着三轮车的青年上前询问她是否还好，他刚一探手，田甜就像只敏捷的驯鹿一般，瞪着一双大眼睛，一瘸一拐跑得飞快。

她狂奔着到处寻觅刚刚的背影。

街头阳光正好，熙熙攘攘的人群里有说有笑，一切如同往常一般平常，然而那个刚刚昙花一现的背影却已经消失得无影无踪了。

田甜突然觉得很无措，她的力量那么小，即便是孔毅那样能够调动那么多有效资源的人，都不能找到柳熙来，自己又怎么找得到？刚刚的背影，是不是自己的幻觉？

她又害怕又委屈，泪水悄声无息地流下来了。

她站在街头，似乎连再去寻觅的信心都没有了。

突然，一双手将她从路中间拉了过去。田甜惊得一扭头，刹那间，觉得世间万物都静默了，那逆光中的黑影，让她惊喜得不知道要说什么！

“你……你，活着！”她激动到语无伦次。

眼前站着的正是柳熙来，他穿着廉价的T恤和牛仔裤，头发长长了一些，零零碎碎的，已经到耳后。他的脸庞似乎清瘦了一些，五官更加立体，眼睛锐利如以往，好看的五官依然非常耐看，最重要的是，他还挎着个不伦不类的大蛇皮袋。

“你被谁欺负了？”这是柳熙来重新见到田甜后说的第一句话。

田甜满腹委屈突然就爆发出来，她“哎”的一声，像一头母牛一般哭了出来。

这是压抑而苦闷的哭声，却让柳熙来笑了出来。他伸手寻找手帕纸，找了半天也没有找到，他就放弃了，直接卷起自己的T恤，像给熊孩子擦鼻涕一样，把田甜满脸的泪给擦了一遍，又仔细检查了一下田甜的伤口，看见只是一些皮外伤，终于松了一口气。

“哭什么呢？”柳熙来笑起来。他似乎在外面放松了不少，笑起来的样子也年轻澄净了不少。

田甜的头发因为刚刚受到撞击，全部散落下来。

柳熙来伸手将自己背着的蛇皮袋上的一截绳子取下来，给田甜梳了个小马尾，绕紧了。

一切那么自然，两人平凡得像是一对甜蜜的小情侣。

田甜有些不好意思，刚要说话，柳熙来一拉她的小辫子：“走吧，去我那儿，给你做饭。”

天！他还会自己租房子做饭了？这还是柳总吗？田甜突然觉得自己似乎从未

了解过柳熙来。

两人并肩朝着G市的一处住宅走去。

柳熙来在这里租了套拎包入住的小单间，似乎还挺不错。走过小区门口，他还十分接地气地跟物业大妈打了个招呼。

太食人间烟火了吧！

田甜有些惊恐，猜想是不是被解救的那个才是柳熙来？！

“你觉得我不可能这么过日子？”柳熙来突然笑了。他之前买了些菜，此刻提着菜，脚上踏着夹指拖鞋，怎么看都不像昔日骄傲又任性的柳总。

田甜点点头。

“啊，我觉得你一点都不了解我。你知道柳氏以前有项制度吗？”柳熙来问田甜。

田甜摇摇头。

“柳氏的小朋友都要送去体验生活的，跟你看的《变形记》差不多。”

田甜结结巴巴道：“所以，你也会烧菜，也会做家务？”

“不，我从不做那些，我说的是我当初去体验生活，三天之内在村子里挣了不少钱，有钱就不用做那些！”

“我要说的是，就算不去体验生活，我也很亲民！！我接地气，是因为我很有亲和力！”柳熙来骄傲地说。

田甜一时间竟然不知道怎么回答，柳总的亲和力，大概只有他自己知道吧。

虽然不知道柳熙来在做什么，但是田甜知道柳熙来不会做无用的事情。

柳熙来的屋子是单间，收拾得很干净，虽然一切很简陋，但是拉开冰箱时，田甜还是很敬佩地看了一眼柳熙来。

他该喝的咖啡和平时含的西洋参片一个都不少，罗列在冰箱里，似乎无论处于何种境地，他总能活得安安逸逸。

他甚至还烧了一壶水，就这么任由它在锅炉上烧着。

“柳总，水开了！”田甜小心地提醒道。

柳熙来“嗯”了一声，表示听到了，手里却在清洗着菜。他洗菜也是考究的，反正一棵菜洗到最后，留下的只有菜心。

“这，太浪费了吧？”田甜不赞成道。

柳熙来的手一顿，然后又从扒掉的菜叶里面挑了一些能够吃的填充进来，还不忘示好地朝着田甜笑：“不会浪费的，粒粒皆辛苦，我懂我懂！”

火炉上的水壶发出声音，田甜瞄了一眼，想去帮他端下来。

柳熙来做了个停的动作，挑挑眉：“G 市太干了，我把它当加湿器用的。”

他顿了顿，又问田甜：“你看，水汽缭绕的感觉浪漫不浪漫？”

“浪……”田甜把那个“漫”咽下去了，总觉得孤男寡女的谈浪漫很不好。

柳熙来煮了几个鸡蛋，剥了壳，看田甜像个傻子一样站在他后面手足无措的样子，顿时觉得很好笑。他捏着剥了壳的鸡蛋，就往田甜脸上的伤处靠。

田甜被惊得退了一步，看到他手上的鸡蛋，有一瞬愣神。很小的时候，每次她撞得脸上有青斑或者头上摔出包了，母亲就会煮了鸡蛋给她在头上或脸上滚一滚。

很多年没有人这样对她了。

她乖乖地看着柳熙来伸手过来，轻轻地用鸡蛋在她脸上慢慢滚动，鸡蛋还带着温度，暖洋洋的，很舒服。

她睁着一双大眼睛看柳熙来，突然觉得柳熙来除了有钱，真的是无可挑剔。

“想什么呢？”大概是不在 W 市，身边没有唐赛或者孔毅，柳熙来放松得不得了，说话也接地气很多，“我知道你也来 G 市的时候，想去找你，但是想来想去，怕我过去会给你带去危险，就没有通知你。我以为，你不会记得‘整个世界’的。”

柳熙来眉眼弯弯，看起来心情很好。他很少笑，大多时候都是骄傲地用鼻孔看人，然而，他笑起来真的很好看，眸子里都像是有细碎的星辰在闪烁。

田甜愣愣地同柳熙来对视了几分钟，突然又醒悟过来，自己不应该这样嚣张而不礼貌地瞪着柳熙来。之所以说瞪，是因为她知道，自己的眼睛长得大，看得入神一点，就像是在瞪视对方。

她不好意思地道歉：“柳总，我……我没有帮上忙！”

柳熙来笑出声：“你来的时候，我就想，虽然这世界这么丑陋，但还是存在着美好的。”

这话没头没尾的，很是唐突，但是田甜却脸红了。

田甜“啊”了一声，又觉得自己接不上话很傻，马上回道：“对，过简单的日子挺好的。你要是太累了，就……就给自己放个假，像现在这样，不很好嘛。”

柳熙来笑了出来，“嗯”了两声。

其实他这几天做了很多事情，比上班还累，但是不去做，他觉得又辜负了柳境父子的“重视”。

他不想田甜知道太多这些龌龊的事情，金钱背后总是有这些令人不快的负面。他是个有钱的人，享受了金钱带来的快乐，当然也要承担这背后的负面。

柳熙来熟练地盛好饭菜，让田甜坐下。

田甜这才发现，虽然屋子简陋，但是里面的东西一点都不简陋，碗筷还都是掐着金丝装饰的。

“卖了手表买的，无论在哪里都要表里如一地享受！”柳熙来挑挑眉头。

田甜好笑又心疼，她问柳熙来：“柳总，你不回去了吗？”

“回去，这几天就要退房回去了。事情办完了，还是要回去享受纸醉金迷的生活的。”柳熙来很严肃地叹了一口气，“其实用钱都能解决，我挺自虐的，还用了怀柔政策，太浪费时间了。”

田甜不知道他说的什么，伸手将他的碗接过来，很自然地给他舀了汤水，又布了菜。

田甜吃了一口饭，又吃了一口菜，顿时觉得柳熙来太厉害了。之前明明给自己做营养餐的时候还那么生疏，现在做饭居然有模有样了。

因为见到了柳熙来，田甜的心终于放下了，她这一顿吃得还挺多，添了三碗饭。柳熙来特别开心，他总觉得田甜的食欲跟和他的亲近度是挂钩的，在他这里肆无忌惮地添饭，毫不做作地吃完这三大碗饭，两个人的感情应该又近了一步。

因为柳熙来还有些善后的工作要处理，田甜是要早于柳熙来回去的。

她想了想，还是问柳熙来要不要告诉孔毅他处于安全境地的事情。

柳熙来十分惊讶：“孔毅还在找我？太不可思议了，看不出孔毅这么有慈善精神！我并没有给他多余的加班费！”他似乎不敢相信孔毅对自己这样忠诚，很是感动。

“啊，得给孔毅加薪了。”柳熙来自言自语。

送田甜的时候，柳熙来换了件 T 恤，用红绳随便挂在脖子里的吊坠就不小心滑了出来。

田甜扭头正想说一些道别和感谢的话，视线一触及那个玉坠，整个人就愣住了。

这块玉坠是完整的，跟柳境那块不一样，但是给她的印象还是很不好，连带着她对柳熙来都冷漠了许多。她又想起很多年前的事情，也不知道怎么处理跟柳熙来的友情，索性变得更加沉默了。

柳熙来觉得很奇怪，他的直觉一向很准，他思索了一个下午都不得答案。明明他说话很谨慎小心了呀，难道又触及了田甜的哪个逆鳞？

上火车的时候，柳熙来伸手给田甜递去一袋子面包和水。他估算着从 G 市到 W 市的车程，午饭要在火车上吃了，以田甜的个性一定是一路饿回去的。

田甜接过了那个塑料袋，心里又是一阵难过。她快没有力量去抵挡来自柳熙来的善意了，他对自己是真的好，他能够想到自己午餐的问题，也是很用心了。

柳熙来还买了些土特产给田甜，花了点钱，指派工作人员推着小红车给田甜送去。

火车开动的时候，田甜抱着那个塑料袋，陷入了长久的沉思，她即便不去看柳熙来，都能知道柳熙来在默默注视着自己。的确，柳熙来还站在那里远远看着车窗内的田甜，他那平和而关切的视线落在田甜身上，似乎能够跟着很远。

两人各自沉默着，柳熙来大概知道田甜心里有事情，送别的时候也没有开口说话。

田甜一路心中莫名忐忑着，到 W 市时，手里的塑料袋的提手都被她的温度给捏湿了。里面的东西她一口也没有吃，她很不想打开塑料袋，那里面是柳熙来的心意，她固执地不想再接受了。

.5.

伐木累一如既往的忙碌，田甜归入忙碌的队伍里面，金长宏再也不像以前那么和颜悦色了，他几乎是苛刻地把事情往田甜这里堆。

罗辞帮着做了好一段时间的事情，田甜走了一个月，他担心了一个月，此刻看到她毫发无损地回来，但整个人都蔫蔫的，十分担心。

三天后的休息日，罗辞找了个借口，把田甜约出去了。

“小田，你能帮我一个忙吗？”罗辞眼神躲闪地同田甜说话。

“啊，只要我能做的，都可以帮忙！”田甜不疑有他，她觉得自己欠了罗辞好大一个人情，罗辞找她帮忙，她居然有一种轻松了的感觉。

罗辞结结巴巴道：“小彤又回来约我，我不想再同她纠缠，你能不能……能不能扮作我的新女友让她死心？”

啊？！是这种棘手的事情吗？从未谈过恋爱的田甜有些纠结了。

“求你了，我不认识其他的女孩子，就跟你最熟悉了！”这段时间，他一旦想起坐在学长车里眼神忽闪，带着怜悯和嫌弃的小彤，心里就屈辱得喘不过气。

他因为爱情，丧失了自尊，也想在前女友的挽留里找到自尊。虽然知道这很不对，但是他还是卑劣地想借着田甜去打压小彤。

田甜纠结死了，她看看罗辞，又看看自己夜大的安排，最终还是心软答应了。

地点约在罗辞和小彤以前经常约会的饭店。

为了不让罗辞丢脸，田甜还换了一套很可爱的衣裙，虽然很简单，但是粉色的小裙子让田甜整个人气质甜美许多。其实这套衣裙她是想穿给柳熙来看的，虽然很

羞耻，但是田甜不得不承认，自己在柳熙来面前从未整齐甚至不带伤疤地出现，她私心也是希望留给柳熙来的最后印象中的自己是可爱而整洁的。

但是显然这最后一面估计就止于火车站了吧！

罗辞来接田甜的时候，很是惊艳了一番。他突然发现，其实田甜长得挺可爱的，只是长期穿得简单，头发胡乱扎着，脸上一直会有不同部位的青紫伤痕，使她显得可怜兮兮又灰蒙蒙的。

这次收拾了一下，穿着粉色连衣裙的田甜打开门的一刹那，突然就让罗辞觉得，田甜的颜值甚至是高于小彤的。

田甜依然没有化妆，只是涂了点润唇膏，脸上的青紫斑痕已经褪了，皮肤因为长期闷在伐木累里没日没夜地加班而显得白皙不少，长发披散下来，把她的脸颊修饰得圆润了不少，显得可爱而清纯。

“这……这样不难看吧！”田甜有些不自信，其实她很少穿粉色的衣服。

这套衣服还不便宜，对她来说，算是高价了。她一直舍不得穿，想等到痊愈时请柳熙来吃饭时穿的。

可惜……

田甜阻止自己想下去。

罗辞用力地点点头：“你这样装扮好看，小姑娘是要打扮的，你以后要多多这么穿。”

田甜在罗辞火热的视线里有些不自在，她突然后悔穿这条新裙子了，心里隐隐约约觉得给罗辞看，太可惜了。

为啥太可惜了，她也解释不出来。但是，现在罗辞的眼神让她很不舒服，太过于炙热，她很想回去换回平时灰蒙蒙的衣服。

然而时间来不及了，罗辞开着借来的汽车，一路沉默不语。

那家饭店就是上一次罗辞和小彤分手的那家，田甜坐在副驾上，远远看见小彤站在饭店门口，手里拎着蛋糕。

罗辞将车门打开，把田甜给接下来了，并且随手将车钥匙给了工作人员。

小彤提着蛋糕，看见罗辞拉着田甜，眼神震惊而悲伤。

然而只是一瞬，她又笑出来：“阿辞，生日快乐！”她把蛋糕提给罗辞看。

罗辞像是没有看到小彤的蛋糕，拉着田甜直接进入饭店。

小彤愣了愣，提着蛋糕不声不响地跟了上去。

气氛很是尴尬，大概罗辞是按照两人的位置安排的。

所以进入预订的座位时，烛光之下只有面对面的两把椅子。

罗辞替田甜把座位拉开，田甜的目光一接触到小彤，就有些坐立不安。

“要不加个座吧！”田甜忍不住提议。

因为罗辞不吭声，小彤也不吭声，服务员也不敢多问，听见田甜这么提议，服务员麻溜地加了一套餐具和一把椅子。

这边是情侣片区，三人同桌，显得有点不伦不类。

往昔任性又爱作的小彤，一改做作的性格，这次居然一声不吭，没有任何异议地坐下了。她将蛋糕放下了，轻声同服务员说：“请帮忙放一下生日歌。”

服务员应了一声，去安排了。

田甜有些尴尬，她看看面无表情的罗辞，又看了看一脸期盼的小彤，咳嗽了一声：“罗哥，我不知道今天是你的生日，没准备啥生日礼物。”

罗辞笑了笑，摇摇头：“小生日，我自己都忘记了。”

田甜笑了一声，为了打破尴尬，她提议道：“要不我也给罗哥唱个生日歌，当作生日礼物。”

小彤正插着蜡烛，突然，田甜就扯着嗓子唱了起来，声音洪亮，中气十足，生日歌的伴奏都被田甜的声音盖住了，小彤的手都被惊得抖了抖。

罗辞一点都不嫌弃这嘹亮走调的歌声，他甚至还开心地笑了笑。这种笑容，小彤见过，最初两人确定关系时，罗辞的笑容便是这样轻松而快乐。

他那时还在上大学，单纯而青葱，每每这样笑，小彤都会从心里觉得酥麻，这种笑容太美好了，带着阳光，眸子里星光闪烁，太可爱了。

是从什么时候开始，罗辞失去了这种笑容了呢？大概是从她一次又一次提出购买那些两人都不能承担的奢侈品开始的吧。

后来罗辞的笑容都带着重重的疲惫，可是即便是这样，他也很少拒绝小彤的提议，只要他能够给予的，他都给了。

人总是不知足的，那时候，怎么还会觉得不满呢？

她原本以为罗辞只是带着田甜向自己示威，她也打定了主意，如果罗辞要出这口恶气，她就顺从地咽下去，等他消了气，两人亲亲热热的像以往一样，吃了蛋糕，就又和好了。

可是这次不一样了，她见过罗辞深情看着自己的样子，此刻罗辞看向田甜的眼神，不似作伪，他应该是真的喜欢上了对面的女孩。

这个认知让小彤又酸又涩，更多的是不甘心！

连带着，她把怨气都算在了田甜的头上。

灯光下，田甜不施粉黛，面上清爽，头发也没有做任何发型，穿着粉色的小裙子，

显得清纯而美好。

是了，小彤自从学会了打扮，就很少素面朝天地见罗辞了。罗辞睡了她才会卸妆，罗辞醒来之前，她的妆早已经化好，头发卷了染，染了卷，早已经不是当初的模样了。

小彤又妒又恨地看向田甜。

田甜向来第六感惊人，她已经感受到了小彤的恶意一阵阵袭来。她闭了嘴，想把空间让给小彤和罗辞。在田甜看来，罗辞应该对小彤余情未了，因为在加班的时候，她曾经不止一次地看到罗辞惆怅而伤感地看贴在抽屉里的照片。

“你们，可以吹蜡烛，吃蛋糕了！”田甜干笑着。

罗辞“嗯”了一声，站起来，将刀递给了田甜：“你帮我切蛋糕吧，这个生日我很开心，有点承上启下的意思，前女友和现女友齐聚一堂，给我人生的转折点增添了光彩。”

《生日歌》结束，不知道为何接了一首《难忘今宵》。

气氛似乎比刚刚更尴尬了，小彤和田甜对视了一眼，都从对方眼睛里看到了“尴尬”这两个字。

说好了假扮女友而已，田甜吐槽的话已经占满了整个心房！

她恨不得立刻找个借口离开，于是她偷偷把手伸进包里面，准备摁动手机铃声。

然而手机铃声响了，却不是田甜的，应该是货物入仓的哪个环节出问题了，金老板打了个求救电话给罗辞。

罗辞站起身，慢慢走到外面接这个电话。

尴尬的三人组立刻变成了面面相觑的尴尬二人组。

小彤忍了又忍，还是没有忍住，问道：“你跟罗辞是没有结果的，我劝你趁早看清楚了，我长得比你好看！”

今天小彤是打扮了一番来的，所以可以算得上是近期的颜值巅峰期。

田甜由衷地赞叹：“是的，你比我好看多了。”

小彤一拳打在棉花上，差点气吐血。她真是小看这个土里土气的女生了，居然还懂得以退为进。

“你能给罗辞什么？金钱？资源？人脉？还是什么？”小彤继续追问。

田甜一脸坦然：“是的，我不能带给罗哥什么，我比较废！”说完，她还觉得不好意思地笑了笑。

这一笑让小彤的火气迅速增长，被气得语无伦次：“你是看他长得好看，所以赖上他了？我跟你说，他没钱没背景的，家里小康而已！”

田甜有些奇怪，问小彤：“所以你因为这个跟他分手了吗？可是我觉得他长得也不好看啊！罗哥的优点不是颜值，是他的工作能力！还有他很和善，对每个人都很好！”她很不喜欢小彤这样物质地评判一个人。

说起好看……她脑海里突然就浮现起柳熙来的容貌。

噗，在瞎想什么，她吓得甩甩头。

小彤的怒气冲到顶点：这什么人啊，一边嘲讽我物质，一边还甩头表达不屑！

小彤愤怒极了，站起来就摁住田甜的头，想糊她满脸的蛋糕。

然而下一刻，田甜就反杀了她——将她整张脸摁在了蛋糕上。

这不能怪田甜，长久的戒备心，让田甜的手脚快过头脑思考。

“啊，对不起！对不起，我没想过你力气这么小！”田甜揪住小彤的马尾辫，直接把她从蛋糕里拔出来了。

罗辞来的时候，正看到田甜一脸内疚地替满脸是奶油的小彤擦着脸，后者抽抽搭搭的，但是没有哭出来。

田甜一边擦，一边安慰道：“没事的，我们都吃不到这奶油了，你还尝到了不是嘛，不算浪费！”

小彤听到这话，悲从中来，咬住了嘴唇，想把最后一丝理智给唤回。

不知道为什么，罗辞看到田甜一本正经地戳前女友的心，顿时心情大好，竟然忍不住笑了出来。

这一下，小彤再也忍不住，悲伤铺天盖地地席卷了她，她张开嘴号啕大哭，所有人的视线都被吸引了过来。

田甜手足无措地看看罗辞，又看看小彤。小彤的哭声过于尖锐而刺耳，她实在没有办法，伸手抓了一把蛋糕，给小彤塞满嘴巴。

蛋糕像消音器一般，让小彤的声音戛然而止。

小彤愤怒地瞪着一双眼睛，想要扑过去同田甜厮打。

田甜对于之前将她摁入蛋糕的事情有点内疚，这次居然没有任何反抗，小彤尖锐的指甲在田甜脸上划下一道长长的血痕。

面上的疼痛感令田甜又气又委屈。

田甜有些惊慌地看向罗辞，然而罗辞却依然呆呆地站在原地，并没有上前阻止。他面上的表情十分复杂，有震惊，有难堪，更多的是不知所措。

小彤不依不饶，还要挠田甜的脸。

田甜不再忍让，一把抓住小彤的手，有些生气：“你在干什么，我只是不想

动手而已，你是打不过我的，你有问题跟罗辞交流，关我什么事呢？”

她不是圣母，没必要什么责任都往自己身上揽，小时候父亲就对她说过，一件事情如果有任何棘手难缠的苗头，如果事不关己，就要远离它。

她知道假扮罗辞的女友这事是极为棘手的，心里也很不情愿，但是想到罗辞这段时间来对自己的爱护和教导，她就拒绝不了。

可是这样胡搅蛮缠的场面，她是不愿意扛的。

小彤还在生气地挣扎着，田甜抓住她的一双手，对罗辞说：“罗哥，这种事情应该由我来承担的吗？如果我做错了，我给她抓脸无所谓。如果她是变态，跟我前两次遇到的一样，我也无话可说，但是她有理智，怒气源头是你，你站在那里看着，还有意义吗？”

罗辞微微红了脸，他反应过来，上前一步，把小彤的手抓过去了。

他像是下了决心一样，对小彤说：“我们好好谈谈。”

小彤气呼呼的，眼睛瞄了瞄脸上还在渗血的田甜，说道：“我要三个人同时在场，好好说说。阿辞，你让我这么委屈，你不心疼？”

她似乎又看到了那个无数次向自己低头的罗辞，于是再次看向田甜的表情就越发优越感十足。

田甜耸耸肩：“我没有意见，你们都不介意我旁听，那我就勉为其难地听听。”

罗辞叹了一口气，三个人又重新坐了下来，安安静静的。服务生飞速地把刚刚打翻的蛋糕给处理了，周围的食客也忍不朝总是往他们这桌看来。

“阿辞，你说吧，你想说什么，想怎么骂我，我都不会回嘴的。我今天既然来了，就是想跟你复合。”小彤将抓着自己两只手的罗辞的手给握住了，一双眼睛情意绵绵的，像之前无数个有诉求的日子里一般，眼神透着祈求而骄傲的意味儿。虽然这是矛盾的情绪，但是小彤一向拿捏得不错，看起来又骄傲又会撒娇的样子。

然而这次罗辞不再吃这套。

他将手从小彤的手里抽回来了，故作冷静地喝了一口冰水。

“小彤，我们早就结束了，也不可能复合了。”

小彤的脸顿时变得煞白，她想过千万个开头语，但是怎么也没有想到罗辞一开口就这么决绝。

一定是有了新欢就忘却旧爱了。

想到这里，小彤狠狠瞪了田甜一眼。

正在偷偷吃鹌鹑蛋的田甜被小彤一瞪，一个蛋咕咚一下，嚼也没有嚼就被她吞下去了。她顿时一副目瞪口呆的傻样，在揣摩要不要吃第二个。

“我不信，阿辞，我们在一起那么多年，从学生生活到社会锤炼，那么多年啊！”小彤好看的眼睛里都是泪水，眼泪在眼眶里滚来滚去，就是不掉落。她知道自己这个表情最能打动人，以前这么含泪的时候，罗辞总是会心软。

罗辞愣了愣，果然沉默了。

不过只是一会儿，他又恢复了冷静，又喝了一口冰水：“小彤，你太任性了，总觉得所有的人都该在原地等着你归来，你不知道，我也不喜欢二手货吗？”

这话说得太重了。

田甜停住了筷子，看向罗辞。小彤的泪水终于滴落了，这次不再是演戏，而是真正被戳痛了心。

“罗哥，你这话……不对。背叛是深切的痛，但是你不必这样羞辱曾经喜欢过的人。”田甜想了想，还是开口了。

罗辞有些意外地看了田甜一眼。

“你可以恨，但是不要忘记自己的品质，体面地去解决问题比较好。”田甜说完，替罗辞和小彤都倒了一杯水。

小彤流着泪，轻轻地向田甜说了一声“谢谢”。

她似乎失去了所有的力气，面色惨白地坐在那里，一句“谢谢”似乎就抽干了她最后一丝生命力。

罗辞并没有解气，他看看小彤，然后缓慢地从口袋里掏出一个红丝绒盒子，慢慢打开，朝着田甜递了过去。

暧昧的橘色灯光下，盒子里的宝石璀璨夺目，星星点点的光晕投射在了墙壁上，很是耀眼。

田甜露出迷惑的表情：演戏需要这么拼？

“这是我之前买的钻戒，想着你戴上一定很好看，所以今天带来了，田甜，你喜欢吗？”罗辞放柔声音对田甜说。

这也太刻意了吧！田甜抬头看了一眼小彤，果然她又开始疯狂流泪，像默剧一样，泪水把她的粉底冲出了一道道沟壑。

这个样式是小彤之前心仪的，拉着罗辞看了好几次了。

“你愿意接受吗？”罗辞又问了一遍。

田甜纠结又痛苦，没谁告诉她，来演戏要演得这么入戏呀！

“她不愿意！”突然，一只大手探过来，把红丝绒小盒子夺过去了。

田甜惊喜地抬头，果然是柳熙来。

柳熙来穿着正式的西服，头发梳理得一丝不苟，灯光下，英俊的面容上带着怒气。

“罗辞，你想撬我墙脚！”柳熙来左右看那枚硕大的钻石戒指，语气很随意。

罗辞的汗毛一下子都倒立了。他像是做错事的小学生一样，猛地站起来，结结巴巴地打招呼：“柳总，你也来吃饭啊！”

“呵呵，我来看话剧！”柳熙来很不开心，眼睛看向田甜。

田甜被他如同触了逆鳞一般的眼神给惊到了，也吓得站了起来。

“锆石戒指还做这么小，你很缺钱吗？”柳熙来捏着那枚小小的钻戒，很是不解。

“我家田甜缺假珠宝？你是不是对我柳熙来的品位有什么误解？”

柳熙来随意地打了个响指，唐赛一路小跑过来。

“你！买几枚比这个大五圈的钻戒，让田甜小姐戴着玩儿！”柳熙来很生气地把钻戒连盒子一起拍在了罗辞的肩膀上，“你眼光不错！小伙子！”

罗辞吓得毛骨悚然，一直摆手：“不不不，柳总，我只是……”

然而柳熙来并没有听罗辞解释，因为他的注意力被田甜脸上的伤痕给吸引过去了。

他阴森森地问田甜：“你脸上怎么回事？”

田甜忍不住看了一眼小彤。

小彤也吓得站起来了，手搓着裙子，从口袋里掏出一千来块钱：“是……是我不小心抓破的，我可以赔偿医药费。”

罗辞心中一沉：要糟！在柳总面前提医药费？！

果然，柳熙来眯了眯眼睛，笑了起来：“挺多了，一条小伤痕而已。”

而后，他轻描淡写地填了张十万的支票丢给了小彤。

小彤茫然地接过去，看到上面的数字，又很茫然地看了看柳熙来。

“田甜，去吧，想抓几道就抓几道，医药费我提前支付了。”柳熙来一扬下巴，示意田甜来个凶猛的回击。

田甜被口水呛了一下，结结巴巴地说：“算……算了吧，女孩的脸……很重要呢！”

柳熙来一挑眉：“怎么能算了呢？你的脸比她那张假脸重要一百倍呢！”

小彤吓得腿都软了。

柳熙来不依不饶，看向唐赛。

唐赛顿时有了一种不好的预感。

“我不喜欢打女人，你去替我抓个十几二十道！”柳熙来很随意地命令唐赛，

“抓重了也没事，我有钱，足够她再换一张假脸！”

在场的所有人都僵直了，除了怒火中烧的柳熙来。

唐赛绝望无助地偷偷哀求地看向田甜。

小彤绝望无助地哀求地看向田甜。

罗辞也绝望无助地看向田甜。

田甜被这么多道视线一聚焦，整个人都不淡定了。她伸出手来，一把握住柳熙来的手摇了摇，这是她以前对着父亲撒娇时的动作，不过对于柳熙来来说，一样有着奇效。

柳熙来居然被这个细小的动作给抚平了内心的怒火，声音都下降了八度，温柔无比地问田甜：“怎么了，你还是要亲自动手吗？”

田甜心里还是挺甜的，她知道这是柳熙来对她另类的关怀。

“算了，走吧，我们吃东西去，我请你。”田甜轻声对柳熙来说。

柳熙来心花怒放，顿时急不可待地要离开这里。

于是，他吩咐唐赛：“阿赛，让她自己抓自己，务必深可见血，我们不能像她一样差劲，但她可以自己对自己动手。”

唐赛莫名觉得放松了不少，监督总比自己动手好。

唐赛默默拍了拍桌上的支票，就看见小彤的表情立刻变得坚定无比！

柳熙来和田甜走出饭店门口时，小彤终于下狠心把自己的面颊抓出了一道令唐赛满意的血痕了。

唐赛美滋滋地用手机拍了个照发给柳熙来。

柳熙来坐在车上，看见那张图，毫无兴趣地回道：“妥。”

.6.

田甜原本坐在副驾，被柳熙来给扯到后面来了。

“副驾安全系数不高！”

驾驶座的张司机在内心疯狂吐槽：是谁对唐助理说，坐在副驾显得被看重一头的？

田甜想也不想就回答他：“那我跟你一起出行，啥样安全系数都不高，走路都能被车撞成残疾！”

柳熙来笑了一声，他挺开心田甜渐渐展露了自己的真性情，从一开始闭嘴不言，到现在能撑他了，他觉得有质的飞跃。

“你能吃大排档吗？”田甜一边将手机导航给司机看，一边问柳熙来。

“能，什么都能！”柳熙来接得飞快。

唐赛又陆续发来了一些后续图片，还问柳熙来：“罗辞跪下来求你了，能不能不要让小彤继续自残下去？”

柳熙来很诧异，回复唐赛：“不是让她划伤脸就可以吗？”

唐赛很生气地回复柳熙来：“柳总，不能便宜她，十万块，她能划上二十道。咱们田甜小姐就该给她欺负吗？不出这口气，我就不从饭店出来了。”

柳熙来被唐赛这个咱们的田甜弄得很开心，笑着手指一划，给唐赛拨了一万块钱过去：“加班费，太辛苦了，监督完了就回去休息吧。”

田甜见柳熙来笑得跟小孩一样，有点好奇，但是又不好意思偷窥。

柳熙来看看田甜，见她一脸好奇，笑了笑：“唐赛陪那对小情侣玩着呢。”

田甜立刻不想问，也不想知道了。

“你不关心你那个罗哥吗？不怕唐赛连他一起欺负？”柳熙来装作很不在意的样子，然而他不断偷瞄田甜的余光出卖了他。

他对这个问题还是很在意的。

田甜很懊恼地抓了抓头发，说道：“我作为他的朋友和同事，今天做的事情已经超出范围了，我不是他的长辈，也不是他亲密的女友，他之后的事情，我管不了，都是成年人了，我没义务为他负责一切。”

柳熙来眼睛都亮了，这回答妙啊！！

他开心地拍拍手：“嗯，你多重视重视我这样的就可以了！”

话题终结者说完这句话，车厢内就陷入了诡异的沉默。好在柳熙来这个人从来不在乎别人的感觉，他又开始手忙脚乱地翻找东西，好半天从口袋里找出个包装得很好的纸盒给田甜递过去。

“为了庆祝什么？”田甜有些疑惑。

柳熙来一耸肩：“为了庆祝今天是我开心的一天。”他看见田甜不赞同地皱眉，又解释，“管他呢，反正我不缺钱……”

哦，闭嘴，田甜用眼神无声地阻止了他下面要说的话。

田甜现在面对柳熙来随意很多了，虽然不至于亲亲热热地聊天，但是也像个朋友一样，不会拘束。她在柳熙来身边把纸盒包装打开了，然后看到了她遗失了的“整个世界”。

那次去G市，惊慌失措下，她的“整个世界”落在去柳熙来被拘禁小屋的路上，后来她回去寻找过，却再也没有看到过。

“我让人改动了下，缩小了尺寸，做成了铂金项链一样的首饰，你摁下开关，会有惊喜！”柳熙来很得意的样子。

田甜依言摁下了按钮。

柳熙来傻子一样的声音从机器里传来：“距离 × 米，可感知对方温度……”田甜顿时觉得这仪器有点突破她能够接受的底线了。她看向柳熙来，揣摩着如何找个好借口把它还给柳熙来。

“不要感动，我熬了几夜一句话一句话地录下来的！”柳熙来一挥手，很不在意的样子。

田甜那句拒绝的话就哽在了嗓子眼里，并且在柳熙来殷切的眼神里，她把这个定位仪挂在了脖子上。

柳熙来十分得意，下车时，经常会示意田甜摁一下按钮。

“你听听，会有小彩蛋，我录了不少！”他很得意又装作很云淡风轻地提议。

田甜一脸绝望地摁下去。

“田甜小姐，你要多喝白开水哦！”

张司机坐在驾驶座位上，看着总裁纯粹直男的行为，又看看田甜一脸恼羞成怒的表情，不禁想要叹气。

总裁送的这玩意儿，跟某宝那款女友看了要哭泣的礼物有什么两样！！！

大排档在田甜以前打工的地方。

巷子七弯八绕，车子最后在一个小小的平房边停下来了。

虽然已经时间不早，但是大排档这里却依然热火朝天的，连能坐的地方都没有。

柳熙来皱眉看了看大排档，又看了看开心又忐忑地看向自己的田甜。

“你……你不喜欢这里？”田甜小心翼翼地问柳熙来。

“不，我喜欢！”柳熙来生怕田甜下一刻要改口改天再约，斩钉截铁地应了下来。

“不好意思，我们可能要等一个小时啊！”田甜看看人头攒动的大排档，有些不好意思。

她有些忐忑地想：柳总应该从来没有排过队吧，不知道习惯不习惯这种饮食方式。

“没事呀，反正也没有啥事做！”柳熙来站在那里沉默了一会儿，居然很开心地接受了田甜的提议。

其实他是想掏出钞票凌空一撒，让各位从座位上活动起来。

然而想想，自己过得这么奢侈，田甜又倔强地不愿意接受援助，这个举动无疑又会拉开彼此的距离！

他决定要像个绅士一样，耐心地陪伴田甜。

十分钟……

二十分钟……

半小时……

一小时……

然而还没有一个空座让出来。

突然，柳熙来噌一下站了起来，正在嗑瓜子的田甜被他吓得差点吞下了瓜子壳。

“啊，发生了什么事？！”田甜迷迷糊糊地问。

然后，她就看见柳熙来大步流星地朝着最近的一张桌子走去。

柳熙来熟练地拿出手机，给对方看自己的照片。他作为W市的乃至全国著名的青年才俊，很难让路人认不出他。

对方欣喜地站起来跟他握手，合照，然后发朋友圈。

而后，柳熙来远远地朝着田甜招手：“来啊，他们同意挪位了！”

田甜目瞪口呆地走过去，发现柳熙来正在用手机的相机照镜子一样看他自己。

“很多时候，我们可以不用冷冰冰的金钱去压榨别人，你看，这次我就很温和地解决了问题，有钱也没有办法买来我这样的智商！”柳熙来骄傲而开心地朝着田甜笑，一双亮晶晶的眸子里写满了“快来夸我啊，夸我财智双全啊”的渴求。

田甜没有忍住，像是安慰小朋友一样地拍了拍柳熙来的肩膀：“是的，你这样很厉害！”

比谈成了十个大项目还开心，柳熙来的笑容刹那间就绽放了，这是他成年后第一次这么开怀地大笑。他笑起来真是好看极了。

田甜有些恍神地看着他的笑容，心想：即使他没有钱，不是柳总，因为这个笑容，别人也是会让步的吧。

因为是第一次请柳熙来吃饭，田甜显得很慎重，她忐忑不安地挑了好几个大菜，又把这里的特色小吃给点了一圈。

柳熙来主动把她捧在手里的菜单给抽走了：“不用点这么多，我们就两个人。”

老板会意，先给这桌上了菜。

菜居然做得很不错，柳熙来生怕田甜不自在，大快朵颐，途中老板三番四次过来送菜，柳熙来还兴致不错，跟老板合了照。

气氛其乐融融，就是柳熙来吃饭的样子太过优雅，搞得田甜不得不也跟着放慢了速度。

一顿饭吃了足足两个小时，然而再怎么努力，还是有一半的食物没有吃完。

田甜结账的时候，有点惋惜地看了看桌子上的菜。她从小就很勤俭，剩菜都喜欢打包，然而请客吃饭，再去打包，怎么样都显得有些不好意思。

老板也是认识田甜的，一边收钱，一边笑着说："你要是不好意思，我们等柳总走了给你打包好，你再过来拿一次？"

田甜露出个大大的笑容，同老板道了谢，一路小跑去找柳熙来。

其实吧，菜虽然剩下挺多，但都是一些配料了，而且姜蒜和辣椒偏多，田甜又是清淡口味，舍弃了也应该不算可惜。

柳熙来看看田甜的衣服，示意她衣服沾了点酱料。田甜有些局促不安地去洗手间清理衣服。

等到田甜从洗手间出来，桌子已经收拾干净，柳熙来站在旁边，而桌子边已经又坐了下一桌的人。

两人从巷子出来，柳熙来要送田甜回去。

田甜摇了摇头，指指公交站台。

"谢谢啦，我可以自己坐车回去，一路上都是最繁华的地段，不会有什么危险的。"田甜怕柳熙来担心，把脖子里的"整个世界"提出来给他看。

柳熙来笑了笑："行吧，你自己坐车回去吧，我就不送你了。"他果真雷厉风行，说完就唤司机过来上了车。

张司机启动了车，犹豫再三，还是忍不住提醒自家总裁："柳总？"

柳熙来正沉浸在跟田甜甜甜蜜蜜吃饭的回忆中，被他唤了一声，有些意外地"嗯"了一声。

"柳总，你不送送田小姐吗？好感度能增加不少！"张司机小心翼翼地说道。

"嗯，不用了，她自己坐公交车比较自在。"柳熙来并没有不悦，还解释了一下。

"啊，再不济你也要看着她上公交车呀！"张司机没好意思说，你就这么甩手走了，人家小姑娘心里怎么想啊。

这话一说，张司机就吓坏了，总觉得自己这么说话，不够婉转，柳总估计要生

气了。

他等了两分钟，从后视镜里偷偷窥视柳熙来，然而却发现，柳熙来的嘴角扬起，轻松愉快地笑着。

“她还会回去的，不要增加她的负担了。”柳熙来轻轻地说。

张司机一脸茫然，完全不知道总裁在说些什么。

此时，在公交站台的田甜，果然回去了。

她走到大排档前，朝着老板微微笑。老板会意，从底下提起一溜打包盒。

田甜一看，都是新炒好的菜，有些意外：“老……老板，你是不是搞错了，我只是要打包剩菜。”

老板娘神秘兮兮地朝田甜竖了个大拇指：“小姑娘，厉害了！让柳总这么关心体贴！”

啊？田甜呆在了那里。

“你去洗手间的时候，柳总让我们不要打包这桌上的剩菜了，给你重新炒了几个菜，让你带回去吃。”老板解释。

“你们告诉他了？”田甜大吃一惊。

其实也谈不上面子过不去，柳熙来是知道田甜的境地的，她打包也不算什么丢脸的事情。

“啊，没有，柳总猜到了，一开口就问是不是待会儿要给你打包。他说你又不爱吃辣，又不爱吃油，剩下的都是这些，没必要打包，于是给你点了些小甜点和清淡的菜，你明天热热就可以吃了！”老板把饭盒盖一揭开，田甜看了一眼，心就跳得厉害。

柳熙来替她打包的还真都是她平时爱吃的一些东西，包括那些小甜点，不是很甜却又美味，她很少点，因为价格比较高。

她突然有些茫然，这么多年来，她从未被人这样用心地爱惜过。

有一瞬间，她的鼻子似乎都有点发酸，她嗅了嗅鼻子，假装很轻松地同老板道了谢。

走在路上的时候，她想了想，还是给柳熙来发了个谢谢的表情包。

柳熙来已经到了家中，手机一直握在手心里，消息提示音一响，他就点开了，看见是个猪点着头说谢谢的表情，有些好笑地弯了弯嘴角。

他回了个猪头的吃多点的图案。

田甜回了一串儿白眼。

她看时间不早了，怕柳熙来为了等着自己的短信熬夜，最后回道：“我洗澡去了，晚安。”

柳熙来开始了一夜的折腾。大排档的东西对他来说，太油腻太重口了，不但腹泻不已，还让他有种要呕吐的感觉。

然而他每次奔去厕所时，却丝毫没有一点埋怨。

“啊，柳总，你还好吗？要请家庭医生吗？”生活管家有些担心，他夜间听到楼上柳总在房子里咚咚咚跑来跑去的声音，估计柳总应该不舒服。

他礼貌地敲开门后，看到了腹泻不已、面若菜色的柳总。

生活管家拿了药，却被柳熙来给拒绝了。

“不用！”

“可是柳总，你这样身体会垮掉！”生活管家苦口婆心地劝道。

“不用！”柳熙来很倔强地拒绝，“我要跟这骄奢的肠胃做斗争，它们不能这么娇气，我跟田甜还有下一次，下下次，再下下次的约会，它这么娇气，对不起田甜小姐的美意！”

上了年纪的生活管家有些担心，还有点急，但是也不敢说些什么。

从楼上下来的时候，他和被召唤而来的家庭医生面面相觑。

“柳总不肯用药吗？”家庭医生苦恼地问。

生活管家用一种快要死掉的表情看家庭医生：“柳总说，为了追求可爱的田甜小姐，他要惩罚他那娇气的肠胃，所以拒绝治疗。”

两个年过半百的老人对视叹气：“唉……少年人的……爱情，有毒！”

又是周一例会时，柳熙来精神奕奕地带着资料坐在会议厅里，虽然周末两天都在腹泻中度过，人瘦了些，但是精神确实很好。

“过去的两个月里，感谢大家对我柳熙来的爱护，也感激大家在这么大的风波中，维持柳氏集团股价不跌！”柳熙来顿了顿，又说，“为了感激在座的出力费神，今年的年终奖金就按五倍发放吧。”

这并不是小数字，唐赛虽然很开心年终奖提升，但同时也担心这一笔不小的开支。

他忐忑不安地看向柳总，总觉得柳总哪里不对劲。上次回来的时候，为了维稳，柳熙照开过几次会，不苟言笑，也不同任何人交流，所以唐赛以为是真的柳熙来被救回来了。

柳熙来休息了一段时间又回到公司，现在回来开会，笑得跟个傻子一样，又是涨年终奖金，又是春风和煦地同每个人握手。

唐赛真的以为是柳熙照又再次代替柳熙来上班，其实他并不能分清这两人。

柳熙来正在与他们一个个握手，感激大家对解救自己不遗余力地贡献。握到柳境的时候，柳熙来一把将柳境抱住了：“叔叔，我好怕看不到你了！”

柳境笑得特别尴尬，他伸出手来拍拍柳熙来的后背：“怎么会，我跟阿照都在不遗余力地寻找你，我们是不会丢下你的，不会放任你那样的！”

“放任”两个字他咬得极重。

“是啊是啊，想想这都是我第二次涉险了，好在我从小到大运气好，这一次也安安全全地出来啦！”柳熙来的语气十分快乐。

柳境只能含混地哈哈笑着应了一声，表达出同样喜悦的心情。

柳熙来十分开心地抱着柳境，还拍拍他的背：“叔叔，我们什么时候私下聚聚，熙照为了帮我以身涉险，我怎么样都要当面感激一下。”

提到柳熙照，柳境整个人都不好了，他脸上的笑容都快要绷不住了，他抽回手握拳放在唇边轻轻咳嗽了一声，挡住了嘴角僵直的笑容。

好在柳熙来接下去还有一大批中层领导要握手，柳境退在角落里，看柳熙来神采奕奕地同各位中层干部握手致谢。

从会议室出来后，柳境坐在办公室好好调节了心态，看看手里的几个项目，似乎并没有撤除，甚至柳熙来还把最近的大项目分了几个给他。

柳境越发看不懂柳熙来了，柳熙来失踪了将近一个月后，又若无其事地出现在众人面前，很让柳境费解，柳境再去寻找自己之前派出去的人手，却怎么也联系不上。

柳境死也不信柳熙来没有插手那些人的撤退，要知道那些人的亲眷他或多或少都知道一些，除了熊哥的家眷。柳境自始至终都不知道熊哥用了什么方式，一直很谨慎保密，所以他一直没能探查到熊哥的任何亲眷信息，但是其他人的亲眷信息他却是掌握了一部分在手里。

然而在他眼皮底下，或许是因为柳熙来的介入，那些残留在 W 市的相关人员全部撤退得干干净净。

这让他对柳熙来的人脉和能力深深感到震惊。

柳境知道柳熙来是个心思缜密又不按章程出牌的另类青年，但是从没有想过他做事能够滴水不漏到这个地步。

柳境不禁多了不少焦躁和忧虑。

除了柳熙来，最让柳境烦心的还是柳熙照。他知道儿子是知道些什么的，然而无论他怎么询问，甚至动用了前妻，都无法从儿子口中得知当初为啥儿子会出现在绑匪的屋子里面。

不仅如此，柳境跟柳熙照的关系更加恶劣了。

柳熙照不惧怕柳境的手段，还对他背后搞事情的做法十分不赞同。

想到这里，柳境忍不住喝了整整一杯黑咖啡，依然十分疲惫。

他最近常常梦见自己的大哥柳致，也就是柳熙来的爸爸。梦里，大哥依旧一副宽容而温和的笑颜，尽管认识并且了解大哥的人都知道，柳致并不如表面看起来那样温和。

柳致在梦里永远对柳境重复的一句话是："柳境，我们拥有更大的权力和利益，所以行为不能有偏差，要学会善待对自己有用的任何人，做事应该先学会做人！"

柳致是个三观很正的商人，偶尔狡黠，偶尔使手段，但是在大是大非面前，永远都是清晰明了的。

跟自己的哥哥比起来，似乎用尽黑暗手段的柳境天生就是个拙劣的小人。

柳境最怕的就是柳致的笑容，那种笑容带着消解一切意志和抵抗的魔力，柳境静静地坐在那里，仿佛天塌下来，都无关紧要。

柳境讨厌柳致的镇定和沉稳，很多年来，他曾经那样热切地想要证明自己，然而不管他怎么努力，他得到的都是安慰孩童一般的抚慰：啊，你做得够好了。

为什么不是你做得真的很好！

真好！够好！是有区别的。

那次意外以后，柳境很长一段时间里都在做梦，梦见他们一起上学时，柳致阻止他欺辱贫困的学生。

梦见在他用暴力解决问题时，柳致不咸不淡地看着他，对他说："用暴力解决问题的人，是最下层的人。"

还梦见被父辈夸奖的柳致，微笑地看向他，怜悯地提出："柳境也很棒呀！"

柳境讨厌这种恩赐一般的被重视。

后辈里面谁也不知道，柳境曾经那样叛逆过，所有柳致觉得对的，他都要反着来，可是想要拥有一切，他就必须学会妥协。

岁月教会他隐藏，时间教会他隐忍，可是他的骨子里，还是那个很讨厌被比较的柳境。

柳熙照的个性很像他，所以他决定不让自己青春里面得不到的那些让柳熙照再来一次。

他在扶持柳熙来重振柳氏的时候，便再也没有梦到过柳致。

然而一旦他心底的邪念又起，柳致便又回来了。

梦里的柳致，一如既往地令他讨厌。

柳境原以为梦里的恐慌和心悸是源于自己往昔的动作，然而醒来时，那强烈的惆怅和悲伤的感觉却让他看不懂自己。

他甚至不想再有梦境。

从不喝咖啡的他，这几天喝的咖啡，抵得上他前半生的量了。

他坐着车回到家里。

柳熙照睡在沙发里，剃得光光的头在夜灯下反着光。

柳境走进去，又给自己泡了一杯苦咖啡。

杯盏碰撞的声音将柳熙照给惊醒了，他茫然地抬起头看了看自己的父亲，很是无奈地叹了一口气，然后又将脸埋进了沙发的抱枕里面。

这些天都是这样，柳熙照恨不得天天昏睡过去，而柳境拼命地让自己减少睡眠。

“今天开会，柳熙来出席了！”柳境突然开口。

柳熙照的身体僵了僵，然后翻了个身，将脸对着沙发靠背。

“他把柳氏集团的企业之歌改成了《感恩的心》！呵呵，听过吗，小子？”柳境喝了一口咖啡，差点骂脏话。

苦得他想吐。

柳熙照闷闷地问：“感恩谁？你吗？”

柳境被柳熙照嘲讽得老脸一黑，一下把咖啡杯扣在了玻璃桌面上。

“你阴阳怪气什么，反正肯定不会感恩你，那天到底发生了什么，你还不愿意跟我说吗？”柳境皱起眉头。

柳熙照坐了起来，摸了摸自己的光头，笑了笑：“我说了啊，我过去被绑匪抓住了，柳熙来为了保护我，拼命说我是他堂弟，不要抓错人啊。”

这话柳境是不会信的。

他气得转身上了楼梯，走到一半他顿住脚，扭头警告柳熙照：“你得清楚一点，我们是父子，你胳膊肘不要往外拐！”

柳熙照耸了耸肩：“要不然怎么样，像对待我妈一样，表面捏个名目说她去旅游了，其实是送去国外禁锢起来？呵呵呵……垃圾男人！”

“我是你爸爸，你再怎么样都要尊重我！”柳境气得不行。

“爸爸了不起？尊重你还不如尊重每天在家门口等我回来的阿旺！它最起码知道真心对我好。柳熙来做得对，你就该多唱唱《感恩的心》！谁都不欠你的，你却欠大家的！”柳熙照冷冷地反驳他。

柳境觉得自己要心肌梗死了，他又不知道要说什么，便冷哼了一声，转身进了自己房间，把门摔得巨响。

第六章
我再也不敢有钱了啊

“柳总，你看我好不好啊，我也姓田，
我叫田酥！我不嫌弃你有钱！”

.1.

在阔别了三天后，柳熙来算了算，觉得时间恰恰好，可以进行下一次的约会了。这样既不会过分频繁地出现在田甜面前，又不会疏远太久，让两人不自在。

他想约田甜出来一起看看风景，聊聊人生，然而田甜在电话里有些内疚地拒绝了他。

“柳总……哦不，熙来，不好意思，我这周特别忙，之前落下的进度要跟进，还有我爸爸要出院了，我得去接他过来。”她十分不好意思。

柳熙来“啊”了一声，不想放弃：“伯父出院肯定要用车吧，那我去接伯父？”

田甜果断拒绝了他，她是知道父亲对柳家是敏感而憎恶的。

柳熙来有些颓败地放下电话，随后他把所有近期负责项目的主管都叫进来了，把项目进度都关心了一遍，在这漫无目的的一天里，忙碌而迷茫。

晚间的时候，柳熙来还是忍不住打了电话给田泽的主治医生。

“你好，我就是想问问田泽什么时候出院？”

其实田泽做了大手术后，主治医生的调配全都是柳熙来安排的，相较于田甜，柳熙来反而是最熟悉主治医生的人。

张医生听到问话笑了笑：“是柳总啊，病人家属约定了明天一早来办理出院手续，具体时间我也不知道。不过田先生那里，我遵从你的意见，从未提到过你！”

柳熙来一直都不想用帮助田泽这事来增加自己的印象分，他总觉得这样有些胜之不武，所以不管是大手术，还是医院付费等琐事，他虽然去做了，但是从未想过让田泽知道。

最初柳熙来过来了解病情时，张医生很惊诧，因为田泽所在的医院是一家私人医院，虽然医疗设备是全国最好的，但是价格也是最昂贵的，常常有富豪为了博名声，在这里投资或救助别人，动辄就是剪彩和各种仪式。

然而最让张医生惊讶的是，柳熙来同他沟通时第一句话就是：“张医生，以后请尽量不要提到我，如果提到医药费，也说是由田先生的女儿田甜一人承担。”

柳熙来还真的就这么悄声无息地做了那么多事情，就连每个月的账单都令医院另外开了一份，价格只有真正价格的十分之一，甚至都不到。

张医生对柳熙来充满了好奇，总以为那位田甜姑娘应该是国色天香的，才能让堂堂柳氏集团的总裁做到这个地步。

直到前几天田甜来探视父亲，张医生突然觉得柳熙来可能就是在日行一善，因为田甜实在称不上国色天香，她勉强算是长得干净而清秀。因为了解内幕，所以他对柳熙来不禁带了点欣赏之情。

“柳总，你还是不告诉病人和病人家属你做过的事情吗？”张医生问道。

柳熙来很奇怪地问：“为什么要告诉他们？”

张医生捏着话筒无声地笑了笑，心想：柳总的境界真的高过太多的富商，尽管那些人的实力还不如柳熙来的一个指头。

“我想问问，如果想去接病人家属，什么地方是必经之地，我明天一早要去守着，免得错过了。”柳熙来很认真地问。

张医生更加感动了：“柳总，你完全可以去病房接对方啊，我想你做了这么多，对方完全存着感激之心吧。”

“不不不，张医生，我就是不想他们感激我，我就是想来个偶遇，能够自然地帮到他们。”柳熙来一想到田泽那充满戒备的眼神，就觉得如果透露了自己的行为，说不定田泽反而会怀疑自己的用心。

张医生彻底被柳熙来的人格折服了：“其实有三个门，但是我会安排田家父女走西门。柳总不要太早，八点左右等着就可以了。”

“好的，多谢你了！”柳熙来美滋滋地放下电话，开始挑明天要穿的衣服。

他一边挑，一边问生活管家：“庞叔，你说穿哪件看起来比较接地气？”

庞叔不动声色地挑了一件烟灰的衬衫。

“不，我要那种看起来很廉价样子的！”柳熙来提出硬核要求。

庞叔在一衣柜的衣服里浏览再三，终于还是败下阵：“柳总，您的要求太强人所难了。”作为生活管家这么多年，他只听说过雇主要求低调奢华的，明面炫耀的，名牌加持的，就没有听过要求穿起来廉价的衣服。

柳总的爱好，真是与众不同！

其实办理出院手续需要七点半以后，但是柳熙来怕自己错过时间，六点就守在医院门口了。

他借了司机家的私车，是辆很不出彩的大众汽车，因为是二手车，还有没有补好的车漆，看起来十分朴实。

田甜六点半来到医院，柳熙来坐在车里，看到田甜提着大大的蛇皮袋，估计是为田泽装东西的。

田甜很开心的样子，同医院守门的保安打了招呼，两人都是笑嘻嘻的，看得出来她心情不错。

柳熙来百无聊赖地坐在车里，看着看病的人逐渐多了起来。

此时田甜正在办理出院手续，主治医生在开后续的药物和叮嘱一些注意事项。

张医生说得细致而到位，让田甜不禁心生感激："张医生，真的很幸运能够由您作为父亲的主治医生，您这样细致入微地对待病人，真的很感激！"

"田小姐啊，你知道吧，我做的远远不及有些人，我做的都是明面上的事情，有的人他做了很多很多事情，却从来不提，也不让我提！"张医生看田甜不感谢柳总，有些替柳总不值得。

田甜"啊"了一声，似乎想到了什么，她点点头："是的，张医生，我知道的，都记在心底，想要用行动回报好心人。"

张医生微笑地点点头。

其实出院缴纳的费用，柳熙来昨天晚上已经转账缴纳了百分之九十，其他的百分之十，是他为了让田甜不会觉得欠别人太多恩情，而特地留下的。

张医生知道这个事情，整个科室都知道，中层干部也知道，但是柳熙来的要求是不要让田甜知道。

所以明面上明码标价的，柳熙来让田甜自己缴纳，其他的他都支付了。

"嗯嗯嗯，你父亲康复得很好，只要不过于疲劳地工作和吃一些不利于身体健康的东西，基本没有什么太大的问题。"张医生领着田甜去取药物。

田甜打包好东西时，田泽早已经换好了自己的衣服，他康复得的确很好，面上有了久违的红晕，甚至走路都比平时有力气了。他拒绝了轮椅租借，自己同田甜走了出来。

"走西门吧，人少！"张医生临走的时候特地关照了田甜。

田甜又谢了张医生，和父亲从医院里走了出来。

刚走下西门的台阶，她就看见柳熙来站在那辆二手车前朝着他们微笑。

"田甜，我来接伯父了！"

田泽心里其实知道是柳熙来帮忙的，但是终究看到柳家人不舒服，有些尴尬地朝柳熙来问了声好。

“柳总好呀！”

田泽看过电视新闻，之前也听田甜介绍过，柳氏集团的总裁因为化工厂废气一事给予周边居民补偿，所以对于柳熙来，田泽虽然不至于充满敌意，但是也期望田甜能够远离。

“啊，伯父好！”柳熙来一看田泽的表情，就知道田泽知道了自己的身份，并且很不喜欢自己的这个身份。他接过田泽手里的东西，也接过田甜的大蛇皮袋，帮着两人放置好后，拉开车门示意田甜和田泽上车。

“伯父，我不是柳总来着！”柳熙来极力控制着，让自己说话的语气不那么傲娇。

来的路上柳熙来就想过了，田甜这么仇富，八成跟田泽有关，所以他绝对不能用柳氏总裁的身份接近田泽了。

田甜的手一顿，有些诧异地看向柳熙来，但是她什么都没有说。

不知道为什么，她很希望父亲能够对柳熙来和颜悦色点，因为她内心知道，老父亲的这一条命，是柳熙来出资出力救回来的。

果然，田泽“啊”了一声，很意外的样子：“可……可是，你跟电视里的柳总很像啊。”这谎话太假了吧，以为他不看电视新闻吗？

柳熙来很淡定地点开柳熙照的照片给田泽看：“你看，真的柳总耳朵这里是有颗小痣的，我没有。”

“你们是双胞胎？”田泽信以为真，好奇地问。

“错了，我是他雇佣的特型保镖，替他经历危机！比如上次绑架！”柳熙来很严肃地给田泽看自己胳膊上被划伤的一道深深的伤疤。

这伤疤田甜没有看过，她大吃一惊：“熙来，你上次受伤了？为什么不告诉我？”

他在G市穿的T恤也是长袖的，遮挡了伤痕。

田泽看自己的女儿也这么问，顿时相信了一大半。他脑补了以前从电视上看到的特工，再看柳熙来的眼神都不一样了。

“那你的工作也很危险啊！”田泽感慨着。

然后，他又像想起来什么，同柳熙来道谢：“对了，小伙子，上次出国做手术，送我去机场的是你吧！”

彼时，田泽即将陷入昏迷，恍恍惚惚间，见到过为了争分夺秒狂飙车的柳熙来。

他当时还诧异柳氏集团的总裁怎么会为自己做那么多，现在想一想，什么都解释得通了。

他对柳熙来彻底放下了心防。

田甜从来也不知道父亲做急救手术的事情，那段时间，她也受着伤，柳熙来为了让她安心养伤，那件事几乎都是亲力亲为的。

此时田泽说出来，柳熙来只是摇摇手："田伯父别客气了，田甜是我的好朋友，我也是您的晚辈，做那些都是应该的。"

田甜又感激又愧疚，这么大的事情，她只是以为父亲做了个小小的手术而已，而柳熙来竟然为自己做到这个地步。

她看向柳熙来，刚想道谢，就看见柳熙来朝她眨了眨眼睛，示意她不必道谢。

田甜朝着柳熙来笑了笑，将那句谢谢咽进肚子里了。

有时候，说多了谢谢，就显得生分而敷衍，她想用更多的行动去回馈帮助过自己的人。

车子开得并不快，路过柳氏集团的时候，正好看见戴着假发的柳熙照。

柳熙来摇下车窗，指给田泽看："看，这才是柳总！"

田泽"啊"了一声，看了看柳熙照，又看了看穿得很朴实的柳熙来，有点迷惑："但是还是你比较像一点。"

"为什么？"柳熙来大惊。

"不知道为什么，我看你总比他显得自信和骄傲点！"田泽又看了看皱着眉头的柳熙照和挑高眉毛看待人事都显得漫不经心和骄傲的柳熙来。

柳熙来哈哈笑了两声，将车窗摇上了，飞速开走了。

车子开到田甜现在住的出租屋时，田泽终于放心了。田甜似乎在这个小伙子的照顾下，过得虽然不算富足，但是终于有点都市小女孩的样子了。

他下车的时候，握住柳熙来的手，发自肺腑地对他说："你真的蛮不错呀。"

这次，柳熙来终于融入了田甜的家庭氛围。

吃饭的时候，柳熙来被田泽再三规劝："你从柳氏辞职出来吧，踏踏实实地做份工，总是做别人的影子多没意思。"

田甜张了张嘴巴，还是没有阻止父亲误解，因为和谐更重要啊。

柳熙来一脸的谦逊，吃着肉丸子点头："伯父，快了，我把事情安排好就出来！"

田甜看了看朝着自己笑的柳熙来，腹诽道：说得跟真的一样。

"如果是真的呢？"然而柳熙来还是看懂了她的眼神，从出租屋出来的时候，他突然问田甜。

此时满地月华，满满的诗情画意，田甜在月光中看向满脸诚恳的柳熙来，脸突然就红了。

“不可能的，柳氏集团是你的家呀！”她回答柳熙来。

柳熙来笑了笑，他不想把所有的事情说得太过明白。坐上车后，他把手伸到车窗外，朝田甜摇了摇，然后开着那辆破损的二手小车，一路绝尘而去。

田泽康复了，田甜也更忙了。这一周以来，田甜和柳熙来几乎没有交集，此时因为得空能跟田甜一起度过晚上的空闲时间，柳熙来的心情变得十分美好。

久违的笑容重新回到了柳熙来的脸上。

唐赛处理好事情，想要上前汇报，被孔毅一把勾住了脖子，在花坛后面蹲下：“阿赛，你要懂得什么时机做什么事情，有点眼力成吗？”

唐赛蹲着透过花草看了看柳熙来。

柳熙来背对着花坛，跟田甜在说笑。

“待会儿一起吃个饭吧，我为了来上夜大，晚饭都没有吃呢。”

田甜点了点头：“我请你吧，不过我还是想问你，你来这里，是因为我在这里上课吗？”

柳熙来愣了愣。

田甜像是鼓足了勇气说：“熙来，你能不能不要再来啦？我来这里是想提高自己的，想安安静静地把本科修完。我没有能力，也没有时间去上正规的课程，也就这么点时间能够学东西了……我很珍惜学习的时间。”

她真的很不喜欢同学们用异样的眼光看自己。她前面二十几年都是透明安静的，从来没有这样瞩目过，她不喜欢瞩目，也不喜欢那种因为柳熙来身份的存在感。

柳熙来“嗯”了一声，知道自己的行为可能又让田甜反感了：“你放心，我只是过来看一看你，的确是我欠思考了，以后我就不来了。”这么多年，他何曾这样为人着想。

田甜听他道歉，有一瞬心中愧疚，她有些无措地转移了话题：“要不然，我们今天去家里吃饭吧，我做几个菜？”

柳熙来露出了大大的笑容，表示赞同。

这么晚了，只能用储备在冰箱里的菜。

田泽见田甜把柳熙来又带了回来，有些意外。趁着田甜择菜的时候，他悄悄问田甜：“你在跟他恋爱吗？”

田甜慌慌张张地摆手："爸，没有没有，不可能。"

田泽满脸困惑。

他看看满脸通红的田甜，又看看在外面勤奋搬桌子，准备碗筷的柳熙来，怎么都觉得自己的女儿和外面的小伙子关系不一般。

他留了心，在田甜做饭的时候，就开始有针对性地问柳熙来一些事情。

"啊，你的姓氏倒是跟柳氏的一样啊！"田泽不知道从哪里入手，尴尬地开了头。

"是的，可能五百年前是一家呢！"柳熙来替田泽递来了水，笑了笑，又看了看厨房，"田叔叔，有什么想问的你就问吧。"

"你这么晚出来，要不要跟父母打个招呼？"田泽继续尴尬地问话。

柳熙来笑着回答田泽："田叔，我母亲早就过世了，父亲也在前几年过世了，家里现在就我一个人，无论早晚，都没有关系。

"我家在 W 市有房，也有车，我文凭不低，从柳氏出来绝对可以找到工作养活家人。

"我虽然性格不算太好，但是我会倾听对方的意见，合理的也会接受。

"最重要的是，我不会再看除了田甜以外的女人。"

田泽一时间不知道怎么接话了，只能一直含着笑点头。其实柳熙来给田泽的印象还是不错的，除去与柳氏集团有联系外，其他的一切都不错，长得帅气，眼里又全是田甜，这点是瞒不过任何人的。

田甜已经做好了菜，开始一样样端上来。

田泽比之前更加热情，替柳熙来布了好多的菜。田甜虽然不知道两个人刚刚说了什么，但是从父亲变得热情的态度来看，应该是柳熙来的言辞让父亲开心了。

晚餐做得很可口，六菜一汤，油盐酱醋拿捏得当，菜色红绿鲜嫩，配着鸡蛋的嫩黄之色，看起来就令人食指大动。

柳熙来是个自律的人，一向崇尚七分饱，从未吃撑过，这次在田甜家却吃到撑。

"粗茶淡饭，不知道你吃得习惯吗？"田泽同柳熙来客套。

"很有家的感觉！"柳熙来倒不是说假话，他已经很久没有吃过这么接地气的家常菜了，父亲死后，他将全身心都投注在柳氏集团崛起上，吃饭和娱乐都是碎片一般存在的事情，去的不是高级饭店就是高档西餐厅，久而久之，他已经忘记吃家人烧的菜是什么感觉了。

生活管家常常劝他，不应酬的时候应该回来吃饭，最起码能够保证一日三餐清淡为主，但是柳熙来哪有空闲的时候，长期谈判应酬，又能怎么保持清淡？

饭菜很合柳熙来的胃口，他吃得兴起，不禁觉得微热，于是将外套脱了下来，并且解开了里面的衬衫扣子，一小块黄绿色的挂坠悄声无息地从他脖子里滑了出来。

田泽正脸红红地谈田甜小时候倔强地要用他的皮鞋换糖吃的事情，眼睛一扫看到那块小小的黄绿翡，顿时整个人都僵住了。

他的呼吸都变得困难，天地间仿佛都安静了下来。

田甜看到父亲一副要窒息过去的样子，大惊失色，伸手去握田泽的手，却发现父亲浑身都在颤抖，并且手冰凉。

“爸爸，怎么了？”田甜问道。

“扶我起来，我不舒服！”田泽竟然都不想再看柳熙来一眼了。

柳熙来向来敏感，他也放下了筷子，他知道自己一定是什么地方触犯田泽的忌讳了，但是他也不知道是哪句话，哪个动作。

他回忆了一会儿，发现自己在田泽表情产生变化之前竟然只是傻笑附和着，因为田泽一直刻意吐露了不少田甜小时候的趣事。

但是他知道此时绝对不是查清真相的好时候。

于是，他礼貌地道了别。

田甜也是一脸蒙，她有些惆怅地把柳熙来送到门口，就听见田泽在屋内冷着声音喊她：“你快回来吧，我不舒服，不能离人。”

田甜有些抱歉地看向柳熙来。

柳熙来做了个回去吧的动作，朝田甜笑了笑。

门被关上时，柳熙来突然就有一种不好的感觉，仿佛这一关门，田甜就永远把他关在外面了。

此时乌云遮月，四周一片灰暗。

.2.

对于田泽来说，这一晚的冲击令他心慌不已，他又想到了很多年前，亡妻死去的那个晚上。

大雨瓢泼，他赶到厂里，一群人围着他妻子的尸体指指点点。

奇怪的是，每个人都戴着口罩，穿着黑色的雨衣，田泽不知道谁是谁，只知道自己妻子死得极为不正常。

在那之前，他的妻子已经病了好久了。她每天都在噩梦里惊醒，有时候会惶惶然问他：“一个人选择利益还是遵从良心？”

他们都是平凡的人，没有受过高等教育，做事无非是无愧于心。田泽想：那个

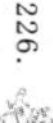

时候自己应该自私点，告诉自己的妻子，自己的生命最重要，良心在危机面前不值一提，是不是此时，她便还在自己的身边，笑颜绽放地看着女儿的成长呢？

可惜，他没有挽救得了自己的妻子。

后来，柳氏集团赔偿了一笔钱，却迟迟未发，一起受难的几个职工，家都住得很近，大家都不约而同地发现有人在偷偷监视着他们。

田泽又怕又尿，什么都不敢追究，就连当初要求一起署名求真相，他都没有敢签名。亡妻入土以后，他匆匆带着小小的田甜离开了那里，刻意断开了以前的一切。

他还有田甜，他不能让她也陷入这些乱七八糟丑恶的事情里去。

这么久以后，田泽又要面临逃跑还是追寻真相的两难境地。田泽翻来覆去的，看到田甜在外面开着小灯写公司的资料，觉得又心酸又无奈。

他也知道田甜走到今天这步，全是一步一步苦出来的，这份工作对于要阅历没有阅历，要学历没有学历的田甜来说，多么不容易。

他咳嗽了一声，坐起来，撩开帐子。

田甜听到父亲咳嗽的声音，急匆匆地倒了温开水从外面进来。屋子很小，为了防止灯光影响到父亲，她特地在卫生间里面，坐在马桶盖上整理公司的资料。

父亲的肺部一直不好，所以任何咳嗽都会让他有致命的可能。

田泽接过田甜手里的茶水，浅浅地饮了一口，然后抬头看向有点担心自己的田甜，拍了拍床边。

田甜像小时候一样，很快像只小兔子一样靠过去了。

“阿甜，你很喜欢这份工作吗？”他轻声问女儿。

田甜含笑地点点头：“爸爸，我以前做的都是服务类工种，因为没有学历，只要付出体力就可以了。可是我也想进步，我进了伐木累，虽然很累，但是能够学到好多好多东西。我现在一个人就能帮助老板进仓，出仓，寻找国内进销商，拍定国外的小客户……还有还有，我还会填写报关证了！我能够学会，好有满足感。”

田泽感慨地看向田甜，她的一双大眼睛在灯光下像最亮的星星，璀璨生姿，灵魂的灵动全部在一双大眼里诠释出来了。以前不是这样的，她的眼里总是有阴暗的地方，让她一双大眼睛显得空洞无神，生活削减了她作为青年人的斗志和活力。

他突然很感激柳熙来，柳熙来的出现，对田甜起了很正面的影响。

多好的一个年轻人，可他却是柳氏集团的。

他叹了一口气。

田甜便敏感地紧绷了身体，她小心翼翼地问：“爸爸，你不喜欢我做这些吗？”

田泽摇摇头：“你是因为柳熙来进了这家公司吧？”

田甜犹豫了下，还是诚实地点了点头。

田泽叹气：“我很开心看到你进步，这么多年的确苦了你了。但是，田甜，你在这家公司学到的东西，足够你找一份新的工作了。夜大也要告一段落了吧？补考完西方经济学，就可以拿到证书了吧？”

田甜愣了愣，很快就知道爸爸在说什么。

“可是，柳熙来他……他是个好人！”田甜犹豫再三，还是说出来了。

明明是很普通的话，说出来，她竟然有落泪的冲动。

“熙来是好孩子，但是他跟我们不是一个世界的人，你懂吗？他还是柳氏集团的人吧？”田泽问田甜。

田甜流着泪点了点头：“但是他一直在帮助我们，爸爸，你生病了，我遇到事情了，他都是第一时间过来帮我们……”

田泽叹了一口气，他何曾不知道这些，但是有些事情是不能被原谅的啊。

他狠下心，说道：“田甜，我不许你继续和柳熙来来往。”

田甜呆呆的，她再也止不住泪水了，频频用袖子擦脸。其实她是个坚强的女孩子，再多的事情发生也很少流泪，可是这一次，她像是失去了灵魂的某一块一般，居然感觉这么伤痛。她不想在父亲面前失态成这样，显得柳熙来有多重要，可是泪水一滴滴的，像是不受她控制一般，夺眶而出。

“为什么？”她只问了这三个字。

田泽什么都没有回答她，只是果断心狠地命令：“辞了伐木累的工作，我们父女换个地方重新开始！”

田甜想要退一步：“爸爸，我可以不跟柳熙来来往，但是伐木累的工作，我不想辞掉，它能承担我们两个人的生活呀，我还能学到东西……我……”

“不用说了，田甜，爸爸总是有爸爸的理由的，好吗？”田泽没有找理由说服田甜，只是哀求地看着女儿。

泪流满面的田甜让他的心如同刀割，这是他一直相依为命爱着的女儿啊，他不想田甜像她妈妈一样，落得那样一个下场。

田甜无力又无奈地点了点头。

得到了田甜的保证，田泽整个人都颓废下来，父女两个枯坐在房间里，都心情压抑，默默叹气。

天亮的时候，父女两个已经打包好东西。行李其实不多，父女两个长期搬家，都是没有安全感的人，每到一处地方都是以最简单的方式生活。

一个二十八寸的大箱子囊括了所有。

田甜站在屋子中间环顾四周，已经没有哭的欲望了。她在心里做了个决定，这一次就清醒点，恢复到平凡透明的生活吧。

柳熙来虽然很好很好，但是他不应该是自己世界里的暖阳。

世间那么多好的人和事，也该有拥有的命才能享用。

她既然不能带给柳熙来任何益处，那就远远离开，让柳熙来和自己都回归各自应该过的日子,这是必须的。或许对她很难,可能对柳熙来只是惆怅几分钟的事情吧。

想到这里，她心酸自嘲地笑了笑。

金长宏很是惊讶，再三挽留田甜，除去柳熙来当初带来的订单，田甜可是伐木累里面最负责最懂得感恩的员工，她的敬业和勤奋，其实是让他很满意的。

“阿甜啊，是不是做得太累了，身体不舒服？没关系，你可以请假啊！”金长宏连请假都准了。

可是田甜还是鞠躬道歉：“金总，我很感激遇到你，但是我父亲身体不容许在这里疗养，我得带他回老家好好养着。”

“那，养好了，你还能回来吗？”金长宏从业这么多年，居然第一次产生了不舍的感觉。他的确克扣员工，但是田甜总能让他心存怜悯，久而久之，他就像是看到一个努力积极向上的晚辈在自己的培养下成长了的样子，此时告别，他竟然有一种长辈对小辈依依不舍的感觉。

“会的！”田甜的眼睛亮晶晶。

“那我们伐木累都等着你回来，别忘了，这里也有你的家人！”金长宏破天荒一改铁公鸡的个性，结工资时，提前把年终奖给田甜发了。

罗辞都不顾避嫌来劝田甜留下来。

所有人都来挽留田甜，包括老板娘。

田甜依然还是礼貌地一遍遍道歉。

“你是不是因为柳熙来，他伤了你的心，所以要辞职？”罗辞私下找到田甜。

他总是认为那些有钱的人是恶劣的，一如对待小彤的学长，新鲜感一过，就会将唾手可得的人或者物给抛弃了。

罗辞对田甜有着极大的好感，却在柳熙来的压力里极力避嫌，这些天他极为压抑，默默帮田甜做了很多加班要用的东西，却又刻意地避开了两人私下接触的机会。

此时看到田甜颓然而无力的样子，他从心里认为是柳熙来抛弃了田甜，他激动万分，心里如同万亩花田的鲜花齐齐绽放。

但是他又要矜持，不伤害田甜，所以他温和地安慰田甜：“天涯何处无芳草！！！何必单恋一根草！”

然而田甜让他失望了，她听到这个问话，突然来了精神一样，说道：“不是的，罗哥，熙来是好人，他品行高洁，拯救了我无数次，从来都是我让他失望，他从不让别人失望。虽然他不会说话，经常用钞票压人一头，但是他对我真的很好很好很好！”

田甜说了三个“很好”，然后又有点要落泪的样子，但是她倔强地忍住了。

“他太好了，作为暖阳太暖了，我生命里的一切都被他灼烧了。”田甜自言自语。

随即，她把自己编织的一套围脖和帽子手套给了罗辞：“罗哥，都要接近冬天了，我给公司的人都织了一套，你这套我用了烟灰色，跟你气质配。”

罗辞也不再追问田甜了，不知道为什么，他觉得自己也不需要有期盼了，从田甜提到柳熙来的样子来看，那双充满灵动感的眼睛就告诉他，敌人的糖衣炮弹已经生效了。

他笑着接下了田甜的礼物，刻意又回到朋友的位置：“那你以后想去哪里发展？有计划吗？留个通信方式给大家吧，遇到不会的事情，最起码大家能帮你。”

田甜摇了摇头：“还没有定，看爸爸的意思，我有空会联系大家的。罗哥，谢谢你对我的指导。”

罗辞突然有一瞬喉咙发涩。阳光下，田甜已经蜕变为温柔又平和的大女孩了。

她让人更加有一种心情平和又带着莫名喜庆的感觉了。

可惜，终究跟她没有进一步的缘分。

罗辞笑了笑，伸手拿出便笺纸，写下了自己所有的社交联系方式，就连银行卡号都给了田甜：“网上银行，密码也给你了，万一，我说万一遇到事情，可以用我卡上的钱，不多，但这是朋友的心意。”

田甜很感动，朝罗辞鞠了个躬。她捏着便笺纸要转身，又回过去，犹犹豫豫地说：“罗哥，我说几句话，你别生气。”

罗辞点了点头。

“罗哥，爱情固然很重要，但是你得学会尊重自己，不要因为爱情失去了自尊，要做真正的自己，做最初的自己。爱情中很难做到不卑不亢，但是最后的底线你得有。罗哥，我知道说这些有点唐突，但是你是个很好的人，我希望你能找回自己，既不畏缩，也不尖锐。”

这其实是那天田甜看到罗辞对待小彤后最想说的话，然而罗辞从那以后就躲着

她，她看着罗辞在伤害小彤以后自己也闷闷不乐，很无奈。

现在要分别了，她索性全部说了。

罗辞有点感动，点点头："谢谢你，所有人里面，唯独你没有笑话我，是真心为我想的人。田甜，即便是再不相逢，我也会永远在心底给你留着朋友的位置。"

田甜走出来的时候，天空的阳光更炽烈了些。

她的夜大课程已经修完，拿到文凭，心里感慨万千。

"阿爸，柳熙来给予我们这一切，虽然以后分道扬镳不再相见，但是最后的道别我还是应该当面去说的。"她表情十分认真。

田泽点点头："是应该的。"

"但是你不能再……"他又有些担心。

田甜坚定地看着自己的父亲："不会的，我会让他彻底死心。"

田泽的心好一阵痛。田甜从小到大都是快刀斩乱麻的个性，因为苦涩的现实让她明白，很多事情拖下去会令人更加疼痛。她果断又干脆，却永远自己承担所有的伤痛。

破天荒地，柳熙来收到了田甜的正式约会邀请。他兴奋地看了手机短信一百遍，把所有人都通知了一遍，自己周末会有个重大的饭局。

地点不是之前的大排档，也不是一般的路边小吃店，而是选在了市中心最豪华的一处景观餐厅。这餐厅在本市号称最高观景塔的顶层，三百六十度缓慢旋转，人坐在里面，能够缓缓看遍 W 市的所有夜景。

柳熙来有些意外，发短信问田甜："怎么想到去那里吃饭？"

他知道田甜是个很节省又很务实的女孩子，旋转观光餐厅那样昂贵，田甜订在那里让人总觉得怪怪的。

过了大概一小时，田甜回复一条不算很短的信息："因为你上次提过，没有人陪着，连最好看的夜景餐厅都懒得去。你既然提过，我觉得你一定是想上去的。不如我们去吃吃看，留个快乐的记忆。"

留个快乐的记忆？这话说得多不吉利，似乎没有以后的样子，柳熙来看了心里有点不舒服。

他回了一条信息："如果稳中求进，哄好你的父亲，我们会有无数个快乐的回忆。"

田甜过了很久才回复："柳总别闹，我有很重要的事情跟你说。"

很重要的事情！！！

应该是主动告白吧！这种事情怎么好让女孩子来！真是太快乐！

柳熙来的心都沸腾了，他坐在办公桌前喜滋滋地笑，每个进来汇报项目的下属都被他甜美的笑容吓得不敢抬头。

柳总喜滋滋了一个上午以后，又叫来了实战经验十分丰富的孔毅。

“孔毅，如果一个女孩子挡也挡不住地要跟你表白，那么那么主动！你懂的，我该做什么反应？”柳熙来喜滋滋地看孔毅。

孔毅真没眼看自己春心萌动又开心得手足无措的总裁：“柳总，这不是你以前的日常吗？你不是一直处理得很炫酷吗？！那么多的妹子，每天寄信给你，情书一打一打的，你看都没看就丢给保洁阿姨，让人家卖了赚点茶水费。人家扑过来告白，塞你一手玫瑰，你责怪保镖没有阻拦得了告白的妹子，不但辞退了保镖，还因为玫瑰花带刺戳了手，要告人家人身攻击！人家给你放爱的气球，你一个人扛着气枪，在三十三楼不是射得很开心吗？今天你为啥要问这么有失水准的问题？”

柳熙来甜蜜地站起来，手背在后面：“今时不同往日了，有一个特殊的妹子，她想夺我告白的主动权。”

孔毅当然知道是田甜，他真是受不了柳熙来眉飞色舞的样子：“柳总，你还能被对方压下去气势？买顶级的香槟，炫几十克拉的钻戒，只要钱能办到的，有啥不能？”

“她约你，你就反客为主，给她最好的，让她毕生难忘！你是柳总啊，总不能被妹子压一头！”孔毅提议。

他说完这一串儿，定睛一看柳总，柳总的耳朵可疑地红着，并且扭捏地转过身来朝他笑，那甜蜜得冒水的眸子惊得孔毅好一阵恶寒。

“不是，爱情上面，她怎么压我一头都可以，只要她愿意，就不存在谁强势。”柳熙来羞答答地回答。

孔毅惊得不行：“柳总，你正常点跟我说话成吗？”

柳熙来正沉浸在即将要被田甜姑娘表白的喜悦中，压根儿不多想别的，直接朝着孔毅挥挥手：“你去给我找枚周五前能够买到的最大的钻戒，对了，跟旋转餐厅的老板说，预付一千万在他那里，不管花费多少，都不许田甜出一分钱。还有，礼服，那种日常款的小短裙礼服，让他们备十几件，防止表白以后，田甜要照相，她说的嘛，留个甜蜜的记忆！

“对了，要布置清新又低调奢华的花朵，不要太艳丽，要有诗的感觉，铺满一地。还有，那天不能有别的人用餐……还有香薰停止，田甜不喜欢太浓的香味，他们家据说一直都有喷香薰的习惯……还有……"

"啊，柳总，还要乐队吗？"孔毅问道。

柳熙来摆摆手："不需要那么奢侈，我跟田甜都是接地气的人，不来那么文艺多金的。"

不来那么文艺多金？那你刚刚吩咐的是什么？孔毅忍不住想翻白眼。

然而，柳熙来方方面面都想到了，孔毅出来归纳的时候才发现，这所有的要求，都是为田甜布置的。

因为饭店价格昂贵，甚至柳熙来连小费都让他提前支付给服务生，生怕田甜吃一点亏。

田甜小姐一定是上辈子拯救了银河系吧，才会让柳总这样全心全意地爱着。孔毅突然觉得，以前觉得柳总突如其来去追求田甜小姐，是因为新鲜感使然，现在看看，还是自己错了。

柳熙来这个人做事念旧讲究情怀又执着，这样追求田甜小姐，应该是真爱了。

总之，田甜小姐一句话，让他跟唐赛在后面忙了很久。钻戒拿来了好几枚，柳熙来不是嫌弃太小，就是嫌弃太俗，要不就觉得闪烁不正常。这还像人话吗，几十克拉的钻石怎么正常？

最后，孔毅实在没有办法了，去古董商店寻了一枚据说是20世纪贵族戴的粉色钻戒，钻石不算很大，十几克拉，比起之前的小了很多，光晕也不似现代工艺雕琢得闪亮，而是微微带着粉色的光华，被岁月磨砺得温柔而优美。

柳熙来几乎是第一时间看中了它。

"它不是什么亡国皇妃砍头贵族的吧？"他有点顾忌。

孔毅和唐赛一起摆手："不不不，柳总，这是一位幸福的公主的首饰，她一辈子幸福，出嫁前被父母关爱，出嫁后被夫家疼爱，子女满堂……"他们就知道柳熙来会追问这些，购买时，钻石戒指的上下五百年都给询问遍了。

柳熙来果然满意了，他捏着那枚复古风的钻戒有些感慨："田甜以前没有完整的家，过得太苦了，戴了戒指以后，不管是不是嫁给我，都要幸福快乐吧！"

孔毅和唐赛面面相觑，被柳总的一腔爱意给打动了。

周五很快就到来了。

.3.

周五，户外萦绕起丝丝缕缕白色的雾气，实在不是锻炼的好时机。然而，凌晨四点半柳熙来就起来跑步了。经历了绑架事件，为了柳总的安全问题，生活管家安排了两个保镖每天专门陪柳总慢跑。

保镖很诧异，睡眼惺忪地同柳熙来问好：“柳总，今天这么早？”

柳熙来笑容满面地朝两位保镖挥手致意：“必须要早！早点起来促进新陈代谢，做状态最好的自己！！”

两个保镖面面相觑，又不敢多问什么。他们跟在柳熙来后面跑过了公路，跑过了市郊，跑上了W市远近有名的小山。他们突然发现，柳总的体力是真的棒啊，步伐迈得大，呼吸平稳，精神还亢奋，快速跑上一段这么陡的上坡路，他们都有些喘不过气了，柳总还能像个少年一样，一边跑一边挥动胳膊，欢呼着指给他们看：“你们看啊，那就是夜间旋转餐厅，高度跟山顶持平，站在山顶就能看到它，里面的人也能看到我站的地方，啊！！！多浪漫啊！！！”

大清早雾气缭绕，从山上朝远处看去，只看到旋转餐厅避雷针上的小红灯一闪一闪的。

看个什么啊！浪漫个什么啊！！！

但是保镖们也不敢回嘴，也不敢问为什么要凌晨五点在白茫茫的雾气里看一个那么高的夜间餐厅。

柳熙来步伐轻盈地向着山顶冲。两个保镖虽然年纪轻轻的，也是青年巅峰体质，但跟在后面也吃力得很。

“啊，这空气，太美好了！”柳熙来一鼓作气跑上山顶，像个俯瞰大地的英雄一样叉着腰看向远方。

“你们给我拍个照，要把远处的餐厅给拍出来！”柳熙来把手机递给保镖。

保镖兄弟A接过手机，一脸茫然，白雾之中，柳熙来的身形都比较朦胧，怎么能把那么远的餐厅也给带上啊？

他干笑着把手机递给了兄弟B：“我从小直男摄影，不好看！让小魁帮你拍。”

小魁的心中一百万个不情愿，他接过手机，一对焦，就看见灰蒙蒙中，柳熙来一口白牙，他硬着头皮拍了张照递过去。

柳熙来很开心地看了一眼，并不计较质量，定位发了个朋友圈，特地羞涩地圈了田甜特别提醒：“这山和那山的差距，是横亘在我们中间好几个小时的无法相见，我一想到这些，我就等不及了！”

他面无表情其实内心雀跃无比地发了朋友圈后，淡淡地朝保镖B点头：“我让人给你补一周的补贴，拍得不错。”

保镖A后悔得差点哭出来。

下来的时候，柳熙来看到朋友圈陆续有人回他了。

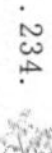

“柳总，你精神很好，最近对小宝山开发有什么兴趣吗？一早勘察，勤奋的精神令吾辈汗颜。”

“柳总，山水不错，有兴趣来我们这里勘探，风景更好。”

这群人戏真多，刚刚发动态，就该都屏蔽了！柳熙来看得一阵气闷，又点开不安地看了看，发现田甜已经跟着点了个赞，却什么都没有说，更加不开心了：该互动的不互动，不该互动的那么多台词，挡着我看田甜的点赞了！

走到半山腰，雾气散了点，柳熙来又把手机丢给保镖A：“给我拍张近距离的照片，带着餐厅！”

保镖A惊喜地接过去，对焦拍摄，他觉得柳总看到这比保镖B拍得好上一百倍的照片，怎么都得给两周的补贴奖励吧。

柳熙来照旧发了朋友圈，圈了田甜的名字，这次，他屏蔽了其他人。

田甜没有任何回复，柳熙来沮丧得很，一抬头看到保镖A期盼的眼神，顿时心情更不好了：“你会拍照，刚刚为什么要丢给他？我不喜欢推脱任务的人，下山后调去C区做保安吧，我不需要你。”

保镖A被刺激得差点站不住。

任性的柳总很不开心，一路垂头丧气地走下山，突然手机一振动，他看了一眼就笑起来了。

这次田甜回复了，她只留了一行字：“雾气大，不要这么早跑步，对心肺不好。”

好好好，田甜还是关心他的，山间一切又美丽清新了起来！

保镖A哭丧着脸跟在柳熙来后面。

柳熙来一回头，看到保镖A哭丧着脸：“你虽然喜欢推卸责任，但是照片把我风里来雾里去的气质给点亮了，以后就还留做早间保镖，坚持替我拍照吧。”

“谢谢柳总，我以后一定好好研究拍摄大自然！！！”保镖A一下子又恢复了生命力。

柳熙来一开心，就看什么都顺眼了，回来的路上，他又陆续想到了好几件需要完善自身气质的事情。

周五的白天过得充实而又充满期盼。

周五下午四点。

是到该同伐木累和出租屋彻底道别的时间。

田甜环顾了一周出租屋，出租屋的钥匙早已经还给了金长宏，但是金长宏给她重新配了一套钥匙，交到了田甜的手里。告别的时候，他依依不舍地告诉田甜，想回来的时候，出租屋依然为她开放。尽管田甜知道下一任租客已经寻好，但是被金长宏这么一说，心里依然还是暖洋洋的，非常感激。

出租屋被打扫得干干净净的，她还用了带着淡淡茉莉花香味的空气清新剂喷了一遍。出租屋里面本来就有家具，原本老旧不堪，田甜自己买了胶纸贴了一遍，墙壁自己也粉刷过，还挂了一些好养的干性的绿色植物，在阳光照进来的时候，一切都生机盎然。

所有的装饰物都是她搬进来以后一点点淘的，屋子简洁而温馨，没有一点奢侈品，却让人身处其中时，觉得身心愉悦。

田泽没有催田甜，之前田甜已经预约好车了，让他先去火车站等待，田甜晚上有个告别宴，吃完后和他在火车站会合，然后两人共同去新的城市，从头再开始。

他们这样的人，哪里有机会，哪里就有生机。田泽以前是被病耽误着，现在病好了一大半，身体调理中而已。他比田甜更渴望脱离 W 市，这个城市留给他的，是太多太多的不堪回忆。

“好了，我们出去吧。”田甜用指头点了点窗口的风铃，风铃发出叮当叮当的声音，清脆悦耳。田甜笑了笑，然后毅然提起了大行李箱走了出去。

田泽好几次要将大皮箱接过去，都被她拒绝了。其实她今天是不应该扛着行李的，她穿着之前穿过的那件粉色的小裙子，化了淡淡的妆，还戴了一条小小的心形银坠儿的项链，头发被她抓成一个蓬松的花苞头，花苞头的发根处夹了个她自己做的淡黄色和橘色相间的小花簇。头上之前被凶徒扯掉的地方又长出了毛茸茸的头发，像是绽放的小绒球花一般，在头上各处茂密地伸展，不但不显得丑，反而有一种生机勃勃的可爱。

田泽站在那里，看到田甜将行李放进预约的车里，动作利落，劲头十足，感到十分欣慰，他的女儿还是那样可靠接地气，而且变得更好看了。

等到了新的城市，她用刚拿到的文凭和最近积累的经验，找一份好一点的工作，接下来就该劝她找一个踏实可靠的男人了。

像柳熙来那样的……田泽在心里叹了一口气，他对田甜态度是好的，但是……他长得也太好看了，家里也太有钱了，背景也太复杂了，所以归根结底还是不适合田甜这样的孩子的。

“爸，我开了个钟点房，你在那里睡一会儿，我吃完晚饭去找你，再一起去乘车。你别急，我掐着时间的。”田甜帮田泽搞定一切，又帮田泽关上车门。

田泽在车里朝着田甜点头，车开走的时候，他在车里想，是不是应该陪着田甜去。他突然很怕自己的女儿离开的时候会崩溃得一败涂地，哭泣无助，虽然在过去的二十多年里，田甜从未如此，可是，他内心知道，柳熙来在她心里有着不一般的地位。

但是，他还是没有让司机回头，因为他收到了田甜的短信：“爸，相信我，我会处理得很好。”

田甜坚强得让他内疚。田泽的手指渐渐收紧，把手机掐得紧紧的。

田甜做好了一切，站在门口把衣服整了整。

夜间旋转观景餐厅五点半开放，她有足够的时间赶过去。

田甜似乎也只有倾尽百分之八十的储蓄，请柳总吃一顿似乎最便宜的打折优惠双人餐的能力了。

她转了三四次车，到达餐厅时已经过了五点半。

今日似乎不同以往，观景餐厅人迹罕至，工作人员穿得都很正式，看见田甜时，还主动来帮她拉门。

田甜不禁有些紧张。

电梯上行时，她问工作人员：“请问，除了那个优惠双人餐的费用，我还需要准备其他的开支吗？比如……小费？”她很不想这么问，但是网上评论回复里面对于这块描述得很不详细。

工作人员是个沉稳的大叔，听见田甜这么说，温和地笑了：“小姐，不用紧张，没有多余的开支，小费也不需要，因为今天是特殊的日子，不用担心开销，足够了。”

他这番话打消了田甜的顾虑。

然而她又发现，顶层的旋转餐厅门口居然布置过了，跟她那天来踩点时看到的样子又不一样了。

田甜突然有一种拔腿就跑，不想再进去的冲动。这花她认识，淡紫色的，一朵就要将近一百块，现在像不要钱一样到处花团锦簇，那如梦如幻的蕾丝纱幔中，影影绰绰的香槟台，还有无所不在的斑斓沽蝴蝶……

她觉得自己可能走错了场地，明明之前没有这么奢华。

“我……我就是预约了双人餐的那个！”田甜胆战心惊地咽了咽口水，问了服务台站着的小姐姐。

小姐姐的眼睛一亮：“是田甜小姐？”

田甜被她热情的笑容给吓到了，心底浮起的第一个念头竟然是：柳熙来又整什么幺蛾子了？

对，她没有怀疑别人，所有的不合理，基本都是柳熙来出现后才有的。

“是……是柳总安排了什么，所以今天这个样子？”田甜有点迟疑地问。

前台小姐一脸坚毅：“并不是，田小姐，请往这边走。”

她怎么能把柳总的惊喜给提前解密了，搞不好工作都保不住呀。

前台小姐一边走，一边决定闭紧嘴巴，不再多说一句话，防止祸从口出。

餐厅内没有像以往那样点着灯，而是用一排细细的碎星一般的蜡烛小灯台延伸至最里面，远远看去，里面黑黑的。

田甜迟疑地站住了脚：“你们这里，今天停电了？”

前台小姐尴尬而不失礼貌地微笑：“田小姐，没……没停电，不过换了个布展的大师。”

田甜没有说话，也尴尬不失礼貌地笑了笑，她不喜欢黑黑的地方，于是从手提包里翻出个激光小手电，摁了一下开关，嗖一下，光源照射到最深处，正好落在站在角落，手捧鲜花的柳熙来脸上。

前台小姐目瞪口呆，柳熙来目瞪口呆，手持电筒的田甜也目瞪口呆。而后，田甜假装没看到柳熙来，暗戳戳地关了电筒：“啊，手电筒这么快就没电了啊！”她自言自语。

餐厅经理知道惊喜已经被撞破了，局促间，命令所有人把灯都打开了，礼炮的嘭声大作，彩纸在空中兴奋地飞跃着，音乐、钢琴、香槟的开盖声，全部嘈杂地混在一起。似乎整个旋转餐厅的人和物都在刹那间鲜活起来。

然而，柳熙来的脸却气得发青。

这些明明是他和田甜表白以后的步骤，为什么都提前了？！

经理吓得不行，悄悄做了个停止的动作，音乐声和欢乐的嘭嘭声戛然而止。

“你们家没有临场经验吗，什么事都混在一起做？”柳熙来皱了皱眉头，但是看到田甜已经就位了，按捺住狂暴的心情，捧着一大束向日葵朝着田甜走过去。

“阿甜，你来了啊！”他喜滋滋地把花束朝田甜递了过去。

田甜看了一眼笑得开开心心的柳熙来，心里不禁有些难过。

今天柳熙来是打扮过的，穿着米格子的鸡心领毛衣，淡灰色的天鹅绒复古立领的小衬衫，水洗的深灰色牛仔裤将他的腿型衬得笔直修长。整个人看起来少了平日里的严肃，却多了一些贵雅的气质，在旋转餐厅不甚明亮暧昧的灯光下，他整张脸像是打了滤镜一般完美无瑕，气质华美，更像是从油画里走出的王子。

田甜从包里掏出个小盒子，给柳熙来递过去。

这是她攒了好久的钱买的水晶袖扣，虽然不贵，但是看起来十分精致。

柳熙来打开看了一眼，眼里的笑意更浓了。他绅士地拉起田甜的手，将她引至最好的一个窗口。这个窗口号称全餐厅的 VIP 之座，因为不论旋转到哪个角度，从这个方位的座位看过去，都是璀璨星光，美轮美奂。

田甜有些紧张："熙来，我就定了个团购二人餐。"

柳熙来坚定地回答："对，就是这个位置，没错，团购二人餐。"

餐厅经理谄媚地给两人介绍菜单，听到柳熙来这么回答田甜，嘴角情不自禁地抽了抽："田甜小姐，你有忌口或者特别喜欢的吗，我们可以一一安排。"

田甜"啊"了一声，礼貌地道了谢，并且婉转地表达了自己不需要。

餐厅经理笑着抬起头，一束冷冷的目光刺得他不得不回看过去。他一接触到那束目光的主人就禁不住一个哆嗦。

你的戏太多了吧，哪有这么多台词！柳熙来的眼里满是斥责。

他到现在说的话，还没有这个胖子说的多，到底谁是主角啊！他压抑着怒火，用眼神一遍遍地扫射经理。

田甜一看就知道柳熙来的少爷脾气上来了。她笑了笑，伸手替柳熙来倒了杯水，打断了他对餐厅经理的目光攻击。

"我没有来这里吃过饭，所以特色的菜不知道，你看着点吧。但是，我……我看到二人团购餐是没有办法点餐的，是不是你又改了我的预约？"她忍不住想笑，柳熙来有时候真的孩子气，就比如现在，他满脸的不开心就写在脸上了。

"啊，是啊，那种套餐，怎么给人吃啊，都是面包，面包，面包，他们家是卖面包的吗？欺人太甚！我为什么要过来到高级餐厅啃面包！"柳熙来很不满。

餐厅经理顶着一头冷汗干笑。

田甜被柳熙来逗得笑出声："但是，能吃饱。"

柳熙来惊奇地发现，田甜居然在说冷笑话，他的心里就像是起泡酒冲开瓶盖的刹那，嘭一下，爆炸出一种可以称之为成就感的喜悦。

他终于在田甜面前，可以做到让她不反感不害怕不紧张了。

他也就不与餐厅经理计较了，只是闷闷地吩咐："开始吧，开始吧！"

七彩的灯泡如同流水一般依次亮了起来，周边的山上，探照灯拼成了"甜 & 来"的字样，餐厅开始有节奏地、缓慢而优雅地旋转起来。

坐在窗口的田甜一抬头就看到了那个字样。柳熙来正巧被笼罩在一片光芒中，他逆着光看着田甜，眼睛的盲点让田甜只能看到柳熙来的轮廓。

背景音乐是最优雅的钢琴曲。

小小的七彩灯光营造出一派朦胧迷离的抽象之美，随着餐厅的旋转，一切都显得不那么真实。

田甜看着柳熙来，此时两人一起旋转进一个光芒的盲点，淡淡的橘色光芒将两人笼罩着，气氛温暖又甜蜜。

“柳总，你真像个天使。”田甜禁不住脱口而出。

是的，她生下来就是贫穷而不快乐的，疾病、贫穷、饥渴时常围绕着她，那些对于都市人来说不值一提的事情，在她那里会扩大数十倍，甚至百倍，让她痛苦而自卑。

她从不认为生而平等，甚至她最大的优点就是认命接地气，原本以为，这一辈子的自己，注定就是默默负重前行了。

可是柳熙来出现了。

对田甜来说，柳熙来真的像是一道光，用夸张的方式照进了她的生活，她仰视他，但是在他面前，不必羡慕什么，也不必自贱到底，因为柳熙来从头到尾给予她的都是足够的尊重。

其实她一直都懂的。

她看着柳熙来有些害羞的表情，这个平时一脸冷漠又烦躁的青年，居然破天荒地露出了害羞而尴尬的表情。

他居然连耳朵都红了。

“甜，你说情话，居然这么有天赋！”柳熙来哈哈笑了两声，口气十分娇嗔。

田甜被他的话呛得咳嗽了两声：“不、不是，熙来，我没有讨好的意思，其实我说的是肺腑之言。”其实也是脱口而出的话，再让她说，她也说不出口了。

“嗯，你也是我的天使，你们一家都是我的天使！”柳熙来开心得不得了，他剥了个贝肉，细心蘸好酱料喂给田甜，“没事的，甜，你可以继续说下去，我还挺喜欢听的。”

这下田甜的脸也红了，她尴尬地笑了笑，不知道要说什么了。两人对视着，光影缓慢地流转着。

“有时我在想，人类是多浅薄，靠着第一印象去断定对方的一切。你记不记得我们第一次见面？”田甜像是想到了什么，突然笑了起来。

她还记得柳熙来像是个花蕊一样，被簇拥着抬出去的样子。

柳熙来也笑了：“反正不会给你好印象，对吧？”

“所以说，在没有真正了解你之前，真的没有人觉得你是个温暖的人。”田甜真诚地说。

“我真不是温暖的人，只是因为要温暖的那个人是你！田甜，你还不明白吗，我……”柳熙来有些无奈，他等了又等，怎么田甜还没有表白？他鼓足了勇气，决定表白了！！！

然而……

“特级焗油蜗牛肉！请慢用！”

一道菜把柳总握着钻戒盒子的手给挡回去了。

这是餐厅的经典特色菜，经理思考再三，决定弥补之前的错失，亲手奉上了这道餐厅特色，然而他收获的依然是冰冷的目光。

因为他把柳总好不容易酝酿好的勇气给堵了回去……

音乐声和缓，不急不躁，像流淌着的小溪一般，潺潺淌过，菜品色彩斑斓，香气扑鼻，看起来的确令人食指大动。

旋转餐厅缓慢而光怪陆离的斑驳光影投射在各处。

面对面坐着的两个人内心却是复杂而焦灼的。

“你不是说，有重要的事情对我说吗？”柳熙来装作不在意的样子问田甜。

田甜愣了愣，是啊，她从进来到现在，一直都在逃避，逃避什么呢，马上就要跟父亲会合了，时间留给她和柳熙来的就这么多。

“是啊，我是有很重要的事情同你说！”田甜有些慌乱，她拿起酒杯喝了一大口，因为不常喝酒，这一口酒下去，她的脸立刻就染了一层桃红色，嘴唇也更加润泽可爱了。

她在故作镇定！她在鼓足勇气向我表白！！柳熙来亢奋不已，田甜慌乱的样子还是一如既往的可爱，他最爱看她一双大眼睛惊恐茫然地到处看的样子，无措得像个孩子。

“柳总！我……”田甜看见柳熙来的样子，又把下半句话吞回去了。

她又匆匆忙忙地喝了一口酒，很不好意思地同柳熙来笑了笑。

“不要急，慢慢说，我们会有一个晚上的时间。”柳熙来不想太逼着她。

田甜把酒杯放下了，鼓足勇气，认真地看着柳熙来。

柳熙来的心狂乱地跳着，直觉告诉他，令他失态的一刻就要来临了。

就像是事先安排好的那样，田甜一旦站起来说话，或者他手指一动，那么窗外的烟花便会燃放，室内的音乐都会奏起。

柳熙来不自觉地带上了一个温柔的笑，他从小到大，都没有这么温柔地笑过，这是一种发自肺腑，想要宠溺呵护一个人的温柔笑容。

他五官长得好，平时冷漠的气质冲淡了太多的亲和感，虽然大家都知道他长得很好看，但是谁也不敢赞叹这份好看，更多的时候，他被人称赞的是钢铁般的意志和果断冷酷的执行力。

此时他温暖地笑着，那一向冷漠的脸上都带了温柔的气息。田甜同他的眸子一对视，心脏就不受控制地狂跳。

田甜有种想哭的冲动，世界上最远的距离不是天涯海角，也不是爱而不得，而是明明知道这个人爱着自己，自己也动着心，理智和现实却告诉她，两人不能在一起，不能在一起……还是不能在一起。

她怔怔地流了一滴泪。

柳熙来被这滴泪给惊醒了：我刚要说什么？

田甜突然站了起来。

见这跟事先预测的一样，餐厅经理一个动作，悠扬而缠绵的音乐声响起。

柳熙来的心也提到了嗓子眼。

窗外的烟花如期绽放，光彩映在两人的脸上。

柳熙来将手放进裤兜，手指紧紧捏着那个大大的钻石盒子，他紧张极了，只要田甜一开口表白，他就立刻冲过去，跪在地上，用这枚典雅美丽的钻戒向她求爱。

他急切的表情浮在脸上，止不住的笑容在唇瓣边扬起。

“对不起，熙来，我们以后不要再见面了吧！”一束绚丽的烟花升起的同时，田甜终于鼓足勇气，含着泪浑身颤抖着说出了这句话。

“我们就此告别吧！谢谢你这段时间来无微不至的关怀，我会一辈子记得你！希望你很快就忘了我！”一旦开了口，田甜的话就说得流利而顺畅了。

柳熙来几乎以为自己的耳朵幻听了，他偏过头，难以置信地看着田甜：“你说什么，我听不清？”

田甜已经快要失去勇气，她闭着眼睛用力地对他喊：“柳熙来，到此为止吧！”

音乐还在欢乐地进行着，柳熙来扭过头来，冷静地看向奏乐的指挥：“麻烦你们回避一下！”

一伙人这才发现气氛不对。经理经历了一晚上的失误，对自己的情商已经产生了足够的怀疑，他偷偷示意众人从餐厅慢慢撤出去，他垂着头，看也不敢看柳熙来。

似乎……柳总……求爱失败了？他一边撤离，一边惊恐地重复着这个认知。

“现在没有人了，我想重新听你说！”柳熙来从桌子后面走出来，站在了田甜面前。

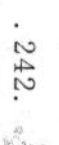

田甜已经完全失去了勇气，她喘息着抓住桌子的边缘。这个时候她才发现，柳熙来原来这么高啊，足足高她一头，他在灯光中俯瞰她，身体的阴影将她全部笼罩在了黑暗中，她突然觉得呼吸都很困难。

“田甜，你今天是来跟我提分手的吗？”柳熙来似乎很冷静的样子。

田甜抬起头，结结巴巴道：“柳总，我们没有开始过。”

柳熙来似乎有些伤感，重复着：“柳总？没有开始过？”他以为两人共同经历了这么多，哪怕没有挑明，也算是有个不错的开始了，为什么现在被全盘否决了？

“我做错了什么？”柳熙来问了天底下所有陷入爱情痛苦里的人们都爱问的一个问题。

田甜惊愕地看他，逆光里，她似乎看到柳总眼睛里有星星点点的薄泪。

她又难过又酸涩，想来想去自己也没有偶像剧女主矫情的命，于是用尽最后的力气回答柳熙来：“柳总，我们都没有错，只是不该出现在彼此的世界里，我们应该是平行的。”

柳熙来不依不饶地问：“为什么？”

他不明白，自己用尽了真心，舍不得用金钱去敷衍任何一处，为何得到的结果比砸钱办事还要糟糕。

如果一定要拒绝他，他要听到最简单粗暴的。

他伸手握住田甜的手腕，说道：“我想听到最简单粗暴的回答。”

田甜的心理已经彻底崩溃，她一刻也不想在这里多停留，她失去理智一般挣脱柳熙来的手，用最简单粗暴的方式回答他：“因为你是柳总，因为你太有钱了！”

田甜再也没有勇气回头看柳熙来的表情，只是抽身逃走的时候，手背上温热湿润的水渍让她彻底崩溃了，她的理智和感知在刹那间败下阵，归于零。

她的泪水已经纵横整个脸庞，无声无息，一刻不停，迅速地流淌下来。

她一边机械而茫然地迈着步子，一边流着泪在心底道歉：对不起，对不起，对不起……

.4.

凌晨三点，熟睡中的柳熙照被一通电话给惊醒了。

他睡得有点沉，接起电话来还有点迷糊。

他最近想通了不少事，比如放下这里的一切，回到国外继续做自己爱做的事情，组建个热血澎湃的乐队什么的。一旦想开以后，困扰他多年的失眠就似乎不治而愈了，他最近睡得特别香甜，所以这一通电话让他颇有不满。

他接起电话，刚喂了一声，就听到电话那头的人紧张地问："请问您是柳熙来柳总的亲人吗？您能来我们这里接一下柳总吗，他不愿意让任何人靠近。"

柳熙照"啊"了一声，问对方："你是哪里？"

对方迅速把自己的地址和餐厅名给报上了："柳总在这里喝了几个小时的酒了，我们都很担心呀！"

"为什么打给我？你们没有打给他的助理？这种事情，应该由他助理去做的吧！"柳熙照有些奇怪，他跟柳熙来不算很熟吧。

对方结结巴巴地回答："啊，对不起先生，因……因为您的号码是置顶，柳总手机里面亲人这栏只填了你。"

柳熙照沉默了，许久以后，他轻声说："你们看好他，可以给他喂点醒酒汤，我这就过来。"

他拉开柜橱，扒拉出醒酒水放进了皮包里，想想又带了点提神的薄荷油。剃了发以后，他的头皮一直光着的，此时夜深，他便戴了顶嬉皮帽子，穿了花衬衫和迷彩服外套。

出门的时候，柳境听到动静走了出来。

父子两个沉默地对视了两分钟，谁都不先开口，又过了一分钟，柳境还是败下阵来，主动问柳熙照："这么晚了要去哪里疯？"

柳熙照笑了笑："去接一个妹儿，大半夜乘火车来看我，说是想我了，总不能夜里丢小姑娘在外面。"

"别带回来，自己在外面解决掉！"柳境低低骂了一句，"啪"一下把大厅的灯给关了，气得连盏灯都不愿意留给自己没出息只会泡妞玩乐的儿子。

柳熙照并不想理会柳境的心情，也懒得揣摩他突然发火的原因，迅速打开了车库门，将车倒了出来，一旦上了路，车就飙得很快。

其实柳熙照已经很久不这么开快车了，他在国外的时候，就跟脱缰的野马一样，飙车酗酒荒唐的事情也做了不少。有一次，他撞了人，对方是有点黑道背景的，怎么也摆不平，柳境来了，依然没有办法把他救出去。

后来过了几天，他就莫名其妙被捞出去了，到今天他也不知道谁在捞他，不过值得庆幸的是，他从那以后就开车很慢了。不过今天他心里闷得慌，情不自禁地点了许久不抽的烟，一路提速。

一个小时的路程，三十分钟就到了。

经理守在门口很为难地说："对……对不起，柳总刚刚执意要出来走走，又不允许我们靠得太近，我们跟不上柳总，把他跟丢了！”

柳熙照愣了愣，十分凶狠地指了指经理。他跟柳熙来长得像，凶起来的时候，震慑力还是有的。

今日轮班的经理差点哭了。

今天白天他就眼皮直跳觉得不好，这不，一个晚上折腾。

刚刚柳熙来走丢前，还醉醺醺地吩咐他不许关闭餐厅，否则明天就让他滚蛋。

他胆战心惊地把手下都派出去寻找柳熙来了，自己则在这里守着这位柳熙来手机里面唯一的亲人。

“他要是有问题，我告到你们集团从上到下都负全责！”柳熙照看看外面漆黑幽深的路径，突然彻底狂躁了。

夜有点凉，但是柳熙照站在夜色里，居然燥热到流汗，他一把将帽子和外套都脱了，甩在车上。

他想来想去，能够帮助他寻找柳熙来又不至于产生很大动静的人，只有孔毅和唐赛。

他一定要镇定下来，否则，这事可能会发展得很大！于是，柳熙照掏出手机，给孔毅打电话：“孔毅，去，看看柳熙来在不在柳氏总部。”

孔毅在睡梦中被惊醒，一脸蒙地接了电话，还没有转过弯儿，只“嗯”了一声，就听到对方一连串近乎崩溃的命令。他刚想问对方是哪位，对方先他一步在电话里不耐烦地暴吼起来：“给我行动起来！！柳熙来他喝了不少酒，现在找不到人了！”

柳总失踪了？这下孔毅彻底醒了。

柳熙照通知完了唐赛和孔毅，看了看手机，又拨了柳熙来的电话，一直无人接听。他叹了一口气，焦躁不安地在原地走来走去。他得守在这里，看看餐厅的职工们能不能把柳熙来找回来。

孔毅家离柳氏集团是最近的，因为怕耽误时间，孔毅一路蹬着自行车去了公司总部，远远地就能看见公司里面灯火通明，柳熙来正指使值班保安在装什么东西。

孔毅立刻打了电话给柳熙照：“小柳总，柳总在总部，似乎在办一件体系很庞大的事情，他让整个大厦值班的保安都集合了！”

柳熙照这才松了口气，看见餐厅经理一脸谄媚不安地用豆豆眼看着自己，顿时气又上来了：“你给我守着，我倒是要看看柳熙来搞什么！”

他说完这话，立刻跳上车，速度惊人地发动了车。

经理眼泪都要下来了，这都什么跟什么啊，早知道流年不利，他就换班了，今晚注定是不太平而令他憔悴的一晚。

柳氏集团的大厅特别热闹，柳熙来一脸严肃地指挥着所有人做事。

因为喝醉了，所以柳熙来比平时说话更加简洁，毕竟话一多，他说话就会舌头大。

“快，装起！”他点着保安，把最近的一个蛇皮袋给装满了。

孔毅和唐赛走进来，一看见满地的蛇皮袋里面都是现金，有点傻眼。

孔毅问保安：“嗨，哥们儿，总裁这是要干啥？”

保安队长苦着个脸，耸耸肩，悄悄跟孔毅咬耳朵：“就是不知道总裁要干吗，临时跑过来，打电话要清点柳氏现在的现金，我也不知道总裁要干吗，我也不敢问哪，你看他的表情……”

孔毅一转头，看见柳熙来的表情十分淡漠，眼角似乎还是湿润的，整个人看起来很冷静，却带着些许与平常相似的气愤之感。

“啰唆，不许说话，过来装钱。”柳熙来看到孔毅和唐赛，也没有说什么，只命令保安队长过去。

装了整整二十几个蛇皮袋的现金后，保安队长终于松了一口气，有些忐忑地问柳熙来：“柳总，暂时开着的门面的现金都在这里。”

柳熙来看了看地上的蛇皮袋，露出了一个十分悲伤的表情：“给我装车上，去市中心的地方，最中心的地方。”

大家面面相觑，也不知道发生了什么。

“柳总，你要做什么呀？”唐赛看不下去，耿直地问了柳熙来。

柳熙来斜睨了他一眼，锐利的眼神中带着不聚焦的迷蒙：“关你屁事。”

柳熙来这么一撑，唐赛惊了：这不是平时的柳总，他说话做事再接地气，这样的话绝对不会从他口里说出来！

唐赛扭过头刚要跟孔毅说话，孔毅一眨眼，轻轻把他拉回来了：“柳总不对劲，我们跟着他就可以了。他今晚可能遇到了什么事情。”

“啊……但是……”唐赛还想说话，柳熙来已经僵直地转身，走出去了。

“把蛇皮袋装车，留一个人开车就可以了！”柳熙来命令道。

车子转了几个弯儿到了市中心，开车的保安队长小心翼翼地问柳熙来：“柳总，在哪里停？”

柳熙来一挥手：“去鼓楼啊，去鼓楼，那里最中心。”

车停了下来，柳熙来克制而杂乱的步伐走得每个人都提心吊胆的。

鼓楼夜间不开放，柳熙来看向唐赛，命令道：“你打电话，我要上去。”

因为柳总太不对劲了，谁也不敢反驳他。

唐赛胆战心惊地叫来了负责人。柳氏集团每年会拨相当一部分款项扶持文物维护，只是柳熙来从来不会用这些来宣传柳氏，所以也没有任何新闻报道过。

此时柳总说要夜探鼓楼，负责人立刻命令所有人把里外的灯都点亮了。

柳总一挥手："我要带着蛇皮袋上去！"

这下负责人有些害怕了："柳总，袋子里都是些啥啊，鼓楼是保护文物……它……"

负责人还在询问呢，就看见柳熙来把其中一个蛇皮袋打开了，里面成扎的钞票让负责人狠狠惊了一下。

他用眼神询问唐赛：柳总要干啥呢？带着这么多钱？

唐赛和孔毅一起用幽怨的眼神回看他：咱们不知道，咱们也问不出。

二十几个蛇皮袋的钱最后终于还是被扛了上去，柳熙来站在鼓楼最高的地方，俯瞰着 W 市，摇摇欲坠，他的右手还拿着个喇叭。

其他人都下去了，只留了唐赛和孔毅远远地看着他。

距离柳熙来醉酒失踪已经过去很久了，柳熙照来了看到柳熙来安全后，又驾车回去了。现在已经快要六点，马路上陆陆续续有上早班的人。

柳熙来趴在栏杆上，看着凌晨匆匆忙忙赶着上班的人们，眼神迷离。

他举着喇叭开始大喊："田甜，你回来啊！"

这鼓楼的喇叭比一般的都要响亮，还带着电流的刺啦刺啦声，所有行人的视线都被吸引了。

"我知道我什么都配不上你，你可爱、美丽、正直、乐观……"柳熙来趴在栏杆上突然就哭出来了。

他喝了太多的酒，在他的眼里，所有的一切都光怪陆离的，所有的景都扭成一团了，外界的声音在他耳朵里是嗡嗡作响的。他从小到大都被教育，要骄傲，要学会收敛情绪，要不动声色地谈判。

所以他以前喝醉了也是冷静的，并且看起来并无不妥的。

然而这一刻，一旦开了头，他的情绪就像是洪水决了堤一样，全部奔涌而出。理智、内敛、骄傲，不复存在。

柳熙来流着泪，举着喇叭大喊："田甜，我知道我不好，你什么都好，我除了钱一无所有，我知道我配不上你！"

下面的群众已经开始骂脏话了："什么叫除了钱一无所有？！"

孔毅和唐赛面面相觑，不知道怎么去安慰柳总。

“这个时候，我们还是不要过去了！”孔毅感受到了柳熙来的悲伤。

唐赛叹了一口气，也跟着有点难过。

鼓楼下聚集了不少人，好多人已经认出了柳熙来，因为柳总这段时间动作太多了，又是绑架，又是推崇《感恩的心》，他的照片还在街中心挂着。

底下的人指指点点的，都在猜测那个田甜姑娘到底是谁。

突然，柳总爬上了石头栏杆，站在那里，拖着蛇皮袋，一边号啕大哭，一边开始撒钞票，漫天飞舞的钞票像是长了翅膀的蝴蝶一样，飞得到处都是。

“田甜，我撒完它们就没钱了，你快回来啊！！！”柳熙来疯狂地撒着钞票。

鼓楼之下开始聚集起不少人，都在疯狂抢着钞票。

“柳总，你看我好不好啊，我也姓田，我叫田酥！！我不嫌弃你有钱！”

“柳总，我们帮你消灭可恶的金钱！”

“柳总，加油撒啊！”

……

鼓楼之下，热闹无比！

直播的小咖、W 市的警察，以及各大媒体报社，都闻风赶来。

柳熙来一边举着喇叭哭着唱《感恩的心》，一边撒着钞票。他觉得随着一把把地撒钞票，他疼痛的心稍微麻痹了一些了。

W 市的火车站，人潮涌动。

不是因为乘客多，而是因为大多数的火车都延误了，大家都焦急而烦躁地在候车大厅大声抱怨。

凌晨时分，因为路途中的城市暴雨，田甜他们的火车也晚点了，去往 Z 市的火车据说还有三个小时才到。

田甜接了田泽，找了个通风的位置坐下。

她心情很沉重，连笑脸都勉强不出来。她坐在田泽的旁边发呆，眼神空洞。

田泽也不敢问田甜，觉得她这次受的打击似乎有点大，连以往坚强不屈的活力似乎都失去了。

旁边的少妇一边放着直播，一边哈哈大笑。

她一边笑，一边还左右找人分享：“哎哟，你看，今天有人在鼓楼上撒钱呢！”

田甜一点都不想看，她心里烦闷得很，像是有什么被压抑着，稍不小心就会爆发。

那少妇见田甜一点都不想理睬自己，觉得特别无聊，但她又不甘心自己一个人娱乐，便把耳塞拔了，放大了声音强迫周遭旅客们共享。

很快，柳熙来那撕心裂肺的大哭声就从手机里面传来了。

小直播很开心地举着自拍杆介绍：“在我身后的就是我们W市的鼓楼，而我们W市的巨豪柳氏集团的柳熙来柳总，正在鼓楼上撒着钞票，他已经撒了几个小时了，据说还有十几个蛇皮袋，我去尝试抢了一下，被拥挤的人群给挤出来了！”

田甜空洞的眼睛终于有了焦聚，她扭头看向少妇的手机。

少妇见状，顺带把自己的手机挪了点跟田甜分享。

屏幕上，小直播的半张脸挡住了一半的镜头，而作为背景的远处鼓楼上，柳熙来一脚踩在石栏杆上，倾身向前，疯狂地撒着钱。

有记者隔空喊话：“柳总，发生了什么事情，让你这么开心！”

柳熙来似乎听到了记者的声音，整了整自己的衣服，探出半个身体：“同志，能帮我插播一条很重要的信息吗？”

记者就像是苍蝇看到了猪肉一般，兴奋不已，他挥着手里的麦克风，大声说：“柳总，你说吧，咱们W市所有报社电台的记者都在这里呢，还有从隔壁市赶来的！你想说什么，就吼出来，我们帮你！”

柳熙来振作了精神，提起手里的喇叭，大喊道：“田甜，你回来吧！！！你不要再嫌弃我有钱了，我把它们都撒光了，你回来呀！我错了呀！！！有钱就是原罪呀！我不敢再有钱了啊！”

喇叭声巨大，每个人的神经都快崩溃了。

各大电台报社的记者不知道要说什么，他们感觉被柳总的话给冲击了。

“我错了啊，我以后不赚钱了，你快回来啊！！！田甜啊，我不能没有你！我还没有向你表白呀！”

“啊，柳总的情绪再次失控！！看看看，他把蛇皮袋整个甩下来了。等等，直播暂停，我先去抢点钱。”小直播把麦和手机都塞进裤子里面了，随后就是呼哧呼哧粗犷的呼吸声和布料被撕扯的声音。

“哎哟，我的妈，太刺激了吧，搞得我都不想乘火车，想去抢一拨了！就不知道这个田甜姑娘是谁啊，这么幸运，要是我，看到柳总这么有钱，笑都笑不动了。”少妇很无奈地感慨着。

田甜的眼泪就这么悄声无息地流了下来。

因为父亲在旁边，她原本用了洪荒之力才把眼泪给控制住，但是她从来没有想过，那么骄傲的柳熙来，那么注重形象的柳熙来，居然会失态到这个地步。

她的泪越流越多，最终她再也控制不住，将脸整个埋在了手掌里。

田泽不知道要说什么，把手掌缓缓地放在了田甜的头顶上："要不，我们回去？"

田甜呜咽了许久，才闷闷地回答田泽："不，我们要走的。"

第七章
以你之名加点甜儿

青年立刻站起来："我不叫熙来，我有自己的名字。"
青年笑了笑，伸出手，递向田甜："你好，我叫田甜。"

.1.

闻羡的禁足令终于解封了。

闻至财给闻羡丢下一份报纸，报纸上是柳熙来的特写。柳熙来最近签了很多项目，连轴转地飞到各处去勘察。

"你可以去接近柳熙来了，患难的时候抚慰一下他那颗受伤的心，说不定就可以拿下他了。"闻至财淡淡地说。

闻羡捏着报纸，看到柳熙来憔悴而无精打采的近照，心里很难过。

柳氏上下都被柳熙来逼得自发加班，当然，薪水柳熙来从来没有苛待过众人。在知道自己的行为影响了全集团后，柳熙来默默批了很大一笔加班费，第二天在企业内刊上发表了自己的意见："时日很长，不必连夜加班，熬夜做项目是我个人的选择，但是我不希望柳氏集团打破朝九晚五的工作规律，我们的公司是一个长久发展的公司，员工的休息是很重大的问题，直接影响到身体素质，我希望大家不要自发地加班。"

柳熙来是知道自己的行为很不对，但是他一旦停下来就会胡思乱想。

他知道自己这样不对，也不愿意颓废下去，所以找到了各种以前想做，但是没有时间做的事情，让自己忙碌起来。

"柳总，你何必这样，我们是可以查到他们所在的地方的。"孔毅在出国前，曾经跟柳熙来提议过，把田甜父女的去处给查出来，再好好地经营与田甜父女的关系，应该不会这么无解。

柳熙来沉默了，许久以后，叹了一口气："孔毅，你知道吧，我不是找不到他们，而是不敢去找。我不找他们，我可以劝自己，再努力一段时间，卸了身上的重任，就可以重新去找田甜了。但是，如果现在找到，大家最后再撕破脸，我连挽救的机会都没有了。”

柳熙来说了那么多，其实还是害怕。

孔毅不再说什么，他把田甜父女的踪迹给调查到了，并且暗暗观察着，打算过段时间等柳总再次振作起来，向他报告。

柳境来打了几次报告，要求出国进行之前未完成的项目，柳熙来思考了一段时间，决定放柳境归于暗处。

“柳总，海外的事情，我负责就可以了，你是不是……留下柳经理？”从绑架那件事情起，孔毅其实就在调查柳境，虽然还没有明确的证据，可是调查结果令他心惊——柳境在境外有着自己的公司，在境内有着自己的雇佣兵团队。

孔毅无法想象，看起来对柳氏一片赤诚，老实巴交的柳境，居然安排了这么多看起来就很危险的暗桩。

孔毅也提示过柳熙来，但是柳熙来每次听完只是淡淡笑一笑，连接话的兴趣都没有。

他也不知道自家总裁是真的洞悉了一切，还是懒得去管，依旧在逃避着，但是无论哪种，他都决定好好继续观察着。

所以孔毅最近的开销十分大，除了观察着田甜父女，还要观察着柳境的一举一动。

现在柳熙来放任柳境从眼皮底下溜走，无异于当初吴王夫差放任勾践回国一般，孔毅虽然急，但是也无法明说。

柳熙来听到孔毅提到柳境，眼睛终于聚焦了。他笑了笑，说道：“孔毅，没有关系，到底是一家人，我不担心的。”

听听这话说得，孔毅简直要吐血了，他张了张嘴还要说什么，柳熙来打断了他：“我还想给所有人一次机会。”

孔毅闭上了嘴，叹了一口气：“柳总，你要知道，你身边还有我跟唐赛。世人皆可负你，但是千里马不会负伯乐！”

他想说的是，他一生只回馈柳熙来这样一个伯乐，无关其他，只是朋友之间的一个义字。

柳熙来这次真的眉眼弯弯地笑开了，他把手放在孔毅的肩膀上，说道：“我知道的，什么都知道。

“你去准备准备，继续陪柳经理做剩下的项目推进吧。”

他说完，背着手重新走到窗边，极目远眺。这段时间，谁也看不懂柳总，他总是这样沉默地看着这座城市，不知道在想什么。

孔毅看了看柳熙来的背影，发现他最近瘦了不少，以往的西服穿在他的身上，稍稍有点显大。孔毅叹了一口气，默默地从柳总的办公室退了出去，帮他把门带上了。

下午的时候，闻羡打了电话给柳熙照。

"啊，熙照，我们三个人约出来，好好享受一下下午的时光吧。我被禁足以后，都没有出过别墅五百米之外，除非相亲的时候。"闻羡满心抱怨。

柳熙照懒洋洋地回道："哎呀，好啊，我爸上午就出发了，我现在自由自在的，又无聊，过不久我就回 L 国了，在这之前可以跟你们再聚十几场。"

两人商量了地点，又商量了时间，再由闻羡去约柳熙来。

"熙来哥，你有空吗？我跟熙照想跟你一起聚聚，咱们好久不见啦。"闻羡在打这个电话之前做了无数的准备，把语气调节到最轻快无压力的状态。

她原来以为柳熙来会有千百个理由拒绝她，毕竟最近柳熙来将重心全部放在了工作上，一点私人的时间都不给自己留。

然而她一旦提起聚会，柳熙来居然神奇般地答应了。

"好，约在哪里？"

闻羡开心地回答："你不知道吗，通乡最近被开发了出来，设立了不少农家乐项目，我跟熙照都看了照片，觉得浪漫又接地气。那里还有一大片粉黛乱子草，好看得很。熙照还请了摄影师，我们三个成年以后就没有一起拍过照了，我们去那里，好不好？"

通乡啊！柳熙来是记得的，柳熙照和闻羡并不知道，通乡那里，曾经藏着柳熙来最不堪的记忆——凌乱的步伐、小而黑的空间、激烈的咒骂和撕扯的声音。

柳熙来捏着电话，轻轻地回答："好。"

时间安排在周末，地点是通乡，闻羡把约了柳熙来和柳熙照一起郊游的事情告诉了父亲。

闻至财果然很高兴，他命令定制衣服的师傅来家里替闻羡赶制衣服，又给闻羡买了好几件首饰。

"你跟熙来和熙照从小就玩得好，爸爸是知道的，但是爸爸希望你明白，熙来是可以托付的，熙照只是个小玩伴，这个道理你应该懂吧？"

闻羡面无表情地坐在沙发上，她的妈妈在兴奋地给她试戴首饰，比她还开心。

"你不要这个表情，爸爸是为你好，父母是不会害你的。"闻至财看到自己女儿一张木然的脸就很生气，不由得火冒三丈，于是一甩手，骂闻羡，"我要是生个男孩子，何必操这么多心，赔钱货。”

他气得噔噔噔上了楼。

闻羡的妈妈很难过地抱着闻羡，安慰道：“你爸爸不是这个意思，但是他口不择言的时候，说话就是这么伤人。”

闻羡拍拍妈妈的手背，笑了笑：“我不在乎。”

对的，她不在乎，从成年以后，她就经济独立了，闻至财富有或者贫穷，也干预不到她。她自己挣钱，自己学习，这个家的虚伪和铜臭，让她敬而远之。

她默默地想：如果不是爸爸不允许，我早就搬出去了。

不过这也是迟早的事情吧。

通乡早已经不是原来的模样了，自从被网红们过度曝光以后，每天都有大批的人从全国各地赶来，躺在那片粉黛乱子草里拍照打卡。

植被被踩得七零八落的，好在通乡挺大的，一片植被被破坏，还有下一批。

之前通乡的原住民都得了点子，开起了农家乐，一时间，游客和当地村民双赢，通乡的乡下建了好几十栋私人小别墅。对，是别墅，造型稀奇古怪的，按照各种样式造的。

闻羡定了一家民宿，这是通乡最好的民宿。

柳熙来和柳熙照换着开车，一路上，闻羡十分放松，她被关了太久了，出来见到老朋友，简直是忘乎所以，平时文静而内敛的闻羡，居然在路上开着敞篷探出身唱歌。

“这还是闻羡吗？”柳熙照一边开车，一边摇头。

一个小时过去了，闻羡靠着后面的抱枕睡着了。

“她最近也是太闷了，自从你表态喜欢田甜以后，闻至财拉着她到处相亲，她一直不开心，也是挺难为她的。”柳熙照叹了口气。

他回头看到同样皱着眉头的柳熙来，有点好奇：“你皱什么眉头？”

柳熙来扭头看了看柳熙照：“你让我看不上。”

柳熙照挑了挑眉。

“你不是一直喜欢闻羡吗？怎么不把她解救出来？柳氏集团是你的后盾，你怕啥？”柳熙来漫不经心地提议。

柳熙照冷笑了一声：“你是柳氏集团的总裁，我不是，我只是个一事无成的老青年。”

柳熙来摇了摇头：“柳氏单靠我一个人发展不了，它是我们的，我从来没有打算一个人经营它，而且最近我越来越乏力了！”

柳熙照沉默了片刻，突然坐正了身体，很认真，也很坦率地告诉柳熙来：“我没打算要柳氏的东西，以前赌气总想抢过来办得更好，然后砸回给你，其实挺幼稚的，就是想证明自己不比你差。过去的一段时间里面，我证明了我的实力，有功有过，我觉得给自己的这份耿耿于怀，交了一份还算完美的答卷。”

柳熙来静静听着，并没有说话。

沉默了好一会儿，柳熙照坦率地说：“我不是我爸，我没有那么大的野心。我不相信，你一点端倪都没有看出来，我觉得该有的防范措施，你已经着手去做了，是不是？”

柳熙来叹了一口气。

“我不怀疑你的能力，而是怀疑我爸的，以后要是有什么事，你看在我换了你被绑架，你能给他一条活路吗？”柳熙照忍不住问。

其实在柳境做了那些动作之后，柳熙照就明白，柳熙来其实什么都知道了，但是柳熙照一直不知道柳熙来的想法，因为他回来后，居然一点行动都没有。

柳熙来无奈地笑了笑：“你知道吗，熙照，我一直给他拓宽他心中并不宽广的道路，是他自己把路越走越窄。”

至此，柳熙照知道自己无法再说什么，他索性故作快乐地转移了话题：“为什么你手机里置顶的联系人是我？”

柳熙来诧异道：“不是为了经常催你来代工吗？其他人都会主动联系我，只有你，我是需要主动联系的，你小子的自觉性很让人堪忧啊！”

柳熙照腹诽：就知道事实不会让他感受到兄弟间的美好，亏我误解了这唯一置顶亲人的号码位置后，接连几天看到兄弟之情的电视剧都会不由自主地想到他。

柳熙照之前脑补了一百八十集的神仙般兄弟的爱，总是脑补柳熙来不擅长表达，用行动默默地关注他这个弟弟，结果柳熙来只是为了催他上工。

那种隐隐压在胸口处，想起来又酸涩又美好又期盼的情绪，顿时没有了。

“呵呵！有你的！”柳熙照冷笑。

柳熙来很奇怪柳熙照的表情和态度，说道：“对了，我不会设定置顶，那天想置顶田甜的电话来着，置顶错了，我懒得去研究，就由它去了。”

请不要再解释好吗！柳熙照的脸都黑了。

一个小时后，当闻羡再次醒来时，她看到了一个人默默吃着豆干，眼睛看向窗外的柳熙来，还有一张臭脸，浑身上下都是“别惹我”气息的柳熙照正在开着车。

这气氛不对啊！

“还有多久到呢？”闻羡揉揉眼睛。

柳熙来很无聊，打了个哈欠，眼泪都溢出来了："我说开私人飞机吧，只要半个小时多一点，你开车最起码四个小时。我小时候道路不发达，堵了一天……"

"哎？你小时候来过？"闻羡抓到了重点。

柳熙来沉默了。

柳熙照轻轻替他回答："他小时候被绑架到通乡过，后来是其中一个绑匪心存内疚，放了他。伯伯为了这事，还去慰问了遇难职工，还有……"

他突然停住不说了。

柳熙来帮他接了下去："还有，我爸爸的尸体是在通乡发现的，他裤脚上被检验出有粉黛乱子草的花粉，当初只有通乡有这种植物。"

虽然电视网络上都是柳熙来的爸爸因为劳累过度猝死的新闻，但是其实死亡时间却是在他被发现前三十六小时。

凶手为了最大程度地维持尸体不腐化，借用了当时柳氏集团旗下肉联厂的冰库车。

"啊？！对不起，我不知道……"闻羡很难过，她不知道这里面的种种。

"没关系，过去很久了。"柳熙来转过身，递给闻羡一支小小的棒棒糖。

闻羡接了过来，发现包装纸粘得很紧的那块，柳熙来已经帮她剥开了一线，只需轻轻一拉，就露出了糖果。闻羡将棒棒糖缓缓送进嘴里，多年未变，他给自己准备的永远是草莓味的。其实很多年后，她爱吃的是橙子味的，他对她的悉心关注只留存在她出国之前。

其实柳熙来一直都很细心，他什么都不会说，什么都不会刻意去做，但是当你需要某件东西的时候，他总是已经体贴地送到你手边了。

小时候闻羡总是觉得熙来哥哥像个哆啦A梦，只要三个人出去，所有必需品，总能从熙来哥哥大大的背包里面掏出来。

后来长大了，看到柳熙来对田甜无微不至的照顾，闻羡才知道，这个世界上没有什么情商高之说，只是用心了，太在意了，所以显得体贴又聪慧。

她偷偷看向柳熙来，柳熙来正头靠着车窗，眼睛怔怔看向车外，也不知道在想什么。柳熙照虽然开着车，但是也是一副不想讲话不开心的样子。

车里诡异地安静着。

一个小时后，通乡的入口终于到了。

当地政府居然还在入口处建了个很高大的门楣，门楣上中外财神汇聚一堂，都诡异而开心地趴在大大的门楣上朝下看着。

柳熙照抬头看了一眼，就爆笑了："这什么鬼审美，财神爷看了会不会半夜下凡殴打他们？”

这里已经同很多年前不一样了，到处都整理得井井有条的，每个空余的地方不是种满了向日葵，就是种满了粉黛乱子草。

村中的小别墅粉刷得姹紫嫣红，有部分居民居然审美还不凡，把家里修建得俨然一个江南小水乡的感觉。

柳熙来他们先去了预先订下的民宿。

早些年，这家的小老板的父辈得了一笔可观的钱，小老板便得到了很好的教育，去了市里面读书，一路学了土建、设计，人到中年，回乡第一个建起了概念民宿，一手打理的网红粉黛乱草子的田地也混了点名堂，可以说是村里发家第一人。

闻羡他们过去的时候，小老板一家笑容可掬地站在门口等待着。

柳熙来他们的行李并不多，但还是被小老板一家抢着拎行李的举动给感动了。老板一家人都很和蔼，唯独老太太看到柳熙来的第一眼，居然魂不守舍地绊了一跤。

“你还好吗？”闻羡帮忙扶她起来。

老太太惊魂未定地在柳熙来和柳熙照的身上来回打量，许久以后，一言不发地走到了队伍的前面，匆匆忙忙、踉踉跄跄的。

“我妈妈她早些年受过点惊吓，时常会因为旧时的记忆而自己吓自己，各位见谅，见谅。”小老板姓李，单名一个潮字，人看起来矮矮胖胖的，很和蔼的样子。

李潮的笑容很快驱散了众人那种诡异的不适感。

他打造的民宿叫逍遥居，整个院落设计得层次感十足，每个空间都用到了，院子的小桥流水下还用了烟雾缭绕的干冰，闻羡一进去就“哇哦”了一声，因为这里实在太梦幻了。

不例外，李潮家也种了好大一片粉黛乱子草。

柳熙来走进来，环顾四周，不知道为何，他总觉得暗处有一双眼睛在偷偷窥视自己，每每他走在后面，就不由自主激起一片密密的鸡皮疙瘩。

他忍不住回头看，院落一片静寂，现在不是游览旺季，所以来入住的人也不多。逍遥居由于收费高昂，更加没其他人入住，偌大的民宿里，除了主人家就只有柳熙来他们三人。

因为人少，闻羡索性定了最宽敞舒服的三个单间。

每个单间打开窗户，都能看到成片的绿灰色的草木和迎风微微晃动的粉黛乱子草，极具视觉冲击感。

老板娘给闻羡送了茶水和干果，李潮给柳熙照送了瓜果，李潮的妈妈捧着满满一盘的东西，站在柳熙来的门外，阴森森地看着柳熙来。

柳熙来正趴在窗口看粉黛乱子草，感受到一阵阴风阵阵的凝视，猛然扭头看，视线同门外的老太太对个正着。

老太太浑身哆嗦着，立刻蹲了下来，把东西丢在了门槛那里，转头就跑。

柳熙来走到门口，站在那里。

老太太微微有些瘸的背影同记忆里的某个情景不谋而合——

那是一间黑暗的屋子里，瘸着的佝偻身影在搅拌着饭菜。

一个焦灼的妇女走进来，一把将饭菜给打落了："妈，你们不能这样，他还是个孩子。"

"孩子最容易多事，杀了以后，拿了钱就走呀！"老太太的声音嘶哑而令人毛骨悚然。

柳熙来愣了愣，把地上的东西端了起来，他看了看，直接把所有的东西倒入了垃圾桶里。

"熙来，熙来，你这里怎么样？"闻羡带着一壶茶来串门了。

屋子后院还有个独立的温泉池，是主人挖出来给客人闲暇时泡的，柳熙来房间后面的温泉池特别大，够容纳三个人。闻羡走进来就发出欢呼："熙来哥，你这里最大，我们有空可以一起泡温泉聊天。"

柳熙来"嗯"了一声，压低声音问闻羡："一日三餐必须在这里进食吗，我感觉这里很不舒服。"

闻羡看了看周围，看到了垃圾桶里的零食，扑哧笑出来："熙来哥，你戒心这么重，是第一次住民宿吧？放心吧，这里网络点评率很高，别看地处乡下，人家有自己的安全措施，门啊窗啊都有报警器呢，遇到事情你摁一摁，就会有人来的。"

柳熙来没有解释自己内心的不安，只是倒了杯茶水，缓缓饮了起来。

傍晚的时候，小老板一家介绍了村里最有名的一家土家菜馆，闻羡和熙照经常出门旅游，开开心心地致谢，不疑有他。唯独柳熙来，他留了个心眼，在关闭的门上抹了点闻羡的粉底霜。

夜间的通乡还是寂静的，游客少的淡季，又恢复了其最初的形态，家家户户关门早，灯光也很有限。

等到柳熙来他们吃完东西回来，村里已经一片黑了。

"没有其他的娱乐项目就早点睡吧，明天我们去网络上说的最好看的一片地去拍照！"闻羡开开心心的。

柳熙来什么都没有说，只是特地关照两人："手机放在手边，有事情第一时间拨电话给我。"

柳熙照“嗤”了一声，很不屑地说：“放心，我跟闻羡的房间虽然独立，但是有可以互通的门，倒是你，万一有人半夜来偷你的人头，你得小心。”

他是开玩笑的，但是他发现柳熙来的表情一点都不放松，甚至听了他这话还一副若有所思的样子。

柳熙照笑出声：“来，闻羡妹妹，你不是有两根防狼器嘛，丢给我们柳总一根，男孩子在外面，的确要安全第一。”

闻羡开玩笑一样，真的从包里掏出了防狼棒递给柳熙来：“熙来哥，这是电力最猛的，只需碰一下，对方就全身麻了。”

她以为柳熙来会不屑一顾扭头就走，谁知道，柳熙来真的把防狼棒给接过去了。他还在手里演示了一下，噼里啪啦的声音让他微微露出个浅浅的笑容．“不错，这个好。”

他道了别，朝着自己独立的小屋走去，留下柳熙照和闻羡面面相觑。

“他太紧张了吧！”闻羡耸耸肩。

柳熙照也耸耸肩：“你忘了通乡留给他的阴影了吗？”

闻羡叹了口气，忍不住自责：“我该将三间房开在一起的，他似乎真的很谨慎的样子。”

柳熙照晃了晃闻羡的胳膊：“走吧，睡觉去吧，明早给你拍美美的照片，柳熙来他拳脚功夫比你我都强，不用担心他。”

远远地，月色之下，一切归于寂静，然而柳熙来站在自己的房门口，却眯起了眼。他的门把手上有人握过的痕迹，推开门后，他的行李也被人动过。

而茶壶壶盖上，也有个半缺的指痕印记。

.2.

第二天天不亮，闻羡就来敲门了，她难得俏皮地梳了两根麻花辫儿，戴着一顶黄色的小帽子，穿着绿色的小连衣裙，整个人看起来水嫩嫩的。

她这两天心情十分好，拉着柳熙来和柳熙照，感觉回到了小时候一样。

闻羡知道柳熙来一定是又把什么情绪藏在心里了，所以她觉得自己必须更快乐点，一点负面情绪都没有，这样才能让柳熙来开心。

柳熙来晚上并没有睡着，他一合眼，眼前就浮现出幼年时期的往事，不知道为什么，来到通乡以后，他就一直心神不宁。

柳熙照还在睡觉，柳熙来已经收拾妥当，和闻羡去扯他起来。柳熙照一贯有起床气，臭着一张脸，路过服务台的时候，虽然不是针对谁，但是看人都是瞪着对方的。

老太太在服务台擦桌子，抬头见到柳熙照的冷眼，浑身都哆嗦了一下。

李潮见状问道："妈，你身体不舒服吗，脸色这么难看？"

老太太拿着抹布看了看柳熙照，又看了看柳熙来，十分害怕地低下了头："没……没有，没睡好而已。"

李潮更加不解，他幼年时期就被送去伯父那里读书，长大以后又都是在学校住宿，说到感情，和自己亲生父母的感情还不如与城里伯父的感情，跟父母重新生活在一起也就这三年的事情。

所以老太太偶尔发癔症，觉得有不干净的东西跟着她，他都当作乡下妇孺的迷信，但是无论哪次，老太太都没有这次失魂落魄一般害怕。

他昨天看见母亲提着篮子，到处烧纸钱，然而问了她，又问不出什么。

"那你去休息，这里我来吧！"李潮吩咐老婆扶着妈妈去睡觉。

老太太走了几步，突然停住脚了，对着柳熙来兄弟勉强露出个笑容："今晚你们可以回来喝银耳汤，我炖得很好喝，我们通乡的银耳汤很出名的。"

柳熙来神情冷冷的，没有说话，柳熙照却应了一声，别人的好意，他也不好意思表现得太冷漠。

小老板困惑地看了看自己的母亲，又带着笑意把今天的行程图拿给闻羡他们看："对了，我帮你们手绘了今天的行程图，都在通乡里面，这几处尤其好，你们去看看吧。"

闻羡快快乐乐地拿了图纸。

三人总算出了门。

Z 市的秋季还带着一丝燥热。

田甜在市区里面租了间小小的房子，同 W 市那样的一线城市不一样，这里地处偏僻，物价很低廉，相对的，房租也很便宜。

最起码在经济上，田甜可以松一口气。

田泽来到 Z 市以后，每天都在固定的时间出门。田甜从来没有听过自己的父亲在 Z 市还有好朋友，她有次忍不住问田泽："爸，你怎么在这里有朋友？"

田泽有些犹豫地回答田甜："其实原来是没有的，后来发现，以前工厂里面的工友居然有几个来 Z 市打工了，你说巧不巧？"

田甜替田泽开心，笑着回答："那很好啊，我还怕你适应不了，有了朋友，你可以多走动走动，最起码不孤单了。"

田泽看到田甜苍白的脸上浮现起的笑容，心里很是难过。其实他也明白，来到

Z市已经两周了，田甜一直把什么情绪都闷在心里，每天在他面前似乎都很快乐轻松，但一个人的时候，经常两眼无神地发呆。

田甜的工作阅历似乎在Z市很吃香，她又有了文凭，很快就在一家小的外贸公司上班了。她在伐木累养成了工作负责又吃苦的习惯，去了新公司，很快就被老板赏识，提拔做了小经理。她每日回来都会同田泽说起自己的工作有多顺利，新的同事有多爱护她。

她是个懂得感恩的孩子，在哪里都觉得生活很美好。

可是她的眼里却再也没有了在W市时的光彩，说话的时候，眼神都是迷茫的，无助的大眼睛一点灵魂都没有，似乎又回到了最初惊恐的驯鹿的感觉。

单家姐妹来过一次Z市，单柔丝知道田甜不是忘恩负义的人，所以也没有多提柳熙来的事情，只是掏出了几份报纸给田甜看。

田甜伸出手指摩挲报纸上柳熙来的照片，表情很是温柔，只是一瞬，她便又清醒过来，像是触电一样将手指缩了回来。

单柔丝很难过，问道："是柳总辜负了你，所以你跟你爸爸逃到了Z市？"

只是一句普通的话，差点把田甜的眼泪逼下来，她摇了摇头："不是，是我辜负了柳总。"

单柔丝便岔开了话题，把最近身边的搞笑的事情说给了田甜听。

田甜听得很仔细，时不时会回应单柔丝的笑容。

走的时候，单柔丝悄悄地对田泽说："田叔叔，田甜的状态不对，她以前什么话都会对我说，什么隐私我们都分享，我这次来，她什么也分享不了，她似乎把自己锁得更深了。你有空带着田甜多出去散散心，她这样下去，我怕她会崩溃。"

田泽哪里不懂这个道理，然而却无从安慰起。

闻羡请了通乡的跟拍，在一片茂密的粉黛乱子草中，闻羡焕发出前所未有的少女感。草色粉粉，少女青葱，真是养眼。

柳熙照站在那里，眼睛里都是闻羡，看她这样开心，嘴角都不自觉地带了一些笑意。

柳熙来却独自坐在路牙上。

这里似乎大变样了，很久以前，他跟父亲来过这里，那时到处是乱草，贫瘠的平房，一户人家如果是干净的瓦房，带着破旧的家具和过时的电视机，估计就已经是全村首富了。

闻羡拍完一组照片后，有些抱怨地等着那几对小情侣拍照。他们估计是为了拍婚纱照特地从外地赶来的，风尘仆仆的，换了衣服补了妆就来抢占这一片粉黛乱子草的地儿。

闻羡的摄影师找了好几个方位，都不能规避掉他们。

“我们等一等吧。”闻羡有些遗憾。

柳熙来站起来，拍了拍自己的衣服，说道：“这有何难？”

柳熙照一听到这话就觉得头疼，不自觉地捂住了额头。

果然不出所料，柳熙来走过去，拿出一张卡，同那群情侣和跟拍们不知道说了什么，对方一副开心又感激的模样。

看向闻羡的时候，所有人都做了请的动作。

于是，闻羡在一大票人的注视下，在这一大片地里跑啊、跳啊、滚啊，拍了不少照片。而那帮情侣和跟拍们，都很开心地看着她，一点都没有怨言的样子。

中午休息的时候，闻羡咬着玉米感慨：“熙来哥，你是不是又去做‘散财童子’了？”

柳熙来头都不抬：“没几个钱，他们胃口不大。”

柳熙照忍不住嘲讽：“是的，有钱了不起！”其实他也不想说这话的，但是不知道为什么，柳熙来每次用钱处理事情，他就会很生气很激动很不平。

柳熙来抬头看了看柳熙照，淡淡地说：“对的，有钱是了不起，有钱人的幸福感都很强的。”

柳熙照决定不跟自己过不去，他假装没有听到这话，埋下头去吃农家乐的小土豆。

然而，柳熙来突然惆怅地把碗放下了，他用一种很忧伤的声音自言自语：“但是有钱有什么用呢？还是留不住自己想留的。”

他叹了一口气，从座位上站起来，幽幽地走到了窗口，极目远眺，再也不想说话。

闻羡看了看柳熙来，又扭过脸来狠狠瞪柳熙照。

“你怎么回事，为什么这么刻薄，他是你的大哥啊！”闻羡压低嗓子说道。

柳熙照茫然地举着筷子。

“太过分了，你知道他心情不好！”闻羡也丢下筷子，陪柳熙来站在了窗边。

田泽的聚会越来越频繁了，但是他也没有避讳田甜，告知了田甜聚会的人员和聚会所谋的事情。

知道了聚会性质的田甜开始为父亲担心了。

“爸爸，你知道他们不是好人吗？”吃完晚饭以后，田甜决定跟自己的父亲

好好聊聊。

田泽看着田甜，心情有些复杂："但是，阿甜，冥冥之中，是你妈妈在指引着我呀，这次碰巧遇到了当初的保安队长，也知道他们手里是有证据的。这是个机会，当初那些高高在上的人让我们失去至亲，让我们心存阴影，为什么我们不能报复回去？"田泽咬牙切齿，他原本以为自己已经放下了，可是一旦接触到那个黄绿翡的玉雕，想起那个风雨交加的夜晚，从自己妻子紧握着的手心里抠出来的那一小块黄绿翡，他的心里就恨恨的。

他心里一直有数的呀，以前是田甜未长大，自己拖着病躯无力做些什么，现在他已经病愈，田甜也不用自己记挂了，他想讨回公道。

他原本也有个圆满的家庭呀！

他将妻子盼娣从那样势利盘剥她的家庭解救出来，盼娣还没有享受过很好的生活，就那样委屈地死去了。

他的妻子盼娣从来都是个善良的女人，看到一切值得怜悯的，都会心存良善地去救助。她在那样苛刻盘剥她的环境里成长，依然善良待人，他甚至有时候希望盼娣是个自私的女人，那样也不会早死。

熊哥找来的时候，田泽犹豫过，可是一想到田甜真的已经独立了，她可以独挡一面地生活成长了，他隐藏在心底多年的仇恨突然就被点燃了。

不是不恨，不是放下，而是生活太压抑了，压得他无法去追究，没有能力去复仇，现在哪怕有一丝机会，他也想反击。

熊哥说过，那些丑陋的隐藏的东西，终究会灰飞烟灭。他们决定以暴制暴，将当初的始作俑者绳之以法，如果不能绳之以法，那便用暴力的手段与他们同归于尽。

可能从那时候开始，田泽的热血就被点燃了吧。

田甜看向田泽，他眼底燃烧的恨意让她心惊不已："爸爸，我们现在好不容易安定了，过去的事情就放下吧，逝者已矣，我们不要再消耗生命做那些事情了。生命是用来感恩，用来回馈，用来享受美好的事物的。"

"我不是自私，爸爸，活着，健康地活着，太难了。"一行泪从田甜的脸颊上滑落。

田泽的心一酸，是啊，对于他们这样的家庭，健康地活着就应该感恩了。他现在身体好转，本应该同女儿快快乐乐地一起生活。

可是他不甘心。

熊哥前几天问他："田老哥，你在我们这群人里是文化程度最高的，上访去告柳境他们，应该挑个大梁吧。"

其他人都是初中毕业的，只有田泽上了高中，考上过大学，虽然没有去上，但是文化程度的确是最高的。

他们聚在一起，将当初收集的大量资料和证据都归在一起，想找个可靠的人一路告上去，告倒柳氏。

“如果告不倒他们呢？”田泽问他们。

熊哥坚定地笑了笑：“那就以暴制暴。”

田泽突然觉得就该这样，他坚定了这个信念。

“可是，田甜，爸爸也没有几年活了，你还有大把时间，爸爸做的事情是对得起自己的，你不必参与进来，等到爸爸替你妈妈报了仇，你活着也会更加坦然。不甘心，是人生里最痛苦的事情呀。”田泽这次一点都不想退让。

田甜觉得无力极了。

在这个都市里，她连可以商量事情的朋友都没有。

恍惚间，她突然想到了柳熙来，那些最苦最可怕的时光里，都是他在后面默默用温暖的手牵着她过去的。

田泽不敢看田甜绝望的眼神，他垂着头，从缝纫机前站起来，拿了外套，走了出去。

田甜有些难过，她用指尖摸了摸胸口那半个蝴蝶翅膀，她并未丢下这条项链，一直挂在身上，每次有过不去的坎的时候，用手摸一摸，似乎就平添了不少力量。

她不知道父亲在那个组织里起了什么作用，但是无论哪个角色，都是危险的。

她失去了母亲，不能再失去父亲了。

她决定阻止田泽。

夜很深了，田泽还没有回来，她寻到上次聚会的地方，三三两两的人在喝酒聊天，看见田甜都愣了愣。

“请问，田泽在吗？已经两点了，他还没有回去，我有点担心，他晚上的药还没有吃。”田甜手握住半个翅膀的吊坠，鼓足勇气。

有人笑了笑，回她：“我们知道你是老田的女儿，放心吧，我们熊哥跟他讨论事情呢，讨论好了，有汽车送他回去，药你留下，我们会带去。”

“那我一起去吧！”田甜的提议几乎毫无商量的余地。

里面的人果断将她回绝了。

回来的路上，田甜攥着蝴蝶翅膀的挂坠，心里默默担心：如果是这样谨慎的话，父亲做的事情一定是很艰难危险的。

她该怎么做？

田甜默默坐在家里，等待父亲回来，一直到天大亮了，七点多，田泽才回来。

田泽的身体其实并没有完全康复，所以劳累了一夜整理资料后，咳嗽不断。

田甜倒了一杯水。

田泽默默接过去，他现在很怕田甜来劝自己，所以连抬眼看女儿的勇气都没有。

“爸爸，就不能停止吗？你的身体并不好。”田甜很难受。

当然不会很好，其实他跟医生商量把病情向田甜和柳熙来都隐瞒了，他还有其他的并发症，如果保养得好，还有五年的时间陪伴自己的女儿，如果保养不好，估计也只有两三年了。

时间这么短，他也想做点对得起自己心的事情。

“田甜，你是乖女儿，懂事也早，这件事，你就不要再坚持了好吗？爸爸也有爸爸的坚持。”田泽很难过地看着女儿。

他们已经商量好，过两天就去上访提交资料，第一时间以田泽出面的方式，走公正的法律途径控诉柳氏集团十几年前的丑恶嘴脸。

当然，还有B计划、C计划，但是田泽还是希望不要以暴制暴，而是用公正的方式获得一个说法。

熊哥认同了田泽的提议，并且派了两个身手最好的兄弟陪着田泽去打官司。

至于田甜，大家都不约而同地约定，家属不会被卷进来，他们会在其后换掉聚会场所，就像是没有出现过一样。

田泽很开心，想起过几天就要通过法律的手段获得公平，晚上买了酒和菜。

因为菜色很丰盛，田甜在席间坐立不安，她更加担心了，以她对父亲的认知，他一定是有了什么决定了。

田甜从口袋里掏出一个信封，交给田泽。

“这是什么？”田泽接过来，打开一看，是满满的钱币。

“爸爸，你要是做什么，都不要苛刻自己，女儿这个月的奖金很多呢，你想吃什么，想用什么，你都去买，不要再像以前啦！”

田泽喉咙口有点酸涩，他放下了筷子，越过桌子伸手去摸田甜的头：“丫头，爸爸妈妈生下你，倒像是亏欠你的，你来了，就没有过过一天好日子，跟着我们吃苦。你看，别人家的孩子都是娇花一样，你整天跑啊，省啊，把自己弄得跟个假小子一样，不过现在看起来就很好，你现在总算像个大姑娘了，爸爸也就放心了。”

他一个劲地给田甜的碗里夹菜，一边夹，一边抑制住想哭的冲动。

田泽吃着菜，含混不清地说：“阿甜啊，你接下来有什么打算？除了这么按部就班地工作，如果身边有喜欢的男生……”

田甜立刻打断了他：“爸爸，近几年我都不想谈感情了，爱情不是第一位，我还有很多很多的梦想。我想去做设计师，我想去学习工笔画，我想去努力做自己想做的事情，我还想看看法律的条文，最起码懂法会让我们免于很多是非……我想做的太多了，爱情不重要。”

田泽的手抖了抖，感觉很难过，他知道，田甜的心里已经有了一个人，因为他经常看到田甜摩挲着脖子上挂着的吊坠。

无数次，他都想故作大方地说：“去吧，寻找你喜欢的人。”

可是他知道不可能，那个人是柳熙来啊，或许跟田甜妈妈的死还有关系，他不能也过不了这个坎呀。

“爸爸相信你这么好，会有属于你的缘分的。”田泽无奈而干巴巴地安慰着。

田甜不想继续这个话题。

晚间收拾碗筷的时候，田泽抢过了碗筷，让田甜去休息。

两人又絮絮叨叨聊了很多田甜童年时做过的事情。

“田甜啊，我听说单柔丝最近跳槽还在休息，你可以把她叫来陪你玩几天，过几天就是中秋节了，你让人家来家里吃顿饭，告诉她安定了可以走动呀。”田泽提议。

田甜“嗯”了一声。

田泽把所有的事情和仅有的一些钱的银行账号密码也写给了田甜，他解释自己的记忆日益不好，希望田甜多多管理他的一切事宜。

田甜不疑有他，收下了爸爸给的一切资料。

一觉无梦，天亮的时候，田甜照着生物钟的时间醒来，她今天上午请了假，要带田泽去复检。

她开开心心地洗漱，准备好了早餐，推开田泽的房门时，整个人都灰暗了。

田泽的被褥折叠得整整齐齐，桌上放着一张字条。

她走过去，拿起字条，上面写着：“阿甜，乖女，总有不得不做的事情，原谅爸爸不辞而别，或许会凯旋呢？”

一刹那，田甜所有的力气都丧失，茫然、无措、绝望席卷了她。

她颤抖着手指，又一次摸到了脖子上的吊坠。

.3.

柳熙照和闻羡听说通乡还有一处更好的地方，连夜跟着跟拍团去了，柳熙来兴致缺缺，打算在民宿里等他们回来。

从外面回来，柳熙来身上沾满了粉黛子的碎花，他并没有拍去。而是站在民宿

外昏暗的大门处，静静看着自己的影子，多么熟悉的一幕，一如多年前他亲手从父亲身上摘去这些碎草。

淡季的原因，所以民宿只留了柜台的那盏灯。

小老板几乎不下楼，张罗的都是老板的妈妈。老太太听见声响，猛地一抬头，看见柳熙来站在一楼的入口处，灰幽幽的地方，眸子在黑暗处晶亮可怕，他的身上还带着粉黛子的粉色草末，整个人的气场在黑暗里显得荫翳而可怕，她吓得浑身一哆嗦。

她吓得不轻，很长时间都在抚胸。

“你很怕我吗？”柳熙来缓缓走了进来，站在走廊的灯光下。灯光下他英俊的脸庞有些发白，像极了多年前，老太太看到过的那个年轻人。

她哆哆嗦嗦地摇头：“不……不会。”

“那你为什么每次看到我就一副见到鬼的样子？”柳熙来走进来，同她对视。

老太太见过当初的中年人，长相与柳熙来有百分之八十的相似，她将前因后果一联系，觉得应该是柳熙来一行人来追问当年的事情了。

她细细观察过，三人里面，只有柳熙来貌似是谨慎而带着心思的，另外两个人倒像是纯粹的游客，虽然其中一个人长得也接近当年的那位受害者，但是明显气质并不匹配。

此时柳熙来步步紧逼，让她恐慌而害怕。

她努力使自己镇定下来，当年的事情她也不是主谋，就算是来寻仇的，那后事做得漂亮又干净利落，没有理由落下半分把柄的。

她这么一想，抖着的手就平静多了：“你站在黑暗里面，我看了就会害怕哎。”她的声音还带着乡音。

柳熙来笑了笑，问道：“当初让李盼娣掐死我的是不是你？你的声音我记得。”

老太太的头皮都要炸开了，她结结巴巴道：“你有什么证据？”

柳熙来沉默地看着她，许久以后开口：“你们绑架我，我手里原本是有证据的，但是看在你养女和外孙女田甜的面子上，我不想深究。我只想知道当初到底发生了什么，我知道你是瞒着田甜父女领取了李盼娣的丧葬费的。”

柳熙来又看了看民宿，淡淡地笑了笑：“这家民宿，你儿子管理得这么好，你不想节外生枝吧？”

这笑容犹如逼死骆驼的最后一根稻草，老太太的心理防线彻底崩溃。

“你不会追究我？”老太太吓得哆哆嗦嗦的，扶着柜台想要哭泣，又觉得哭泣会引得二楼的儿子前来观望，她小心翼翼地咽了咽口水，“你知道，村后面有一片地儿，那里种着草药，没有观赏价值，除了施肥收割，没有什么人去……

“但是，先生，你要知道，我不是主要的人，我只是参与了这么一点点，我没有伤害任何人，盼娣也没有……”

黑暗里，老太太将声音压得更低了。她似乎看出柳熙来对自己养女心存感激，故意提到了盼娣的名字。

柳熙来笑了笑，点点头：“你把知道的都说给我听就可以了。白天不合适，那晚上我在那里等你。”

他回了房间，其实他的心里也是充满叹息，这其中大多数的事情，他都已经调查到，只是李潮一家换了原先的住宅，又撇清了跟盼娣的关系，重新建了民宿。老太太则深居简出，作为次要人物，反而没有被重新追查。

这次来到通乡，柳熙来看到老太太的第一眼，就回忆起了童年的事情。

半夜十二点，柳熙来来到通乡这处最为人少幽暗的地方。

见老太太并没有第一时间过来，他站在药地里，捏着手机等待着。

他倒并不是怕老太太对他有什么威胁。

傍晚的时候，柳熙来掏了些钱，借着闻羡和柳熙照明天回来庆祝为由，让李家其他人去隔壁市采买，李家人不疑有他，只留了老太太在民宿看着，欢欢喜喜地去采买了。

半夜时分，老太太在后山坡左右徘徊，又惊又恐。

黑暗里，她看见高大魁梧的大儿子从山脚傻乎乎地走上来。

“儿子，你待会儿抡这个！”她递给大儿子一把铁锹，“抡了就跑，知道吗？”

老太太也不止李潮一个儿子，但是对外总是称只有这一个儿子。

大儿子小时候发烧烧坏了脑袋，经常犯浑，老太太的前夫吴建军带着这个孩子在通乡生活，吴建军许诺过不打扰她，并独自照顾傻儿子的生活。

这次无奈，她突然想到大儿子近期在通乡镇子里面陪同前夫治病。

好在大儿子虽然犯浑，却依然对她百依百顺。

他们娘儿俩绕过山头，看见柳熙来站在药地里似乎在沉思着什么。

老太太做了个动作，大儿子便扛着铁锹悄悄靠过去。

窸窸窣窣的声音还是让柳熙来产生了警觉，他扭过头来时，老太太慌忙示意大儿子蹲在草丛里。

柳熙来眯着眼睛朝草丛走了两步，正要探头去看，突然，手里的手机铃声大作。

他接起来，“喂”了一声，所有的注意力就全被手机里的声音吸引过去了。

“熙来，是我，我爸爸不见了！”电话里是田甜焦急万分的声音。

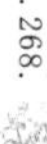

柳熙来背对着农田走了几步，在山坳的交界处接听，心里激动万分，完全忘记了身处的环境。

大儿子得了老太太的讯息，扛着铁锹朝柳熙来砸了过去。

千里之外，田甜捏着的电话里传来一声闷响和柳熙来最后的痛呼声，一切便戛然而止。

黑夜里，田甜的心脏跳动得异常激烈。

柳熙来……出事了！

她再次拨打那个号码，已经是关机状态。

田甜的心跳得跟擂鼓一样，不知道为什么，她的第六感告诉她，柳熙来遭遇了极大的危机。

离得这么远，又不知道他在哪里，她急得团团转，却没有更有效的方式去帮助他。

她联系过 W 市的警局，不管是怎么样求助，田甜得到的回复都是别胡闹。

“啊，柳总在休假中，家人回复他现在的状态良好，一切都非常安全，多谢你的关心。请不要重复占据电话，请不要再次浪费警力。”W 市警局的接线员很不耐烦，第 N 次挂断了田甜的电话。

田甜很无助，她捏着脖子上的挂坠，冰凉的材质让她稍微恢复了点冷静，但是一想到自己的父亲也不知在何处，她最重要的两个人都身处危机，而自己无能为力，田甜整个人无助到想哭。

田甜不得不又去求助了单家：“真的，肉丝，柳熙来一定是遇到问题了，可是所有人都告诉我，他还安全着。

“我爸爸也是，我去找了他那些朋友，可是每个地方都没有留下任何线索，他们就跟凭空消失了一样。我该怎么办，我不知道我从哪里开始帮助他们？”

单柔丝一来就给田甜一个大大的拥抱：“别怕，姐姐来陪你了，你不是一个人了。”

田甜的眼泪又流了下来，没有一个人相信她所说的话，大家都以为她是借机想引起柳熙来的注意。

就连玩完回来的柳熙照也没有意识到事情的严重之处。他回来以后，小老板告知他，柳总收拾了行李，连夜赶回去了。

闻羡还十分不满地抱怨：“你看看，他又一个人行动，如今的柳氏集团，有什么需要他连夜回去的？我就说他不愿意陪我们吃吃玩玩拍照。”

柳熙照递过手机给闻羡看照片："不要管他了，他最近失恋，古古怪怪的，你看看我们的照片，都没有修片就这么漂亮，拍得真好。"

他存了私心，特地塞了钱让跟拍的摄影师多拍了很多两人的合照。

跟拍的摄影师很有技巧，错位都能拍出情侣间的甜蜜感。就像是柳熙照递过去的那张，明明是分开很远的两个人，都各自展开手臂迎风欢笑，因为错位变成了柳熙照将闻羡圈在了怀里。

闻羡看了一眼，笑了笑，没有说什么，将手机还给了柳熙照。

柳熙来一走，她顿时觉得通乡也没有意思了。

"收拾收拾，明天我们也回去吧。"闻羡笑着提议。

柳熙照顿时泄气了，"嗯"了一声，提起单反和手机回到了自己的屋子。

又是夜晚来临，少了柳熙来，闻羡和柳熙照也不想泡着温泉聊天了。两人早早睡下，屋外是断断续续翻土的声音。

闻羡发了条短信给柳熙照："这家人怎么大半夜地翻土耕种？"

窗外的小田园是李家的，种了不少瓜果，闻羡之前还羡慕过，现在她想，如果要起早贪黑地播种，这也太没有乐趣了。

柳熙照回了个笑脸："可能是他们的习惯吧。"

怎么可能是习惯？

老太太正在把柳熙来的所有东西埋进土里。她下午去药地里看过，奇怪的是，没有看到柳熙来的躯体，那一铁锹抡得不轻，她能听到闷响，柳熙来又从那么高的地方摔下去，九条命的猫都不该活着吧？

傻傻的大儿子已经被她送回去了，跟着前夫又回到乡下。

老太太现在只想找到柳熙来的尸体确认下，自己老了，也无所谓了，最重要的是不能影响到她小儿子的生活呀。

当初如果再狠点，怎么还会有这种事情发生？她现在就是后悔，觉得自己当初没有把尾巴处理干净。

山崖下面有六到七层楼那么高，她年纪大了，爬爬歇歇，除了中途看到些血迹，并没有看到柳熙来的尸体，这后山是有蛇有狼的，稍晚一点，通乡的人也不敢下来。

老太太环顾四周，觉得这么个地方，柳熙来受了伤，应该是求助也无门吧，况且他的手机早就掉落在了崖上。

等等……

老太太突然打了个寒战，她想起来，因为手机好看，她的大儿子把手机放进了他的口袋。

他住在那么偏僻的乡下，应该没有事情吧？

这么多漏洞之下，老太太心力交瘁，她回到民宿后所能做的，大概就是把柳熙来留下的东西都处理干净。

从田地里站起来，她突然感觉到一阵头晕目眩，然后身体重重地砸在了地里。

至此，世界一片寂静。

名不见经传的通乡，成名于粉黛乱子草，大批主播带着器械来到这里取景，踏来踏去的永远是那几块连绵不绝的田地。

其实除了粉黛乱子草的田地，通乡还有更多未被开发的地方，有嶙峋的峭壁，有伸手不见五指的洞穴，还有乡下连电都没有通的土宅子。

可是今天，所有的这一切都在全国人民面前曝光。

无论是黑色的洞穴、嶙峋的山峰，还是没有通电的屋子，都被搜救队员带着警犬仔细地搜寻了一遍。

因为柳氏集团的总裁柳熙来在通乡遇害了。

后山采集到柳熙来的血液样本提示着柳熙来曾经跌落山崖，没有通电的屋舍里面，有着柳熙来的手机，而民宿唯一一个最后接触柳熙来的老太太，却在自己田园里挖坑埋藏柳熙来的遗物时，因为心脏病突发，离开了人世。

所有接触过柳熙来最后一面的人，只剩下了手握着手机玩耍的傻子。

柳熙照从来没有这么后悔过，他彷徨地走在泥泞不堪的土地上。

闻羡自从得知柳熙来遇害的消息后，就倒下了，高烧四十度不退，整个人又后悔又绝望。是的，提议来通乡的是她，丢下柳熙来和柳熙照去跟拍的也是她。

她哭得不行，闻至财怕她发生意外，命令家人把她看得死死的。

柳熙照再次来通乡前见了闻羡一面，暴瘦了将近十斤的闻羡已经脱了相，他从来没有看过这样的闻羡，一双大眼睛里全是血丝，脸瘦到能够看到颧骨，她哭得鼻涕连着泪水，法令纹都清晰可见，仿佛一夜间老了十岁。

“熙照，是我的错，我错了，我知道那块地方是他的灾地，我还把他送过去，我错了。”闻羡颤抖着握住柳熙照的手。

柳熙照心疼不已，他只是一遍遍地告诉闻羡，她没有错，错的是凶徒。

通乡的接待室里面，二傻子局促不安地看着自己蹲着抽烟的爸爸。

“阿爸，我们，回家，吃饭。”傻儿子肚子饿了，咕咕作响。

吴建军整个人憔悴不堪，他之前看见儿子手里的手机，以为是儿子捡来的，便拿去城镇开了机想要卖出去，谁知道不出半天，就被镇上的警察给抓住了。

“你快说啊，手机怎么来的，你说了就可以跟爸爸回去吃饭了。”

吴建军是因为糖尿病更严重了，带着儿子去镇上配胰岛素，本来远远离开前妻，什么事都没有，他就知道，只要遇到前妻，什么都会变得复杂。

傻儿子看向审讯的人，开始迷茫地回忆。

“对，我打了，铁锹，妈给的，我拿着，妈喊我打，一下子，他就掉下去了。”二傻子有些怯怯的。

柳熙照的眼圈一下子就红了。

他们居然放任柳熙来躺在冰冷的山崖下那么久，那么久。

他站起来擦了一把眼泪。

事情陆续明朗了，老太太不知道因为什么目的，把柳熙来骗到了山崖边，然后让自己的傻儿子一铁锹把柳熙来给打到了峭壁下。

从六七层楼高的峭壁上坠落，生还的概率是很小的。

柳境也赶回来了，默默站在通乡的陡壁边，眼神深深的，不知道在想什么，他一天没有吃东西了。

通乡，是柳境噩梦的地方，也是柳熙来父子噩梦的地方。

虽然柳境想过独占柳氏集团，但是柳熙来以这样的方式离去，他还是被杀了个措手不及。

柳境站在陡壁边，许久，他觉得山风吹来，脸冰冰凉。

有人从旁边递来了手纸：“柳经理，你擦擦眼泪吧。人死不能复生，请节哀。”

柳境惊得回了神，他一摸脸颊，泪水顺着皱纹的沟壑，流淌了满脸，他在风里憔悴得扶住石头。

“柳总的遗体还没有找到，不过，我们会加大力度寻找的。”

其实警局在接到报警后，查了当晚反复打给柳熙来的电话，并且将田甜的号码锁定了。

“柳总的最后一通电话，是跟田甜小姐在通话……”

事后，将更多的细节结合在一起，所有人都懊恼，没有第一时间把田甜的预警电话给重视起来。

田甜跟着单柔丝来到了通乡。

搜索了三天，依然没有柳熙来的尸体，但是种种迹象表明柳熙来已经遇害。

他被老太太埋掉的东西放在了桌上。

田甜这次没有哭一声，只是伸手抚摸过桌上那半边“整个世界”。

从物证室出来以后，唐赛喊住了田甜。

“对不起，田小姐。”唐赛食不下咽，夜不能寐，想到错过了重要的救助信号，他的心里一团乱麻。

田甜平静地站在那里，阳光下，她整个人恍恍惚惚的。

田甜像是醒来一样，看了看唐赛，轻轻说了句什么。

唐赛没听清，看向扶着田甜的单柔丝。

单柔丝有些不忍心，她抬头看唐赛，似乎重复不了那句话。

“田小姐，你能再说一遍吗？”唐赛问道。

田甜咬着嘴唇，血丝印在她的牙齿上。

单柔丝不忍心，提高声音，中气十足地说：“田甜说，没有什么好对不起的，大家都是杀害柳熙来的凶手！”

是的，单柔丝也陷入深深的自责中，她之前劝田甜，说柳氏集团这样风平浪静，柳熙来那样的地位，不可能安静如鸡的，一定是没有事了。

田甜后来又报了几次警，都被挡回来了。她追查自己的父亲已经心力交瘁，潜意识就自我安慰柳熙来一定没事。

警局通知田甜的时候，她觉得浑身的力量都被抽去了，一合眼都是柳熙来对她笑的样子。

他们虽未甜蜜地恋爱，只是恋人未满的样子，但是感情也不浅了。

她陷入了深深的自责和颓废中，甚至觉得自己也是杀死柳熙来的凶手。

阳光下，别人都是穿着薄薄的秋装外套，唯独田甜穿着棉衣，还觉得彻骨寒凉。

她连真心爱自己的人都辜负，真是太浑蛋了。

.4.

一周后，在种种迹象的证明之下，所有人终于接受了柳熙来遇害，尸骨无存的事实。凄凄惨惨的气氛维持了一段时间，接下来，柳氏集团对外发表了柳熙来的讣告。

黑白照片上，柳熙来依然是一副傲娇的样子，他面无表情地看向天空，眼神锐利，薄唇紧紧抿着，一副生人勿近的样子。

这是当初他自己想挂在市区里的那张照片，唐赛和孔毅一直觉得这照片未免太骄傲，没有一丝亲民的感觉，劝服他撤了下来。

如今挂在灵堂之上，让所有人都唏嘘不已。

孔毅很难受，他一滴泪都没有流，心里空洞洞的，像是失去了灵魂挚友的感觉。他站在柳熙来衣冠棺旁边两天没有休息，似乎固执地为柳熙来挣得最后一丝场面。

孔毅很后悔，明明知道柳熙来最近流年不利，为什么还要听他的出了国。

柳熙来去通乡前，孔毅也委派了好友去关注着，柳熙来进入通乡以后，好友因为临时有事离开了。用好友的话来说就是遍地老弱妇孺，有啥可怕。通乡的青壮年大多都出了通乡，守在通乡发展的年轻人还真的不多，所以大家都觉得安全可靠，就没有重视安全问题。

唐赛哭得哆嗦着，烧纸钱的时候，只要有人来上香，他就开始掉眼泪。

柳境坐在那里，脸上看不出任何表情。他从宣告柳熙来死亡开始，就一副颓废了的感觉。

柳氏集团的股份有3%是闻家的，闻至财一早来到灵堂，给柳熙来上了一炷香。他看起来比柳境还难受，老泪纵横的，扑在衣冠棺上面哭了半天。

助理扶着他下来的时候，他挣脱了助理的手，挨着柳境坐下，压低声音问："遗产分配的事情有头绪吗？你得给你家熙照争取争取啊。"

唉，他总是看走眼，十几年前跟柳熙来的老爸拜把子做朋友，风里来雨里去，以为能够找个合作伙伴，结果柳熙来的爸爸并不听他的一些建议。他又改投资柳境，柳境倒是识趣，把柳氏集团的资源一点点地转移出去，部分还入了闻家的企业。

然而柳熙来一死，柳境应该就不会像从前一样跟他合作了吧。

最重要的可能还是需要结个儿女亲，这么一想，往日里最不被看好的柳熙照，又被他提到了台面之上。

闻羡在家里恍恍惚惚的，似乎得了失心疯一样，只要谁提到柳熙来死了，她就会歇斯底里地大哭大闹，她是唯一一个不能接受柳熙来已经过世的人。

她坚持说："熙来哥哥还活着，我知道的，他活着。"

闻至财没有办法，只能找了家庭医生每天看护着闻羡。

此时，他很想同柳境提结亲的事情，本来这时候提结亲的事情，有些不大合时宜，但是不跟柳境说的话，他又怕别人抢了先机。

闻至财挪过去一点，没话找话："哎，你这个'一叶暴富'又戴上了呀。"

柳境愣了愣，才发现自己脖子上的黄绿翡滑了出来。他在缺失的尾部镶嵌了金底，坠子重了很多，很容易就滑出来。

"是啊，多谢你帮我找到它，当年你是怎么找到的？我们兄弟的这对玉坠儿，还是老父亲打的，希望我们黄绿相交，不忘彼此。"柳境笑了笑。

多年以前，他和兄长的坠子就跟长了脚一样莫名其妙地消失了。

后来，闻至财问柳境是不是生日将至，然后神秘兮兮地给了他一个锦缎的盒子，那盒子里面躺着的就是这对玉坠。

柳境心跳如擂，问闻至财从哪里获得的，闻至财笑而不语。

“现在柳家只剩下你了，不是我说，老弟，我是看着你哥哥家没落的，你不要学他那样傲气，好好经营老柳家。”闻至财思绪回笼，点了一支烟。

闻至财看见柳境面无表情地看着自己的烟，又讪讪地熄灭了。

“算了，不抽了，熙来不喜欢。”

柳熙来最不喜欢在公众场合抽烟了，这点很多人都知道。

“是的，柳氏的事情，我们柳氏自己会解决。”柳境的表情看不出喜怒哀乐。

“让熙照经常去我那里走动走动，闻羡最近精神都崩溃了，你知道的，他们三个从小一起长大，感情深呢。”闻至财干笑道。

柳境的表情总算不一样了，他面上都带了些鄙视，轻轻笑了一声：“你不是最不喜欢熙照吗？”

闻至财连忙摆手：“哪能呢！”

但是他也知道今天不是说话的好时机，说完了这话，他自己给自己找了个台阶下，然后貌似十分悲伤地回去了。

下午出殡的时候，太阳从乌云里照射出来。

不多时，天竟然放晴了。

唐赛偷偷问孔毅：“你通知了田甜小姐吗，她应该来送一程吧，要不然也太……薄情寡义了吧！”

孔毅看了看唐赛，叹了一口气：“唐赛，你有空去恋爱恋爱吧，你智商可以，情商怎么这么差？田甜小姐对柳总完全是喜欢的呀，她只是克制着。你没有看到她一副行尸走肉的样子吗，站在柳氏外面眼睛都不带眨一下的。”

唐赛闭了嘴，似乎心里的不忿少了很多。他一直觉得田甜在吊着柳熙来，欲擒故纵。然而，孔毅这么一说，他又觉得田甜是真的很喜欢柳总的，毕竟眼神骗不了任何人，她绝望的眼神，带着一丝渴望自我毁灭的疯狂。

其实田甜早就来了，她站在柳氏设置的灵堂外，不想接受这个事实。

单柔丝一家人带着蜡烛，在外面给柳熙来点着了。

单妈妈哭得不行：“柳总是好人，除了有点骄傲，说话有点伤人，撒钱让人讨厌，没其他毛病。”

单柔丝忍不住吐槽妈妈：“别戳心了，田甜的脸色已经惨白。”

是的，田甜站在这里摇摇欲坠，她在心底劝服自己，怎么样都要去送柳熙来最后一程。她鼓足所有的勇气和力气抬脚时，她的手机又响了。

她心乱如麻，第六感告诉她，这又不会是个好消息。

果然，她接起电话，电话那端是刻板又严肃的声音：“请问是田甜吗？你父亲田泽的尸体在 ×× 水塘被人发现了，你过来辨认一下。”

光线全黑了，田甜的身体彻底软了下去。

要怎样坚强，才能面对所有的不幸？

冰凉的尸体已经开始腐烂，还散发着难闻的气味。尸体因为泡得过久，已经呈现出巨人观，看起来很是可怕。

田甜站在认尸的柜子边，怎么也不敢相信，那里躺着的是自己的父亲。太陌生了，他一点都不像瘦瘦弱弱的父亲。

“初步推断是酒后失足跌入池塘，溺水而亡，排除他杀。”警察是这么告诉田甜的。

“可是他从不喝酒呀！是不是弄错了什么？”田甜冷静地问。

“在你面前不喝，你能保证他在你背后没有偷偷喝？这种事情多了，人领回去好好料理后事吧。我跟你说，没有任何可疑的地方，法医都鉴定过了的。”接待的警察把东西给田甜清理清楚了。

排除他杀，这怎么可能？再怎么样，田泽都没有自杀的倾向呀，然而再也没有多余的证据证明田泽不是自杀。

田泽身上还有一封简单的遗书，字迹倒是他本人的，写着：“总算解脱。”

田甜泪水也流不出来了，她冷静地替父亲收尸，冷静地联系殡仪馆的人，冷静地做着一切。

单柔丝从来没有这么恐慌过，以前的田甜，再怎么遇到困难和生活的捶打都保留有对生活的热爱之情，然而现在的田甜似乎已经失去了对生活的热爱，一双眼睛虽然瞪得大大的，但是空洞无神，似乎什么都看不到，只是睁开着。

因为异地，没有亲眷，所以一切从简。

办理完了所有的事情后，田甜再次去寻找了当初那批经常和田泽聚会的人，然而这些人像是人间蒸发了一般，连一点点的线索都不曾存在。

落叶归根，田甜决定辞掉这里的工作，重新回到通乡，将父亲和母亲葬在一起。

新起步的工作再次被打断，这次回来的田甜有些伤心，整整一天的路程，不曾说一句话。

单柔丝担心得很，跟着田甜，把她送了回去。

田泽的亲戚早已经外迁，母亲这边的亲人，因为过于凉薄势力，也早已经不再联系。

田甜请了村里的丧葬队，一路撒着大钱去坟地。

漫天飞舞的纸钱在空中飘荡着，旋转着，落在地上，落在坟头，落在田甜的记忆里。

她突然想起小的时候，母亲死了，她得了青紫病，田泽心力交瘁。漫天的纸钱打着转，她伸手接了一片，被亲戚骂不吉利。

“阿甜，你以后打算怎么办呀？”单柔丝很担心地问田甜。

田甜露出个干巴巴的笑容：“啊，以后要好好一个人过日子了！”

单柔丝提议：“要不你来我那里住啊，我姐姐和妈妈都在，陪着你好点哎！”单妈妈不止一次提议把田甜接过去。

单柔丝是有自信把田甜带回去的，从小到大，田甜一有事，她都会领着田甜回去，妈妈姐姐逗着乐，田甜很快就会快乐起来。

然而出乎她的意料，这次田甜居然想也不想就拒绝了她。

“为什么，阿甜，我们不是好姐妹吗？”单柔丝有些意外。

田甜看了看她，叹了一口气：“柔丝，别跟我走太近，我发现我就是个灾星，走到哪里，最亲爱的人就会遇到危险和灾难。”

单柔丝差点被田甜丧丧的语气激哭了，一把扑过去抱住田甜：“不是，你不是，你不是灾星，你是我最亲爱的妹妹。”

田甜被抱得透不过气，伸手轻轻拍了拍单柔丝，反手抱住了她。

“跟我回去吧，我妈妈也担心你呀！”单柔丝轻声劝田甜。

终于，田甜点了点头。

中午，单柔丝跟田甜去吃饭，去的是镇上的一家家常菜馆，单柔丝刚一坐定，那提着火锅底料的服务员就直直扑过来了。

田甜眼疾手快，拉着单柔丝站了起来，然而尽管如此，滚烫的汤水还是朝着单柔丝洒了过来。田甜想也不想，伸手就挡了过去，半只胳膊被烫出一串水泡。

“你要不要紧！”单柔丝慌忙去看。

然而，这次田甜却警觉地退了一步，她把手臂藏在身后，笑了笑：“没事儿。”

果然，她应该是克父克母克所有朋友的命吧。

她今天再次去上坟，看到母亲和父亲坟边的一座新坟时，才想起来那座新坟应该是母亲养母的坟。小的时候，养母来要生活费，看见幼小的田甜，啧啧打量：“你这女儿，克父母克丈夫克所有……”

母亲愤怒不已，从那以后给了好大一笔钱给养母，彻底断了联系。

其实田甜不是迷信的人，以前田泽在的时候，不管怎么苦，她心里都会觉得生活熬一熬，总不至于走上绝路。

然而连日来的遭遇，让她的人生信念突然崩塌。

她突然觉得，或许自己真的不适合有亲近的人，包括单柔丝。

“阿甜啊，马上吃完了回去，你就把行李整理整理吧，我看了下，你行李不多，就一个箱子，直接收拾了跟我走吧，通乡这地方我真不喜欢。”单柔丝提议道。

闻言，田甜脸色苍白地朝她笑了笑。

下午两人回去的时候，田甜走到村口，买了两个车轮饼，这是单柔丝最爱吃的东西，她笑了笑递给单柔丝，问道：“你还记得小时候吗？”

单柔丝接过来，吃了一口，依然是红豆馅儿的，也不由得挂上了笑容：“是啊，你一周有一点零花钱，就买一个，然后站在这里等我，分我一半。后来你妈妈出事了，你爸爸病重了，你没有了零花钱，便由我来买，一周一次，分你一半。”

田甜笑容加深：“嗯，是。”

她一路走，一路和单柔丝回忆以前。进了通乡的破旧小屋子，田甜给单柔丝倒了杯水，让她等一等。

过了半小时，有个邻居小朋友拿着信件来找单柔丝。

“单姐姐，这是田姐姐给你的。”

这间破屋子，里面的房间通着后面的烂土地，田甜就拖着箱子从那里在心里同这一切告别了。

信件里面还有一小沓钱。

信里写着：“亲爱的朋友，你是我最后的珍惜了，我不想把灾难带给你。我知道你为了我，生日也没有好好过，自己买个蛋糕吧。”

单柔丝捏着信，一路跑到村口，也没有看到田甜的身影。

她气得哭喊出来：“田甜，你这个臭妹妹，封建迷信不可取！！！”

可惜田甜此时已经踏上去镇里的汽车，听不到单柔丝中气十足的呐喊声了。

柳氏集团的小会议室里，律师正在宣读柳熙来留下的遗嘱。

凡是跟柳熙来共事过的元老和柳致忠心的部下，都被叫来了小会议室。

遗嘱立于上次绑架之后，因为觉得人生无常，柳熙来回来以后便立下了这份遗嘱，里面把各项财产分门别类地分给了柳氏元老。

连唐赛和孔毅都有一份柳氏集团的股权分配。

唐赛哭得不行，内疚地抓头发。他这几天连饭也吃不下，闭上眼耳边就是田甜求助的声音：“不是，你去看看好不好？我真的听到了他的痛呼。”

唐赛没有想过，在柳熙来的心里，自己也能挤得一席之地。

“大家不用愁，柳氏家大业大，即便是有一天我不在了，柳氏也会在轨迹之中运行，不会透支，没有债务，各位放心，柳氏有实力，没有了我，大家下半生亦是衣食无忧。”遗嘱里夹杂着柳熙来的一段话，很有画面感，大家似乎又看到了柳熙来那骄傲而令人烦躁的铜臭气息。只是这次，再也没有人在心底默默喷他。

律师将一些细小的遗产股权分配读了读，而后从遗嘱的卷宗里抬起头，看向众人，问道：“柳熙照是哪位？”

柳熙照闻言抬起了头。

“柳总在遗嘱里面把他余下的股权和三栋别墅都赠与你了，请过目。”律师递过去卷宗。

柳熙照的手指碰了碰卷宗，突然把它们都打落在地，爆出粗话：“什么鬼，我就不相信他真的死了！搞这个笑死人了！谁要他的东西，他柳熙来的东西，我一眼都不稀罕！”

“不就是贪钱吗，为什么不绑架了他要钱？”柳熙照忍不住哭着苦笑。

在座的人都没法回答这个问题，大家陷入了悲痛里面。

“对了，柳总还设立了个田甜基金，每个月会拨给田甜小姐生活费。不算很多，平常职工工资的数额，但是柳总补充声明，只要田甜小姐一天活着，就必须保证她衣食无忧。”律师说完，给大家放了一段柳熙来的录音。

所有人的脸上都露出了唏嘘的神情。

录音里面，柳熙来稍微有些停顿：“田甜，她是特殊的存在，我的财产于她来说，是负担，是我们的沟壑，我不希望金钱再次给她造成困扰，可是我又担心，一百个担心。她个性倔强，一个人拼搏，变数那么多，能依靠的人那么少。我希望她健康快乐地活着，衣食无忧，但是又不失去奋斗的动力，所以我只留了很少一部分钱给她，只是希望她偶尔想休息的时候，能够开心畅快地休息。”

柳境沉默了许久，叹了一口气，他得了10%的股权，一时间，心情很复杂。

想起柳熙来几乎把所有的东西都给了柳熙照，柳境的心居然生疼，其实在大哥被掳走，自己不作为而导致大哥死去的时候，他就已经疼了，特别疼。可是他会麻痹自己，告诉自己，只是死了一个经常令他生气的兄长而已。

现在柳熙来走了，以他不按照常理出牌的个性，把遗产乱七八糟地分配了，尽管柳熙来可能知道柳境做过的一些事情，但是柳熙来依然还是选择了原谅。

柳境突然想起很多年前，柳致出事的那个晚上，柳致像是预料到什么一样，约他喝酒。

月光下，柳致静静地看着柳境，突然说：“阿境，我们老柳家人丁单薄，一直兄弟姐妹很少，我们如果不相亲相爱，还能依靠谁，你说是不是？如果有一天，我力有不逮，你要好好教育熙来，让他学会做人，好好安康地过一辈子。我就当你的沉默是答应了呀,毕竟一笔写不出两个柳字,天下再无我们这样亲的人,对不对？”

回忆到这一幕，柳境突然觉得之前那隐隐的、被自己催眠不疼的心，终于张扬地疼痛了。

“对于遗嘱，大家如果没有问题，就签名交接吧。”律师放下卷宗说道。

所有人都沉默着。

得知柳总安排了大家的下半生，所有人既错愕又痛心，都觉得自己从来没有了解过柳熙来。

W 市的某处，闻至财正在咬着雪茄打牌。

接到兄弟的电话，听到柳熙来的遗产分配，他有点意外：“他把所有东西都给柳境一家了吗？他不是调查了当初的事情吗？柳境当初那么多小动作，他居然还信任柳境？柳家人真的是白痴吗？！”

当初柳境想要无声无息地灭了兄长柳致，闻至财在其中推波助澜，不是因为看重柳境，而是自己经济的命脉和肮脏的私下交易的把柄都被柳致掌控着。柳致厌恶闻至财的所作所为，因为化学原料导致职工身体发生病变，为了解决这个事情，闻至财甚至想要以各种意外事件终结几个患病最严重的职工的生命。

柳致知道事情以后，以撕破脸揭露闻至财为威胁，保住了几位患者的生命，然而这也是柳氏和闻氏合作终止的最重要的原因。

做了坏事被对方洞悉，对方也不加入丑恶行为，这让闻至财忌讳又嫉恨。

闻至财用“一叶暴富”来敲打柳境，原本以为会看到一个惊慌失措的柳境，然而柳境的反应，他又看不懂了。

现在的柳境，甚至带了一点自我毁灭的疯劲。

还是不要掺和进去吧，柳氏未来势必要动荡一段时间，他决定在局势未明之前，好好观望。

家庭医生从牌桌旁边走过。

闻至财叫住他：“陈医生，我女儿怎么样了？”

医生有些苦恼地皱了皱眉头：“闻小姐还是很抗拒进行心理辅导，她今天依然不愿意把情绪宣泄出来，一个人枯坐了一天了。”

是的，最初激烈而绝望的情绪过后，是长久的沉默。

闻羡已经五天不开口说话了，似乎沉浸在自己的世界里，无喜无悲。

闻至财叹了一口气，向医生道了谢。

再养养吧，恢复后总能攀上有用的枝蔓。最不济，挂在柳熙照的头上，也是完美的！

想到这里，闻至财吸了一口雪茄，阴恻恻地笑了笑。

·5·

人是一种很奇怪的动物，也是一种很神奇的动物，他们的自愈性是所有动物里面最强的，不管怎么悲戚，不管如何颓废，还是会一日复一日往前推动着生命的历程。

而那些惊心动魄，令人悲戚，抑或令人振奋的事情，随着时光的推移，便逐渐被淡忘在脑后，湮灭于新的夺人眼球的新闻里。

不能接受的，变成能接受，曾经觉得不能蹚过的河流，变成了清澈的小溪，人们不费吹灰之力就踩着浅浅的水过去了。

最终所有的喜怒哀乐都会趋于平静。

令人疼痛到不能呼吸的伤，也会被藏在心底最深处。

临近 W 市和通乡郊区的惠泽镇上，今日有大型的庙会。

漫长的冬天过后，万物都有复苏的迹象，惠泽镇近期拉了好几个可行的项目，将镇子的经济搞得红红火火的，农产品因为做了 App 平台推广，销售业绩也很惊人。

为了庆祝这可喜的成绩，镇长决定举办大型游街活动，并且评选出惠泽镇的镇花和镇草作为农产品推广的新形象。

田甜的新工作同惠泽镇有业务往来，她这次也在被邀请的人员之列。

短短一年，她已经从一个看什么都惊慌失措的底层服务员一般的自闭女孩，变成了微笑待人，处理事情稳妥得体的开朗女孩。

惠泽镇的镇长裘波是青年基层干部的典型，因为将惠泽镇从一个寂寂无名的穷乡僻壤带成了农产品销售业绩斐然的富裕之镇，也因此被国家授予优秀青年的称号。

接待田甜的一直都是裘波，其实这也是他的一点私心，他想同田甜更进一步。

田甜是裘波遇到过的最努力勤奋的女孩子，接洽的半年来，他从未看到田甜休息过，她总是在第一时间处理好所有他觉得棘手的事情，似乎只要有她在，什么事情都不用愁。她虽然瘦瘦小小的，但是身上有一股令人为之折服的安全感。

而且田甜姑娘长得也很有特色，虽然她不是传统意义上的美女，但是她站在那里，沉稳大方并且果敢的气质，令所有的人都无法无视她。她的一双大眼睛神采奕奕，看你的时候，你能感知到她的真诚和宽和。对的，很宽和，曾经因为周转问题，他们惠泽镇一度陷入经济危机，是田甜帮助他们走了出来。

田甜说过，能用钱解决的都不是问题。她认真地挣钱，却又从来不痴迷于物质。

她穿的衣物、背的包，都是最实用的。

裘波曾经送过一个赝品包包给她，高仿都算不上，但是田甜很开心，并且还背了好长一段时间。

镇里有钱的人会在背后嘲笑田甜，裘波以为田甜是不知道的。有一次两人走在镇上的街头，居然听到了带着恶意的嘲讽。

裘波忙不迭地道歉。

田甜却很释然："啊，裘镇长，没有什么的，包的作用是能够装下物件，能够起到它应该有的作用，就足够了。"

看来田甜早就知道这是低仿的包包，但是她一点都不在意。

她自信、独立、不惧人言，真是个很好的女孩子。

所以裘波想跟田甜更进一步，可惜虽然田甜永远给人一种温和的感觉，可是你想更进一步，却又是不可能的。你可以跟她是侃侃而谈的朋友，可以是解惑的亲友，也可以是危难时候，能够找到的唯一帮手。可是，就像是有一块无形的玻璃一般，你再进一步，就会触壁，隔着玻璃，你看得到她的微笑，却无法感受到那温暖的笑意。

裘波很苦恼，求助了很多人，给他的答复都是差不多的——创造机会多相处，女孩子矜持是好事。

这次惠泽镇举办游街，有载着扮演各种精英人物的花车，他觉得这样的气氛下，田甜多多少少会开心一点吧。

下午一点一刻，游行开始。

田甜跟裘波站在街边，看着由远及近的花车方队，十分热闹。田甜有些感慨，一年前，惠泽镇还是个穷得镇上和村里都没有年轻人的地方，因为年轻一代受不了贫穷，都提着行李去大城市打工了。

半年前，裘波找到他们公司要求平台赞助时，所有人都不看好他，包括田甜。

为什么后来又同意了呢？因为一份计划书，一份令田甜感觉到无限熟悉的计划书。计划书详尽又不浮夸地分析了利弊，字里行间没有任何卑微相求的意思，一副你不跟我合作，你就缺失了一座金山的感觉。

开头的言辞也很倨傲："我相信，能用钱解决的都不是问题，你帮我惠泽镇渡过这季的难关，我惠泽镇必当报答你往后无穷无尽的利益。双赢还是错失良机，抉择权不仅仅只在你，因为可以合作的地方也有很多……"

田甜破天荒地接受了这份计划书。

事实证明，她的选择是对的。

“当初你的计划书很优秀！”田甜看着连绵不绝的花车上展现出的各行各业精英，有些好笑，也有些感触，这可能就是最接地气的角色扮演了吧，就连厕所公益大王都被模仿了。

“啊，什么计划书？”裘波愣愣地回头看田甜，突然看到她那发自肺腑的笑容，心脏开始狂跳。

“哦……哦，那份计划书其实不是我写的。”他回答着。

田甜很惊讶地回头，刚要问他是谁写的，突然从远处驶来一辆花车。车上繁花似锦，车内奢华得刺眼，所有的东西都用金色涂了一遍，堆砌的金山和假珠宝很是显眼，站在车中间的年轻人长得很好看，眉眼间一副不耐烦，他的态度倨傲，一手背在后面，一手挥舞手里的道具。

世界仿佛都静止了，田甜的心脏都似乎停止了跳动，所有的声音都像是被慢放了，她的眼里，只有车上的那个年轻人……

泪水无知无觉地从她脸颊上滑落。

“是，柳熙来……”田甜喃喃地，似乎不相信自己的眼睛。

花车虽然开得缓慢，然而由于参与的企业过多，还是很快就驶向了远方。

吵吵闹闹的锣鼓声依然不断传来，挤在街道两边的乡亲和应邀而来的外乡人都嘻嘻哈哈地吃着瓜子，议论纷纷。

裘波还在喋喋不休地说着话。

然而田甜突然像是疯了一样冲了出去，她今天穿着职业西服一步裙，配着高跟鞋，很有精英的样子，然而为了追上刚刚驶过的花车，她连高跟鞋都甩开了。

她光着脚，生怕寻不到刚刚的花车一般，飞快地跑着。眼泪都不敢流下来，她怕眼泪会影响她奔跑的速度。

花车已经驶入汇集地，一百多辆花车，轰轰烈烈地停在惠泽镇郊区的空场地上。

都是花花绿绿的车，怎么也寻不到刚刚在车上的柳熙来。

田甜茫然地在花车中穿梭，每一辆都仔细看了，还是看不到柳熙来。

裘波替她提着一双高跟鞋，跟在她后面问：“田小姐，这里都是沙石泥土，很容易硌着脚，我们这里还没有开发，你先把鞋子穿上吧。”

田甜置若罔闻，一个劲地在人群里寻找着，她的脚底板已经破了，走过的地方留有血渍。

裘波发现了田甜的不正常，同她认识一年来，他看到的田甜永远是云淡风轻、坚毅冷静的。裘波记得Z公司的老板夸赞过田甜，说田经理是他看到过的最稳妥的助手，什么焦头烂额的事情交到她的手里，都会变得很顺畅。

裘波还真没有看到过这样失魂落魄的田甜。

最终，田甜还是找到了那辆车，可是扮演柳熙来的人却不知所终。

司机正开着门抽烟透气，待会儿还要把车还回去，他正等着调度。

田甜扑过去，一把抓住司机的领子，大口大口地喘着气。

司机被吓得香烟都掉了："小……小姐，什么事！我是有老婆的人！"

裘波从后面跟上来，瞪了司机一眼："正经点，别胡说八道，这是我们惠泽镇大项目的接洽经理，田经理。"

司机立刻精神抖擞，把香烟给灭了，恭恭敬敬地问："田经理，请问什么事？"

田甜颤抖着手，指着车："刚刚扮演柳总的人，在哪里？"

司机咳了一声，指着头，压低声音："他啊，这里不好，纯粹为凑数，把他拉来的。他住在我家旁边的桥洞里面，我老婆说她以前去 W 市，看过 W 市中心的大牌子上的柳总。这小伙子虽然傻乎乎的，但是挺像那柳氏的总裁的，所以把他拖来了。"

田甜拼命地点头："那他去哪里了？"她都不知道自己的声音是颤抖着的。

裘波拍拍田甜的肩膀，田甜转头看向裘波，裘波这才发现田甜已经泪流满面。

"你知道他在哪里，就带田小姐过去一趟吧，我让人帮你把车开回去。"裘波吩咐司机。

司机本来也想退场，这车是乡镇共同租借的，还要开一个小时车程归还，他只想回去好好睡一觉，听到裘波这样吩咐很是开心，挠挠头："行，走吧，你要做好心理准备，我们住的是屋子，他住的是纸板！"

司机家住在镇上一处临近河水的地方。

很早以前，那里修了座石板桥，桥洞通行的台阶边，散散落落地搭着几间小平房，而花车上的青年，就在这些小平房的尽头，用拾取的纸盒改造了间小房子，补补贴贴很多次的样子，外面补了好多布和石棉瓦之类的东西。

司机带着两人过去的时候，青年正端端正正地坐在那里，用笔在计算着什么，看到几个人过来，他抬起头，一双漂亮的眸子扫了几人一圈，最后落在了田甜身上。

他像是想起了什么一样，又似乎什么也没有想起，眼神迷茫又透露着惊喜。

"你们是？"他一开口，声音淡淡的，立刻让田甜哭了出来。

"熙来……"田甜哭着，哆嗦着，不能说出下一句话。

青年立刻站起来，走出纸板搭就的屋子，很骄傲地改正了田甜的叫法："错了，我不叫熙来，我有自己的名字。"

裘波这才惊奇地发现，虽然青年似乎过得很拮据，但是他身上的衣服很干净，

哪怕旧了一些，他穿着也并不让人觉得低廉，反而有一种淡淡的贵气。这是怎样一种骄傲的感觉啊，让人觉得他说话的时候，时刻有一种仰视的感觉。

“你叫什么？”裘波问道。

青年笑了笑，伸出手，却是递向田甜：“你好，我叫田甜。”

田甜的泪水如同决堤的洪水一般涌了出来。她哭着，又笑了出来，伸手握住了柳熙来的手。那只手再也不是养尊处优时的温润光滑，而是带着粗糙的疤痕和陈旧的老茧。这些痕迹暗示着他这段时间，过得有多不堪。

他是真的爱着自己吧，即便是受了伤，落到这般田地，失去了记忆，但是她的名字，却被这样清晰地记了下来。

先前柳熙来从山崖摔下时，因为七八根树枝的缓冲作用，最后又摔在一块全是废弃塑料瓶和塑料袋的山脚，成堆的塑料垃圾让柳熙来侥幸逃过一劫。可谓是乱丢垃圾这种不环保、不文明的行为唯一对社会有利的地方了。

“你应该经常笑一笑，为什么哭呢？”柳熙来有些困惑。

田甜哭着又笑了出来：“大概是，喜极而泣，失而复得的欢喜。”

裘波突然叫了一声，像是想起什么似的，把沉浸在悲伤又欢喜中的田甜给惊得回过了头。

“田小姐，他……他就是帮我写计划书的青年。”

半年前，裘波苦思冥想，不得其法，坐在镇上的小河边揪头发。

青年正好背着活鱼活虾走过，看了看裘波手里的计划书，突然对他说道：“垃圾。”

裘波不服气地问：“你读过书吗？”

青年坐下来，指着裘波的西服，问道：“价值多少？”

那是裘波买来准备相亲的衣服，有点贵。

听裘波说了个高价，青年露出了鄙夷的神情：“你别被骗了吧，顶多两百多块。”

还真是贴近了原价，裘波又好笑又好奇，问青年：“你问我的西服价格做什么？”

青年挑挑眉头，很倨傲地回答：“计划书，换你的衣服。”

裘波没有立刻答应，青年在十分钟之内就列好了提纲和主次。他看了一遍，叹为观止，很服气地脱下了衣服。

“嗯，不用谢，要不是鱼虾容易死掉，我不会这么便宜教你的。”青年开开心心地提着鱼虾赶集交易去了。

柳熙来忘记了自己是谁，也忘记了所有的人事，但是他懂得观察一切可以赚取利润的事情，这一年来，生活也还过得去。

田甜终于笑了，果然还是柳熙来的手笔。

她突然想起一句话——哥哥就像是黑暗里的萤火虫，在郊区的厕所都能发出圣洁的光芒。

“好的，田先生，我想请你帮我做一个项目，你愿意跟我回 W 市吗，我负担你所有的吃住？”田甜试探地问道，怕他不答应，又加了一条，“可以提任何要求。”

裘波想起之前青年倨傲的样子，不是太在意，毕竟青年不近人情使得他在惠泽镇过得像个隐士一般。

然而下一刻，惊掉裘波下巴的是，青年露出了个温和的笑容，迫不及待地答应了田甜。

“好，没问题，没要求，走吧。”柳熙来干净利落地走在了前头。

走了两步，他又折回来了，半蹲着，脱下了自己的鞋，让田甜坐下，将鞋替她套上了。

裘波举着高跟鞋，结结巴巴道：“田……田小姐，你自己的鞋……”

田甜接过来，直接把高跟鞋丢在河边的垃圾堆上了：“行吧，我们走。”

她开心得一把挽住柳熙来的手臂，拖着他就走。

以前的她，避之不及，生怕自己沦陷，现在的她，唯恐柳熙来消失，唯有抱着他的胳膊才会觉得有一丝安心。

柳熙来的身体僵了僵，但是他没有扯开胳膊，而是体贴温顺又不动声色地把肩膀垂下了些，方便田甜抱着。

两人似乎陌生拘谨，又似乎亲密无间地走在了前面，田甜今天破天荒地笑出声好几次，这又是所有人不曾见过的。

裘波站在后面，感觉自己仿佛是片秋天的落叶，被无情的冷风给吹远了……

田甜在 W 市偏僻的地方租了套一室一厅。

她本来是跟同事共同租用，同事跳了槽，她就想退掉房子，重新租套小一点的，如今柳熙来来了，她便把房租续下来了。

如今的公司，算得上业内比较有名的，田甜的收入比以前高出了十几倍，她每日辛勤熬夜加班，学习新知识技能又比别人多出好几分力，不到半年就被总裁破格提升为助理，亲自培养了半年，现在已经是公司的中坚力量了。

众人都知道田经理待人客气，谦逊稳重，又有谁知道在一年之前，她还是个遇事就会慌张到想逃的小姑娘。

如果不是柳熙来的出现，她的人生将会一直那样下去吧。

“你家很不错！”柳熙来进来就顺手把挂在门上的广告纸给扯下来了，并且折叠整齐后放入垃圾桶。

“进来吧。”田甜给他递过去一双拖鞋。

柳熙来看了看熊宝宝头的拖鞋，又看看田甜，脱口而出：“我记得你喜欢卡通恐龙的……”

两人相视许久之后，柳熙来又耸耸肩：“抱歉，我总觉得你很熟悉。”

这一年来，他还是有所改变的，他学会了婉转地说话，令人舒服地处事。

田甜去准备饭菜，探头看客厅里认真看电视的柳熙来，觉得恍如隔世，她忍不住问柳熙来：“你为什么愿意同我回来？”

柳熙来一转头，看到田甜，露出个笑容：“因为我们的名字一样啊，还有，我觉得你很舒服，看见了就有安全感。”

田甜的心里一甜，边洗菜边问他：“我明天带你看看受伤的脑部好不好，你的失忆应该是跟头脑受伤有关吧？”

柳熙来正在认真地看着电视，他看的是财经频道，眼睛眨也不眨的，听到田甜这么说，他突然开口拒绝了田甜的提议：“不，我拒绝。”

田甜惊得停止了动作，从厨房里走出来，有些难过地问道：“你不要恢复以前的记忆吗？万一，你和我是认识的呢？”

柳熙来抬头，看见灯光下田甜难过得有些哽咽的样子，缓缓站了起来。他不知道怎么安慰田甜，他只好走过去，缓缓地将手放在了田甜的头顶，说道：“我们现在还是彼此认识的呀。”

田甜抽了抽鼻子：“那万一我们以前感情更深呢？”

柳熙来笑了笑：“那我们以后就比之前感情更深更深。”

“我不想去治疗，也不需要那些记忆，因为我觉得现在很快乐。”他突然没头没尾地说了这么一句。

田甜看向柳熙来，灯光下的他显得格外纯粹，因为没有了负担，整个人像是年轻了不少，头发微微有点长，不过显得他有些倔强的稚气，眼睛透彻明亮，比以前少了许多深沉的感觉，带着年轻人的朝气。这么一看，的确比他做柳总的时候更加简单快乐。

“我想顺其自然。”他撇了撇嘴，追着问，“田小姐，你以前真的认识我吗？”

田甜点点头，拉着他要坐下。

柳熙来示意她等一等，他把垫子给田甜垫上，再示意她重新坐下：“沙发是坏的，挪了垫子给你，不至于坐下去会陷进去。”他解释给田甜听。

田甜感觉有点甜。

她坐下来以后，问柳熙来：“你介意我说点以前的事情给你听吗？”

柳熙来抿了抿嘴，轻松地往沙发上一靠，笑了笑：“我觉得是你渴望让我知道一些什么，我不介意，你可以说，我当别人的故事听好了。”

其实失忆了的柳熙来更加逻辑清晰，说话做事更加坦率直白，这点田甜觉得还是很好的：“嗯，其实我觉得可以从我小时候说起。”

柳熙来看看厨房热腾腾的煮锅，说道：“如果来点红酒美食一边吃一边说，那就更好了。”

田甜忍不住笑起来，这才是真正的柳熙来啊，无论身处何地，无论跌落到什么境地，他对享受生活这码事，从来不会马虎。

“行！我去把菜端上来，再给你来点小酒！”田甜一击掌，去了厨房，干净利落地做出一桌子的菜。

柳熙来隔着玻璃看她忙碌，嘴角不自觉地上扬。

柳氏集团的例会上，闻至财又提交了一份咄咄逼人的计划书。

“熙照，你多看看，年轻人要学习，不要光顾着反驳叔叔们嘛。”闻至财有两份计划书被柳熙照给驳回来了，心情很不好。

柳熙照表情冷冷地接过计划书，只看了一眼，就摇了摇头：“不行，有空气污染的可能，柳氏集团是公益倡导者，不能这样。”

柳熙照跟以前有了很大的不同，笑容更少了，每天的行程无非是三点一线：公司，住宿地，闻羡所在的疗养院。

他也知道闻至财私下购买了好几个元老手里的股权。

除了那几个死心塌地跟着柳氏集团打江山的元老，其他的股权应该都被闻至财购了不少。

柳境并没有足够关心这事，他在海外的公司拓展了好几个项目，每天忙于项目，极少过问现在柳氏国内的进程。

入了这个位置，柳熙照才知道肩上的压力有多大。

可他不能松懈。

闻至财并没有生气，只是笑了笑。

散会的时候，他突然一把勾住了柳熙照的肩膀，说道：“闻羡要生日了，你这几天过来帮忙看看生日宴席的筹备？”

别的事情可以拒绝，唯独闻羡，柳熙照终于叹了一口气，应下了：“好的，闻伯伯，闻羡的生日的确得好好办办。”

一年了，闻羡终于会自己冷静地思考问题，恢复了以前的样子，只是身体依然很不好，经常发烧感冒。

大家都想借着各个由头哄她开心。

“熙照，我最看好你，你要好好努力啊！”闻至财走的时候，再一次给足了暗示。

不知道为什么，以前那么渴望得到闻至财认可的柳熙照，现在每每听到他这样的暗示，心里就会升起很诡异的抗拒之心。

柳熙照有时觉得闻羡就像个商品，被闻至财到处贩卖，未免太恶心了。

第八章
我要养你，阿甜

傅总再也不犹豫了，斩钉截铁道：“对，你跟田甜都不加班，要加班，我去！”

.1.

闻羡的生日宴设在闻至财的私人会所里面。

场所布置得很典雅，一眼看过去就让人觉得很高端的感觉。

闻至财并没有请别人，只是自己家的几个人，外人则只有柳熙照一个。

闻至财这段时间已经掌握了柳熙照的弱点，只要是用闻羡做借口，柳熙照脸上的表情再抗拒，也会乖乖就范。

闻羡剪了短发，虽然精神比以前好点，但是依然瘦得惊人，使得她一双大眼睛更加大了。然而这样的她显得越发让人怜惜，她看你的时候，大眼睛楚楚可怜，视线也不敢长久停留，总是到处游离，有一种神经质的怯懦。

今天一早，闻至财就让私人跟妆师上门，替闻羡做了个小公主的造型。

“闻小姐，我们试试蜜桃妆，这样你的面颊会显得饱满一点。”见闻羡的脸颊都瘦得瘪了下去，十分憔悴，化妆师提议增加点气色。

闻羡乖乖地坐在那里，闭着眼睛点点头：“请随意，多谢你了。”

她原本就是与世无争的个性，柳熙来出事以后，她就更加把什么都放下了。一年的时间，她从一个无神论者，变成了每天在佛前替柳熙来祈福的人。

《心经》抄了不知道多少次，泪水也干了，除了内疚，她已经没有其他的情感。

她也不想再进父亲的书房，那里面似乎隐藏着很多令她心惊的东西，比如一些寓意不明的买卖记录，比如发黄古旧的纸片上，记录的时间地点为什么同熙来父亲的死亡时间那么贴近……

她怯懦，不想知道再多，有时候想，不如早点被父亲安排嫁出去就可以了。除了那个她想过为之同家庭抗争的真爱，其他人哪个不一样？

她越这么想，就越发无欲无求，整个人都颓废了。

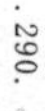

化妆师在她脸上涂涂刷刷，不知道是化妆技术了得，还是闻羡最近的心境又更趋于平和，化了妆的闻羡脸色白嫩带粉，虽然脸依然削瘦，但是已经一改刚刚的颓然之色。

闻羡睁开眼看了看化妆镜，镜子里的女孩很精致，却湮灭了精神气，她随意地笑了笑。

见搭配小礼服的是珍珠系列饰品，手链闻羡拒绝了，从柜子里慎重地把那条柳熙来去年送的手链戴上了。

柳熙照很早就来了，坐在宴席外的休息室里，陪闻至财打麻将，他故意输给闻至财好几次。

闻至财赢得很开心，爽朗的笑声充斥着整个休息室。他咬着雪茄时，眼睛斜睨看向柳熙照，心想：不管你身居什么地位，只要你还爱慕着闻羡，不还是在我手里。

从前有人不识抬举，他资金链出问题的时候，不但不帮衬，还要义正词严地劝他收手，还不是被他收拾得干干净净。要是那个人像柳熙照这么识时务，不就没有那么多令他烦闷的事情了吗？

对了，柳熙来在位的时候，闻至财也碰了好几个硬钉子，被柳熙来揪出来供货商货不对版，导致闻至财暗暗投资的几个工厂因此停产，损失巨大。

闻至财真的很不喜欢柳熙来那样的人，跟柳致一样，表面是个圆滑的商人，可是却守着个臭原则，真是茅坑里的石头，又臭又硬。

好在柳熙来去了，要不然闻至财哪能暗地里买了股权，又掌控着柳熙照。

“熙照啊，你越来越有老板的样子了，柳氏还是得倚靠你这样懂得变通的年轻人。”闻至财赤裸裸地夸奖柳熙照。

柳熙照的手一顿，心里像是哽了个石头一样，十分不舒服。

好在下一刻，闻羡来了。

“爸爸，熙照，各位叔叔好。”闻羡带着笑容走进来。她穿着金光闪闪，布满亮片的小礼服，头上戴着个金丝掐成的皇冠。

虽然依然消瘦，但是灯光下，整个人容光焕发，一改这一年的颓然之气。

见柳熙照站了起来，闻羡笑着走过去，伸手问道：“熙照，我的礼物呢？”

柳熙照看她这样精神，很开心，从口袋里面掏出定制的一套首饰，递了过去。这套首饰意义不一样，是柳熙照母亲的一套陪嫁首饰，虽然样式古旧了点，但是上面的珠宝却是个个圆润光泽，有历史沉淀感，也是名极一时的陪嫁品。

曾经它还被时尚杂志拍下做了一期详细的介绍。

所以这套首饰一出来，闻至财就忍不住扬起了嘴角。他最近在搞几个项目，只是风险太大，如果从信誉良好的柳氏过账，绝对万无一失。

闻羡跟柳熙照的感情越深，柳熙照妥协的概率就越高。

“这也太贵重了，我不能收！”闻羡露出了吃惊的表情。

柳熙照拉住她的手，将首饰盒子稳稳地放在了她的手里，浅浅地笑着：“妈妈留给我，说是给喜欢的女孩，我觉得这世上除了你，别人永远没有资格。”

灯光下，柳熙照的笑颜像是天使般，让闻羡颓然的心暖了暖。

其实这一年来，柳熙照从来没有放弃过闻羡，陪她难过，陪她伤心，将责任一个劲地往自己身上揽。

有一次，闻羡又发高烧了，昏昏沉沉的，用了药也一直不退烧，太强效的药医生也不敢用，因为她的身体真的很糟糕。

“她有些咳嗽，肺部有些许白色的阴影，如果高烧不退，就要考虑转入重症室。”医生当时这么说。

闻至财很不以为然，连看都没有来看她。

闻羡的妈妈陪同闻至财去应付客户，内疚万分，偷偷打电话给柳熙照。

柳熙照过来陪夜时，以为闻羡睡着了，暗沉的灯光下，他轻声祈祷：“如果真有神灵，请让闻羡所有不愉快的记忆都消失吧，就算是忘记我，我也愿意。我愿意折寿无穷尽，透支下一世和下下世所有的幸福和幸运，给予闻羡快乐的信念。”

闻羡知道熙照喜欢自己，但是听到他这样一遍遍地祈祷，才明白熙照爱自己，丝毫不亚于她爱熙来。

“如果有神灵，请将闻羡所有的病痛和悲伤转至我的身上！”一个晚上，柳熙照都在喃喃自语。

天亮的时候，闻羡的烧退了，柳熙照惊喜万分，轻轻地亲了亲她的额头。

她睡在那里，百感交集，面颊上还有青年喜极而泣的泪水。

那一刹那，她的心便微微回暖了。

晚宴上，闻家一家人轮番夸赞柳熙照，语气谄媚。

闻羡好几次故意咳嗽，打断了家人的赞誉之词。

柳熙照笑而不语，他知道闻至财是个什么样的人，但是看到闻羡局促不安的样子，还是从心底觉得心疼。

宴席一结束，闻至财就问柳熙照：“阿照啊，你们接下来有活动吗？”

柳熙照看了看闻羡，闻羡忙不迭地回答：“有的，我们约好去看看熙来。”

闻至财的脸一下子就冷下来了。

“随后会去看看电影什么的，放心，闻叔叔，我会安全地把公主送回来。”

柳熙照赶紧把话给接过去了。

出来的时候，闻至财偷偷地用力掐了一下闻羡的胳膊：“你好好跟熙照相处，别总是提柳熙来了，他不喜欢。”

闻羡被掐得发痛，柳熙照走在前面一回头，看到了闻羡脸上的表情，十分心疼地把她揽过来了：“闻叔叔，没事的，我们就出发了，不必担心。”

闻至财假笑了下。

“好好玩儿，晚点回来也没有关系。”他特地关照闻羡。

闻羡低低应了一声，跟着柳熙照走到了车边。

“啊，对了，羡羡记得跟熙照谈谈阿爸新项目的想法！”闻至财想到什么，又叮嘱闻羡。

车启动的时候，闻羡缓缓把车窗给关上了，闻至财还在说什么，但是车里的两个人已经完全听不到了。

“你别听我爸爸的，他那个项目问题挺多。”闻羡在座位上，突然开口。

柳熙照笑了笑，替她把安全带系上了：“我知道。”

“可是你已经同意他前三个项目了，那些都是烂尾项目，我爸爸准备将这些项目的风险转嫁给柳氏，我不相信你不知道。”闻羡有些着急。

这些话她早就想说了，只是近期又连续生了几场小病，导致今天才能出来。

柳熙照继续浅浅地笑，试图安抚闻羡：“不碍事的，都是小事，柳氏扛得住。”

闻羡沉默了许久，缓缓开口：“如果是熙来，他不会扛这些没有原则的东西。”

这就是为什么闻至财早期要把闻羡送去国外，不让她后来跟柳熙来多交往的原因，因为闻至财从柳熙来那里从来没有尝到过甜头。

闻羡是闻至财的大筹码，没有甜头，他是不会抛出去的。

柳熙照静静开着车，突然一个急刹车，把车停在了路边。

他有些疲惫地揉着眉头，回答闻羡：“闻羡，每个人都有每个人的做事方式，我不是柳熙来，从来都不是。你不要把我和他比较，我不配。”

闻羡突然很内疚，她知道自己这句话说得很不好，熙照从来没有经过正式的培训，也不像熙来那样身经百战，也没有熙来那种与生俱来的大商人气质，一年前临危受命接手了柳氏，对他来说，光是让柳氏运转在正常轨道，就已经耗尽了他的精神。

他看起来很疲惫，却又强撑着。

闻羡小声说：“熙照，对不起，我不该这么说你。”

柳熙照笑着摆了摆手，重新打起方向盘。

他们约好了去柳熙来的坟上一起祭奠，柳熙来葬在市郊的高级陵园，事先打了招呼，工作人员等待了一些时间，柳熙照下去的时候，给他们发了红包。

柳熙来的坟独门独户，坟前干干净净的，花束还带着露水。

闻羡看着碑上那张年轻的面孔，就忍不住浑身哆嗦。她以为一年了，心已经平静了，然而一旦看到柳熙来的照片，她又不可避免地陷入了强烈的悲痛和自责中。

"你答应过我，要坚强的！"柳熙照从后面将手放在了闻羡的肩膀上。

闻羡从心底感觉到了一股暖意，她平复了心情，擦干眼泪，把事先准备好的，柳熙来生前喜欢的菜放在了他的坟前。

"熙来哥，又到我的生日了，以前除了在国外，我们三个人的生日都是一起过的，你记得吗？今年我跟熙照来这里跟你一起过生日了。"闻羡露出个笑容，虽然眼角还是湿润的，但是已经止住了眼泪。

"熙照，我们的小蛋糕呢！"闻羡扭头看柳熙照。

柳熙照托着早就准备好的蛋糕，点燃了蜡烛，将它递给了闻羡。

工作人员在几步之遥的地方站着，准备随时帮忙。

闻羡接过了蛋糕，放在柳熙来的坟前："熙来哥哥，我待会儿就要吹灭蜡烛许愿了，我说愿望给你听，好不好？"

一阵风吹来，将烛火吹得摇曳不定。

闻羡突然就笑起来："是熙来哥哥。"

工作人员默默点开手机，看到气象提示：偏北风较强……

柳熙照却朝着闻羡点点头："是了，大哥回来陪你过生日，你好好许愿吧。他从来就没有怪过你，你要好好生活，他才能安心。"

闻羡默不作声，看着蛋糕，闭上眼睛。

她生怕柳熙来听不到她的心声，把愿望大声地说出来："熙来哥，我的愿望是……熙来哥，你能活过来，就算不是高高在上的柳氏总裁，做个普通老百姓，就算不记得我，不爱我，也没有关系，只要你活过来。"

风力突然加强，一阵猛于一阵，突然间，一阵狂乱的大风将蛋糕上所有的蜡烛吹灭了。

闻羡又惊又喜，转头看满眼心疼的柳熙照："熙来哥哥听到了哎。"

柳熙照勉强笑了笑，伸手摸了摸闻羡的头顶。

工作人员差点哭了：这什么愿望啊，为什么要许愿死者归来？

他突然想起最近看的欧美恐怖片，两股战战，几乎不能站立了。

闻羡和柳熙照走的时候，工作人员比他们还快地出了陵园的门。

至于那些本该收拾的东西，工作人员也不敢再收拾了，万一像恐怖片那样，突

然“王者归来”……想想都很害怕呢。

回来之后，闻羡又有些低烧了，体质太差，导致她不能受风寒，刚刚吹了好一阵风，让她又有些不舒服了。

她不敢告诉柳熙照，怕他因为自己身体不好，取消接下来的行程，他精心准备了那么久，应该不能辜负。

车子行驶进市区，等红绿灯的时候，闻羡将头靠在玻璃上，想用玻璃冷冷的触感稍稍降低一下温度。

她抬头看见马路对面站着一个年轻人，同样在等红灯。

年轻人穿着宽大的牛仔外套，黑色的裤子，头发剃得短短的，一副平平无奇的都市青年装扮，但是闻羡一接触到他的眼睛，立刻浑身剧烈地抽搐起来。

她失态地扑在车窗上，拼命哭喊着让柳熙照打开车窗。

“是熙来，是熙来，他回来了，真的回来了！”

此时正是绿灯通行，车辆来来往往，柳熙照一把揪住闻羡的衣服，防止她冲动地扑下去。

闻羡哭着指给柳熙照看：“熙照，是熙来。”

然而柳熙照放眼看去，哪里有柳熙来的身影。闻羡指着的地方，是辆大客车。

他叹了一口气，把哭得不能自已的闻羡拉回来，重新系上了安全带。

“闻羡，熙来不会回来了，你清醒过来，好吗？”柳熙照觉得太累了。

闻羡在泪眼婆娑里看到了熙照疲惫至极的表情，她停止了挣扎。至此行程中断，生日这一天，以两人疲惫至极的心情告终。

宽敞的马路边，柳熙来蹲在那里替田甜系鞋带，巨大的客车挡住了他的身影。

田甜很不好意思地说：“我自己来。”

柳熙来没有吭声，打了个完美的蝴蝶结，满意地看了半天才站起来。

今天田甜带柳熙来出来理发购置新衣服，他选了一些自己觉得好看的衣服，看到田甜付了不少钱，突然开口对田甜说：“阿甜，我想挣钱。我不太想看见你花钱，你的钱来得太辛苦了，用起来心疼。”

田甜有些为难地说：“你没有身份证，没有任何学历证明，怎么找工作呀？要不送你回去吧，你为什么不同意接受治疗，回到柳氏？”

柳熙来很抗拒地皱眉头：“不了，我不想回去，他们听起来也挺陌生，我还是喜欢跟你在一起。我总觉得去了那里，就会离你很远。”

“你不喜欢的，我也不喜欢。”他认真地说。

田甜一下子就愣住了，路灯之下，柳熙来皱着眉头的样子格外严肃，似乎失忆后的很多时候，他在刻意规避那些同他有联系的过往，甚至听到柳氏集团实力雄厚，资产雄厚的时候，他更是抗拒。

“可是那里有你的家……和你的家人。”田甜轻轻说。

“没有了，那是前尘，你是现在，我的家是你，你在哪里，家在哪里。”柳熙来说得尤为真诚。

田甜的脸莫名其妙就红了。

如果说以前的柳熙来是小心翼翼地接近，那么现在的柳熙来完全是不经意地狂撩，还撩而不自知，这样的柳熙来对于田甜来说，要克制太难了。

“阿甜，你脸红了。”柳熙来突然恶作剧一样笑了笑，伸手一拍田甜的脸蛋，笑嘻嘻地看田甜。

田甜尴尬得捂脸，完全不知道怎么应对。

晚上的时候，田甜在做一份新项目的计划书，数值是傅总亲自提供的，据说参照了本市最大企业柳氏集团的部分数值。为了争取这个项目，傅总亲自去调查了数值，并且还用私人手段买了一些外界不知道的资料。

柳熙来坐在田甜边上，时不时指出田甜的文档格式和措施的微小错误。敲了几个小时，文档终于完成，田甜检查了好几遍，觉得毫无瑕疵，松了一口气。

田甜走开接了个电话，柳熙来坐在了田甜的座位上，一边看数值一边笑。

等到田甜接完电话回来，他已经把数值不正确的地方修改过来了。

柳氏集团的行事风格很特立独行，跟柳熙来嚣张又自信过头的个性有关系，以往数值绝对不会如此保守，想要争取柳氏以前合作过的公司，举例和核算都要尽善尽美。

然而田甜并不知道柳熙来改动了资料和数值。

第二日便是展示的时候，宏放未来的许经理是同柳熙来有着长久合作的老人，这次项目对接生产的商品也是宏放未来提供给柳氏集团的，所以也要看对方对于柳氏集团的了解。

许经理是个很认真传统的老人，十分看重合作者的态度。

之前也有很多企业伸出橄榄枝，想要接下这一单，然而泛泛而谈和妄加推测，让许经理很不开心。

如果连要提供货源方的要求和情况都不了解，那么只能解释为不到位，不用心了。

幻灯片一放出来，许经理的眼睛就亮了。

许经理突然觉得傅总这里是近期来做得最用心的公司了，数值精准，有些资料连他都是第一次听，但是绝对可以保证是柳氏的资料，还有一些专业至极的数据和推测，都让他耳目一新。

然而台上说话的傅总却越说脸越黑，连田甜都一副惊愕的样子。因为他们发现，这里面的所有资料和数值都不是预先得到的那些。

傅总突然停了下来，朝着许经理鞠躬：“对不起，这数值和资料还不够精准，我很羞愧。”

傅总知道对方的苛刻，也知道对方有多看中合作者的态度，心里一片颓然，觉得似乎所有的合作可能都要戛然而止了。

然而下一刻，令他惊讶的是，许经理居然站了起来，很开心地把合同递过来了。

“傅总，我真是太感慨了，我近期走过那么多公司，见过那么多人，看过那么多计划书，没有哪一份有你这份精准，也没有哪一份有你这份这样用心，甚至连对本项目的前景预测都那么有见地。傅总，你是我见过的最专业的合作者！我希望我们未来能够合作愉快。”

傅总的惊喜之情溢于表面，这单很大，近乎他所有项目的十几倍收入，他原本也是做了最坏的准备，他对所有人都说，我们尽力而为，至于成不成，就看天意。

签下这笔合同后，傅总近乎失态地握住了田甜的手：“田经理，你简直是我们公司的福星，我都不知道你能把那些我获得的不正确的资料和数值调整过来！”

田甜的嘴张了合，合了张，想了想，还是很认真诚实地对傅总坦白：“傅总，你的数值给我后，我的确就按照你提供的资料修改了，然而……”

“那后来怎么会这么精准？尤其那个预测未来五年，简直是神来之笔，我简直要拍案叫绝。”傅总很吃惊。

“我有个表……表哥，出了车祸，头脑有点不清晰，暂时住在我家，这份资料，是他改的。”田甜结结巴巴道。

傅总很开心地问：“他是个人才，还在工作吗？”

田甜摇头：“早就停了。”

“可以让他来试一试，公司正需要这样的人才。”傅总提议。

“可是，他不记得很多事，学历证、证书这些……”田甜很为难。

傅总一摆手：“不要在意这些浮于表面的事情，你让他有空过来面试，我们急需要人才呀。你知道的，我从外省空降这里一年多，要不是你帮衬我，那些老人压根儿不会服我。”

公司执行力低下，最主要的原因是傅总是空降兵，淘汰了一部分倚老卖老的老人后，公司有执行力可以依赖的人，并不多。

求贤若渴的傅总，对于田甜这个神秘的表哥，好奇到了极点。

“他……他认生，可以戴着口罩来吗？”田甜太为难了。

“我这里用人不拘一格，这些细节都可以无视，他穿沙滩裤来都没事。”

傅总求才若渴，几乎是所有条件都答应。

“你带他来，看看合适不合适，这是双方选择的问题。我们公司很大啊，很多人想进来，我都没有放行！”傅总提议。

田甜哭笑不得地想：可是柳总的集团明显更大更漂亮啊，傅总。

“年轻人不要不尝试就退缩了！你表哥说不定很喜欢我们这里呢？”傅总看出田甜脸上的迟疑。

“我去试试，不过愿意不愿意，还得看他个人意愿，他还生着病，有部分记忆缺失了。”田甜解释道。

“给他看我们公司的外景，那么大那么好看，他就会来了！”傅总充满自信。

田甜用手机调出柳氏集团大楼外立面的图片，默默递给傅总：“傅总，这个漂亮吗？”

傅总嘘了一声：“哎！闭嘴！我们哪能跟柳氏集团相比啊。”

他想到了什么，顿时紧张起来：“你是说，他以前为柳氏高层服务过？”

田甜尴尬地笑了起来，摇摇头，心想：其实所有柳氏集团的人都为他服务呀，傅总！

傅总舒了一口气：“那不就结了。”

田甜苦笑中。

“那就没有问题，没有柳氏，我们公司就是本市最大最漂亮的。”傅总刻意不去想柳氏壮阔气派的大楼。

田甜叹了一口气。

她回去之后，问柳熙来：“傅总同意了那些要求，你愿意去试试吗？”没有身份证，没有学历证书，能够有这样的工作，应该很不错了吧。

柳熙来很开心地从书里抬起头，笑了笑，眼睛在灯下亮晶晶的，很是调皮的样子：“用我不便宜。他……用得起？”

田甜在心里默默吐槽：当然不便宜，你以前可是柳熙来！

“你可以拒绝。我养你呀！”田甜随口接道。

柳熙来笑了出来：“我不要，我要养你，阿甜。”

柳熙来放下书，问田甜：“不过在见那啥总之前，你应该帮我办张……身份证？”学位学历可以没有，但是身份证不能少呀，他刚从早期警匪片里看到办理

假身份证跑路的情节，有点跃跃欲试。

田甜愣了愣，想起来，单柔丝那里倒是有个亲戚专门办这些见不得人的证件。

“啊，我去找单妈妈？但是你确定你要叫田甜？”田甜有些啼笑皆非，这些时间，柳熙来坚持跟她用一个名字，搞得她每次叫柳熙来都跟叫自己一样。

“要不，改个别的？”柳熙来提议。

周二的时候，柳熙来得到了他的假证，证件上是平头的发型，看起来阳光又可爱。单柔丝尖叫了好几次，田甜让她再三保证，她才压抑住开心的心情。

“太好了，田甜啊，你苦尽甘来，柳熙来居然活着啊，但是他为什么不回去，难道要这么把自己的家产拱手相让？”单柔丝有些担心，大富豪的家斗故事她也看了不少。

田甜叹了一口气：“不知道为什么，他很抗拒治疗，也抗拒回去，我看他逻辑分明，身体也没有不舒服，想着算了，目前依着他，慢慢恢复吧，他在柳氏压力那么大，放一放假也是行的。

“在他恢复记忆之前，在他想回去之前，就把这段时间当作他的悠长假期也未尝不可。”

单柔丝拼命地点头。

“太好了，柳总还活着……”单柔丝突然哭了起来，朝着田甜伸出手臂，“太不容易了。”

田甜抱住了她，也流下了眼泪，姐妹两人，抱在一起又笑又哭。

单妈妈知道了，激动不已，还炖了汤托田甜带给柳熙来。单妈妈本来想要过来看柳熙来的，又怕失忆的柳熙来抗拒。

柳熙来喝着汤，看着新的身份证，觉得很有意思，身份证上写着“田鑫”。他读了读，突然大笑：“比你还甜这要怎么办，居然叫甜心。”

他失去记忆后，再也没有各种顾忌，跟田甜说话也毫无芥蒂，两人反而更加亲近了。

闻言，田甜也忍不住笑了起来。

周五，柳熙来终于戴着硕大的黑口罩去见了傅总。他提出了“三不”要求，架势比傅总还要高傲。

“我不加班，不出差，不出席人物众多的会议和场所。”

傅总一口答应了下来。

傅总很想看看柳熙来的能力，因为单凭田甜一张嘴，他还是放不下心。

傅总提出了好几个近期遇到的瓶颈项目，柳熙来微笑着，眼睛弯弯的，让傅总有一种作弊被抓包的感觉。

傅总的确是用面试的借口，在寻找突破口，然而柳熙来什么都不说，稳稳坐在那里，似乎就洞悉了一切。

“都很简单，要不要听？”柳熙来敲敲桌子。

“当然，很想知道怎么样突破，我也很苦恼，我孤军奋战至今，如果不是田甜，我还不知道有多焦头烂额。”傅总感慨道。

柳熙来突然严肃地说：“对，这也是我要说的，我可以帮你，但是你不能让她太累，她需要休息，我不加班，她也不。”

傅总顿时呆若木鸡：“那……”

柳熙来没有理他，而是把那几个难题侃侃而谈，或拟了计划表，或手写了突破口，甚至连可行的合作单位都替他写好了。

“看看，记住！我们不加班！”柳熙来用铅笔敲敲桌子。

傅总扫了一眼，突然觉得可能是上天派了个天神来帮助他，长久得不到解决的问题，居然在柳熙来手里就这么轻而易举地突破解决了。

傅总再也不犹豫了，斩钉截铁道：“对，你跟田甜都不加班，要加班，我去！”

这下柳熙来算是有了工作。

回来的时候，田甜问他：“傅总给了多少工资给你呀，会不会很少？”

柳熙来一副痴呆的样子，说道：“哦，忘了，我习惯给人开工资，没有问人要钱的经验。”

他就像是与生俱来就要负责花钱一般，从未担心过钱，流浪了一年，倒买倒卖也是津津有味，并未委屈自己。对于他来说，万事皆可有利可图，不存在饿死自己的事情。

钱，是个道具，也是个工具，用它要用得心情愉悦，这就是柳熙来的人生信条。

“要是给得不多，我不开心，我就让他吃点苦头，让他知道‘能用钱解决的事情都不是事’这句话的真谛，多简单的事情。”柳熙来很不以为意。

田甜翻了个大大的白眼，她真是被气笑了。

柳熙来即便是失忆了，没有了一切，依然也还是那个目空一切的“柳大爷”。

.2.

闻羡在医院又同高烧抗争了一周。

她这次烧得浑浑噩噩的，柳熙照心存内疚，闻至财得知了闻羡那天出门后的经

过，将一通怒火都发在了柳熙照的身上。

发怒之余，他顺带又塞了几个 P2P 圈钱的项目给他。

说起来，闻至财的项目并无可行之处，只是挂着柳氏集团的名义，拼命在外集资发放，比泡沫还泡沫。然而柳熙照一心在闻羡身上，又觉得自己亏欠，签了合同，便不管不顾。

闻至财迅速敛财，飞速吃了第一波好处，心知在柳氏也不能这样明目张胆继续圈钱，他是个细水长流卑鄙无耻的人，能够将坏人贪财的嘴脸藏得很深。

下一波圈钱，他看中了本市一些大中型企业。

他丢了计划书给好几家公司。

傅总也收到一份，他看了计划书后，心动不已，尤其是闻至财发了很大一笔，靠山是柳氏集团，这样的双赢靠山，让他觉得这项目大概是可以签订的。

他开了个紧急会议，把盈利方面说了一遍，又把 P2P 在全国的红火程度也概括了下，在场不少人都早已经耳闻了闻至财发了一笔财，听了傅总的介绍，心动不已。

散会的时候，居然一半的人投了赞成票，收上来的投票里面，赞成和反对的票各一半，很难有个决定。

傅总突然想到了柳熙来。

会议结束后，傅总捧着计划书召唤了本公司的“神兽”柳熙来大人。当然，他不指望柳熙来能够天天来上班，柳熙来每天把田甜送来以后，就消失无影踪。

柳熙来留了电话，有事情就会尽快赶来。傅总也不知道柳熙来在忙什么，柳熙来每次赶来都是一副疲惫的样子。

这次召唤他二十分钟就来了，柳熙来手里还提着豆浆。

“你去买豆浆了？”傅总很惊讶。

柳熙来挑挑眉：“田甜喜欢喝，我打算买了送过去的。”

难怪来得这样迅速。

傅总只能慈祥地陪着柳熙来把豆浆送到田甜那里。

田甜一副心脏病要发作的样子，在傅总慈祥的目光里把豆浆接过去了。

柳熙来同傅总回会议室的时候很不满：“你是用你总经理的身份让田甜不开心吗？”

“不敢不敢，我以后避免这样突如其来的露脸。”傅总惊得直摆手，深刻检讨。

不知道为什么，这位田表哥只要不开心，板起脸来，傅总就有一种被上位者瞪视的感觉。

柳熙来面色这才稍微好点：“她以前就这么胆小，现在胆大了点，还挺可爱，你这样吓她，如果吓回去了，我就不开心了。”

傅总又顺势指天指地保证不再这么有压力地关怀田甜，柳熙来才彻底脸色平和。

“今天叫我来是什么事呀？”

柳熙来这一周帮傅总把所有合同都审核了一遍，使得这个月的业务量翻了十几倍外，可做的项目还拓展了好几个领域，这让因病退下阵的老傅总很是欣慰。

老傅总称赞的电话打了十几个，大有安享晚年，把所有都托付给儿子的语气。

所以傅总对柳熙来更加敬佩，从日常的行为看，他就好像是柳熙来的助手一般，恨不得把所有东西都塞给柳熙来过目。

因为他发现，经商这种事情，除了运气，还真的需要很高的天赋，比如他的勤勉毫无起色，又比如柳熙来斜睨一眼合同，就能指出很多不合理的地方。

傅总小心翼翼取出闻至财的计划书。

柳熙来一看那个闻氏的标志就轻轻笑了一声，然后走马观花地看了看计划书，只用了五分钟不到就放下了。

“傅总，这份计划书我并不看好，你最好不要投资。”柳熙来很随意地说。

傅总很纠结地看了看柳熙来，又看了眼计划书：“但是闻至财前几笔都赚得很可观啊，跟他合作的也有几家，都红红火火的。”

柳熙来“哦”了一声：“可以合作，但是不要超过半年。”

傅总为难不已：“那我怎么能劝人家闻总只合作半年呢？你看看，要不帮我规避规避，我们还是合作？”

柳熙来叹了一口气，摇了摇头：“傅总，我看你其实已经决定了吧，其实我的意见并不重要，你只想从我这里求得心安吧？”

傅总像是做了什么决定一样，点点头：“对，我知道我们公司算不上很大的公司，虽然年代有些久，但是一直不温不火，我父亲扩展了不少业务，但是跟大公司比，还是欠缺的，我想在我手上把公司发扬光大。”

“所以我想试试。”傅总的眼神坚定而充满了期盼。

柳熙来点点头：“嗯，也可以，不过不要把鸡蛋放在一个篮子里就可以。”

傅总走的时候，柳熙来忍不住叹气。

晚间，田甜跟柳熙来走在街道上，他们彼此约定，每隔三天就互相请吃饭，而且必须是最接地气的苍蝇馆子。这次轮到柳熙来请客，他找了个老夫妻开的馆子。

田甜见他很少说话，有些奇怪地问：“阿来，你有心事吗？”对了，最近田

甜提议称呼彼此用小名，柳熙来破天荒地同意了“阿来”这个称呼。

柳熙来有些感慨：“我就是有点不舒服，明明可以看到未来的祸事，为什么还要因为眼前的利益执迷不悟去做这件事。”

田甜立刻明白了：“是因为今天项目的事情吗？”

柳熙来拍拍手：“不要提了，吃饭就该快快乐乐的，我不该把情绪带到吃饭上来。”

他同田甜自从相逢以后过得极为简单，不用烦恼，不用心累，每天吃喝玩乐，有什么吃什么，能达到哪个享受层次就享受到哪里，反而比以前更开心了。

“那好，吃饭要开心，旅游要恣意，生活要……”

“生活要随心！”柳熙来摸摸田甜的头。

他们坐下来的时候，老板夫妇递来了菜单，这里的菜单很特殊，都是寓意美好的名字。

天长地久，百年好合，并蒂莲开……

“很浪漫啊，这么老，还能这么恩爱。”田甜托着腮说。

柳熙来突然握住了田甜的手，把田甜吓了一跳。

“我们也可以呀，我守着你，一辈子都开开心心的，到老了都能笑出来。”柳熙来眼睛眨也不眨地看向田甜。

田甜的脸立刻就红了。

其实他们之间一直存有一块薄薄的纱，以前是不得已，现在是没机会挑开。

“田甜，我们也像他们一样好不好？”不太亮的灯光下，柳熙来眸色沉沉地看向田甜，他总觉得这句话，他想说很久了。

“做我的女朋友吧，下一次，你介绍我给别人就不可以是表哥！”他有些忐忑地看向田甜。

无数个画面似乎在记忆里翻滚着，他的心跳加速，似乎要蹦出胸膛，总是有悲观的声音告诉他：她不会同意的。

像是被拒绝过一般，他带着绝望在求爱。

然而下一刻，就像是圣音奏响。

田甜反握住柳熙来的手，流着泪笑着看他：“好。不过，这次，我想好好保护你，熙来！”

她居然同意了，她居然同意了！！！

柳熙来的脑海里只有这样一句话，他彻底傻了，极度兴奋令他大脑一片空白，笑着笑着，他突然用手捂住了眼睛。

老板亲自来上菜的时候，被田甜和柳熙来吓了一跳。

这两个人面色潮红，双手交握也就罢了，最可怕的是两人都泪流满面，哭得直抽。

“发生了什么吗？是哪里不对，还是……小店照顾不周？”老板吓得手都抖了。

柳熙来很开心，他迫不及待地想要跟所有人分享自己的喜悦。他抬头看老板，露出个傻兮兮的笑容：“不是，老板，我……我告白成功了。”

“那也太美好了！我这就跟我老伴儿说，今天是个美好的夜晚！预感真强！”老板是个纯粹而简单的人，听见柳熙来的喜讯，居然从心底为他开心，自作主张地在菜单上又加了个长长久久的软兜和花开四季的甜品。

除了傻笑，柳熙来只会傻笑。

两人放下了心里由来已久的沉重包袱，这一餐吃得酣畅淋漓。

临走的时候，老板给两人拍了一张合照，挂在了姻缘墙上：“这很有意义的嘛，过了五年，十年，二十年，或者老了，你们都可以来看看。我们的小馆，就算我们百年以后，都还依然会开门，或许以后是单纯的休憩的地方，或许变成了茶吧，都是可以的，姻缘墙我们不会撤。”

那墙上都是来吃过饭的情侣的照片。有些分开了的，扯下了照片默默离开了，很快就有新的情侣照弥补了缺失。

“留下来的，都是经过岁月沉淀的爱情，百转千回，经得起折腾，才是完美，不要惧怕磨难呀！要学会共同经历面对！”老板娘感慨道。

回来的路上，柳熙来牵着田甜，前所未有地满足。

“我给你说个故事，我这几天梦到的。也不完全是故事，可能是我小时候的事情吧。”柳熙来突然顿住脚。

田甜抬起头，有些好奇地看他。

“什么故事？”

柳熙来沉吟了一会儿，突然开口：“我梦到我去看你，你那时还很小，梳着马尾辫，面色青紫……眼睛还是很好看。”

田甜沉默下来，过了半天，回答柳熙来：“你怎么知道的？我小时候的确得过青紫病，治疗了很久才好起来。”

“是啊，我梦见我极为白痴地追着你问，到底要怎么样才能跟你一样炫酷。”柳熙来自己都笑了。

“后来，你踢了我一脚，我觉得你瞪眼睛的样子好可爱好美丽。

“其实想一想，你那时候的样子，绝对算不上好看，但是不知道为什么，我

一看到你愤怒的眼睛，就觉得惊艳。”

田甜瞪大了眼睛看向柳熙来。

她想起来了，很久以前的一天，她哭得不能自已，因为属于她的幸福世界彻底崩塌：母亲过世了，自己得了青紫病，父亲查出了肺病，一切都变得很灰败。

母亲的抚恤金没有发放下来，还经常有人来她家附近捣乱。

她记得那天来看他的小哥哥后来又跟着父亲来了一次，带了一个大大的包。

大人们在说话，小哥哥将手里的包塞给她，对她说：“每个孩子都该快快乐乐的，好小孩不该一无所有。”

包里面有吃的喝的，还有她合身的衣服，她瞪着一双眼睛不知所以。

寒风里，小哥哥看她瑟瑟发抖，展开双臂抱着她：“你看，就算是妈妈不在了，也总有人为你挡风遮雨。我的妈妈也死了，我会选择更加坚强，等我成长起来，要做为所有人挡风遮雨的人。我们不能因此软弱下来，我们要更强，亲人们才会忘记悲痛，有所依赖。”

她听不懂，但是却明白彼此都是失去母亲的人。

后来，小哥哥还夸赞她是天下最好看的人。

“你很漂亮，眼睛最漂亮，像是天上的星星，不要哭，要多笑一笑。你笑起来，眼睛里面的星星都在闪烁。”

后来，小哥哥走了，她在包底看到厚厚一沓钞票，这是救命的钱，如果不是这笔钱，田泽早就死在了那个冬天。

她记得，田泽也记得，但是对于柳家的憎恶，让他们刻意忘了这些。

“那真的是我！”田甜咽了咽口水。

柳熙来扭头看她，眼神温柔：“是，那不是我们第一次见面。”

田甜眼睛都亮了：“你都记起来了吗？”虽然她不知道之前他们还有什么交集。

柳熙来摇摇头：“小时候的事情，做梦时会断断续续地闪现，不完整。”

他仰头看了看天空，天空一片漆黑，只有一颗星星一直在坚持闪烁，似乎伴随着两人在行走。

“田甜，你信不信，我第一次见到你的时候，以为自己看到了天使。”

田甜抬头一同看向那颗星星。

“我在更久之前，在你妈妈过世的前几个月，就见过你。”

田甜一脸迷茫。

“那时候你还很小，我被他们抓去了通乡，你偷偷来看我，听见我在里面因为挣扎被打嘴巴的声音，跟阿姨说，好孩子不该被这样绑着。阿姨心存不忍，假装看不到你来偷偷递吃的给我。

“我在地窖里面，黑漆漆的，你看不见我，又害怕又怜悯，把自己的晚饭偷偷包了给我递过来，还给我唱了儿歌。

“我那时透过缝隙，看到你一双圆溜溜的大眼睛，干净纯粹，像是天使的眼睛，我就记住了，总觉得自己是被天使眷顾的人，应该不会继续糟糕下去。”

田甜极力回忆，终于有了印象，这也是她不愿意回忆的过往。

成年以后，她也说不清母亲和坏外婆那一年做的事情，总觉得她们当初做的是为自己三观不容的坏事。

“你被我妈妈和外婆抓了？”她鼓足勇气问道。

“她们只是错了一点点，我的亲人们，也只是错了一点点，坏人不是她们。”柳熙来挑挑眉，伸手一弹田甜的额头。

田甜吃痛，倒抽了一口气。

“不许瞎想。”柳熙来命令她。

“田甜，很多时候，我们不必把别人的错误背在自己的身上，你太善良，也太过自觉地承担一切，你知道太多不好，我只是告诉你，阿姨没有错，错的是别人。”柳熙来放柔声音。

其实很多年来，他每每梦到那个黑暗的地方，那些凶神恶煞的人，总是会出现一双大而圆的眼睛，像是天使一般温柔地默默注视他。有了这双眼睛，他即便是在梦里也不会害怕。

他难以忘记，成年后，第一次重逢时，看到那双惊恐瞪大如同小鹿般的眼睛时，他有多感激上苍再次将他的天使、他生命里的光彩送至他的身边。

.3.

闻至财的合同，傅总还是签署了。

不过，他听了柳熙来的话，划分了独立的公司，不以自己公司的名义，以独立公司名义参与投资。

闻至财这段时间很是得意。

他经手的项目，有了柳氏集团的牌子，稳妥了不少。

趁着柳熙照去G市出差，闻至财将闻羡从床上骂起来了。

倒不是他关心闻羡的身体状态，而是得知最近他极力想接近的王总的儿子王兴一直暗恋着闻羡。王兴借着父辈谈合作，斗胆提出要和闻羡约会。

闻至财当然投双手赞成的票。

闻羡因为反反复复低烧，身体免疫力差到风吹草动都会跟着摇摆。

然而闻至财根本不会想到这层，他和王家商议了好几个套，打算大赚一笔，把风险再次转嫁给柳氏，金蝉脱壳重新注册个公司，再次上市。

闻至财从来也不看好柳熙照，本来想要将闻羡许配给柳熙照，最起码能够掌控柳氏这块肥肉，然而柳熙照虽然顺从地签下几个合同，后期再推进又是艰难万分了。

他从商以来，很少这么低声下气地求人，尤其柳熙照还是以前不被他看好的小辈，心中一气，自然就把目光投注到外省的王家了。王家的规模在全国也算大的，只要联姻，百利而无一害。

最起码对闻至财来说是这样的。

所以闻至财绝对不能得罪王家的这个独子。

王家独子有要求，他当然要巴巴地把闻羡送去了。

“爸爸，我胸闷得很，可以不去吗？”闻羡勉强下地，一阵天旋地转，她知道自己身体这么差，其实心理因素更重要。

她以为自己放下了，余生要为自己过活，然而看到了相似的身影，却又那样伤心。原来那道内疚的伤口一直未愈合，不碰它，她便以为它已经愈合了，一旦不小心碰到了，疼痛便甚于以往。

她因此伤悲，却又不能外露，憋在心里，一日复一日地发烧。

她觉得自己连呼出来的气息都是滚烫的。

“有多大的事情？不就是发烧吗？谁还没发过烧？不要学人家矫情的女人，你是我闻至财的女儿，要坚强点，知道吗？”闻至财在打着领结。

今日闻羡同王兴约会，他同王总去打高尔夫。

两个地点，同时进行，他就不信缔结不了兄弟情义。

闻羡捂住胸口，那里针刺一样地疼痛。然而她看看欲言又止的母亲和跋扈异常的父亲，有一种想要砸掉所有东西，离家出走的冲动。

最终，她还是叹了一口气，去默默洗漱了。

这次跟妆师给她上了浓厚的粉底，可是粉底也遮掩不住她满脸的憔悴和枯竭的样子。跟妆师很为难地说：“妆太重不好，但是妆淡了又挡不住，怎么办？”

闻至财听到这话，转过身，冷笑了一声：“那就上厚厚的粉，挡一挡满脸的衰样。闻羡，你看看你现在什么样子，好好的颜面，都给你自己糟蹋了。”

化妆师吓得赶紧给闻羡涂了厚厚一层的粉底。

闻羡不愿意穿得太张扬，穿了件以往喜欢的米色风衣，然而近一年瘦得瘦骨嶙峋的，穿着风衣的她像一抹游魂。

“难看死了，去换掉。”闻至财一看见闻羡的打扮就发作了。

“穿个红裙子，这么寡淡去哭丧？人家约你，是给你脸，你要穿丧服打人家的脸？晦气死了！”闻至财很生气，拂袖直接进了客厅。

接他们的车已经到了。

闻羡勉强支撑着，挑了一件桃粉色的衣裙换上去，桃粉色将她憔悴的面容衬得更难看了。

闻至财看了一眼闻羡，知道时间不够，气呼呼地上了汽车。

“什么鬼，一副要死的样子，你要死也死在我签约以后，懂吗？”闻至财上车后恶言恶语。

闻羡木然地坐着。

手里的手机振动了一下，闻羡打开，是柳熙照发来的信息，他出差的地方海阔天空，天空蔚蓝，陆地青葱，入眼很舒服。

“如果去不了广阔的地，那就看一看广阔的图片，一定要敞开胸怀，一定要令自己内心强大起来，我们不为任何人活。熙照共勉。”

闻羡抿紧了唇，一滴泪落在“熙照”二字上。

不知道为什么，她突然觉得内心轻松了很多，终归有个人，不论在何地，都会心心念念地挂念她。

她眨眨眼睛，把泪水眨掉，飞快地回复了熙照：“坚强，坚毅，宽容，我们为自己而活。”

她又觉得心里来了点力量。

车子拐了几个弯儿，到了今天要去的地方。

王兴突发奇想，想起多年前闻羡打马恣意狂奔的样子，突然觉得似乎将约会地点设在马场也是极好的。

王兴一时兴起，也不去问闻羡身体状况到底怎么样，就私自做了决定。

马场门口，闻至财坐在车里阴恻恻地吩咐闻羡：“你今天好也好，不好也好，给我快乐地纵马奔腾起来。我送你去国外学习，让你学马术，不是让你病恹恹地在家做大小姐的。”

闻羡木然地看着闻至财，从未觉得自己的父亲这样的凉薄。

她不再说什么，将手机放入口袋里，让开车的助理小弟帮自己把骑马服给提上。

她连一刻都不想再看闻至财一眼。

如果有一天，她有了机会，她一定会远离这个家，她不亏欠任何人的，这些年，作为闻至财的漂亮女儿，她付出的未免太多了。

闻羡如同骄傲的孔雀，仰着头，大步进入了马场。

王兴早就候着了，看见一袭桃红进了马场，心脏为之狂跳。等到他心心念念地狂奔过来，一看见堆满了粉底，满脸憔悴的闻羡时，心差点凉了。

这是他心目中念念不忘的女神？

怎么会憔悴如此，怎么会瘦骨嶙峋？那恣意而骄傲的气质，圆润得体的身材都去哪里了？

他心冷了，语气也冷了下来：“哈，闻小姐，你来了，去换骑马服吧，待会儿还有几个朋友要来呢。”

闻羡斜睨了王兴一眼，不卑不亢地应了礼节，在工作人员的带领下换好了骑马服。

她虽然憔悴，虽然发着烧，但是她骑上马背的一刹那，那个恣意而又优雅的闻羡又回来了，依然夺人眼球。

今日是傅总公司团建的日子。

他心情极为愉悦，因为在平台上收益了一笔，很是开心。

开会的时候，他把中层精英全部聚集了，决定好好犒赏一下一直以来陪他辛勤奋斗的员工。

破天荒地，柳熙来居然也应邀来开会了。

公司新入的中层和遗留的个别元老，都知道傅总请了个智囊。很多疑难问题都是这位年轻人解决的，然而很神秘的是，这位青年从来不参加公司的任何活动，会议也不曾参加过一次。

神龙见首不见尾，也不见他会安分地待在自己的办公室里。

这次团建聚会的会议他倒是来了。

柳熙来进来的时候，戴着个大大的黑色面罩，穿着件淡灰色的圆领毛衣，十分年轻的样子。

他进来后也不说话，只是安安静静地坐在了田甜的身边。

田甜有些不好意思，介绍道：“我表哥田鑫。”

所有人发出善意的笑声，不得不说，田甜和田鑫这两个名字很有些意思。

傅总简直喜极而泣，他原本以为这位大佬不会来了，结果不但来了，还如此乖顺地坐着。

“这段时间，我们完成了许多令人焦头烂额的项目，回忆过往，都是大家的辛勤劳动才能支撑我们公司的前进，只工作不娱乐，不是我们的作风。

“所以这次团建，我车子也约好了，骑马服也统一定制了，待会儿我们就去青青草原纵马放松去！”

傅总很开心。

田甜有些害怕，悄悄问柳熙来：“我……我不会骑马，要不要去？”

柳熙来问道：“那你想去吗？”

田甜满眼冒光地点点头：“想试试。”

“没事，不会有我！”柳熙来拍了拍田甜的手背。

出发的时候，柳熙来给田甜用保温杯装了一杯温水。

助理沙美有些疑惑不解，走到柳熙来旁边提醒道：“田鑫经理，车上会发水。”

柳熙来“嗯”了一声，继续用手测着水温，把另外一个壶也装满了。

上车前，沙美去厕所补了个妆，看见田甜翻着包，突然恍然大悟：“田甜，你是生理期呀。”

田甜有些不好意思地点点头。

“我天，我终于知道你表哥为啥打了两壶温开水，还帮你把水温试好了。这要是男友，绝对一百分啊！”沙美感慨。

田甜的心一下子被甜到了，她都不知道柳熙来是怎么知道的，但是她知道，柳熙来一直在用自己的方式默默关心着她。

上车的时候，柳熙来把发的矿泉水塞入了包里，把手里的保温瓶塞进了田甜手里：“喝点温水，对身体好。”

田甜的脸红了，用食指勾了勾柳熙来的食指，两人偷偷对视，甜蜜地笑了。

傅总一抬头，看见含情脉脉对视的两个人，吓得立刻把头低下来。

这是怎么回事？！他用他地中海秃顶的聪明脑袋也想不明白，难道田家自产自销？！基因能完美吗？万一生出个傻子，岂不是辜负了田鑫聪明的脑袋？

傅总一路心事重重地想着，甚至把一代一代傻子的基因相传的事情给脑补了。

最后，傅总得出结论，于友于长辈于上司，他都要好好跟这两个人沟通下……还是跟田甜一个人沟通吧，柳熙来犀利狠戾的眼神，他觉得自己是扛不住的。

有了这个想法以后，傅总便如坐针毡，总是找借口接近田甜。

总是被破坏二人世界的柳熙来越发暴躁，他的眼神越来越冷……冷到傅总快要打消念头了。

今日马场稍显热闹，除了傅总公司的人，还有王家的一众人。

好在场地是分开的。

王兴有些不开心，用马鞭指着隔壁的一群人，很不开心地问经理：“什么乡下土鳖，怎么整的，今天不是包场吗？”

马场经理胆战心惊地说：“是……是包场，我们这里是一个完整的包地，隔壁是别家的，不属于我们管。”

王兴低低骂了一声，扯过经理的领结，用马鞭指给他看：“别家的，那栅栏这么矮？马蹦得过来，人也蹦得过来！”

经理一路讨好赔笑。

好在王兴带来的嫩模娇滴滴，嫌烦，王兴极力讨好嫩模，也就不再追究了。

闻羡感知自己的体温越来越高，但她依旧骄傲地骑在马背上，不发一言。刚刚她去换骑马服已经把粉底都给洗干净了，微风吹过她的脸庞，她居然有一种生机勃勃想要焕发的感觉。

她轻轻拉着马缰，轻松地绕着马场走了一圈。

优雅的坐姿、挺拔的腰板和处乱不惊的气质，让她成为场地上最靓的焦点。

嫩模没有骑过马，嘟着嘴抱怨：“王总，我要跟你坐一匹马，我害怕啦！”

王兴抬头看开始迎风小范围跑起来的闻羡，再也挪不开眼，是了，就是这个感觉。两年前，他在国外的马场，看到了优雅而高傲的闻羡，只是一眼，便再也忘不了了。

他完全无视了嫩模叽叽歪歪的声音，一把将那妹子推开了。

“别烦我，今天你是工具人，知道吗？！啥叫工具人，就是激化我跟闻小姐的推动剂，知道吗？”他板下脸。

嫩模在心底骂着，脸上却换了一副笑容：“是的是的，一定竭尽全力撮合王总和闻小姐。”

王兴已经懒得跟她扯皮了，骑着马朝闻羡走去。

闻羡的速度并不快，他很快跟了上去。

“闻小姐，你骑马的样子真好看。”

闻羡笑了笑：“已经谈不上好看了，病了快一年了，免疫力低下。”

王兴恍然大悟：“难怪看你很憔悴，最近还好吗？”

闻羡有些不以为然地笑了笑：“这不是王总邀请嘛，不好也得好了。”她压根儿没有应付王兴的心情，之前她就想过了，闻至财让她来，她来但是不应付，做自己想做的事情。

王兴碰了一鼻子灰，但是又觉得闻羡言语有力，驳得他很开心。有些人就是这样的，你客气对他，他就看不上，一旦被回驳了，又觉得有趣，必须去征服。

是的，他现在重新燃起了征服闻羡的心。

田甜和柳熙来领了骑马服后便去换了。

这次定制的骑马服有些复古，藏青色的天鹅绒打底，领口坠着珍珠，胸口有十二道长而闪亮的丝绒纽扣，彰显出中世级欧洲贵族的华贵，非常好看。

柳熙来的身材瘦长，穿上骑马服以后，犹如中世纪的王子。他固执地戴着口罩，却更加增添了一股神秘气息。

公司的女职员都很好奇，私下偷偷问田甜。

“阿甜，你表哥为啥一直戴着口罩，是不是因为他不好看？他长得帅吗？”

“哎哎哎，肯定帅啊，你看他的身材，腰细腿长，皮肤又白，一定是个帅哥！”

“你表哥有女友了吗，给介绍介绍呗！”

“啊，阿甜，你让你表哥褪了口罩呗，别害羞啊。”

田甜结结巴巴地解释：“我表哥，他有过敏鼻炎，必须戴着，必须戴着。”

她一抬眼，隔着人群看到身姿挺拔的柳熙来朝她抛媚眼，一下子脸就红了。真是的，男朋友这么撩，怎么办？

好在对骑马的热情很快打消了各位女士的好奇心。

每个人都分配了一个教练，开始是由教练牵着马匹，缓缓绕着场地前行，熟悉了一切应该掌握的事宜以后，可以小范围慢跑。

负责教田甜骑马的教练刚走过来，柳熙来就阻止了教练：“没事，你去辅导其他人吧，她由我来教。”

教练很不开心地说：“可是我们是有责任的，每个人都有对应的学员，而且我们都是有证书的，不可以随便让人顶替。”

“我也有证书，比你更清楚怎样掌握好一匹马。”柳熙来挑挑眉头。

教练一脸不信，还顺带翻了个白眼：这种喜欢在妹子跟前卖弄的小白脸，我看得多了。

柳熙来打了个响指，跳上了田甜的马，用腿夹了马的肚子，那马便兴奋地跑了出去。他的速度很快，还在马上做了不少高难度动作，引得公司的少女少妇们捧脸尖叫。傅总很感慨地摸了摸自己的秃头，有点羡慕嫉妒恨。

柳熙来绕着场地骑三圈，姿态优美，神情甚至有点倨傲，他高高坐在马背上，俯瞰众生一般看向众人。

最后一圈回来时，他挑眉看向教练。

教练摆手道：“行吧，你厉害，你负责教她可以，但是你得签个免责声明，我就让你教。”

柳熙来提笔就写，字迹优美，带着一贯的硬朗。

马场开始预热时，田甜已经在柳熙来的带领下，能够自己骑着小马驹小幅度地快跑了。

“骑马好玩吗？”柳熙来跟着马儿跑，生怕马儿撅蹄子摔着田甜，一刻也不敢松懈。

田甜大笑，声音是少有的开朗清脆：“很好玩儿，非常刺激。”

看见田甜开心成这样，柳熙来露在口罩外的一双眼睛弯成了月牙，还很开心地拍了拍田甜的腿。

沙美还在教练的教导下以龟速前进，看见柳熙来这宠溺而帅气的样子，捧着脸花痴道：“我也想要一个田表哥。”

教练很严肃地训她：“抓住，不要松手，不要东张西望。”

沙美垮下脸，十分不开心：唉，一点浪漫的情绪都没有。

经过同隔壁马场衔接的栅栏处时，柳熙来一抬脸，突然愣住。

隔壁的马场上，闻羡一脸憔悴，挺拔的腰板逐渐松懈下来，应该是有些疲惫了。

然而王兴依然大笑着提议：“闻小姐，我们再跑两圈啊，我觉得你骑马的样子太帅了。”

闻羡疲于应付。

王兴又提议：“闻小姐，我们共骑一匹马呀，你要是累了，还能靠着我。”这话说得未免太唐突了。

闻羡瞪了王兴一眼，努力直起腰板，打起精神，将马鞭抽在马身上，加快了速度，硬生生地把速度不慢的王兴丢了半圈在后面。

柳熙来牵着田甜的马慢慢地停在栅栏那里。

“是闻小姐啊。阿来，我记得她，她是你的小妹妹呢！你很是爱护她的。”田甜记起来，闻羡同柳熙来感情很不错。

柳熙来“嗯”了一声，抬头看田甜：“我感觉很不好，她似乎生病了，而且你看，同行的人在向另外一个同伴使眼色。”

田甜看去，果然看到了王兴同嫩模使眼色。

“阿来，怎么办，闻小姐会吃亏吗？”田甜很焦急。

“你去帮帮她啊。”田甜看见嫩模伸手从包里掏出个什么，虽然看不清，但是绝对不是个好物。

柳熙来伸手，田甜会意，顺从地被他从马上抱了下来。

“我去跟着她跑一圈。”柳熙来眼睛盯得紧紧的，不知道为什么，他总有不好的感觉，闻羡离那妹子越近，这种感觉越甚。

“嗯，你去吧。”田甜十分担心。

柳熙来纵身上了马，骑着马在场地疾驰了一圈，突然一跃，从隔着的栅栏跃了过去。

马场经理心脏病都要犯了，指着柳熙来尖叫：“不不，不可以，那不是我们的场地。”

然而下一刻，他停止了叫声，因为他看见柳熙来纵马过去，把即将坠马的闻羡给捞了起来，抱在怀里妥妥地停住了马。

“你向马丢了什么？！”柳熙来气愤地怒指嫩模。

是了，刚刚她丢了边角锐利的小发卡，她只是想让马儿受到惊吓，从而让王兴英雄救美，但是不论是王兴，还是嫩模，都高估了自己的技术。

当闻羡的马儿受惊后，闻羡从马上颓然倒下时，没有一个人能够接住她。

如果不是柳熙来，相信闻羡此刻应该不仅仅是受伤了。

见王兴想要靠近，柳熙来纵马直接呵斥了他：“别过来，我有理由认为你们合谋伤害这位小姐。”

王兴差点脏话三连。

他激动得要向柳熙来挥拳，然而下一刻，他就被柳熙来打倒在地了。

“你也配打架？！”柳熙来下马一拳就把王兴打飞，并且气势汹汹地把他从地上揪起来，直接用自己的额头撞得王兴鲜血淋漓。

王兴吓得一路小跑，仓皇地从马场小门跑了出去。

柳熙来得意扬扬，转头看向闻羡，却发现闻羡一脸泪水，怔怔地看自己。

“闻小姐，你还好吗？”他问闻羡。

闻羡不答话，伸手要去扯柳熙来的面罩。

柳熙来迅速躲了过去。

“你是，熙……来哥……”大惊大喜之下，闻羡再也扛不住，身体软软地瘫下去了。

昏迷之前，她在心底猛喊：不要昏迷啊，我看见了熙来哥……

柳熙来，真的归来了！

.4.

柳熙来在回去的路上，一个人靠着车窗一声不吭。

“怎么了，你还在生那个死胖子的气吗？”田甜握住他的手。

柳熙来回过头来，深深看了一眼田甜，突然叹了一口气。

“不关那个家伙的事情，我只是难过。不知道为什么，我觉得闻小姐变成那样子，是因为我。”

闻羡从前是个身体很好的女孩子，她很注重锻炼，她同那些富家宅女不一样，她活力，优雅，虽然家境富足，但是从来不娇气。

现在的闻羡瘦得眼睛都凹了进去，让柳熙来很难过。他虽然有些事情记不得了，但是潜意识里知道闻羡以前不会这样体弱。

“阿来，你要是想去看闻小姐，我们可以偷偷去看。你要是愿意恢复身份，可以直接帮到她，我陪你去吧。”田甜提议，但是说出这些话的时候，她突然很害怕。

阿来是她的，但是柳熙来是大家的。

她很怕柳熙来回归柳氏集团，自己就会失去他。

柳熙来眼睛一瞄，看到田甜的表情，突然就笑了，捏了捏田甜的手：“回归柳氏和看闻羡是两码事，而且闻羡有自己的家庭，我看了也未必能够帮她，只要她安全，远远看着就好了。”

田甜抿了抿嘴，不知道要说什么。柳熙来张开胳膊，把她圈进了怀里。

沙美看得眼睛都要凸出来，她一扭头，发现傅总也一副心脏病发作的样子看着两个人。

见傅总一脸太刺激了的表情，沙美用口型对自己的老总说：傅总，这也太禁忌了吧！

傅总一瞪眼，示意她闭眼睡觉。

知道太多不好，尤其田鑫这么凶残的人。

傅总刚刚看到田鑫一拳打飞王兴，用铁头砸破对方额头，还面不改色的样子，他突然就明白枭雄是什么样子了。

以后看小说，他觉得他会把田鑫同志的形象代入每一个枭雄身上去。

太可怕了，不要多管闲事，保命要紧。

在这样的默契下，全车的人都静悄悄的，没有一个人敢偷看甜蜜的两人，大家假装或者真的睡着，整整两个小时，没有一个人说话。

寂静的病房，只有仪器的声音。

仪器偶尔嘀一下，把整个病房衬托得更加冷清寂寥。

闻羡就躺在那里，肤色苍白，眉头紧皱，她一直高烧，刚刚才降下温度。

柳熙照连夜赶回来了，他很累，累得连胡子都没有刮。

他没有想到，闻至财居然为了利益，把闻羡消耗成这样。

他为了闻羡，和闻家签署的合同里有暗坎他都没有提出来过，结果，闻至财趁着自己去外地，就把闻羡折腾成这样。

心疼和懊悔席卷了柳熙照。

“闻羡，我们结婚吧，好不好？你嫁给我，就能从闻家解脱出来了是不是？”柳熙照轻轻握着闻羡的手，无力地将额头靠在了闻羡的手背上。

闻羡的手指动了动。

柳熙照猛地坐直了身子，十分紧张地看向闻羡。

缓缓地，闻羡打开了眼帘，她眼睛居然是晶亮晶亮的，不同于以往每次昏迷醒来，她似乎找到了信心和支撑力。

她模模糊糊地看到了坐着的年轻人，梳着熟悉的大背头，一身西服，端端正正地坐在那里。

她又惊又喜，拼尽全力握住对方的手，竭力喊道：“熙来哥，你回来了吗？”

柳熙照愣了愣，而后心疼地回握住了闻羡，他的声音很低：“阿羡啊，是我，柳熙照。”

闻羡怔怔地看了看柳熙照，突然开心地笑了起来：“不是，熙照，我跟你说，我看到了熙来，是熙来救了我。真的是熙来，那个感觉，不会错。”

她许久没有这么畅快地笑过了，笑着笑着，突然就咳嗽了起来。

柳熙照替她放了一个枕头在身后，倒了温水，以手背试了水温后递给她：“不管是不是他，你先把身体养好啊，他看到这样的你不会开心。”

闻羡接过来，笑了笑：“我昏迷前，似乎还看到了田甜小姐，他们站在一起，很般配。”

柳熙照替闻羡拍枕头的手僵了僵。

闻羡看到柳熙照愣住的模样，叹了一口气：“其实，熙照，我早已经释怀了，只要熙来哥活着，我就祝福他跟田甜。”

柳熙照也叹了一口气：“闻羡，其实……你会不会是太过思念……”

他话还没有说完，闻羡就直接打断了他：“不是，我确定，一定是熙来哥。”

她撑起身子，向柳熙照说：“要不你去马场问一问，仔细调查下，总有真相，我也很累了，想要一个结果。”

柳熙照“嗯”了一声，又问闻羡：“闻羡，我们……结婚吧？我不想你再留在闻家了。你在闻家看似风光，实则太苦了。我是外人，无法干预，可是如果你嫁给我，我一定把你宠得像个公主。”

他鼓足勇气把这话说出来了。

闻羡愣了愣，突然就笑了。

“好啊。”

柳熙照在这个瞬间，心跳如擂鼓，他以为自己幻听了。

“为什么你会同意？！”他问了一句近似白痴的话。

“熙照，人非草木，我其实有细细想过，熙来哥哥一直是我心中会保护我的那个哥哥，喜欢也只是基于被保护。田甜小姐出现后，我短暂地伤心过，但是我发现，我竟然觉得熙来哥哥幸福，我就会很开心，所以尽管悲伤，但是我心里是替他开心的。

“这次我遇到危难，从马背上坠落的最后一刻，竟然满脑子都是你。我在想，熙照如果看到我这个样子死去，会不会很难过，那我宁愿让他不知道我的死状，以免让他太难过。

“我突然意识到，或许在不知不觉中，我已经喜欢上你，而我们太熟悉，彼此都没有察觉。总有天意告诉我们，心里正确的选择吧。”闻羡微笑着。

柳熙照激动得不知道要说什么，他站起来又坐下去，又站起来挥动手臂，转了个圈，突然扑过去，把床上瘦弱的闻羡给抱住了。

“谢谢，谢谢，谢谢……”他不知道自己要谢什么，只是无措地说着。

闻羡笑着摸了摸他的头发，回手抱住了他。

病房里面一片甜蜜。

柳熙照最终还是去了马场，他看到了那天排班的名单。

闻羡说得没有错，有田甜，还有田鑫……

马场经理回忆：“对啊，就是这个田鑫把闻小姐救下来了，他骑术可好了，我们这里的教练说，他要独自教自己的表妹，还上马展示了骑术。”

柳熙照觉得有些奇怪：“田甜小姐的表哥？”

马场经理耸耸肩，表示再多的信息也不知道了。

柳熙照去了傅总的公司，不巧的是，田甜调休，今日没有来。自从柳熙来出事以后，柳家的人都很逃避追问田甜的下落。

至此再次打探，恍如隔世。

傅总受宠若惊地接待了柳熙照：“柳总，你有什么问题尽管问我呀。”

柳熙照站起来环顾了下公司，觉得柳熙来这样骄傲的人，不可能屈居在这么一个小公司。他突然觉得闻羡是不是因为看到了田甜，所以理所当然地把田鑫视为柳熙来。

柳熙照叹了一口气，转身问傅总：“你们公司的田鑫，请问有他的资料吗？”

傅总突然心中一咯噔！来了，一定是田鑫太优秀，柳氏集团来挖墙脚了！他突然觉得自己必须振作起来，不能畏惧大企业领导的威严而损失优秀的员工。

这么一想，他谄媚的态度立刻就变了，刹那间，就有了风骨，语气都不卑不亢起来：“哦，田鑫啊，他资料很简单，中专毕业，学历不高，因为田甜小姐的工作态度，让我们觉得田鑫一定也是个很好的青年，他刚从乡下上来，我们提供了一份助理的工作给他。”

柳熙照目不转睛地看着傅总，然而傅总一旦有了坚持的信念就变得坚定无比，居然敢于直面柳熙照。

“请问，有没有田鑫先生的照片？”柳熙照问道。

傅总愣了愣，有些为难地说：“你知道的，柳总，我们调取档案比较复杂，毕竟是小公司，这样吧，晚些时候我把资料给你传真过去？”

柳熙照点了点头，主动同傅总握手：“今日多谢。”

柳熙照走后不多时，傅总召集了公司里修图最好的几个人，他坐在会议室以如临大敌的姿态吩咐大家：“柳氏集团看中了我们公司的智囊！想要撬墙脚过去！！！你们说能不能忍？”

“啊？！”所有人都爆发出愤怒的质疑声。

只有慢半拍的小舟回答：“不能！忍！”

傅总很生气，斥责小舟：“说话不要分开说，大声告诉我，能不能姑息这种事情？！”

“不能！”这下所有人的情绪都被调动了。

而后大家齐心合力，硬生生地用公司男同胞的五官拼凑了一个并不存在的田鑫同志。

身高定位在一米六五，还微胖，五官平平无奇，学历中专毕业，当然，他们查了好久，在遥远的某个城市，还真有个田鑫。

那五官拍摄得模糊，但是接近拼凑的人。

真乃天助！

大家把资料完善了，又粉饰了，再修了图，最终赶在五点前把图像给传过去了。

柳熙照默默看着传来的资料，陷入了沉思：是什么理由让闻羡把这么个丑陋的人视为我英俊潇洒的大哥的？

他没有半刻犹豫，直接把资料给闻羡传了过去。

传真机的另外一边，闻羡捏着资料，也陷入了沉思。

她脑补甚多，在脑补了两小时以后，她突然得出了结论。

“熙照，我觉得当时应该是熙来哥哥的灵魂附在这位小哥哥身上，我陷入险境时，能够看到平时肉眼不能看到的东西，所以，救我的应该还是熙来哥哥！”闻羡认真地回复。

过了五分钟，柳熙照忍不住回了她一条：“闻羡，我觉得你可以去做编剧。好莱坞缺少你这样的人才。”

闻羡气得回了个猪头表情给他。

柳熙照生怕闻羡伤心，打了电话给她：“闻羡，你不要伤心。”

出乎他的意料，闻羡的口气还算轻快。

“我不伤心，熙来哥哥希望我好好活着，我就好好活着，不辜负熙来哥哥的心意，逝者已矣，我的确不该沉浸在过去，我要活得更好，带着熙来哥的那份快乐活下去。况且，我还有这么好的你。”

柳熙照的心都微醺了。

挂了电话，他脸上的笑容都无法抑制。

然而城市的另外一端，柳熙来还不知道自己的形象已经被重新定位了。

他之前在田甜的陪同下偷偷去了医院。

透过门缝，田甜看见柳熙照抱住了闻羡，开心得弯了嘴角。

柳熙来的表情也放松不少。

两人从医院回来后，柳熙来感慨道：“不知道为什么，心里抑制不住地轻松和快乐，总觉得一切都归于平静。”

田甜也很开心：“是的，闻羡小姐能够好起来，是最好的。”

柳熙来偷偷看向田甜，觉得心里甜得不得了，田甜是他见过的最可爱最纯粹的女孩，他关心的人，他在意的人，她会比他更加紧张。

因为她知道，一旦他在意的人受了伤，他会难过。

他原本以为自己顾不上田甜去救闻羡，田甜会吃醋，然而田甜在意的是闻羡的安危和心情，田甜知道柳熙来当闻羡是小妹妹，还陪他来一起偷偷打探。

“你在看什么呢？”田甜看到柳熙来停住了脚，痴痴呆呆地看向自己，有些不好意思。

柳熙来张开胳膊，撒娇道：“阿来头疼，阿来要抱抱。”

这是柳熙来最近新发现的招数，只要他说自己有任何不舒服，田甜就会像个小姐姐一样，很紧张地扑过来关心自己。

这次也不例外，田甜紧张地扑过来，一边揉他的头，一边问他：“哪里疼，我们去医院看一看好不好？”

月光下，田甜的关心和心疼从眸子里溢出来，柳熙来再也忍不住，一把将她揽进了怀里。

“田甜，认识你真是太好了，我上辈子一定是拯救了银河系，才会认识你。”柳熙来将脸埋进田甜的长发里。

田甜面红耳赤，笨拙地亲了亲他的额头。

“不，熙来，拯救银河系的应该是我。”

傅总最近谈了好几个项目，基本都是跟进了好几年一直没有进展的。田鑫帮傅总重新做了运作流程后，又指点了好几个对口的中等公司。傅总拿着田鑫的流程计划书，居然把这些号称公司历史上的“钉子户”一一解决了。

老傅总很惊讶，对于这个小儿子，他有数得很，这个小儿子是个勤奋的孩子，但是商业天赋却平平，很多时候，他用格局不高来形容这个小儿子，其实实在是冤枉小儿子了，小儿子也不是格局不高，而是因为小儿子的能力就那么大。

要不是身体每况愈下，老傅总还想用更多的机会去磨砺自己这个不甚聪明的儿子。然而因为急症进入 ICU 后，所有的事情都由不得他做主了。

傅总站在老傅总的床边，一副憨厚的样子。老傅总躺在那里，仔细看了看儿子，依然一副不太聪明的样子，有点难过。

“你是不是招了什么有力的助手呀？”老傅总试探着问。

其实一般人被这么问，一定很不开心了，但是心思简单的傅总开开心心地同父亲分享了自己的好助手：“对啊，爸爸，你怎么知道，我招了个智囊。我跟你说，什么问题到他那里，都能迎刃而解，除了工资要得高了点，没别的毛病。但是我觉得很值得，他给我列了近期盈利和他所要求的薪金，我觉得我们赚大了。”

老傅总敏锐地捕捉到“赚大了”这个词，他咳嗽了一声，有点虚弱地问：“他要了多少？”

“哎呀，阿爸，就别提这些了，他只要了几个项目的利润分成而已，都没有跟我要固定工资，很好说话了。”

老傅总挑了挑眉头：“阿白，你把那几个项目报给我听听。”

傅总一股脑儿地报了一串儿项目，有些得意地对自己的父亲说：“有几个还真不行，盈利少，他要求了，我就同意了。”

老傅总叹气，摇了摇头，心里却定了一些，这些项目都是在未来半年能够逐渐

收益的，以前盈利少，只是路子不对，这位智囊最近拨正了路子，未来半年盈利应该是所有项目里最为突出的。

这个傻儿子还沾沾自喜。

老傅总又翻了翻其他的东西，突然看到 P2P 这个项目，他皱着眉头看了几页，问傅总："这也是他提议的？"

傅总立刻来了精神，很开心地跟自己的父亲分享："不！！这是唯一一个，他无法干预我，我坚持要做的，已经盈利不少了！他最近劝我收手，我都没有听！"

老傅总嘴唇嗫嚅了半天，终于还是没有忍住："愚蠢！"

傅总很委屈，以为自己听错了。

"嗯，好在没有用公司的名头，用了闻氏的挂靠公司的名义……机智。"老傅总称赞。

傅总更委屈了："不，这是我的智囊唯一提出的要求。"

老傅总很坦率很耿直地劝自己的儿子："你知道自己不聪明吧！"

这让他怎么回答？！傅总的眼神委屈透了！

"不聪明就多听听聪明人的意见啊！这也是明智之举呀！"老傅总在床上叹息。

傅总虽然不太聪明，但是有个最大的优点，就是听话。

"好的，爸爸，回去我就撤出来！"他从善如流地说。

老傅总欣慰地点点头。

"能不能见一见你那位智囊？"老傅总突然很想见一见这位头脑清晰的年轻人。

傅总露出了为难的表情："爸爸，我答应他的，他不喜欢见人，如果他不愿意，他连我都可以不见，我们一般都是用网络会议的方式谈事情。"

老傅总惊呆了，好半天才骂了一句："出息！"

傅总从口袋掏出手机给自己父亲看："你可以看看他的照片，我们团建时候的合照。"

老傅总接过来，没等傅总指出来，一眼就从众人里面看到了戴着黑口罩，神情冷漠的柳熙来。

他皱了皱眉头说："他似乎有点眼熟啊。"

他怎么也想不出对方什么地方眼熟，但是他的内心深处却有个声音告诉他，帮助他们公司的人，并非池中物。

"行吧，你好好待他，不要让他飞了！"老傅总叮嘱自己的傻儿子。

傅总觉得自己的爸爸在夸奖自己，他觉得自己的精力更旺盛了，朝着自己的父亲中气十足地应了一声：“哎！爸，你放心，我一定好好经营咱们的公司。”

他走出去的时候，十分开心地打了个电话给自己的特助田甜：“田经理，我想过了，咱们就照着你表哥的意见，从 P2P 项目撤出来吧。”

其实昨天柳熙来就给傅总足够的警告了，并且告诉傅总，如果再不撤出，他就不再过问这件事了。

傅总被柳熙来的语气威胁得彻夜难眠，今天又从老父亲那里得到了暗示，他应了柳熙来的意见，突然觉得长舒一口气，心情好多了。

傅总从闻氏的项目撤出以后，结算了本季度的收支，惊喜之下开了一个例行会议。

这其实是个非常快乐的奖励性质的会议，季度收入突破了公司建立后的任何时期，傅总决定把每个参与的员工都好好犒赏一番。

柳熙来是第一功臣，傅总为了表达自己的感激之情，让他跟自己并排坐。

柳熙来很不愿意见到各位，心不甘情不愿地戴了个口罩过来了。他也没有坐 C 位，直接往傅总的正位一坐。

他气场那么强，似乎坐在那个位置，比傅总还合理。

傅总不敢说，也不敢反对，反而还美滋滋地自动坐在了柳熙来旁边的 C 位上。

因为田甜被派出去出差，柳熙来今天的心情跌入了谷底，谁都不想理，谁都想掉，看谁都冷冰冰的。

“由于田鑫经理带着我们前进……”

王经理刚开口，柳熙来就翻白眼了：“我带着你前进什么了？我帮你买的办公用品打折了，还是完善了你们办公室的新器械？

“对了，王经理是负责办公室用具采购的。”

被柳熙来翻了个白眼，王经理吓得都不敢说话了，讪讪地坐下了。

“我帮你们什么了，帮你们招聘了？

“财务都不归我管，我带领你们辉煌什么？你们再辉煌，账目还不是入的傅总的口袋吗？干你们什么事？你们拿的不是应得的工资？”

这一下午，柳熙来都在会议上翻白眼。

被白眼扫射过的同志们，都陷入了恐慌和自我嫌弃之中。

直到会议快结束的时候，傅总谈到了要给田甜田经理涨薪百分之二十，柳熙来才用正眼看了看傅总。

这一刻，傅总似乎明白了点什么。

他咳嗽了一声，又重点表扬了田甜：“田甜经理真是个勤劳朴实又敬业的员工，她的付出，我们全公司都看在眼里，我决定把我个人的百分之三十的奖金也发给她……”

“嗯，田甜的确带动了你们！”柳熙来靠在椅背上，似笑非笑。如果不是田甜，这样的公司他都未必乐意看一眼。

啊！果然揣摩对了呢！田鑫经理的眼睛都弯成了月牙，居然在笑！

太好了！

傅总喜极而泣：“对！还要把她提升为我们的精英项目的经理之一。”

这绝对是极大的殊荣了，负责精英项目的除了傅总，还有一个元老级的经理，再就是田鑫了。

当然，田鑫是编外智囊级别，也很少干预公司项目，傅总倒是巴不得他多干预干预。

果然，再次听到提升，柳熙来的白眼终于消失了。

他居然还很认真地看了看傅总，傅总和他黑亮的眸子一对视，顿时悟到了“青睐有加”这个成语的真正含义。

被田鑫经理认同的感觉真是太好了，太好了，就是那种，你可以为了他一个眼神就放弃所有的感觉。

领悟到精髓的傅总，在会议后又以各种名目给田甜发了好多福利。

走的时候，柳熙来很高兴地拍了拍傅总的肩膀：“傅总，你做得很好。”

“你很机智！”柳熙来再次认同。

一刹那春暖花开，傅总活了三十几年，从未觉得这样自豪过，就连他爸爸夸他机智，都比不上柳熙来一个认同的眼神。

柳熙来走了之后，傅总的秘书很好奇地问道：“傅总，为什么你看起来这么开心？”

傅总很开心地回答:“不知道为什么，田鑫经理不用夸我，只要肯定地看一看我，我就觉得世界都明媚了！”

秘书吓得一哆嗦，看了看恣意走着六亲不认步伐的田鑫经理的背影，又看了看一脸陶醉的傅总，从此看傅总的眼神都不对了。

田甜周一回来的时候，看到公司的各种奖励，还有那数额巨大的奖金，让她一时间有一种不真实的感觉。

她忍不住向柳熙来吐槽：“吓死我了，为什么傅总给我这么多奖励？！”

彼时柳熙来正躺在沙发上，看着最近的财经日报，听她这么说，他将报纸挪下来一些，露出一双带着笑的眸子，看着田甜，问道："那你开心不开心？"

田甜耿直地点点头："当然开心呀，自己被肯定了啦！"

她开心不是因为钱拿了很多，而是觉得傅总对她的业务能力给予了极高的肯定。

柳熙来看着田甜满脸骄傲的表情，笑了笑，他突然觉得有时候开心就是来得这么简单，田甜开心，他便真的就很开心了。

"你本来就很优秀呀！"他躺着哗啦啦地翻着报纸。

田甜忍不住对柳熙来做了个比心的动作，并且朝着他得意地眨了个媚眼。

柳熙来看见她抛来的那个小媚眼惊得坐直了身体，他神情恍惚，愣了愣，突然间大笑了起来。

他站起来走过去，一伸胳膊把田甜揽进了怀里，也不敢太唐突，只是伸手拍了拍她的后背："哎呀，我家的田甜终于会发糖了呀，好甜啊。"

田甜的脸都红了，羞怯地偷偷伸手回抱住了柳熙来的腰。

第九章
最好的你，最灿烂的约定

“阿甜，余生请乱指教！”柳熙来笑着吻上了田甜的嘴。

.1.

仿佛是一夜间，所有跟闻家做项目的小公司都被狠狠套住了，资金被银行冻结了，而下一笔要到位的资金还不知道在哪一环的资金链上。

一下子，仿佛寒冬来了，大批的投资者扑向各个小公司讨要本金。接连出了问题以后，大家发现最初牵头的闻氏旗下的小公司不知道什么时候变更了法人，闻至财将干系脱得干干净净。

“啊，真的看不懂，闻至财怎么不怕的，这么明目张胆地圈钱？”傅总感慨着放下报纸。

今天他一早就被自己商场上二三好友给叫醒了，电话里，所有人都在问他同样一个问题——是什么促使他早早退出了后面的其他项目投资？

在依然持续赚钱的情况下，以他以往的个性，是不会这么干净利落地撤退的。

傅总想了又想，想起自己老父亲在病床上再三叮嘱自己：阿白啊，如果以后出问题，别人问起，你怎么样都不要提到那位助手，知道吧？

他想了想，在电话里回答自己的好友：“还不是夜里做了个梦，家里祖宗让我别乱投资，好好地休整公司。”

他这个回答凝聚了他所有的智慧，所以答完了他十分得意。

这件事傅总觉得得分享给别人听，柳熙来今日来公司小坐片刻时，被傅总拉着叨叨不止。

“嗯，傅总真是机智，你说这个理由比说你高瞻远瞩及时止损要可信多了。”柳熙来懒洋洋的，今天田甜依然出差，他觉得所有的力气都已经跟随着田甜消失了。

自从两人深情相拥后，最后一层窗户纸也心照不宣地捅破了。柳熙来和田甜这两天仿佛处在热恋期，柳熙来是一刻也不想离开田甜。

然而傅总十分不识趣，居然在这个节骨眼上，把田甜又派去出差了。

田甜早晨出门的时候，一回头，看到柳熙来像个大型犬一般，幽怨地寸步不离地跟在自己后面，很不开心的样子，她就乐了。

“你今天去公司，不许给傅总甩脸子！这差是我自己要出的，是我之前一直跟进的，你别老是去吓他。”田甜再三叮嘱道。

柳熙来每次去公司，只要不开心，就会冷冰冰地看傅总。傅总对他是又怕又崇拜，好几次偷偷跟田甜抱怨柳熙来的脾气。

“嗯。”柳熙来勉强给她一个模棱两可的答案。

傅总透过柳熙来冷冰冰的表情看出他的不开心，好在今天他还会和自己说话，傅总觉得欣慰很多：“田鑫经理，你看看，我们接下来这些项目，要不要把田甜经理拉进来，让她历练历练？”

柳熙来似笑非笑地看了傅总一眼，意味深长地呵呵了两声：“你觉得她需要历练？”

啊……又说错话了！

傅总一瞬间不知所措。其实他是看柳熙来冷冰冰的，想要提一提田甜缓和下气氛，咋又触到了柳熙来的逆鳞上了？！

“她最近出差频率太高了，太辛苦了。”柳熙来突然淡淡地说了一句。

傅总又一次明白了柳熙来的意思：“对，下次跟进的事情让老爷们儿去，一个小姑娘总是出门，不妥！”

他当着柳熙来的面打了个电话：“何主任，你让小唐去把田甜经理换回来吧，今天务必让她回来休息，田甜经理太辛苦了，不必什么事情都亲力亲为，对对对，现在就去！”

哇，放下电话后，柳熙来冰冷的气息顿时就消退不少了。

柳熙来走的时候，还把几个傅总想问又不好意思问的项目纠结处给指出来了。

傅总目送着柳熙来明显轻松起来的背影，深深吐出一口气。

当小老板那么多年，他都不明白“社畜”是一种怎么样的感觉。

感激柳熙来，让他终于感受到了“社畜”那种心情。

哎……拍对马屁的感觉真好！

闻至财从各处敛了财，心情很好。

他让闻羡带着柳熙照到家里吃饭。

闻羡胆战心惊地问：“爸，又不是什么节日，让熙照来做什么？”

闻至财眼睛一瞪，教训道："要什么节日，我闻至财请人还要看老皇历？"

闻至财在家里独断惯了，说话做事都不像在外面那么随和温柔。闻羡的妈妈被他那个一瞪眼给吓得不行，暗地里拉了拉闻羡的衣袖："你听爸爸的话啊，听爸爸的话。"

闻羡看了看自己穿金戴银的母亲，她额角和面颊上还有没有消失的瘀青，忍不住想叹气。

"好，我下午就去邀请熙照。"她突然心情就颓了。

她跟柳熙照恋爱了以后，两人更加谨慎了，就是为了防备闻至财。

前段时间，闻至财奔波在外，闻羡的妈妈心血来潮给他打扫房间，整理出很多用文件袋装着的陈年资料，有一份资料上面写着小小的"LZ"。

闻羡趁着母亲不在的时候偷偷打开过，虽然只是匆匆瞥了几眼，但是她却被吓得心跳加速，几乎想丢掉这份资料。

里面都是票据和合同，闻羡不想继续看下去了，直觉告诉她，父亲在暗地里应该做了不少腌臜的事情。

她又无措又害怕，但是依然抖着手把合同和票据都复印了一份，藏在了自己的衣柜里。

闻至财回来发现自己藏着的文件袋被碰过了，不由分说就把自己妻子给打了。从小到大，闻羡每次都会惊恐于母亲被家暴，然而事后，只要闻至财丢给母亲一些珠宝，母亲就会立刻喜滋滋地接纳了，再也不追究家暴的事情。

闻羡曾经问过母亲："你能忍受没有自尊的婚姻吗？"

母亲告诉她："别傻了，女儿，没有钱才是真的没有自尊。"

从那时起，闻羡就在心里默默地想：我们不是一类人。

母亲心甘情愿从心理上被奴役，可是闻羡不能眼睁睁看着柳熙照被父亲这样掌控。

打电话的时候，她跟柳熙照说："熙照，如果能不来，你就不要来了。"

柳熙照沉默了一会儿，回答道："但是，我们还是要面对的，不是吗？"

他想给予闻羡美好的生活，从那个看似美好，实则是地狱的闻家，把闻羡解救出来。

回 W 市的车程长达三个小时，其实还是很令人疲惫的。

田甜把头靠在长途客运车的车窗上，看向外面，公司临时来了人换下了她，不用多想，也知道是柳熙来去提要求了，幸亏她跟进的效率高，该完成的已经完成了。

田甜想到柳熙来就好气又好笑，气他总是一意孤行地以他自己觉得好的方式来左右她，他任性起来真像个大孩子。

不过总体说来，她是很感恩柳熙来的爱护的。

路过一个小镇的时候，车子临时停靠，供众人补给水和速食晚餐。

田甜走下车，她的目光突然顿了顿，停留在临时停靠点的一幅陈年巨画上。

那应该是忘记撤下的宣传画，还是一年多前柳熙来赞助临时客运站时挂上的，画上的柳熙来意气风发，一脸的骄傲，目光炯炯有神。

后排的两个小姑娘指着画报叹息：“柳熙来哎，多好看的一个人，多有钱的一个人……”

“是啊是啊，有钱又好看，还不是很早就去世了吗？所以说人不要太完美！”其中一个接口。

“是啊，我跟你说，我看过那么多的企业家，哪个都没有他身上那股气势，他就好像生来为了征战商场的。我看过他的采访，他看你的时候，你会觉得一种上位者的自信铺天盖地而来，可惜了。”

两人又仔仔细细地看了一遍海报，买了点水上车去了。

田甜站在海报下，仔细看向海报，是啊，那时候的柳熙来是天之骄子，商界奇才，他站在巅峰，自信而有魅力。

而现在的他，出门就自觉戴着口罩，平时一个人在家里无所事事，也能下个围棋，看看财经报纸，完全没有了往日的锐气。

田甜突然觉得自己很自私，柳熙来相当于将柳氏集团拱手让给了弟弟，而工作也变成了玩票性质的存在，柳熙来的世界现在满满都是她。

这不是当初抱负满满且有斗志的柳熙来啊。

她明明知道柳熙来抗拒治疗不利于他，却贪图这片刻的温存，自私地选择了顺从他的意思，不去看病。

田甜摇摇头，有些疲倦。

这时，手机屏幕突然亮了起来。

田甜点开来看，是柳熙来的信息。

“阿甜，你在哪里了？我已经在车站了，下车往外走就能看到我。我带了外套和温水，不管多晚都等你。”

田甜心中一暖，又觉得愧疚，想了想，回了一条信息：“还有半小时呢，你找个避风的地方，别受凉了。”

今天的凉风很肆意，她很担心柳熙来会傻乎乎地站在出站口的风口处傻等。

过了一会儿，柳熙来发来一张照片——他坐在出站口，左右都是撑起来的大伞，一左一右把他护在中间，仔细看，他肩膀上搭着傅总的西服。因为傅总常年喜欢穿藏蓝色西服，一眼就能看出。

哦，再放大看，还有傅总的半张脸，正在举着手擦冻出来的鼻涕。

她的手机屏幕又亮了亮："放心，有傅总的护航，温暖无比。"

田甜扑哧一下笑出声，她突然觉得自己不该这么悲观，应该学学柳熙来，不论在什么时候，什么境地，都能过得这么风生水起，安安逸逸。

田甜从车站出来的时候，被一股人流拥着踉跄了一下，她站直了身体刚要看向出站口的柳熙来，前面迎接的人就挡住了她的视线。

"哎哎哎，莫总！您来了！"接人的是闻至财，举着接人的牌子。

以吝啬出名的莫总开开心心地伸手，他这次来主要是谈能源倒卖的事宜，他没有坐私家车，而是一贯的作风，带着助理坐大巴赶来的。

两人的手刚刚握在一起，就被一股力量给冲开了。

"阿甜，你还好吗，我看你扭着脚了？"柳熙来长手长脚，一把拨开莫总。

那矮胖的莫总犹如个圆土豆一样，抓着闻至财踉跄了几步才站直。

闻至财气得脸色发青，一抬头刚要助理去理论，看见戴着口罩的柳熙来，顿时犹如电击。

这双眉眼他太熟悉了，熟悉到看到那锐利的眼神就要心惊！

这是柳熙来的眉眼，他发誓绝对不会看错。

他沉默地看着柳熙来走路带风地冲向田甜。

"傅总，你看看阿甜，坐了三个小时的车，跟瘦了十斤一样！你就不能派辆好点的车去接她？"柳熙来很生气，瞪着流着鼻涕的傅总。

"是是是，应该配私家车的。"傅总从善如流。

他被柳熙来抓来接田甜，充当了司机还要强颜欢笑，做老板真难啊。

柳熙来拥着田甜，像是拥着一块瑰宝一般："阿甜，喝点水。阿甜，我做了粥，阿甜……我还给你剥好了橙子……"

他献宝一样，从包里掏出一个又一个罐子。

田甜定睛一看，这才发现柳熙来不知道什么时候买了个妈咪包，挂在身后，里面放着罐子和一个个装满食品的保鲜袋。

她哭笑不得，又觉得简直太甜了。

就连一旁偷偷观察柳熙来的闻至财都觉得自己可能看错了人，一贯高高在上的柳熙来，怎么可能像个妇女一般，汤汤水水地揣满身？

周六，闻至财终于约到了柳熙照。

柳熙照来时带了一份大礼，是新能源开发的单子，之前听闻至财提到过，柳熙照也微微留了心。其实柳氏集团也在开发这个项目，之前还是柳境负责的。

不知道是不是极度内疚，柳熙来过世后，柳境似乎佛系了一般，只在海外发展，一年了也未回来一次。

他这次听唐赛说柳熙照在追求闻羡，想要获得闻至财的认可，居然在电话里长长地叹了一口气。

“唐助理，谢谢你把这些告诉我，如果分出一部分资源能够让他如意，我这个做父亲的就欣慰了。”

柳熙来过世以后，孔毅离职了，唐赛却留了下来，在柳熙照身边做和之前一样的事情。

柳熙照优柔寡断，难以干脆地做个决定，每每这个时候，唐赛便会真心实意地站在他这边，以昔日柳熙来的脾性去揣摩，而后再以这样的揣测去引导柳熙照。

这次柳熙照想要动用柳氏集团公司资源，虽然是海外部门，但也是柳熙照之前刻意从柳氏划分出去的分公司，让唐赛心里不舒服。

唐赛忍了很久还是向柳境提出自己的意见：“柳经理，过世的柳总那么认真地经营柳氏集团，不是想以后的继承者用它泡妞的。”

柳境顿时大为不快，想反驳两句，却又觉得唐赛虽然说话不好听，但是的确也是实话。

唐赛发泄了自己的不满，深知自己无能为力，便默默挂了电话。

此时柳熙照带了合同去赴约，唐赛知道后，沮丧无助，一个人钻进了酒馆。

唐赛从来不喝酒，但是一想到闻至财要吃柳氏的单子，他就不开心。

其实柳熙照也是内疚的，他反复劝慰自己：就算是柳熙来在世，应该也期望早点把闻羡从淤泥里拔出来吧。

他很难过，刻意忽略心里的内疚。

席间，柳熙照将合同递过去，闻至财笑得像朵菊花。

“熙照，我就觉得你这个孩子好，实在。”闻至财夹菜给柳熙照。

柳熙照抬头看向闻羡，她一双大眼睛里面都是关切内疚之意。

之前闻羡拖着不邀请柳熙照来吃饭，手臂内侧和不易察觉的地方多了好多伤痕。

柳熙照原来是没有发现的，后面是唐赛提醒：“柳总，闻小姐的胳膊似乎抬不起来。”

闻言，柳熙照冲过去掀开闻羡的袖子，看到上面交错的都是伤痕。

那是醉酒后，闻至财发泄愤恨的产物，他喜欢扯下皮带随意抽打家里的女性。

闻羡以前在外面体体面面的，从来不会把家里的事情说出去。

柳熙照逼问之下，她突然失去了想要掩饰的心，“哇”的一声哭出来，把闻至财多年家暴的事情也说出来了。

如果不是发现了这个事情，柳熙照是不会妥协到用柳氏的利益去满足闻至财的。

柳熙照突然觉得自己不配坐这个位置，以往看到柳熙来处事轻轻松松，行事咄咄逼人，偏偏所有人还一副恭敬的样子，为什么自己到了这个位置，就这么难？自己反而要向别人低头？！

举起酒杯的柳熙照朝着闻至财苦笑了一下。

“准女婿，今天我来是想问问你，你手上有多少股权？”闻至财一点都不婉转，直接问道。

柳熙照愣了愣，不想跟闻至财谈论这个事情。

“有百分之二十五吧！”闻至财打了个饱嗝，灯光下，他露出个阴恻恻的笑容，“要不转点给我，就当作是咱们闻羡的聘礼？”

其实柳熙照本来也是来提亲的，然而被闻至财抢先提出来，在座的各位，没有哪个是开心的。

连不问事的闻妈妈脸上都写着尴尬。

“柳氏不是我一个人的。”柳熙照喃喃道。

闻至财不开心了，他一瞪眼，让在场的两位女性都吓得颤抖了一下，柳熙照看了十分心疼。

“我又不要柳氏集团，我只是帮我乖女儿争取点靠山啊。柳氏不是你一个人的，但是闻羡是我一个人的呀！她是我的女儿呀，你不要忘了。”

柳熙照焦灼不安，看向一直偷偷朝自己摇头的闻羡。

闻至财显然也看到了，一巴掌朝闻羡抽了过去：“男人说话，轮得到你教！”

他再也不想掩饰自己的粗鄙，以往的温柔装得他难受。

隔着大半个桌子，柳熙照根本来不及阻止。

闻羡的脸迅速红肿起来，这样被当众羞辱还是第一次，闻羡像是惊呆了一样愣了愣，突然站起来，哽咽着朝自己房间跑了过去。

柳熙照从来没有这样无助过，他突然很想柳熙来复活，帮自己和闻羡抵挡这一切。

他无助而颓然，轻声哀求闻至财：“闻叔，你不要打闻羡，什么都是可以谈的呀！”

心中某处像是要坍塌了……

他能扛起的世界太有限了。

光洁的地板，明亮的灯光，带着香味的咖啡，还有老板娘明亮而绮丽的歌声。

这是一家接地气的小咖啡厅，来的都是工薪阶层，柳熙来同田甜在靠近窗户的地方约会，田甜今天依然列举了很多不懂的知识。

柳熙来一边偷偷摸田甜头顶的小呆毛，像是撸猫一样，一边教她，惬意得很。

“还有不懂的吗？”

田甜变得开心起来，用头蹭蹭他的手心，一脸满足：“没有啦，阿来最厉害，是我见过的知识最渊博的男人。”

“不错，今天的‘彩虹屁’依然美丽极了！”柳熙来满足地拍拍田甜的头。

他一抬头，看见街对面的酒吧门口，有个喝醉了的人伤心至极地瘫坐着号啕大哭。

“好眼熟。”柳熙来点着田甜的脸颊自言自语。

田甜顺着他的目光看去，发现是很久不见的唐特助。

她惊呼道：“啊，他是你以前的特助啊，人很好的，就是有点呆。”

柳熙来有点好奇：“跟我很亲厚吗？”

田甜点点头。

“有多亲？”柳熙来马上问田甜，因为他看见几个混混围住了醉醺醺的唐赛，他在思考，值不值得为这个醉鬼出头。

“你的遗产分配里面还有他。”

“分得比你多吗？”柳熙来问道。

田甜考虑了下，掰了掰手指：“好像比我多得多！”

话音未落，她就看见柳熙来站起来，活动了下筋骨，直接拉开咖啡厅的门，快步走到了马路对面。

田甜呆呆地看着柳熙来站定，而后，他突然不声不响地出拳……还是这样雷厉风行！

“阿来！！！他们好多人！！！”田甜惊得跳起来，想也不想就拉开门冲了

过去。

或许是因为失忆，或许因为曾经受过伤，柳熙来居然渐渐抵不过众人的拳脚。

混混们将柳熙来围住，柳熙来站在其中，挥了挥手，刚刚一击令他手背吃痛，他甩了甩头发，眼神开始认真起来。

坐在地上的唐赛停止了哭泣，他蒙蒙地抬头，恍惚间看到了柳熙来以护卫之态将自己护在了身后。路灯之下，柳熙来仿佛被罩上了一层洁白的光晕。

突然，唐赛悲从中来，号啕大哭："柳总，柳总，你不要离开我。你是不是升仙了啊，柳总，为什么你头上还有光圈？"他扑过去抱住柳熙来的大腿。

"滚！那是路灯的罩子，你放手啊！"

柳熙来踢着腿，唐赛不依不饶，抱得更紧了。

"柳总，我不允许你再离开！"他痛哭流涕地叫着。

围着的混混们震惊了。

"啊……呸！"为首的混混做了个手势，就要朝着柳熙来扑过去。

眼见拳头就要砸着柳熙来，突然一阵风从混混们的后脑勺吹过。

众人忍不住回头，看见田甜举着两个空酒瓶冲了过来，她一下子跳到柳熙来的前面，尖叫道："你们要打他，就从我身上踏过去！"

混混们又惊呆了。

混混小头目有点敬佩地看向柳熙来："行啊，哥们儿，你男女通吃呀！"

柳熙来根本不同他废话，缓缓将田甜掩在身后。

围上来的人又加了几个，柳熙来疲于保护田甜和唐赛，踹开唐赛抱着他大腿的手后，又中了好几拳。

唐赛终于清醒了点，他看向柳熙来，又震惊又欢喜。看见柳熙来被群殴，唐赛一时热血澎湃，咆哮着朝混混们扑了过去，狂乱地痛殴袭击柳熙来的混混们。

他咆哮着，哭泣着，并且有力而坚定地挥动着拳头："我不允许你们伤害我的柳总！"

被打中的混混疼得要命，唐赛的拳脚因为酒精失控或重得要命，或如同挠痒，他不要命的样子，令所有人都退避三舍。

田甜为了保护柳熙来，不时地从柳熙来的身后冒出来，用空酒瓶砸对方的手。

好在不久以后，有警笛的声音由远及近，混混们一边恶狠狠地撂下狠话，一边撤退。然而不等他们跑两步，发现后面的柳熙来跑得比他们还卖力。

"柳总，你不要离开我！你不要……"唐赛已经力竭，跪坐在地上号啕大哭。

田甜举着两个空酒瓶，跑得跟驯鹿一般矫捷，跟上了柳熙来："阿来，我们是追上去打他们吗？”

“你们先跑，我去解决掉他！”混混小头目弯腰捡起了一块板砖，暗暗裹在了自己的软布手提包里。

“别回头，别被他抓着，你们先跑。”他们也不明白，就偷了个小钱包，对方为什么这样不依不饶。

“阿来！！我们要追上他们了！我丢空瓶子过去？”田甜问柳熙来，此时一行人已经跑过一个红绿灯，远远把警车甩在了后头。

“啊，不是，我没身份证没恢复记忆你忘了？”柳熙来不忘回头跟田甜说话。

这时，混混小头目突然冲过来，把板砖有力地砸在了柳熙来的后脑勺上，将他砸得踉跄了一下，他一下子摔倒在路边。

混混小头目还想挥第二下，田甜一把将他推开，一瓶子砸在他的头上。

混混小头目吃痛，“嗷”的一声，扭头就跑。

田甜又气又急，举着瓶子追过去，看着对方已经跑了数步之远，她气得要命，又顾及柳熙来的安危，将手里的一个空酒瓶砸了过去。

空酒瓶砸中了小头目的后脑勺，发出一声闷响。

前面的小弟们吓得不轻，扛起被砸得翻白眼的小头目狂奔。

田甜折回去看柳熙来。

警笛声已远，柳熙来滑落在路边，无力地靠着路牙，伸手揉着自己的后脑勺。

“阿来，你没事吧！”田甜急得要命，她颤抖着手，想去摸柳熙来的后脑勺，却害怕得很，又颤抖着缩了回来。

柳熙来疼得要命，脑子跟炸开来一般，往昔如同走马灯一般在眼前飞快转动。

他听到田甜带着哭腔的声音，勉强睁开眼睛，说道：“没事，就是有些昏昏沉沉的。”

他扶着田甜站了起来，稍微呼吸了几次，觉得平静下来了，便急着安慰田甜：“你看，我好好的。”

田甜又心痛又自责：“我应该保护你的，不应该让你被砸中的。”

“你怎么保护我不被砸中？”

田甜扶着柳熙来走路，突然就默默流下了眼泪：“我真没用。”

见她是真的很难过，柳熙来也笑不出来，他伸手放在了田甜的头上：“不，你很勇敢了，你是我见过的最勇敢的女孩子。”

“跟我在一起的人，总是会遇到各种不幸！我就是个扫把星！”田甜还是把这句话说出来了。

这就是为什么这段时间她惶恐而内疚的原因。

她总觉得这段时间，是她自私偷来的快乐。

柳熙来停住了脚，皱起了眉头，狠狠一把将田甜拽住了，扳过她的肩膀，认真地看她。

夜灯之下，他的眼睛明亮而锐利。

“你听着，田甜，你不是带给别人不幸的扫把星！你！田甜，是我生命里的天使，遇见你是我这辈子最大的幸运！懂了吗？”

田甜看向柳熙来，见他眼里满满是感恩，她的心酸楚而甜蜜。

“放心吧，我不会让你再有这样的感觉！”柳熙来把田甜抱在了怀里。

后脑勺传来的痛意一阵一阵的，幻听的声音嘈杂无比，可是柳熙来必须撑着不昏睡过去，因为田甜此时自责得要命。

两人互相扶持着。

到了出租屋，柳熙来又勉强坚持着给田甜看了自己后脑勺的伤处，见着只是砸破了一小块皮，田甜也就真的放下心来。

夜间时分，柳熙来从昏睡中醒来，目光逐渐凝结在窗外的某一处，他的眉头微微皱了起来。

.2.

灯光彻夜未歇。

夜深了，柳熙照坐在沙发上，有些恐慌，更多的是无力。

柳熙照知道自己今日做了极为荒唐的事情，也知道这对柳氏集团可能是灭顶之灾。

然而他并不后悔，如果事情再来一次，他一定还是这样选择。

柳熙照起身倒了一杯红酒，刚喝了一口，电话就响了。

电话里是唐赛歇斯底里的哭喊声：“柳总……柳总显灵了！”

旁边是嘈杂的声音，有人从唐赛手里接过电话，快速报了一串地址。

柳熙照愣了愣，还是拎起衣服出了门，深夜为员工出行，他怕是第一个。

他刚走出去，就看到门口树荫之下站着满脸泪水的闻羡。

“闻羡？”柳熙照走过去，握住闻羡的手，她的手冰冰凉凉的，不知道在这里站了多久了。

“你怎么不进来，你站在这里多久了？”柳熙照发现闻羡的表情有些不对劲。

闻羡像是做了很大决定一样地说：“熙照，你不能和爸爸签订任何不平等的合同，不能。我们可以不在一起，我也可以被他当作棋子一样卖来卖去，但是你不可以签那些东西。”

“闻羡，东西是死的，你是活的呀。”柳熙照既痛心又自责。

签合同的时候，闻羡不在场，她也不知道所有的不平等不公平已经发生了，她此时惶恐不安地看向柳熙照，生怕让柳氏集团吃亏。

然而她不知道，一切已成定局。

“不，不可以，那是熙来哥哥的心血，我们不可以那么自私。”闻羡哭出来，握住柳熙照的手，一直在摇头。

她到这个时候了，还在想着柳熙来吗？

柳熙照的心一点点凉了。

“熙照，我们分手吧，分了手，我爸爸就威胁不了你了！”

柳熙照面无表情地看着闻羡，问道：“闻羡，你是心疼我，还是心疼柳氏？心疼柳熙来一手扶起来的柳氏集团？”

闻羡泪水涟涟：“熙照，你怎么想不通？柳氏和你，怎么能分开而论？你们是一体的呀！”

柳熙照突然觉得很累，他伸手扶住了闻羡的肩膀，笑了笑：“哈哈哈，是的，柳氏集团是长在我身上的壳，柳熙来真是可以，把柳氏集团这么个金笼子给了我。”

他同闻羡再三保证不会再签合约，先将闻羡送回了闻家。

因为已经得到好处，闻至财对闻羡的态度又恢复了以往的慈父嘴脸，他笑着同柳熙照说：“年轻人啊，半夜三更的浪漫，吃不消吃不消。”

柳熙照已经很疲惫了，这次没有说什么，只是目送闻羡进了屋。

他转头去警局接唐赛。

唐赛已经酒醒，正在配合警察看那个路段的录像。

柳熙来真是神走位，他在的每个角度，不是背朝着摄像头，就是处于阴暗处。

混混们的脸都能看得一清二楚，田甜的脸也能看得一清二楚，唯独柳熙来，只能看个大概轮廓。

可就是这个轮廓，也让所有人心跳不止。

“小柳总，你看你看！！！是柳总的背影。”唐赛激动得不行。

柳熙照弯下腰去看录屏，发现那背影果然很熟悉。

“是柳熙来！”柳熙照肯定地说。

同田甜在一起，那应该就是那位被给了错误信息的田鑫了！

柳熙照站直身，仿佛多日来的压力一扫而空。太好了，柳熙来居然还活着，那他就可以不必扛得这么辛苦了啊。

柳熙照激动地一击掌，俯下身问唐赛：“唐助理，能够找到田小姐的住所吗？”

唐赛擦着眼泪，惊喜到哭泣：“幸不辱命！”

然而他们还是扑了个空。

田甜的屋子已经没人了。

他们似乎走得很仓促，桌上还有田甜泡的枸杞茶。

茶杯下面压着一张纸，笔迹倒是柳熙来的。

上面写着：“丑东西们，离我远点！”

在场的人觉得自己的脸被扇了一巴掌。“丑东西”这个名字，也不知道是称呼的哪位。

唐赛尴尬地笑了一声：“应该是说我的，我那天喝醉了，估计不太好看！”

柳熙照冷哼了一声。

他走到窗口，拨开窗帘，看向外面，发现正对着窗户的小树林似乎有些古怪。

唐赛会意，让保安去寻，在树林里抓住了一个贼头贼脑的男人。

“你是什么人？”柳熙照冷冷地问对方。

对方有些疑惑，继而恍然大悟：“你是柳熙照？不是柳熙来！”

看来他是冲着柳熙来来的。

柳熙照招招手，有人将男人架住。

男人似乎也是很疑惑：“我今天一直守着，没道理这屋子空了的。”

他们一行人看着这屋子，怎么也想不出柳熙来是什么时候溜走的。

柳熙照突然很想笑，似乎柳熙来把他们几拨人都耍了一通。

男人也很老实，坐下来就交底：“其实，我们是孔毅孔哥叫来的，他前一周发现了柳总的踪迹，孔哥在外市忙着处理一些事情，自己赶不过来，又怕柳总走散了，便让我们盯着点。”

是了，孔毅这段时间一直在忙于调查柳熙来死亡的事情。

孔毅怀疑过田泽，然而田泽很快就遇害了。他又怀疑过柳境，然而柳境以及柳境接触过的熊哥都平息了怒火，似乎蛰伏了起来。

一定还有不对的地方。

这个信念支撑了孔毅一年。

他不是唐赛，就在柳氏奉献一生，为了柳熙来看着柳氏集团，他比唐赛更想知道其中的事情，切实帮柳总搞清事实。

“咱们发现，这几天有人在暗处拍柳总的照片，孔哥怕有意外，加了人手来帮忙，结果……”男人说着一摊手。

柳熙照点点头：“是，柳熙来是只狐狸，他应该也发现了吧。”

他这是没有恢复记忆，但是凭着本能也洞悉了暗处的危机吧？所以他们是怎样从这里逃出去的呢？

大家调出小区录像查看，然而令所有人惊愕的是，小区的录像截止在了昨天。

一切又陷入了僵局。

柳熙来和田甜，到底去了哪里？

周一的例行会议上。

闻至财破天荒地出席了柳氏集团的内部会议。

不管是唐赛，还是柳氏的元老，都感觉很诧异。

柳熙照介绍闻至财给大家：“闻总，想必大家并不陌生，他的闻氏集团是我们柳氏集团的友好互帮企业。最近柳氏几个大的项目，闻总也是参与了，并且前不久也为柳氏带来了不小的盈利额。想必大家也知道，我们柳氏和闻氏不分家，这次召集大家来，是想告知大家，我决定将柳氏股权的百分之十五转让给闻氏，同时闻氏也会将百分之十五的闻氏股权转让给我，达到战略性的合作，共同进步盈利……”

其实除了十分忠诚的两位持股百分之七的元老未得到通知，其他的人私下都同闻至财或多或少有过接触。

半数股东都持同意意见。

然而唐赛是绝对不能忍受的：“我不会同意，周先生和刘老先生也不会同意，怎么就半数人同意了？”

柳熙照表情淡然，内心却是内疚不已。

他怎么会不知道闻至财私下的动作。

这里开会的十二人里面最少有八人是闻至财说通了的。

柳熙照痛苦内疚，说不出话来反驳唐赛。

然而闻至财却不依不饶，还拿出文件给唐赛看：“能够出席股东会议的都在这里了，至于其他持股的先生们、女士们，我们例行通知，并无反对意见……我原本就持有柳氏股权，股东之间互相转让，也不需要这么多人同意吧？之前你们放弃了购买权，现在还说什么？”

之前陆陆续续有股东转让股权，大家都持观望状态，谁也没有表态，闻至财索性都买了下来，此时他开口说起，所有人再次诡异地沉默了。

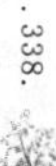

唐赛颓然，心里焦躁而无力。柳总的柳氏，是不是半数股权都要入了闻至财的腰包？

会议结束后，他一个人漫无目的地走向柳熙来之前住的地方。

他坐在安全门前，再也忍不住，捂着脸放声大哭。

狡兔三窟的柳熙来此时在另一栋楼里洗着菜，听见外面有人号啕大哭，他觉得声音有点熟悉，偷偷探头一看，发现是唐赛哭得死去活来。

“阿来，他是不是遇到什么伤心的事情了？”田甜也过来看。她其实对唐赛的印象很好，因为他之前一直不离不弃地跟在柳熙来后面做事，勤勉而忠诚，所以她对唐赛和孔毅都是尊敬的。

柳熙来突然轻轻笑了一声：“这个家伙。”

他随即又叹了一口气：“是有人开始动作了吧，唐助理觉得守护不了柳氏集团，内疚得哭泣呢！”

田甜奇怪地看着柳熙来：“你不下去安慰他吗？”

柳熙来挑了挑眉头：“我培养出来的高级助理斗不过真小人，还要我出去应对安慰？不可能！”

田甜很不安地看了看楼下的唐赛。

唐赛哭了一会儿，突然站了起来，做了个激励自己的扼腕动作，又朝气满满地跑开了。

田甜奇怪地问：“他怎么了？”

柳熙来很随意地把菜甩了甩，甩得地面到处都是水，但是他也不以为意：“估计自己给自己打气，把自己给点燃了，回去战斗了吧！”

“你真的不过问？”田甜问柳熙来。

柳熙来抓着菜的手顿了顿，而后很理直气壮地回答：“我问什么？我还是个病人，我什么都记不得啊！”

对了，柳总太沉着冷静，让田甜时常有种错觉，觉得他一切都康复了。

田甜接过柳熙来手里的菜，将声音放得更加柔软：“阿来，你去休息吧，我来做饭。”

柳熙来欣欣然地躺在沙发上，点着手机，接通了某处的电话。

“嗯，好呀，我希望这么操作，你听好了……”柳熙来叽叽咕咕说了一大堆，突然笑了，“对啊，把股价抄到最底我才开心呢！”

对方不知道说了什么，柳熙来笑了出来：“啊，跟我玩金钱，没谁比我更铜臭。对对对，不知道我柳熙来是它们的祖宗吗？”

断断续续的声音传到田甜耳朵里，她忍不住想笑，柳熙来倒是十年如一日地迷之自信啊。

虽然不知道柳熙来在给谁打电话，但是田甜还是选择相信他，她觉得如果柳熙来不想让她知道，应该就是不甚愉快的事情吧，她选择在背后默默支持柳熙来不就好了吗？

这是傅总第三次接待柳熙照，他简直要吐血了：“柳总，我真不知道田鑫经理一家去了哪里了，就他那个脾气，我也不敢问，我也不敢干预呀，我怎么有这个荣幸去管他啊！”

做人家助理做得这么嚣张跋扈，也只有柳熙来了！

柳熙照忍不住笑了笑，他不说话，只是把一个公文袋递给了傅总：“不要紧，你们公司的田鑫田经理回归时，你把这些交给他就好了。”

傅总惊呆了，问道：“请问是些什么？”

柳熙照看看他，笑了笑，说道：“是田鑫经理傍身的东西啊，以后要是柳氏毁在我的手里，最起码根基和固定资产不会太亏嘛。”

他也不知道怎么变通，索性把柳氏的不动产分了点出来，海外的场地、厂子和几栋别墅地产，他都过给了田甜，想要留给柳熙来。

既然想让柳熙来彻底快乐地生活，那怎么能没有宽裕的供给呢？柳熙来可是挥金如土的人呀。

傅总有些犹豫地接过了大大的公文袋。

柳熙照突然问道：“田鑫经理工作得开心吗？”

傅总连忙点头：“可开心了，我们田鑫经理吃得好，住得好，在我们这里是自主上班的特殊存在，我们整个公司都很尊重他！”他觉得柳熙照应该是再一次来撬墙脚了。

柳熙照露出个很开心、很纯粹的笑容：“那极好，他开心简单就好！”

走的时候，柳熙照再三看了看柳熙来的办公桌，估计因为来得很少，所以痕迹并不多，但是桌上的玻璃台板下却压着一幅画。

柳熙照驻足看了看，那幅画的每个细节他都记在了脑海里。想起小时候，柳熙来跟他玩过的游戏，画中数字，他心跳了跳。

“这幅画是田鑫经理自己画的？”柳熙照问道。

傅总点点头。

“很好看！”柳熙照没头没脑地夸了一句。

傅总在柳熙照走后，胆战心惊地看了看画，又觉得柳熙照觊觎田鑫经理的才华有点过分了，为了防止节外生枝，他把柳熙来留下的所有痕迹都清除了，那幅画被他偷偷藏在了公司的保险柜里。

.3.

逼仄的小屋子，摇晃的灯。

熊哥局促不安地坐在屋子正中间的椅子上，两只手反复揉搓着。

其实上一次被找到的时候，他就觉得自己不必挣扎了。他们躲来躲去的，家人也跟着受累。

“上……上次不是说，解决了田泽就放我们走吗？”熊哥有点不服气。

明灭的灯光下，屋子的角落里坐着一个无法看到脸的人，幽幽地笑了声：“田泽只是小角色，你们再替我做一件事情，做好了，我让你们光明正大地移民，这辈子都不会跟前尘往事有任何羁绊。”

熊哥的眼睛都亮了。

“你……你说，我和兄弟们也很讨厌这种日子了，我们本来就不是做坏事的人，从前的那些事都是被逼着做的。”熊哥情绪有点激动。

他们已经躲躲藏藏那么多年了。

“逼着你们做？谁逼你们了？人民币吗？”黑暗中，那个人冷笑了一声。

熊哥无言以对。

“柳境当初已经决定不做那些事了，他最后是不想伤害柳熙来的，你们是在金钱驱使下，去做了那些吧？都是自愿的吧？”那个人追问。

熊哥颤抖着手，给自己点了支香烟，豆大的汗珠从他额头流下来。

不错，当初柳境临时改变了主意，接到电话的时候，熊哥正交洽着下一笔单子。一旦完成，就有很大一笔钱，那是他这一辈子都不可能挣到的。

熊哥在刹那间动摇了。

他陪着那个人，最终还是亲手做了那些事情。

熊哥对柳熙来只说了前半截故事，止于柳境买通他们去做坏事。他以为柳熙来会恨，会报复柳境。

谁知道当时柳熙来只是深深看了他一眼，笑了笑：“柳境不能成大事。”

熊哥也不懂柳熙来的意思，但是有柳熙来在，莫名地就让他有一种不要跟柳熙来对着干的胆怯感。

熊哥带着手下和家人逃窜，只是为了避免和柳熙来有更多的接触。不知道为什么，他总觉得柳熙来每次看他的时候，那深邃的眸子里盛满的都是压抑的狠戾。

他总觉得柳熙来可能洞悉了一切。

可是熊哥到哪个城市，柳熙来都会送来租好的房卡，熊哥觉得恐慌极了。

直到传来柳熙来被害的讯息。

他们开心了一个晚上。

除掉了握有可能暴露众人证据的田泽，又看到威胁着自己的柳熙来莫名其妙遇害了，他们以为好日子就要来了。

然而，螳螂捕蝉，黄雀在后，最可怕的事情还是发生了。

原来过去那么多年，背后的那个人，还在关注着他们。

“我不会动你们，你们处事谨慎点，根本不会出问题，出了问题，也是柳境背着，懂了吗？”黑暗里的人笑着，像个恶魔。

“这次动手的对象到底是谁？你总得给我们信息。”熊哥抽完一整支香烟，终于镇定下来。

对方笑了：“是你们的老朋友呀，柳熙来。”

熊哥激动地转头：“柳熙来不是死了吗？”

黑暗中的人从椅子上站起来，慢慢走了出来，灯光将他的脸一点点展露了出来。他咬着香烟，看起来温和儒雅，但是灯下一笑，露出白齿的时候，却有一种狰狞而奸险的感觉。

居然是闻至财。

“柳熙来当然没有那么容易死呀！傻子！”闻至财将一个公文包拍在熊哥的身上，里面是熊哥一行人的新身份证和一千万支票。

“喜不喜欢？但是你得干事！”闻至财比了个手势，很开心的样子。

闻至财出去后，熊哥终于松懈下来，无力地、重重地坐在了屋子中间的椅子上。

他是怎么样都不想跟柳熙来对峙的，他还记得柳熙来对他说的那些话。

“熊哥，要做坏事很容易，只是一次就能让你万劫不复。你可以沉沦，但是你的家人呢？你的朋友呢？你落了把柄在别人那里，要他们都跟着你受苦受累吗？”

熊哥无力地把公文袋放在了脚边，用手把自己的脸埋了进去。

无力而失控的感觉席卷了他，从淹死田泽那一刻开始，他们就没有回头路了。柳熙来以前给予的从良建议彻底背离了吧，他回不了头，也逃避不了。

即便是柳熙来让他摸不透，从心底害怕，他也没法回头了。

闻至财提议柳熙照带着闻羡多出门玩耍玩耍。

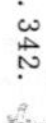

闻羡最近陷入了强烈的自责情绪。

柳熙照带闻羡出来的时候，她裹着厚厚的围巾，把脸都裹进去了，不愿意搭理柳熙照，也不想说话。

似乎一夜之间，闻羡又恢复到柳熙来刚出事的时候，打造了个重重的壳子，把自己放了进去。

柳熙照开着车，转了好几个弯儿，带闻羡去了小时候放风筝的地儿。

他停了车，问闻羡："你还记得这里吗？小时候这里是我们的秘密基地，有什么想要讨论的事情，都会来这里。"

闻羡终于动了动，从车上下来，裹着围巾，眸色沉沉地看向眼前已经枯了大半的草地。

"闻羡，熙来没有死。"柳熙照突然说。

闻羡猛地回头，死死看向熙照，因为这个消息，她的力气一下子消失了，紧紧裹着的围巾飘然落地。

"你，说什么？"闻羡突然就笑了，泪水顺着鼻梁一个劲地流下来。

柳熙照叹了一口气，他觉得还是把这个消息告诉闻羡比较好："闻羡，他就是那天救你的田鑫，化身为田甜的大表哥。"

闻羡开心起来，整个表情都生动了："太……太好了，我们把他接回来，对付爸爸。"

柳熙照不禁莞尔一笑，闻羡依然还是这么天真可爱。

"我不想让他卷进来，他跟田甜很好，柳氏的重担不想再让他扛起来，我以前浑蛋，不知道他扛了那么多，现在才知道，这里面的叔叔伯伯都不是表面那样和善的，每个人都在设套，想要谋取更多的利益，每一个人都不是诚心诚意地做事……"

闻羡打断了他："熙照，但是熙来是柳氏的。"

两人站在草地上，互相对视。

许久之后，柳熙照长长地叹了一口气，很沮丧很绝望地说："闻羡，原来你一直觉得我不让他回来，是因为我想占有柳氏集团。"

他愤懑，用力踢了一串儿枯草。

"闻羡，我把心肺都掏给你了，你怎么不知道我一直在做的都是为了你？我从来就不稀罕柳氏的财产！"柳熙照几乎要流泪了。

闻羡呆呆地站在那里，许久以后，她轻轻地问道："熙照，熙来在哪里呀？"

柳熙照平静了下心情，将一串儿字母和数字丢给了闻羡："这是他办公室里画里的信息，我记了下来。”

这便是柳熙来留给柳熙照最后的信息：如果实在扛不住，不必勉力而为，可以去宝来区 8 栋 502 室寻我。

闻羡的眼睛都亮了。

这是柳熙来躲在房子里的第五天。

他看了看静静替自己织毛衣的田甜，突然久远的记忆就复苏了。

他很小很小的时候，母亲应该也是这样，一边织毛衣，一边微笑着吧。

这几天田甜陪他在这屋子里，什么也不问，偶尔会说点自己以前遇到的窘事让他开心开心，其实他听了，心里怎么都不是滋味。

为五斗米折腰这种事情，他从来也没有遇到过，即便是父亲过世以后，柳氏集团最困难的那几年，他手头也不算拮据。

“你凶凶地看我做什么！”田甜脸红着丢来一个抱枕。

其实是柳熙来眼神太温柔，让她的心怎么也静不下来，她故作不知道坐在那里，其实已经憋了好长时间了。

“阿甜啊，这几天会有人来，要不你跟着我朋友去外面玩一圈回来？”柳熙来试探性地问田甜。

田甜愣了下，干脆地回绝了柳熙来：“我不，不行，不去。”

她很恐慌，甚至停下了手里的事情。父亲的过世给了她太多的打击，她变得极没有安全感。

柳熙来无可奈何地笑了笑：“好，不去不去。”

“阿甜啊，今天一起出门逛逛吧。”柳熙来突然提议。

田甜惊讶地抬起头来：“不是说有人会监视我们吗？”

“该知道的都知道了啊，监视不监视的也无所谓了。”

他画了那幅画也有好多天了，就算柳熙照不来，有的人也会来找他了。

下午，田甜和柳熙来买了新鲜的菜，在厨房里说说笑笑地择着菜，门突然被敲响了。

田甜吓得一把将菜刀抓在了手里，额前的小碎发都要竖立起来。

柳熙来看得好笑，伸手摸了摸她的头：“你留在家里，我去去就来，应该是老朋友吧。”

田甜不答应，举着菜刀抢在柳熙来的前头开了门。

门一拉开，敲门的闻羡一看到那把明晃晃的菜刀，吓得后退了一步。

“闻羡小姐？”田甜认出了她，讪讪地将菜刀背到了身后，给柳熙来让了个道。

柳熙来一副“看，不用担心吧”的表情笑着看了田甜一眼，从暗处走了出来。

虽然知道柳熙来活着，然而重新见到柳熙来的这一刻，闻羡还是不可避免地流下眼泪：“熙来哥哥，你真的还活着。”

柳熙来看着闻羡吐了一口气：“闻羡，你怎么瘦成了这样？”

闻羡流着眼泪摇摇头，她看了看朝着自己露出善意笑容的田甜，又看了看柳熙来，压低声音问柳熙来：“熙来哥，有些事情，我想跟你说一说，我们可以单独聊一聊吗？”

柳熙来点了点头，回头吩咐田甜：“你在家吧，我同闻羡去楼下的小花圃走一走。”

田甜点点头，又微微探身邀请闻羡：“闻小姐，晚饭留下来一起吃吧，我开始做饭了。”

闻羡本来还想犹豫，然而看了看柳熙来，又结结巴巴地答应了：“那麻烦你了，田小姐。”

柳熙来随着闻羡来到楼下，站定了脚，有些怜悯地看着闻羡瘦削的背影。他印象里，闻羡虽然苗条，但一直是一种健康的美，然而此时，他觉得闻羡几乎是骨头架子在披着衣服一般，憔悴而无助。

闻羡站住脚，回头看柳熙来：“熙来哥哥，你是不是已经恢复了记忆？”她从柳熙照那里了解了些情况。

柳熙来手抄在口袋里点了点头。

“多久了？”闻羡颤抖着声音问道。

柳熙来沉吟了一会儿：“赛马那会儿，渐渐地每天都会回忆起一些事情。”

闻羡的眼睛湿润了：“你在外面过得这么苦，为什么不找我和熙照？你不想再见到我们了吗？”

柳熙来突然就笑了：“哪能啊，我觉得熙照能够接过我手里的一切，他现在做得那么好，我突然出现，他会心神不宁的。

“你看，我不在柳氏集团，它依然在运转，我的助理依然可以辅佐柳熙照，没有什么不同的。这个时代，没有谁是必不可少的，我们都是螺丝钉，坏了，旧了，可以被替换，社会地位也是。”

“不是的！熙来哥哥，你是独一无二的，你是闻羡唯一的哥哥。”闻羡的眼泪还是没有忍住，再次落下。

柳熙来被闻羡的话给暖了心，伸手拍了拍闻羡的肩膀：“别哭，我这不是好好的吗？”

“熙来哥哥，我来是因为有紧急的事情。熙照乱了方寸，我觉得告诉他只会增加他的负担，我得过来跟你讨论。

“熙来哥哥，我知道，以下我说的，可能会让你憎恶我们闻家的人，但是，我不能任由爸爸来害你。”闻羡咬着牙。

柳熙来知道闻羡从小到大都对自己好，但是此时，以他了解的局面，闻羡站在他这边，他依然还是感动的。

“闻羡，我不希望你卷进来。”他很认真地对闻羡说。

闻羡摇摇头：“熙来哥哥，你觉得我还能独立在外吗？”她缓缓地递来一个公文袋。

柳熙来挑了挑眉头，顺手打开了，公文袋里面是一沓厚厚的资料，有闻至财当初从柳致手里贪来的钱，有闻至财出钱买凶的凭证，还有闻至财各种摁了手印的龌龊交易单据。

柳熙来惊讶地看向闻羡：“你怎么会有这些的？”

闻羡脸色苍白地说：“熙来哥哥，我本来想交给熙照，但是又怕他为了我，不去作为。他关心则乱，已经乱了方寸。”

柳熙来很感激地伸手抱了抱闻羡。他知道，闻羡是鼓足多大的勇气才把这些足够置父亲于死地的证据交到自己的手里。

他感动又内疚。

他知道自己躲着，闻羡和熙照一定会担心，但是他恢复记忆后，还没有认真看过闻羡，此时闻羡憔悴得如同老了十岁一般，往昔意气风发的优雅气质全然没有，有的只有深深的担忧和憔悴。

柳熙来什么也没说，只是缓缓将手放在了闻羡的头上，如同小时候那样安慰着手足无措的弟弟妹妹一般。

还有一周，就是正式转让股权会议。

柳熙照越来越焦躁，闻至财就如同已经稳操胜券一般，将好几个项目递给柳熙照，逼着他签字。

合作方是有名的不讲信用的公司，柳熙照虽然知道其中的利害关系，但是每每闻至财提到闻羡，他便忍不住没有底线地附和了闻至财。

这期间，柳熙照跟闻羡见过面，闻羡每每都是劝他将柳熙来找回来。

以前柳熙照是为了柳熙来开心，现在他已经没有脸面让柳熙来回来了。这么多不合理的合同，他有什么脸面面对自己的哥哥。

“熙照，你要振作起来啊，你怎么一点都不作为？”闻羡很生气。

这是他们不知道第多少次吵架了。

“你到底要我怎么做？我得保证你不受家暴呀。”柳熙照无可奈何。

“你快召回柳熙来吧，不要等到来不及，爸爸找了人去对付他。你可知道上次的绑架案，那不是你爸爸一个人做的，虽然柳叔叔糊涂了点，但是最后一刻他退缩了。真正想要柳熙来性命的从来也不是你的父亲，是我的父亲呀！”闻羡忍不住说破了。

柳熙照愣了愣，他从不知道，闻至财对柳熙来动了杀心。

“闻叔叔不是对柳致父子都很好吗？”他惊了，环顾四周，生怕有人听见。

难怪闻羡这次约会要求到湖上来，这里四处都是水，想要窃听监听也难。

“柳致叔叔的事情，应该也跟我的父亲有关，我不希望熙来哥哥再次有危险。

“我想以熙来哥哥女友的身份待在他身边，近距离保护他，我想过，就算是爸爸对他有了杀心，可是我是他的独女，怎么样也不会强下杀手。”闻羡笃定地说。

柳熙照心里一凉，但是一想到柳熙来处于危险里，他强压下了那股酸楚，说道：“是个好主意，但是怕熙来不会愿意。”

闻羡苦笑：“那能怎么办，他在那里，为了田甜小姐，死也不肯合作。”

“我在想，是不是将田甜小姐引出来，藏起来，让熙来哥哥这段时间好好心无旁骛地配合我们度过危险期。”闻羡出主意。

柳熙照茫然地点点头：“绑架这种事情，我爸应该很擅长。”

远在国外的柳境突然打了个喷嚏。

而后，他便收到了自己儿子的短信：“爸，我想绑架个女的，怎么下手？”

柳境吓得从凳子上猛地站了起来。

他已经深刻反思了一年，此时看到柳熙照的短信，深深为自己之前跑偏的三观感到羞惭：“儿子，绑架是错误的，你应该多听听主的聆讯，消解心中的恶念！”

柳境为了求得心灵的平静，已经入了教会，闲暇时候，教会和家门两点一线。

柳熙照用双手捂住脸，在船上哀叹：“看来，指望不了我爸了。”

为了部署计划，他想起了热血且想要保护柳熙来的唐赛。

于是，他又打了电话给唐赛。

唐赛真的是高效率，从接到电话到来到湖边只用了半个小时不到，他头上和背后都是湿漉漉的。

柳熙照很是感慨，提起熙来，唐赛简直是拼了命一样忠诚，对他也算忠诚，但只是工作伙伴的忠诚，不一样的。

他现在才明白，柳熙来从来也不是什么都不行，只是个挥金如土的败家子。

“我们怎么样才能解救柳总？”唐赛一听要解救柳熙来，整个人热血都沸腾了。

三人在船上讨论了又讨论，最后决定下来。

“行吧，我引开柳总，你们把田甜小姐藏好。现在柳氏情形这么糟糕，我们得让柳总回来好好整顿整顿柳氏集团了！”唐赛叹气。

柳熙照的脸上一红，沉默了。

周四，离周一股权转让还有三天，闻羡再次找到了柳熙来。

这次约在了他们小区门口的茶吧。柳熙来带着田甜，一刻不愿意让她离开自己的视野。

“说吧，你们为什么来？”柳熙来问柳熙照。

柳熙照坐在柳熙来对面恍如隔世：“我们想，让你回去重新接手柳氏集团。”

柳熙来笑了笑：“未免太儿戏了啊，我本来也不想再接手柳氏集团了啊。”

他看见田甜对自己做了个去厕所的动作，点了点头。

闻羡主动跟着田甜去了厕所。

然而不出五分钟，闻羡吓得不行，跑了回来。

“田甜小姐……她……她被抓了……”她颤抖着。

柳熙来一点都不惊慌，坐在那里，然而下一刻，另外一队人也跑了过来，他突然坐直了身体。

“柳总，我们为了应付闻小姐带来的人，而给别人钻了空子，他们把田甜小姐抓走了。”这一队才是真正保护田甜的人。

柳熙来的眉头皱了起来：“胡闹什么？”

他点开“整个世界”去看，田甜的位置移动得十分快，显然对方是有备而来的，一晃眼的工夫已经到了市中心的位置。

柳熙来吐出一口气，生气地一拍沙发。

他完全不想看泫然欲泣的闻羡。

“熙来哥哥，不是的，我们只是想保护好你，没有想到……”

柳熙来点了点唐赛的头：“你过来，你们两个留下，不用跟过来。”

“闻羡，我没有怪你，只是你低估了你爸爸的恶劣。”柳熙来站起来，穿上外套。

闻羡跟着柳熙来跑了出去。

门外的车早已经备好，一路跟随着田甜身上的亮点前进。

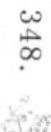

唐赛还有点蒙："这拨人也不是我们的。"

柳熙照颤抖着举手："我怕事情发展不够快，这里和回去的路上都备了人。"

他们跟在柳熙来的车后面，一路狂飙。

代表田甜的红点在出了市区以后，就消失了。

柳熙来接到了第一个电话，电话那边的闻至财连遮掩都不想遮掩："柳熙来，我不想伤害任何人，我是个儒商！儒商，没有想过做粗鲁的事！"

柳熙来笑出来了："行吧，儒商，你想做什么？"

"你，永远不回柳氏集团。"对方恶狠狠地命令。

柳熙来看了看另外一辆车里焦急地看向自己的柳熙照，回道："嗯，对，没有想过回去。"

闻至财很意外："周一的股东转让会，你也不得参加。"

柳熙来很惊讶："我没想过参加啊。"

柳熙来看向身旁的人，正在迅速地追踪田甜身上另外一个刚激活的追踪器，露出个笑容："闻至财，你猜猜，我不参加股权大会也不回柳氏，怎么才能让你受到致命一击？"

车子掉了个头，直接朝着再次出现的红点追去。

.4.

市郊的集装箱仓库里。

田甜焦急地看着闻至财手里捏着的戒指，这是柳熙来得到第一笔工资后，给她买的礼物。

闻至财笑得很开心："田小姐，你身上还有首饰吗？我看看。"

田甜实在厌恶他的样子，飞起一脚踹在了他伸来的手上。

闻至财吃痛，捂着手，眼神恶狠狠地看着蒙着口罩的熊哥。

"你不用戴口罩，我知道你是谁，你就是那天让我爸爸去收集资料的熊哥！"田甜不屈不挠。

熊哥吓得一哆嗦："我不是，我没有，你看错了。"

闻至财瞪了熊哥一眼。

"滚出去，带着戒指去C区绕着跑。"闻至财吩咐熊哥。

熊哥领了戒指飞快地跑了出去，闻至财用力地把门甩上了。因为过于用力，将他脖颈里面戴着的项链甩了出来。

是一块缺了叶尖儿的黄绿翡。

其实，这一块黄绿翡是闻至财照着柳致那块自己刻的，彼时，他为了同柳致称兄道弟，花费了不少心思。后来柳致去了，闻至财觉得黄绿翡可能是自己的幸运物，就一直戴着了，也没有补缺过。

田甜的眼睛都直了，是的，就是这个颜色，这个形状，柳境的颜色尚有对不上的，然而闻至财的挂坠却是百分百像的那个。

“你是杀害我妈妈的那个人！你也是杀害我爸爸的人！”田甜一下子联想到了很多。

闻至财阴恻恻地笑了：“田小姐你知道得真多。我们要不玩个游戏吧，我们赌一赌，优秀的柳熙来，能不能跟你一样优秀，在你窒息之前，找到你？”

他用手指头点了点，给田甜看屋子中间烧着的煤炭：“你知不知道，你妈妈也是这么去的，死得特别漂亮，脸色都很红润。”

他站起身，用手帕捂住嘴，示意手下点燃木炭，然后同手下一起退了出来。

闻至财有些开心地看向天空：柳熙来，就算你再聪慧狡猾，也不可能再次追踪到田甜吧。

他开心地打开了雪茄盒子，悠闲地让手下帮自己点燃了。

很多年前第一次行凶，他也是个生手，哆哆嗦嗦地推到了柳境身上，居然蒙混过关，柳致竟然相信了他的说法。柳致为了摆平那件事，只身去了通乡，想要用钱将柳境行凶的罪证给掩盖。

可惜，柳致没有想到，在那里等待他的是一个致命的圈套。

所以说，运道好的时候，莫要辜负，不要学人家去做什么圣人，做个真小人多好。

闻至财开心地眯起了眼睛。

“老板，我们还不撤退吗？”手下问道。

闻至财咬着雪茄笑：“不是要看看半个小时内柳熙来能不能赶到吗？”

他话音未落，就看见好几辆小轿车顺着郊外的小路一路绝尘而来，卷起的灰尘像是巨大的雾气一般，把车里的人都掩盖得看不清。

闻至财紧紧咬住了雪茄。

他觉得有点不妙。

“闻至财，你把田甜藏在哪里了？”汽车刚刚停下来，柳熙来就从车里跳了出来，冲过来一把揪住闻至财的衣领。

闻至财一脸迷茫：“什么田甜？”

闻羡的车也停了下来。她从车里面跟出来，看见闻至财，带着哭腔乞求道：“爸爸，你不要再这样下去了！”

“阿爸，真正的追踪器，不在田小姐身上……而是在你身上。”闻羡有些难过地说。

原来在第一次吃饭的时候，柳熙来就说服了闻羡，将闻至财随身带着的打火机内安置了追踪器。那只打火机一直被闻至财奉为幸运物，从来不曾离身，后来闻至财在国外被袭击时，打火机挡了一次子弹，他就更加笃定打火机是保护神了。他这个人迷信得很，回国后用金重新镶嵌了一番，当作护身符每天都带着。

闻至财暴怒，皱了皱眉头骂闻羡：“闻羡，你跟他们胡闹什么？啊？放追踪器在你亲爸爸身上？你怀疑我？！”

柳熙来看到他身后仓库的门，拎着闻至财过来。

闻至财悄悄做了个手势，那暗处的手下缓缓抬起了手枪。

闻羡惊叫了一声，扑了过去，勇敢地拦在了柳熙来的面前：“爸爸，你不能这样，你收手吧。”

闻至财透不过气，一把掐住闻羡的手，将她拉了过来。

“柳熙来，你松手，要不然我就让人开枪打死闻羡。”他恶狠狠地威胁柳熙来。

闻羡像是被雷击中了一般，眼睛瞪得大大地看向闻至财：“爸爸，我是你的女儿呀！”

闻至财哈哈大笑：“对，我最疼你了，乖女儿！你跟外人一起摆你爸爸一道。都给我站住，谁都不许过来。”

唐赛走了一小步，一声枪响，子弹击中了闻羡的胳膊，顿时闻羡的脸都白了。

“闻叔叔，不要，闻羡是你的亲女儿啊。”柳熙照心疼不已。

所有人都停住了脚步。

柳熙来站在那里，像是在想什么，突然打了个响指。

“我是想过，你用闻羡的名义定了好几个郊外的仓库是为什么？看你经常不来，我担心发生火灾或遇窃，闲暇的时候，我让孔毅给你所有近期预订的仓库都装了摄像头和防火防烟系统。”

闻至财的嘴角抿得紧紧的，恶狠狠地看向柳熙来，一手掐着闻羡。

“你喜欢烤火，我又不是不知道，我手里还有你怎么对付田甜妈妈的资料。熊哥说过，被恶人掐着命脉，不如走向光明，他去自首了，你信不信？”柳熙来笑得挺开心。

闻至财的脸一下子就白了。

他像是明白了什么一般，转头看向被自己掐着的闻羡：“是你，是不是？”

闻羡大哭着摇摇头，举起自己的手腕给闻至财看：“爸爸，今年生日你送我的手镯，我从来没有取下来过。”

只一眼，闻至财就知道自己错了。

他放在闻羡手镯里的东西，应该是被她发现了，不然为什么他们私下联系，他怎么什么也听不到。

闻羡哭着说：“我们给了你很多的机会呀，爸爸。”

是的，闻羡从孔毅那里知道了这些，说到正事的时候，从来都是以干扰的方式切断监听。

她恳求柳熙来给了父亲太多的机会。

然而闻至财却步步紧逼，想要赶尽杀绝。

孔毅的人赶来，包围了现场，警笛的声音由远及近，一切似乎都已经大局已定。

闻至财颓废地松开了手。

他一脸灰败地问闻羡：“你会救爸爸的是不是？”

闻羡泪流满面，从没有这么痛苦过。她甚至希望刚刚那一枪是打在她的要害部位。

柳熙照走过来，用外套包住闻羡。他心知闻羡这段时间来的痛苦，也明白此时她虚弱到不堪一击。

配合柳熙来演的戏，他每一步都做到了。

余下的事情，应该不需要他再次上场，他搂住浑身哆嗦的闻羡，走向汽车，想要尽快带她去医治手臂上的伤。

警察将一行人都制伏了。

柳熙来从口袋里拿出钥匙，打开了仓库大门。

田甜犹如一个被淋湿的小鸡崽一样正在徒手拆木椅。

柳熙来进去的时候，她直接把木椅砸了过来。

“阿来，怎么是你？！”她看清柳熙来后，直接扑了过来，像个无尾熊一样将脸埋进了柳熙来的怀里。

柳熙来这才长长吐出一口气：“幸好你没有事，要不然我必然亲手处理闻至财！”

田甜听他这么说，一下子笑出来，随即又抬起头来说：“闻至财，他……他就是杀害我爸爸妈妈的凶手。”

柳熙来心疼地看着田甜：“放心，这次一定饶不了他。”

闻至财的大多数资料，柳熙来早就收集了，失忆的那段时间，资料被柳熙照妥善保管了起来。

从什么时候开始呢？从第一次在马场有了些许记忆，就在布这个局吧。

让柳氏集团的股价故意下跌到底，令闻至财动了心思，想要动柳氏集团的根基，让熙照的感情无限放大，故意一步步地显得无能而软弱……

“阿甜，他欠的你的我的，都让他血债血偿！”柳熙来咬牙切齿道。

周一的时候传来消息，闻至财在监狱里恐慌至极，突发心肌梗死死了。熊哥一行人也被抓获，交代了所有的事情。

彼时，柳熙来坐在公司的老板椅上，正在听取各位汇报项目进展。

听到这个消息，他沉默了片刻，叹了一口气，然后站起了身，走至窗边。

窗外乌云尽散，阳光炙热而光明。

一桌子元老都不敢惊动他。

总裁归来，已经让他们足够惊喜。柳熙照这段时间来签署的合同里面漏洞百出，从法律上来看，也是不成立的，他们得知兄弟两个一起为了柳氏做的这些，心中不但对柳氏集团的忠诚度高了数倍，还把兄弟两个的友情好好赞叹了一番。

“散了吧，孔毅和唐赛留下吧。”柳熙来招招手。

“这段时间辛苦你们了，尤其唐赛，这么没有演技的人，还要扮演热血青年，很让我感动！”柳熙来认真地夸奖唐赛。

唐赛咧开嘴，笑得十分开心。

“也要感谢孔毅，如果不是你帮我……”柳熙来说了一半。

孔毅突然打断了他：“你对兄弟也这么虚伪吗？”

柳熙来没有说什么，只是对着他的肩膀轻轻挥了一拳：“你不该拿田甜做诱饵！”

孔毅翻了个白眼，不虚伪地夸奖他，就是真诚地抱怨了。

柳熙来把手里的东西一样样整理好，看了看傅总公司最近因为错误投资亏损到一塌糊涂的报表，突然想笑。

“能帮就帮一帮吧！下午约傅总过来谈谈，唐赛。”柳熙来吩咐唐赛。

唐赛看了一下，想起柳熙来曾经受惠于傅总的公司，决定好好策划一下。

下午的时候，傅总受宠若惊地进了柳氏，他万万没想到，自己公司亏得要破产了，柳氏集团突然向他伸出了橄榄枝。

唐赛给他签了好几单以后，他开心得哭了起来，激动得一塌糊涂。

唐赛被吓得半死，拥着傅总出了办公室，送他下楼。

在电梯口遇到了柳熙来，傅总结结巴巴地问好：“柳总好！”

不知道为什么，傅总总觉得这位柳总跟上次来公司询问田鑫的柳总不怎么一样，那次的柳总，明明是板着脸，可是他没有觉得多恐慌害怕和震慑。这次的柳总虽然朝自己微笑，还很有礼貌地帮自己摁了电梯的层数，他却莫名其妙地觉得很震慑、很有压迫感。

“傅总，以后有决策多问问唐特助。”柳熙来挥了挥手，转身向办公室走去。

傅总感激地看着他的背影，突然有个大胆的想法浮现在他的心头，他甚至脱口而出：“田……田鑫经理？！”

唐赛一副看白痴的眼神看了看傅总，然后无可奈何地摇了摇头：“你怎么才发现？要不然柳总这么帮你？”

“所以说，柳总……在我的公司做了好几个星期的经理！”

傅总回去的一路上都觉得自己在飘……

“后来呢，你怎么就有空陪我了？”田甜瞪大了眼睛问柳熙来，她以为柳熙来肯定会留在柳氏集团重新忙碌起来。

“后来，我就对柳熙照说，你演技那么好，实在适合把持柳氏集团，我这么玩世不恭，又挥金如土，迟早有一天把柳氏集团挥霍破产！”

“不正经！”田甜瞪眼睛。

她从那以后开了个小小的门面，做物流这块，顺带把通乡的旅游业也更加推进了一步。

好友单柔丝一家常驻通乡，将当地农产品整成了网红销路，通乡也开发了当地的文化，不再单纯以粉黛乱子草为噱头了。

“我想做你的助理啊，亲爱的田总！”柳熙来顺手帮田甜理清了一些有漏洞的地方。

他从后面搂住田甜，一刻也不想同她分开。

“行吧，你跟着我就要做事！”田甜甜丝丝地命令柳熙来。

最近通乡要办一次古文化展览，田甜倒是希望柳熙来陪她同去，顺带拜祭父母，告知他们仇人已经得到应有的惩罚，让他们在九泉下安心。

“行！那就跟着田总走！”柳熙来笑得甜甜的。

周末去通乡的路上，田甜打了个盹儿，一觉醒来就发现不对了！

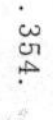

映入眼帘的是铺天盖地的黑，双手还被捆着，她第一个反应不是自己被绑架了，而是……

“熙来，你要不要紧！”她急得要命。

从脚下的木板里传来柳熙来闷闷的声音：“我还好，田甜，你还好吗？”

田甜一着急，一下就把手上的布条给挣断了，她一把抓下脸上的布条，跪在那里，朝着木板下看去。

柳熙来可怜兮兮地坐在下面，抬头看向她，似乎受伤了。

田甜又急又担心，她知道这个时候不能慌张，于是放柔声音对柳熙来说：“阿来，你别怕，我一定能够救你上来。”

柳熙来一脸愣愣地从木板的洞口看上去，眼神迷茫而又痴迷。

田甜生怕柳熙来被下了药，把手递给下面的柳熙来：“握住我的手上来。”

突然，一个凉凉的东西顺着她的手指被套了上来。

她惊讶地看去，发现是柳熙来将一枚钻戒给她戴上了。

突然间，屋子里灯光大亮！

原来黑暗处都站着人，有单家母女，有柳熙照，有孔毅、唐赛，还有笑得开心的金长宏和傅总，甚至还有两人一起吃过饭的私家菜馆的老夫妻，所有两人经历过的、认识的人都在场了。

“看，当初她就是这样，把希望照进我的生命的！”柳熙来一把握住田甜的手，一个纵身跳了上来。

田甜目瞪口呆。

“嫁给我，我的天使！”柳熙来单膝下跪，眼睛里像有小星星一样亮。

所有人都在喊：“嫁给他，嫁给他，嫁给他……”

田甜又惊喜又生气，狠狠一拳打在柳熙来的身上，又破涕为笑，同样单膝下跪抱住了柳熙来。

“你说我是你的天使，但是你从来不知道，你才是照进我生命的那束光！”她又哭又笑地抱住了柳熙来。

柳熙来胆战心惊地问：“你同意了吗？”

田甜开心地点了点头。

柳熙来开心地站起来，抱着田甜朝着大家笑。

“唐赛，给大家撒撒钱！让大家双倍快乐！”柳熙来一激动就恢复了之前的激情。

通乡蔚蓝的天空下，是唐赛和孔毅撒出的钞票。

一如很多年前，柳熙来第一次来通乡一样，他那时就知道，通乡于自己，是不一样的地方。

“阿甜，余生请乱指教！”柳熙来笑着吻上了田甜的嘴，成功地看到了田甜那特有的惊恐如驯鹿的眼神。

番外 你是我的天使

新年将近，柳熙来却一直在外出差，这是他同田甜结婚的第三年。他本来答应了田甜一定会在家陪着田甜和宝宝，然而为了拿下新年的大项目，柳熙来不得不再次爽约。想起来，田甜抱着宝宝含笑道别时，是不是已经预料到今年的新年也是两地相隔，无法实现承诺了呢？

异国的街头，一排排的复古路灯将铺满白雪的街道照亮。那灯光橘色发暖，使人即便身处寒冬却依然心生暖的希望。

雪花漫天扑面，从天空落下，在橘色的灯光中盘旋。柳熙来提着公文包在等待对方财团派来的车。这是柳氏集团预期拿下的大投资方，据说十分苛刻，已经接连回绝了好几个大型集团，不管是多大的老总，对方似乎都将来洽谈的代表当作了普通员工一般，约定的地点，谈判的时间，都是独断独行的。

唐赛十分不开心，有些抱怨地看向柳熙来：“柳总，其实就算不谈下他们，我们柳氏明年的项目也足够盈利，况且游乐场也不只有他们一家在投资。”

柳熙来眼神有些迷茫，看向空中飘舞的白雪，叹了一口气：“这是一个美好的梦想，是不想用金钱衡量的礼物。”

自从跟田甜结婚后，柳熙来的人生就多了点诗人的绮丽，通常会用梦幻一般的语句来回答两位特助。

唐赛已经习惯了，不失礼貌地回复了总裁一个微笑，然后保持沉默。

不多时，投资方的汽车缓缓驶来，开车的居然是对方财团的负责人史密斯先生，他胡子已经花白，眼神却清澈如同一个孩童，停下车后从车窗里伸出手来。

柳熙来反应过来伸出手，两人响亮地击了一掌。

史密斯先生笑得很大声，居然说出一口流利的中文：“不好意思，柳总，雪大开车速度慢，久等了。”

柳熙来笑了笑，同唐赛上了车。会晤的地方也很神奇，是在史密斯先生集团下的游乐园的茶厅，因为晚间又下着雪，游乐园里并没有什么人，一行人从过道行驶过去，灯光照射下，光明且寂寥。

茶厅做得很童趣，到处都是卡通动漫人物的玩偶。

柳熙来找了个粉红豹子坐下，有些开心地拍了拍，一抬头看到史密斯先生满脸笑意地看着自己，不禁也笑了起来，解释道：“家里的大孩子喜欢粉红豹，所以感觉很熟悉。”

史密斯先生特别惊讶，“哇哦”了一声，笑着点头：“我也很喜欢，你的孩子眼光很好。”

柳熙来笑了笑，并没有解释自己说的大孩子其实是妻子田甜。

接下来照例是递上项目策划书，史密斯先生看得很慢，眉头渐渐舒展开来，越看越开心的样子。二十分钟后，他合上策划书，却没有给予回复，而是叫来了服务生，服务生送上了一小碟很中式的生姜糖。

这让柳熙来很好奇。

史密斯先生吃了一颗，很陶醉的样子，示意柳熙来也吃一颗。柳熙来吃了一颗，露出了很不屑一顾的表情。

“不好吃？”史密斯先生问道。

柳熙来挑了挑眉，做了个嘘的动作，从自己的大衣内口袋里掏出了个铁盒，缓缓打开，将里面的生姜糖递了过去。

这是田甜亲手给柳熙来做的生姜糖，含在嘴里，火辣甜爽，跟市面上那些味道很不一样，用田甜的话来说，驱寒健身，让身体火热起来！

史密斯先生犹豫着将糖含进了嘴里，突然眼睛亮了，整个人像是被幸福和惊喜击中了一般，从椅子上跳了起来。

“柳先生，这是……这是天使的味道！”他含混不清地说着，眼睛晶亮，带着极大的热忱和期待朝着柳熙来看来。

柳熙来有些奇怪，但是他能肯定这颗糖应该让两人彼此的亲密度增加了不少。

“柳先生，这是从哪里买的？我找了很多很多人去学着做，都没有这个味道。地道的生姜糖我也从你们那里进了一些，也没有这个感觉！”史密斯先生甚至主动伸手，不甚礼貌地从柳熙来手里把整个铁盒子接了过来。

柳熙来正要说话，突然手机响了。其实以前柳熙来谈判做正事的时候从来不会接电话，然而他眼睛一扫，看见了上面标注的“大孩子”，突然情不自禁地笑了。

“抱歉，可以接个电话吗？”柳熙来眉眼带笑地问。

唐赛在一边绝望得要闭眼，因为从资料里得知，吃糖时间对于史密斯来说，是非常神圣且专注的，上一位V国的大财团老总就是在同史密斯吃糖喝茶的时候看了一眼手机短信，就被婉拒了合作，而自家总裁居然这么堂而皇之地在吃糖的时候要求接电话，这个项目应该到此要画上句号了。

然而令唐赛诧异的是，史密斯看到视频里田甜抱歉的样子，一点都不生气，甚至露出了震惊的表情。

"啊，对不起，是宝宝摁了手机。"田甜一副没有睡醒的样子，抱着宝宝耷拉着眼睛。

"那应该谢谢宝宝，知道爸爸很想妈妈。"柳熙来秀起恩爱来完全无视时间，无视场合，"阿甜，你想我吗？"

田甜正要回答，突然史密斯凑过头，激动地问："啊，啊，天使！你还认识我吗？"

田甜被突如其来的陌生人给惊到了，顿时睡意全无，瞪着一双惊鹿般的眼睛同史密斯对视。许久以后，她看着这双翡翠色的眸子似乎想到了什么，问道："你是，史密斯先生？"

是了，很久很久之前，隔着巨大的石块，她似乎同这双眸子相遇过。

史密斯语无伦次地表达着感激，直到电话挂断了，他依然激动到无法言语，这个坦率的老人，甚至还落下了眼泪。

"柳总，我真是幸运，有生之年还能再次见到天使。"史密斯的眼睛亮晶晶的，"我早该想到的，这么独特的生姜糖，就是她做的。"

啊，虽然不该吃醋，但是语无伦次的史密斯还是让柳熙来板起了脸："田甜的确是个天使，但她是我的！"

唐赛在一边差点翻白眼。

好在史密斯并不在意，他加快了语速，描述赋予他二次生命的天使。

"我的车被石块击中，我的脚卡在车里出不来，我很绝望，甚至没有人知道我被困在那里。天色那么暗，天气又那么冷，我的血在流着，我心里绝望地想，可能我再也见不到我的家人了，我甚至闭上了眼睛，颓废地想，这样睡着死去也挺好。突然，一束光照了过来……"

柳熙来静静地听着，嘴边的微笑变得柔软。

"是她，是天使，她看到了我，她为了从石头缝里递给我水和生姜糖，手被擦破了很多处。我永远记得，她对我说，一定不会放弃我，所以也请我振作一些，也不要放弃自己。

“其实我挺恨自己的，为什么要昏迷，我连感谢的话都来不及说。这么多年了，我一直在想，如果让我对她说一句谢谢，可能就是我最大的满足了。”

柳熙来笑了笑：“田甜不会在意的，她一直都这么可爱善良。”

“她真是个天使，怕我睡着，一直跟我说着各种事情，她说她特别想去游乐园看一看，那么大了，还没有去过。我那时做五金公司就快要破产了，听了她的愿望，我回来用尽最后的资产投资了第一个游乐园，谁知道就这么起来了……你说是不是她给予的幸运？”史密斯先生笑着笑着，突然沉默了，“那你为什么来谈这个项目呢，柳先生？”

柳熙来哈哈大笑了起来：“史密斯先生，我有个大孩子，还有个小孩子，我想尽自己的所有能力去宠他们。大孩子说过最快乐的事情就是在游乐园里笑，我想我们的愿望是一致的。”

接下来的一切变得十分顺利，柳熙来走的时候，史密斯先生甚至讨好地问柳熙来：“天使她喜欢什么样的大型游乐园？是公主王子多一点，还是可爱的动漫人物多一点？哦，对了，我们要做个生姜糖屋子……”

柳熙来想起刚刚史密斯描述的田甜，心里就是一阵发热，他的田甜，从来都是这么甜这么暖。

他微笑着回答史密斯：“钱都不是问题，她喜欢什么，我们就都做上！”

“对嘛，钱在她面前，显得庸俗！”

雪花之下，两个男人紧紧握住双手，似乎找到了默契。

“现在就签约吧，我希望你还能赶回去陪她一起度过新年的第一天！”史密斯丝毫没有犹豫，在合同上龙飞凤舞地签了字。

回来的路上，唐赛一脸蒙：“柳总，我们还没有谈策划细节呀，似乎史密斯先生也没有看利润分成这些呀？”

柳熙来微微一笑：“那些都不重要，我们有钱，细节随时可以增加。”他在心里补充，只要田甜想要。

他想起史密斯刚刚说过的话，不禁甜丝丝地笑了。

他的田甜啊，永远像个天使一样，给别人灰暗的人生投下金色的光束，照亮希望。他想打电话给田甜，想起此时国内正是午夜时分，他便点开了照片。

田甜笑得璀璨的样子让他情不自禁地轻轻吻上冰冷的荧屏。

红色的窗幔，金色元宝的窗纸，田甜站得高高的，将所有喜气洋洋的东西都布

置完毕。

“要发财，要有钱……要金光闪闪地喜气点！”

家里过年的挂件都是金元宝和金币，金光闪闪的，除了主人不在，一切都完美。

柳宝宝跟在妈妈后面到处爬着，一把扑过去，抱着地上那个最大的金元宝，突然乐得大笑了起来。

田甜一扭头，哭笑不得。

柳宝宝第一次开口发音，不是爸爸也不是妈妈，他指着桌上的钱，眼睛亮亮地说：“钱，啊……钱。”

真是跟柳熙来一样实际又自信，看到一切金色的东西都会藏在自己的小窝里。

门铃突然响了，田甜想了想，抱住怀里紧紧抱住金元宝的柳宝宝。

拉开门后，当她看见同样抱着公司同仁为自己打造的过年摆件金元宝的柳熙来时，顿时笑出了声。

父子两个大眼瞪小眼，柳宝宝看到柳熙来怀里那个金元宝更大，毫不犹豫地丢掉了自己手里的，伸手要爸爸手里的。

柳熙来一把接过柳宝宝，然后将金元宝和柳宝宝一起丢在了软毯子上，让他快乐地追逐金色的光芒。

“阿甜，我赶回来了！新年快乐！”柳熙来开心地扑过来。

田甜伸手回抱住了风尘仆仆的柳熙来，她知道他一定很努力很努力，才会在新年的第一天千里迢迢地赶回来，陪自己和宝宝过新年。

窗外白雪皑皑，已经覆盖了大多数建筑，冰冷一片，而屋内红色金色暖色连成一片，温暖怡人，又是一个新年。

后记

写这部作品的时候，我的心情是完全放松的，因为身边有爱的人替我挡掉了太多的生活烦琐，让我在文字里寻找到属于自己的糖果屋。

女孩儿田甜是个很普通的“社畜”，她被生活压得透不过气，却依然积极向上。她朝九晚五，还要做各种兼职，却依然单纯快乐。生活赋予她太多的不幸，就连至亲都一一夺去，然而她依然活得不屈不挠，像根野草，也像棵向日葵，因为坚持，所以阳光终将普照。

男孩子熙来是个很纯粹的孩子，他的人生里面其实有不少黑暗的东西，但是身在黑暗，心在光明，让他一直活得开开心心的。

写这两个人物，其实目的也很简单，就是想让大家会心一笑的时候，像田甜一样看得开、心胸宽，像熙来一样坚强、独立。还有，最重要的是，像熙来一样会把握，有了心中的目标就会一直追逐。

很多事情，其实放一放就错过了。人生那么短，我希望逐光的各位，能像柳熙来一样，知道自己想要什么，知道随时去追逐、随时去把握。也能像田甜一样，朝着目标熬一熬，顺利度过那些艰苦的日子。

最后，要特别感谢我最亲爱的家瑞，每次写喜剧小说，我都会回过头去看一看他，他就是我快乐的源泉，人生的坚持。因为有他，我才会坚持写下每一部喜剧小说。因为我希望有一天，这些赠予我的快乐，能够同样反馈给他和读我小说的人。

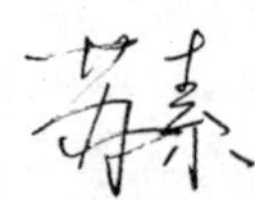